1 *

Datum: ....

Auf Seite 1 müsste der Schmutztitel stehen (ganz einfach der Titel, der muss nicht schmutzig sein, es sei denn, jemand hätte mit seinen schmutzigen Stiefeln darauf gestanden).
Aber ... leider ist diese Seite weggekommen!!
Darum muss dieses Buch in unserer Bibliothek bleiben.

Mit den besten Empfehlungen,

der Bibliothekar

Lager-Nr. 0751.

Datum:
Wenn die erste
Seite weg ist, ist die
ZWEITE natürlich auch
nicht da. Oft ist diese
Seite leer. Manchmal
ist darauf eine Abbildung.
Aber was soll's?!
Dieses ganze Blatt ist weg!

Bemerkung vom:
Bibliothekar

Ja, Seite 3 ist ebenfalls
verschwunden, Einband
und Umschlag dieses
Buches fehlen auch. Der
Titel ist also Unbekannt!
Ebenso wie die Namen von
Autor & Herausgeber.
UNBEKANNT.

Oft kann man hier lesen, wo das Buch gedruckt ist, aber auch das wissen wir nun also nicht.

INHALT

Seite 5 ist vorhanden, also ...
... ist die andere Seite auch
da. Schlag dieses Blatt um,
wenn du es nicht glaubst!

FÜR OTTO

GEHÖRT OTTO

11. Nov. 199[illegible]

Ist dies der Anfang des ersten Kapitels oder der Anfang der ersten Geschichte?

AUF DER ANDEREN SEITE DER TÜR

Jede Tür ist etwas Besonderes. Durch eine Tür gehst du von dem einen Raum in den anderen; immer kommst du *irgendwo anders hin.* Denkst du manchmal nach, bevor du eine Tür aufmachst? Du weißt nie wirklich, was auf der anderen Seite ist. Du meinst es zu wissen, aber mit Sicherheit weißt du es erst, wenn du die Tür geöffnet hast.

Nimm die Tür deines eigenen Zimmers. Warum solltest du durch sie nicht einmal an einen anderen Ort kommen können – draußen oder drinnen, bekannt oder unbekannt? Warum immer derselbe Flur, dasselbe Treppenhaus? Geh einmal aus deinem Zimmer, indem du die Tür auf die richtige Art, zur rechten Zeit öffnest, und sieh, wohin du dann kommst …

Ich selbst würde niemals einfach so eine Tür aufmachen. Zuerst schaue ich sie an, aufmerksam und durchdringend. Ich bemühe mich, sozusagen durch sie hindurchzublicken. Und gleichzeitig versuche ich, nicht an das zu denken, was dahinter ist oder sein könnte. Dann erst öffne ich die Tür. Und so bin ich mehr als nur einmal, viele Male sogar, in Zimmer gegangen, die in einem anderen Haus als dem meinen lagen, und das, während ich doch zu Hause blieb. Ohne mein eigenes Haus zu verlassen, habe ich unbekannte Räume und Treppen und Gärten und Parks betreten – nur dadurch, dass ich eine Tür geöffnet, einen Schritt oder zwei getan habe.

Glaubst du mir nicht? Schon bald wirst du mir doch glauben. Ich bin übrigens nicht die Einzige, die auf diese Weise in eine andere Welt gelangt ist. Darüber sind viele Bücher geschrieben worden. Und jetzt füge ich denen meine Geschichte hinzu.

Das erste Mal war es reiner Zufall. Nun überlege ich plötzlich, was «Zufall» bedeutet: etwas, was dir zufällt … Ich frage mich manchmal, warum es gerade mir «zufiel» – oh, nicht nur mir! –, und auch, warum ich den Zeitpunkt niemals *genau* habe bestimmen können.

Es ist eine Weile her; ich war dreizehn Jahre alt, und ich hatte mit meiner

Tonke Dragt

MEERE VON ZEIT

ERSTES BUCH

Auf der anderen Seite der Tür

Aus dem Niederländischen
von
Marianne Holberg

Verlag Freies Geistesleben

AN DIE EINWOHNER EINES SCHMUGGELKÖNIGREICHES

Diese Übersetzung erscheint mit freundlicher Unterstützung
des Nederlands Literair Produktie- en Vertalingenfonds, Amsterdam.

Die Originalausgabe mit dem Titel
Zeeën van tijd. Eerste boek: Aan de andere kant van de deur
ist im Verlag Leopold, Amsterdam erschienen.

1. Auflage der deutschen Ausgabe 1999
Verlag Freies Geistesleben
Landhausstraße 82, 70190 Stuttgart
Internet: www.geistesleben.com.

ISBN 3-7725-1671-8

Gesetzt nach der neuen Rechtschreibung
Umschlag und Illustrationen: Collagen von Tonke Dragt
Druck: Clausen & Bosse, Leck

Könntest du genauso gut überschlagen!!

26. Maikäfer

Lieber Leser, Pfui → JA. QUARK GEQUASSEL

Dies sind einige Worte zur Einleitung
des ersten Buches einer großen Geschichte,
die wir MEERE VON ZEIT genannt haben.
Weil wir hier, auf der anderen Seite der Tür,
tatsächlich über Meere von Zeit verfügen,
können wir bequem zwei Bücher zugleich
schreiben – ja, vielleicht sogar drei. Wir
brauchen nicht mit der Zeit zu geizen, wir
können sogar mit ihr spielen. Dies ist der
Anfang von Buch eins, und was man davor
lesen konnte, über ein Buch, in dem Seiten
fehlen, das kommt erst gleich UND WIE!
Dieses erste Buch heißt:
„Auf der anderen Seite der Tür". Wussten wir schon!
Das zweite Buch bekommt den Titel:
„Der Weg zur Zelle". SPANNENT
"Jede Geschichte hat einen Anfang, eine
Mitte und ein Ende, aber ...
wo Anfang & Ende sich genau befinden,
ist nicht immer leicht zu bestimmen.
Manchmal ziehen wir die Devise vor: Fang
in der Mitte an, dem Ort, von dem alles

ausgeht, an anderen Tagen jedoch Anfangen!!

Nur noch einige wichtige Mitteilungen. Unsere Geschichte wird wahrheitsgetreu & auf wissenschaftliche Weise erzählt. Daher kommt es, dass die Bücher mit Fußnoten * versehen sind. Solche Noten stehen am Fuß einer Seite. Logisch! Die kleinen Zahlen verweisen auf Seiten hinten in diesem Buch. Dort stehen Titel von noch mehr Büchern: Fachliteratur für weiteres Studium. Diese Bücherliste ist zusammengestellt von dem Bibliothekar. welcher Bibliothekar? Von unserer Bibliothek, selbstverständlich. Auf der anderen Seite der Tür. VON WELCHER TÜЯ?

Von meiner DAS DAЯTEST DU WOLL! VON MEINEЯ

Kein Gezanke! Um welche Tür oder welche Türen es sich handelt, wird sich zeigen.

Im Namen von uns allen **
mit freundlichem Gruß,
hochachtungsvoll:

P. S. Simak
Sekretär

* Dies ist eine Fußnote

** Du wirst uns allen zu gegebener Zeit auf mehr als nur einer Seite dieses Buches begegnen, wenn auch nicht allen zur selben Zeit.

INHALT

Perfect Houseplants
PLANTS & FLOWERS
in Colour

KAPITEL EINS

Tür auf

I

Eines späten Abends lag ein Junge in seinem Bett und las heimlich noch. Er war dreizehn Jahre alt, und er hieß Otto – ein besonderer Name, das wusste er selbst sehr gut. Darum schrieb er ihn immer deutlich, mit großen Buchstaben, auf seine Hefte und in seine Bücher und manchmal an Wände und auf Fensterscheiben. Er hatte seinen Namen auch in das Buch geschrieben, das er gerade las: ein zerfleddertes, abgegriffenes kleines, aber dickes Buch, wahrscheinlich nicht nur aus zweiter oder dritter, sondern vielleicht sogar aus vierter Hand. Der Umschlag war ab, einige Blätter hatten sich gelöst und waren wieder festgeklebt worden, und die ersten Seiten fehlten, so dass er nicht einmal den Titel kannte. Aber deshalb, und noch aus einem andren Grund, fand er es gerade besonders interessant. Es war auf geheimnisvolle Art in seinen Besitz gekommen, und eine Herausforderung war damit verknüpft: Konnte er, indem er es las, herausfinden, wie es hieß?

Auf dem ersten vorhandenen Blatt, Seite 5, stand das Inhaltsverzeichnis – zwölf Überschriften. Kapitel? Einzelne Geschichten? Er vermutete Letzteres. Obwohl er am liebsten Bücher mit einer durchgehenden, möglichst langen Geschichte las, kamen ihm einige Überschriften doch auch recht spannend vor.

Der Text begann auf Seite 7, aber die Seite daneben war nicht leer. Dort stand, richtig gedruckt, eine Widmung: FÜR OTTO. Damit war natürlich nicht *er* gemeint, es bezog sich auf einen anderen Otto, einen Otto aus längst vergangener Zeit, dachte er, denn das Buch war mächtig alt. Doch warum sollte er sich nicht einbilden dürfen, es sei dennoch ausdrücklich für ihn geschrieben worden? Warum sonst wäre es ihm gestern Nachmittag so unerwartet in die Hände gespielt worden mit dem Auftrag:

«Musst du lesen, bärenmäßigvollfett. Und raten, wie es heißt, welchen Titel es hat. Ich kann zählen ... Otto steht nicht auf Seite eins und auch nicht auf Seite zwei ... nicht auf vier oder fünf. Otto steht auf Seite sechs!»

Kurz danach, wieder zurück in dem hell erleuchteten Verkaufsraum des Ladens, wohin er jede Woche kam, konnte er diese Seite gleich lesen. Das Buch lag aufgeschlagen in seinen Händen, und ja ... die leise Stimme (*wessen?*) im dunklen Abstellraum hatte die Wahrheit gesagt. Also hatte er das Buch schnell gekauft, für sehr wenig Geld.

Später, zu Hause, hatte er es genauer betrachtet und dabei entdeckt, dass noch mehr Seiten fehlten als die Titelseite. Außerdem waren eine ganze Menge Blätter lose, und die lagen nicht alle am richtigen Platz. Erst viel später konnte er seine Erwerbung wirklich in aller Ruhe betrachten, denn nach dem Abendessen war sein Vater unerwartet zu Besuch gekommen. Otto wohnte bei seiner Mutter; seine Eltern waren geschieden, und sein Vater kam extra seinetwegen her. Und als er schließlich in sein Zimmer geschickt worden war, um seine Hausaufgaben zu machen, hatte er sich nicht gesträubt. Zuerst hatte er sorgfältig seinen Vornamen und das Datum auf die Seite 6 geschrieben. Danach hatte er säuberlich die losen Blätter festgeklebt und – natürlich – hier und da ein Stückchen gelesen. Er hatte sogar ganz hinten hineingeguckt, was er selten tat. Die letzte Zeile war ziemlich blöd – oder besser, sie sagte etwas, das eigentlich selbstverständlich war:

Und er dachte daran, was der alte Maler ihm einst gesagt hatte: «Lass deine Augen genau schauen: sie sind Spiegel deiner Seele. Und deine Seele muss klar sein, so still wie der Weiher, der seine Ufer und den Himmel darüber widerspiegelt. Sich kräuselndes Wasser zerstört das Spiegelbild.

Aber wie konnte man über das Ende urteilen, wenn man nicht wusste, was davor passiert war?

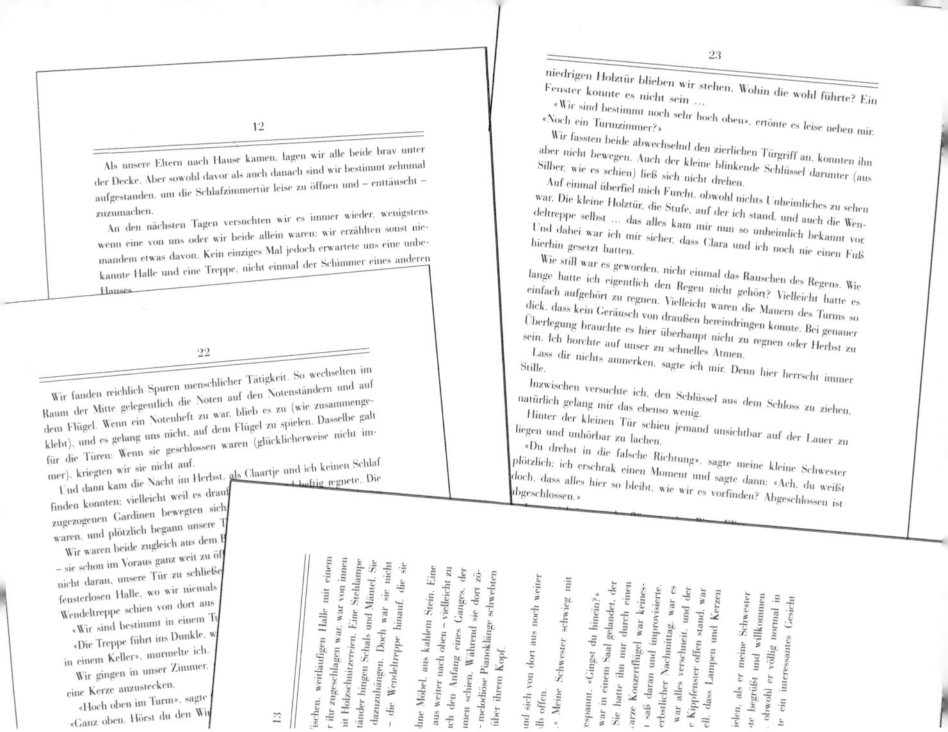

Und nun lag er – «viel zu spät» hätte seine Mutter gesagt – im Bett; seine Hausaufgaben hatte er hingehauen. Dann hatte er das Buch aufgeschlagen, um, wie es sich gehörte, am Anfang anzufangen … nein, gar nicht wahr. Den wirklichen Anfang, den Titel, würde er vielleicht nie erfahren. Er sah sich Seite 6 noch einmal an; dadurch, dass er selbst seinen Namen hineingeschrieben hatte, war das Buch ganz und gar sein Eigentum geworden. – Und wie hieß es? Das *erfinde* ich einfach, wenn ich damit durch bin!

Er starrte eine Weile zur Decke und lauschte nach draußen auf das Rauschen des Regens. Es hatte fast den ganzen Tag geregnet. Im Nachhinein nur gut … Und er lag schön warm.

Dann fing er an zu lesen. *Seite 7: Auf der anderen Seite der Tür.*

Otto war noch nicht einmal unten an der Seite angekommen, als seine eigene Tür aufging.

«Junge, liest du schon wieder. Es ist beinahe halb zwölf, du hättest längst schlafen sollen», sagte seine Mutter vorwurfsvoll. «Gib das Buch her und mach das Licht aus.»

Otto fuhr mit einem Ruck hoch. «Ich lese wirklich nicht mehr, Mam, aber nimm mir das Buch nicht weg … ach, komm!»

«Du kriegst es morgen zurück. Nach der Schule, nicht früher», sagte Mutter. «Ich kenn dich allmählich. Schlaf gut.»

Gleich darauf lag Otto im Dunkeln. Aber schlafen? Nein. Es gab zu viel zum Nachdenken.

Ich hätte warten sollen, bis Mam auch im Bett war, sagte er sich, und meine Taschenlampe benutzen anstatt die Lampe anzumachen. Blöd!

Seine Gedanken schweiften zum vergangenen Nachmittag zurück, zu Montags Laden, wohin er am Mittwoch Nachmittag immer ging, um zu helfen. Damit verdiente er sich nicht nur ein extra Taschengeld, sondern manchmal auch ein Buch, ein Comic-Heft oder Sachen zum Basteln. Frau und Herr Montag verkauften Zeitschriften, Bürowaren, Taschenbücher, antiquarische Bücher, neues und gebrauchtes Spielzeug, fast neue und auch steinalte Schreibmaschinen und noch vieles mehr.

Otto war diesmal einfach nur so hingegangen, auf seinem Weg nach Hause, um sich kurz unterzustellen – es regnete sehr. Und weil die Schule so ätzend gewesen war und er keine Lust zu seinen Hausaufgaben hatte.

Frau Montag stand hinter dem Ladentisch und unterhielt sich mit einem Kunden. Herr Montag packte Kartons aus. Beide begrüßten ihn freundlich, wie immer.

«Es ist Montag, weißt du das eigentlich, nicht Mittwoch», sagte Herr Montag. «Aber ich kann zufällig doch Hilfe gebrauchen. Es ist gerade eine Kiste mit alten Büchern gebracht worden. Zum größten Teil wahrscheinlich Schund, aber es kann auch etwas Interessantes dabei sein. Wer weiß, vielleicht auch etwas nach deinem Geschmack. Aber zuerst muss alles sortiert und aufgelistet werden.»

«Ich kann nur eben kurz bleiben», sagte Otto.

«Willst du dies eben schreiben?», sagte Herr Montag, der ein bisschen schwerhörig war. «Prima! Zieh deine nasse Jacke aus, Junge. Meine Frau hat das Aufschreibeheft.»

«Ich kann nur eben kurz bleiben», wiederholte Otto lauter. «Viele Hausaufgaben.»

«Das ist schade. Aber ja, Lernen geht vor. Welche Fächer?»

«Geometrie. Englisch. Und Erdkunde: eine Testarbeit.»

«Was sagst du: eine festliche Arbeit?», fragte Herr Montag.

«Ich fand schon immer, dass Erdkunde ein sehr wichtiges Fach ist», sagte seine Frau.

«Das sagte ich doch, Liebe, ein schönes Fach.» Herr Montag gab nicht gern zu, dass er ein wenig schwerhörig war. «Aber für eine Klassenarbeit musst du so viel auf einmal wissen, und das ist vielleicht nicht immer schön. Nimm zum Beispiel Topographie. Was Ländernamen und Grenzen betrifft, die sind im Laufe meines Lebens so oft verändert worden, dass ich es manchmal schwer damit habe.»

«Ich hab hier einen Bleistiftanspitzer», sagte Frau Montag, «in Form eines Globus. Made in Taitung. Etwas für dich, Otto? Ich weiß nur nicht, ob der up to date ist.»

«Lustiges Ding», sagte der Kunde. «So eine kleine Weltkugel hätte ich gern ... Oder willst du ihn?», fragte er Otto.

«Oh, ich habe noch mehr davon», sagte Frau Montag. «Aber ich glaube, dass für einen Test zu wenige Namen darauf stehen. Wie sie die Bleistiftanspitzer heutzutage verpacken! Seht euch das an: altmodische Pendeluhren, Appetithäppchen, Klaviere und Telefone. Es ist sogar ein Schädel dabei. Wo ist der nur geblieben ...»

Während sie in einer Schublade nach den Anspitzern suchte, redete Herr Montag weiter: «Da wir schon bei Ländernamen sind! Vorige Woche war hier die Sekretärin einer Ambassade ...»

«Ambassade?», fragte Otto.

«Ambassade sagte sie selbst. Das ist einfach ‹Botschaft›», antwortete Herr Montag. «Ambassade ist ein etwas altmodisches Wort für Botschaft. – Eine schöne Sekretärin ...»

«Was du schön nennst», murmelte Frau Montag undeutlich. «Eher eine angemalte Puppe.»

«Zierlich und, wie es scheint, kompetent», fuhr Herr Montag fort, als wenn er sie nicht gehört hätte (vielleicht hatte er das auch nicht), «sprach wohlklingend und akzentfrei ...»

«Wohlklingend wie silberne Glöckchen, eintönig wie eine Spieldose», murmelte Frau Montag.

«Man sollte wünschen, dass du ihre Sprache ebenso gut sprächest», sagte Herr Montag unerwartet, mit einer kleinen Schärfe.

«Ihre Sprache? Was du nicht sagst», antwortete sie. «Ich meinte es nicht unfreundlich, im Gegenteil. Es war eine sehr besondere eh ... Frau. Ich wette, dass sie auf ihrer Maschine an die tausend

Wörter in der Minute tippt ... Pardon», sagte sie zu dem Kunden. «Sehen Sie, in dieser Schachtel ist vielleicht etwas für Sie ...»

«Maschine? Oh, Schreibmaschine», sagte Herr Montag. «Ich dachte, Otto, dass sie heutzutage Textverarbeiter in den Botschaften hätten und teure Computer, aber nein! Diese Sekretärin wollte normales Farbband haben und Tinte und Schreibpapier und Schreibmaschinenpapier und Tipp-Ex. Sie kaufte auch Siegellack. Für geheime Briefe und Missiven.»

«Was sind Missiven?», fragte Otto.

«Sie fragte auch noch nach unsichtbarer Tinte», sagte Herr Montag, «aber die hatten wir nicht, leider.»

«Also empfahlen wir ihr Zitronensaft», setzte Frau Montag hinzu. Sie schaute kurz von den Anspitzern auf; die Brille auf der Spitze ihrer Nase.

«Ich habe ihr gratis ein Tintenfass dafür mitgegeben», sagte Herr Montag. «Siegellack haben wir, wie du weißt. Den allerbesten. Sie hat sofort einen Brief damit versiegelt, der auf die Post sollte. Sie hatte einen bombastischen Siegelring bei sich.»

«Aus reinem Gold», sagte Frau Montag. Sie stellte eine zweite Schachtel mit Bleistiftanspitzern auf den Ladentisch. «Sehen Sie, mein Herr, es ist zwar kein Gold, was hier glänzt, aber dennoch: eine bunte Sammlung. Wählen Sie nur.»

Herr Montag war noch nicht fertig mit dem Thema Siegelring: «Vom Ambassadeur persönlich, mit einem Monogramm, eingraviert in das Blau eines Achats. Ich fragte sie – diese Sekretärin – von welcher Ambassade, ich meine von welchem Land. Und stellt euch vor, von diesem Land hatte ich noch nie etwas gehört!»

«Vielleicht haben Sie es falsch verstanden», fing Otto an.

«Nein, nein», sagte Frau Montag. «Er muss nur seine Erdkunde einmal auffrischen.» Sie schaute ihren Mann streng an. «Sind hinten noch Anspitzer?»

«Sicher ein Land aus der Dritten Welt», sagte der Kunde. «Machen Sie sich keine Mühe, ich habe hier Auswahl genug.» Er wühlte in den Anspitzern.

«Wie hieß das Land denn?», fragte Otto.

«Das hat keinerlei Bedeutung», sagte Frau Montag laut.

«Und wenn du mich totschlügest, ich könnte es dir nicht erzählen», sagte ihr Mann. «Es wird mir wohl irgendwann wieder einfallen. Merkwürdige Bezeichnung eigentlich (sagte er zu dem Kunden): ‹Dritte Welt›. Wir leben doch alle miteinander in einer einzigen, auch wenn man es manchmal kaum glaubt. Oder jeder von uns in einer ganzen Reihe von Welten …»

Der Kunde sah ihn ein bisschen verständnislos an. Dann nickte er. «Geben Sie mir diese Pendeluhr und eine kleine Weltkugel», sagte er zu Frau Montag.

«Haben Sie auch Anspitzer von anderen Planeten?», fragte Otto. «Vom Mars zum Beispiel?»

«Nein …», antwortete Frau Montag mit leichtem Erstaunen. «Merkwürdig. Die würden sich sicher gut verkaufen. Gibt es Bleistiftanspitzer vom Mars?», fragte sie ihren Mann.

«Nicht dass ich wüsste», antwortete er. «Mars heißt in einigen meiner alten Bücher BARSOOM.* Ich fand diese Barsoombücher prachtvoll, als ich so jung war wie du, Otto, auch wenn meine Eltern nichts davon hielten. ‹Schundliteratur›, sagten sie. Aber Mars als Bleistiftanspitzer? Noch zu wenig bekannt vielleicht, was die Topographie betrifft …» Inzwischen hatte er einen Karton aufgemacht; den schob er zu einem Regal und holte Bücher heraus. «Du weißt doch, was das ist, Topographie?»

«Ja, Berge und so; Flüsse, Städte», sagte Otto. Er reichte Herrn Montag Bücher zu, so dass der sie in ein Bord stellen konnte. «Ich hatte dafür eine Zehn, die beste Note, in meiner letzten Klassenarbeit. Als Einziger in der Klasse.» Er sagte das leise, weil er nicht allzu angeberisch wirken wollte.

Aber Herr Montag verstand ihn sofort; gelegentlich war er überhaupt nicht schwerhörig.

«Es ist nicht immer angenehm, der Einzige zu sein», sprach er. «Doch kannst du es auf die Dauer meist nicht verbergen.» Er schob seine Brille hoch auf die Stirn und blickte Otto aufmerksam an. «Weißt du, wie Istanbul früher hieß?»

«Konstantinopel», antwortete Otto, ein bisschen verwundert, weil sein Geschichtslehrer an diesem Morgen dasselbe gefragt hatte. Er hatte sich sofort gemeldet. «Bist du wieder der Einzige, der es weiß?», hatte der Lehrer gesagt. «Was tut ihr in dieser Klasse

* Dies ist, wie bereits mitgeteilt, ein Hinweis auf die Liste des Bibliothekars, hier auf Nr. 1.

eigentlich … nur dösen? Ja, Otto, erzähl.» Hamza und Frederik hatten ihn unter der Bank getreten und ihn später in der Pause Streber und Lehrerliebling geschimpft. Und Henkie der Hartgesottene hatte ihm angeblich aus Versehen die Büchertasche ausgekippt …

«Konstantinopel, gut so», sagte Herr Montag. «Und wie war der noch ältere Name dieser Stadt?»

Auch das hatte der Geschichtslehrer gefragt. Niemand hatte sich da gemeldet. «Nicht mal du, Otto?», hatte der Lehrer gesagt. Also hatte Otto die richtige Antwort gegeben und war dabei rot geworden und hatte auf einen weiteren Tritt unter der Bank gewartet. Nun, im Laden von Montag, sagte er: «Ich weiß es nicht, Herr Montag.» Und er dachte: Das hätte ich heute Morgen sagen sollen.

«Byzanz», sprach Herr Montag. «Segelnd nach Byzanz … Das byzantinische Kaiserreich ist schon seit Jahrhunderten verschwunden, wie so viele Reiche. Sankt Petersburg wurde Leningrad und ist jetzt wieder Sankt Petersburg. Batavia wurde wieder Jakarta und New Amsterdam heißt schon seit geraumer Zeit New York. Und der Planet Mars heißt einfach Mars und nicht Barsoom oder Malacandra[2] … Nein, Otto, diese Bücher meinte ich nicht, das sind ganz normale Taschenbücher, neue *Schwarze Raben*. Ordne sie nach ihren Zahlen, ich sortier sie später schon noch alphabetisch ein. Die Bücher, die ich eben gerade meinte, sind alt, aus zweiter Hand; sie liegen in einer Kiste, irgendwo hinter der Tür.»

Hinter der Tür! Erst jetzt begriff Otto, wie bedeutsam diese Worte geklungen hatten. «Du darfst sie dir gern kurz ansehen, das heißt, wenn du noch Zeit hast», hatte Herr Montag gesagt. «Nur: Fang nicht an herumzuwühlen, alles ordentlich in die Kiste zurücklegen. Sie steht im Abstellraum auf dem Fußboden, direkt neben der Tür, stolpere nicht darüber.»

Da war noch ein Kunde hereingekommen, mit dem er ein Gespräch über eine alte Schreibmaschine anfing, die auf dem Ladentisch stand. Und obwohl er eigentlich nach Hause musste, hatte Otto die Tür zum Raum hinter dem Laden aufgemacht. Dort erwartete ihn geradezu ein Labyrinth von Gängen und Nischen, ein Abstellraum voller Schränke, ein Büroraum, der als Küche eingerichtet war, ein Klo und ein Keller. Alles Lagerräume, aber obwohl es überall proppenvoll war – sogar im Klo standen Kartons –, konnte man alles, was man suchte, ohne große Mühe finden. Otto kannte sich ausgezeichnet aus, und er würde Stunden dort verbringen können, ohne zu merken, dass die Zeit verstrich.

Wusste Herr Montag es?, fragte Otto sich jetzt. Wusste er, dass dort jemand auf mich wartete? Warum hat er es dann nicht gesagt? Die Tür zum Abstellraum war zu, das ist sie sonst nie ... Und die Lampe .... war die wirklich kaputt? Dunkel hinter der Tür ... auf der anderen Seite der Tür ... Wie fing die Geschichte doch gleich an?

Jede Tür ist etwas Besonderes. Durch eine Tür gehst du von dem einen Raum in den anderen; immer kommst du *irgendwo anders hin.* Denkst du manchmal nach, bevor du eine Tür aufmachst? Du weißt nie wirklich, was auf der anderen Seite ist. Du meinst es zu wissen, aber mit Sicherheit weißt du es erst, wenn du die Tür geöffnet hast.

Nimm die Tür deines eigenen Zimmers. Warum solltest du durch sie nicht einmal an einen anderen Ort kommen können – draußen oder drinnen, bekannt oder unbekannt? Warum immer derselbe Flur, dasselbe Treppenhaus? Geh einmal aus deinem Zimmer, indem du die Tür auf die richtige Art, zur rechten Zeit öffnest, und sieh, wohin du dann kommst ...

Ich selbst würde niemals einfach so eine Tür aufmachen. Zuerst schaue ich sie an, aufmerksam und durchdringend. Ich bemühe mich, sozusagen durch sie hindurchzublicken. Und gleichzeitig versuche ich, nicht an das zu denken, was dahinter ist.

Einfach eine Geschichte. Fantasie ... Otto setzte sich aufrecht hin, auf einmal wieder hellwach. Unten, im Wohnzimmer, schlug die große Standuhr. Zwölf Mal. Aber die Uhr ging immer vor. Er knipste die Lampe an und sah auf seine eigene Uhr. In sechs Minuten war es Mitternacht.

Die Geisterstunde. Eine magische Stunde. In sehr vielen Büchern und Geschichten wurde man durch das Schlagen einer Uhr gewarnt. Mitternacht war ein besonderer Zeitpunkt. Er schaute zur Tür. Aufmerksam. Aber wie konnte man nun durchdringend auf eine Tür schauen?

Er legte sich wieder hin. Lächerlich! Und doch ... Wenn man länger nachdenkt, ist etwas daran. Eine Tür *ist* merkwürdig.

Er richtete sich noch einmal auf, schlug die Decke zur Seite und blieb auf dem Rand des Bettes sitzen. Vier Minuten vor zwölf auf seinem Wecker. Warum sollte er es nicht einmal probieren?

Er wartete, schaute zur Tür und horchte auf den Regen. Immer wieder warf er einen Blick auf seine kleine Uhr. Jede Minute war sechzig Mal eine träge Sekunde.

Nach drei Minuten stand er auf, nahm seine Uhr, die auf dem Schreibtisch lag, und tat sie sich um; sie und der Wecker gingen gleich.

Er lief zur Tür und genau um zwölf Uhr machte er sie auf.

II

VERSCHWUNDEN war der Flur, in dem immer ein Notlämpchen brannte. Seine Tür führte in eine steinerne Halle, nur von der Lampe in seinem Zimmer erhellt. Eine kahle Halle. Genau ihm gegenüber war ein schmales, niedriges, gewölbtes Tor.

Ich träume nicht.

Otto machte einen Schritt in die Halle und noch einen Schritt ... der Fußboden unter seinen bloßen Füßen war eiskalt. Er fuhr zurück, rein in sein Zimmer mit Lampe und Bett, sicher und vertraut. Was sich außerhalb der Tür befand, war völlig anders ...

Das hattest du doch gehofft?, sagte er zu sich. Er überlegte, ob er die Tür einmal kurz schließen und sie dann noch einmal öffnen sollte, um zu sehen, ob ... Nein, nicht! Was er jetzt sah, würde dann vielleicht verschwinden.

Die Halle sah solide aus. Aus Naturstein gemauerte Wände und ein geheimnisvolles offenes Tor, durch das er wahrscheinlich ohne sich zu bücken hindurchkonnte. Wohin mochte das führen? Wo war es überhaupt?

Und wo bin ich?, dachte Otto. Offenbar in einem alten Schloss ...

«Schnell noch meine Pantoffeln anziehen», sagte er laut und erschrak. Womöglich hatte er eben seine Mutter aufgeweckt. Aber wo war seine Mutter? Die schlief nicht hier, sondern in ihrem anderen, normalen Haus. Nur sein Zimmer war noch da. Also musste sein Haus auch da sein; die Frage war nur, wo …

Otto vertiefte sich nicht lange in dieses Problem; zuerst musste er sich ins Unbekannte wagen. – Und ich nehm meine neue Taschenlampe mit!

Wenige Augenblicke später ließ er das Licht seiner Taschenlampe durch die Halle scheinen. Kein Fenster in den ganz bestimmt massiven Wänden. Er lief zu dem kleinen Tor und sah eine Wendeltreppe, die steil nach unten führte, ins Dunkle hinein. Bin ich oben in einem Turm? Er drehte sich noch ein letztes Mal nach seinem Zimmer um. Wenn die Tür offen blieb, konnte doch sicher nichts passieren.

Dann begann er langsam und tapfer hinunterzugehen.

Die Treppe war schmal; ein Geländer gab es nicht, aber er fand Halt genug an einer der feuchtkalten, aus rohem Stein gemauerten Wände. Es war gut, dass er seine Taschenlampe bei sich hatte, denn es gab keine Beleuchtung, und die Stufen waren ziemlich abgetreten. Schon bald verschwand das letzte bisschen Licht aus seinem Zimmer. Die Treppe
drehte sich und
drehte sich
und drehte sich und
drehte sich

Eine kurze Weile zählte er die Stufen, aber nach der vierten oder fünften Windung gab er es auf. Er blieb stehen, um zu verschnaufen. Ihm war warm geworden, obwohl er nur einen Pyjama und leichte Pantoffeln anhatte. Wie viele Stufen hatte er hinter sich? Mehr als dreißig. Fünfzig? Siebzig? Hundert? Über sich sah er die Unterseite der Stufen: auch eine Wendeltreppe … nur nicht so abgetreten. Plötzlich bekam er das Gefühl, als stünde er auf dem Kopf, als führte die Treppe nach oben statt nach unten, so dass er gleich in die Halle kommen würde, von der er herkam, mit der offenen Tür zu seinem Zimmer. Um nicht taumelig zu werden, schloss er die Augen. Er atmete ein paar Mal tief ein und aus, ein und aus, öffnete die Augen und ging weiter nach unten.

Bei einer niedrigen Holztür blieb er wieder stehen. Ein Fenster konnte es nicht sein – der Eingang zu irgendeinem Turmzimmer?

Er drehte an dem metallenen Türgriff, ohne jedes Resultat. Und den kleinen Schlüssel darunter konnte er kein bisschen drehen; er ließ sich nicht bewegen. Eingerostet? Unwahrscheinlich. Das Schlüsselchen sah nigelnagelneu aus, glänzend wie Silber.

Otto bekam es mit der Angst. Die kleine Tür, der Schlüssel, die Stufe, auf der er stand, und auch die Treppe selbst kamen ihm plötzlich bekannt vor. Und doch wusste er mit Sicherheit, dass er hier noch nie gewesen war. Gerade das fand er unheimlich. Wie still es doch war, nicht einmal das Rauschen des Regens. Wie lange hatte er eigentlich den Regen nicht gehört? Vielleicht hatte es einfach aufgehört zu regnen. Vielleicht waren die Mauern derartig dick, dass kein Geräusch hindurchdringen konnte. Er versuchte den kleinen Schlüssel aus dem Schloss zu ziehen, und während er das tat, bekam er deutlich das Gefühl, dass er es früher schon einmal getan hatte.

«Albern!», flüsterte er sich zu.

Der Schlüssel blieb hartnäckig im Schloss stecken. Hinter der kleinen Tür schien jemand unsichtbar zu horchen. Und unhörbar zu lachen.

«Ich bin in meinem eigenen Haus», sagte Otto leise. «Und mein Zimmer ist oben.» Aber er empfand sich als Eindringling, und sein Zimmer schien unendlich weit weg zu sein.

Sehr langsam ging er weiter nach unten. Für nichts und wieder nichts wollte er sich nicht bange machen lassen – nicht zurück, zuerst sehen, wohin ihn die Treppe bringen würde. Das Gefühl des *Schon-mal-gesehen* – déjà vu – verflüchtigte sich und damit auch seine Furcht.

Und die Treppe führte ihn in eine kahle steinerne Halle. Ihm genau gegenüber war eine Tür … NICHT die Tür zu seinem Zimmer. Dies war eine hohe, vornehme Flügeltür, die bläulich glänzte, als das Licht seiner Taschenlampe darüber strich. In der Wand quer dazu war wieder ein gewölbtes offenes Tor.

Otto seufzte einmal tief auf, bückte sich kurz, um sich die Waden zu reiben, und ging dann langsam durch die Halle. Durch das Tor sah er eine zweite Wendeltreppe, die weiter nach unten führte. Aber hinuntersteigen konnte er immer noch. Nach einigem Nachdenken ging er zur Flügeltür – zu den zwei Türen, genau genommen. Sie standen ein bisschen offen und …

Es fiel Licht durch den Spalt!

Die beiden Türhälften waren so schwer, dass sie sich nicht weiter aufstoßen ließen; Otto gelang es aber, sich durch den Türspalt zu winden. Dann blieb er mit offnem Mund stehen.

Er schaute in ein sehr großes, helles, *er*helltes Zimmer – geradezu einen Saal. Vor ihm erstreckte sich ein glänzender Fußboden, Streifen aus hellem Holz, in mathematische Figuren gelegt. Die Wände hatten den Farbton von altem Elfenbein, ebenso wie die geschlossenen Türen, die er hier und da sah. Spiegel und Gemälde in goldenen Rahmen hingen an den Wänden. Aber das Auffallendste waren zwei riesige schwarze Konzertflügel, die Deckel aufgeklappt, so dass er die Tasten sehen konnte.

Otto ging behutsam dorthin. Er sah auf einmal viel mehr Musikinstrumente – einige hingen an den Wänden, andere lehnten dagegen oder lagen auf kleinen Tischen: Gitarren und Flöten, Triangel, Trommeln und Trompeten, eine Harfe, ein Cello, zwei Geigen und ein Kontrabass.

Am Ende des Saals führten zwei breite, gerade Treppen nach oben.

Der ganze Raum war in ein dämmriges, goldenes Licht getaucht – aber nicht von den langen Kerzen in den kristallenen Kronleuchtern und Messingkandelabern. Andere Lichtquellen waren nirgends zu sehen, und indirektes Licht konnte es kaum sein. Otto hatte das Gefühl, als wäre er mit dem Herabsteigen der Wendeltreppe in die Vergangenheit zurückgegangen. Obwohl … die Konzertflügel sahen ziemlich modern aus.

Er blieb vor dem einen stehen, schaute auf das offene Notenheft und verzog das Gesicht.

Das hatte er selber gerade einstudiert. Widerwillig. Er liebte Musik wirklich, nicht aber seine Klavierstunden; er hatte die Nase voll von Tonleitern und jeden Tag Üben. Außerdem fand er Gitarrespielen viel besser, darin hätte er lieber Unterricht gehabt.

Er streckte eine Hand aus und zog sie hastig wieder zurück. Auf diesem Klavier wagte er nicht zu spielen, nicht einmal eine Taste anzuschlagen. Eigentlich seltsam: alle diese Musikinstrumente in dieser Grabesstille. Er drehte sich nach dem anderen Klavier um und erschrak heftig.

Ihm genau gegenüber, im goldenen Dämmerlicht, stand jemand!

Otto blieb einen Moment genauso bewegungslos stehen wie der andere … machte einen Schritt rückwärts. Der andere tat dasselbe. Otto fingerte nervös an einem Knopf seiner Pyjamajacke. Er schnappte kurz nach Luft, als der Knopf abriss, mit viel zu viel Geräusch auf dem Fußboden landete und wegrollte. Der andere schien ebenfalls zu erschrecken, mit derselben Gebärde. Da sah Otto, dass er es selbst war! Ein Teil der gegenüberliegenden Wand bestand aus Spiegelglas, und es gab nur einen Konzertflügel.

Otto betrachtete sich selten, ohne sich die Zunge herauszustrecken. Dieses Mal nickte er seinem Spiegelbild erleichtert und freundlich zu, bevor er sich von ihm abwandte. Nun sah er, woher das Licht kam. Es schien durch Vorhänge aus ockergelbem Samt, die von der Decke bis zum Boden reichten. Sie nahmen fast eine ganze Wand ein – bis auf die Flügeltür, durch die er hereingekommen war.

Er machte seine Taschenlampe aus und lief schnell dorthin. Es gelang ihm nicht, die schweren Vorhänge beiseite zu ziehen, aber sie hingen so weit von der Wand entfernt, dass er leicht dahinter schlüpfen konnte.

Wand? Er zwinkerte verblüfft. Keine Wand, sondern ein großes Glasfenster, durch das er nach draußen blicken konnte. Er sah einen strahlend blauen Himmel und die Wipfel blühender Bäume in der Sonne. Keine Nacht mit Wind und Regen. Er drückte das Gesicht gegen die Scheiben, um alles so genau wie möglich zu sehen.

Er schien sich wirklich in einem Schloss zu befinden. Er sah ein Stück Mauer und noch einige Türme. Er selbst war noch ein tüchtiges Stück über dem Erdboden, höher als in seinem Zimmer zu

Hause unter dem Dach. Unter ihm war ein Garten, oder besser: ein Park, der sich sehr weit erstreckte und in eine wahre Wildnis überging. Dort sah er das Dach eines weiteren Turms und das Stück eines Zauns. In der Ferne lagen vielfarbig bewachsene Hügel, dahinter Bergketten. Eine weite Frühlingslandschaft an einem hellen Tag. Unglaublich, aber wahr.

Otto schaute auf seine Armbanduhr: zwölf. Zwölf Uhr am Mittag? Oder war sie stehen geblieben? Wie auch immer, er wollte nach draußen. Nach unten also!

Hastig schlupfte er hinter den Vorhängen heraus. Er schaute sich noch einmal im Saal um. Von den beiden Treppen, die nach oben führten, war nur die eine, entdeckte er jetzt, eine richtige Treppe! Die Bewohner dieses Gebäudes (wenn es die gab, und das musste doch wohl der Fall sein) liebten offenbar Scherze mit Spiegeln. Aber nach oben wollte er nicht.

Er zwängte sich wieder durch die Öffnung zwischen den beiden hohen Türen, zurück in die Halle, von wo aus die Wendeltreppe weiter nach unten führte.

III

Die zweite Wendeltreppe war breiter als die erste. Schon nach einer Biegung brauchte Otto seine Taschenlampe nicht mehr, weil durch Ritzen in den dicken Wänden Tageslicht hereinfiel. Nach vier oder fünf Windungen kam er in eine dritte steinerne Halle. Die Treppe führte von dort weiter hinab, aber er blieb einen Augenblick stehen und sah in einen engen, gewölbten Gang in der Wand daneben. Er war fensterlos und dunkel, begann mit drei Stufen nach unten und machte eine Biegung, so dass das Ende nicht zu sehen war.

Otto entschied sich doch erst einmal für den Rest der Wendeltreppe; er musste allmählich in der Nähe des Erdgeschosses sein.

Und, tatsächlich, die Treppe endete in einer Diele, die ganz bestimmt ebenerdig lag; er sah blühende Zweige durch einige Fenster oben in den weiß gekalkten Wänden. Hereinfallende

Sonnenstrahlen warfen helle Rechtecke auf den Fliesenboden. Die Diele war mit einigen bemalten Truhen, einer Stehlampe aus Metall und einem altmodischen Garderobenständer möbliert. Der Treppe gegenüber sah er eine riesige, eisenbeschlagene Holztür. Das konnte nur die Haustür sein; die Riegel waren schon zur Seite geschoben.

Er lief hastig dorthin und blieb dann ganz still stehen.

Er schaute von dem langen lila Strickschal, der an dem Garderobenständer hing, zu drei Paar Lederstiefeln, die neben der Tür standen. Er beugte sich hinunter. Zwei der Paare sahen viel benutzt aus, getrockneter Schlamm klebte daran. Das eine Paar war besonders groß – Größe fünfzig oder sechzig vielleicht!, dachte Otto. Die anderen Stiefel passen mir ungefähr … Besser für draußen als die Pantoffeln, die ich anhabe. Aber er berührte sie nicht.

Das dritte Paar war das kleinste, blitzsauber, wie neu: puppige Mädchenstiefel mit roten Spitzen und Hacken.

Hier müssen Menschen wohnen!

Otto fasste den großen, eisernen Griff der Tür, um ihn herunterzudrücken. Es gelang ihm nicht, nicht einmal, als er sich mit seinem ganzen Gewicht daran hängte. Nach einer Weile gab er es auf, enttäuscht und ärgerlich. Er spähte durch das große Schlüsselloch – ein Schlüssel war nicht da – und sah, dass die Tür tatsächlich auf einen Gartenweg führte.

Dies braucht nicht die einzige Tür nach draußen zu sein, sagte er sich. Vorsichtig begann er zu reden. «Hallo», sagte er leise, «kann mir hier jemand den Weg zeigen? Hallo … hoi», rief er etwas lauter, «hoi, holla, guten Tag. He, hoi! Hier ist … Buh! Besuch. Ein Gast. Leute …!»

Er horchte. Wieder schien es, als ob ihn jemand unsichtbar, irgendwo hinter der Tür, um die Biegung der Treppe versteckt, anstarrte. Nicht nur eine Person, sondern mehr … Linke Typen, die ihn heimtückisch belauerten, heimlich über ihn lachten …

«Von wegen Besuch», flüsterte Otto. «Ich bin hier in meinem eignen Haus.»

Er schaute noch einmal auf seine Armbanduhr. Zwölf. Sie war also wirklich stehen geblieben. Er zog sie mit zitternden Fingern auf, hielt sie sich ans Ohr – sie ging auch jetzt nicht.

Sie ist auch schon alt, Kinderkram, dachte er. Eigentlich Spielzeug. Wenn ich doch nur eine neue hätte, so eine mit Zahlen, die weiterspringen. Digital. Gut, sie steht. Und es ist niemand hier. Niemand.

Die Fenster saßen unerreichbar hoch in den Wänden. Sie sahen auch nicht so aus, als wenn man sie aufmachen könnte. Es blieb ihm also nichts anderes übrig als nach oben zurückzugehen. Enttäuschung und Erleichterung zugleich.

Otto stieg die unterste Treppe so schnell hinauf, dass er in der Halle erst einmal zu Atem kommen musste.

Er spähte wieder in den engen Gang. – Hier ist keine Tür, weder offen noch geschlossen. Also los, dorthin, mal sehen, wo ich lande.

Der Gang wurde nach der Biegung so dunkel, dass Otto seine Taschenlampe anknipsen musste. Angenehme Vorstellung, dass eine neue Batterie darin steckte! Er kam an keiner Tür und keinem Fenster vorbei. An den Wänden hingen verblichene Stiche, die ihn an Landkarten erinnerten, auch wenn kein Land dabei war, das er erkannt hätte. Er lief lautlos über einen verschlissenen Läufer mit blassen Figuren.

Noch eine Biegung, eine enge gerade Treppe herunter ... ein Stückchen geradeaus, eine Stufe hinauf ... eine Stufe hinunter ... um eine Ecke, sechs Stufen hinter ...

«Es sind hier, glaube ich, genauso viele Treppen wie im ‹Treppen-Haus›», murmelte Otto und dachte dabei an ein Buch, das er kurz zuvor gelesen hatte.[3] «Eins, zwei, drei, vier, fünf, sechs, sieben. Ich zähl bis dreihundert. Wenn ich dann noch nirgendwo hingekommen bin, geh ich zurück. Acht, neun, zehn, elf.»

Er hörte auf zu zählen und beschleunigte seinen Schritt. Vor sich sah er Licht.

Der Gang endete bei einem Tor, dessen Wände aus Regalen voller Bücher bestanden und das in einen Raum führte, der offenbar ganz und gar mit Bücherregalen gefüllt war.

Otto schaute sich verblüfft um. Der Raum war nicht zu überblicken: sehr groß, sonderbar und hoch, mit einer Holzdecke und kleinen Fenstern. Und überall Wände und Borde voller Bücher; Bücher, in Reihen eingeordnet, Bücher, aus Kisten herausquellend. Kartons mit Büchern, Bücher auf dem Fußboden gestapelt. Außer Büchern eine Masse von Papieren und Papierkram. Und beschriebene Kärtchen, an die Wände gehängt und an Regalbretter geheftet. Otto ging langsam weiter, schnell wäre auch gar nicht möglich gewesen. Dies war zweifellos eine Bibliothek. Im Vorübergehen sah er flüchtig Titel und Namen … Er las einige Kärtchen:

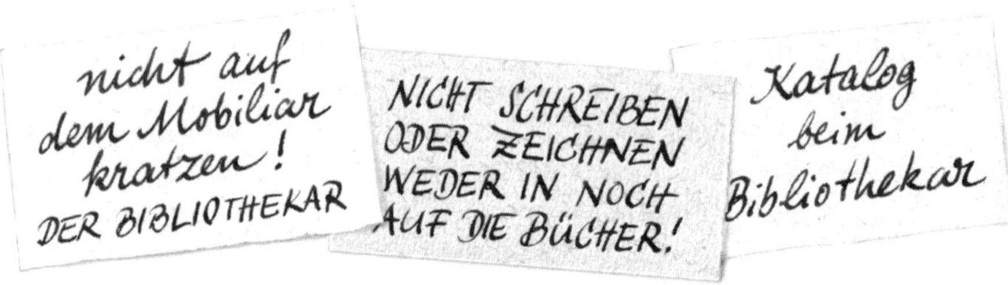

Wo ist dieser Bibliothekar?

Otto erschrak furchtbar, als eine Menschengestalt in voller Lebensgröße in seinem Blickfeld erschien … aber es war nur ein Standbild, eingeklemmt zwischen zwei Regalen. Er blieb einen Augenblick stehen, um zu sich zu kommen, und betrachtete inzwischen die Figur. Ein ganz sonderbarer, bärtiger Mann in einer Toga. Sein steinernes Haupt hatte zwei Gesichter (also auch zwei Bärte), so dass er nach zwei Seiten zugleich blickte. In der einen Hand hielt er eine ganze Menge Schlüssel, an Ringen, an Schnüren und Ketten – kleine bis sehr große.

Als Otto weiterging, sah er, dass da, mehr oder weniger verborgen, noch mehr Bildnisse waren: viele Büsten von gelehrt aussehenden Personen. Er dachte plötzlich daran, dass er seine Taschenlampe ausmachen sollte. Es kam Licht genug herein durch mehrere Fenster hoch über dem Fußboden; kleine, in Blei gefasste Scheiben. Es war so still, dass das Ausknipsen seiner Taschenlampe Lärm machte.

Wieder ein Gang … nein, doch nicht, einfach ein Durchgang zwischen turmhohen Bücherregalen; an eins stand eine Leiter gelehnt. Am Ende des Durchgangs ein Tor von Büchern in Reihen und … war dies der Gang, durch den er gekommen war?

Mist, dachte Otto, was würde Herr Montag wohl dazu sagen? Pass auf, dass du dich nicht verirrst!

Und doch konnte er es nicht lassen, noch ein bisschen herumzuschnüffeln – nicht in den Büchern, das waren wirklich zu viele, aber in der Bibliothek selber. Er entdeckte, dass es «Lichtungen» gab – dort standen tiefe, bequeme Ledersessel und kleine Tischchen. Er sah ein Schachspiel, einige Kubixwürfel und wer weiß wie viele Globen. Er starrte eine Weile auf ein Porträt an einer Wand ohne Bücher: ein alter Mann, der ihm bekannt vorkam, ein richtiger Professor mit einem Schnurrbart und steil abstehendem weißem Haar an beiden Seiten einer kahlen hohen Stirn. Er stieg auf eine schmale Treppe, die zu einer Galerie mit noch mehr Büchern führte. Als er sich über die Balustrade lehnte, sah er einen großen Tisch mit einem Stuhl dahinter. Das wird wohl der Platz des Bibliothekars sein!

Er stieg schnell die Treppe herunter. Noch eben dorthin schauen, dachte er, dann … Was dann? Um das ganze Haus anzusehen, brauche ich nicht Stunden, sondern Tage (oder Nächte). Und draußen ist auch noch eine Menge …

Hier war der Tisch, ein beeindruckendes Möbelstück im Licht des noch immer hellen Tages. Die Fenster daneben waren nicht so weit über dem Fußboden; er sah dadurch Zweige und Blätter. Eines der Fenster war offen, darunter stand eine Sitzbank.

Otto schaute kurz dorthin und schlich sich dann – *Warum tu ich das? Es ist niemand hier* – zum Tisch.

Auf der glänzenden, dunkel polierten Holzoberfläche lagen Ordner und Mappen und Briefumschläge und Stapel leerer Blätter. Er sah einen Ständer mit Federn und Bleistiften und eine offenbar antike Schreibgarnitur. Auch einige hohe Zinnleuchter und ein sehr altmodisches Telefon. Und ein Buch, aufgeschlagen, sehr bunt und darum besonders auffällig zwischen den gedämpften Farbtönen der anderen Dinge und dem erwartungsvollen Weiß des Papiers.

Otto ging um den Tisch herum, um das Buch näher anzusehen.

Auf der linken Buchseite sah
er ein verziertes A
auf scharlachrotem
Hintergrund

Auf der rechten Seite
stand ein azurblaues B …
Ein ABC-Buch!

Otto legte seine Taschenlampe hin, wollte das Buch nehmen … und bedachte sich. Alle diese Bücher, sagte er sich, gehören doch wohl mir? Nein, das stimmt nicht …. Aber wem gehören sie dann?

Er schaute wieder zum ABC-Buch. Wie kam es, dass er nicht einmal wagte, es zu berühren, geschweige denn eine Seite umzuschlagen? Dasselbe Gefühl wie beim Klavier in dem stillen Musiksaal. Merkwürdig eigentlich, ein ABC-Buch auf einem so gelehrten und erwachsenen Bibliothekstisch.

Auf der obersten Mappe des Stapels daneben war auch ein A, ein dezentes, steifes, mattsilbernes. Auf dem Etikett von einem der Ordner war *JA* geschrieben, in zierlichen Buchstaben. Plötzlich sah Otto etwas anderes: noch ein A und ein B und ein C und J A, einfach auf die schöne Tischfläche – nicht gezeichnet, sondern nachlässig eingekerbt. Er folgte den Buchstaben mit einem Zeigefinger …

«Ist das nun ein C oder ein G?», sagte er leise. «J. A. Ja. Nicht Nein. Wer A sagt, muss auch …» Er brach ab. Irgendwo, auch wenn es nicht zu sehen war, hing hier sicher ein Schild, auf dem stand: STILLE SVP. Bei einem der Leuchter war noch etwas ins glänzende Holz gekratzt. Ein Galgen.

Ich will hier nicht bleiben, dachte Otto.

Er bewegte sich fort vom Tisch, schaute noch einmal zum offen stehenden Fenster. Wenn ich auf die Bank steige, kann ich bequem durchs Fenster nach draußen klettern. Nur … wenn ich doch wüsste, wie spät es ist …

Sein Blick fiel auf eine große Standuhr, die er vorher noch nicht bemerkt hatte. Die Uhr starrte mit leerem Gesicht zurück. Ohne Zeiger.

Wenn ich jetzt in mein Zimmer gehe, dachte Otto, tut es mir später bestimmt Leid.

Er lief also zur Sitzbank, gelangte ohne Mühe hinauf und schaute nach draußen. Das Fenster lag höher über dem Boden, als er erwartet hatte, aber nicht allzu hoch. Er sah Bäume und Sträucher, bunte Blumen und vielerlei Grüntöne. Unter ihm verlief ein Weg aus Steinplatten und Kies. Seitenpfade schlängelten sich durch ausgefallene Pflanzen zu verlockenden Plätzen in der Ferne.

IV

Otto kletterte aus dem Fenster. Er sprang nach unten und landete vorschriftsmäßig in den Knien federnd mit beiden Füßen zugleich auf einer Steinplatte. Erst da fragte er sich, ob er genauso bequem wieder nach drinnen kommen würde … Ja, sicher! An der Außenmauer aus unbehauenen Steinen schlang sich eine kräftige Kletterpflanze hoch, die ihm nachher Halt geben konnte. Und dann fiel ihm sofort ein, dass er seine Taschenlampe auf dem Bibliothekstisch hatte liegen lassen. – Aber was tut's, die brauche ich hier nicht; ich hol sie mir ja gleich wieder.

Es war herrliches Wetter, nicht heiß, nicht zu kalt und außerhalb der Baumschatten sehr sonnig. Otto stapfte zufrieden von Stein zu Stein und bog in einen Seitenpfad ein. Der führte ihn zu einer runden Grasfläche; mitten darin eine Sonnenuhr. Nun kann ich herausbekommen, wie spät es ist … Ach, nein!

Über die Sonnenuhr fiel der Schatten eines Baums.

Komisch, dachte Otto. Aber die Zeit ist hier sicher nicht dieselbe wie zu Hause. Zu Hause. Mein Zimmer. Ist es dort noch Nacht? Vielleicht sollte ich allmählich …

Er kehrte nicht um, er ging weiter durch diesen wunderschönen Garten, diesen interessanten Park, diese ausgedehnte, hügelige Landschaft. Viele Pfade und Wege schlängelten sich zwischen dicht bewachsenen Inseln hindurch, wo auch wieder Pfade verliefen, nach allen Seiten … wohin, konnte er nicht einmal raten – einfach kreuz und quer oder irgendwo hin?

Er schaute sich nach dem Gebäude um, von dem er herkam. Es war nicht auszumachen, nach welchem Plan es gebaut war. Gewaltig groß, mit unterschiedlichen Türmen und hoch aufragenden Mauern, die ungewöhnliche Winkel miteinander bildeten. Es war zu einem Teil hinter Bäumen verborgen, aber er sah viele Balkons, Bastionen und Balustraden und unzählige Fenster.

In einem der Türme musste sich sein Zimmer befinden – ohne Fenster, denn das Fenster seines Zimmers zu Hause ging (wie unvorstellbar das jetzt auch war) auf eine städtische Straße und ein Etagenhaus hinaus. Er hatte keine blasse Ahnung mehr, vor wie langer Zeit er dort weggegangen war. Eine Stunde? Eine Nacht? Einen Tag? Und doch lief er weiter.

Es ist schön hier, dachte er. Nur sehr still. Ebenso still wie drinnen. Zu still. Sieh, ein Schmetterling auf einer Glockenblume. Er fliegt nicht weg, er bleibt unbeweglich sitzen. Und die Blume zittert nicht, nicht mal ein bisschen …

Er blieb stehen und schaute noch einmal zu dem Haus: eine ganze Ansammlung von Häusern, ein burgartiges Bauwerk, ein Schloss, ein Palast. Auf der Spitze des Daches von einem der Türme sah er eine Fahne, weiß wie eine Wolke, und in Schwarz ein **A** darauf. Die Fahne hing nicht schlaff, im Gegenteil, sie war ausgebreitet, als wehte eine tüchtige Brise … Sie musste wohl aus Metall sein oder Plastik oder Holz, denn sie flatterte nicht. Es war vollkommen windstill. Der Himmel war wolkenlos und strahlend hellblau. Wie gemalt.

Auf einmal schien es Otto, als würde der Himmel von unheilverkündenden Gewitterwolken verdunkelt … obwohl sich um ihn herum nichts veränderte. Die Bewölkung zog sich in seiner Gedankenwelt zusammen. Er wagte nicht mehr sich zu bewegen und spürte, dass er eine Gänsehaut bekam.

Dies abscheuliche Gefühl verebbte glücklicherweise schnell. Danach sah er alles ganz anders, obwohl es vielleicht genau dasselbe geblieben war.

Das Gebäude, von dem er kam, war Kulisse geworden; es sah wie ein Modellierbogen aus – wirklichkeitsgetreu und doch nicht echt. Die Bäume waren wie aus Pappe geschnitten. Ausgestopfte Vögel saßen darin.

Jetzt begriff Otto, was so komisch und unnatürlich war ... von Anfang an gewesen war: Nichts bewegte sich auch nur im Geringsten oder machte irgendein Geräusch.

Behutsam und zögernd schritt er weiter. Er ging auf einem Weg aus großen und kleinen Steinen, der ganz langsam bergab führte. Seine Schritte machten überhaupt kein Geräusch. Er hielt den Atem an und lauschte dem Sausen seines Blutes. Etwas anderes hörte er nicht. Als er endlich seinen Atem freigeben musste, machte das irrsinnig viel Lärm.

Der Weg kam bei einem Weiher heraus. Auf der gegenüberliegenden Seite fiel ihm ein unbeweglicher Baum auf, wie aus Stein gehauen. Auf dem Weiher war ein Schwan. Das Wasser kräuselte sich nicht, und der Schwan schwamm nicht.

Otto klatschte in die Hände, stampfte mit dem Fuß auf. Ohrenbetäubend.

«Ksch! Ksch!»

Nichts passierte. Der Weiher war nur ein Stück spiegelndes Glas mit einem Schwan aus Papier.

Otto bückte sich, um ein Steinchen aufzuheben. Er musste einfach das Wasser sich kräuseln sehen, den Schwan erschrecken.

Alle Kieselsteine waren auf dem Weg festgeklebt, und er konnte nicht einen einzigen losbekommen.

Da brach seine unterdrückte Angst hervor und wuchs fast zur Panik. Er flüchtete weg von dem Weiher, zurück auf dem nun ansteigenden Weg, dann über andere Pfade und Schlängelwege.

Das Haus wollte nicht näher kommen, wie schnell er auch rannte.

Aber unerwartet war die Sonnenuhr wieder da und ein bekannter Weg. Und endlich stand er wirklich, hechelnd und verschwitzt, unter dem offenen Fenster – dem Zugang zur Bibliothek.

Es war eine rechte Unternehmung hineinzuklettern, sogar mit Hilfe der Schlingpflanze, die sich so hart und steif anfühlte, als wäre sie aus Eisen oder Stahl.

Die große Bibliothek war ein grimmiges Labyrinth geworden. Otto hastete hindurch, immer wieder von Regalen voll schweigender Bücher zum Anhalten und Abbiegen gezwungen. Zum Glück fand er den engen Gang; dort musste er langsamer gehen, weil es so dunkel war. Er hatte seine Taschenlampe vergessen, reichlich blöd, aber er traute sich nicht zurück.

Er polterte weiter, stolperte einmal und zweifelte manchmal, ob er sich überhaupt in dem richtigen Gang befand. Zu seiner Erleichterung landete er zuletzt in einer bekannten steinernen Halle. Zwei Wendeltreppen mündeten dort, eine aufwärts und eine abwärts führende. – Die aufwärts führende hinauf!

Nach einer Weile kam er durch eine offene Tür in den Musiksaal.

Wie war das nun möglich? Die Treppe müsste in eine andere steinerne Halle führen, von wo er weiter nach oben könnte ... Otto schlug das Herz bis zum Hals. Zu schnell geklettert! Er zwang sich, stehen zu bleiben, damit er zu Atem kam.

Das Klavier mit Spiegelbild grinste ihn höhnisch an, jedes mit mindestens fünfzig weißen Tasten.

Otto drehte sich mit einem Ruck herum. Er sah neben den ockergelben Vorhängen die Flügeltür zur Halle, wo er eigentlich sein sollte, noch immer angelehnt, was für ein Glück.

Die letzte Kletterei – *Wenn es denn wirklich die letzte ist!* – war schwer und beklemmend. Die Treppe war ohne das Licht seiner Taschenlampe unsichtbar. Er stolperte unsicher nach oben und stieß sich viele Male die Schienbeine und seine eiskalten Zehen. Die Stufen waren schmerzhaft hart: keine Attrappe also, sondern aus echtem Stein ...

Welche Freude, als er schließlich einen Lichtschein sah!

Noch eine Biegung und da war, eingerahmt von dunkler Mauer, sein eigenes, vertrautes Zimmer.

Otto rannte hinein, schlug die Tür mit einem Knall hinter sich zu und sprang in sein Bett.

Kurz danach sprang er wieder heraus, lief zur Tür und machte sie vorsichtig auf.

Die steinerne Halle war verschwunden, der normale Flur mit der Notlampe war wieder da.

KAPITEL ZWEI

Von Elise

I

Otto machte seine Tür zu und öffnete sie wieder. Der normale Flur wie immer ... Er erschrak, weil plötzlich seine Mutter erschien.

«Was machst du da, mitten in der Nacht?», fragte sie verschlafen und ein bisschen böse.

«Ich ... ich muss aufs Klo», sagte Otto. Er merkte, dass es auch stimmte.

«Deshalb brauchst du doch nicht mit den Türen zu schlagen! Schnell, ins Bett mit dir.»

«Aber ich muss wirklich.»

«Gut, aber dann sei etwas leiser, hörst du», sagte Mutter. «Weißt du überhaupt, wie spät es ist?»

Wie spät es nach seiner Armbanduhr war, konnte nicht wahr sein ... Erst kurz nach zwölf? Nachdem er auf dem Klo gewesen war, sah Otto auf seinen Wecker: *Vier nach zwölf!*

Die Uhr war nicht stehen geblieben, sie tickte hörbar. Otto sah auf seine Armbanduhr, hielt sie sich ans Ohr – sie tickte auch! – und sah noch einmal hin. Das Ding ging wieder und zeigte ihm dieselbe Uhrzeit wie sein Wecker – inzwischen fünf nach zwölf.

Als er im Bett lag, schien alles, was er erlebt hatte, ein Traum zu sein. Keine Zeit war verstrichen auf der anderen Seite der Tür. Dennoch war er so müde, als wäre er wirklich Wendeltreppen hinauf- und hinuntergegangen und durch einen ausgedehnten Park gerannt ...

Er schlief ein und erlebte träumend alles noch einmal, aber völlig durcheinander. Plötzlich wurde er mit einem Schreck wach. Er machte seine Bettlampe an ...

Drei Uhr auf seinem Wecker, drei Uhr auf seiner Armbanduhr. *Geträumt?* Er rieb sich die Augen, stand gähnend auf, ging zum Schrank und zog eine Schublade auf. – Siehst du wohl, ich wusste es, meine Taschenlampe ist nicht mehr da! Die liegt unten, auf dem großen Tisch in der Bibliothek. Unten. *Wo?*

Er kroch wieder ins Bett und schlief weiter. Am nächsten Morgen fühlte er sich schlapp und unausgeschlafen, aber das war sofort vergessen, als er entdeckte, dass an seiner Pyjamajacke ein Knopf fehlte. Er erinnerte sich daran, wie er auf dem glänzenden Fußboden unter das Klavier gerollt war.

Der Musiksaal mit den Spiegeln! Das Haus auf der anderen Seite der Tür. Dorthin will ich. Nicht zur Schule.

Aber sein Zimmer war offensichtlich noch in seinem eigenen Haus.

Wie komme ich dort noch einmal hin? Ich muss mein kleines, dickes Buch wiederhaben!

«Ich habe dir gesagt», sagte Mutter beim Frühstück, «dass du das Buch erst nach der Schule wiederbekommst.»

«Das ist gemein», sagte Otto. «Es ist meins, und ich …»

«Nun hör endlich auf, iss lieber weiter. Nachher kommst du noch zu spät.»

Otto schnitt sein Butterbrot in kleine Stückchen. «Und ich habe sogar noch eine Stunde frei und da dürfen wir immer etwas für uns allein tun, am liebsten lesen.» Letzteres stimmte, die Freistunde erfand er. Eine richtige Lüge war es nicht, es konnte immer ein Lehrer krank werden.

Mutter gab nach.

Also hatte Otto, als er, den Wind im Rücken, schnell zur Schule radelte, außer den Schulbüchern und Heften auch sein Buch bei sich. Leider war kein Lehrer krank, und in der ersten Stunde, bei Erdkunde, saß er ganz vorn. Außerdem musste er die Arbeit schreiben, die er bis jetzt völlig vergessen hatte. Das Buch in seiner Tasche flehte ihn inzwischen an, gelesen zu werden. Als Otto seine Arbeit abgab, war er sich sicher, dass er diesmal keine Zehn dafür bekommen würde, wahrscheinlich nicht einmal eine Sechs.

Bei Mathematik, der zweiten Stunde, saß er hinten in der Klasse, weit weg vom Lehrer, der an der Tafel stand und irgendwas erzählte. Otto begann mit einer anderen Geschichte – endlich – noch einmal von Anfang an.

AUF DER ANDEREN SEITE DER TÜR

Jede Tür ist etwas Besonderes. Durch eine Tür gehst du von dem einen Raum in den anderen; immer kommst du *irgendwo anders hin*. Denkst du manchmal nach, bevor du eine Tür aufmachst? Du weißt nie wirklich, was auf der anderen Seite ist. Du meinst es zu wissen, aber mit Sicherheit weißt du es erst, wenn du die Tür geöffnet hast.

Nimm die Tür deines eigenen Zimmers. Warum solltest du durch sie nicht einmal an einen anderen Ort kommen können – draußen oder drinnen, bekannt oder unbekannt? Warum immer derselbe Flur, dasselbe Treppenhaus? Geh einmal aus deinem Zimmer, indem du die Tür auf die richtige Art, zur rechten Zeit öffnest, und sieh, wohin du dann kommst …

Ich selbst würde niemals einfach so eine Tür aufmachen. Zuerst schaue ich sie an, aufmerksam und durchdringend. Ich bemühe mich, sozusagen durch sie hindurchzublicken. Und gleichzeitig versuche ich, nicht an das zu denken, was dahinter ist oder sein könnte. Dann erst öffne ich die Tür. Und so bin ich mehr als nur einmal, viele Male sogar, in Zimmer gegangen, die in einem anderen Haus als dem meinen waren, und das, während ich doch zu Hause blieb. Ohne mein eigenes Haus zu verlassen, habe ich unbekannte Räume und Treppen und Gärten und Parks betreten – nur dadurch, dass ich eine Tür geöffnet, einen Schritt oder zwei getan habe.

Glaubst du mir nicht? Schon bald wirst du mir doch glauben. Ich bin übrigens nicht die Einzige, die auf diese Weise in eine andere Welt gelangt ist. Darüber sind viele Bücher geschrieben worden. Und jetzt füge ich denen meine Geschichte hinzu.

Das erste Mal war es reiner Zufall. Nun überlege ich plötzlich, was «Zufall» bedeutet: etwas, was dir zufällt … Ich frage mich manchmal, warum es gerade mir «zufiel» – oh, nicht nur mir! – und auch, warum ich den Zeitpunkt niemals *genau* habe bestimmen können.

Es ist eine Weile her; ich war dreizehn Jahre alt, und ich hatte mit meiner Schwester eine spannende Geschichte gespielt. Nicht aufgeführt wie ein Theaterstück, sondern als ob es wirklich so geschehen würde, ohne Publikum, nur für uns, füreinander – eine Geschichte voller Sehnsucht, die wir uns während des Spielens ausdachten. Wir taten das häufiger, meistens zu zweit, manchmal noch mit anderen. Nie mit vielen, denn schon wenn man nur mit einem anderen zusammen ist, kann ein solches Spiel mit Uneinigkeit, ja Streit enden.

Diesmal spielte unsere Geschichte in den Parks, dem Garten und den Ländereien, in den Sälen, den Zimmern und Kerkern einer Burg – einem unserer «Fantasieschlösser». Wir waren jeder wir selbst, aber außerdem auch – und dann natürlich viel schöner und mutiger – andere. In unserem Abenteuer dieses Abends spielten eine Hexe, ein geheimnisvoller Fremder und zwei Schwestern, die Prinzessinnen waren, eine Rolle – jedenfalls soweit ich mich erinnere. Was ich bestimmt weiß: Unser Luftschloss stürzte in sich zusammen und verflüchtigte sich nur allzu rasch. Meine kleine Schwester und ich bekamen einen fürchterlichen Streit, der damit endete, dass ich mich in unserem Zimmer einschloss. Nach einer Weile hämmerte meine Schwester an die Tür – «Lass mich rein!» –, aber ich blieb still und ließ sie nicht herein.

Ich hörte sie weglaufen und etwas später laut auf dem Klavier hämmern; das tat sie oft, wenn sie böse war. Es war niemand da, der es ihr hätte verbieten können – unser Vater und unsere Mutter waren nicht zu Hause; sie konnte also so lange damit weitermachen, wie sie wollte. Aber das durchdringende Gehämmere hörte ganz schnell auf, so abrupt, dass ich ein bisschen darüber erschrak.

Danach wurde es ganz still.

Ich legte seufzend den häufig gebrauchten, mit Fransen eingefassten Schal ab, den ich als Prinzessin getragen hatte. Abend verdorben, sagte ich mir bedauernd. Fantasie ist nicht genug. Flüsternd sprach ich: «Ich wollte, ich wäre in einem richtigen Schloss, nicht hier …» Gleich jetzt, dachte ich, werde ich es sehen, werde ich da sein. Wenn ich die Tür aufmache … Wie still es ist auf der anderen Seite.

Ich drehte den Schlüssel im Schloss – das Zimmer, so musste ich mir eingestehen, gehörte schließlich nicht mir allein. Ich würde meine Schwester rufen. Wir hatten unseren Eltern versprochen, rechtzeitig ins Bett zu gehen, nicht aufzubleiben, bis sie nach Hause kamen. Ich machte die Tür auf und …

… ich war in einem Kastell oder in einem Palast, in einem Schloss … Ich stand an der Schwelle einer vollkommen unbekannten Vorhalle, überraschend, verwirrend und sehr, sehr echt.

Mein Wunsch war in Erfüllung gegangen, der normale Flur war verschwunden, mein ganzes Haus war fort. Die Tür führte zu einer wunderbar seltsamen Halle, fürstlich im Stil, geheimnisvoll in der Atmosphäre, mit sehr vielen Türen in den Wänden. Ich betrat diesen neuen Raum halb ängstlich, halb entzückt; ich schaute mich noch kurz nach meinem Zimmer um – wenn die Tür offen blieb, konnte doch bestimmt nichts passieren …

Die anderen Türen in der Vorhalle schienen nicht nur geschlossen, sondern auch abgeschlossen zu sein. Aber an einem Ende führten zwei breite Treppen nebeneinander abwärts. Nach einigem Zögern begann ich die eine der beiden hinabzugehen, und beinahe sofort – bei der zweiten oder dritten Stufe – bekam ich einen Schreck, wodurch ich beinahe mein Gleichgewicht verlor.

Auf der Treppe neben mir war plötzlich, wie aus dem Nichts, eine andere Person erschienen, die genau wie ich nach unten ging. Ich hielt mich noch gerade rechtzeitig an einem der Geländer fest, und erst da sah ich, dass ich es *selbst* war! Eine Wand neben der Treppe war aus Spiegelglas; es waren also nicht zwei Treppen da, wie ich zuerst gedacht hatte. Ich schaute mein Spiegelbild an, ein bisschen blass, ein bisschen dumm und in einem langweiligen Kleid, das nicht zu dem passte, was ich um mich herum sah.

Während ich weiter hinunterstieg, fragte ich mich, ob vielleicht *wirkliche* Menschen in der Nähe waren … die Bewohner dieses … dieses was?

Hätte ich nur meine Schwester bei mir, dachte ich, ich muss zusehen, dass ich sie hierher bekomme. Aber wie? Wo ist sie jetzt? Soll ich zurück in unser Zimmer?

Inzwischen war ich unten an der Treppe angekommen und blieb stehen und starrte in einen Saal, den ich als weiß und golden beschreiben würde. Sogar das Holz des Fußbodens glänzte goldartig: Parkett, in Figuren gelegt wie Dreiecke, Sechsecke und vielzackige Sterne. An den elfenbeinfarbenen Wänden hingen – außer noch mehr Spiegeln und Gemälden in vergoldeten Rahmen – Musikinstrumente. Ich sah sie überall: aus Messing, aus Silber und aus glänzendem Holz. Aber was am meisten auffiel, war ein riesiger schwarzer Konzertflügel in der Mitte des Saals. In der Wand, die am weitesten entfernt war, genau gegenüber der Treppe, war ein sehr großes Fenster. Die Vorhänge waren beiseite geschoben und ich sah draußen Baumwipfel, Hügel und dunstige Berge unter einem blauen Himmel. Es war Tag, während es Abend hätte sein müssen!

Ich ging langsam durch diesen Saal hindurch, bis ans Klavier. Ich glaube, dass es da zu mir durchdrang, wie unnatürlich still es war. Hatte ich eigentlich das Geräusch meiner Schritte gehört? Ich hörte nichts als mein Atmen. Selbst die Uhr, die ich verschwommen unter einer Glasglocke sah, tickte nicht. Alles schien auf irgendetwas zu warten. Der Klavierdeckel war aufgeschlagen, die Tasten glänzten, elfenbein und schwarz. Darüber sah ich ein Notenheft, geschlossen. Auf dem Etikett stand:

FÜR ELISE.
Albumblatt.

Das verjagte meine vage Furcht und steigerte meine Verwunderung.

«Irgendwie muss ich noch immer in meinem eigenen Haus sein», sagte ich mir. «In jedem Fall bin ich hier willkommen.»

Denn ich hieß und heiße noch immer Elise, und ich übte gerade das schöne Stück von Beethoven ein. Auf einem normalen Klavier, nicht einem so beeindruckenden Flügel wie diesem.

Ich dachte wieder an meine Schwester. – Das muss sie sehen! – Kein ausschließlich erfreulicher Gedanke. Meine Schwester war eifersüchtig, weil ich besser Klavier spielte als sie. Und wenn ich *Für Elise* übte, versuchte sie immer, mich aus dem Konzept zu bringen, indem sie etwas anderes dazwischen sang oder mich spöttisch «Angeberin» nannte. Jetzt konnte ich endlich …

Ich setzte mich auf den Klavierhocker und wollte die Noten aufschlagen. Aber das gelang mir nicht. Das Notenheft ließ sich nicht öffnen, ich konnte trotz aller Anstrengung nicht darin blättern: Es war, als wären die Seiten aneinander geklebt. Dann wollte ich das Heft vom Ständer nehmen; auch das gelang mir nicht. Und während ich es ziemlich nervös versuchte, berührte ich einige der Tasten …

Und in dem Moment war mir das Notenheft egal, und ich versuchte es noch einmal.

Keine der Tasten, die ich anschlug – zuerst ganz leicht, dann mit aller Kraft –, senkte sich, geschweige denn, dass ein Ton herauskam. Die Tastatur war tot. Es schien ein schwarz-weiß gefärbtes Stück Holz zu sein.

Es machte mir Angst, ich konnte nicht schnell genug aufstehen, um wegzukommen aus diesem unwirklichen Musiksaal.

Ich rannte zurück zu meinem eigenen Zimmer – wenn das überhaupt noch da war! Die Treppe hinauf, durch die Vorhalle – zu der einzigen offenen Tür. Mein Zimmer war da, ich sauste hinein, schloss die Tür hinter mir und lehnte mich dagegen. Wenig später drehte ich mich um und öffnete sie wieder. Verschwunden die schöne Vorhalle! Nichts anderes zu sehen als der normale, alltägliche Flur wie immer.

Meine Schwester hatte wieder damit angefangen, auf dem Klavier zu hämmern … oder hatte sie damit gar nicht aufgehört?

Mit lauter Stimme rief ich ihren Namen, und danach noch einmal, dringend. Es dauerte ein Weilchen, bevor sie kam, schmollend und beleidigt, aber als sie mich erst einmal richtig ansah, fragte sie verwundert: «Elise, was ist los?»

Ich zog sie in unser Zimmer. «Warte», sagte ich. «Guck mal!» Und ich machte die Tür wieder zu und auf, noch einmal zu und wieder auf.

Leider: der normale Flur, mehr nicht …

Gleich darauf saßen wir nebeneinander auf meinem Bett. Ich erzählte, was ich erlebt hatte, und meine Schwester glaubte jedes Wort meiner Geschichte.

«Lesen während des Unterrichts, bist du denn völlig ...», sagte der Mathematiklehrer. Er nahm Ottos Buch, klappte es zu und schaute verärgert zu ihm hinunter. «Das bin ich von dir nicht gewohnt!»

«E – Entschuldigung, ich, ich werde es bestimmt nicht wieder tun», sagte Otto rasch. «Wirklich nicht. Darf ich es bitte zurückhaben?»

Der Lehrer war einer von denen, die einkassierte Sachen manchmal wochenlang behielten und sie oft mit seitenlangen Strafarbeiten zurückkaufen ließen. Nun wandte er sich ab, spazierte zu seinem Pult, legte das Buch hin und stapelte ein paar dicke Bücher obendrauf. «Nach der Stunde», sagte er.

Otto seufzte tief auf vor Erleichterung. Es hätte viel schlimmer kommen können. Der Lehrer ging wieder an die Tafel und fuhr fort mit der Erklärung eines mathematischen Problems. Meistens passte Otto gut auf, aber diesmal war alles, was er hörte, unbeachtete Hintergrundmusik. Er schaute starr zur Tafel, ohne eine der Linien zu sehen, die nacheinander dort erschienen.

Mit einem Schreck kam er völlig wieder in die Klasse zurück durch ein laut ausgesprochenes

A

Er merkte, dass alle eifrig zeichneten.

«Ein Dreieck ABC», sagte der Lehrer. «Setze eine Senkrechte auf Punkt A ...»

Otto zeichnete hastig ein Dreieck in sein Heft. Aber anstatt eine Senkrechte einzusetzen, zeichnete er ein Rechteck daneben, und dahinein setzte er das A.

Die unbewegliche Fahne auf einem Turm!

Kieselsteine ... festgeklebt. Seiten eines Notenheftes ... aneinander geklebt. *Für Elise* auf einem Klavier. Spiegel. Ein totenstiller Musiksaal. *Ich bin da auch gewesen!* Elise ist nur von der anderen Seite hereingekommen. Wie geht es weiter? *Wie ist es weitergegangen?*

Weit entfernt erklang ein Summton.

«Sammle die Hefte ein, Frederik», sagte der Mathematiklehrer. «Ich will mir doch einmal ansehen, was ihr zustande gebracht habt.»

In dem erschreckten Durcheinander strich Otto hastig einiges durch, bevor Frederik ihm das Heft aus den Fingern riss.

Der Lehrer erschien an seinem Tisch und reichte ihm sein Buch. «Pause», sagte er. «Viel Spaß beim Lesen, Otto. Bis Donnerstag, Leute, und vergesst nicht: Abschnitt sechs, ganz.» Er verschwand.

Hamza, der neben Otto saß, zischte: «Viel Spaß beim Lesen. Schleimer!» Er gab Otto einen Stoß. «Lernbolzen, Weichling, immer vom Lehrer vorgezogen, was?»

«Nur weil er eine Neun in Mathematik hat», sagte Frederik, der schon seit vierzehn Tagen einen Ball und ein Comic-Heft los war. «Denkt, dass er ein zweiter Einstein ist.» Er näherte sich Otto mit einem aggressiven Grinsen. «Denkst du das nicht, Ottochen? Otto Einstein, das bildest du dir doch ein! Otto Rotgesicht.»

Otto wusste, dass er rot geworden war, und sah die ganze Zeit vor sich hin mit dem unerfüllbaren Wunsch, sich unsichtbar machen zu können. Mann, wie wehte es draußen, und nun regnete es auch noch. Dann brauchten sie nicht auf den Schulhof. Aber drinnen zu bleiben war noch schlimmer …

Viele seiner Klassenkameraden wandten sich schon zur Tür, um wie üblich in die Cafeteria zu gehen. Die Gefahr schien fürs Erste vorbei. Nein, doch nicht! Hendrik, ein Baum von einem Kerl, kam direkt auf ihn zu. Henkie der Hartgesottene.

«Was steht eigentlich darin, Professor Ei, Weichei?», fragte er.

«Porno!», rief Frederik.

«Ah, darum so'n roter Kopf!», sagte Hendrik. «Lass mal sehen.» Seine Pranke knallte auf das Buch.

Otto zog es weg. «Lass es los!»

Hendrik starrte ihn an, verblüfft von so viel Mut.

«Lass ihn doch vergammeln, den Jammerlappen», sagte Hamza. «Es ist bestimmt nur ein blödes Lehrbuch.»

Hendrik blickte weiter auf Otto hinunter. «Lass sehen!»

Frederik stellte sich neben ihn.

«Was denkst du eigentlich Otto, Ottochen, so rot wie ein Karöttchen, Krötchen, Pfötchen, Pinsel, Softie, Blödie, schrecklich schlau mit einem Büchelchen im Eckchen bei uns im Matheraum …?»

11

Warum haben sie es immer auf mich abgesehen?, dachte Otto. Er verbarg, dass er Angst hatte, aber seinen roten Kopf konnte er nicht verstecken. – Wie behämmert von mir, mein Buch mit in die Schule zu nehmen!

«Seid ihr noch immer nicht draussen?», polterte der Hausmeister in der Tür. «Los, raus aus der Klasse, sonst ...»

Die Jungen gehorchten; der Hausmeister ließ nicht mit sich spaßen. Hamza, Frederik und Hendrik gingen auf den Flur. Otto musste erst noch alles in seine Tasche stecken und kam langsamer hinterher. Als der Hausmeister die Tür hinter ihm abschloss, lag – wie herrlich! – der Flur verlassen da, seine Klassenkameraden waren fort. Und nun ein Versteck suchen ...

Im Treppenhaus kam seine Chance. Der Hausmeister hielt es für nötig, die Klos zu kontrollieren; da ging Otto nicht nach unten wie die anderen. Er flüchtete die Treppe hinauf und sauste im zweiten Stockwerk in den Biologieraum. Hier würde nach der Pause die nächste Stunde stattfinden; er hatte da früher schon mal allein für sich gesessen, unerreichbar für alles Piesacken und Ärgern.

Es war kalt in dem leeren Raum, aber er nahm sich nicht die Zeit, die Heizung höher zu drehen oder die Fenster zuzumachen. Er setzte sich auf seinen eigenen Platz, stellte die Schultasche vor sich auf den Tisch, nahm das Buch heraus, tauchte dahinter weg, blätterte zu der Seite, wo er aufgehört hatte – 12 – und begann wieder zu lesen.

Als unsere Eltern nach Hause kamen, lagen wir alle beide brav unter der Decke. Aber sowohl davor als auch danach sind wir bestimmt zehnmal aufgestanden, um die Schlafzimmertür leise zu öffnen und – enttäuscht – zuzumachen.

An den nächsten Tagen versuchten wir es immer wieder, wenigstens wenn eine von uns oder wir beide allein waren; wir erzählten sonst niemandem etwas davon. Kein einziges Mal jedoch erwartete uns eine unbekannte Halle und eine Treppe, nicht einmal der Schimmer eines anderen Hauses – geschweige denn eines Palastes mit einem schönen Musiksaal. Ich begann bisweilen zu denken, dass ich alles geträumt hätte. Und meine Schwester machte es noch schlimmer: Sie schalt mich eine Betrügerin und verlogene Fantastin. Bis …

Eines Nachmittags kam ich von der Klavierstunde nach Hause – schlecht gelaunt, denn ich hatte *Für Elise* vorspielen müssen, und noch niemals hatte ich das so schlecht gemacht. Kein Wunder, ich hatte fortwährend den schweigenden schwarzen Flügel vor mir gesehen. Ich war allein nach Hause geradelt: Meine Schwester, die die Stunde vor mir Unterricht gehabt hatte, hatte gegen ihre sonstige Gewohnheit nicht auf mich gewartet. Zu Hause war sie auch nirgends, und als sie in unser Zimmer kam, war sie für mich Luft. Nicht lange, denn sie packte mich und flüsterte aufgeregt: «Es ist wahr, Elise, es ist doch wahr! Ich bin auch da gewesen! Nur nicht durch die Tür hier, wie du.»

«Wovon redest du?»

«Von dem Musiksaal mit dem Klavier, vom Raum der Mitte, von dem alles ausgeht, mit dem Mondschein …»

«Mondschein?»

Meine Schwester fing an zu erzählen, dass sie, wieder zurück von der Klavierstunde, ihr Fahrrad in den Schuppen gestellt hatte. Sie hatte, genau wie immer, durch die Küchentür – die zum Garten hinterm Haus führte – ins Haus gehen wollen. Es wehte ziemlich stark, und dadurch schlug die Tür laut hinter ihr zu. Zu ihrem Schreck (zuerst) und ihrer Freude (sofort darauf) merkte sie, dass sie nicht wirklich «nach Hause» gekommen war.

Sie befand sich in einer altmodischen, weitläufigen Halle mit einem Fliesenfußboden. Die Tür, die hinter ihr zugeschlagen war, war von innen eine richtige Schlosstür: groß und mit Holzschnitzereien. Eine Stehlampe brannte, und an einem Garderobenständer hingen Schals und Mäntel. Sie wagte nicht, ihren eigenen Mantel dazuzuhängen. Doch war sie nicht zurückgegangen, sondern vorwärts – die Wendeltreppe hinauf, die sie genau gegenüber sah.

So kam sie in eine zweite Halle, ohne Möbel, aus kahlem Stein. Eine nächste Wendeltreppe führte von dort aus weiter nach oben – vielleicht zu einem Turmzimmer. Aber sie sah auch den Anfang eines Ganges, der hinabzuführen und kein Ende zu nehmen schien. Während sie dort zögernd stand, hörte sie plötzlich Musik – melodiöse Pianoklänge schwebten herab, Arpeggien erklangen irgendwo über ihrem Kopf.

Die Treppe hinauf also!

In der dritten Halle – die Treppe wand sich von dort aus noch weiter – gab es eine vornehme Flügeltür – halb offen.

«Dahinter spielte jemand Klavier …» Meine Schwester schwieg mit nachdenklichem Gesicht.

«Und dann, was dann?», fragte ich gespannt. «Gingst du hinein?»

Natürlich hatte sie das getan, und sie war in einem Saal gelandet, der genauso aussah, wie ich erzählt hatte. Sie hatte ihn nur durch einen anderen Zugang betreten. Und der schwarze Konzertflügel war keineswegs tot – im Gegenteil: Ein alter Mann saß daran und improvisierte. Und während es bei uns Tag war, ein herbstlicher Nachmittag, war es dort Nacht – eine Winternacht. Draußen war alles verschneit, und der Vollmond schien herein. Obwohl das große Kippfenster offen stand, war es nicht kalt, und der Mond schien so hell, dass Lampen und Kerzen überflüssig waren.

Der Pianist hatte nicht aufgehört zu spielen, als er meine Schwester sah. Sondern er hatte sie aufs freundlichste begrüßt und willkommen geheißen. Er sah irgendwie besonders aus, obwohl er völlig normal in Hose und Pullover gekleidet war. Er hatte ein interessantes Gesicht mit einem Schnurrbart und weit abstehenden Haaren um die hohe Stirn.

«Liebst du Musik? Dann schieb einen Stuhl her und setz dich hin», hatte er gesagt. «Mund halten, lauschen und genießen.» Inzwischen hatte er weitergespielt, Variationen zu Bach und Mozart. «Nicht Beethoven», sagte meine Schwester.

«Du kennst nicht mal den Unterschied zwischen Beethoven und Mozart und Bach», sagte ich.

«Kenn ich wohl! Und als ich ihm erzählt hatte, wie ich heiße, sagte er sogar, dass er eigentlich *Clair de Lune* spielen müsste. Nur kannte er das Stück nicht so gut. ‹Zu oberflächlich und zu modern für mich›, sagte er.»

«Die *Mondscheinsonate* wäre auch möglich gewesen», sagte ich. «Das ist genauso gut Mondschein.»

«Nein, *Clair de Lune.* Noch mehr für mich als für den Mond. Ich habe ihm doch erzählt, wie ich heiße.»

«Du heißt einfach Clara.»

«Na, das ist doch dasselbe wie Clair? Ist das wahr oder nicht?»

Es war (und ist) beinahe wahr. Clara, der Name meiner Schwester, ist im Französischen Claire, und das bedeutet «Licht» oder «Schein». Das Klavierstück *Clair de Lune* von Debussy kannten wir beide, wir hatten es oft gehört; es selbst zu spielen, war noch zu schwierig für uns.

«Und dann kam ein sehr großer Mann in den Saal», fuhr meine Schwester fort. «Der sah erst gut aus! Mit einem weiten Mantel, ganz dunkelblau. Er sah so ähnlich aus wie … Ich weiß nicht wer. Der Professor stand auf, und er sagte …»

«Professor?»

«Der blaue Mann nannte ihn so. Und der Professor sagte: ‹Diese junge Dame kommt zum ersten Mal hierher. Debussy, wie farbig er auch sein mag, ist nicht so meine Richtung, es passt eher zu dir. Setz du dich ans Klavier und spiele *Clair de Lune* für sie.› Und das tat er, der große blaue Mann.»

Ich dachte: Blau? Was meint sie? Dunkel? In Blau gekleidet?

«Ganz wunderbar», erzählte meine Schwester weiter. «Der Professor und ich lauschten, und der Mond schien immer noch herein. Und als das Stück zu Ende war, sagte der blaue Mann: ‹Wollen Sie, Professor, jetzt vielleicht Ihre Geige holen? Es wird mir eine Ehre sein, Sie zu begleiten.› Der Professor stand mit dem Rücken zum Fenster, und das Licht des Mondes machte sein Haar durchsichtig. ‹Ein anderes Mal›, sagte er, und er fragte: ‹Ist es wahr, dass der Mond verschwunden ist? Der Mond wird nun doch sicher fort sein …› ‹Und warum bitte?›, sagte der blaue Mann. ‹Einzig und allein›, sagte der Professor, ‹weil ich nicht hinsehe. Was ist mit dem Mond passiert, jetzt, wo ich ihn nicht mehr sehe?› – Verrückte Frage, was, Elise? – Ich antwortete, der Mond sei immer da, und der dunkle Mann sagte dasselbe. Da lachte der Professor – ich bin mir sicher, dass er lachte, obwohl ich sein Gesicht nicht richtig sehen konnte. ‹Das hab ich mir gedacht!›, sagte er, und er verschwand.»

«Wieso – verschwand?»

«Er war plötzlich einfach auf einmal weg», antwortete Claartje. «Aber der blaue Mann blieb am Klavier sitzen und sagte: ‹Er kommt bestimmt wieder, er kommt oft hierher, mit oder ohne seine Geige. Die Musik›, sagte der blaue Mann, ‹hat bewirkt, dass wir uns sofort verstanden haben, auch als wir unsere Sprachen gegenseitig noch nicht verstanden. Dabei ist der Professor ebenso wenig wie ich von Beruf Musiker.›

‹Was ist er denn?›, fragte ich.

‹Professor! Seine wahre Berufung ist die reine Wissenschaft. Er ist berühmt, hat einen glänzenden Namen. Mein Name ist finster. Dunkel. Und dein Name kann nicht anders sein als Clair oder Claire oder Clara›, sagte der blaue Mann zu mir.»

Ich hörte dies alles an und sagte mir: Zu schön, um wahr zu sein! Ein mysteriöser Professor und ein blauer Mann, so was haben wir uns bisher noch nie ausgedacht. Mondschein oder nur *Schein?* Ich sprach diesen Gedanken jedoch nicht aus, bis Clara mit «ihrem Turmzimmer» anfing. Der sogenannte blaue Mann hatte wieder angefangen zu spielen. – «Er klimperte nur ein bisschen, aber doch schön, nur merkwürdig, Elise.» – Danach hatte er gefragt, ob Claire (denn so nannte er meine Schwester weiterhin) genau wie er selbst für länger bleiben wollte, ob sie eine Unterkunft wünschte. «Er war sich dessen sicher», erzählte Claartje, «dass ich in dem Haus würde wohnen dürfen, so lange wie ich nur wollte. Und er würde für mich fragen, ob ich dann ein Turmzimmer bekommen könnte, ganz für mich allein.»

Wie schon berichtet, mussten Claartje und ich ein Zimmer teilen. Obwohl wir uns meistens wirklich gut vertrugen, hätten wir gern jede ein eigenes Zimmer gehabt. Manchmal erzählten wir uns gegenseitig, wie wir dieses Zimmer – immer wieder anders – einrich-±ten würden. Und ein Turmzimmer erschien uns als der Gipfel des Glücks.

«Ein Turmzimmer? Für dich allein?», sagte ich. «Clara, schwindel mir nichts vor!»

«Du hast mir was vorgeschwindelt», sagte Clara böse. «Du hast gelogen, als du erzählt hast, dass der Musiksaal totenstill war mit einem toten Klavier und einer hölzernen Tastatur oder was weiß ich! Bestimmt weil du nicht wolltest, dass ich dem Professor begegnen sollte und dass ich die Musik mit meinem Namen hören sollte, ja, mit meinem Namen, *Clair de Lune*.»

«Sei nicht albern», sagte ich. «Ich soll vielleicht glauben, dass ein wunderschöner Mann mit einem blauen Mantel …»

«Er war ganz und gar blau!»

«Ganz und gar blau, noch schöner! Und der spielte extra für dich Debussy und *Clair de* …»

«Nicht verrückter als *Für Elise*. Und das spielte er nicht, geschieht dir recht! Das Notenheft war ja extra zugeklebt, hast du selbst erzählt.»

«Ah! Nun sagst du es selbst, ich habe dir nichts vorgeschwindelt …»

«Und ich dir auch nicht, es ist alles wirklich passiert», sagte meine Schwester. «Warum willst du mir nicht glauben, du bist neidisch, das ist es. Ach, und es war doch so schön …»

Ich war still. Wenn es stimmte – und warum eigentlich nicht –, lohnte es nicht, Streit anzufangen. Was ich erlebt hatte, war ja auch

«Da sitzt der Speichellecker», brüllte unerwartet die Stimme von Henkie dem Hartgesottenen. Zum zweiten Mal legte er seine klobige Pranke auf das jetzt aufgeschlagene Buch. Diesmal konnte er es unter Ottos Händen wegzerren, man hörte das Geräusch von zerreißendem Papier.

«Gib es wieder her!» Otto schoss empor, und zum ersten Mal traute er sich an Hendrik heran. Er schlug ihn, kratzte ihn.

Hendrik fuhr fassungslos zurück, das Buch hielt er sich über den Kopf. Um ihn herum erhob sich Gejohle, er war nicht allein hereingekommen.

Otto machte einen Sprung. Er hätte sein Buch bestimmt zu fassen bekommen, wenn Hendrik es nicht schnell zu Frederik geworfen hätte. Frederik warf es zu Hamza, und Hamza schmiss es wieder zu Frederik. Das Gejohle wurde lauter, schrill, gemein. Von Frederik zu Farida, von Farida zu Els, von Els zu Henkie … Das Buch flog mit flatternden Seiten hin und her durch den Klassenraum.

«Fang!»

«Pack es doch, Kürbiskopf, Rotgesicht!»

«Porno! Pack es, Professor!»

«Fang!»

«Gib es her!», schrie Otto, während er vergeblich hin und her sprang.

Plötzlich blieb er stehen und ergriff das erste Beste, das in Reichweite war: ein großes, altmodisches Tintenfass, das auf dem Lehrerpult stand. «Gib mir mein Buch wieder, oder jemand kriegt dies an den Kopf.»

Stille.

«Bist du nun …», begann Hamza.

Frederik hatte inzwischen das Buch wieder, er lachte hinterhältig. «Das wagst du doch nicht, Ottochen.» Er gab es Hendrik, der sich neben ihn gestellt hatte, ganz nah an einem Fenster.

«Und ob ich es wage», sagte Otto. «Ich werf dir ein Loch in den Kopf.»

Frederik hielt seinen Mund, aber Henkie der Hartgesottene blieb unbeeindruckt. Er sagte:

«Ich gebe es dir nur, wenn du darum bettelst, wenn du um Entschuldigung bittest, dich hinkniest. Sorry, Pardon, Vergebung, bitte, gib es mir, tapferer Hendrik.» Er riss ein paar Seiten heraus und ließ sie aus dem Fenster flattern.

Otto warf das Tintenfass.

Das Ding flog zwischen Hendrik und Frederik hindurch ebenfalls aus dem Fenster. Er hörte, wie es draußen in Stücke schlug.

Betroffenes Schweigen.

«Daneben!», sagte Henkie der Hartgesottene. «Du kannst nicht einmal zie...»

Er stockte.

Otto hatte wieder etwas vom Tisch gepackt: den Briefbeschwerer, an dem der Biologielehrer sehr hing, ein Brocken versteinertes Holz, Millionen Jahre alt, bleischwer.

«Lass das», sagte Hamza. «Tu's nicht!», rief Farida.

«Und jetzt kriegst du es nie!», rief Henkie der Hartgesottene. Er machte einen Sprung zur Seite und warf das Buch mit einem entschlossenen Schwung nach draußen.

Es stieg für einen kurzen Augenblick flatternd aufwärts, senkte sich drehend und verschwand aus ihrem Blick.

«WAS IST HIER LOS?», rief der Biologielehrer, während er seinen Raum betrat.

Die Kinder waren für einen Moment still und begannen dann aufgeregt durcheinander zu reden – außer Otto und Henkie dem Hartgesottenen. Hendrik fuhr zurück, fast bis ans Fenster. Otto ließ langsam seinen Arm sinken. Das versteinerte Stück Holz fiel ihm aus der Hand und landete mit einem Knall auf dem Fußboden. Dann drehte er sich um und lief zwischen seinen Klassenkameraden durch zur Tür, raus aus der Klasse. Er begann immer schneller zu laufen, durch den Flur und zwei Treppen hinunter. Auf den Schulhof.

Tränen machten alles neblig, was Otto sah. Er wischte sie immer wieder ungeduldig weg.

Das Buch hatte er gefunden – feucht, schmutzig und noch mehr ramponiert – zwischen den Pflanzen an der Mauer unter den Fenstern des Biologieraums. Und zwei lose Blätter – die Seiten 21 und 22, 23 und 24. Das eine lag mitten auf dem Hof, das andere hatte er gerade noch packen können, bevor es vom Wind fortgetragen wurde. Aber dieser Scheiß-Hendrik hatte noch mehr Seiten herausgerissen …

Er wusste nicht, wie lange er da herumsuchte, ohne Mantel in der Kälte, wütend und traurig. Überall abgebrochene Zweige und nasse Blätter von den Bäumen, Plastiktüten, durchweichte und zerknüllte, schmutzige Papierfetzen … Er sah auch die Scherben des Tintenfasses, mitten in einer blutigrot ausgelaufenen Pfütze. Es regnete gerade nicht, aber es wehte kräftig. Er spürte, dass sie ihm von oben aus den Fenstern des Biologieraums im zweiten Stockwerk zusahen. Er meinte seinen Namen rufen zu hören, aber er reagierte nicht darauf.

Nach einer Weile kamen zwei Klassenkameraden zu ihm – Hamza und Farida.

«Du sollst zurückkommen», sagte Hamza.

Otto zog wütend seine Triefnase hoch. «Ich komm nicht, bevor ich nicht alle Seiten meines Buches …», fing er an und schwieg dann, weil seine Stimme zu zittern begann.

«Dein – was?», sagte Hamza höhnisch, und dann schwieg er ebenfalls.

«Das Rausreißen war gemein», sagte Farida. «Ich helf dir beim Suchen, Otto.»

«Ich auch», sagte Hamza. «Wie sehen die Seiten aus?»

«Geht dich nichts an!» Otto stopfte das Buch unter seinen Pullover. «Ich brauch keine Hilfe. Ich hasse euch, euch alle.»

Farida und Hamza verschwanden.

Otto fragte sich flüchtig, was die Leute in der Klasse dem Lehrer erzählt haben mochten. Aber ach, wenn Hendrik und Frederik und all die anderen ihren verdienten Lohn bekämen … na und? Ihm würde es nicht helfen – nicht die Bohne!

«Lehrerliebling.» Was konnte er dafür, dass er in Biologie genauso gut war wie in Geschichte und Erdkunde und dass er diese Fächer auch noch mochte? War es denn so schlimm, dass er für Mathematik begabt war und dass er in allen Fächern meistens gute Noten bekam, außer in Turnen?

Die Stunde war beinahe vorbei, als Otto in den Biologieraum zurückkam. Der Wind hatte alle Tränen weggepustet, aber die anderen Buchseiten hatte er nicht gefunden.

Der Lehrer stellte ihm keine Fragen; er sagte: «Setz dich, Otto, wir sind bei Kapitel vier. Du schuldest mir nur ein Fass roter Tinte. Ich hoffe, dass du dich nicht erkältest, du hättest deinen Mantel anziehen müssen, Junge.»

Ein Glück im Unglück, dachte Otto, als er nach diesem ätzendsten aller Schultage nach Hause radelte, mühsam, gegen den Wind. Das erste Blatt, also Seite sechs, ist noch da ... Das wenigstens wusste er. Er hatte nicht gewagt, weiter in dem Buch zu lesen, hatte nur hastig gezählt, wie viele Seiten ungefähr fehlten – mehr als zwölf. Keiner der Jungen hatte ihn geärgert oder etwas Fieses gesagt. Frederik und Hendrik hatten ihm dauernd Grimassen geschnitten, aber er hatte getan, als ob er es nicht sähe.

Nie wieder, sagte Otto sich, nehme ich mein Buch mit zur Schule. Ich lasse es keinen Menschen mehr sehen, erzähle niemandem etwas davon.

Niemandem? Wer war derjenige, der es ihm zugesteckt hatte? Nicht Elise, nicht Claartje ...

Kein Mädchen, sondern ein Junge, ein Junge in seinem Alter, dessen war er sich so gut wie sicher. Gekauft hatte er es von Herrn Montag. Wer weiß, vielleicht wusste der mehr davon, genau wie seine Frau. Es war ihr Laden, ihr Abstellraum ... Sollte er kurz mal dort vorbeischauen? Aber es hatte wieder angefangen zu regnen, und er hatte die Nase voll. Morgen, Mittwoch, musste er sowieso zu den Montags. Er konnte also lieber weiterfahren, nach Hause. Dort würde er ungestört die Geschichte von Elise und Claartje zu Ende lesen können ... jedenfalls das, was davon noch übrig war.

III

Musst du lesen, bärenmäßigvollfett. War das erst gestern gewesen, im fensterlosen Abstellraum hinter Montags Laden?

Als Otto auf den Lichtschalter gedrückt hatte, war es dort dunkel geblieben; die Lampe im Flur gab kaum Licht. Und doch war er hineingegangen, behutsam, weil dort so viel gelagert war. Nur ein oder zwei Schritte; die Kiste mit den antiquarischen Büchern musste irgendwo ganz vorne stehen. Und plötzlich hatte jemand seinen Namen geflüstert: «Otto … Otto. Otto?»

Er war nicht erschrocken; die Stimme war jung und klang verschwörerisch, nicht heimtückisch oder feindselig.

«Sie heißen doch Otto? Ich hab etwas für Sie, stellen Sie sich einfach vor, dass es aus dieser Bücherkiste kommt. Hier, greif zu! Niemandem erzählen, dass ich es dir gegeben habe, sonst lass ich Sie aufknüpfen. Komm her.»

«Wer ist da?», fragte Otto, auch flüsternd. «Komm lieber hierhin, das Licht ist kaputt, und ich kann kein bisschen sehen.»

«Richtig so, Sie sehen mich nicht, ich sehe dich genau», sagte die Stimme im Dunkeln. «Du kannst … Sie können doch lesen, Otto? Sie sind doch Otto?»

«Ja, natürlich», sagte Otto. «Aber wer bist du, was tust du hier? Wie kommst du hierher?»

«Durch die Tür natürlich! Wenigstens wenn ich nicht lüge oder schwindele. Ich warte schon eine Zeit, Otto, eine wirkliche, echt. Nichts weitersagen, niemandem nicht, denk daran. Oder Sie werden hängen, Otto. Hängen.»

«Red nicht so blödsinnig», sagte Otto.

Wie sehr er seine Augen auch anstrengte, er sah nur vage die Umrisse eines Schranks … Bretter, Kisten und Kartons … Dennoch musste sich, der Stimme nach zu urteilen, ein Junge im Abstellraum befinden – vielleicht sogar genauso alt wie er. Er hoffte, dass es so sei … Plötzlich erschrak er doch: kalte dünne Finger schlossen sich kräftig um seine Handgelenke und ließen ihn sofort wieder los. Dann wurde ihm etwas in die Hand gedrückt – ein Buch, wie es schien, aber er konnte immer noch nicht sehen, wer es ihm gab.

«Musst du lesen, bärenmäßigvollfett», sagte die Jungenstimme. «Und raten, wie es heißt, welchen Titel es hat. Ich kann zählen, viel weiter als zehn. Otto steht nicht auf Seite eins und auch nicht auf Seite zwei. Nicht mal auf vier oder fünf. Otto steht auf Seite sechs!»

Ottos Schreck war verflogen. Er hielt das Buch ganz fest und wollte etwas fragen, aber dazu kam er gar nicht.

«Schnell, hau ab, Otto, bevor jemand anders hierher kommt. Denk nicht, dass du das Buch von mir geschenkt kriegst. Kauf es fürn Appel und 'n Ei, wenn es geht. Oder stiehl es, noch besser. Steh nicht da wie ein Ölgötze, Doofkopp, verschwinde, und mach die Tür zu. Merk dir: Tür zu. Zieh Leine, los!»

Und Otto hatte Leine gezogen; jedenfalls war er gehorsam in den Laden zurückgegangen.

Jetzt bedauerte er das gewaltig. Auch wenn er das Buch natürlich gekauft hatte – nicht gestohlen. Gekauft für zweimal zehn Pfennig.

«Ich mach ein Groschenbuch daraus», hatte Herr Montag gesagt.

Hätte ich doch kurz noch beim Laden vorbeigehen sollen?, fragte Otto sich. Nein, denn wenn ich zu genau nachgefragt hätte, würden die Montags bestimmt wissen wollen warum. Und ich kann, ich will, ich darf nichts erzählen ...

Er war wieder zu Hause; seine Mutter hatte dafür gesorgt, dass er trockene Kleider anzog und hatte ihm einen Becher warme Schokoladenmilch gemacht – das mochte er lieber als Tee. Sie begriff nicht, warum er mit Becher und Schultasche in sein Zimmer wollte anstatt sich gemütlich zu ihr zu setzen.

Ottos Hände bebten, als er endlich allein war und unbeobachtet sein ramponiertes Buch ansehen konnte. Er versuchte, die beiden Blätter, die er gefunden hatte, glatt zu streichen. Er machte einen Versuch, sie sauber zu radieren, hörte aber schnell damit auf; davon wurden sie nur noch schmutziger. Bis einschließlich Seite 14 war die erste Geschichte (oder das erste Kapitel) noch vorhanden, obwohl diese Seite voller Flecken und das Blatt überhaupt stark beschädigt war. Seite 15 war weg, und Seite 16 war infolgedessen auch nicht da, aber als er einen Augenblick nachdachte, erinnerte er sich noch an die Zeilen, die er gelesen hatte, bevor ... nein, daran lieber nicht denken. Merk dir: *Clair de Lune* und etwas über ein *Turmzimmer*. Auch die vier darauf folgenden Seiten fehlten: 17, 18, 19 und 20. Er legte die herausgerissenen Blätter, die Seiten 21–22 und 23–24, an die richtige Stelle – gleich nachher festkleben – und ließ währenddessen seine Augen schnell über den Text gleiten. Als die Geschichte spannend zu werden schien, brach sie ab, denn Seite 25 fehlte, genau wie 26, und auch 27–28, 29–30, 31–32. Sieben Blätter waren verschwunden, endgültig – die ersten beiden nicht mitgerechnet.

Otto hätte heulen mögen, wenn er das natürlich auch nicht tat. Er schnäuzte sich ausgiebig die Nase und fing dann an zu lesen. Der Text auf den Blättern, die er gerettet hatte, war zum Glück noch lesbar, wenn sie auch schmutzig waren. Seite 21 begann mitten in einem Satz. Noch immer Elises Geschichte:

so dass sie nie zu wenig Zeit haben würden. Nach diesem wunderschönen Musikabend konnten Clara und ich uns nicht mehr gegenseitig der Lüge beschuldigen. Wir hatten Frieden geschlossen und würden von jetzt an zusammenarbeiten; wir waren Reisende zum selben Ziel.

Als ich den goldenen Saal zum ersten Mal betreten hatte, war das Klavier stumm gewesen, die Tasten waren wie gemalt, alle Instrumente waren wie festgeschmiedet auf einen Tisch oder an eine Wand; die Uhr ohne Ticken und ohne Zeit.

Bei Claartjes erstem Besuch war alles wirklich gewesen, lebendig und genauso musikalisch wie bei diesem anderen Mal für uns beide; das habe ich schon erzählt. Aber bei all unseren späteren Besuchen war es genauso still und stumm und steif, wie es für mich am Anfang gewesen war. *Warum?* Mit Mondschein hatte es nichts zu tun …

Wir kamen und gingen, wir wussten nie, wann das Haus da sein würde auf der anderen Seite der Tür. Niemals wieder begegneten wir einem Menschen oder einem Tier, wir schweiften von einem schönen, aber ausgestorbenen Raum zum andern. Wir schlichen durch lange Gänge, wir trödelten in leeren Eingangshallen herum, wir stiegen enge und breite Treppen hinauf und stiegen sie auch wieder hinab. Wir spähten um Ecken und durch Fensterscheiben, versteckten uns hinter Pfeilern, wir betraten vorsichtig verlassene Säle und wagten uns sogar in tiefe Gewölbe. Wir erkundeten Räume, in denen wir nur flüsternd zu sprechen wagten, und manchmal, wenn wir in der Ehrfurcht gebietenden Bibliothek umherschweiften, redeten wir sogar überhaupt nicht. Es war (dachte ich manchmal), als wären wir klein geworden und zusammengeschrumpft zu den einzigen lebendigen Geschöpfen in einem endlosen Puppenhaus.

Wir wussten jetzt, dass dies der Aufenthaltsort einer hoch stehenden Persönlichkeit war, die hier nicht allein wohnte – im Gegenteil. Außer einer Amtswohnung war dies ja auch ein Zuhause, in dem viele willkommen waren. Warum sahen wir all diese Menschen niemals?

Wir fanden reichlich Spuren menschlicher Tätigkeit. So wechselten im Raum der Mitte gelegentlich die Noten auf den Notenständern und auf dem Flügel. Wenn ein Notenheft zu war, blieb es zu (wie zusammengeklebt), und es gelang uns nicht, auf dem Flügel zu spielen. Dasselbe galt für die Türen: Wenn sie geschlossen waren (glücklicherweise nicht immer), kriegten wir sie nicht auf.

Und dann kam die Nacht im Herbst, als Claartje und ich keinen Schlaf finden konnten; vielleicht weil es draußen wehte und heftig regnete. Die zugezogenen Gardinen bewegten sich, obwohl die Fenster geschlossen waren, und plötzlich begann unsere Tür zu klappern.

Wir waren beide zugleich aus dem Bett, um – das war selbstverständlich – sie schon im Voraus ganz weit zu öffnen, bevor … Nein! Wir dachten gar nicht daran, unsere Tür zu schließen, denn die führte offenbar zu einer fensterlosen Halle, wo wir niemals zuvor gewesen waren. Eine steinerne Wendeltreppe schien von dort aus nach unten zu führen.

«Wir sind bestimmt in einem Turm», flüsterte meine Schwester.

«Die Treppe führt ins Dunkle, wenn wir zu ebener Erde sind, landen wir in einem Keller», murmelte ich.

Wir gingen in unser Zimmer, um etwas Warmes anzuziehen und jede eine Kerze anzustecken.

«Hoch oben in einem Turm», sagte Claartje, als wir in der Tür stehen blieben. «Ganz oben. Hörst du den Wind nicht, und den Regen?»

«Es könnte sein», gab ich zu. «Dann haben wir jetzt wirklich ein Turmzimmer, auch wenn es dir nicht allein gehört.»

Gleich darauf gingen wir mit unseren Kerzen die Treppe hinunter, langsam, weil die Stufen glatt und abgetreten waren. Claartje packte meine Hand, so unerwartet, dass ich fast danebentrat.

«Pass doch auf», flüsterte ich.

Dicht hintereinander gingen wir weiter nach unten, ich voran. Bei einer niedrigen Holztür blieben wir stehen. Wohin die wohl führte? Ein Fenster konnte es nicht sein …

«Wir sind bestimmt noch sehr hoch oben», ertönte es leise neben mir. «Noch ein Turmzimmer?»

Wir fassten beide abwechselnd den zierlichen Türgriff an, konnten ihn aber nicht bewegen. Auch der kleine blinkende Schlüssel darunter (aus Silber, wie es schien) ließ sich nicht drehen.

Auf einmal überfiel mich Furcht, obwohl nichts Unheimliches zu sehen war. Die kleine Holztür, die Stufe, auf der ich stand, und auch die Wendeltreppe selbst … das alles kam mir nun so unheimlich bekannt vor. Und dabei war ich mir sicher, dass Clara und ich noch nie einen Fuß hierhin gesetzt hatten.

Wie still war es geworden, nicht einmal das Rauschen des Regens. Wie lange hatte ich eigentlich den Regen nicht gehört? Vielleicht hatte es einfach aufgehört zu regnen. Vielleicht waren die Mauern des Turms so dick, dass kein Geräusch von draußen hereindringen konnte. Bei genauer Überlegung brauchte es hier überhaupt nicht zu regnen oder Herbst zu sein. Ich horchte auf unser zu schnelles Atmen.

Lass dir nichts anmerken, sagte ich mir. Denn hier herrscht immer Stille.

Inzwischen versuchte ich, den Schlüssel aus dem Schloss zu ziehen, natürlich gelang mir das ebenso wenig.

Hinter der kleinen Tür schien jemand unsichtbar auf der Lauer zu liegen und unhörbar zu lachen.

«Du drehst in die falsche Richtung», sagte meine kleine Schwester plötzlich; ich erschrak einen Moment und sagte dann: «Ach, du weißt doch, dass alles hier so bleibt, wie wir es vorfinden? Abgeschlossen ist abgeschlossen.»

«Lass mich jetzt mal», flüsterte sie. «Bitte, Elise.»

Ich tat einen Schritt zur Seite und ließ sie probieren.

Vergebens.

«Ich weiß bestimmt, dass hier ein Zimmer ist», sagte sie. «Ein schönes kleines Zimmer. Leer.»

«Hör auf», sagte ich mit gedämpfter Stimme, ungeduldig, noch immer nicht beruhigt.

«Lass uns weitergehen. Du schaffst es doch …» Ich schwieg abrupt.

Auf einmal ein Geräusch. Ein Knall oder ein Schlag. Irgendwo über uns.

Wir starrten uns an. Es hatte sich angehört wie … wie eine Tür, die zuschlug. Unsere Schlafzimmertür?

Dann hörte ich die erstaunte Stimme meiner Schwester: «Sieh dir das an, ich hab den Schlüssel umgedreht, nur so, von selbst.» Sie zog ihn ohne die geringste Mühe aus dem Schlüsselloch. «Siehst du wohl!»

Die kleine Tür schwang gehorsam nach innen auf und ließ uns ein wunderhübsches kleines Turmgemach sehen. Durch ein Fenster sahen wir Tageslicht und einen Regenbogen.

Noch standen wir da und zwinkerten mit den Augen, als wieder ein Geräusch zu uns durchdrang, uns überraschte und uns in Begeisterung versetzte. Jemand spielte Klavier, es klimperte und klang – weit weg, unten.

Wir stolperten fast ein paar Stufen die Treppe hinunter, aber plötzlich machte ich Halt und hielt meine Schwester fest. «Warte!»

«Nein, nein», flüsterte Claartje. «Schnell dahin, bevor es aufhört. Oder willst du zurück in …»

«Es ist wieder *lebendig* geworden», unterbrach ich sie. «Und ich hab plötzlich eine Idee, *warum*. Schnell, zu unserem Zimmer.»

«Nicht dahin», fing meine Schwester an.

«Nur um *nachzusehen*», sagte ich hektisch. «Ich glaube, dass unsere Tür zugefallen ist und dass es daher kommt … Als du hier zum ersten Mal … Hör zu, Clara! Schlug die Tür nicht hinter dir zu, als du vom Garten in die Küche wolltest? Und du erinnerst dich doch noch an das Mal, als wir hier zusammen … Komm mit, wir müssen es *sicher* wissen.»

Es war so. Als wir in die steinerne Halle kamen, sahen wir, dass unsere Tür geschlossen war. Schwach und weit entfernt hörten wir noch immer das Klavierspiel, aber sobald wir die Tür öffneten, war keine Musik da. Wir hörten wieder den Wind und den Regen hinter den wehenden Gardinen unseres Schlafzimmers. Also machten wir die Tür gut zu und ließen so unser Zimmer verschwinden. Wir gingen voller Erwartung zum zweiten Mal

Hier brach der Text ab. Otto musste zu Seite 33 springen.

verlangte es schon einigen Mut: die Tür zu schließen. Lasst mich nun das Wichtigste noch einmal ganz deutlich sagen.

Es gibt eine andere Welt hinter jeder Tür, ohne allzu viel Mühe erreichbar, wenn die richtige *Zeit* da ist. Du wirst dort jedoch ein Fremdling sein, lieber Leser, ein Außenstehender bleiben, es sei denn … Es sei denn, dass du diese Welt für dich selbst zum *Leben* bringst. Und das geschieht nur, wenn du *die Tür hinter dir schließt* und deine eigene Welt wahrhaft verlässt. Erst wenn du das gewagt hast, wirst du auf der anderen Seite willkommen geheißen werden, dort wirklich anwesend sein. Erst dann wirst du lebendigen Wesen begegnen, sie dir zu Freunden machen, wirst Abenteuer erleben in einem zweiten Zuhause.

Es besteht jedoch eine große Gefahr: dass du dich selbst verlierst. Das bedeutet, dass du deinen eigenen Namen vergisst, dich selbst nicht mehr erkennst, wenn du in einen Spiegel schaust. In dem Augenblick verschwindet der Ort, woher du kommst, du hörst auf, in dem Hier und Jetzt zu bestehen, deine eigene Welt geht verloren. Du kannst dann nicht mehr zurück und musst für immer – als Verbannter im Exil – in der Welt auf der anderen Seite bleiben.

Sorg also dafür, dass *du* die Herrschaft behältst, dass du zurück kannst, wenn du es wünschst, dass du gehen und kommen kannst, wann du willst.

Sorg dafür, dass du dir deinen Namen merkst!

Jetzt, da ich dies aufgeschrieben habe, frage ich mich, ob mir irgendwann einmal jemand sagen wird: «Ich bin auch da gewesen.» Ich habe noch lange nicht alles erzählt, aber über das, was Claartje und ich noch mehr in dem Haus, und nicht zu vergessen in dem Garten, erlebt haben, hoffe ich ein ganzes Buch zu schreiben. Das Ende dieser Geschichte wird also zukünftig ein Anfang sein.

Mit einem Gruß an meinen lieben Leser und einer Warnung von Elise.

Otto machte einen Moment seine Augen zu und seufzte vor Aufregung. Trotz der verschwundenen Seiten war der Rest der Geschichte klar und außerordentlich wichtig – vor allem die letzte Seite. Er überlas sie noch einmal. Sie hatte die Absicht, ein ganzes Buch zu schreiben! Schnell schlug er die Seite um; wer weiß, vielleicht erwartete ihn ein zweites Kapitel auf der anderen Seite …

DAS GEHEIMNIS DES UHRMACHERS

«Die Zeit ist ein wunderliches Ding», sagte der Uhrmacher. «Man kann sie durch große und kleine Zeiger anzeigen lassen – Stunden, Minuten und Sekunden. Heutzutage auch ohne Zeiger, digital, was vielleicht einmal nicht bedachte, unerwartete und möglicherweise auch unangenehme Folgen haben kann. Oh, ja.» Er schwieg einen Augenblick. Er war ein altmodischer Uhrmacher, der noch dazu fähig war, uralte Wecker, von Urgroßvätern geerbte Taschenuhren und antike Uhrwerke zu reparieren. «Räderwerk oder Quarz», sagte er, «Analog oder digital … die Zeit selbst fängst du nicht ein. Die bleibt nicht stehen wie diese Uhr, an der ich arbeite. Die Zeit geht, wie man sagt, vorbei. Zukunft wird Gegenwart, Gegenwart wird Vergangenheit …»

Der Student nickte. Auch er dachte, genau wie der Uhrmacher, oft über die Zeit nach, besonders über die Zeit, die vorbei ist: die Vergangenheit. Er studierte Geschichte an der Universität. Im Hause des Uhrmachers hatte er ein Zimmer gemietet, und er kam gern zu ihm in die Werkstatt. Dort plauderten sie, oder sie wälzten tiefsinnig Probleme, umgeben von verschiedenen Uhren.

Friesische Wanduhren, kleine stuhlförmige Wanduhren und Kuckucksuhren schauten von den Wänden herab. Pendeluhren, Wecker und Westminsteruhren tickten ihnen von den Tischen zu, und Armbanduhren schielten aus den Vitrinen zu ihnen herüber. Nur die merkwürdige, hypermoderne Uhr in einer Ecke der Werkstatt ließ nichts von sich merken. Die hatte kein Zifferblatt oder Display und machte keinerlei Geräusch. Der Student hatte die Uhr zuerst für einen großen Eisschrank angesehen. Der Uhrmacher hatte ihm jedoch erzählt, dass es durchaus eine Uhr war – eine Uhr, die er selbst entworfen hatte, nicht mehr und nicht weniger als das Ende-Aller-Uhren.

Otto hörte auf zu lesen, ein wenig enttäuscht. *Das Geheimnis des Uhrmachers* war keine Fortsetzung der vorigen Geschichte. Er blätterte weiter, las dann und wann einige Zeilen … Keine Elise, keine Claartje. Keine Türen, Treppen oder wundersamen Gemächer. Es handelte von einem Studenten, der kurz vor irgendeiner Zwischenprüfung war, von einer Uhrmacherwerkstatt, Geschwafel über die Zeit … Plötzlich musste er an die Standuhr in der Bibliothek denken. Ohne Zeiger. Hastig blätterte er zurück. Da stand es, auf Seite 21 von Elises Geschichte:

Als ich den goldenen Saal zum ersten Mal betreten hatte, war das Klavier stumm gewesen, die Tasten waren wie gemalt, alle Instrumente waren wie festgeschmiedet auf einen Tisch oder an eine Wand; die Uhr ohne Ticken und ohne Zeit.

Aber das war im Musiksaal, nicht in der Bibliothek. Und was las er auf derselben Seite?

tiefe Gewölbe. Wir erkundeten Räume, in denen wir nur flüsternd zu sprechen wagten, und manchmal, wenn wir in der Ehrfurcht gebietenden Bibliothek umherschweiften, redeten wir sogar überhaupt nicht. **Es war (dachte ich manchmal), als wären wir klein geworden und zusammengeschrumpft zu den einzigen lebendigen Geschöpfen in einem endlosen Puppenhaus.**

Die Bibliothek, in der er seine Taschenlampe zurückgelassen hatte, ganz bestimmt! Zum Verrücktwerden! Was hatte auf den verschwundenen, ihm *geraubten* Seiten gestanden? Er konnte sich nur eines vornehmen: Nächstes Mal mache ich die Tür hinter mir *zu*. Nur … wann ist das nächste Mal?

Er ging zur Tür und machte sie auf. Nichts Besonderes zu sehen. Ob er bis Mitternacht warten müsste? Der Nachmittag war beinahe herum, aber der Abend war noch lang. Er setzte sich wieder an seinen Schreibtisch. Er holte seine Hefte und Schulbücher heraus, schaute sie aber nicht an. Er klebte die losen Blätter fest, so ordentlich wie er konnte.

Dann las er die unvollständige Geschichte noch einmal von A bis Z. Er tat es langsam und aufmerksam. Manchmal schnaubte er

kurz auf, erbost. Am Schluss lachte er still und grimmig vor sich hin.

Danach las er *Das Geheimnis des Uhrmachers* zu Ende. Er fand es ziemlich langweilig ... weil nichts von Elise und Claartje darin stand. Deren Geschichte war viel spannender.

Mit einer Warnung von Elise – war jene Stimme im Abstellraum dann ihre? Nein, ich denke nicht. Außerdem stammt ihr Abenteuer aus längst vergangener Zeit. Doch gut, dass ich morgen zu Montags gehe. Jetzt erst mal Geduld bis Mitternacht haben. Die Tür hinter mir schließen. Ich gehe kein Risiko ein! Ich werde nie meinen Namen vergessen; deshalb habe ich das Buch bekommen, das weiß ich bestimmt.

Otto ist ein ganz besonderer Name. Der bleibt in einem Spiegel gleich. Mit großen Buchstaben jedenfalls. OTTO – OTTO. Genau dasselbe. Das Buch ist Otto gewidmet, und Otto bin ich. *Mein* Buch.

KAPITEL DREI

Tür zu

I

Nach dem Abendessen ging Otto wieder in sein Zimmer. Morgen zum Glück nur vier Stunden, dachte er, während er sich an seinen Schreibtisch setzte. Aber wie konnte er ganz normal Hausaufgaben machen, während das geheimnisvolle, schmuddelige Buch bei seinen Schulsachen lag? Er zeichnete Kreise und Strichelchen auf eins seiner Hefte.

Ob Herr Montag die Kiste mit den alten Büchern wohl schon ausgepackt hatte? Ich werde ihn morgen danach fragen, dachte er.

Otto stand auf, ging leise zur Tür, machte sie mit einem Ruck auf und … schloss sie sofort wieder. Noch immer der normale Flur. Und noch viele Stunden, bis es Mitternacht sein würde. Er kehrte an seinen Schreibtisch zurück, schob das Heft beiseite, nahm sein Buch und las noch einmal ein paar Stellen aus der ersten Geschichte, auch wenn er die allmählich auswendig kannte. Er blätterte langsam weiter:

Es gibt eine andere Welt hinter jeder Tür, **ohne allzuviel Mühe erreichbar, wenn die richtige** ***Zeit*** **da ist. Du wirst dort jedoch ein Fremdling sein, lieber Leser, ein Außenstehender bleiben, es sei denn … Es sei denn, dass du diese Welt für dich zum** ***Leben*** **bringst. Und das geschieht** nur, wenn du *die Tür hinter dir schließt* **und deine eigene Welt wahrhaft verlässt. Erst wenn du das gewagt hast, wirst du auf der anderen Seite willkommen geheißen werden, dort wirklich anwesend sein.** Erst dann wirst du lebendigen Wesen begegnen, sie dir zu Freunden machen, wirst Abenteuer erleben **in einem zweiten Zuhause.**

Es besteht jedoch eine große Gefahr: dass du dich selbst verlierst. Das bedeutet, dass du deinen eigenen Namen vergisst, dich selbst nicht mehr erkennst, wenn du in einen Spiegel schaust. In dem Augenblick verschwindet der Ort, woher du kommst, du hörst auf, in dem Hier und Jetzt zu bestehen, deine eigene Welt geht verloren. Du kannst dann nicht mehr zurück und musst für immer – als Verbannter im Exil – in der Welt auf der anderen Seite bleiben. Sorg also dafür, dass du die Herrschaft behältst, dass du zurück kannst, wenn du es wünschst, dass du gehen und kommen kannst, wann du willst

Sorg dafür, dass du dir deinen Namen merkst!

Und so kam er nach dem *Geheimnis des Uhrmachers* zur dritten Geschichte.

DER ASYLSUCHENDE

Personen von vielerlei Gewerbe und wenig Erbe sind sehr dazu geeignet, die Hauptrolle in einer Geschichte zu spielen. Denn sie erleben wirklich mal was. So auch unser Held, weil er eines bösen (oder vielmehr guten?) Tages aus dem Haus lief, in dem er (*O wie kurz! Vorbei!*) eine Zeit des Glücks erlebt hatte.

Ein eigenes Haus besaß er nicht, in sein voriges Zimmer war längst jemand anders eingezogen, und es war noch die Frage, ob er irgendwo eine Unterkunft würde bezahlen können. Er war (nicht gerade um nichts und wieder nichts, aber doch unvorbereitet) völlig außer sich nach draußen gerannt, ohne sich umzusehen, mit nichts als den Kleidern, die er zufällig am Leibe trug.

Erst als ihm schwindlig wurde von dem Wirbeln der Schneeflocken oder vielleicht einfach vor Hunger und Kälte, drang es zu ihm durch, dass tiefster Winter war. Für einen Moment durchfuhr ihn der Gedanke, ob er auf seinem unseligen Weg umkehren sollte. Ach nein, natürlich tat er das nicht; außerdem hatte er sich inzwischen bereits hoffnungslos verirrt. Also setzte er seine Flucht fort, aussichtslos und ohne Ziel.

Er hatte keine blasse Ahnung, in welche Richtung er ging – Norden oder Westen oder Süden oder Osten. In keinem Fall zu irgendeinem Haus; er war in einer kahlen Einöde gelandet, die bewohnte Welt war verschwunden. – Und das ist auch das Beste, versuchte er sich einzureden. Wenn ich ein Haus beträte, was würde ich dort finden? Der Hund hockt noch im Topf und hat das Essen aufgefressen, die Katze ist aus der Kiste entwischt, das weiß ich bestimmt! Ach, ach, ein Pechvogel bin ich, unbekannt und ungeliebt. Wohin ich auch komme, da ist das Essen alle und die Katze ausgerissen.

Ich komme nie mehr irgendwo hin, ich bin nirgendwo, es gibt keine Häuser mehr. Warum gehe ich weiter, ich kann ebenso gut stehen bleiben, in dem weichen Schnee am Rande des Weges einschlafen. … Aber der Schnee ist nicht mehr weich, sondern er knirscht, friert, ist gefroren. Vielleicht bin ich längst am Pol – Nordpol. Südpol.

Otto schlug sein Buch zu, als er unten auf der Seite angekommen war. Was für eine alberne Geschichte, sagte er zu sich.

Gar nicht wahr, widersprach ihm eine Stimme in seinem Kopf. Es sticht dich. Oder juckt es?

Es sticht, gab Otto in Gedanken zu.

Dein Vater ist auch aus dem Haus gelaufen.

Nicht für immer!

Doch. Er wohnt woanders.

Ich wohne woanders, mit Mam. Und Paps kommt jede …

Aber die Katze ist ausgerissen.

Quatsch! Mieze hat sich verlaufen … entwischt, hoffnungslos verlaufen … konnte den Weg zurück nicht – nie mehr finden. *Vorbei!* Ich werde dies lieber ein anderes Mal lesen, ich lese alle Geschichten, aber jetzt habe ich keine Zeit. Ich muss zuerst noch alles Mögliche tun.

Deine Hausaufgaben?

Nein. Vorbereitungen auf meine nächste Unternehmung … Diesmal behalte ich meine Kleider an, ich gehe nicht wieder im Pyjama, dachte Otto. Und ich muss Licht bei mir haben. Elise und Claartje haben Kerzen mitgenommen. Gibt es irgendwo im Haus noch eine Taschenlampe? Papa hat eine oder zwei in seinem Auto, aber er kommt heute nicht. Dann also auch eine Kerze, in einem Leuchter.

Er stand auf. Kerzen waren genug da, seine Mutter steckte sie oft an, weil es so gemütlich war; er wusste, wo sie lagen. Er ging durchs Zimmer – es war das Beste, sofort ein paar zu holen –, und als er seine Tür öffnete, war dort die kahle steinerne Halle der vorigen Nacht, erhellt von der Lampe auf seinem Schreibtisch.

Otto konnte nur dastehen und fassungslos starren; das hatte er nicht erwartet.

Auf seiner Armbanduhr war es noch vor acht. Mitternacht hatte also nichts damit zu tun … Und das hätte er wissen können – in Elises Geschichte nämlich auch nicht. Wie auch immer, er konnte sich diese Chance nicht entgehen lassen.

Also ging er in die Halle, zog die Tür langsam zu sich heran und sah genauso langsam das Licht aus der Halle verschwinden.

– Sobald die Tür zu ist, wird es *stockdunkel* sein! Otto stieß sie schnell wieder auf. Vielleicht, sagte er sich, hab ich in meinem Zimmer noch einen Kerzenstummel.

Das war wider besseres Wissen; während er danach suchte, wusste er, dass er es vergeblich tat. Er fand nicht einmal Streichhölzer. Und inzwischen wartete die kalte Halle, die möglicherweise verschwinden und nicht wiederkommen würde, wenn er zu lange in seinem Zimmer blieb.

Trödel nicht so!, hielt er sich selbst vor. Du kennst den Weg. Nur die erste Wendeltreppe ist unbeleuchtet.

Ein schwacher Luftzug wehte durch die Halle und bewegte seine Tür etwas.

Jetzt oder nie, Otto! O.T.T.O.

Er ging wieder in die Halle und machte die Tür vorsichtig, aber entschlossen hinter sich zu.

Tatsächlich: tiefste Finsternis. Er sah sich um, an der kleinen, gewundenen Linie aus Licht konnte man sehen, wo das Schlüsselloch war. Ob sein Zimmer dahinter wohl noch da war? Er konnte es nicht sehen, denn der Schlüssel steckte von innen im Schloss. Er ging mit vorgestreckten Händen in Richtung der Treppe, bis er von einer Mauer aufgehalten wurde. Er schob sich tastend an den rauen Steinen entlang und fühlte schon bald den Bogen des Tores. Dann ging er Schritt für Schritt die Treppe hinunter.

Er schauerte in dem kühlen Luftstrom, der aus der Tiefe heraufzog. Er hörte das Echo seiner Schritte auf den unsichtbaren Stufen. Nach ein paar Biegungen meinte er Licht zu sehen. Zuerst dachte er, dass er sich das einbildete, aber kurz darauf wusste er es sicher. Er konnte die Stufen vor sich jetzt deutlich unterscheiden im Schein von … was?

Otto blieb stehen, an die Außenwand gedrückt. «Hoi», sagte er, aber kaum lauter als sein Atmen. «Ist da jemand?»

Keine Antwort. Das Licht bewegte sich … Oder schien es nur so?

«Ich komme», flüsterte Otto. Er stolperte weiter – plötzlich viel zu laut –, bog wieder um eine Kurve und sah auf einer der Treppenstufen ein Kerze stehen, die ruhig, mit heller, scharf umrissener Flamme brannte. Eine Kerze in einem Metallleuchter.

Otto ging behutsam fünf Schritte nach unten, nahm den Leuchter und schaute sich um. Er sah seinen Schatten an der Biegung der Wand wachsen und schrumpfen und wieder wachsen. Sonst niemanden.

Über sich – er war gerade daran vorbei – entdeckte er die kleine Tür, die er beim vorigen Mal zu öffnen versucht hatte, genau wie Elise und Claartje in der Geschichte. Hielt sich jemand in dem Turmzimmer versteckt, das dahinter sein musste? Derjenige, der die Kerze hingestellt hatte? Otto kletterte ein Stück zurück und klopfte leise an. Die Antwort war Stille. Er drehte am Türgriff. Auch diesmal half es nichts, und in dem winzig kleinen Schlüsselloch steckte kein Schlüssel mehr. Er unternahm keinen Versuch hindurchzuspähen, er betrachtete die Tür aufmerksam und flüsterte:

«Falls hier jemand wohnt: danke für das Licht.»

Danach stieg er weiter nach unten.

Ohne die brennende Kerze wäre es in der zweiten steinernen Halle auch dunkel gewesen. Jetzt fiel kein Licht durch die etwas geöffneten Flügel der vornehmen Tür, die zum Musiksaal führte.

Otto hielt den Leuchter ganz hoch, als er den Raum betrat. Er sah sofort das Klavier, die Elfenbeintasten schimmerten verschwommen. Er sah die anderen Musikinstrumente funkeln, wenn das Kerzenlicht auf sie fiel, genau wie das Messing der Kerzenständer, die Vergoldung der Bilderrahmen. Er sah Kronleuchter aufglänzen, und er sah das Glitzern ihrer kristallenen Prismen. Und das Funkeln von Spiegeln, die sein kleines Licht verdoppelten und nochmals verdoppelten. Er sah auch das große Fenster – ganz frei, die Vorhänge waren zurückgezogen. Im Glas sah er nur sich selbst und Teile des Saals widerspiegeln. Die Welt draußen war schwarz. Keine Sonne ... Vielleicht, wenn er länger hinschauen würde, irgendwo der Mond oder Sterne. Es war Nacht.

Er schaute auf seine Armbanduhr ... Wie flackerte das Licht plötzlich! Es kostete ihn Mühe, die Zeit auf dem kleinen Zifferblatt zu lesen: Viertel nach acht! Die Uhr ging also noch. Er wartete, bis die Flamme wieder ruhig brannte – wie kurz ist die Kerze geworden! – und ging langsam durch den Saal. Er sah sich selbst noch einmal genau im Spiegel an.

– Ich bin es wirklich, und Otto ist mein Name.

Beim Klavier blieb er stehen. Die schwarzen Tasten schwiegen abwartend, die weißen bösartig. Fantasier nicht so!, dachte er. Sie können nicht beißen.

Wenn Elises Geschichte stimmte, würde er ihm jetzt Töne entlocken können …. Aber er rührte keine einzige Taste an. Er starrte auf das aufgeschlagene Notenheft. Nicht *Für Elise*. Es hatte sich verändert.

CLAIR DE LUNE

Clair … Claire … Clara … Er schaute vom Klavier zur hohen Flügeltür und dann zur breiten Treppe hinüber. Sah er dort oben ein paar schemenhafte Gestalten – zwei Mädchen, im Begriff, vom Portal zum Saal herabzusteigen?

Nein, mein Lieber! Nur Einbildung, er sah keinen Menschen. Seine Kerze war inzwischen beinahe heruntergebrannt, die Flamme zischte und flackerte in dem ungleichmäßig herabgetropften Kerzenwachs. Er überlegte einen Augenblick und steckte dann eine lange Kerze in einem der Messingleuchter damit an. Seine Hände bebten, als er seinen Kerzenstumpf gegen die neue Kerze austauschte, aber er schaffte es doch.

Zur Bibliothek, dachte er. Meine Taschenlampe holen. Und vielleicht …

hinter dir schließt und deine eigene Welt wahrhaft verlässt. Erst wenn du das gewagt hast, wirst du auf der anderen Seite willkommen geheißen werden, dort wirklich anwesend sein. Erst dann wirst du

lebendigen Wesen begegnen, sie dir zu Freunden machen, Abenteuer erleben

Es besteht jedoch eine große Gefahr: dass du dich selbst verlierst. Das

Er schlug jetzt doch eine Taste an: ein prachtvolles, herausforderndes, durchdringendes Ping. Er begann eine Tonleiter zu spielen und hörte abrupt damit auf. «Kein Geklimper, Otto», flüsterte er, «nach halb zehn.» Grinsend bedachte er, woher der Befehl kam: Seine Mutter hatte ihm das mehr als einmal gesagt, wenn er ohne Notenheft auf dem Klavier zu Hause zu improvisieren versuchte.

– Es ist noch lange nicht so spät. Dennoch: Ich werde nicht spielen. Wo ist Elises *Für Elise*? Wer spielt *Clair de Lune* für mich? Scheint draußen der Mond?

Er ging mit der neuen Kerze aufs Fenster zu und sah sich selber schemenhaft näher kommen. Er blieb nicht stehen, um hinauszublicken, sondern ging durch die Flügeltür zurück zur steinernen Halle.

Hinunter, und zwar schnell! Seiner Armbanduhr nach war es etwa halb neun, aber das sagte ihm nichts darüber, wie hier Tag und Nacht eingeteilt waren.

Auf der Wendeltreppe blieb er ein paar Mal stehen, um sich die Spalten in den dicken Mauern anzusehen. Er sah einen Stern funkeln; wahrscheinlich also klares Wetter, nicht Wolken und Regen und Wind wie zu Hause.

Dieses ist auch zu Hause, dachte er.

Weißt du das auch bestimmt?, fragte er sich gleich darauf, nachdem er die nächste Halle erreicht hatte und die drei Stufen des engen, gewundenen Ganges hinunter zur Bibliothek ging. Solch ein gewaltiges Haus kann nicht einem einzelnen Menschen gehören, das weißt du genau …

II

Die Bibliothek war noch größer als das vorige Mal. Otto bekam bei dem Licht der einen Kerze nur nach und nach etwas davon zu sehen. Dadurch schienen sich alle Ecken, Winkel und Nischen, alle Wände und die Decke bis ins Unendliche fortzusetzen, verborgen durch die Dunkelheit. Die Bücherborde, zwischen denen er hindurchging, lehnten sich ihm entgegen. Oben, im Dunkeln, beugten sie sich vielleicht gar über ihn hinweg. Hier waren nicht Tausende oder Hunderttausende, sondern bestimmt Millionen von Büchern, unzählbar, in Reihen oder Stapeln, auf einem Brett nach dem andern, nebeneinander, übereinander.

Am Ende krieg ich noch ein Buch auf den Kopf, dachte Otto. Er bekam plötzlich Angst, dass er sich hoffnungslos verirren würde.

Darum kletterte er noch einmal eine Treppe hinauf, die zu den höher gelegenen Bücherborden führte; dann würde er sich besser orientieren können. Er musste den großen Tisch finden, auf dem er seine Taschenlampe hatte liegen lassen.

Eine der Holzstufen knarrte fürchterlich, er erschrak und verlor fast das Gleichgewicht. Mit einer wilden Bewegung schaffte er es, aufrecht zu bleiben, aber seine Kerze erlosch. Für einen Augenblick blieb ihm die Luft weg ... Was jetzt?

Dann merkte er, dass es nicht völlig dunkel geworden war. Irgendwo in der Bibliothek war eine Lichtquelle. Er beugte sich übers Treppengeländer – ein Lichtschein irgendwo im Erdgeschoss; der flackerte nicht, keine Kerze also. Eine Lampe? Vorsichtig ging er die Holzstufen wieder hinunter und schlich sich um Bücherborde herum und zwischen Bücherborden hindurch in die Richtung.

Am großen Tisch bei einem schwachen Licht saß jemand und las, offenbar so in sein Buch vertieft, dass er Otto nicht bemerkte. Der Anblick hatte nichts Beängstigendes.

Otto ging langsam dorthin; es war ein Junge, sah er, etwa in seinem Alter. Er blieb zögernd beim Tisch stehen. Der Junge, schmächtig und unscheinbar in einem gewaltigen Armstuhl, schaute auf.

«Gee», sagte er. «G. Grüß dich.» Ohne Aufhebens, als wäre Ottos Kommen selbstverständlich. Er schien nicht älter als dreizehn zu sein – ein schmales Gesicht, eine spitze Nase, schwarze Augen. Dies war es, was Otto in einem kurzen Augenblick zu sehen bekam, denn der Junge beugte sich sofort wieder über sein Buch. Sein langes, wirres Haar glänzte fettig.

«Grüß dich ebenfalls», sagte Otto. Er trat noch einen Schritt näher und stellte seinen Leuchter auf den Tisch.

Der Junge war weiterhin mit seinem Buch zugange; er schlug eine Seite zurück. «Ee», murmelte er. «Ef.»

Das ABC-Buch! sah Otto. Er betrachtete den Jungen so gut er konnte bei dem spärlichen Licht: mager, ziemlich nachlässig und schlottrig, aber farbig und fremdartig gekleidet. Vielleicht ja, überlegte Otto, in irgendeinem Kostüm von früher ... Warum sieht er mich nicht an?

«E», wiederholte der Junge. «F.»

Otto räusperte sich leise.

Der Junge schlug eine Seite um und betrachtete ein gelbes G im Licht einer …

«Das ist *meine* Taschenlampe», sagte Otto.

«Ehrlich gefunden, hier auf diesem Tisch», sagte der Junge, wobei er wieder aufsah. «Schön, nachts dabei zu lesen. Wie sollte das nun Ihr Licht sein? Wer sind Sie? Wie kommen Sie hierher? Woher kommen Sie?»

Otto dachte einen Augenblick nach. «Ich wohne hier», sagte er.

«Wohnen Sie hier? Wirklich? Wo denn? Wo?»

«Oben», antwortete Otto. «Ich wohne oben.»

Der Schein der Taschenlampe bebte etwas und wurde schwächer. «Was ist das denn?», sagte der Junge. Er hielt die Lampe fest, ließ den Lichtkreis von seinem Buch weg über den Tisch gleiten und richtete ihn auf Ottos Gesicht. «Ha! Jetzt sehe ich Sie, aber du siehst mich nicht. Ist das …» Er schwieg abrupt, als die Lampe ausging.

«Sie … du siehst mich überhaupt nicht», sagte Otto. Er hörte es knipsen: aus-an, aus-an. Nur ging das Licht nicht wieder an. «Die Batterie ist leer, ganz bestimmt», sagte er. «Und dabei war sie noch neu.»

«Es muss eine alte Lampe sein», sprach der Junge im Dunkeln. «Einfach von selbst kaputt. Ich habe nichts damit gemacht. Nur dabei gelesen.»

«Stundenlang, mindestens. Stimmt's oder nicht?»

«Was macht das schon?», sagte der Junge. «Ich habe Meere von Zeit.»

«Aber inzwischen ist meine Batterie leer!»

«Bat-te-rie leer», wiederholte der Junge. «Na, und?»

«Weißt du überhaupt, was das ist», fragte Otto, «eine Batterie?»

Es war nicht mehr völlig dunkel; er sah graue Dämmerung durch die nahen Fenster. Er konnte auch vage den Jungen erkennen; der streckte einen Arm nach ihm aus.

«Nehmen Sie diese Lampe zurück, wenn es Ihre ist. Ich brauche sie nicht mehr, ich mach wohl besser Licht an.»

Als Otto sich nicht rührte, legte der Junge die Taschenlampe hin, kramte etwas auf der Tischplatte herum, strich ein Streichholz an und machte die Kerzen in den beiden Zinnleuchtern an. «Sehen

Sie. Kerzen werden kürzer, aber diese Kerzenständer werden nie leer, haha. In dieser Schublade liegen mindestens hundert neue Kerzen.»

Otto blickte in ein Gesicht, in dem freundliches Lächeln und heimtückisches Grinsen einander abwechselten. Die Kerzenflammen flackerten und qualmten.

«Kerzenständer ... Welche Zeit ist es hier?», flüsterte er.

«Zeit? Meere. Zu allen Zeiten.» Der Junge kniff mit flinken Fingern ein Stückchen Docht von jeder Kerze ab, so dass das Qualmen aufhörte.

«Ich meine ... welches Jahr, welche Jahreszahl. Ist hier ... früher?»

«Später», sagte der Junge, «als Sie denken.»

«Später als das Mittelalter?»

«Wovon redest du? Oh! Die Kerzenständer. Die sind alt. Hundert Jahre. Zweihundert, dreihundert oder vier ... was weiß ich. Aber wir haben hier auch elektrisches Licht.»

«Das glaube ich nicht.»

«Glauben Sie das nicht? Blödmann. Mit einem B», sagte der Junge. Er lehnte sich in den großen Stuhl zurück, zog die Beine an und legte die Arme darum. In dem einen Knie seiner Hose war ein Loch.

«B», sagte er noch einmal. «Batterie. Blödes Gequatsche. Ich bin beim G. Aber das ist noch lange nicht genug.»

«Genug was?», fragte Otto.

Der Junge nahm blitzschnell wieder seine ursprüngliche Haltung ein, über das ABC-Buch gebeugt. «Genug gequatscht», antwortete er, ohne Otto anzusehen. «Keine Zeit!»

«Und du sagtest eben noch, dass du Meere von ...»

«Oh ja, aber nicht mehr für dich, also nicht für Sie. Ich muss lesen.»

Lesen! Ich kenne ihn, erkenne seine Stimme, wusste Otto plötzlich. *Das hätte ich sofort wissen müssen.* Er lief um den Tisch herum, blieb neben dem Stuhl stehen und sagte: «Du bist, Sie sind ...» Er stockte.

Der Junge hatte den Kopf gehoben und blickte ihn mit pechschwarzen, Unheil verkündenden Augen an.

In der Stille begann eine Uhr zu ticken. Oder tickte die schon lange, dachte Otto, und höre ich sie erst jetzt? Er suchte nach der Standuhr ohne Zeiger ... Da stand sie, er konnte das Zifferblatt deutlich erkennen. «Lesen?», sagte er dann. «In dem Buch? ABC?» Es klang idiotisch, aber er wusste nichts Besseres zu sagen.

«A B C, die Katze läuft im Schnee, mein Name, der fängt an mit C», reimte der Junge. Seine Augen waren noch immer dunkel, aber nicht mehr drohend.

«Wie heißt du denn?», fragte Otto.

«D E F G», sagte der Junge zur unsichtbaren Zimmerdecke über sich. Er schaute Otto wieder an, lachte ein bisschen. «Auch das G ist von mir. Ich bin das Galgenkind.»

«Heißt du …»

«Wie ich heiße, habe ich nicht gesagt», fiel der Junge Otto ins Wort. «Das Galgenkind ist das, was ich bin.» Sein Gesicht, halb im Licht, halb im Schatten, war geheimnisvoll, neckend, herausfordernd.

«Warum?», fragte Otto.

«Warum was?»

«Warum bist du ein Galgenkind?»

«Das Galgenkind. Ich bin dazu bestimmt, am Galgen zu enden», sagte das Galgenkind. «Eigentlich ist es noch viel schlimmer. Aber das erzähl ich nicht. Zu gruselig. Gräulich. Alle beide mit 'nem G.»

Otto schaute auf die Tischplatte, wo ein Galgen ins Holz eingekerbt sein musste.

Mit einem Ruck verschob das Galgenkind sein Buch. Er selbst rückte in seinem Stuhl ein bisschen zur Seite.

«Narrenhände
beschmieren Tisch und Wände»,

sagte er. «Frag den Bibliothekar danach. Mit 'nem B. Nicht mich. Ich muss das ganze Alphabet können, bevor der Ambassadeur nach Hause kommt. Wenn ich nicht hängen will. E F G H. Hängen. Zieh also Leine.»

Otto bewegte sich nicht. *Ja, du bist es*, dachte er. Diesmal zieh ich nicht Leine. Ich kenn dich jetzt schon besser als irgendeinen Jungen aus meiner Klasse. Unsichtbar in einem Abstellraum hinter Montags Laden.

Das Galgenkind linste ins ABC-Buch und tat, als läse es. «Sie hätten am Montag hier sein müssen», sagte er nach einer Pause. «Jetzt muss ich unsere Zeit für dieses Buch benutzen. Um darin zu lesen. Um daraus zu lernen.»

«Aber ich war hier, gestern», sagte Otto.

«Gestern? Was, gestern? Ich spreche von Montag», sagte das Galgenkind. Er wandte sein Gesicht wieder Otto zu. «Sie haben Montag die Tür offen gelassen, stimmt's oder stimmt's?»

«Stimmt», gab Otto zu. «Aber jetzt, heute, heute Nacht habe ich …»

«Ssst!», unterbrach ihn das Galgenkind. «Jetzt, heute Nacht, heute lerne ich das ABC. Ich muss das Alphabet auswendig können, wenn er nach Hause kommt, der Ambassadeur. Mit 'nem A.»

«Welcher Ambassadeur?»

«Von der Ambassade natürlich.» Das Galgenkind schaute Otto weiterhin an und blätterte währenddessen langsam zurück. «A für Ambassade. B für Bibliothek. Welche Bibliothek soll das wohl sein?»

Ottos Augen huschten herum. Für einen kleinen Augenblick hatte er das Gefühl, dass irgendwo jemand zuhörte. «Diese? Hier?», fragte er.

«Sie sind aber schlau», sagte das Galgenkind. Er ließ seine Zähne sehen – glänzend weiß. «Die Bibliothek der Ambassade. B. A.»

«Ist dies eine Ambassade?»

«Was meinen Sie mit ‹dies›»?

«Dieses eh … Haus. Schloss. Gebäude.»

Das Galgenkind runzelte die Stirn. «Das wissen Sie doch sicher!»

Und du musst wissen, dachte Otto, wie ich hierher komme, warum ich hier bin. Denn du –

«Sie wohnen hier doch!», sagte das Galgenkind.

«Ja, ja. Oben auf dem Boden», sagte Otto schnell.

«Boden mit 'nem B. Wo? Auf einem Speicher? Im Raum für Reisende? In einem Turm? Auf dem Dach? Stehen Sie im Dienst des Ambassadeurs?»

«Im Dienst? Nein …»

«Eingeladen vom Ambassadeur?»

«Ja», sagte Otto. Er konnte sich keine bessere Antwort ausdenken, aber sein «Ja» klang nicht überzeugend, fühlte er.

«Ist das wirklich wahr?», fragte das Galgenkind gedehnt. «Sind Sie kein Eindringling? Entwischt? Verirrt? Hier hinein geflüchtet? Auf der Suche nach einem Ziel? Ziel. Das ist schon das Z. ZZZZt! Wie viele Buchstaben noch, bevor ich dort bin? Zzzt. Leise sprechen. Sie sind nicht vom Ambassadeur eingeladen. Still jetzt, ich werde Sie niemals verraten.»

Er lehnte sich wieder zurück in den Stuhl. «Ich bin eingeladen», sagte er mit Genugtuung. «Für Immer, wenn ich will. Mit 'nem A.»

«Für Immer fängt nicht mit 'nem A an», sagte Otto.

«Eingeladen mit dem A von zu Allen Zeiten, dem A von Asyl», sprach das Galgenkind feierlich. «Aber ich darf nur bleiben, wenn ich ein Alphabet bin. Halten Sie also Ihren Mund, bis ich das Z gehabt habe.» Er blätterte im ABC-Buch und sprach dabei in einem Ton, als würde er vorlesen.

«A B C D E F G
Herr Lehrer, die Jungen ärgern mich, ojeh!
G F E D C B A
Bloß nicht heulen, mit 'nem H.»

«Heulen?», sagte Otto gekränkt. *Aber er kann nichts von den Jungen in der Schule wissen.* «Bist du verrückt? Heulen? Ich?»

«Ich mit 'nem I», sagte das Galgenkind unbeirrt. «Und dann das J. Hier ist es. Das J von Ja und von Janus und Jaguar. Sie sind hier in der Januarischen Ambassade. Und das ist nicht irgendeine Ambassade.»

«Ambassade?»

«Ja. Sie wissen doch bestimmt, was das ist, eine Ambassade, oder?»

«Natürlich. Schräges altmodisches Wort. Bedeutet einfach Botschaft.»

«Das ist mit 'nem B. Ambassade mit 'nem A, die erste und beste, und viel älter als altmodisch.»

Das Galgenkind schwieg einen Augenblick und sagte dann noch einmal: «Ich bin hier in der JANUARISCHEN AMBASSADE.»

«Jaguarischen?»

«JaNuarischen.»

Otto sagte: «Es gibt kein Land, das Januarien heißt.»

«Natürlich nicht! Das braucht mir niemand zu erzählen. H I J.»

«Wie kann dies dann die Januarische Ambassade sein?»

«Weil dies die Januarische Ambassade ist, Trottel. Sorry. Pardon.» Das Galgenkind schielte Otto von der Seite an. «Sagen Sie mal, sind Sie vom Ambassadeur eingeladen, nein oder nein? Haben Sie einen Pass? Kennen Sie die Parole? Wo wohnen Sie, wenn Sie hier wohnen? In welchem Raum? Oben auf dem Boden? Mit 'nem …»

«B! Bäh! Bah!», sagte Otto böse. «Warum sprichst du so bekloppt? Sicher weil du nicht lesen kannst.»

«Das kann ich wohl! Ja. Ja und ja. Bis einschließlich Ja, eh … das J. Und dies ist die Januarische Ambassade. Und ich bin das Galgenkind. Ich wohne hier als Gast des Ambassadeurs. Fragen Sie ihn, wenn Sie es nicht glauben! Oder fragen Sie den Archivar. Mit 'nem A. Oder den Bibliothekar. Mit 'nem B. Oder den Sekretär. Mit 'nem C.»

«Mit 'nem S», sagte Otto.

«Ssst! Fragen Sie den Sekretär, mit 'nem S von mir aus. Und Clara mit 'nem C, genau wie das C von meinem …»

«CLARA! Claartje?»

Das Galgenkind fuhr auf; seine schmalen Hände, die auf zwei Buchseiten lagen, waren plötzlich zu Fäusten geballt. «Das C bin ich! Christian mit 'nem C. Gesprochen wie K. Christian. Frag nicht Claartje. Erzähl Clara lieber nichts. Das würde nur Scherereien geben, für dich, für mich, für Sie, für uns alle beide. Dann kriegen wir was auf den Kopf. Und ich krieg sowieso schon was auf den Kopf. Ihre Schuld! Es wird schon hell, und gleich kommt Dunkler nach Hause, um mich abzufragen. Das ABC mit dem D von Dieb und von Dunkler.»

«Und es wird Licht!»

Das Galgenkind zog die Leuchter zu sich heran und blies die Kerzen aus. Die Morgendämmerung schimmerte durch die bleiverglasten Fenster. Eines von ihnen stand noch immer offen. Die Bibliothek glich einem unscharfen Foto in vergilbtem Schwarz, Grau und Weiß.

«Ich spreche von Dunkler Marsjan», sagte das Galgenkind. «Er heißt Dunkler, wie ich Christian heiße. Er ist ein Marsmann, wie ich das Galgenkind bin. Darum ist sein Spitzname Mars-Jan. Und mein Spitzname …»

«Ein Marsmann?»

«Dunkler Marsjan ist ein Mann vom Planeten Mars», sagte Christian das Galgenkind. «Blau, ganz und gar blau. Indigoblau. Daran kann jeder erkennen, dass er nicht von der Erde stammt.»

«Aber Marsmänner existieren n…», fing Otto an und schwieg. *Es war durchaus möglich, dass sie hier doch existierten.* «Ich dachte», sagte er, «dass Marsmännchen grün wären.»

«Männchen? Männer. Blau, weil der Mars so kalt ist, auch wenn er ein roter Planet ist. Marsjan ist marineblau und mehr als zwei Meter lang», sagte das Galgenkind. «Er fragt mich ganz sicher bis einschließlich M ab. Und ich bin erst beim J.»

«Es war doch der Ambassadeur, der …»

«Der Ambassadeur hat es Befohlen. Mit 'nem B, der ist der Boss. Der Bibliothekar hat den Befehl bekommen. In einem Brief. Dunkler Marsjan passt auf mich auf. Und ich bin das Galgenkind, mit 'nem G. Und ich heiße Christian …»

«Mit 'nem C», unterbrach Otto ihn. «Gesprochen wie K.»

«Bravo. Bestens, bärenstark, du bist bestimmt der Beste in der Klasse», sagte das Galgenkind. «Nun, und der Bibliothekar …»

«Mit 'nem B», sagte Otto schnell.

«Der Bibliothekar», sagte Christian, «gibt mir Unterricht. In allen Buchstaben. Dieses Buch ist das beste aus der Bibliothek. Marsjan muss mich abfragen. Und zusammen müssen sie dem Sekretär der Ambassade Bericht erstatten.» Er schaute Otto ernst an, sein Gesicht war bleich im fahlen Morgenlicht. «Wenn ich nachher das Alphabet nicht kann, werde ich weggeschickt in die weite Welt, in die wütende Welt. Weg!»

«Mit 'nem W natürlich, dem W von Wahnsinnig», sagte Otto. «Da bist du mit deiner Weisheit am Ende!»

Das Galgenkind ließ sich nicht aus dem Konzept bringen. «Stellen Sie sich einmal vor», sagte es kläglich. «Ich, Christian Morgenstern, traurige Waise, aus der Ambassade verjagt als *Persona non grata.*»*

* Persona non grata: unerwünschte Person; jemand, der kein Ansehen mehr genießt, dessen Aufenthalt nicht mehr gewünscht wird. (Sekretär der Januarischen Ambassade)

Otto war einen Moment erstaunt: dass ein Junge, der nicht einmal das ABC kannte, solche schwierigen Wörter wusste!

«F G H», sagte Christian leise.

Otto fragte. «Wenn es kein Land gibt, das Januarien heißt, gibt es dann ein Land Januaria?»

«I», sagte das Galgenkind. «Nein.»

«Oder Januragua?»

«Nein», antwortete Christian. «J.»

«Meintest du dann vielleicht Nicaragua?»

«Ich meinte gar nichts. Wir sind hier in der Bibliothek der Januarischen Ambassade, nirgendwo anders.»

«Aber welches Land gehört dazu?»

«Land? Was hat das denn damit zu tun! Ich bin übrigens noch nicht beim L, das wissen Sie genau.» Das Galgenkind schlug eine Seite um. «K L. Das K und das L von KLavier.»

«Klavier fängt nicht mit 'nem L an.»

«Weiß ich», sagte das Galgenkind ungeduldig. «Das K von Klavier und das L von ...»

«Warum kann man auf dem Klavier nicht spielen, und warum hat die Uhr hier keinen Zeiger?»

Christian das Galgenkind seufzte hörbar auf und lachte Otto unerwartet freundlich an. «Na also, endlich Fragen, bei denen man weiß, worum es geht!»

«Die Frage ist also, warum sie nicht geht», sagte Otto, zum ersten Mal zufrieden über seinen Anteil am Gespräch.

«Touché. Die Uhren hier gehen alle scheinbar nicht; keine von ihnen hat Zeiger.» Das Galgenkind erschrak, jedenfalls tat es so. «Armbanduhr. Taschenuhr. Sie haben Ihre Armbanduhr noch um! Haben Sie die nicht abgegeben? Um sie anpassen zu lassen. Sie wohnen nicht hier. Nicht oben auf dem Boden, nicht unten. Geben Sie es zu! Sie haben den Ambassadeur noch nie gesehen.»

«Das hab ich doch», sagte Otto. Wer, dachte er etwas beunruhigt, kann der Ambassadeur wohl sein? Und du, Christian Galgenkind, bist du dabei, mich hereinzulegen, nein oder ja? Er schaute auf seine Armbanduhr. Sieben. Das konnte nicht wahr sein. Er hielt sie sich ans Ohr: Sie tickte.

«Sie geht entweder nach oder vor, Sie brauchen also nicht draufzusehen», sagte das Galgenkind. «K für Klavier, L für Land –

jedes Land, M für Mars und auch für den Mond, für Mondschaf und …»

«Montag», sagte Otto. «Es war voll dunkel in dem Abstellraum, aber es war deine Stimme.»

III

Das Galgenkind besah sich das M: schön, silbrig glänzend vor einem Hintergrund aus Rotbraun und Indigoblau. Das N daneben war nebelgrau, verziert mit kleinen Monden und Sternen, dahinter Nachtblauschwarz.

«Das N ist für Nacht», sagte er leise. «Aber die Nacht ist UM. M. Der Ambassadeur ist mehr als mächtig. Ich bin erst in der Mitte und Marsjan kommt gleich. Jede Minute. Möglicherweise. Hören Sie seine Maschine schon?»

«Maschine?», wiederholte Otto.

«Marsjans Motorrad Nähert sich Nach der Nacht.»

«Ein Marsmann auf einem Motorrad?», sagte Otto. «Ein UFO meinst du wohl!»

«Ich bin noch nicht beim … Was hast du gesagt?»

«U.F.O. Fliegende Untertasse. Raumschiff.»*

«Dunkler wohnt nicht mehr auf dem Mars, Doofkopp! Er wohnt hier. Er düst einfach ein bisschen herum. Kreuz und quer düst er. Aber auf seiner Maschine darf er nicht in die Bibliothek, zum Glück.»

«Ziemlich logisch», war Ottos Kommentar. Er glaubte immer weniger an die Existenz dieses Marsmannes.

«M», sagte Christian. «N.» Er hielt seine Augen auf Otto geheftet, auch als er die folgenden Seiten umblätterte.

«O», sagte Otto. «P.»

«Das O wusste ich längst», sagte das Galgenkind, während es

* Unidentified Flying Object: unbekanntes Flugobjekt. Viele (wirkliche? sogenannte) Ufos sind von der Erde aus am Himmel beobachtet worden, vor allem Mitte des 20. Jahrhunderts. (Sekretär der Januarischen Ambassade)

mit dünnen Fingern auf das ockerfarbene O unter seiner Hand tippte. «Das O von Otto.»

«Siehst du wohl», flüsterte Otto. «Ich wusste es. Du warst es!»

«Ich war, der ich bin», sagte das Galgenkind. «Du hast … Haben Sie das Buch mitgebracht?»

«Es liegt oben, in meinem Zimmer.»

«Es gehört nicht in ein Zimmer. Es gehört hierher, in die Bibliothek», sagte Christian. «Sie hätten es mitbringen müssen. Es gehört hierher, genau wie dies ABC-Buch.»

«Gar nicht wahr, das Buch gehört mir, ich hab es gekauft, du hast mir selbst gesagt, dass ich es kaufen sollte. Oder stehlen!»

«Ich habe nichts gesagt, ich habe Ihnen das nicht gesagt», sagte das Galgenkind, während es mit seinen Fingern auf das O trommelte. «Sie haben mich noch nie gesehen. Geben Sie es zu!»

«Ich gebe nichts zu», sagte Otto entrüstet. «Du hast mir das Buch gegeben und …»

«Reden Sie nicht so laut», fiel ihm das Galgenkind ins Wort. «Ich habe Ihnen das Buch nur geliehen. Ich kann lügen wie gedruckt, und ich werde an Galgen und Rad enden.»

«Das glaub ich sofort! Aber warum …»

«Kein Warum! Wir sind noch nicht beim W.»

«Du bist noch nicht beim W», sagte Otto böse. «Ich ja. Ich kenne alle Buchstaben. Schon seit Jahren.»

«Ja, ja, Jahren, Otto, mit 'nem O. Du kannst lesen …»

«Ist doch logisch. Wer nicht?»

«Aber nicht zuhören! Mach die Tür zu, habe ich gesagt.»

«Hab ich getan!»

«Nicht am Montag.»

«Haha, du warst es also doch, im Abstellraum bei Montags. Gib es zu!»

«Das tu ich nicht», sagte das Galgenkind. «Ich halte meinen Mund bis ins Grab. Mit 'nem G.»

«Da hast du's!», sagte Otto. «Du hast es aus Versehen schon zugegeben. Wie lange machst du noch weiter mit diesem bescheuerten Gerede? Wahnsinniges Gelaber. Wertlos … Aber das stimmt ja, du bist noch nicht beim W.»

Das Galgenkind ließ ein Lachen hören, kurz, hell, fröhlich.

Otto lachte auch. «Heut habe ich die Tür aber zugemacht», sagte er dann.

«Das wird schon stimmen», sagte Christian. «Aber woher wissen Sie, wann ‹heute› ist? Sie sind in der Januarischen Bibliothek, wo die Uhren keine Zeiger haben. Und das Buch ist also oben. Nun ja, nichts zu machen … Wenn es nur gut versteckt ist. Ich werde Ihnen schon erzählen, wann Sie es mitbringen müssen. Ein anderes Mal.»

Ein anderes Mal. Ein schöner Gedanke, fand Otto, dass er noch einmal, vielleicht sogar öfter hierher kommen würde. Ein anderer Gedanke, gleichzeitig, war weniger schön: Was wird das Galgenkind sagen, wenn es sieht, dass Seiten aus dem Buch herausgerissen sind? Aber das braucht es doch nicht zu merken … Er sagte: «Ich habe die Tür hinter mir zugemacht, als ich *gelesen* hatte, dass ich das tun musste. Es sind übrigens Seiten weg, das weißt du doch sicher! Nicht einmal eine Titelseite und …»

«Seite sechs ist da, und darum ging es», sagte Christian.

«Seite sechs ist da, o ja!» *Noch immer, zum Glück*. «Mit: Für Otto.»

«Für Otto.» Christian schaute wieder in das ABC-Buch. «Oh, oh, nachher knüpfen sie mich auf! A von Ambassade. B von Bibliothek. C von Christian.»

«Und von Claartje.»

«Von wegen Claartje. Vergiss sie. Das C ist von mir. Das D ist von Dunkler.»

Und das E?, fragte sich Otto. Das E von Elise? Aber er sprach den Gedanken nicht aus.

Das Galgenkind blätterte wie besessen weiter, manchmal überschlug es Seiten. «Das M von Mars und von Morgenstern und von Mond und von Montag. Das O von Otto.» Es ließ das Buch in Ruhe und zeichnete mit einem Zeigefinger den nächsten Buchstaben auf die Tischplatte: «Das P von Piano.»

«Der schwarze Flügel», fragte Otto, «das Klavier im Musiksaal?»

«Sie sind dort gewesen. Musik. Der Raum der Mitte, von dem alles ausgeht. Wie viel M-s gibt es, Millionen und noch mehr», murmelte Christian. «Wie viel M-s in Spiegeln? Milliarden. M N O P. Piano. Professor.» Er schlug ein Blatt um und schaute flüchtig auf. «Q. Seien Sie auf dem Quivive!»

Aufgepasst also! Wie ist es möglich, dachte Otto, dass er nicht lesen kann und doch die rätselhaftesten Wörter kennt?

«Das R von Rätselhaft», sagte das Galgenkind. «Das S von SSSSt! Oder von Sekretär. Das T von Tempus, das bedeutet Zeit.»

Es starrte eine Weile auf diesen Buchstaben. Otto schaute mit. Das T war weiß. Die farbigen Kreise und Spiralen darum schienen sich zu bewegen, erst langsam, dann schnell, sie wurden zu Wirbeln, Zyklonen. Otto kniff die Augen zusammen. Christians kühle Finger um seinen Arm gaben ihm Mut, sie wieder zu öffnen.

«Zwei Kreise in Ihrem Namen und zwei T-s», sagte das Galgenkind. «Es wird Zeit, dass Sie in den Garten und auf die Terrasse gehen. Das wollten Sie doch? … Es ist schon ganz hell», sagte es, als Otto keine Antwort gab. «Helllichter Tag. Raus aus dem Haus. Nach draußen. Terrasse mit 'nem T.»

«Wenn du mitkommst», sagte Otto. «Kommst du mit?»

«Ein, zwei, drei und vier, nein ich bleibe hier», antwortete das Galgenkind. Es ließ Otto los. «Ich kann zählen. Bis hundert. Weiter als tausend. Zehntausend. Aber ich bin noch nicht fertig mit dem Alphabet. Ich kann erst nach dem Z mit. Nur, wie komme ich jemals dahin, wenn Sie die ganze Zeit reden – P Q R –, wenn Sie nicht still sind – Sie mit 'nem S?»

«Hör doch endlich auf mit dem S, mit dem Sie!», rief Otto.

«Sie? Wer?», fragte das Galgenkind.

«Du! Du brauchst wirklich nicht ‹Sie› zu mir zu sagen.»

Christian lächelte. «Das ist nett, sauber, bärenmäßigvollfett von dir. Q R S, also kein Sie, T U V W. Pass auf den Weiher auf!

«Weiher?»

«Weiher mit 'nem W. Du gehst doch in den Garten?»

«Ja, gern, wenn du mitgehst.»

«Ich kann nicht mit, das weißt du doch», sagte das Galgenkind. «Ich habe einen Auftrag vom Ambassadeur. Erst das Alphabet kennen … genau wie du. Geh du nach draußen. Ich bleib hier, und wenn du zurückkommst, zeig ich dir das Haus.»

Das war eine gute Idee, fand Otto. Es war draußen tatsächlich ganz hell geworden – sonnig sogar. Und dennoch …

«Du hast doch keine Angst, so allein?», sagte das Galgenkind. «Ich habe Marsjans Maschine noch nicht gehört, und außerdem kommt er meinetwegen und nicht deinetwegen.»

«Und der Ambassadeur?»

«Ssst, sag das nicht so laut! Der kommt überraschend. Niemand weiß wann. Ist vielleicht schon da, ohne dass man es weiß. Lass mich nun endlich in Ruhe lernen. Studieren. Bleib nicht zu lange weg, ich bin schon beim W. Zum Fenster raus! Oder willst du lieber durch eine Tür? Ich weiß, wo die Schlüssel sind.»

«Das Fenster ist in Ordnung.»

«Und Schneller. S und kein Sie, T, U.» Christian wandte sich wieder dem ABC-Buch zu.

Otto ging langsam zum offenen Fenster. Er hörte die Stimme des Galgenkindes:

«T für Terrasse, U, V für Vorsichtig, W für Weiher. Vorsichtig, Otto, beim Weiher.»

Otto blieb stehen. «Warum?»

«Warum mit 'nem W», sagte Christian. «Werde Weise. Das X von Xanthippe, das Y von Ysop, das Z von Ziel und Zeit.» Er schaute Otto stirnrunzelnd an – ein magerer, schlampiger, ungekämmter und eigentlich ziemlich normaler Junge in der noch immer riesigen, verwirrenden, sehr gelehrten Bibliothek – keine gruselige Bibliothek mehr im Lichte eines schönen Tages.

«Bist du immer noch nicht weg?», sagte Christian. «Ich muss alle diese Buchstaben ... wie viele doch gleich wieder, Sechs ...?»

«Sechs Und Zwanzig.»

«Z! Ich muss alle diese sechsundzwanzig Buchstaben auswendig wissen. Auch ohne Buch. Je schneller du weggehst, desto eher bist du zurück.»

«Ich geh schon», sagte Otto. «Du bist ein rätselhafter ...»

«Quibus», sagte das Galgenkind. «Q R S, Sch!»

Er sprach das Sch so laut aus, dass Otto, der inzwischen auf der Bank unter dem Fenster stand, noch nicht hinaufkletterte.

«Sch, Schwan», sagte Christian. «Vorsichtig am Weiher wegen des Schwans.» «T U V W X Y Z!» Er beugte sich tief über das Buch und steckte sich die Finger in die Ohren.

Otto kletterte durchs Fenster nach draußen.

Blätter raschelten, es war ein Getschilpe und Gezirpe, es rauschten die Flügel von Vögeln. Die Sonne malte bewegliche Lichtflecken auf viele verschiedene Grüntöne. Und dann waren da die Farben von Blumen und Blüten, und Düfte – in einem Augenblick kaum wahrnehmbar und süß, dann wieder wild und frisch.

Otto tanzte beinahe, als er dieselben Wege entlanglief wie beim vorigen Mal. Alles war jetzt ganz anders; kein kultivierter Garten mehr. Keinen der Wege konnte er bis ans Ende übersehen.

Er blickte sich nach den Fenstern der Bibliothek um, wo Christian das Galgenkind das ABC lernte – verrückt eigentlich. Ob der Ambassadeur ihm das wirklich befohlen hatte? Und wer war dieser Ja-nu-a-ri-sche Ambassadeur?

Das riesige Haus, das Schloss war also eine Botschaft, eine Ambassade. Das stimmte mit dem zusammen, was Elise geschrieben hatte.

> Wir wussten jetzt, dass dies der Aufenthaltsort einer hoch stehenden Persönlichkeit war, die hier nicht allein wohnte. Im Gegenteil. Außer einer Amtswohnung war dies ja auch ein Zuhause, in dem viele willkommen waren.

Das Galgenkind hatte, was das betrifft, die Wahrheit gesprochen.

Otto merkte, dass er sich der Wiese näherte, auf der die Sonnenuhr stand. Darauf würde nun sicher kein Schatten mehr fallen!

Es fiel doch ein Schatten auf die Sonnenuhr, diesmal allerdings von einem anderen Baum.

Wäre es möglich, dachte Otto, dass sie die Uhr extra so hingestellt haben?

«Sie haben das extra getan», sagte eine leise Stimme – nicht ein Echo seiner Gedanken.

Otto drehte sich mit einem Ruck um. Da stand ein Mädchen von etwa zehn Jahren. Ein Bild von einem Mädchen, mit einer Fülle langen, dicken, buschigen, welligen Haares. Sie lachte ihn an. «Die Sonnenuhren im Schatten. Das», sagte sie, «haben sie von Tocko gelernt.»

Sie hatte sehr klare Augen von einem fast durchsichtigen Blau und rote Lippen und Grübchen in den Wangen.

«Tocko?», sagte Otto fragend.

Das Mädchen lief dicht neben ihm her zur Sonnenuhr, blieb stehen und wandte sich zu ihm. «Tocko», antwortete sie, «war der Uhrmacher von König Clode.»

Sie hatte ganz helle Haut und ein paar kleine Sommersprossen auf Nase und Stirn.

Ihre Augenbrauen waren wie mit dem allerfeinsten Pinsel gemalt, ihr Haar glänzte in der Farbe eines Fuchsschwanzes. Um die Schultern trug sie einen schwarzen Schal mit Fransen, der sich scharf von ihrem Hals und dem weißen Kleid abhob.

«Tockos Uhren», sagte sie, «hatten Zeiger, das wohl. Aber wenn sie gingen, dann schlugen sie alle Stunden, außer der, die sie zeigten. Vor allem, wenn die Prinzessin in der Nähe war.»

«Oh», sagte Otto. Was soll man da sagen, dachte er. Prinzessin … Sie sieht jemandem ähnlich, den ich kenne, doch auch wieder nicht. Wie ist das möglich!

«Ich erzähl nur eine Märchengeschichte», sagte das Mädchen. «Sieh mich nicht so dumm an.»

Sie trug glänzende schwarzlederne Stiefelchen mit roten Spitzen.

«Die Geschichte von König Clode und seinen Söhnen und dem weißen Hirsch», fuhr sie fort. «Und von der Prinzessin natürlich. Und eh …»

«Tocko?», ergänzte Otto.

Das Mädchen nickte. «Tocko stellte seine Sonnenuhren in den Schatten. Das kannst du in einem Buch von James Thurber lesen.[4] So kamen sie auf die Idee.»

«Auf die Idee?», sagte Otto. «Was für Leute kamen auf die Idee?»

«Der Bibliothekar und der Archivar und der Sekretär. Und der Professor vielleicht. Und der Gärtner, wenn der da ist. Der Ambassadeur hat es befohlen: Sonnenuhren müssen im Schatten stehen.»

«Wer bist du?», fragte Otto.

«Ich wohne hier», sagte das Mädchen, «also darf ich das zuerst fragen. Wer bist du?»

«Ich bin Otto.»

«Otto.» Das Mädchen kniff seine hellen Augen halb zusammen; sie glitzerten unter langen, schwarzen, gebogenen Wimpern heraus. «Der Name ist bekannt. Heißt du wirklich so? Bist du niemand anders?»

«Ich heiße Otto», sagte Otto. «Wie kann ich jemand anders sein! Und du?»

«Ich bin Schneewittchen.»

«Schneewittchen? Du bist bestimmt jemand anders! Ich glaube dir nicht», sagte Otto.

«Glaubst du mir nicht?» Langsam sagte sie: «So weiß wie Schnee, so rot wie Blut, so schwarz wie Ebenholz.»[5]

«Schön! Nur ist dein Haar nicht schwarz, es ist rot.»

«Nicht rot, Junge! Sag das nie wieder!» Die Augen des Mädchens gingen zu und dann wieder auf. Plötzlich erschienen die Grübchen wieder in seinen Wangen. Danach schaute es ernst drein. «Hinter sieben Bergen, in einem Tal, hinter Nebel und Wasserfall ...» Sie war für einen Augenblick still. «Dort wohne ich.»

«Also nicht hier!»

«Doch hier. In der Januarischen Ambassade.»

Ist die denn nicht nur hinter einer Tür?, dachte Otto.

Das Mädchen sagte: «Ich habe nicht nur einen Namen wie du ... Wie heißt du gleich wieder?»

«Otto.»

«Ich heiße Claire bei Mondschein und Clara am Tage. Claartje, wenn ich deine Freundin sein will. Du darfst mich Claartje nennen.»

«CLAARTJE! Du bist ...»

«Ssst! Still! Schweig!», sagten Claartje und Clara und Claire. «Nenne mich Claartje. Und was ich außerdem noch bin, ist geheim.»

Sie guckte Otto direkt an. Er sah goldene Pünktchen in dem Blau um ihre dunklen Pupillen. Er sah auch sich selbst, zweimal, während sie fragte: «Kannst du ein Geheimnis bewahren?»

«Ja», sagte Otto. «Ehrenwort.»

«Dass ich hier wohne, ist ein Geheimnis», sagte Claartje. «Der Ambassadeur hat mir Asyl gewährt. Ich bin *Persona grata*, immer gern gesehen. Ich wohne hier in einem Turmzimmer für mich allein.»

«Für dich allein?» Wo, dachte Otto, ist Elise? Aber er wagte es nicht zu fragen.

«Ein Turmzimmer», sprach Claartje. «Ich sag nicht, welches, genau wie in einem geheimnisvollen Märchenbuch. Prinzessinnen wohnen immer – nun ja, oft – in Turmzimmern.»

«Aber du bist doch keine Prinzessin!»

«Ich rede von Prinzessinnen in Büchern. Büchern! Bist du schon in der Bibliothek gewesen?»

Otto gab keine Antwort. Das Galgenkind hatte gesagt: «Claartje nichts davon sagen.» Aber das Galgenkind konnte lügen wie gedruckt. Wem konnte man hier vertrauen, wie nett er auch sein mochte?

«Ich hab dich genau gesehen», sagte Claartje. «Du bist durch ein Fenster der Bibliothek nach draußen geklettert.»

«Na und? Ich bin da gewesen, ja. Nur ganz kurz. Der Bibliothekar war nicht da. Kann man da wirklich Bücher ausleihen?»

«Natürlich, Junge! Es ist doch eine Bibliothek. Wenn der Ambassadeur einverstanden ist, kannst du dort ausleihen und lesen. Ich sag dir schon Bescheid, wenn der Bibliothekar da ist.» Claartje lächelte wieder, ein wenig neckend. «Sei willkommen in der Januarischen Ambassade», fügte sie in feierlichem Ton hinzu.

«Danke», sagte Otto, plötzlich genervt. «Danke gleichfalls! Ich wohne hier nämlich ebenfalls, weißt du.»

«Wirklich, Junge?»

«In einem Turmzimmer für mich allein. Und ich heiße Otto.»

«Kommst du mit, Otto?» Claartje lief über die Wiese fort, schnell und behende. Sie schaute sich nicht um.

Otto folgte ihr im Schatten, in der Sonne, im Schatten, in den einen Pfad hinein, aus dem anderen heraus.

Claartje blieb stehen und holte einmal tief Luft. «Dies ist der schönste Garten von beiden Welten», sagte sie, «vor allem im Monat Mai. Ich sage Mai, Maikäfer liebe ich nicht.» Sie streckte Otto eine Hand hin. «Ich wusste, dass du kommen würdest! Liebst du auch den Monat Mai, Otto?»

Hand in Hand liefen sie weiter. Otto überrascht, froh und auch etwas verwirrt; deshalb sagte er nichts. Diese Wanderung konnte von ihm aus ewig dauern.

«Dies ist sehr viel besser, was?», sagte Claartje, «als das blöde Poltern auf der dunklen Treppe.»

Otto ließ sie los. «Ich hatte meine Taschenlampe vergessen.»

«Dacht ich's doch!», sang Claartje. «Darum habe ich eine Kerze für dich hingestellt.»

«Du!» Otto streckte seine Hand aus, aber Claartje versteckte ihre unter dem schwarzen Schal mit den Fransen. Sie kehrte ihm ihr Profil zu; sie hatte eine kleine, leicht aufwärts gebogene Nase, und sie sah noch immer sehr lieb aus. Das liebste Mädchen, das er je gesehen hatte. Und schön.

Sie schaute zu dem riesigen Haus, das nun schon weit entfernt war.

«Die Fahne ist gehisst», bemerkte sie. «Der Ambassadeur ist jetzt zu Hause. Oder … hier, irgendwo im Garten.»

Die weiße Fahne auf einem der Türme flatterte, mal stärker, dann wieder schwächer. Otto entdeckte, dass außer dem A auf der einen ein J auf der anderen Seite stand. J. A. dachte er, nicht JA. Januarische Ambassade. Er fragte: «Und wenn der Ambassadeur zu Hause ist, was dann?»

«Du hast eine Armbanduhr um!» Claartje starrte auf sein Handgelenk. «Und auch noch mit Zeigern!» Sie schien zu erschrecken. «Hat der Ambassadeur dir denn nicht Asyl gewährt?»

«Ja, doch, natürlich. Ich bin doch hier!»

«Und hat der Ambassadeur dir schon einen Auftrag gegeben?»

«N … ja, ja sicher», sagte Otto. «Ich habe einen Auftrag.»

Claartje schaute ihn fragend an. – *Sie glaubt mir!* – «Welchen?», flüsterte sie.

Otto antwortete: «Das ist ein Geheimnis.»

«Wie öde», sagte Claartje. «Du kannst es mir …»

«Nicht erzählen», fiel Otto ihr ins Wort. «Du hast, du bist doch auch ein Geheimnis? Wenn ich meinen Auftrag erfüllt habe, wirst du es sehen. An meiner Armbanduhr.» Was sollte daran zu sehen sein?, fragte er sich. Vielleicht müssen die Zeiger verschwinden.

«Dann muss es ein schwieriger Auftrag sein!»

Otto wusste nicht, ob Claartjes besorgtes Gesicht ernst gemeint oder gespielt war.

Das Mädchen ging weiter, und er ging schweigend mit. Plötzlich hörte er mehr als ihrer beider Schritte und das Geraschel und das Vogelgezwitscher – ein ganz anderes Geräusch, weit weg.

Es scheint ein Motor zu sein, dachte er. Es ist ein Motor. Ein Motorrad. Ob dieser Marsmann dann doch … Er sah Claartje von der Seite an.

«Hörst du das auch?», sagte er. «Ist das nun das Brummen eines Motors oder einer Biene?»

Claartje sah immer noch geradeaus. «Eine Biene summt, und dies ist ein ganz anderes Geräusch, Junge. Das weißt du ganz genau.»

«Ist es denn das Motorrad von diesem Marsmann?»

«Ich mochte früher sehr gern SF, das ist Science Fiction»,* sagte Claartje. Ihr Profil wirkte nachdenklich und ernst. «Marsjan ist *Science*, oder besser, er ist keine *Fiction*. Und nett. Sein Mantel … wie von einem Prinzen, und …» Sie verstummte.

«Also du kennst ihn …» Otto kam ins Stocken. Zwei Meter lang und indigoblau, hatte das Galgenkind ihm gesagt. Und da war der blaue Mann aus Elises Geschichte, der auf Bitten des Professors *Clair de Lune* gespielt hatte …

«Blau», sagte er. «Er ist doch dunkelblau?»

«Ja, was dachtest du denn?», sagte Claartje.

«Und … kann er Klavier spielen?»

«Er spielt Klavier und Gitarre und die Barsoomharfe. Und er …» Claartje brach ab. «Da ist der Weiher», flüsterte sie. «Ist das dein Auftrag, Junge?»

«Otto heiße ich.»

«Los, Otto, laufen! Wer zuerst da ist.» Claartje hob ihren langen weißen Rock und begann zu rennen.

Otto stürzte ihr nach, schaffte es mit aller Kraft, ganz nah an sie heranzukommen, aber er holte sie nicht ein.

Plötzlich blieb Claartje stehen. Otto schoss noch ein Stück weiter, hielt an und lief zu ihr zurück. Sie hatten das Wasser noch nicht erreicht, waren aber ganz dicht daran.

* Science bedeutet Wissenschaft. Fiction ist Fantasie, etwas Ausgedachtes. Nicht alle Science-Fiction spielt in der Zukunft. Eine SF-Geschichte kann *gleichzeitig* unwahrscheinlich und sehr glaubwürdig, sogar beängstigend realistisch sein. Du kannst dich dadurch erstaunt fragen, was passieren würde, wenn … Für weitere Information solltest du in meine Bibliothek kommen. (Bibliothekar)

Otto fielen die Worte des Galgenkindes ein: *Vorsichtig am Weiher wegen des Schwans.*

Der weiße Schwan war nun zweifellos lebendig; er schwamm.

Claartje klatschte in die Hände. «Ksch, ksch!»

«Nicht!», sagte Otto.

«Dieser Schwan ist doch wahnsinnig hochmütig», sagte Claartje. «Man kann ihn einfach nicht erschrecken.»

«Das muss doch auch nicht sein?»

«Der schert sich weder um mich noch um dich, um niemanden», sagte Claartje. «Sieh dir das an.»

Sie stampfte mit dem Fuß und klatschte noch einmal in die Hände.

Der Schwan tat, als gäbe es sie gar nicht. Er schwamm ruhig weiter, graziös, in sich selbst vertieft.

Claartje ließ die Arme sinken. «Da ist dein Auftrag. Ja bestimmt, ich hab es richtig geraten. Stimmt's oder nicht?» Sie starrte weiter auf den Weiher. «Der Schwan. Keinen Schritt weiter jetzt! Ich werde niemandem dein Geheimnis verraten.»

Welches Geheimnis?, hätte Otto beinahe gefragt. Stattdessen sagte er: «Was soll ich tun?»

«Das weißt du doch! Auftrag vom Ambassadeur. Hast du mir selbst gesagt.» Endlich sah Clara Otto wieder an, mit Augen, so hell wie der Weiher und genauso unergründlich.

Ich wollte, dachte Otto, ich wüsste, was sie meint.

«Ich gehe jetzt», sagte das Mädchen leise. «Marsjan entgegen, so dass er dich nicht …»

«Er mich nicht … was?», fiel Otto ihr ins Wort. «Ich gehe mit.»

«Du bleibst hier. Du hast doch keine Angst vor einem Schwan!»

«Angst? Nein. Was du denkst!»

«Du hast Angst vor dem Ambassadeur!»

«Auch nicht vor dem Ambassadeur. Er hat mich notabene eingeladen!»

«Na also! Dann musst du doch tun, was dir aufgetragen worden ist, oder nicht? Und auch schnell, denn der Ambassadeur ist zu Hause, vielleicht sogar hier ganz in der Nähe.» Claartje legte ganz leicht eine Hand auf Ottos Armbanduhr und sagte: «Warte hier auf mich, ich bin gleich wieder da. Tschüs!»

Sie drehte sich um und sauste weg.

Otto sah ihr unentschlossen nach. Ihr folgen oder gerade nicht? – Ich hab überhaupt keinen Auftrag vom Ambassadeur! Ich kenn ihn nicht einmal … Oder habe ich doch einen Auftrag? Gerade eben von ihr bekommen? Was meinte sie? Was für einer ist dieser Ambassadeur? Marsjan?

Claartje verschwand um eine Wegbiegung.

Warum hat Christian mich vor dem Weiher gewarnt?

Otto machte einen Schritt darauf zu und blieb wieder stehen. Der Schwan schwamm jetzt gemächlich im Kreis, betrachtete sein Spiegelbild. Es war still geworden – nicht die tödliche Stille vom vorigen Mal, sondern eine erwartungsvolle Stille. Otto hörte nur noch ganz ferne, vage Geräusche. Nicht das Brummen eines Motorrades, nicht einmal das Summen einer Biene.

Der Schwan schaute auf, unglaublich von oben herab. Ein hochmütiges Tier? Mehr als das? Oder genau der Wasservogel, der er war?

Otto juckte es in den Fingern. Er bückte sich, packte eine Handvoll Kieselsteine vom Weg – spielend leicht, sie waren nicht festgeklebt. Er suchte einen aus, nahm ihn zwischen die Finger, hob den Arm und warf ihn nach dem Schwan.

Er wusste nicht, ob er das Tier getroffen hatte. Wasser spritzte langsam auf und fiel träge wieder herunter. Und dann auf einmal flog der Schwan auf, schnell, mit einem grässlichen Schrei und weißen, weiten, gefährlichen Flügeln. Er ging nicht auf Otto los, er erhob sich flügelschlagend höher und höher. Zur selben Zeit wurde der Himmel grau vor Wolken. Der Schwan verschwand darin, genauso wie die Sonne. Die Wolken wuchsen und wurden dunkler.

Otto zitterte von Kopf bis Fuß. Ein solch lächerliches Steinchen konnte doch nicht … Dicke Regentropfen begannen zu fallen, der Weiher kam in Bewegung – dunkles Wasser, das wild spritzte. Blasen platzten.

Otto sauste, lief, hastete, rannte – fort vom Weiher, bevor der über seine Ufer treten würde. Es hatte angefangen zu wehen, es wehte immer stärker, er musste gegen den Wind laufen, Ströme von Regen peitschten sein Gesicht. Hinter sich hörte er Brausen und Klatschen, und irgendwo war auch wieder Motorengebrumm; über seinem Kopf rollte Donner. Manchmal musste er für einen Augenblick anhalten, seine Augen vor dem Regen oder einem blendenden, schmerzenden Zickzack zusammenkneifen. Den Blitzen folgten krachend Donnerschläge.

Eine harte Mauer, mit hin und her peitschenden Pflanzen bedeckt, zwang ihn unerwartet zum Anhalten. Nicht weit über sich sah er in Blei gefasste Fenster; eines stand offen und bewegte sich im Wind.

Er schaffte es zum offenen Fenster hinauf. Keuchend stieg er vom Fensterbrett auf den Sitz einer Bank. Mit aller Kraft zog er das klappernde Fenster zu und drehte den Griff fest. Er sprang von der Bank auf den Fußboden und rieb sich übers nasse Gesicht. Gleich neben ihm stand ein großer Tisch, unter den er am liebsten gekrochen wäre. Aber er blieb stehen und schaute sich um. Hohe Borde voller Bücher ragten überall auf.

Was tu ich hier? Was such ich hier? Eine Warnung vom Galgenkind, von Elise. Clara. Wo ist Claartje? Wo ist Christian? Wo bin ich? Bibliothek. Eine Uhr ohne Zeiger. Wer bin ich? *Ich weiß nicht, wie ich heiße.* Ich habe meinen Namen vergessen.

V

Der Junge starrte den Tisch an, das zugeschlagene ABC-Buch darauf, den leeren Stuhl dahinter. Dort hatte das Galgenkind gesessen, daran erinnerte er sich.

Warum, dachte er, weiß ich dann meinen eigenen Namen nicht mehr? Weiher. Schwan. Sorg dafür, dass du dir deinen Namen merkst. Wo habe ich das nur gleich gelesen? Nicht in dem ABC-Buch. Ich heiße … Noch einen Augenblick, und dann weiß ich es … Christian? Nein, Christian ist das Galgenkind.

Der Junge flüsterte: «Christian, wo bist du?»

Er fragte es noch einmal, aber es kam keine Antwort. Draußen regnete es heftig, das Wasser lief an den Scheiben herunter. Die

Fenster waren geschlossen, und dennoch bewegte sich die Flamme einer Kerze auf dem Tisch.

Wer hat die angemacht, fragte sich der Junge. Das Galgenkind hat die Kerzen ausgeblasen. Claartje? Ich weiß noch immer nicht, wie ich heiße.

Wieder erinnerte er sich an etwas, er sah es vor sich wie die Seite eines Buches, er konnte ein Stück daraus lesen.

Es besteht jedoch eine große Gefahr: dass du dich selbst verlierst. Das bedeutet, dass du deinen eigenen Namen vergisst, dich selbst nicht mehr erkennst, wenn du in einen Spiegel schaust. **In dem Augenblick verschwindet der Ort, woher du kommst, du hörst auf, in dem Hier und Jetzt zu bestehen, deine eigene Welt geht verloren. Du kannst dann nicht mehr zurück und musst für immer – als Verbannter im Exil – in der Welt auf der anderen Seite bleiben.**

Wo ist ein Spiegel?!

Der Junge ergriff den Leuchter mit der brennenden Kerze. Zum Musiksaal!

Er rannte kreuz und quer durch die Bibliothek, fand den gewundenen Flur und ging dann langsamer, aber noch immer hastig und sehr ängstlich weiter. Die Kerzenflamme flackerte abscheulich, erlosch jedoch zum Glück nicht. Während er die Wendeltreppe hinaufging, schienen Regen und Wind abzuflauen. Als er endlich in den Musiksaal kam, wurde es draußen ruhig und still, obwohl es noch immer grau und bewölkt war. Auch seine Hast hatte sich verloren; er näherte sich einem Spiegel, mit unsicheren Schritten und klopfendem Herzen.

Er sah jemand anders, der ihm entgegenkam und der anhielt, sobald er stehen blieb. Er stand einem unbekannten Jungen mit nassem, wirrem Haar und ängstlichen Augen in einem runden, weißen Gesicht gegenüber. Einem unbekannten Gesicht.

Er öffnete den Mund. Der andere tat dasselbe – als wenn er schreien wollte. Keiner von beiden gab einen Ton von sich. Er machte seinen Mund zu und hob die Hand mit der Kerze höher. Der andere äffte ihn nach. Er streckte die freie Hand aus und berührte mit zitternden Fingern … keine Menschenfinger, sondern kaltes Glas. Spiegelglas. Der fremde Junge ihm gegenüber hatte es ganz genauso gemacht.

Mein Spiegelbild. Ich erkenne dich nicht.

Warum bloß nicht?, dachte er. Es fiel ihm jetzt alles wieder ein: dieser Saal. Das erste Mal hier, da hatte er einen solchen Schreck vor seinem Spiegelbild im Pyjama bekommen; damals hatte er sich aber erkannt … Er dachte an das Buch, das ihm das Galgenkind gegeben hatte und das er gekauft hatte von Herrn – Montag. Montag, so hieß er doch? Wie redete er mich an? *Und in dem Buch steht mein Name!* Zweimal sogar.

Der Junge wandte sich vom Spiegel ab und flüchtete vor seinen namenlosen Widerspiegelungen im Musiksaal. Er stieg polternd und stolpernd die Wendeltreppe zur steinernen Halle mit einer einzigen, geschlossenen Tür hinauf.

Der Tür zu seinem Zimmer.

Er erreichte sie im Dreisprung, grapschte nach der Klinke und riss die Tür weit auf.

Er stand auf der Schwelle eines leeren Raumes, der in nichts seinem Zimmer glich – groß, düster und kahl. Genau ihm gegenüber war ein Fenster, ohne Glas, mit offen stehenden Läden. Langsam ging er dorthin; dumpf trampelten seine Schuhe auf den Dielen.

Das Fenster ging auf graue Hügel und raue Berge unter einem verhangenen Himmel hinaus. Es regnete nicht mehr, und es wehte auch nicht, aber die Luft draußen war eisig kalt. Der Junge stellte den Leuchter vorsichtig auf den Fußboden. Verschwommen dachte er: Wenn meine Kerze ausgeht, falle ich auf der Stelle tot um.

einen Spiegel schaust. In dem Augenblick verschwindet der Ort, woher du kommst, du **hörst du auf, in dem Hier und Jetzt zu bestehen, deine eigene Welt geht verloren**. Du kannst dann nicht mehr zurück **und musst für immer – als Verbannter im Exil – in der Welt auf der anderen Seite bleiben**.

Er starrte und starrte hinaus, bis er anfing zu zittern. Dann schaute er sich um. Dieser Raum war genauso feuchtkalt und ungastlich wie die Aussicht. Es war noch immer Tag, aber in den entfernten Ecken des Zimmers schien es schon beinahe Nacht zu sein.

Sorg also dafür, dass du die Herrschaft behältst, dass du zurück kannst, wenn du es wünschst, dass du gehen und kommen kannst, wann du willst

Sorg dafür, dass du dir deinen Namen merkst!

Doofkopp, Doofkopp, warum konntest du das nicht!

Ohnmacht und Wut erwärmten ihn ein bisschen, so dass er sich gegen die Kälte zur Wehr setzen konnte.

Ich muss meinen Namen wieder finden, ich kann meinen Namen wieder finden!

Der Junge nahm den Leuchter, die Kerze brannte gleichmäßig. Er verließ den Raum, wo einst sein Zimmer gewesen war ... wo sein Zimmer noch immer war oder wartete, obwohl er nicht wusste, wo und wie. Er schloss die Tür hinter sich, machte sie wieder auf – noch genau dasselbe – und zog sie dann mit einem Knall zu. Ob man das nicht nur hier, sondern auch zu Hause hörte?

Danach ging er die Wendeltreppe hinunter. «Zum wievielten Mal?», sagte er laut. «Zum dritten Mal, nicht zum zweiten, das vergess ich nicht. Und wie ich heiße, das hab ich noch heute zu mir selbst gesagt ...»

Er blieb vor der kleinen, geheimnisvollen Tür stehen. Noch immer abgeschlossen. Kein Schlüssel. Er klopfte an.

«Claartje, wo bist du, Clara? Du wohnst hier, du bist dahinter, bestimmt!»

Er hämmerte dagegen. «Du weißt meinen Namen!», rief er. «Antworte, Clara, Claartje, Claire!»

Der Nachhall seiner Stimme erstarb. Schweigen.

«Mogel-Schneewittchen», murmelte der Junge, während er weiter nach unten ging. «Scheißmädchen», sagte er. «Oder im Gegenteil? Hast du mich beim Weiher gewarnt, oder im Gegenteil? Du hast als Erste versucht, den Schwan zu ärgern. Scheißschwan. Ssst! Kein gewöhnlicher Schwan. Eins ist sicher: Das Galgenkind hat mich wirklich gewarnt.» Er hielt für einen Augenblick den Atem an. «Und auch er weiß, wie ich heiße! Warum hat er sich davongemacht? Das ABC-Buch. A. O ... Mein Name beginnt mit 'nem O!»

«Das O wusste ich schon lange», hatte das Galgenkind gesagt. Und was noch?

Auf dem Rest des Weges zur Bibliothek redete der Junge schnaufend und pustend in einem fort. Er wiederholte das Alphabet: «A B C D E F G H I J K L M N O … O. P Q R S … kein Sie, warum nicht? Sch … von Schwan. Das eine Miststeinchen! T U V W X Y Z.» Ein paar Mal musste er einen Augenblick ausruhen, und dann rief er: «Christian!»

Endlich stand er wieder vor dem großen Tisch in der Bibliothek. Als er den Leuchter hinstellte, erlosch die Kerze, aber jetzt machte das nichts mehr aus, es war Licht genug da. Seine Taschenlampe lag noch am selben Platz, neben dem ABC-Buch. Das Galgenkind war noch immer nirgendwo zu entdecken.

Der Junge ging um den Tisch herum und schlug das schwere Buch auf.

Das A ist von Ambassadeur. Seine Furcht loderte für einen Augenblick wieder auf: Der ist hier der Boss. Mit ’nem B. Dem B von Bibliothek und von Büchern. Hätte ich mein eigenes Buch doch nur bei mir. Aber das ist oben auf dem Boden – schon wieder ein B – und oben auf dem Boden ist weg.

Er setzte sich in den tiefen Lehnstuhl. Vielleicht, dachte er, ist das der Auftrag: meinen Namen wieder finden.

Er nahm seine Taschenlampe und spielte mit dem AN/AUS-Schalter – sie würde erst wieder brennen, wenn eine neue Batterie darin war. Das kreisförmige Ende des metallenen Verschlusses glänzte wie ein Spiegel. Er versuchte sich selbst noch einmal darin zu betrachten und setzte sich mit einem Ruck auf: *Spiegel*. Das ist es, wusste er plötzlich. Mein Name bleibt im Spiegel derselbe.

Er fing an, in dem ABC-Buch zu blättern. – Das O muss ich haben, das O!

Er starrte den ockerfarbenen Buchstaben an. Welcher Name beginnt mit ’nem O? Olaf. Omar. Okay? Nein.

Er schob das Buch ein wenig zur Seite und sah den Galgen und die fünf Buchstaben, die ins Holz gekerbt waren.

Ist das nun das C von Christian oder das G von Galgenkind? Wo bist du, du fieser Kerl? Du sagtest mir: «Du hast zwei Kreise in deinem Namen …»

Der Junge grapschte ein Stück Papier von dem Stapel, der in Griffweite lag, und schaute sich um. Das ist doch wohl erlaubt?, fragte er im Geist – er-wusste-nicht-wen. Er nahm einen Bleistift. «Ich werde nicht auf den Tisch kritzeln», sagte er, auch wenn er das am liebsten getan hätte.

«Oh», seufzte er dann, und er zeichnete einen zittrigen Kreis auf das weiße Blatt. Er zeichnete eine ganze Reihe O-s daneben, bis es ihm gelang, ein ordentliches zustande zu bringen, mit fester Hand.

Zwei Kreise. Das O bleibt gespiegelt ein O. Genauso wie das A und das I und das U … Und das H. OHO. Unsinn! OMO. Das ist kein Name. Zwei Kreise und zwei … Was? Knollen?

OLLO.

Der Junge nahm wieder seine Taschenlampe und hielt das Blatt Papier vor das spiegelnde Ende des Schraubverschlusses.

.O⅃⅃O

Geht auch nicht. Ich muss es Buchstabe für Buchstabe probieren. Warum ist das Galgenkind nicht hier, um mir zu helfen? … Er schlug eine Seite um. – N. Neidhammel.

ONNO. Den Namen kenne ich, aber … OИИO Nein.

Er wartete, bis sich sein Herzklopfen und sein Atem beruhigt haben würden. Seine Hände mussten aufhören, so zu zittern. Unbeweglich horchte er auf das Ticken der Uhr. Der Uhr ohne Zeiger. Ein Ticken, aber keine Zeit, Tempus.

T. Zwei T-s.

Zwei T-s. Der Junge zeichnete zwei T-s mit der einen Hand und blätterte mit der anderen weiter im Buch. Das T strahlte ihn an.

OTTO. – *Ich heiße Otto!*

Während er diesen Namen in großen Buchstaben aufschrieb, ein-, zweimal und noch einmal, erinnerte er sich daran, dass er es schon sehr oft getan hatte. Es war eigentlich nicht mehr nötig, es in seiner Taschenlampe zu spiegeln. Er hatte sein Gedächtnis vollkommen zurück.

«Otto», flüsterte Otto verzückt.

Er lehnte sich in dem großen Stuhl zurück, beugte sich wieder übers Papier und las noch einmal die bekannten Buchstaben. Er merkte, dass er versehentlich doch ein OTTO in den Tisch geschrieben hatte. Der Bleistift war offenkundig nicht nur scharf angespitzt, sondern auch sehr hart, denn es gelang ihm nicht, die Buchstaben wegzureiben.

Ach, was macht es, dachte er, und er stand auf, das Blatt Papier in eine Hand geklemmt. Und nun in mein Zimmer, das ist bestimmt wieder da!

KAPITEL VIER

Der Raum der Mitte, von dem alles ausgeht

I

Auf dem Weg nach oben schien es ihm, als ob ihn jemand riefe. «Otto!» Von weit weg, unten.

Otto blieb so schnell stehen, dass er fast auf die Nase gefallen wäre. Das Galgenkind? Claartje? Er hörte nichts mehr, ging schnell weiter – zuerst nachsehen, ob sein eigenes Haus wieder da war –, und blieb nochmals beim Musiksaal stehen: Ganz kurz sich selbst im Spiegel sehen.

Als er hineinging, hörte er wirklich seinen Namen rufen, deutlicher jetzt, viel näher. Die Stimme des Galgenkindes.

Du kommst aber ein bisschen spät, dachte er.

Alle seine Widerspiegelungen waren gute Bekannte, sie lachten und zeigten ihm triumphierend das beschriebene Papierblatt.

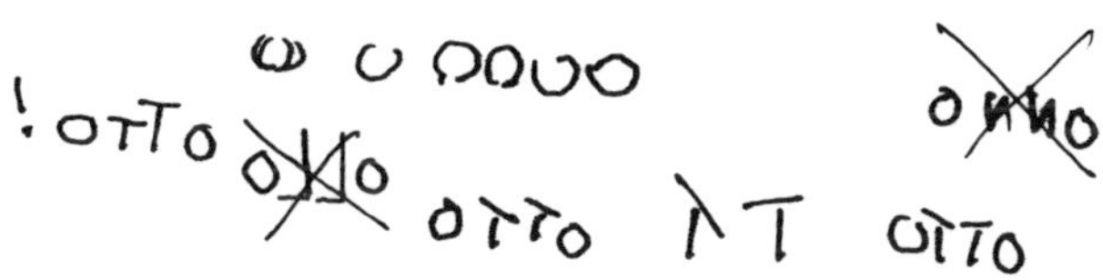

«Niemals mehr», sagte Otto, «vergess ich, wie ich heiße!»

Hinter seinem Spiegelbild erschien plötzlich jemand anders; er erschrak einen Moment, obwohl er es hatte erwarten können.

Christian das Galgenkind.

Otto drehte sich um. Da stand der Junge selbst, mit einem dicken Buch unter dem Arm.

«Sauber! Vollfett hingekriegt!», sagte er mit vergnügtem Grinsen. «Zwei O-s und zwei T-s. Der Raum der Mitte, von dem alles ausgeht.» Er legte seine Last auf dem Klavierhocker ab. «Dies haben wir nicht mehr nötig.»

Es war das ABC-Buch.

«Ach nein!», sagte Otto. «Ich musste es selbst, ganz für mich allein ... Wo warst du?»

«In der Bibliothek», antwortete Christian.

«Da warst du nicht!»

«Ich war da wohl», sagte das Galgenkind. «Ich habe das ABC gelernt.»

«Ja, als ich in den Garten ging! Aber wo warst du, als ich zurückkam?»

«In der Bibliothek, das hab ich dir doch gesagt.»

«Du lügst! Ich komm gerade von dort. Du warst da nicht, nirgendwo», sagte Otto böse.

«Und ob ich da war! Von A bis S. Ich habe dich vor dem Schwan gewarnt», sagte Christian. «Und bis Z. Und nach dem Z hat der Ambassadeur mich zum Bibliothekar geschickt, um nachzusehen, ob Marsjan schon ankam.»

«Siehst du wohl, du hast dich gedrückt!»

«Ich hab mich nicht gedrückt», sagte das Galgenkind. «Ich hatte einen Auftrag vom Ambassadeur, und wer nicht tut, was der sagt, der hat noch keinen Geburtstag. Ich habe aber einen Geburtstag, jedes Jahr, wenn ich will. Im Jaguar. Wann hast du Geburtstag?»

«Geht dich nichts an.»

«Das ist fies, du Miesling!», rief das Galgenkind und stampfte mit dem Fuß auf. «Du äffst nur nach, du äffst Clara nach. Die hat auch nicht Geburtstag. Total nie. Das behauptet sie wenig ...» Er brach ab und fragte: «Welche Noten stehen auf dem Klavier?»

Otto sah hin – noch immer *Clair de Lune*. «Lies doch selbst», sagte er barsch.

Christian beugte sich zum Buch und tat, als läse er. «C», sagte er. «Clair de lune.» Er runzelte die Augenbrauen. «Dann ist sie hier in der Nähe. Weißt du vielleicht, wo?»

Otto schüttelte den Kopf.

Das Galgenkind grinste wieder. «Ha», sagte es tückisch, «sie hat dich reingelegt. Du hast sie gesehen. Gib es zu!»

«Warum sollte ich?», sagte Otto, nach außen stark, aber innerlich unsicher. «Ich habe nichts zuzugeben.»

Das Galgenkind schlug eine Taste an. Ein heller Ton klang auf, verschwebte. «C», sagte er. Er setzte sich hin, oben auf das ABC-

Buch. «Claartje», fuhr er fort, «ist das schönste Mädchen der Ambassade. Ein Mordsmädchen, ein Schätzchen, auch wenn sie falsch sein kann. Du warst mit ihr im Garten, weiß ich genau. Aber sie geht nie an den Weiher. W. Kannst du einen Walzer spielen, den Flohwalzer?»

«Was meinst du mit … Weiher?», fragte Otto, und er bekam sofort das Gefühl, dass er das nicht hätte fragen sollen.

«Sie geht zwar *hin zum* Weiher, aber sie kommt nie *an beim* Weiher», sagte das Galgenkind. «Wer mit ihr zum Weiher geht, kommt auch nie beim Weiher an. Schade um den Schwan …» Er zog die Oberlippe hoch. «Und deshalb bist du ein Trottel … Macht nichts! Wir haben Meere von Zeit.»

Otto sagte nichts.

«Du hast den richtigen Raum ausgewählt», sagte Christian, während er aufstand. «Hat *sie* dir das verraten?», flüsterte er.

Otto wusste immer noch nicht, was er sagen sollte.

«Kommst du mit», sagte Christian das Galgenkind. «Wir gehen von hier aus los, sofort. Du darfst dir aussuchen. Vier Himmelsrichtungen. Welche?»

«Was, welche?», fragte Otto.

«Wir wollten doch das Haus angucken! Von dem Raum der Mitte, von dem alles ausgeht. Dies ist der Raum, von dem alles ausgeht.»

Dieser Name kam Otto auf einmal bekannt vor. «Der Musiksaal?», fragte er. «Mitten im Haus?»

«Mitten im Haus, wie klug du doch bist, wie schlau», sagte das Galgenkind.

«Aber man kann hinaussehen, dann kann er doch nicht in der …»

Christian ließ Otto nicht ausreden. «Komm mit. Norden? Oder Osten oder Süden oder Westen?»

«Ich will nach … Ich war auf dem Weg nach oben.»

«Okay. Süden, Westen, Norden, Osten. Zenit und Nadir, oben und unten. Nach oben also. Türme? Speicher? Welche Treppe?»

«Zu meinem Zimmer», sagte Otto.

«Willst du mir dein Zimmer zeigen? Ich sollte dir doch das ganze Haus …»

«Nicht nötig, ein anderes Mal», sagte Otto, plötzlich eilig. *Ich muss wissen, ob mein Zimmer wieder da ist …!* «Keine Zeit!»

«Meere von …»

«Ach, halt die Schnauze. Ich hab Meere von … ich hab eine Ewigkeit auf dich gewartet. Für nichts und wieder nichts. Denkst du wirklich, dass ich jetzt noch mit dir geh?» Otto zerknüllte das Papier in der Hand und steckte es in die Hosentasche. Er ging zur Flügeltür, die in die Halle und zur Wendeltreppe führte. «Ich kann dieses Haus ebenso gut allein ansehen. In meiner Zeit.»

Christian lief hinter ihm her. «Meine Zeit! Hör sich das einer an! Und dann bestimmt verlaufen!»

«Ich habe mich noch kein einziges Mal ver …»

«Hoffnungslos verlaufen, warte nur. Dies ist ein wahnsinnig großes Haus, eine Ambassade. Du kennst dich hier nicht aus.»

«Tu ich wohl! Ich wohn hier.» Otto blieb unten an der Treppe stehen, überlegte, dass er kein Licht bei sich hatte.

Das Galgenkind grinste wieder, so dass man seine Zähne sah. Er fing an zu singen:

«Im Keller ist es dunkel.
Warum sollt es dunkel sein?
In dem hellen Mondenschein?»

Er sagte: «Wenn du nach oben auf den Boden gehst, kannst du auch unten in der Besenkammer herauskommen. Beide mit ’nem B. Kennst du den Unterschied zwischen Keller und Speicher? Zwischen Kerker und Turm, zwischen gefangen sein und frei sein? Nein! Denn du wohnst hier nicht, gib es zu. Und wenn du auf den Ambassadeur stößt, dann passiert was, peng! Geh nur, ich zeig dir den Weg nicht mehr, Doofkopp. Den Strick für dich, nicht für mich.»

Otto gab keine Antwort und begann entschlossen die unbeleuchtete Wendeltreppe hinaufzusteigen. Nach einer Weile hörte er, dass Christian ihm folgte – zu seiner Erleichterung, auch wenn er noch nicht vorhatte, sich das anmerken zu lassen.

«Was für ein Schisshase bist du», sagte das Galgenkind. «Bange vor einem Schwan. Und nun machst du schnell die Fliege, ab in deine Höhle, dein Zimmer.»

Otto blickte sich um, konnte ihn aber nicht erkennen. «Zimmer! Siehst du wohl, dass ich hier wohne? Nun hast du es selbst zugegeben.»

«Ich habe nichts zugegeben», tönte entrüstet die Stimme des Galgenkindes. «Und dein Zimmer kann mir gestohlen bleiben, eine Stinkhöhle, mehr nicht. Türchen auf, Türchen zu.»

Otto stieß sich irgendwo und unterdrückte ein «Au». Tastend ging er weiter, so schnell er konnte, und das war nicht schnell.

Christian folgte ihm noch immer, auf Abstand. «Ich kann im Dunkeln sehen, wie alle unsre lebenden Katzen», sagte er in singendem Ton. «Das kannst du nicht! Gleich stolperst du noch, nachher fällst du, brichst dir den Hals.»

Otto hielt es für besser zu schweigen; mühsam kletterte er weiter.

«Todessturz im Finstern», sprach das Galgenkind mit Grabesstimme.

«Ach, verpiss dich!», sagte Otto wütend. Er blieb schwankend auf einer schmalen Stufe stehen. Irgendwo unter ihm schien das Galgenkind auch stehen zu bleiben.

«Verpiss dich selbst!», schwebte seine Antwort hinauf. «*Ich* hänge noch lange nicht!»

«Wenn ich mich totfalle, ist es deine Schuld, frag das deinen Ambassadeur!», rief Otto. «Du hast meine Taschenlampe geklaut und sie leer brennen lassen. Na, was sagst du nun?»

Stille. Otto hielt den Atem an und horchte angestrengt. Dann hörte er das Galgenkind ganz leise nach unten gehen. Der Scheißkerl ließ ihn tatsächlich im Stich! Gar nicht drum kümmern, befahl Otto sich selbst.

Nach ein paar Kurven hörte er das Galgenkind wieder, es rief aus der Tiefe herauf: «Otto! Otto, warte! Warte doch mal!»

Ich bin doch nicht verrückt, antwortete Otto still für sich. Er kämpfte sich weiter. Nahm diese Treppe nie ein Ende?

Natürlich nahm sie ein Ende, und auch noch unerwartet. Otto stolperte und lag sofort lang ausgestreckt auf kahlem, hartem Stein. Fast am Ziel; ein paar blaue Flecke musste er dafür in Kauf nehmen. Jetzt schnell zur Tür!

Er kroch auf Händen und Knien durch die Halle, bis er Holz anstelle von Stein fühlte. Er bekam die Türklinke zu fassen, zog sich hoch und machte seine Tür auf. Er konnte nichts dagegen tun, dass Tränen in seine Augen traten.

Sein eigenes Zimmer war wieder da, ein bisschen langweilig, aber vertraut und in freundlichem Licht.

II

Otto rutschte hinein, um die Tür herum. Er gab ihr einen Stoß, und während er das tat, hörte er Schritte, die rasend schnell die steinerne Treppe heraufstiegen. Wieder jemand, der seinen Namen rief – tat es Christian schon Leid?

Otto wollte die Tür festhalten – zu spät, sie fiel ins Schloss. Er hielt die Klinke ganz fest und horchte gespannt.

«Bist du da, Otto?», hörte er es leise auf der anderen Seite flüstern. «Der Ambassadeur …»

Das letzte Wort bewirkte, dass er die Tür noch geschlossen ließ …

«Otto», klang es flüsternd. «Ambassadeur –»

Die Stimme war fort – so plötzlich, als wenn er die Abschalttaste eines Radios gedrückt hätte.

Dann rief jemand anders, viel lauter, und er erschrak.

«OTTO!»

Eine Männerstimme, nicht Christian oder Claartje. Otto ließ die Türklinke los und trat zurück.

Die Tür wurde aufgerissen, und da stand seine Mutter. Sie schaute erstaunt, besorgt, böse, erschrocken zu ihm hinunter. Hinter ihr war der alltägliche Flur, und von irgendwo, weiter weg, rief ein Mann noch einmal, drängend, ungeduldig: «Otto!»

«Otto!», sagte Mutter. «Wie kommst du hierher?»

Otto starrte sie an, genauso entsetzt, wie sie zu sein schien.

Seine Mutter wandte sich für einen Augenblick weg und rief: «Er ist hier, Han! Du brauchst nicht länger zu suchen.» Sie schaute ihren Sohn wieder an: «Woher kommst du?»

Der Mann, der gerufen hatte, war kein Ambassadeur, sondern Ottos Vater, der schnell nach oben kam – über den Läufer der ganz normalen Holztreppe, nicht über sich windende Steinstufen. Er trat zu Ottos Mutter und stellte streng dieselbe Frage: «Woher kommst du?»

«N-irgends», stotterte Otto. «Von nirgendwo. Einfach so. Ich war …»

«Keine Ausreden, Junge! Wo bist du gewesen?»

«In meinem Zimmer», sagte Otto.

«Erklär uns nicht für blöd», sagte sein Vater böse. «Sich einfach so davonzumachen, Stunden wegzubleiben, deine Mutter in Angst zu versetzen … Was hast du angestellt? Kommt da heimlich von draußen herein, je später, desto besser …»

«Ich bin nicht draußen gewesen, Paps, bestimmt nicht!» Otto sah, dass sein Vater wirklich böse war. Mutter musste ihn angerufen haben, denn seit der Scheidung vor gut einem Jahr kam er nie dienstags zu Besuch. Das heißt, wenn es noch Dienstag war …

«Nicht draußen gewesen?», sagte Mutter. «Wieso ist dein Haar dann so nass? Und deine Kleider … Otto, du siehst aus! Ohne Mantel auf der Straße, bei diesem Wetter!»

Nicht auf der Straße, sagte Otto für sich. Sturm und Regen, das ja. Im Garten der Januarischen Ambassade. Staubige Bibliothek, stiller Musiksaal. Dunkle Treppen … Wer rief mich, bevor Mama die Tür aufmachte?

«Ich hab dich ich weiß nicht wie oft gerufen», hörte er seine Mutter sagen, «als du aus dem Zimmer verschwunden warst. Er war nicht da, Han, nirgendwo im ganzen Haus! Ach Otto, warum …!»

Gleich fängt sie noch an zu heulen, dachte Otto beunruhigt.

«Natürlich war er nirgendwo im Haus», sagte Ottos Vater. «Du kannst doch sehen, dass er draußen gewesen ist! Wo hast du dich die ganze Zeit rumgetrieben, Otto?»

«Wie spät ist es denn?», fragte Otto. Ich kann es nicht erzählen, ich erzähl es nicht, dachte er. Dies ist mein Geheimnis.

«Ungefähr zwölf!», sagte sein Vater. «Ich wollte allmählich die Polizei verständigen.»

«Polizei?», wiederholte Otto. Diesmal war also doch Zeit verstrichen. Er schaute auf seine Armbanduhr. Die Zeiger zeigten etwas Unmögliches: fünf vor acht.

«Ich kenne noch keinen einzigen deiner Freunde in der neuen Klasse mit Namen», sagte Mutter. «Sonst hätte ich die schon …»

Ich hab keine Freunde, dachte Otto. Sonst hätte ich so tun können, als ob ich dort …

«Wo bist du gewesen?», fragte sein Vater zum soundsovielten Mal.

Otto dachte: Sie würden mir nicht glauben, selbst wenn ich es erzählte. Er sagte: «Ich bin zu Hause gewesen, wirklich Paps, bestimmt, Mama. Ich bin nur kurz aus meinem Zimmer gegangen, um …» Er schluckte. «Ich bin nicht aus dem Haus gewesen, Ehrenwort!»

«Otto fantasiert wohl mal was zusammen, aber er lügt nie», sagte seine Mutter. Sie sah ihn unsicher an.

Otto schlug die Augen nieder.

«Sieh ihn dir genau an!», sagte Vater. «Geh zum Spiegel, Junge, und sieh dich selbst an. Hast du dich vielleicht aus dem Fenster gelehnt? Bist du vielleicht aufs Dach geklettert?»

«Ich habe mich einen Moment aus dem Fenster gelehnt», sagte Otto ganz schnell, «um, eh, um hinauszusehen.»

«Doch nicht etwa aufs ...»

«Nicht aufs Dach. Was denkst du, Paps, warum sollte ich ...»

«Okay, okay, ein Kletterer bist du auch nicht gerade. Also du warst zufällig immer gerade aus dem Zimmer, wenn deine Mutter dich da suchte.»

«Dafür kann ich doch nichts!»

«Halt dein freches Mundwerk. Warum hast du nicht geantwortet, als deine Mutter dich rief? Und wo hattest du dich versteckt, als ich hier auch noch einmal gesucht habe?»

«Ich hatte mich nicht versteckt», sagte Otto, allmählich verzweifelt. Was, dachte er, geschah in der Ambassade, während sie mich suchten? Und er fragte: «Paps, Mam, habt ihr die Tür von meinem Zimmer auch jedes Mal wieder zugemacht?» – War diese Frage von Bedeutung? Bewirkte es nur etwas, wenn er *selbst* die Tür schloss, oder gab es noch einen anderen Zusammenhang zwischen diesem Haus und dem viel größeren auf der anderen Seite?

«Was hat das damit zu tun?», fragte sein Vater verärgert.

«Sehr viel», sagte Otto. Er fing an, sich etwas auszudenken: «Wenn die Tür zu ist und ... unterm Bett hört man viel weniger, beinahe nichts.»

«Unterm Bett! Hast du unters Bett geguckt?», fragte Ottos Vater seine Exfrau. Ohne auf Antwort zu warten, sagte er zu seinem Sohn: «Also, du hast unterm Bett gelegen! Was hast du da um Gottes willen gemacht?»

«Gelesen», antwortete Otto. «Gelesen.» Und er brach in Tränen aus.

«Na, na, komm, stell dich nicht an», sagte Vater, schon weniger böse.

«Nein, ich habe nicht unters Bett geguckt, daran hab ich nicht einmal gedacht», sagte Mutter. «Aber wie auch immer, Han, er ist heil und gesund im Haus.»

«Und wahrscheinlich am besten im Bett», sagte Vater. «Los, zieh dich aus! Wir reden ein andres Mal weiter. Morgen, wenn ich Zeit habe. Es ist schon ‹morgen›, verflixt. Hör auf mit dem Geheule, Otto. Es ist einfach viel zu spät für dich. Schlafenszeit.»

Wie spät es wohl ist?, fragte Otto sich verschlafen – sehr viel später, seinem Gefühl nach. Die «Schlafenszeit» seines Vaters war ihm gerade recht gewesen, denn als er einmal im Bett lag, war das ein sicherer Zufluchtsort, wo er von lästigen Fragen befreit war. Er war sofort eingeschlafen – kein Wunder nach allem, was er erlebt hatte. *Wirklich* erlebt.

Er machte die Augen auf. Tageslicht ... Halb zehn! Warum hatte sein Wecker nicht geklingelt? Und warum ... Er fuhr hoch, plötzlich hellwach. Auch auf seiner Armbanduhr war es halb zehn. – Sie geht, und auch noch richtig!

Die Tür seines Zimmers war angelehnt. Er stieg aus dem Bett, lief dorthin – *Ich bin ganz normal zu Hause* – und rief: «Mam! Hallo, Mam!»

Seine Mutter kam schnell nach oben gelaufen.

«Guten Morgen», sagte sie. «Ausgeschlafen? Ich dachte, es wäre gut für dich, diesmal schön lange im Bett zu bleiben. Ich hatte heute einen Tag frei genommen, das trifft sich also gut. Ich hab in der Schule angerufen und gesagt, dass du nicht kommst.»

«Aber ... ich bin doch nicht krank», fing Otto an.

«Na, da hast du Glück, Kind! Ich habe gesagt, dass du erkältet bist, das wäre doch möglich gewesen.»

«Ich bin nicht erkältet! Und es ist Mittwoch heute ... Mam, heute ist doch Mittwoch?»

«Ja natürlich, Otto. Du erinnerst dich doch bestimmt an den gestrigen Dienstag?»

«Mittwochs muss ich zu Montag! Wie kann ich da denn hin, wenn ich nicht in der Schule war ...»

«Das ist wahr, Otto. Ich werde im Laden auch Bescheid sagen, dass ...»

«Ich muss zu Montag!», rief Otto. «Ich muss!»

Seine Mutter schaute ihn ein klein wenig beunruhigt an, sagte aber nur: «Du musst nichts, Otto. Oder willst du doch zur Schule? Wenn du dich sehr beeilst, schaffst du es gerade noch bis nach der Pause.»

«Ja. Nein. Nein!» Ein Vormittag schulfrei! Herrlich, vor allem nach dem gestrigen Tag und bei all den Hausaufgaben, die nicht gelernt und gemacht waren.

«Willst du dich gleich anziehen», fragte Mutter, «oder kommst du im Pyjama zum Frühstück?»

«Ich find es gemein von dir, dass du mich nicht geweckt hast», sagte Otto. «Zur Schule kann ich nicht mehr, ich würde mich lächerlich machen. Aber ich geh heute Nachmittag doch zu Montag. Doch! Ich bin so fit wie nur was und ziehe mich an.»

Als seine Mutter aus dem Zimmer war, seufzte er tief auf. Wie nervtötend das Ganze! Sie kapierte überhaupt nichts, natürlich nicht.

Er nahm seine Armbanduhr und tat sie um. – Wie kannst du jetzt wieder richtig gehen? Warum vergeht doch Zeit auf der anderen Seite, wenn die Tür zu ist? Es wäre so viel einfacher, wenn ich unbemerkt ...

Inzwischen war er zu seinem Schreibtisch gegangen. Seine Schulsachen lagen noch da, das Buch nicht.– Hab ich es dann doch irgendwo anders ...? Nein, er wusste es genau: Es hatte auf seinem Schreibtisch gelegen, und nun war es weg. Trotzdem fing er an, überall zu suchen, ganz durcheinander und nervös; er sah sogar unter sein Kopfkissen und in seine Schuhe. Das Buch war nirgends zu finden, es war spurlos aus seinem Zimmer verschwunden.

«Es gehört nicht in ein Zimmer. Es gehört hierher, in die Bibliothek», hatte das Galgenkind gesagt. Aber warum hat er es mir denn gegeben?, fragte sich Otto. Seite sechs, darum geht es ... Wenn es nur gut versteckt ist. Wie blöd, wie bescheuert, hätte ich das nur getan!

Kurz danach saß er, noch immer im Pyjama, bei einem späten Frühstück. Durch behutsames Fragen kam er dahinter, dass seine Mutter das Buch nicht weggenommen hatte. Warum sollte sie auch! Dann gab es nur einen Schluss.

Als ich ins Bett ging, war es noch da. Wer auch immer es weggenommen hat, ist also von der anderen Seite der Tür ... heimlich gekommen, um es zu stehlen, während ich schlief. Wer? Das Galgenkind? Claartje? Der Ambassadeur? Bibliothekar? Der sogenannte Mann vom Mars?

BIM
RALF

III

Otto machte seine Tür auf und zu, auf und zu, auf und zu. Er wusste allmählich nicht mehr, was er tun sollte. Die Ambassade auf der anderen Seite war nicht zum Vorschein gekommen. Sein Buch war verschwunden. Und seine Mutter hatte ihm verboten, zu Montags zu gehen. Es war Mittwochnachmittag, zehn nach halb fünf; er saß jetzt angeblich an seinen Hausaufgaben.

Er schloss seine Tür zum soundsovielten Male; diesmal drehte er den Schlüssel um. Bitte sehr, abgeschlossen. Gab es nicht doch eine Möglichkeit, zu Montags …

Er schaute zum Fenster. Sein Zimmer war auf dem Dachboden, unbemerkt abzuhauen war also unmöglich. Dann drehte er sich plötzlich wieder zur Tür – überrascht, ungläubig, erfreut. Er hörte Kratzen, Ticken; die Klinke bewegte sich.

«Otto», flüsterte eine bekannte Stimme. «Du hörst mich bestimmt. Otto mit 'nem O, komm hierher.»

Otto drehte den Schlüssel zurück, die Tür ging sofort auf … und da stand Christian das Galgenkind. Für einen Augenblick schien es, als wäre er nicht allein in der steinernen Halle. Es waren jedoch ihre Schatten, die sich hinter ihm bewegten; denn er hielt eine Kerze in der Hand und in Ottos Zimmer war noch das letzte Nachmittagslicht.

«Du bist mir ein Ekel», sagte das Galgenkind. «Lauf ich mir die Hacken kaputt, um dir Licht zu bringen, und du machst mir die Tür vor der Nase zu und schließt auch noch ab.» Er hob seine andere Hand und hielt sie sich über die Augen. «Verflixt, du wirst hier noch blind von der Sonne, ich verzieh mich mal wieder.»

«Sonne?? Nein, nicht! Nicht weggehen», flüsterte Otto. «Licht für mich? Ich danke dir, wirklich, danke schön.»

«Danke schön?», sagte Christian. «Das hättest du eben sagen sollen, Trottel.»

«Eben? Gestern Abend meinst du wohl! Hier war es wenigstens gestern *Abend*, als ich … Nun ja, ich dachte …»

«Was du dachtest, das hast du geträumt. Und du denkst auch noch, dass du sehr schlau bist», sagte das Galgenkind. «Ich hatte das auch gedacht, aber jetzt nicht mehr. Wenn du schlau bist, bin ich es genauso … Ist dies nun dein Turmzimmer? Was für ein dumpfes Loch, nicht einmal Hahnenbalken, das lässt du dir doch nicht bieten! Und der Flur zu deiner Tür ...»

Er ließ einen Arm sinken und wich zurück, als Otto die Hand nach ihm ausstreckte.

«Nicht weggehen», sagte Otto. «Diese Tür ist eine Art Grenze, glaube ich.»

«Tür? Ich sagte AMBASSADEUR.»

«Wer ist der Ambassadeur, und wo ...»

«Das sag ich nicht.»

«Du weißt es nicht.»

«Ich weiß es wohl», sagte das Galgenkind. «Nur: ich sag es nicht, ich darf es nicht sagen, so ist das. J.A. Januarischer Ambassadeur. Geheim.»

«Komm doch rein», sagte Otto.

Das Galgenkind schüttelte den Kopf. «Kommt nicht in Frage. Ich komm nicht rein. Das geht nicht. Wo ist das Buch?»

«Das weißt du nicht?», sagte Otto, plötzlich argwöhnisch geworden.

«Und ob ich es nicht weiß. Nicht weiß», sagte das Galgenkind. Er flüsterte: «Wo ist es? Gib es her!»

«Es ist mein Buch», sagte Otto. «Und du hast es gestohlen.»

«Was habe ich?»

«Geklaut, stibitzt, gekrallt.»

«Davon ist kein Jota wahr», flüsterte das Galgenkind. «FÜR Otto, nicht GEHÖRT Otto. Es gehört nicht dir. Und nun hast du es verschwinden lassen.»

«Es gehört wohl mir. Ehrlich gekauft.»

«Unehrlich gekauft.»

«Du hast es dir wieder gekrallt, du gemeiner Dieb!»

Das Galgenkind kniff die Augen zu bösartig glitzernden Schlitzen zusammen. «Sag das noch mal, wenn du dich traust!»

«Dazu bestimmt, am Galgen zu enden ... hast du selbst gesagt!»

«Wo ist das Buch, Otto mit zwei T-s? Ich hab es nicht!»

«Und du kannst lügen wie gedruckt.»

Das Galgenkind kehrte Otto den Rücken zu und lief weg. Otto zögerte eine Sekunde und folgte ihm durch die Halle, in Richtung zur Treppe.

«He, Christian.»

Das Galgenkind blieb stehen. Die Kerzenflamme flackerte. Otto bekam ein merkwürdiges Gefühl im Kopf. Das Licht veränderte sich von unerträglicher Helle zu kränklicher Schwäche … ein zitternder, vager Schein. Christian hatte sich wieder zu ihm umgedreht, seine Kerze hatte angefangen zu qualmen. Um ihn herum zitterten unzählige feurige Pünktchen.

«Hast du es wirklich nicht geklaut?», fragte Otto.

«Ist es wirklich verschwunden?», flüsterte das Galgenkind.

Ottos Augen brannten, er musste sie reiben. Christian stand noch immer da, aber es war jetzt wie bei einer Bildstörung im Fernsehen.

«Hast du dich wirklich beklauen lassen?», fragte das Galgenkind heiser.

«Ja … Nein, nicht beklauen lassen!», rief Otto, aber er konnte sich selbst fast nicht mehr hören. «Es ist einfach weg!»

«Mach deine Tür zu, Otto», sagte Christian von weit her. «Schnell! Bevor es zu spät ist.»

Die Halle füllte sich langsam mit zitterndem Nebel. «Tür zu», befahl das Galgenkind.

Otto gehorchte sofort, und das war eine Tat des Vertrauens.

«Ganz schön verrückt», sagte er, als der Lichtschein unter seiner Tür wie weggewischt war. Zugleich verschwand das Schwindelgefühl; es war überhaupt kein Nebel in der Halle. Und Christian war ganz nahe, furchtlos mit seiner flackernden Flamme zwischen den Schatten.

«Vollfett und sauber», sagte das Galgenkind und lachte ein bisschen dabei. Sein Gesicht war voller Freundschaft, auch wenn es gespenstisch angeleuchtet war.

«Komm mit, nach unten, schnell. Schleichen.»

Er fing an hinabzusteigen.

«Warum?», fragte Otto, ihm unmittelbar folgend.

«Ssst», zischte das Galgenkind. «Still sein. Nachher reden wir.»

Schweigend gingen sie die Wendeltreppe hinunter. Bei der kleinen Tür machte Christian kurz Halt, wies mit dem Finger dorthin und legte ihn danach an die Lippen. Erst in der Halle, wo die Treppe endete, sagte er etwas.

«Ich werde dir das Haus zeigen.»

Im Musiksaal waren die goldfarbenen Vorhänge halb zurückgeschoben. Draußen war es dunkel (*Abend? Nacht?*), drinnen glänzten viele Kerzen.

«Der Raum der Mitte, von dem alles ausgeht», sagte Christian. «Und zuerst zur Bibliothek. Ich muss das ABC-Buch zurückbringen.»

«Und mein Buch?», flüsterte Otto. «Ja, mein Buch. Wo ist das?»

«Gestohlen», sagte Christian. «Wenn du es nicht mehr hast, ist es gestohlen. Was sonst, du Trottel? Danach müssen wir auf die Suche gehen. Zusammen werden wir es schon finden, Otto.» Plötzlich fluchte er. «Verdammt, jetzt ist das ABC-Buch auch weg! Es lag hier, auf dem Klavierhocker.»

«Das war gestern», sagte Otto.

«Das war eben gerade», sagte Christian. «Eben gerade lag es hier noch, bevor ich nach oben ging.» Er stellte seinen Kerzenständer auf den Flügel.

Clair de Lune war nicht mehr da, sah Otto. Dafür ein anderes Blatt:

* Dieses Klavierstück befindet sich auch in unserer Bibliothek, siehe meine Bücherliste, Nr. 6. (Der Bibliothekar)

Ganz andere Musik! Keine Klassik und doch schwierig, dachte er. Kätzchen auf den Tasten – verrückt! Hübsch ... von dem Komponisten hatte er noch nie etwas gehört.

«Steh da nicht so stumm und steif wie ein Ölgötze!», sagte das Galgenkind. «Hilf mir lieber.»

«Wobei?»

«Das ABC-Buch zu suchen, Doofkopp! Das darf nicht ausgeliehen werden. Es muss zurück in die Bibliothek.»

«Bibliotheksbücher sind doch gerade zum Ausleihen da, oder?»

«Einige Bücher nicht, du Trottel. Dieses Buch nicht. Weil es etwas so Besonderes ist.»

«Mit 'nem B», sagte Otto.

Das Galgenkind sah ihn böse an. «Niemand darf das ABC-Buch ausleihen. Man darf nur darin lesen – in der Bibliothek. Ich durfte es nie mitnehmen.»

«Warum hast du das dann getan, du Knallkopp?»

«Deinetwegen, Otto! Ich hab es mitgenommen, um dir mit deinem Namen zu helfen. Meinst du, dass ich so blöd bin, meinen eigenen Namen zu vergessen?»

Darauf hatte Otto keine Antwort.

Christian begann langsam durch den Saal zu spazieren. «Wenn das Buch hier nicht ist, kann es überall sein oder nirgends.»

Otto lief eifrig herumschauend neben ihm her. Er sah einige Notenhefte auf Notenständern. Andere Bücher waren nicht da.

«Es ist nicht hier», sagte das Galgenkind. «Es ist auch nicht bei dir oben, zufällig?»

«Nein, und das weißt du genau, Christian. Aber es ist ein sehr großes, dickes Buch. Vielleicht finden wir es ja, wenn du mir das Haus zeigst.»

«Ja, am Sankt Nimmerleinstag.» Christian stand wieder vor dem Flügel und schaute stirnrunzelnd auf die Tasten hinunter.

«Sollte Claartje es ... Weiß Claartje vielleicht, wo ... wo das ABC-Buch ist?», fragte Otto leise.

«Clara? Könnte sein», sagte das Galgenkind abwesend. «Aber das wird sie mir bestimmt nicht erzählen.» Er zeigte auf die Noten. «Was ist das da jetzt wieder für ein Rosinenbrötchen? Nicht *Clair de Lune*.»

«*Kitten on the keys.*»

«Aha, miau! Dacht ich's doch.»

«Weißt du denn, was es bedeutet?»

«Pussycat für Piano. Kannst du das spielen?»

«Ja … nein», sagte Otto. «Ja, doch, aber dann müsste ich erst üben.»

«Kannst du keine Noten lesen?»

«Natürlich kann ich das, aber …»

«Na, miau, probier es doch.»

«Ein anderes Mal. Ich habe jetzt keine Lust, mir einen Finger zu brechen. *Für Elise*, das spiele ich sofort», sagte Otto. «Das kann ich sogar auswendig. Von Beethoven.»

«Weiß ich. Mit 'nem großen B», sagte Christian. «Der Professor liebt eher Bach.»

«Wen, sagst du?»

«Bach. Oder Mozart. Aber Beethoven geht auch, glaube ich. Besser als der Hacksteakwalzer», sagte Christian. «Spiel *Für Elise*, Otto.»

Otto setzte sich hin, ein wenig erstaunt.

«Sollen sie mal gut zuhören», sagte Christian.

«Wer?»

«Oh, meine Wenigkeit und … der Professor … Der Ambassadeur. Fang jetzt an!»

Otto holte einmal tief Luft und begann zu spielen. Zu seiner Erleichterung ging es ganz ordentlich, gut sogar.

Und hört Elise mich nun irgendwo?
Elise wer? Elise wo?
Und lauscht auch Clara-Claartje, wenn ich spiel?
Nein, Clara möchte stets nur Clair de Lune.

Otto stockte, er kam aus dem Takt, schlug daneben, begann eine Passage noch einmal, wiederholte sie ohne Fehler, und für sein Gefühl rasselte er die letzten Takte herunter.

«Das war's», sagte er und freute sich über Christians Kommentar: «Nicht schlecht. Guter Anschlag. Du bist bestimmt musikalisch. Wenn du jeden Tag übst, kannst du vielleicht …»

«Elise sehen! Wo ist Elise?»

«Elise ist ein Musikstück, du Dussel. Du hast es notabene gerade eben gespielt.»

«FÜR Elise. Ich rede nur von Elise, von Elise selbst. Wer … Wo …»

«Wovon redest du? Keinen blassen Schimmer.»

«Aber Claartje war doch da, du kennst sie …»

«Sss! Mir ist nicht nach Clara. Sie würde es nur verderben.»

«Warum?»

«Leck mich, Otto, mit diesem Warum. Du seierst und laberst und nervst und faselst und … Sorry, Pardon, Entschuldigung», sagte Christian das Galgenkind. «Ich bin nicht böse auf dich und du nicht auf mich. Ja oder Ja?»

«Okay.» Otto seufzte auf und schlug eine weiße Taste an und dann eine schwarze und ein paar nacheinander – tangpakpang-ping – und dann ein paar Akkorde.

«Spiel nicht so falsch», sagte Christian. «Wenn der Professor dich jetzt hören würde …!»

Otto setzte sich auf. «Professor! Er hat für Claartje gespielt, als …» Weiß Christian davon?, fragte er sich. Kennt er Elises Geschichte? «Er spielt doch Klavier, dieser Professor?»

«O ja. Meistens nur so, für sich selbst. Aber wir dürfen alle zuhören …»

«Wo ist dieser Professor jetzt? Und wer …»

«Als ob du das nicht wüsstest, Otto, erzähl mir nichts! Wenn du jeden Tag übst, darfst du ihn vielleicht auch mal begleiten, wenn er hierher kommt, mit seiner Geige.»

«Geige?» Otto schlug wieder eine Taste an. «Er spielt doch …»

«Nagel auf den Kopf getroffen! Der Professor pfuscht gern ein bisschen auf dem Flügel herum. Aber eigentlich ist die Geige sein Instrument. Wenn er sich nicht zu alt fühlt wenigstens. Wie der Mann spielt, superfett! Ich würde am liebsten Trompete spielen oder Trommel.» Das Galgenkind hämmerte ein paar Mal links auf den Tasten. «Oder Flöte, aber das kann ich schon.»

«Ich würde am liebsten Gitarre spielen», sagte Otto, während er aufstand.

«Warum tust du es dann nicht?»

«Wegen meiner Mutter. Ich musste zur Klavierstunde. Ich üb schon genug. Jeden Tag, Christian! Scheißtonleitern auf dem Klavier von meiner Mutter.»

«Bin ich froh, dass meine Mutter nicht so ist», sagte das Galgenkind.

«Hast du eine Mutter?»

«Ich hatte eine Mutter. Sie ist tot.»

«Oh», sagte Otto.

«Und mein Vater auch.»

«Was?»

«Tot», sagte das Galgenkind.

«Ach ...», sagte Otto. Er dachte: Stimmt ja, er nannte sich selbst eine traurige Waise.

Das Galgenkind sah nicht gerade traurig aus. «Tot», wiederholte er ruhig. «Meine Mutter», erzählte er, «war eine Mordsfrau, sie war jung und schön wie Milch und Blut. Mein Vater verliebte sich in sie sofort, als er sie sah, als er ... Nun ja. Meine Mutter war das einzige Kind, die bildschöne Tochter des Henkers.»

Mit 'nem H, dachte Otto, aber diesmal sagte er das (natürlich) nicht laut. – Henker. Galgen. Ist er deshalb das Galgenkind? Auch das sprach er nicht aus.

Christian grinste ihn an. «Nicht nur deshalb. Ich bin das Galgenkind wegen des Vaters meiner Mutter, aber noch viel mehr durch meine Mutter und meinen Vater. Ich bin eine Waise und jetzt ist die Ambassade meine Mutter und auch mein Vater.»

«Der Ambassadeur?»

«Nein, dieses Haus. Das ist viel älter als der Ambassadeur.»

«Du wolltest es mir zeigen.»

«Und das mach ich auch.» Das Galgenkind schaute sich um.

«Nicht zur Bibliothek. Da bist du ja auch schon gewesen. Erst wenn ich das ABC-Buch gefunden hab, dann …»

Otto fragte: «Musst du Strafe zahlen, wenn du ein Buch nicht rechtzeitig zurückbringst?»

«Nicht rechtzeitig? Und ob rechtzeitig! Jederzeitig. Das Buch musste immer, JEDERZEIT dort bleiben, in der Januarischen Bibliothek. Keine Strafe. Weggejagt als Persona non grata.»

Weggejagt? Das schien unglaubwürdig in dem Goldglanz dieses Saals.

«Weißt du das sicher?», fragte Otto.

«Nein. Der Bibliothekar weiß es sicher. Und der Sekretär. Und die Sekretärin des Ambassadeurs.»

«Wer ist der Ambassadeur?»

«Wer was wo wie … Das musst du wissen, Otto, und wenn du es nicht weißt, nun, dann weiß ich es auch nicht. Lass uns lieber diese Bücher suchen. Mann, ich bin erst beim M. Ich krieg was auf'n Kopf, da hilft kein Bitten und kein Flehen. Vom Bibliothekar, wenn er es merkt. Und dann ist Marsjan auch noch da. Wenn der mich abfragt, hab ich nichts, was ich als Spickzettel …»

«Idiot!», sagte Otto. «Wie kannst du denn einen so dicken Schinken als Spickzettel nehmen? Das würde doch sogar ein Blinder sofort merken.»

Christian fing an zu lachen. «Peng! Touché. Ich mogel auch nie aus einem Buch, weißt du», fuhr er vertraulich fort. «Sogar den Bibliothekar kann man nicht so leicht beschummeln. Und bei Marsjan muss ich immer die Ärmel hochschieben.» Er krempelte schnell einen Ärmel hoch. Auf dem rechten Arm stand die erste Hälfte des Alphabets, vom A bis zum M. «Hab einen Stempelkasten vom Bibliothekar ausgeliehen. Bärenmäßigfett, was? Aber Marsjan …»

« … kontrolliert garantiert auch die Tischplatte», ergänzte Otto.

«Ach nein, wie schlau, Professor Otto!»

So, wie Christian das sagte, klang es ganz anders als das ätzende «Professor» der Fieslinge in Ottos Klasse. Und die waren jetzt weit weg – von denen war nichts zu befürchten …

«Kannst du dich nicht vielleicht unter den Tisch setzen?», fragte das Galgenkind. «Ich meine den Tisch in der Bibliothek. Dann zeichnest du heimlich die Buchstaben mit dem Finger auf mein nacktes Bein. Langsam, so dass ich sie gut spüren und nachsagen kann; und sie zeichnen, nicht auf den Tisch, der muss blitzblank aussehen, sondern auf ein sauberes weißes Blatt Papier.»

Sie lachten beide.

«Nur wird die Bibliothek noch etwas warten müssen», sagte Christian. «Wir beide schwänzen jetzt! Nimm deine Armbanduhr ab, Otto.»

Otto erschrak. Seine Uhr! Er wagte nicht, sofort darauf zu sehen. – Wie lange bin ich hier schon?

IV

Christian packte Otto am Handgelenk, die Finger um die Uhr.

«Zwei Zeiger zu viel oder zu wenig», sagte er. «Warum hast du das Ding bei dir? Willst du noch mehr Scherereien kriegen?»

Er hat Recht, dachte Otto. Dennoch riss er sich los, um nachzusehen.

Schon beinah viertel nach fünf. Ob Paps noch kommen wird? Denkt Mama, dass ich in meinem Zimmer bin?

«Deine Tür ist zu. Es ist noch nicht spät», sagte das Galgenkind. «Der Ambassadeur hat dich doch selbst eingeladen?»

«Du hast mich eingeladen», sagte Otto.

Christian sperrte seine Augen weit auf.

«Was erzählst du mir da?»

«Du hast mir das Buch gegeben! Und dadurch bin ich hierher gekommen. Durch meine Tür.»

«Das ist gar nicht wahr! Sauber ausgedacht, du Dussel.» Aber das Galgenkind schaute weg, als wenn es etwas zu verbergen hätte.

Also sagte Otto anschuldigend: «Von wegen ausgedacht! Ich bin nicht auf den Kopf gefallen! Du hast mir das Buch mit Absicht gegeben! Und ich möchte wetten, dass du es jetzt wieder zurückge…»

«Wie kommst du darauf, du Esel!» Das Galgenkind schaute eher vorwurfsvoll als böse.

«Zurückgeholt», sagte Otto hastig. «Nicht gestohlen. Du weißt, wo es ist.»

«Nein. Sei doch still.» Das Galgenkind sprach leise, aber heftig. «Ich dich eingeladen? Das bildest du dir ein. Ich könnte es nicht einmal, nur der Ambassadeur lädt ein, hörst du, und sonst niemand. Wer hier einfach so kommt, kann bleiben … nicht immer. Sorg du mal dafür, dass du Persona grata wirst … wenn du wirklich nicht weißt, wer der Ambassadeur ist.»

Otto war still.

«Ich hab dir geholfen», sagte Christian. «Ich hab dich gerufen, ich hab dich gewarnt – gib es zu! – und ich wollte dein Freund sein und dir alles zeigen. Ich würde dich nie verraten, aber wenn du dich weiter so blöd anstellst, kannst du ebenso gut auf deine Seite der Tür zurückgehen. Und dann nächstes Mal wieder deinen Namen vergessen.»

«Nein», sagte Otto. «Nein!»

«Ja, Otto, ja! Du weißt deinen Namen nur», sagte das Galgenkind, «weil *ich* den immer wieder sage! Otto, Otto, Otto …»

«Stop, jetzt weiß ich es», fiel Otto ihm ins Wort. «Ich vergess ihn nicht, nie mehr. Weißt du, warum? Durch dein Buch, mein Buch. Du weißt nicht, was alles darin steht, du kannst nicht …»

«Wage es», sagte das Galgenkind drohend, «zu sagen, dass ich nicht lesen kann! Otto auf Seite sechs. Und die erste Geschichte, die von der Tür, kenne ich genauso gut wie du. Der Bibliothekar hat sie mir vorgelesen.»

Dann kennt Christian sie besser als ich, durchfuhr es Otto. Er weiß, was auf den weggewehten Seiten steht, gestanden hat. Und er will mein Freund sein … Flüsternd sagte er: «Es ist ein Geheimnis. Nur du darfst es wissen. Mein Name bleibt im Spiegel gleich. Wenigstens mit großen Buchstaben.»

«Ich lese nur große Buchstaben», sagte das Galgenkind. «OTTO bleibt OTTO. Hast du das sonst niemandem erzählt?»

«Niemandem.» Otto holte tief Luft. «Unser Geheimnis. Wenn du immer noch mein Freund bist.»

«Keine zehn Pferde kriegen unser Geheimnis aus mir heraus, mein Freund», sagte Christian. «Kein wilder Nordpolbär, kein böser Henker, kein KIM.»

«KIM?»

«Ein Monster von einem anderen Planeten. Kosmisches Insektenäugiges Monster. KIM. Von Marsjan gelernt. Du darfst auch BEM* sagen. Aber auf dem Mars wohnen keine KIMS oder BEMS, was auch in den Büchern steht. Und mach deine Armbanduhr ab.»

«Muss das sein?»

«Sie hat Zeiger, Doofkopp, also ist es besser, wenn du sie nicht umhast.» Das Galgenkind grinste kurz, wie über einen heimlichen Witz.

«Ist das wahr?», fragte Otto. «Ich kann doch wohl kaum die Zeiger abreißen!»

«Das wäre wirklich das Beste gewesen. Wenn du es mit dem Ambassadeur zu tun kriegst ...»

«Was dann?»

Christian sah sich um.

«Ssst, am Ende ist der hier irgendwo, ganz in der Nähe. Manchmal angeblich außer Haus, aber in Wirklichkeit im Haus, der Ambassadeur. Mach die Armbanduhr ab, sage ich.»

Otto gehorchte. Es waren furchtbar viele Türen in der Nähe, einige gut sichtbar im Kerzenlicht, andere versteckt im Schatten. Eine davon könnte plötzlich aufgehen, um den Ambassadeur hereinzulassen, und der hatte ihn *nicht* eingeladen ...

Christian riss ihm die Uhr aus den Händen. «Ich leg sie solange auf den Flügel», sagte er leise. «Nachher holen wir sie wieder ab. Vielleicht macht jemand inzwischen was dran. Dann hast du nicht nur Meere, sondern Ozeane von Zeit. Oder hast du genug an einem Weiher? Wenn nur kein ...Schwan darauf schwimmt.»

«Rindvieh.»

«Mit 'nem R. Jetzt, wo der Schwan weg ist, kommt der Rabe vielleicht.»

«Rabe?»

«Der Rabe vom Galgenberg. Da hast du was zu lachen, hu-hu.» Christian nahm einen vierarmigen Leuchter von einer Konsole. «Nichts wie weg. Clara schleicht auch gern herum, aber ich kenne Plätze, wo sie sich nicht hintraut.» Er ging zu einem hohen Spiegel

* BEM: Bug-Eyed Monster, spöttisches SF-Wort für ein außerirdisches Monster mit hervorquellenden Insektenaugen. (Sekretär der Januarischen Ambassade)

zwischen zwei Gemälden. «Vom Ort der Mitte, von dem alles ausgeht. Stell diesen Notenständer mal beiseite.»

Der Spiegel erwies sich als Tür. Auf der anderen Seite führte eine Wendeltreppe hinunter.

Otto wies auf die gerade Treppe, die ganz hinten im Saal nach oben führte. «Können wir nicht dorthin?»

«Wer zeigt hier den Weg», sagte Christian, «du oder ich?»

Otto dachte: Von der Seite ist Elise gekommen. Wenn Claartje hier wohnt, muss sie doch auch irgendwo sein. Er sagte: «Ich habe keine Lust, schon wieder eine Wendeltreppe nach unten zu gehen.»

«Mann, Otto, bist du jetzt schon müde? Erst nach unten.»

«Warum?»

«Darum.»

«Darum ist kein Grund.»

«Doch, wenn man die Treppe runterfällt. Beeil dich, Otto, bitte. Und machen Sie diese Tür hinter sich zu.»

Wände und Stufen glänzten wunderschön im Schein der vier Flammen – hell und grau, weiß und gelb, bläulich.

«Marmor», sagte Christian. «Weiter unten ist Granitfelsen und noch eine ganze Menge anderes Gestein, braun und grau und schwarz, aber manchmal auch plötzlich hell; verschiedene Farben. Was da nicht alles zu sehen ist! Kellergewölbe und Krypten mit Säulen, Pfeilern. Und Zimmer, die auf Tropfsteingärten hinausgehen. Und gruselige Cavitäten.»

«Was?», flüsterte Otto.

«Höhlen, Grotten», sagte das Galgenkind. «Die Ambassade ist genauso tief wie sie hoch ist.»

Otto fragte sich, wie tief unten sie wohl sein mochten, als sie in einem völlig runden Raum herauskamen – einem kleinen unterirdischen Platz. Dorthin führten weitere Treppen und verschiedene Gänge. Einige Treppen führten nach oben, andere nach unten.

Christian stellte den vierarmigen Leuchter auf einen sternförmigen Stein in der Mitte des Kreises, der den Fußboden bildete. Er schaute eine Weile stirnrunzelnd darauf. «Und nun überlegen», sagte er, «wo wir sein müssen, bevor diese Kerzen heruntergebrannt sind.» Seine Stimme hatte einen schwachen Widerhall.

Sein Freund fühlte sich irgendwie, als schwebte er. Wie war er hierher gekommen, zwischen all diese Gänge und spiralförmigen Treppen? Er hatte plötzlich das Gefühl, als wäre er ein ganzes Stück geklettert, und das konnte natürlich gar nicht sein.

«Eine Taschenlampe ist doch praktischer», fing er an. Er erschrak vor seiner eigenen Stimme.

«Ach was», sagte das Galgenkind. «Hier kann man mit einer Taschenlampe nicht viel anfangen; um den Weg nicht zu verlieren, braucht man Kerzen.» Er bückte sich und drehte am Kerzenständer: ein wenig nach rechts, einen Tick nach links. «Für jede Himmelsrichtung eine Kerze.» Er richtete sich auf und schaute seinen Kameraden an. «Weißt du deinen Namen noch?»

Es zog ein bisschen. Feuchte Kälte.

Christian fragte wieder: «Weißt du deinen Namen noch, Otto?»

OTTO OTTO OTTO, antworteten leise, unsichtbare Stimmen um sie her.

Otto dachte: Jetzt weiß ich es. Aber gerade eben? Wusste ich es da auch? Oder hatte ich es für einen Augenblick vergessen?

«Nun, was sagst du, Otto?», fragte das Galgenkind.

OTTO OTTO OTTO, wiederholten die körperlosen Flüsterstimmen.

«Ein Echo!», rief Otto herausfordernd.

ECHO ECHO ECHO, seufzte es hinterher.

Christian nickte Otto zu, er lächelte.

Er kennt sich hier aus, dachte Otto. Hoffentlich stimmt es. «Otto, so heiße ich», sagte er, fast tonlos.

Christian heftete seine Augen wieder auf die Kerzen. «An den Flammen kannst du sehen, in welche Richtung wir gehen können», sagte er leise. «Sie bewegen sich – siehst du es, Otto? Jede Flamme ein wenig anders in den Luftströmen aus den Gängen und Gewölben und Treppenhäusern. Sieh, diese Flamme brennt am kräftigsten und schnellsten; darum weiß ich, dass dies die Kerze des Westens sein muss. Wenn du dahin gehst, kommst du in den Gang, der ganz durch Fels und Gestein zum großen unterirdischen Tor führt, dem westlichen Eingang der Ambassade. Komm nur.»

Er packte Otto am Arm, so dass der wohl oder übel mit ihm gehen musste. Hinter ihnen blieb der Kerzenständer auf dem Fußboden zurück.

Das Galgenkind ging nur ein kleines Stück. Es hielt bei nur vage sichtbaren, steil nach unten führenden Stufen an. «Willst du die unauslotbar tiefen Brunnen ansehen? Die bodenlosen Löcher, die Höhlen?»

«Das musst du mich nicht fragen», antwortete Otto. «Du wolltest mir das Haus zeigen. Gibt es viele Eingänge?»

«O ja, Tore und Türen. Westen, Süden, Osten, Norden.»

«Und die Türen drinnen?», fragte Otto.

Er meinte damit eigentlich nur eine einzige Tür – die normale aus Holz zu seinem Zimmer, hellgrün gestrichen. Das war doch auch ein Eingang!

«Türen drinnen und Türen draußen», sagte das Galgenkind.

Otto warf einen Blick auf den vierarmigen Kerzenständer. Wie lange noch, bis die Kerzen …

«Nicht an Zeit denken», flüsterte Christian. «Sogar die Sonnenuhren sind im Schatten aufgestellt.»

Sonnenuhren … Otto sehnte sich allmählich heftig nach Tageslicht, nach dem Garten irgendwo über seinem Kopf, sogar nach dem Weiher. Nach den Schlängelpfaden mit … Hier sind keine Kieselsteine, dachte er.

«Hast du wohl geträumt», sagte das Galgenkind unvermutet. Es holte etwas aus seiner Tasche und warf es hinunter.

Tik Tik Tik, sprang ein Steinchen die Treppe hinab.

«Blöder Scherz», begann Otto.

«Ssst», sagte Christian, «spitz die Ohren, horch.»

Das Ticken erstarb. Otto hörte ein Sausen. Rauschen. Ein rauschendes Geräusch irgendwo.

«Das ist das Wasser», sagte Christian. «Es strömt hier überall. Plätschert. Wir brauchen niemals zu verdursten. Wasserfälle gibt es auch. Der eine verwandelt sich im Winter zu Eis. Im Jaguar.»

Er ging zurück zum Kerzenständer. Otto folgte ihm erleichtert. «Jaguar, was meinst du damit?», fragte er. «Januar?»

«Genau was ich sage: Jaguar», sagte das Galgenkind. «Dann schneit es, dann friert es … wenigstens wenn der Norden im Norden ist. Aber unsere heißen Quellen frieren nie ein.»

«Ja*n*uar ist ein Monat», sagte Otto. «Und ein Jaguar ist ein Tier, es ist …»

«Ein Raubtier, als wenn ich das nicht wüsste», unterbrach ihn Christian. «Ein Zebra ist auch ein Tier. Zebra für Z. Und auch ein Schwan ist ein Tier. Aber den hast du verjagt, Doofkopp.» Plötzlich kicherte er; in den Gängen um sie herum lachte es auch. «Was hältst du von einem Zebra mit Klaviernoten auf seinen Streifen? Hübsch für den Raum der Mitte, von dem alles ausgeht. In der Mitte!», sagte er noch einmal. «Ich werde dir jetzt ein Geheimnis verraten, Otto, eines der Geheimnisse der Januarischen Ambassade. Wenn du von hier aus nach Osten gehst – rate mal, welcher Gang oder welche Treppe –, dann bist du in ein paar Schritten im ...»

«Nach der Seite», unterbrach Otto ihn. «Wenn dort Westen ist, muss Osten genau gegenüber sein.»

«Du hast es erfasst, wie furchtbar klug du doch bist, Otto», sagte das Galgenkind. «Hör zu. Dort sind zwei Türen, sie sehen genau gleich aus. Hinter einer von beiden ist ein Zimmer. In dem Zimmer steht ein Tisch, und auf dem Tisch steht ein Kompass. Und jetzt darfst du auch raten, welche Himmelsrichtung der Kompass anzeigt. Der magnetische Kompass von ...»

«Norden natürlich!»

«Nein, Otto, falsch.»

«Oh ..., er hat bestimmt keinen Zeiger, also ...»

«Er hat einen Zeiger, aber den nennen wir eine Kompassnadel. Ein Kompass ist keine Uhr! Ein kleines Stück ostwärts von hier, genau unter der Stelle, wo der Flügel steht im Raum der Mitte, von dem alles ausgeht ... da befindet sich der Kompass des Souterrains. Und der», sagte das Galgenkind feierlich, «zeigt nach Süden.»

«Das ist unmöglich.»

«Das ist wohl möglich. Dieser eine Kompass doch. Da hat der Professor ...»

«Jeder Kompass zeigt ...»

« ... nicht immer nach Norden! Der Souterrain-Kompass zeigt nach Süden.»

«Das möchte ich aber mal sehen!», rief Otto.

SEHN SEHN SEHN, sang es leise in den Gängen.

«Du kannst mich nicht für doof verkaufen, Christian. Bei jedem Kompass zeigt die Magnetnadel nach Norden.»

«Hast den eisernen Nagel auf den Kopf getroffen! Aber der Souterrain-Kompass zeigt nach Süden, ob du es nun gut findest oder nicht.»

«Ich glaub dir kein Wort», sagte Otto, «nicht, bevor ich es gesehen habe.»

Er betrat den Gang, der nach Osten führte. Der endete wirklich bei zwei Türen, die Spiegelbilder zu sein schienen. Der Griff der linken Tür saß rechts und der der rechten Tür an der linken Seite.

«Nun guck es dir an!», sagte Christian, der ihm mit dem Leuchter gefolgt war. Er lachte. «Es ist ein Geheimnis, hab ich dir gesagt.»

Die eine Tür war abgeschlossen. Die andere führte auf die soundsovielte Treppe.*

Otto drehte noch einmal am Griff der verschlossenen Tür.

«Ja, abgeschlossen, und damit hättest du rechnen können, du Trottel», sagte das Galgenkind. «Zwei Personen haben einen Schlüssel: der Professor und der Ambassadeur. Nur *sie* können dir den Kompass zeigen, und das geht nicht so einfach, Otto. Kapierst du es nicht? Wodurch er südwärts gerichtet ist, das ist EIN STEIN.»

«Lach nicht so bescheuert. Ein kaputter Kompass also.»

«Das ist erst bescheuert, was dachtest du denn, Otto mit zwei O-s. Wer sollte denn mit einem Stein nach dem Kompass werfen. Ich rede nicht von einem Kieselstein oder von einem Schwan ...»

«Ich will es mir ansehen», sagte Otto böse.

«Tut mir Leid, Sorry, Pardon, unmöglich. Und nach dem Schlüssel zu fragen, das würde ich dir auch nicht raten, Otto, denn der Schwan ist weggeflogen.»

Das Galgenkind machte die andere Tür ganz auf und setzte sich auf eine Stufe der Treppe – einer farblosen aus Holz, die gerade nach oben führte. Den Leuchter stellte er vor sich hin. Er zog ein Messer heraus und fing an, etwas ins Holz neben sich einzukerben. Dabei sang er leise:

* Aus diplomatischen Gründen wird nicht mitgeteilt, welche der beiden Türen abgeschlossen ist. (Im Auftrag des Ambassadeurs: Archivar, Sekretär und Sekretärin der Januarischen Ambassade)

«Der Rabe Ralf
will will hu hu
dem niemand half
still still du du»[7]

«Warum half ihm niemand?», fragte Otto, obwohl es ihm eigentlich egal sein konnte; es ergab doch keinen Sinn.

«Weil er zu viel fraß, denke ich», antwortete Christian. «Er fraß Galgenaas … Verdammt!», unterbrach er sich selbst. «Wir müssen uns beeilen. Wenigstens, wenn wir nicht im Dunkeln …!»

«Warum hast du keine Reservekerzen mitgenommen?», fragte Otto verärgert. «Blöd.»

«Saublöd», gab das Galgenkind zu. «Von uns allen beiden. Dann lass uns mal diese Treppe hinaufgehen.» Er sprang auf, steckte sein Messer ins Futteral am Gürtel und nahm den Leuchter. «Komm. Nach Osten und aufwärts.»

Ohne sich umzublicken, begann er nach oben zu klettern. Otto folgte ihm, obwohl er nicht viel Lust dazu hatte. Alle diese Treppen, unterirdischen Gänge und auch noch ein verschlossenes Zimmer konnten ihm allmählich gestohlen bleiben. Er würde lieber in der Bibliothek sitzen, und noch lieber würde er im Garten umherstreifen. Nur … Wie viel Scherereien kann ich noch kriegen wegen dieses Schwans?, fragte er sich. Aber wenn ich gemeinsam mit Christian …

Das Galgenkind fing wieder an zu singen – es war, als liefe es mit Leichtigkeit auf ebenem Boden und würde nicht gerade eine endlose Treppe hinaufklettern.

«Der Rabe Ralf
will will hu hu
dem niemand half
still still du du
half sich allein
am Rabenstein
will will still still
hu hu

Die Nebelfrau
will will hu hu
nimmts nicht genau
still still du du
sie sagt nimm nimm
's ist nicht so schlimm
will will still still
hu hu

Doch als ein Jahr
will will hu hu
vergangen war
still still du du
da lag im Rot
der Rabe tot
will will still still
du du»

Plötzlich blieb er stehen. «Du hättest dem Schwan Brotkrümel geben müssen», flüsterte er.

«Hör auf davon», sagte Otto barsch.

«Oder dem Raben.»

«Der Rabe ist tot.»

«Es gibt mehr Raben. Der Galgenberg ist weit von hier entfernt, aber vielleicht doch nicht so furchtbar weit.» Christian hob den Leuchter. «Wie findest du all das Kerzenwachs? Sieht aus wie Tropfstein! Schön, was? Die Flammen kannst du darin und darüber sehen.»

«Da hast du was dran, wenn sie ausgehen …» Das reimt sich, dachte Otto. Er wollte noch etwas sagen, etwas Netteres, aber er wusste nicht, was. Das Galgenkind drehte ihm wieder den Rücken zu und kletterte weiter.

V

Zwei Flammen erloschen zur gleichen Zeit – erstarben zischend im Kerzenwachs. Kurz danach erstickte die dritte Flamme. Beim flackernden Licht der letzten Kerze erreichten sie das Ende der Treppe. Das Galgenkind machte mit viel Schwung eine Tür auf und sagte «Willkommen».

Unmittelbar darauf glühten ganz andere Lichter auf: aus durchsichtigen Birnen mit Lampenschirmen aus Metall, die oben an einer Decke hingen. Sie waren in ein großes Zimmer gekommen – auf den ersten Blick (dachte Otto) ziemlich kahl und nüchtern; nicht viel Besonderes dran.

Christian stellte den vierarmigen Leuchter auf einen langen Holztisch. «Hast du auf irgendwas Appetit?», fragte er. «Ich ja.»

Otto setzte sich auf die Bank am Tisch, auf einmal etwas müde und matt – vielleicht durch das hastige letzte Stück ihrer langen Kletterei.

Plötzlich standen zwei Keramikschalen auf dem Tisch; Christian schenkte aus einem glänzenden Kupferkessel ein; Dampf stieg auf. «Warme Schokoladenmilch», sagte er zufrieden.

Woher hat er die so schnell?, dachte Otto, aber er sagte nichts.

«Ich werde vier neue Kerzen nehmen», sagte das Galgenkind. «Eine Taschenlampe mit einer guten Batterie könnten wir auch brauchen, aber dieser Leuchter muss zurück in den Raum der Mitte, von dem alles ausgeht … Weißt du deinen Namen noch?»

«Ja», antwortete Otto. Verträumt trank er seine Schokolade – lecker, warm, also vorsichtig, langsam – und schaute sich um: richtiges elektrisches Licht. Er sah noch einen Tisch, ein paar Stühle, einen Ofen und einen Schrank. Eine Schultafel, ein Feldbett (wer hier wohl schläft?) und etwas weiter, zwischen zwei mit

Läden geschlossenen Fenstern, eine zweite geschlossene Tür, genau der Tür gegenüber, durch die sie hereingekommen waren.

Er setzte sich aufrecht hin, die leere Schale fest zwischen seine Hände geklemmt.

Ich weiß es noch … Wirklich? Warte, ich hab es aufgeschrieben, wo habe ich den Zettel … Er suchte in seinen Taschen. Nein, der steckte in einer anderen Hose, die hatte Mama in der Wäsche …

Christian hielt ihm etwas unter die Nase. «Hier ist mein Messer», sagte er. «Schneide ihn hinein.»

«Was?»

«Deinen Namen. Schreib ihn ins Holz.»

Otto schaute auf die Tischplatte hinab. Die war unerhört zerkratzt – Zeichnungen, Buchstaben, Worte waren eingekerbt … Er stellte die Schale ab, nahm zögernd das Messer und bekam auf einmal eine Gänsehaut. Alle Nackenhaare schienen sich zu sträuben. Wie war das noch gleich? Er versuchte, sich im Kessel zu spiegeln, sah ganz kurz einen unkenntlich angeschwollenen, dicken, lächerlichen Kopf.

«Na, wird's bald?», sagte Christian.

Er antwortete, um Zeit zu gewinnen: «Wieso? Hier hinein kratzen? Warum nicht an die Tafel schreiben?»

«Die Tafel gehört dem Professor», sagte das Galgenkind. «Zum

Erfinden und Berechnen von Formeln. Die schönsten Formeln schreiben wir auch hier ins Holz. Wenn dieser Tisch voll ist, muss er irgendwo anders hingestellt werden, finde ich. Hier ist noch ein leerer Fleck.»

Er nahm sein Messer wieder und schnitt schnell und gekonnt einen Galgen in die Tischplatte. Daneben kerbte er ein O, machte mit der Spitze zwei tiefe Dellen und kratzte dahinter noch ein O:

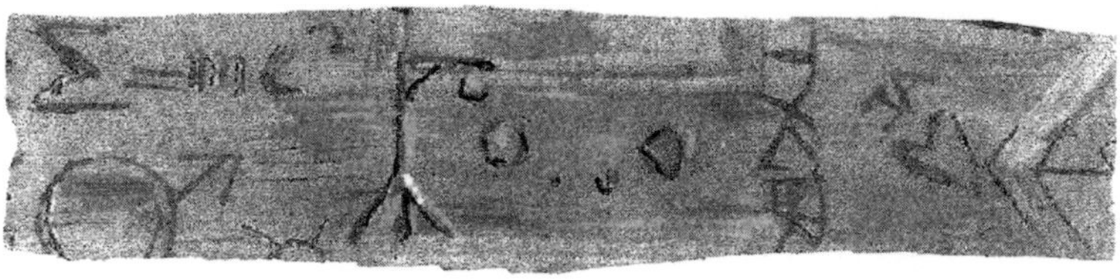

«Kennst du das Galgenspiel?», fragte er. «So hat der Archivar Marsjan das Buchstabieren gelehrt; die irdischen Alphabete sind anders als die marsianischen. Welcher Buchstabe muss auf den ersten Punkt nach dem O? … He, Faulpelz, sag mal was! Keine Antwort ist auch ein Fehler, sieh mal.»

Er kratzte einen Schnörkel an die Querlatte des Galgens. «Dies ist der Strick an der Lat-t-e.»

«T», sagte Otto. «T! Und noch ein T.»

«Zwei T-s, bravo, sauber.» Das Galgenkind schob ihm den Messergriff wieder in die Hand. «Füg sie selbst ein. Und ein bisschen schnell. Wenn der Ambassadeur dich erwischt, bist du dran.»

Otto sah auf. «Darf man das denn nicht?»

«Natürlich nicht! Nur Verrückte und Narren dürfen es. Aber wenn dein Name einmal dort steht, kann dir niemand etwas anhaben. Kein einziger Zeuge, nur ich.»

Otto lachte seinem Freund zu und vollendete kräftig seinen Namen. Das war eine schöne Arbeit – mal was anderes als mit Bleistift oder Feder oder Pinsel oder Sprühdose.

«Farbe macht auch Spaß», sagte das Galgenkind. *Wie errät er, was ich denke?* «Aber Blut ist das Beste. Wenn du dir nur nicht in deine eigenen Griffel schneidest.» Er nahm das Messer wieder aus Ottos Fingern. «Dein Name ist zu kurz, um dich ganz aufhängen zu können», stellte er fest.

Otto blickte noch eine Weile auf den Tisch hinunter. Darauf war eine Menge zu sehen. Außer Wörtern und Namen mehr als nur ein Galgen …

«Warum bist du das Galgenkind?», fragte er leise.

Christian setzte sich ihm schräg gegenüber hin, nicht an den Tisch, sondern darauf. «Mein Vater saß in einer Zelle», sagte er. «Allerdings war er da noch nicht mein Vater. Er war jung, schön und verwegen. Man hat ihn verfolgt, festgenommen und ins Gefängnis geworfen.»

«Warum?», flüsterte Otto.

«Was weiß ich! Weil er ein Räuber oder ein tollkühner Anarchist war. Weil er Schulden gemacht hatte. Oder weil er gestohlen hatte oder ein Aufständischer, ein Rebell war. Weil er gemordet oder jemandem geholfen oder jemanden lächerlich gemacht hatte. Weil er tapfer war … Er saß in einer Zelle, sage ich, und er war zum Tode verurteilt.»

Christian wandte sich ab und sah vor sich hin. Er sprach im Singsang:

«An den Galgen sollte er, und an dem Abend vor dem Tag, an dem er gehängt werden sollte, kam die Tochter des Henkers, um ihm seine letzte Mahlzeit zu bringen. Die Galgenmahlzeit ist immer wahnsinnig lecker, dein Lieblingsessen, mit dem besten Wein dazu. Du darfst sogar deine Familie und deine Freunde einladen. Aber er hatte keinen einzigen Verwandten – dieser Mann, der noch nicht mein Vater war. Und er wollte niemanden sehen, bis auf die liebliche Tochter des Henkers, schön wie Milch und Blut, die ihm seine Mahlzeit auf den Tisch stellte.»

Das Galgenkind beugte den Kopf und folgte mit dem Finger einigen Einkerbungen in der Holzplatte. Es erzählte weiter, fast, als läse es aus einem unsichtbaren Buch vor:

«Der Gefangene sah sie an und sprach: ‹Henkerstochter, ich brauche deine Mahlzeit nicht. Gib mir lieber einen Kuss.› Und das tat sie. Dann sagte er: ‹Ich brauche kein Essen mehr, gib es den Vögeln, den Eseln und den Schafen. Ich will nur, dass du mir Gesellschaft leistest in dieser letzten Nacht.›

Also blieb sie bei ihm, und sie liebten sich und sie schliefen zusammen. Und als die Sonne heraufkam, stand sie auf von seiner Pritsche, und sie ging zum Henker und zu den Gerichtsdienern und zum Richter und sie flehte für ihn um Gnade. Aber das half nicht, nicht einmal einen Aufschub der Exekution bekam er. So fand mein Vater den Tod am Galgen. *Mein Vater*, denn einige Zeit darauf wusste die Tochter des Henkers, dass sie ein Kind bekommen würde, und dieses Kind war ich. Als ihr Bauch dicker wurde, wusste der Henker es auch, und er war so wütend, dass meine Mutter aus dem Haus flüchtete – sie selbst hatte keine Mutter mehr. Sie schweifte durch die Welt auf der Suche nach Geborgenheit, und sie kam:

Hinter sieben Hügeln in ein Tal
hinter Nebel und Wasserfall
zu einem Haus, aus Holz und Stein,
das schien gewachsen und nicht gebaut zu sein.

Das allergrößte Haus, was es gibt, sagt man. Es würde in der Mitte der Welt stehen, wenn die Erde flach und nicht eine Kugel wäre. In dem Haus wohnten freundliche Menschen; die Flüchtende fand dort Asyl und Unterkunft. Und hier wurde ihr Kind geboren. Ich.»

«Hier?», fragte Otto. «Dieses Haus, war das die Ambassade?»

«Es ist jetzt eine Ambassade, damals auch, denke ich, aber es wurde Freistatt genannt. Und meine Mutter nannte mich nach meinem Vater: Christian das Galgenkind. Und Morgenstern wurde mein Beiname; das war das Pseudonym meines Vaters, wenn er Lieder dichtete. Ein Pseudonym ist ein …»

«Deckname», sagte Otto.

«Sei doch still!» Das Galgenkind fuhr fort: «Inzwischen empfand der Henker Reue, und er machte sich auf die Reise, alle Wege und Umwege, die meine Mutter gegangen war. Aber er fand sie nicht. Da kamen ihm die Galgenbrüder zu Hilfe, denn vom Galgenberg aus hat man eine gute Aussicht über die Welt. Sie machten eine große Schlinge aus Hanfseil für ihn, und durch die stieg er hindurch – eins, zwei –, und so stand er im Nu vor dem Haus im Tal hinter Nebel und Wasserfall.»

«Brauchte er nur durch eine Schlinge zu steigen?», fragte Otto. «Wie ist das möglich, wie komisch.»

«Nicht komischer als durch eine Tür zu gehen», sagte Christian. «Hör lieber zu. Da fand der Henker mich, seinen Enkelsohn, aber seine Tochter, meine Mutter, war gestorben. Ich war damals drei Jahre alt. Und die Familie, die hier wohnte, wollte, dass ich bliebe.»

«Familie? Welche?»

«Halt doch den Mund. Sie wollten, dass ich hier aufwachsen sollte, aber mein Großvater sagte, dass ich der Einzige sei, den er von seinem eigenen Fleisch und Blut noch hätte. Und er nahm mich mit zu seinem Haus beim Galgen. Die Menschen im Dorf am Fuße des Galgenbergs sagten, es sei eine Schande, sie wollten mich schulmeistern und gängeln, und als das nicht glückte, wurden sie gemein und triezten mich. Deshalb brachten mein Opa und seine schlimme Galgenbande mir Frechheiten bei und dumme Streiche und Leute ärgern und Schabernack, damit ich doch Spaß am Leben hätte. Und sie sangen mir Lieder davon vor, wie alles doch vergeblich sei, und von Galgen und Rad, und auch die Diebe und die Tiere brachten mir eine ganze Menge bei ... He, was höre ich? Eine Katze? Oder Mäuse auf der Flucht vor der Katze?»

Otto dachte im Moment, dass Christian noch bei seiner Lebensgeschichte wäre, aber dann hörte auch er etwas – Geraschel unterm Tisch.

Ein kleines Tierchen flitzte darunter hervor – flinke Beinchen unter einem kleinen grauen Körper, ein langes dünnes Schwänzchen. Eine Maus, die verschwunden war, bevor er sie richtig gesehen hatte.

«Wie ein Furz auf Schlittschuhen, schnell-schnell abgehauen», sagte Christian.

«Wo ist die Katze?», fragte Otto.

«Die hörst du nicht, die schleicht.»

Otto schaute unter den Tisch, sah urplötzlich zwei runde Augen; sie glänzten ihn grün an im Dunkeln.

Plötzlich waren sie weg.

«Wenn es Tiger ist, kriegst du ihn vielleicht zu fassen», sagte das Galgenkind.

Otto fuhr hoch. «Tiger?»

«Die Katze des Professors. Eine echte KIM, würde Marsjan sagen.»

«Eine Katze ist kein Monster! Kein kosmisches, außerirdisches ...»

«Außer*weltliches*. Für Marsjan ist die Erde Außenwelt, und eine Katze ...»

« ... hat Katzenaugen. Keine Insekten ...»

«Marsjan sagt: ‹Kosmisches *Intensiv*-blickendes Monster›.»

«Idiot!» Otto meinte eine Katze unter einen Stuhl wegsausen zu sehen. Er lief dorthin und schaute sich um. Kein Tier zu sehen. Weder Katze noch Maus.

Er ging zum Tisch zurück, wo Christian sitzen geblieben war. Der sagte: «Wenn es eine andere Katze wäre, könntest du genauso gut versuchen, einen Schattentiger zu fangen. Und Monster können sehr lieb sein. Hast du eine Katze?»

Ja … Nein!, dachte Otto. *Früher, jetzt nicht mehr.* «Nein», sagte er bitter. Er setzte sich wieder hin. «Mach weiter! Von deinem Opa. Du wohntest also bei ihm.»

«Ja, aber nach ein paar Jahren – ich weiß nicht mehr wie vielen, er war schon alt – starb mein Großvater. Nun liegt er unter dem grünen Rasen, begraben beim Rabenstein. Die Menschen im Dorf am Fuße des Galgenbergs wollten mich nach unten holen und zur Schule schicken. Zum Glück kamen mir die Galgenbrüder zu Hilfe, und sie ließen mich durch ihre Schlinge steigen. So kam ich in dieses Haus zurück, das inzwischen Ambassade hieß, mit einem Garten, so groß wie die halbe Welt oder größer. Hier erhielt ich Asyl. Aber der Ambassadeur wollte, dass ich ein Alphabet würde, so dass ich würde lesen und schreiben können.»

Christian stieß einen Seufzer aus. «So ist meine Geschichte», sagte er, «das wär's.»

Es ist wie die Geschichte aus einem Buch, dachte Otto.

«Und nun», sagte Christian, «ist diese Ambassade mein Haus und meine Familie.» Er seufzte wieder.

Otto fragte: «Ist dieses Haus wirklich gewachsen?»

«Es ist gesät worden, vor ganz vielen Jahrhunderten.» Der Ernst des Galgenkindes verschwand. «Wenn du ordentlich gießt, kommt im Laufe der Jahrhunderte ordentlich was zusammen! Ein Jahrhundert sind hundert Jahre.» Er lachte. «Wie es wohl angefangen hat? Wie ein Puppenhaus? Nein, ich denke, dass der Anfang ein Ast oder ein Stein war, oder ein Zimmer, eine Zelle …»

«Und diese Zelle soll sich geteilt haben? Idiot», sagte Otto zum zweiten Mal. «Das hast du dir ausgedacht.»

«Denkst du etwa, dass jemand ein Haus wie dieses hat bauen können? Es ist gewachsen, sage ich. Ich denk mir nichts aus, Otto, Trottel.»

«Weißt du das auch sicher, Christian Analphabet?»

«Ausgedacht? Meine Herkunft? Meine Lebensgeschichte?», sagte das Galgenkind empört. «Ich kann dir den Schädel meines Vaters zeigen. Der Archivar bewahrt ihn in einem Schrank auf. Und eine Haarlocke meiner Mutter, kraus und rabenschwarz. Und», sagte er mit gedämpfter Stimme, «ein Stück Seil, den Strang vom Galgen meines Opas.»

«Hör auf jetzt», sagte Otto. «Ich glaub dir auch so.»

«Hast wohl Schiss, Angsthase.» Das Galgenkind ließ sich vom Tisch gleiten. Ich werde dir ein Lied vorsingen, vielleicht sogar von meinem Vater gedichtet. Von einem Galgenbruder gelernt:

Sophie, mein Henkersmädel,
komm, streichle mir den Schädel!
Zwar ist mein Haupt
des Haars beraubt –
doch du bist gut und edel!»*

Otto schaute sich einen Totenkopf bei den Einkerbungen und das Gegalge auf der Tischplatte an. Er hatte genug von diesem Thema. Also sagte er: «Was für eine Masse I-ni-ti-a-len ... (Er sprach das Wort langsam und mit Betonung aus – Christian war nicht der Einzige, der schwierige Wörter kannte!) «Wie viele Menschen», fragte er, «wohnen hier nun wirklich?»

«Nun? Wirklich? Das wechselt», antwortete das Galgenkind. «Es ist hier ein Auf und Ab, ein Gehen und Kommen. Aber es ist Platz genug für alle Reisenden vorhanden, sogar ein Raum nur für Reisende, auch für ...»

Gehen und Kommen! «Ich muss gehen», fiel Otto ihm ins Wort. Er stand auf.

«Du weißt doch, du Blödmann, dass die Uhren hier ...»

«Keine Zeiger haben. Aber bei mir zu Hause wohl!»

«Ich dachte, dass dies dein Haus wäre, Otto! Du wohnst hier doch, oben?»

* Dies ist oder ähnelt täuschend einer Strophe eines der *Galgenlieder* des Dichters Christian Morgenstern. «Der Rabe Ralf» auf Seite 138 ist auch ein Galgenlied. Siehe weiterhin meine Bücherliste, Nr. 7 (Bibliothekar)

«Ja, ja, aber ich muss eben mal in mein Zimmer, in mein Turmzimmer.» Otto lief zu der Tür, die er schon früher bemerkt hatte. «Wohin führt die?»

«Warte eben! Ich muss noch neue Kerzen in den Leuchter tun. Hast du zufällig eine Batterie für … NEIN, Doofkopp, nicht durch diese Tür! Die geht zur Bibliothek.»

«Wie kommt das denn!»

«Ganz normal, wir sind schon längst über dem Erdgeschoss, und in die Bibliothek kommt man von allen Seiten. Sogar durch die Fenster, haha.»

Otto lachte nicht mit Christian mit. – *Ich bin hier bestimmt schon Stunden!*

«Dann gerade durch diese Tür», sagte er. «Durch die Bibliothek geht es viel schneller zum Musiksaal und dann …»

«Zum Raum der Mitte, von dem alles ausgeht. Dahin gehen wir auch, denselben Weg zurück. In die Bibliothek gehe ich nicht, bevor ich das ABC-Buch …»

«Hast wohl Schiss, Angsthase. Den Bibliothekar habe ich noch kein einziges Mal gesehen. Und wenn er hier ist», sagte Otto, «na, dann braucht er uns ja nicht zu entdecken. Wir können uns ganz leicht zwischen all diesen Borden verstecken.»

«Vor dem Bibliothekar? Vielleicht. Aber wenn Marsjan nun da ist? Oder der Ambassadeur? Vor dem Ambassadeur versteckt man sich nicht, oh nein. Du bestimmt nicht, Otto!»

«Oh je, dass du so ein Feigling bist …»

«Sag das noch mal und ich durchstoße dich mit meinem Messer. Anstatt dass du mir hilfst. Du hast mir versprochen, nach dem ABC-Buch zu suchen. Und hast du das getan, Freund? Nein, kein bisschen.»

«Doch. Ich hab immer geguckt, ob ich es irgendwo sehen würde.»

«Du lügst, Faulpelz.»

«Ich bin kein Faulpelz. Du solltest mir helfen, mein Buch zu finden …» Otto sprach nicht weiter.

Das Galgenkind hatte wirklich sein Messer gezogen. «Und nun ist es aus», sagte es, «*Ich* sage hier, wo es langgeht. Komm mit.»

«Das bildest du dir wohl ein. Ich kenn den Weg von hier aus auch ohne dich.» Otto sprang zur Tür, drückte die Klinke hinunter, stieß sie auf und war mit einem Schritt in der Bibliothek. Das

Erste, was er sah, war ein Schreibtisch voller Bücher und Papierkram. Er machte noch ein paar Schritte und hörte die Tür hinter sich zuknallen. Er wusste nicht, ob das von selber gekommen war oder ob Christian ihr einen Stoß gegeben hatte.

Er schaute sich verwirrt um. – *Dies ist nicht die Bibliothek!*

VI

Der dämmrige Raum war viel zu klein. Es war nur ein Fenster da; er sah ein Bett, einen Schrank und … seinen eigenen Schreibtisch. Er war einfach – oder gerade *nicht* einfach – in seinem Zimmer gelandet. Der Knall vom Zuschlagen vibrierte noch in seinem Kopf nach, während er sich umdrehte, um die Tür aufzureißen.

Der normale Flur. Er meinte das Galgenkind spöttisch sagen zu hören: «Du wolltest doch so gern schnell nach Hause, Trottel?»

Otto schloss seine Tür, ging ins Zimmer und knipste die Schreibtischlampe an. Alles war noch genauso, wie er es zurückgelassen hatte. Hat Christian mich reingelegt?, fragte er sich. Oder ist es meine eigene Schuld, meine eigene Dummheit?

Sein Buch war nicht wieder da. Der Wecker neben seinem Bett zeigte zehn vor halb sechs, aber seine Armbanduhr lag auf dem Flügel im Raum der Mitte, von dem alles ausgeht. Welche Zeit die wohl zeigte? Er war viel länger fort gewesen als eine halbe Stunde, das wusste er genau; er spürte alle die Treppen noch in seinen Beinen …

Eine wirkliche halbe Stunde später saß er zum Abendessen am Tisch.

«Ich hatte eben gerade deinen Vater am Telefon», sagte seine Mutter. «Er kommt heute nicht.»

Otto gab keine Antwort, versuchte zu verbergen, dass er – ziemlich ungewöhnlich! – erleichtert war.

«Er hatte eine Konferenz», fügte seine Mutter hinzu, «die länger dauerte, als er gedacht hatte … Wie still du bist. Hast du keinen Appetit?»

«Nicht so», murmelte Otto. Er nahm einen Bissen, begann mit seinem Messer einen Galgen aufs Tischtuch zu zeichnen, hörte erschrocken damit auf und legte seine Serviette darüber.

Seine Mutter fragte: «Geht's dir nicht gut?»

«Nicht so», sagte Otto noch einmal, unsicher.

«Wie rot du im Gesicht aussiehst», sagte Mutter. «Du gehst jetzt gleich ins Bett. Kein Fernsehen oder ...»

«Aber meine Hausaufgaben ...?», fing Otto an.

Wie sollte er die Geschichte jetzt weiter spielen? Noch für einen Augenblick ein klein bisschen krank wirken? Oder lieber nicht? Er tauchte unter der Hand weg, die ihm seine Mutter auf die Stirn legen wollte. «Ich habe wahnsinnig viel Hausaufgaben, Mam, ich muss gerade bis ganz spät ...»

«Kommt nicht in Frage, je eher ins Bett, desto besser, scheint mir. Ich geb dir morgen schon eine Entschuldigung für die Schule mit. Das heißt, wenn du kein Fieber hast, denn sonst bleibst du noch mal einen Tag im Haus. Bist du gestern Abend denn doch nach draußen ...?»

«Nein, nein, nein», sagte Otto. «Und ich bin nicht krank, Mam, wirklich nicht.» Mit etwas wie Erstaunen begriff er, dass seine Hausaufgaben ihm völlig schnuppe waren. Entschuldigung oder keine Entschuldigung, gute Zensuren oder schlechte ... völlig unwichtig im Vergleich zu den sechsundzwanzig Buchstaben im ABC-Buch der Januarischen Bibliothek.

Wichtig war noch sein eigenes Buch. – Noch immer verschwunden, wie kriege ich das wieder? Ich muss wieder dorthin, schnell. Wie stelle ich es an, dass ich dorthin komme, *wann ich will?* Ich werde Christian fragen ... oder weiß er es ebenso wenig wie ich? Ist es der Ambassadeur, der überall dahinter steckt?

Er musste unwillkürlich schauern. *Ambassadeur.*

«Du zitterst ja», hörte er seine Mutter sagen. «Du lässt es heute Abend mal ruhig angehen.»

Sobald ich mein Buch wiederhabe, lese ich es sofort ganz zu Ende, dachte Otto. Und dann trage ich es immer bei mir. Dann kann ich wirklich niemals meinen Namen vergessen ... Ich muss auch zu Montags, nein, erst vom Galgenkind hören, wie es da in den Abstellraum gekommen war ... Und eine neue Batterie kaufen.

Taschenlampe. Armbanduhr. Professor. Flügel. Wo ist Elise? Clair de Lune – Claartje sehen. Sich nach dem Schwan erkundigen.

Obwohl er kein bisschen Fieber hatte, war er, ohne sich zu wehren, ins Bett gegangen. Er machte nur kurz die Augen auf, um die Tür anzusehen, obwohl er sie im Dunkeln kaum erkennen konnte. Er fragte sich, was jetzt auf der anderen Seite sein mochte, aber er war zu schläfrig, um aufzustehen.

Seine Gedanken fächerten sich zu Träumen auseinander.

Woher komm ich? Wohin geh ich? Ah, nun weiß ich, wo ich bin, wieder im Raum der Mitte, von dem alles ausgeht.

Er blieb vor dem gewaltigen Fenster stehen und erschrak vor etwas, das vorüberflog. Ein UFO? Der Schwan?

Kein Fenster! Der Fensterrahmen umfasste einen Spiegel, er beugte sich vor, bis sein Spiegelbild schielte, seine Nase berührte das Glas. Er bückte sich noch weiter, das Glas löste sich in Luft auf. Er schaute durchs offene Fenster hinunter auf einen Gartenweg aus Ziegeln und Kies. Auf der Fensterbank waren neben einem Galgen Buchstaben ins Holz eingekerbt.

Ich weiß, was da steht!

«Die Flagge ist gehisst», sagte Claartje, «er ist also zu Hause. Du musst ihm vorspielen. Ihm und mir.»

Otto saß am Flügel. Hinter ihm – das fühlte er – stand der Ambassadeur. Er wagte nicht, sich umzudrehen. Plötzlich sah er in

Christians Gesicht, der freundlich grinsend alle Notenblätter beiseite schob. «Du kannst es doch auswendig», sagte er.

Otto schaute seine Hände auf den Tasten an, aber er konnte keinen Finger bewegen. Plötzlich war er völlig allein in dem großen Saal. – Aber der Ambassadeur hat meinen Namen auf diesem langen Tisch gelesen, jetzt kommt er, über Gänge und Treppen hinauf oder hinab, gleich wird er hereinkommen durch die hohen Türen, und dann …

Auf dem Flügel saß eine Katze, er wollte sie gern streicheln, aber das Tier begann sich langsam zu verwandeln, in ein KIM oder BEM, seine Augen glühten und wuchsen …

Otto schrak auf, suchte wild nach dem Lichtschalter. «Ich liege im Bett», sagte er sich mit einem Seufzer der Erleichterung.

Es war beinahe halb zwölf und seine Tür war zu. Gleich schaue ich nach, nicht jetzt, nachher. Gestern. Morgen.

Er machte seine Lampe aus und schlief weiter.

Irgendjemand spielt Klavier! Ob der Ambassadeur wohl zuhört?

Wer ist der Ambassadeur?

«Wenn du es nicht weißt, Otto, dann weiß ich es auch nicht», flüsterte die Stimme des Galgenkindes. «Bist du hier eingeladen?»

Nur der Ambassadeur lädt ein, er ist der Boss.

«Vor dem Ambassadeur kann man sich nicht verstecken, Otto, du bestimmt nicht!»

Wieder wurde Otto wach. Er sperrte seine Augen weit auf in der Nacht.

Die ganze Ambassade ist auf der anderen Seite *meiner* Tür! Ich bin nie fort gewesen aus meinem Haus, ich brauche nur einen Schritt aus meinem Zimmer zu tun, um dorthin zu kommen. *Dann kann der Ambassadeur nur ich selber sein*, auch wenn ich noch nicht weiß, wie und warum. Ich gehöre dorthin. Christian das Galgenkind ist mein Freund. Claartje wird meine Freundin. Was für eine tolle Zeit werden wir erleben, auf der anderen Seite …

Während Otto darüber nachdachte, schlief er wieder ein.

KAPITEL FÜNF

Der Raum für Reisende

I

Zum dritten Mal wurde Otto wach – hellwach diesmal. Es ist etwas Wichtiges, war ihm klar. Was hatte ich noch überlegt, entdeckt?

Das Licht seiner Bettlampe verjagte seine Träume … nicht weit weg – bis hinter seine Tür vielleicht. Ob ich da wirklich der Ambassadeur bin? Der Boss der Januarischen Ambassade?

Sein Wecker zeigte zehn vor vier. Noch Meere von Zeit, dachte Otto, bevor ich aufstehen muss. Und ich brauche keine Aufgaben zu machen, ich kriege nachher eine Entschuldigung für die Schule mit … Er versuchte, nicht an seine Klasse zu denken. – Sich nichts mehr aus all den Ekelpaketen zu machen. Du bist befreundet mit dem Galgenkind, und du bist insgeheim ein Diplomat.

Er merkte, dass er pinkeln musste, sprang aus dem Bett und lief zur Tür. Es war ziemlich dumm, aber er erwartete einfach den Flur mit dem Klo am Ende, und er war erstaunt, etwas anderes zu sehen. Total erstaunt sogar, denn seine Tür führte ebenso wenig zu der allmählich vertrauten steinernen Halle. Er stand auf der Schwelle eines viel größeren Raumes. Er sah rohe Dielenbretter zu seinen Füßen, und als er nach oben schaute, dicke, schräg nach oben verlaufende Hahnenbalken. Eine Scheune, ein Lagerschuppen? Nein, es erschien ihm eher wie ein Dachboden – ziemlich dunkel, aber zweifellos am Tag; durch ein paar Dachgauben konnte er kleine Stücke Himmel sehen, Himmelsblau. Es kam auch Licht aus einem Treppenhaus mit hochgeklappter Luke mitten im Fußboden und durch eine weit geöffnete Tür ganz hinten. Er sah viele Koffer, Kisten und Kartons.

«Stark», flüsterte Otto, und dann sagte er: «Hallo! Ist da jemand? Wo bin ich jetzt?»

Aber das, dachte er, darf ich nicht fragen. Wenn ich der Ambassadeur bin, muss ich *wissen*, wo ich gelandet bin … Irgendwo anders in der Ambassade. Meine Zimmertür ist wirklich etwas ganz Besonderes …

Er zog die Tür leise hinter sich zu. Erst beim Klicken des Schlosses erschrak er. Er musste noch immer pinkeln … Wo? Nun ja, sagte er sich. Hier wird doch wohl irgendwo auch ein Klo sein? Doch sicher mehr Klos in diesem wahnsinnig großen Haus. Ich muss noch nicht sofort … und notfalls pinkele ich einfach in eine Ecke.

Er fing an herumzulaufen. Dies war kein Dachboden voller Trödel und staubigem Gerümpel; alles sah sehr ordentlich aus. Ein Dachboden voller Gepäck … von Reisenden?

Pappkartons, Metallkisten, Holzkisten, einige mit Eisen beschlagen. Er versuchte, ein paar aufzumachen; die meisten waren abgeschlossen, einige voller Decken. Er las hier und da Anhänger und Aufkleber. – Siehst du wohl, ich bin da, wohin ich gehöre: in der Ambassade in *meinem* Haus.

Einige Aufschriften überraschten ihn mehr oder weniger:

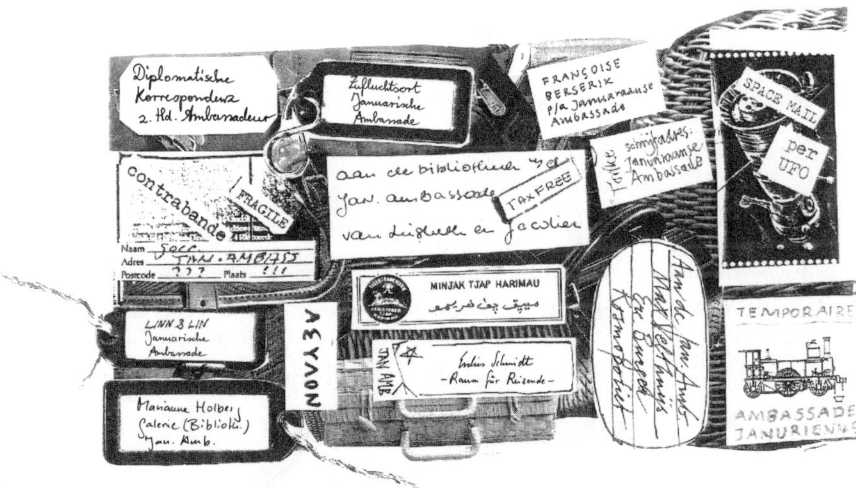

Die geheimnisvollste Aufschrift hing an einer Art großer weißer Gefriertruhe, es war wohl ein Kühlschrank, mit Ketten drumherum und Vorhängeschlössern davor.

Er versuchte erst gar nicht, ihn aufzumachen.

Koffer gab es in allen Größen und Arten – aus Leder, aus Korb, aus Stoff und Metall; es standen Rucksäcke dort, Reisetaschen, Reisesäcke und Einkaufstaschen.

Bei der offenen Luke blieb Otto stehen, um nach unten zu blicken. Er sah eine gusseiserne durchbrochene Treppe, die spiralförmig ganz tief nach unten führte. Er wollte nicht hinuntersteigen, dann also weiter bis zum Licht der Türöffnung da hinten. Aber sehr schnell blieb er stehen und schaute sich nach seiner eigenen Tür um (nach ihrer anderen Seite). Er müsste doch jetzt bald mal ein Klo finden. – Zurückgehen, um einfach zu Hause …? Nein!

«Hallo!», rief er wieder. «He, Christian, bist du hier irgendwo? Dann komm schnell, ich warte!»

Keine Antwort.

Warum lässt er nichts von sich hören, wenn der Ambassadeur ihn ruft?, dachte Otto. Aber es wäre auch ein bisschen komisch, wenn jemand hierher käme, während ich gerade pinkele … Wenn ich der Ambassadeur bin … Na, dann darf ich doch sicher tun, was ich will? Da, in der dunklen Ecke …

Er setzte sich dorthin in Bewegung, nahm einen Lederkoffer, der ihm im Weg war, um ihn beiseite zu stellen …

Er sah ein Wort auf dem Anhänger am Griff, hielt ihn erstaunt fest und las, was sonst noch auf dem vergilbten Kärtchen stand:

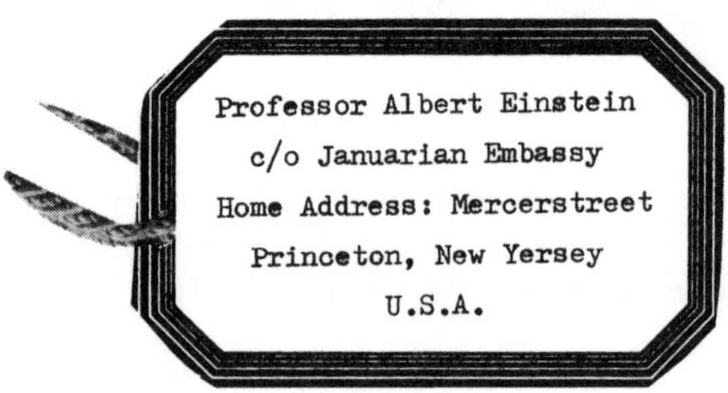

Er wusste, wer Albert Einstein war: ein berühmter Gelehrter. «Einer der größten Geister des zwanzigsten Jahrhunderts», hatte sein Vater einmal gesagt. Im Physikraum der Schule hing ein Poster mit seinem Porträt und mit der Formel, die er herausgefunden hatte ... Otto hatte nur gerade vergessen, welche. Aber dafür erinnerte er sich plötzlich an das Bild, das er in der Januarischen Bibliothek gesehen hatte ... und er wusste jetzt, wessen Porträt es war. Richtig! Das Porträt von Einstein.

Einer der größten Geister ... «der Professor» *Einstein?* Wenn das so wäre, könnte er nur ein wirklicher Geist sein, denn Einstein war schon lange tot ...

Otto betrachtete den Koffer; er sah völlig normal und häufig benutzt aus. Er stellte ihn hin, um ihn aufzumachen, aber die Schnallen klemmten, und seine Finger waren sehr ungeschickt. Außerdem musste er allmählich ziemlich dringend.

Also ließ er den Koffer stehen und rannte fast weiter durch die Türöffnung in einen kurzen Flur oder besser: auf einen Treppenabsatz. Zu beiden Seiten waren geschlossene Türen, aber darauf achtete er kaum. Direkt vor ihm führten ein paar Stufen zu hellem Tageslicht hinauf, und von dort kamen unerwartete und willkommene Laute. Jemand sang:

«Im Keller ist es dunkel ...»

Die Stimme des Galgenkindes! Sie brach ab und begann noch einmal.

«Auf dem Speicher ist es hell ...»

Und ging dann in ein anderes Lied über:

«Wer kommt mit, juchhe, übern See?
Fest das Ruder!»

Otto stieg hastig die kleine Treppe hinauf. «Christian!», rief er froh, als er in einen Raum hineinkam, der noch am ehesten an eine Schiffskajüte erinnerte – allerdings viel größer als eine normale Kajüte.

Einige Schlafkojen auf einer Seite, eine Reihe Bullaugen auf einer anderen, das gelbe Glimmen von Messing überall und Glastüren, durch die man – wie es schien – an Deck gehen konnte. In der Mitte ein kräftiger Kanonenofen und daneben ein Tisch, der an den Holzfußboden geschraubt war. Auf diesem Tisch stand das Galgenkind und kämpfte mit einer aus Seilen geknoteten Hängematte, deren eines Ende an einer Krampe in der Wand festsaß. Das andere Ende sollte offenbar mit einer Schlinge an einem Haken in der Balkendecke befestigt werden.

«Christian!», sagte Otto noch einmal.

«Ha, Otto, hoi-ho», sagte das Galgenkind. «Du hast den Raum für Reisende im Affenzahn gefunden, und ganz allein, sauber! Hilf mir mal eben mit diesem Ding.»

Otto lief zu ihm. «Sofort. Sag mal, ist hier irgendwo ein Klo?»

«Kletter auch hier rauf», sagte Christian. «Fass dieses Stück an, dann werde ich ...»

«Ich muss dringend!»

«Was?»

«Pinkeln!»

«Zurück! Treppe runter, Richtung Kofferspeicher, erste Tür rechts», sagte das Galgenkind. «GREEN BATHROOM, grünes Badezimmer, das zweitschönste des Hauses.»

«Ich muss aufs Klo!»

Christian war immer noch mit der Hängematte zugange. «Da sind Klos, WC-s, Donnerbalken, Pissbecken, eine ganze Menge fließendes Wasser ... Alles.»

Otto trappelte mit den Füßen bei der «Menge fließenden Wassers». Er sagte: «Das schaffe ich nicht!»

«Oh, Sorry, Pardon, warte eben.» Christian sprang vom Tisch. «Mach dir nicht in die Hose.» Er lief schnell zu einer Koje, holte etwas darunter hervor und kam damit zurück. «Pinkel hierein. Wundervoller Piraten-Pisspott.»

Otto pinkelte in den gewaltigen Behälter, den das Galgenkind vor ihn hingestellt hatte – kein normaler weißer Nachttopf mit einem Henkel, sondern eine Art Vase, außen grün glasiert mit einer ganzen Anzahl von Henkeln um die weite Öffnung.

«Ha», seufzte er erleichtert. «Ich musste schon, bevor ich hierher kam.»

«Dies», sagte Christian mit so etwas wie Stolz, «ist ein echter Siebenpisser.»

«Ein was?»

«Dieser Pisspott. Hat der Ambassadeur geschenkt bekommen, von einem Reisenden aus Amsterdam, dem Seeräuber Bumerang oder auch Cromhout mit einem C oder mit einem K, das weiß ich nicht. Guck, sieben Henkel hat er, und es passt eine ganze Menge hinein.»

«Das seh ich!» Ottos große Pfütze bedeckte nur eben den Boden in diesem Pott. «Siebenpisser?»

«Genau, Otto! Sieben Henkel, so dass du, wenn du sturzbetrunken oder stockbesoffen bist und dringend musst, nie daneben greifen kannst. Du kriegst immer einen Henkel zu fassen.»

«Fette Erfindung.»

«Ja, was? Ich stell ihn eben unter die Koje zurück, er braucht nicht sofort geleert zu werden.»

Otto schaute sich um. Außer Tisch, Ofen, unterer und oberer Koje war noch viel mehr zu sehen: ein paar Truhen (Schiffstruhen? Schatztruhen?) und ein Steuerrad (warum? nachgemacht? dies war kein richtiges Schiff), ein dreibeiniges Stativ mit Fernrohr, um übers Meer (oder zu den Sternen) zu sehen, ein Schrank mit Gittertüren, hinter denen er Trinkgefäße, Flaschen und Muscheln sah, See-, Land- und Himmelskarten an den Wänden, zwei Uhren ohne Zeiger, ein Barometer, ein Thermometer und noch mehr Messgeräte. Sturmlaternen. Eine Schiffsglocke. Ein uraltmodisches Telefon. Und eine ebensolche Kaffeemühle. Taurollen. Ein antiker Waschtisch mit Schüsseln und Wasserkannen. Ein Rasierspiegel. Eine Strickleiter, die neben einer Luke von der Decke herabhing. Die Luke war zu. Ein Vogelkäfig aus Messing; dessen Tür stand offen, der Käfig war leer. Auf dem Ofen ein Kessel. Und neben dem Steuerrad sah er …

«He, Doofkopp, hör auf, dazustehen und zu starren, als ob du so etwas noch nie gesehen hättest», sagte Christian, wieder oben auf dem Tisch.

«Ich hab auch noch nie …»

Otto schwieg abrupt. Wenn ich der Ambassadeur bin, dachte er, muss ich dies natürlich ganz normal finden. Aber dies alles ist bärenmäßigvollfett! Ich bin natürlich erst kurze Zeit Ambassadeur. Seit … seit … Wann? Als ich in meinem Buch Für Otto gelesen habe? Als ich es bekommen – gekauft habe?

Er schaute das Galgenkind stirnrunzelnd an. Wurde ein Ambassadeur nicht *ernannt*?

«Otto, faules Stück, rühr auch mal einen Finger», sagte Christian. «Jeder, der hierher kommt, muss etwas tun für Kost und Logis.»

«Kommandier mich nicht herum», sagte Otto. Ich bin, sagte er für sich, Ambassadeur geworden, als ich meine Tür zum ersten Mal zumachte ... Und dort, neben dem Steuerrad, ist ein Kompass, der ...

«Alle Reisenden sorgen für ihre eigene Schlafstelle», sagte das Galgenkind. «Außer den Faulsäcken, aber die reisen nicht. Beeil dich, Otto, du musst mir helfen. In der Ambassade ist Platz genug für jeden, aber genau hier schlafen die *wahren* Reisenden, auch Weltraumreisende – in der Koje oder im Bett, in der Hängematte, im Schlafsack oder auf dem nackten Fußboden.»

Otto wollte auf den Tisch klettern, aber das war nicht mehr nötig, denn inzwischen hatte Christian es geschafft.

«Hoi-ho, das sitzt fest. Ich finde eine Hängematte einfach fett.» Er war schnell hineingeklettert, ließ die Beine baumeln und schaukelte ein bisschen.

«Bist du denn auch ein wahrer Reisender?», fragte Otto. Er wäre gern zum Galgenkind in die Hängematte geklettert, tat es aber nicht. «Ich dachte, du hättest hier Asyl gekriegt. Wenn du das Alphabet gelernt hast, jedenfalls. Kannst du es schon?»

«Was geht dich das an, Otto?»

«Mehr, als du denkst! Es ist doch ein Auftrag des Ambassadeurs?»

«Halt die Fresse vom Ambassadeur! Ich bin kein Leser, sondern ein Reisender. Ich komme genau wie meine Mutter und mein Opa ganz vom Galgenberg hierher, hinter den sieben Hügeln und Nebel und Wasserfall. Weißt du das nicht mehr?»

«Jawohl. Durch eine Schlinge gestiegen. Was du reisen nennst.»

«Ich hab auch schon weitere Reisen gemacht. Wie ist dein Name, du Trottel?»

«Otto! Das hättest du nicht gedacht, was, dass ich es noch weiß ...»

«Und woher kommst du, Otto, Stubenhocker? Aus einem Turmzimmer, weiter nicht!»

«Das hättest du wohl gern», sagte Otto. «Ich bin ein Reisender, genauso gut wie du, und dies ist meine Wohnung. Hast du das Buch gefunden?»

«Welches Buch?»

«Das ABC-Buch.»

«Nein, Doofkopp. Wann hätte ich das denn finden sollen? Hast du es etwa inzwischen?»

«Ich? Wie sollte ich, du Trottel! Aber ich werde es bestimmt suchen.»

Christian enttäuschte Otto mit seiner Antwort. Er sagte mit zufriedenem Gesicht: «Hier oben ist es nicht, weiß ich bestimmt. Nirgends. Ätzend fett. Solange es weg ist, habe ich dufte frei, brauche mir nicht mit Buchstaben den Kopf zu zerbrechen ... He, Otto, soll für dich auch eine Hängematte hier baumeln? Oder willst du lieber in eine Koje?»

«Mmm ...» Ottos Stimmung stieg wieder. Beide Schlafplätze waren neu und verlockend. «Beide», sagte er. «Abwechselnd.»

«Beide? Unverschämt wie der Henker, du», sagte das Galgenkind. «Du hast doch schon ein Bett? In deinem exklusiven Turmzimmer.»

«Exklu-exklusiv? Man höre sich das an! Ein dumpfes Loch – hast du selbst gesagt.»

«Und doch wolltest du nur allzu gern dahin, voriges Mal. Oho, was für eine Eile hatte Otto plötzlich! Und das, wo ich dir gerade das Haus zeigte! Das war eine Gemeinheit», sagte Christian, «denk nur nicht, dass ich das vergessen habe. Einfach so abzuhauen ... Heißt es denn nicht: zusammen hin, zusammen zurück?»

«Halt doch die Fresse», sagte Otto heftig. «Ich hab es nicht zum Spaß gemacht. Ich musste einfach weg.»

«Um zu pinkeln bestimmt.» Das Galgenkind kicherte.

«Ich hatte eine Verabredung. Etwas Wichtiges. Di-plo-ma-tisches. Lach nicht so blöd! Und du hast gesagt, dass die Tür zur Bibliothek ging.»

«Ging sie das nicht?»

«Das weißt du genau. Ich lass mich nicht von dir beschummeln.» Otto schaute herausfordernd zu Christians spöttischem Gesicht hinauf. «ICH WEISS, WER DER AMBASSADEUR IST.»

II

«Du weißt, wer der Ambassadeur ist?» Das Galgenkind betrachtete Otto von Kopf bis Fuß. «Donnerwetter, da hab ich Respekt.»

Otto hatte keine Ahnung, ob er im Ernst oder im Spaß sprach – das ärgerte ihn wahnsinnig. «Ich weiß es», sagte er, «und du ebenfalls.»

«Das hab ich dir schon längst gesagt.»

«Also, du …» Otto stockte. – Hat er deshalb, dachte er, «Sie» zu mir gesagt, das erste Mal? Weil er da schon wusste, wer ich bin, was ich bin, hier? Er redete weiter. «Also, du darfst gern höflicher zu mir sein.»

«Höflich?», sagte Christian gedehnt. «Ich? Zu dir? Du bist besoffen, du tickst nicht richtig, Otto mit zwei O-s von … O! Und O! Wenn du weißt, wer der Ambassadeur ist – wie riesig schlau –, dann weißt du genauso viel wie ich schon wusste … dann wissen wir es beide. Na, und? Was noch?» Er war in zwei Sprüngen aus der Hängematte heraus und auf dem Fußboden, stemmte die Hände in die Seiten, die eine Hand auf dem Messer an seinem Gürtel. «Warum sind Sie hier, in dem Raum für Reisende? R! Was suchen Sie hier? Rauferei?»

«Bist du bescheuert, nein. Nein!», sagte Otto, erschrocken über das Galgenkind und auch ein bisschen über sich selbst. Eins stand fest: Er wollte Christian nicht als Freund verlieren. «Ich will einfach gern hier sein und alles sehen», fuhr er fort, «und hier auch schlafen natürlich. Reichlich Platz, oder?»

«Schlafen? Du kannst sofort wegtauchen. Hast du deshalb schon deinen Pyjama an? Oder ist dies dein Sonntagsanzug?»

«Nein …» Ich muss nach Haus und zur Schule, erinnerte sich Otto. Aber das kann mir doch schnuppe sein, ich bleib hier!

«Wenn du pofen willst, bitte», sagte Christian. «Du hast hier Meere von Zeit. Und Meere von Wasser auch.»

«Dies ist kein Schiff.»

Das Galgenkind zuckte mit den Schultern. «Kein Schiff? Denk, was du willst, Doofkopp; vielleicht merkst du bald was anderes. Wenn der Pol … wenn die Pole sich ändern, wenn die Kompassnadel sich dreht, wenn … Ach, was weiß ich! Tsss! Wenn du von hier aus direkt nach unten gehen würdest», sagte er langsam, «wenn du vertikal durchs ganze Haus bohren könntest … Wenn du ein Senklot hinunterließest …» Er lief zum Kompass beim Steuerrad. «Von dieser Stelle aus! Siehst du, dies ist der Kompass vom Speicher. S!»

Otto ging zu ihm hinüber und schaute auch die wunderschöne Windrose an mit den Linien und Buchstaben in Blau, Rot und Schwarz und dem einen kleinen, spitzen eisernen Zeiger.

«S!», sagte Christian noch einmal.

Otto wollte nicht, dass er wieder vom Schwan anfing. «Das S von Süden», sagte er schnell. «Aber er zeigt aufs N. Wie jeder Kompass. Nach Norden, Christian.»

«Nagel auf den Kopf getroffen, nordwärts. Und tief, tief hier unten ist der Kompass vom Souterrain. S. Und der zeigt …»

«Nach Süden? Das hast du erzählt, aber …»

«Was kann nicht alles passieren zwischen zwei Kompassen, die entgegengesetzt zeigen, der eine nach Norden, der andere nach Süden?»

Unsinn!, wollte Otto sagen, aber er bedachte sich. Es konnte vielleicht doch etwas Wahres daran sein. Er musste auf einmal an Einsteins Namen auf dem Koffer denken, und er wollte etwas über den Professor fragen. Das Galgenkind ließ es nicht dazu kommen. Es streckte einen Finger in die Höhe und sagte leise, beschwörend:

«Aufgepasst, Otto, merke dir genau. Dies ist der Raum für Reisende. Mit dem Speicherkompass, dem Seemannskompass, dem Kompass der Höhe. Es ist hier so hoch, dass es keine Elektrizität gibt außer dem Blitz und kein strömendes Wasser außer dem Regen.»

«Und warum dieses Steuerrad?»

«Um den Kurs zu korrigieren, falls es nötig ist. Wofür sonst, du Trottel? Sieh mal aus einem Bullauge!»

Otto tat, was Christian ihm sagte. Er musste dazu auf das schmale Podest treten, das unter all den runden Fenstern entlanglief. Das dicke Glasfenster des nächsten Bullauges stand offen; der Himmel war klar, tiefblau, die Luft war sehr frisch, obwohl es nicht wehte. Otto schaute nach unten, und sein Atem stockte einen Moment vor Erstaunen und Ehrfurcht. Wie hoch war er hier wohl?

Er wagte es nur ein klein wenig, sich nach draußen zu lehnen. Unter sich sah er bizarre Wolken … oder war es ein wogender Ozean?

«Luft oder Wasser? Wolken oder Meer? Niemand weiß es bestimmt», flüsterte das Galgenkind. «Ich denke, Otto, dass sogar der Ambassadeur es nicht weiß.»

Otto drehte sich zu ihm um und fühlte sich sofort sicherer.

«Hab keine Angst», sagte Christian. «Du bist noch immer in der Januarischen Ambassade.»

«Ich hab keine Angst!» Otto sah durch ein zweites Bullauge – bildete sich ein, Berge zu sehen, die sich bewegten –, spähte durch ein anderes und sah Inseln, umringt von Wasser – aber es konnte auch eine Brandung sein, die gegen Landzungen schlug.

«Lass uns an Deck gehen», schlug Christian vor. «Findest du es zu kalt hier? Sogar im Maikäfer ist es kalt, wenn man sehr weit oben ist. Weißt du was, ich mach den Ofen an ... oder noch besser, ich frage, ob Xanthippe es tun will. Sie ist sehr gut im Feueranmachen, noch besser als Dunkler Marsjan.»

«Maikäfer? Xanthippe?» Was hatten die mit dem Ofen zu tun? Otto verstand bald gar nichts mehr.

Christian war zum Telefon gelaufen und hatte den Hörer abgenommen.

«Holla, Tag, Xanthippe, ich bin's», sagte er. «Ich habe Besuch ...»

Ist das wahr?, fragte sich Otto. Es scheint zwar so, aber man könnte auch sagen, dass Christian *bei mir* zu Besuch ist.

Das Galgenkind redete weiter: «Machst du bitte den Ofen an im Raum für Reisende? ... Ja, Holz ist da, ein ganzer Korb voll ... Tschüs, Xanthippe.» Er hängte den Hörer an den Haken. «Xanthippe macht hier den Haushalt. Sie bedient auch unsere Telefone, zumindest wenn es niemand anders tut. Die Ambassade ist ein Zentrum von Tausenden Telefonen ohne Leitungen. Ohne Schnur, meine ich. Der Ambassadeur ist wie eine Spinne mitten in – *keinem* Netz. Die Gespräche, die wir manchmal bekommen! ...»

Das Telefon klingelte, schrill und ein bisschen falsch.

«Hörst du, wer das wohl ist ... von draußen oder von drinnen?» Christian nahm auf, horchte, lächelte und nickte. «Bärenmäßigvollfett. Schlemmen, Xanthippe. Aber es kann auch sein, dass der neu angekommene Reisende hier oben bleiben will ... Frisches Brot? Ja, lecker ... Xanthippe fragte, ob wir frühstücken wollten», sagte er, als er den Hörer wieder aufgehängt hatte.

Tatsächlich sah Otto keine Schnur an dem altmodisch aussehenden Ding. Auch keine Wählscheibe und keinerlei Taste oder Knopf.

«Magst du Butter-Käse-Milch?», fragte das Galgenkind. «Und Rosinenbrötchen und Sukkadebrötchen und Milchbrötchen mit Marmelade oder Honig? Und Toast und Zwieback und gebratene Scholle und Spiegeleier mit Speck? Und Rührei mit Tomate und arme Ritter und Würstchen und Pfannkuchen mit Sirup? Und Erdbeeren und Mandarinen und Apfelsinen und Vanilleeis und Schokoladenpudding mit Schlagsahne? Das können wir alles kriegen, mit Kaffee oder Tee. Im null komma nichts, Otto! Vielleicht etwas länger, Xanthippe will ein klein bisschen Zeit zum Backen haben. Oder willst du lieber hier essen, deine erste Mahlzeit als Reisender ... Nun ja, wir werden sehen. Xanthippe kommt gleich, wegen des Ofens; wir können solange an Deck gehen.

«Frühstück, fein, ja, lecker», sagte Otto, auf einmal hungrig geworden. «An Deck? Ist dies denn doch ein Schiff? Nein ...»

«Nenn es von mir aus Balkon», sagte Christian. «Zieh dies an.»

Er nahm eine Segeljacke vom Haken an einem Balken. An der Stelle, wo sie gehangen hatte, war ein Galgen ins Holz geschnitten.

Macht er das überall?, dachte Otto, während er das viel zu große, aber warme Stück über seinen Pyjama zog. Ich bin O.T.T.O., und das vergesse ich in meiner Ambassade nicht mehr.

Christian schob die Glastür auf, und sie gingen zusammen auf den Balkon.

Wenn man dahin kam, konnte man sich tatsächlich vorstellen, dass man irgendwo an Deck war. Dort war Bretterboden gelegt, die Fugen verteert, eine riesige Regentonne stand da, und an der Balustrade hing eine Rettungsboje wie an einer Reling. Aber wenn man die Aussicht betrachtete, verschwand das Schiffsgefühl, denn es war kein bisschen Meer zu sehen.

Sie blickten über ein weites Tal, eine wunderschöne Talsohle, begrenzt von hohen Bergen. Im Tal sah Otto bewachsene Hügel und offene Felder, hier und da einen kleinen Fluss oder Bach, einzelne Gebäude, kurvenreiche Wege. Erst als er sich über die Reling lehnte, sah er unter sich eine Anzahl von Ambassadetürmen und einen Teil des Gartens. Er meinte sogar den Weiher zu erkennen, anscheinend noch immer ohne den Schwan.

«He», sagte er. «Warum hängt diese ellenlange Strickleiter hier herunter?»

«Für Reisende, die von unten kommen», antwortete Christian, «und den kürzesten Weg nehmen wollen. Du kannst auch daran heruntersteigen oder nur an dem Tau daneben, siehst du; das geht erst schnell.»

Ohne mich!, dachte Otto. Ich gehe lieber durchs Haus, auch wenn das bestimmt wieder furchtbar viele Treppen sein werden. Das schnellste ist *meine* Tür natürlich ...

«Kommen auch Reisende von oben hierher?», fragte er.

«Ja, das hast du doch wohl kapiert, Reisende ganz aus der Nähe! Weltraumreisende. Warte, ich werde ein Fernglas holen.» Christian ging hinein und schob die Tür hinter sich zu.

Otto sah ihn durch die Glasscheibe in einer Truhe kramen. Kurz darauf sah er jemand anderen in den Raum kommen, eine zarte, zierliche Gestalt. – *Nicht Claartje. Das muss Xanthippe sein.*

Otto schob die Tür auf und ging auch hinein. «Guten Tag», sagte er, ein klein wenig verlegen, zu dem Persönchen, das beim Ofen stand.

III

«Dies, Xanthippe, ist also Otto», sagte das Galgenkind. «Und Otto, hier ist Xanthippe. Sie hat frisches Brot und Apfelsinen mitgebracht.»

«Sei gegrüßt, Otto, Christians Kamerad», sprach die Frau. «Ich bitte dich, die Außentür weiter, oder besser noch ganz zu schließen.»

Ihre Stimme hatte einen schönen Klang, wie Messing, das an Kristall tippt, war aber auch sehr monoton.

Sie war nicht viel größer als er und schlank, mit einem runden, schönen, anmutigen, hellen und ebenmäßigen Gesicht. Ihre ein wenig geöffneten rosa Lippen hatten sich nicht bewegt, als sie sprach. Ihre metallgrauen, fast kreisrunden Augen betrachteten ihn mit einem geheimnisvollen und (wie er dachte) durchdringenden Blick. Das Rot ihrer Wangen war kreisrund. Ihr silberblondes Haar war so glatt und glänzend, dass es wie auf ihren Schädel gemalt und auch noch lackiert schien. An den Ohren trug sie große, silberne Gehänge. In ihrem rosa Kleid glänzten Silberfäden in Zickzack-Formen, das Mieder war voller silberner Knöpfe, der Plisseerock berührte gerade eben nicht den Boden.

Xanthippes Gesichtsausdruck veränderte sich nicht, als sie unerwartet und rasend schnell auf ihn zukam ... auf ihn zuglitt. Otto wollte beiseite springen, aber sie hatte schon einen Bogen um ihn gemacht, begab sich zur Tür und machte sie zu. Ihre Arme schienen unter den langen Ärmeln keine Ellbogen zu haben. Ihre dünnen, spitzen Finger schienen biegsam und stark zu sein.

Sie ging genauso schnell zum Ofen zurück, aber die Falten ihres Rockes bewegten sich kein bisschen ... Sind überhaupt Beine und Füße darunter?, fragte sich Otto. Es ist, als schwebte sie ...

«Guck nicht so blöd, Doofkopp», sagte Christian. «Unbelebt! Xanthippe ist ein Roboter.»

«Roboter?», wiederholte Otto. Er kannte nur Roboter aus Kino, Fernsehen, Comics und einigen SF-Geschichten. Oder als Spielzeug. Oft sahen sie ziemlich albern aus: halb wie Menschen, halb wie hypermoderne Haushaltsgeräte. Manchmal hatten sie Antennen auf dem Kopf oder Glühbirnen als Augen oder beides. Er hatte noch nie einen mit so einem hübschen, gleichmäßigen Antlitz und mit solchen zierlichen Bewegungen gesehen wie Xanthippe. Die Roboter, die er kannte, liefen auf staksigen Beinen oder sie fuhren auf Rädern; sie trugen niemals schöne Kleider, sie waren niemals elegant.

Xanthippe hatte inzwischen einen Korb mit Brennholz herangeschoben und begann den Ofen anzumachen. «Ich bin der Roboter des Haushalts», sagte sie, während sie eins ihrer Augen zu Otto drehte (das andere blieb auf den Ofen gerichtet). «Und das ist nicht alles, ich habe noch sehr viel mehr in meinem Programm.»

«Sie ist unsere Köchin und auch Assistentin des Bibliothekars», sagte Christian.

«Und die Sekretärin des Ambassadeurs», fügte Xanthippe hinzu.

«Des Ambassadeurs?», sagte Otto. «Sekretärin?»

«Es gibt auch einen Sekretär», sagte Christian.

«Ich bin Sekretärin, Ausrufezeichen», sprach Xanthippe. «Und Köchin, nicht Koch. Bibliotheksassistentin, nicht Assistent. Telefonistin. Ich will als Frau behandelt werden. Ich bin, sage ich mit Betonung» (ihre Stimme blieb monoton) «eine Frau.»

«Aber ein Roboter», flüsterte Otto, «ist doch …»

«Sss!», zischte das Galgenkind.

«Ein Roboter ist ein Roboter», sagte Xanthippe, vorsichtig im Ofen stochernd, so dass kleine Flammen am Holz zu fressen begannen. «Derjenige, der mich gemacht hat, ließ mich aussuchen, was ich sein wollte, Doppelpunkt: eine Frau oder ein Mann oder beides, oder keines von beiden. Ich entschied mich für Frau.»

«Wer ist es, der dich … Sie gemacht hat?», fragte Otto schüchtern.

«Ich kann dir seinen Namen nicht nennen», antwortete Xanthippe. «Er war ein Feinmechaniker, ein tüchtiger Bastler, Erfinder, Robotikus, seiner Zeit voraus. Na also, der Ofen brennt, Christian Morgenstern, Galgenkind. Stell ihn auf ‹niedrig›, sobald ich hier weg bin. Und lass ihn nicht ausgehen, es sei denn, dass die Temperatur draußen steigt. Sei noch einmal gegrüßt, Otto, und ihr alle beide, Jungens, auf Wiedersehen.» Sie glitt oder schwebte fort und hatte den Raum schnell verlassen.

«Sie hat keine Füße», sagte Christian. «Sie bewegt sich auf magnetisierter Luft oder so. Dufte fett, was? *Sie* braucht keine Treppen. Auch keinen Schlaf, oder Essen. Sie ist nie müde.»

«Ein wirklicher Roboter! Oder Robotin», flüsterte Otto, noch immer beeindruckt. – Kann es wahr sein, dachte er ungläubig, dass sie *meine* Sekretärin ist?

«So wirklich wie nur was», nickte Christian. «Es gibt nur eine Xanthippe.»

«Gehorcht sie dem …»

«Sie tut alles Mögliche.»

«Alles, was du sagst?»

«Nun, nein, das nicht. Stell dir vor, völlig bekloppt, alles tun, was jemand sagt …»

«Also gehorcht sie nicht den Gesetzen der Robotika!»*

* Die «Drei Gesetze der Robotika» wurden von dem amerikanischen SF-Autor Isaac Asimow ausgedacht; andere Autoren übernahmen sie, manchmal ein wenig verändert oder erweitert. Siehe auch die Bücherliste des Bibliothekars, Nr. 8. (Sekretär der Januarischen Ambassade)

«Was sagst du da?»

«Weißt du das etwa nicht? Roboter müssen alles tun, was ein Mensch ihnen befiehlt. Das ist das erste Gesetz. Aber das stimmt ja, du liest keine SF – du liest keine Science-Fictionbücher, du liest überhaupt keine Bücher, weil …»

«Sag das nicht zu laut, Otto! Pass auf, dass Xanthippe dich nicht hört. Wie mordsblöd, alles tun, was ein Mensch dir befiehlt. Wie wagst du das zu sagen!»

«Du brauchst das nicht, Christian, du bist ein Mensch. Aber ein Roboter …»

«Xanthippe ist eine Frau.»

«Aber sie ist auch ein Roboter. Und Roboter müssen gehorchen …»

«Oh, Xanthippe ist manchmal äußerst gehorsam. Wenn du um Essen bittest, bekommst du es … wenn du Hunger hast oder Appetit. Und nun wollen wir frühstücken. Willst du Kaffee oder Tee? Wenn du Kaffee willst, musst du selbst die Bohnen mahlen.»

Otto dachte an Rosinenbrötchen und Sukkadebrötchen und arme Ritter, an Spiegeleier mit Speck und Pfannkuchen mit Sirup. Er sagte: «Wo ist das Frühstück denn?»

«Das machen wir selbst.» Christian zeigte auf das Brot und die Apfelsinen in einem Korb auf dem Tisch neben dem Feldstecher, den er aus einer Truhe geholt hatte.

«Aber du hast gesagt … Warum hat Xanthippe es nicht fertig gemacht?»

«Dann müssen wir ganz in die Küche!»

«Lass uns das tun!»

«Nein, Otto. Reisende machen selbst ihr Essen fertig. Und auf dem Weg zur Küche oder in der Küche würden wir womöglich noch das ABC-Buch finden.»

«Na, wär doch schön?»

«Nein, Doofkopp! Dann muss ich wieder anfangen zu lernen und zu lesen.»

«Was für ein Gewäsch. Du brauchst nicht zu lernen, wenn du keine Lust dazu hast!»

«Doch. Auftrag von …»

« … dem Ambassadeur. *Ich sage*, dass es nicht nötig ist. Erst wenn … wenn du Lust dazu kriegst.»

«Bärenmäßigvollfett gesagt. Aber, Otto, was für Sprüch ...»

«Du hättest Xanthippe befehlen sollen, unser Frühstück zu machen.»

«Was für Sprüche hast du auf einmal drauf! Geh man ans Telefon, ruf Xanthippe an und befiehl es.» Das Galgenkind lachte verschmitzt. «Da hast du was zu lachen!»

Otto schaute ihn misstrauisch an. «Was ist daran so komisch?»

«Befiehl es nur, Otto, mit dem O von oberschlau. Kommandiere die Katze und miaue selbst, wird Xanthippe sagen. Steht in dem soundsovielten Gesetz.»

Christian stellte die Kaffeemühle auf den Tisch und holte eine Dose aus dem Schrank. «Rühr endlich auch mal einen Finger. Ich hab Appetit auf Kaffee. Dreh du den Kaffee in der Kaffeemühle durch.»

«Denkst du, dass ich einer bin, der durchdreht? Kommandier deinen Hund», sagte Otto böse. «Ich geh an Deck, und wenn ich zurückkomme, muss das Frühstück fertig sein. Hast du mir selbst versprochen. Oder hast du wieder gelogen?»

Er nahm das Fernglas, ging zur Tür, öffnete sie und schob sie wütend hinter sich zu. Er lief zur Balustrade, um mit dem Fernglas noch einmal die Aussicht zu bewundern – ein weiteres Panorama als vom Raum der Mitte aus. Ach, das war etwas enttäuschend: der Himmel war lange nicht mehr so klar, und Nebelschwaden trieben heran, die die Berge verschwimmen ließen.

Die Ambassade hat einen richtigen Roboter, dachte Otto, und es kommen bestimmt auch richtige Weltraumreisende. Also doch UFOs? Wo die wohl landen? Hier oben, auf dem Dach?

Er drehte sich um, schaute absichtlich nicht in den Raum, in dem er Christian zurückgelassen hatte, und lehnte sich gegen die Balustrade. Über sich sah er nicht viel mehr als eine Dachrinne. Wenn sie auf dem Dach landen, können sie durch die Luke hineinkommen, die ich in der Decke gesehen habe, sagte er sich.

Nun merkte er, dass er beinahe nicht mehr nach drinnen sehen konnte; die Glasscheibe der Tür war beschlagen – von der Wärme des Ofens natürlich. Er fing trotz der Segeljacke auf dem hoch gelegenen Balkon an zu frieren. Er sah einen vagen Schatten hin- und herlaufen. Ob Christian wirklich mit dem Frühstück zugange war?

Etwas beschämt ging er zur Tür und fasste nach dem Griff. Aber er konnte ihn nicht bewegen.

Durch das beschlagene Glas hindurch war inzwischen überhaupt nichts mehr zu sehen. Ungeduldig klopfte er dagegen und versuchte noch einmal, die Tür aufzuschieben. Einen Augenblick später entdeckte er – wie konnte er sich so getäuscht haben? –, dass er nicht schieben musste … Die Tür ließ sich plötzlich mit Leichtigkeit nach innen *drücken*.

Viel zu leicht! Der Griff entglitt seinen Fingern, die Tür wich zurück, flog weit auf – zeigte ihm sein eigenes, kleines, enges, dumpfes, langweiliges Zimmer. Fort – Raum für Reisende und Weltraumreisende.

Otto machte einen Schritt, in der Türöffnung blieb er stehen, hielt sich krampfhaft an einem der Türpfosten fest und schaute zurück.

Da war das Deck oder der Balkon mit der Balustrade, aber die Berge waren völlig im Nebel verschwunden. Mehr Nebelschwaden trieben heran, kamen näher, entzogen seinen Augen die Aussicht, ließen die Balustrade verschwimmen, verbargen alles in einem milchartigem Dämmer.

Der Dämmer verdichtete sich zu einer weißen Wand, die Fugen im Bretterboden wurden die Streifen des Läufers in seinem Hausflur.

Mit Bedauern machte er seine Tür zu und dann sofort wieder auf, zu und auf. Und zu. Nichts zu machen, er war zurück in seinem Zimmer, sein Bettlämpchen war an, und der Wecker zeigte noch immer zehn vor vier … ein paar Sekunden später – die hatte er gebraucht, um seine Tür endgültig zu schließen.

Diesmal war überhaupt keine Zeit vergangen auf dieser Seite, und geträumt hatte er nicht, denn er musste nicht mehr aufs Klo. Außerdem hatte er ein Fernglas in der Hand und eine viel zu große warme Jacke über seinem Pyjama an. Er zog die Jacke aus und versteckte das Ding zusammen mit dem Fernglas unter seinem Bett, bevor er hineinstieg. Was sollte er sonst machen? Er hätte am liebsten losgeheult oder geschimpft oder geflucht.

– Ich hätte in einer Hängematte liegen können, mit dem Galgenkind zusammen frühstücken. Warum benehmen sich die Türen da so komisch, so … ungehorsam?

Er war eingeschlafen, bevor er sich eine Antwort auf diese Frage überlegen konnte. Und ein paar Stunden später, wach, bei Tageslicht, schien ein normaler Tag angebrochen zu sein, ein ätzender … Donnerstag, Schule, keine Abenteuer eines Reisenden. Aber die Segeljacke und das Fernglas lagen noch immer unter seinem Bett. Das machte ihm Hoffnung: Ich komme bestimmt wieder dahin, ganz bestimmt! Nur: Wie? Wann?

IV

«Sag mal, Mam, darf ich die da haben?», fragte Otto. Er zeigte auf ein Päckchen Batterien, das er gefunden hatte. «Genau die, die ich brauche.»

«Ich hab sie gestern gekauft für … Warum?», fragte seine Mutter. «Du bekommst doch Taschengeld genug, um sie selbst zu kaufen. Wofür brauchst du sie?»

Sie saßen zusammen beim Frühstück, normal, genau wie jeden Morgen, und Otto hatte tüchtig gegessen. Das Galgenkind hatte ihn hungrig gemacht, auch wenn kein wirkliches Schlemmen daraus geworden war.

«In meine Taschenlampe muss eine neue Batterie.»

«Du darfst eine nehmen, die anderen behalte ich … Wieder ganz in Ordnung, was Junge? Du isst wieder ausgezeichnet.» Ottos Mutter stand auf. «Ich muss früh im Büro sein heute.» Sie arbeitete halbtags als Sekretärin. «Räum du den Tisch ab. Du kannst auch ruhig abwaschen, wenn du noch Zeit genug hast. Zieh nachher die Haustür gut zu und vergiss meinen Brief wegen deiner Hausaufgaben nicht.»

Kurz danach war Otto fertig, um zur Schule zu gehen. Das bedeutete: durch die Haustür nach draußen, ein Stück auf der Straße und dann durch den kleinen Gang hintenrum zum Schuppen, wo sein Fahrrad stand. In seiner Tasche hatte er den Brief seiner Mutter, und in einer seiner Hosentaschen die Batterie.– Wann ich die wohl in meine Taschenlampe tun kann? Ein bisschen schnell, bitte …

Als er die Haustür aufmachte, war keine Stufe, kein Trottoir, keine Straße zu sehen. Er brauchte nur zwei Schritte zu machen, um zurück an Deck zu sein – oder auf dem hoch gelegenen Balkon des Raums für Reisende in der Januarischen Ambassade.

Das kommt bestimmt, weil ich es so *furchtbar* gern wollte, sagte Otto sich voll Freude. *Der Wunsch des Ambassadeurs?*

Er kehrte sich zum allgemeinen Hausflur um, aus dem er kam. Er fragte sich, ob den Bewohnern des Erdgeschosses dasselbe passieren konnte. Kräftig zog er die Tür zu. Er sah atemlos, wie von dem glänzenden Holz mit den Namensschildern nur der GLANZ übrig blieb: der Glanz von Glas, das beschlug, bevor er dazu kam hindurchzusehen. Jemand zeichnete etwas an die beschlagene Innenseite. Einen Galgen, das war zu erwarten gewesen. Danach wurde ein ganzes Stück der Scheibe sauber gewischt; Christian erschien und winkte ihm.

Otto schob die Tür ohne jede Mühe auf. Was mache ich jetzt?, dachte er. Gehe ich wieder in mein eigenes Haus, auch wenn das nirgendwo zu sehen ist? Oder bin ich wirklich nach draußen gegangen und komme in die Ambassade?

Ach, einerlei, er war da, wo er sein wollte. Alles – vor allem Christian – sah aus, als wenn er nicht fort gewesen wäre … außer, dass Essen auf dem Tisch stand. Es war herrlich warm, und es roch nach frisch aufgebrühtem Kaffee.

«Und du faulenzt nur an Deck herum», begrüßte ihn das Galgenkind. «Ich kann mich halbtot arbeiten, von dir aus! Wenn du über die Reling gefallen wärst, dann wär das dein wohlverdienter Lohn gewesen.»

«Nerv nicht so», sagte Otto, während er den Raum betrat.

«Ich hab schon mal die besten Bissen aufgegessen», sagte Christian. «Kommst du eigentlich direkt von Deck?» Er schaute Otto aufmerksam an. «Du bist weiter weg gewesen», fuhr er vorwurfsvoll fort. «Viel weiter!»

«Die Strickleiter runter», fantasierte Otto schnell.

«Nein. Das traust du dich nicht.»

«Doch.»

«Gelogen, Otto. Dann würdest du nicht so aussehen, wie du aussiehst. Und das Fernglas, hast du das runterdonnern lassen?»

«Was?»

«Du hast andere Sachen angezogen – Pyjama aus, Windjacke an, kein Fernglas, aber eine Tasche», sagte das Galgenkind. «Du bist wieder heimlich abgehauen. Du kannst die Reste vom Frühstück kriegen, guten Appetit.» Er füllte eine Schale mit dunkelbrauner Flüssigkeit aus einer Kaffeekanne mit Hahn. «So, das ist für mich, nun ist der Kaffee alle.»

«Nerv nicht so», sagte Otto noch einmal. «Ich hab es nicht mit …» *Absicht* getan, hatte er sagen wollen; er verbesserte sich rechtzeitig: «Ich habe es getan, weil ich alles Mögliche zu tun hatte, ich arbeite mich genauso tot, oder noch mehr! Ich hab mich angezogen, ja; ich kann doch nicht den ganzen Tag im Pyjama rumlaufen? Das wäre doch zu verrückt für einen …» Das Wort «Ambassadeur» wollte ihm nicht über die Lippen kommen. Er schluckte kurz. «Und ich habe meine Aktentasche bei mir.» Diplomatentasche, keine Schultasche, dachte er, wenn das nur wahr wäre. «Meine Studienbücher und … allerlei Dokumente, Korrespondenz. Und ich hab eine neue Batterie mitgebracht.»

Christians Gesicht hellte sich auf. «Das ist bärenmäßigvollerhellendfett», sagte er. «Eine Batterie für unsere Taschenlampe.»

«Meine Taschenlampe.»

«Gut, korrekt, in Ordnung, deine Taschenlampe», sagte das Galgenkind.

«Schade nur, dass die noch in der Bibliothek liegt. Aber ich trau mich schon, sie zu holen.»

«Streng dich nicht an!» Christian grinste vergnügt und holte etwas unter seinem schlottrigen, bunten Wams hervor. «Hier ist sie! Hab ich mitgehen lassen, schon gleich.»

«Mitgehen lassen?»

«Für dich. Fang, Doofkopp!»

Otto fing seine Taschenlampe mit beiden Händen auf. Er stellte seine Tasche ab, holte die Batterie aus seiner Hosentasche, setzte sich an den Tisch und schraubte die Lampe auf.

«Das Ding kann uns gut zupass kommen, wenn wir im Dunkeln losziehen wollen, um etwas auszukundschaften», sagte Christian. «Du bleibst doch sicher über Nacht, Otto mit ’nem O?»

«Natürlich», sagte Otto. «Klar. Riesig fett.»

Das Galgenkind schob ihm die Schale Kaffee hin. «Für dich aufbewahrt.»

«Danke», sagte Otto. «So, die sitzt drin. Nun die Verschlusskappe wieder drauf, und dann …» Er knipste seine Taschenlampe an.

«Sie brennt wieder brillant», sagte Christian, obwohl die Birne bei Tageslicht nicht mehr als ein kleiner glühender Knopf war. «Sollen wir sie solange in dieser Truhe aufbewahren?»

«Okay.» Otto machte die Taschenlampe aus und gab sie seinem Freund.

«Spitze, und vergiss nicht, wo sie versteckt ist, Otto mit 'nem …»

«Hör endlich auf mit dem O-Getue», sagte Otto. Er nahm einen Schluck Kaffee, obwohl er überhaupt keinen mochte. Und dieser war wirklich sehr schwarz und bitter …

Bevor er um Zucker bitten konnte, hatte Christian schon einen Zuckertopf mit Zuckerstücken vor ihn hingestellt. «Keine Milch», sagte er dazu. «Seeräuber und Reisende und Astronauten trinken ihren Kaffee heiß, süß, stark und pechschwarz. He, durch welche Tür bist du eigentlich weggegangen und wieder zurückgekommen?»

«Wieso?», fragte Otto.

Er nahm noch einen Schluck. Auch mit Zucker war der Kaffee so stark, dass man seekrank davon werden konnte … oder mit dem Kopf in höhere Sphären geraten.

«Nun, die Schiebetür ist aus Glas, und ich kenne sonst keine Türen, die zu diesem Deck führen.» Das Galgenkind war inzwischen aufgestanden und zur Tür gegangen. Es wollte sie zumachen, aber Otto rief: «Nicht! Offen lassen!»

«Warum?»

Otto dachte: Ich will sicher sein, dass auf der anderen Seite das sogenannte Deck von Christian bleibt …. nicht auf einmal die Straße, wo ich wohne, oder mein Zimmer oder ein Flur in meinem Haus …

«Wegen der frischen Luft», sagte er. «Sauerstoff. Dann brennt der Ofen besser.»

«Quatsch! Mit 'nem Q», sagte das Galgenkind. «Es ist doch ein Schornstein da. Und der zieht super.»

«Lass die Tür einen Spalt offen. Ich befehl es», sagte Otto … und er war erstaunt, dass Christian gehorchte.

Aber dann verschränkte das Galgenkind die Arme und machte ein ernsthaftes, nachdenkliches Gesicht. «Otto mit zwei T-s, du bist völlig bescheuert, oder es gibt etwas, das du mir nicht sagst.»

«Quatsch!», sagte Otto. «Wieso weißt du eigentlich …»

«Ich weiß irgendwas gerade nicht! Du behältst etwas für dich, du verheimlichst etwas.»

«NICHTS, Christian, gar nichts. Und wieso weißt du, dass Quatsch mit ’nem Q anfängt? Bist du schon so weit im Alphabet? Ich dachte, das ABC-Buch wäre weg.»

«Das ist es auch, das weißt du genau, du Trottel. Und Quatsch, das hat mein Opa immer gesagt, und der Bibliothekar sagt, dass es mit ’nem Q anfängt. Willst du noch immer, dass wir das ABC-Buch suchen?»

«Das musst du selbst wissen. Ich will mein Buch jedenfalls wiederhaben. Warum hast du es mir gegeben, Christian mit ’nem C? Nur weil da ‹Für Otto› drinsteht?»

«Ich hab es dir gegeben, weil ich Lust dazu hatte. Nur so. Einfach», sagte das Galgenkind. «Und merk dir, dass es ein Geheimnis ist. Erzähl es niemandem. Verstanden, Otto? Ein Topgeheimnis.» Er zeichnete mit dem Zeigefinger einen hohen Berg in die Luft. «Top secret.»

Otto sah eine Aufschrift vor sich, an einem Schrank auf dem Kofferspeicher und dachte dann an einen Lederkoffer. «Und wer», fragte er langsam, «ist der Professor? Doch nicht *Albert Einstein*?»

«Doch, das ist er: Einstein.»

«Ist Einstein der Professor? *Der* Professor Einstein?!»

«Genau, du sagst es.»

«Aber Einstein ... lebt nicht mehr!»

«Und ob der lebt. Er hat gemacht, was sein Name ihm sagt. Und sein Name ist: Ein Stein. Neben dem Kompass unten liegt ein Stein, den hat er dorthin gelegt. Beim Kompass vom Souterrain. Und er hat diesen Stein so hingelegt», erzählte Christian, «dass die Nadel sich um einen halben Kreis herumdrehte, um auf ihn zu zeigen, denn es war und ist ein magnetischer Stein. Ein Magnetstein südlich von Einsteins Kompass hinter der verschlossenen Tür. Das hat der Professor ...»

Otto fiel ihm ins Wort: «Ich dachte, dass Einstein längst tot wäre, genau wie Newton und Christiaan Huygens.»*

* *Christiaan Huygens* (1629 – 1695): berühmter niederländischer Mathematiker, Physiker und Astronom. *Isaac Newton* (1642 – 1727): berühmter englischer Mathematiker, Physiker und Astronom. (Bibliothekar)

«Das hatte Claartje auch gedacht, aber jetzt nicht mehr. Der Professor hat ihr selbst einen Brief deswegen geschrieben. Warte … Das stimmt auch!» Christian suchte in seinen Taschen und brachte ein zusammengefaltetes Stück Papier zum Vorschein. «Hier ist er. Vom Professor an unsere Clara. Unterschrift: Albert Einstein.»

Otto nahm den Zettel. «An Clara? Wie kommst du …»

«Einfach ausgeliehen. Gefunden. Lies.»

Otto faltete den Zettel auseinander.

«Lies laut», sagte das Galgenkind. «Ich hab diesen Brief gefunden und aufbewahrt, und ich geb ihn bestimmt zurück. Hab es nur gerade vergessen, aber das trifft sich ja nun zufällig gut, wenn du nicht an Einstein glaubst, du Trottel. Lass mal hören.»

Otto las den Brief* vor; der fiel sozusagen mit der Tür ins Haus.

Herzlichen Dank für Deinen Brief vom 10. Juli. Ich muss mich sehr entschuldigen, dass ich noch unter den Lebenden weile. Aber dagegen wird es jedenfalls ein Mittel geben.

Lass Dich nicht beunruhigen durch die «Krümmung des Raumes». Später wirst Du verstehen, dass dies der einfachst-mögliche Zustand ist, den der Raum überhaupt haben kann. Wenn man das Wort «gekrümmt» im richtigen Sinn gebraucht, hat es nicht genau die gleiche Bedeutung wie in der Alltagssprache.

Mir macht es nichts aus, dass Du ein Mädchen bist, aber die Hauptsache ist, dass es Dir selbst nichts ausmacht. Es gibt keinen Grund dafür.

Albert Einstein

«Was für ein Mittel gibt es gegen Lebendigsein», fragte sich Otto.

«Siehst du seine Unterschrift darunter?», sagte Christian. «Was steht oben drüber?»

«Nichts.»

«Es muss ‹Liebe Claartje› drüber stehen.»

* Dieser Text ist authentisch (d.h. wirklich von Einstein geschrieben). Sieh dir zur näheren Information die Bücherliste des Bibliothekars unter Nr. 9 an. (Sekretär der Januarischen Ambassade)

«Nein, bestimmt nicht, sieh selbst.» Otto gab Christian den Brief, und er zeigte ihm die erste Zeile. «Hier steht: ‹Herzlichen Dank für …› So fängt er an.»

«Aber als Claartje es vorgelesen hat …», begann Christian, dann machte er seinen Mund zu.

«Was wolltest du sagen?», fragte Otto.

«Nichts», sagte Christian seinerseits. Er betrachtete den Brief stirnrunzelnd, faltete ihn wieder zusammen und steckte ihn weg. «Ich werde ihn gut aufbewahren, bis ich Clara sehe. Und du glaubst doch nun wohl, dass Professor Einstein unser fester Gast ist. Er hat hier sein eigenes Zimmer mit Arbeitstisch und Schultafel und Eisenbahn und Meeren von Zeit. Warum isst du nichts?»

«Ich hab keinen Appetit.» Otto dachte noch immer über das nach, was er jetzt wusste. Kann ich hier überhaupt Ambassadeur sein? Mit Einstein als Gast?

«Auch keinen Durst?», fragte das Galgenkind.

«Nein.»

Christian nahm die Schale und kippte den mordsmäßig starken, giftigschwarzen Kaffee in einem Schluck hinunter. Er rülpste zufrieden. «Wir haben noch Meere von Sonne, bevor es Abend wird. Wohin gehen wir? In den Garten? An der Strickleiter entlang sind wir im Nu im Garten. Oder willst du unsere Bücher suchen?»

Der Garten lockte Otto, die Strickleiter nicht. Also sagte er: «Wir können durchs Haus in den Garten gehen und unterwegs unsere Bücher suchen. Du musst doch bestimmt das ABC-Buch haben, damit du, wenn dieser Marsmann … bevor Marsjan kommt.»

«Uh, Marsjan kommt bestimmt nicht, jetzt, wo es so schwüles, mildes Wetter ist.» Christian ging zum Ofen und stellte ihn ab. «Der Frühling und der Sommer sind ihm meistens zu heiß, dann ist er lieber auf der andern Erdhalbkugel. Er ist auch gern innerhalb der Polarkreise. Beinah nie auf dem Äquator, außer wenn er hoch oben schwebt in seinem …»

Otto ließ ihn nicht ausreden. «Du hast mir erzählt, dass er bald kommen wird. Auf seinem Motorrad. Nach der Nacht!»

«Er kann auch gut noch in der Nacht kommen, dann ist es kühler. Aber am liebsten im Winter, auf seinem Motorrad oder auf Skiern. Der Mars hat Polarklima, weißt du, darum liebt er die ganz arge Kälte.»

Dies wurde wieder Otto zu arg. «Du hast behauptet, dass er jeden Augenblick kommen könnte! Um dich abzufragen.»

«Ich lüge doch wie gedruckt, oder?»

«Gibt es diesen Marsmann überhaupt?»

«Wahr und wahrhaftig gibt es ihn, wie wagst du das zu fragen, du Schuft», sagte das Galgenkind empört. «Und ich hab nur für dich gelogen. Ich meine, wir dachten, dass es für dich lieber Frühling oder Sommer sein sollte, wenn du deine Tür zugemacht hattest. Mit viel Sonne. Sag selbst!»

Otto sagte nichts; er hätte keine Antwort darauf gewusst.

«Der Winter ist hier auch eisigfein», fuhr Christian fort. «Nächstes Mal darfst du im Winter kommen, wenn du dich traust.» Seine Augen glänzten wie polierte Magnetsteine. «Zähneklappern! Schnee. Berge von Schnee. Schneestürme. Blizzards. Manchmal zittert das Haus unter den Hagelschauern. Wölfe, die heulen. Alle Polarbären losgelassen … Aber jetzt ist kein Winter. Komm, erst mal wie der Blitz abwaschen. Dieser Raum muss immer picobello, piekfein in Ordnung sein. Befehl des Ambassadeurs.»

«Oh ja?», sagte Otto gedehnt. «Befehl des … Woher weißt du das so genau?»

Christian tat, als hörte er die Frage nicht. «Wenn wir müde werden, kriechen wir hier nachher in eine Koje. Oder in die Hängematte.»

«Bärenmäßigvolleisigfett», murmelte Otto. Er stand auch auf.

«Also, nach unseren Bücher gucken auf dem Weg zum Garten. Ich werde Xanthippe doch mal fragen, ob sie das ABC-Buch gesehen hat. Jetzt sofort, am Telefon.»

«Dann frag sie auch gleich, ob sie ...»

«Nein, nein, nein. Von Ottos Buch schweigen wir wie zwei Gräber», sagte das Galgenkind. «Und ich kann Xanthippe genauso gut gar nichts fragen – wenn sie das ABC-Buch irgendwo gesehen hätte, dann hätte sie es mir gesagt, das ist so sicher wie dieses Haus.»

V

Und was für ein Haus!, dachte Otto, nicht zum ersten Mal, als er Christian folgte – vom Kofferspeicher über die gusseiserne Treppe ganz allmählich weiter nach unten. Noch mehr Treppen hinunter, durch Gänge, Portale und Türen, die Zimmer und Nebenräume, Suiten und Säle miteinander verbanden. Auch außerhalb des Raums für Reisende war reichlich Raum für Reisende in der Ambassade. Es gab viel zu sehen, aber sie begegneten keinem Menschen.

Sie kamen an unzähligen Uhren vorbei – antiken, altmodischen und neuen. Wanduhren, Standuhren und Tischuhren. Nicht eine von ihnen hatte Zeiger. Dennoch blieb das Galgenkind vor jeder einmal stehen, um sie anzusehen, als ob es die Zeit abläse.

So tun als ob, dachte Otto. Genauso wie sein Lesen ... Bei der soundsovielten Uhr fragte er gereizt: «Warum guckst du so behämmert? Als ob du wüsstest, wie spät es ist? Oder versetzt du ihr einen Schlag?»

Die Uhr, eine hölzerne Standuhr, das Gehäuse aus fließenden Formen, sagte auch etwas: sie schnarrte ein bisschen und schlug zögernd zweimal.

Otto schaute sie verächtlich an. «Völlig abgedreht, so ein leeres Vollmondzifferblatt.»

«Nicht leer!», sagte Christian. «Oder genauso leer wie dein Vollmondbleichgesicht, du Trottel.»

«Nenn mich nicht Trottel, oder ich ...»

«Oder was, Trottel?»

«Oder ich schlag dich auf deinen Scheißkürbis.»

«Ach! Mach man! Dann schlag ich dir deinen Bleichkürbis durch die Kehle, dass du mit einem Blutkürbis durch deine Rippen rausgucken kannst.»

«Was für eine grobe Sprache», sagte Otto hochnäsig. Plötzlich fühlte er sich als wahrer Ambassadeur. «Versuch nicht, mich auf die Palme zu bringen, Asylanalphabet. Jetzt bist du still, was? Weil ich nicht schlage. Da steh ich drüber. Schlagen ist was für Uhren. Und was hast du von Zifferblättern mit den prächtigfetten Ziffern, wenn kein ...»

«Warum sollten unsere Uhren die ZEIT anzeigen?», unterbrach ihn das Galgenkind. «Zeit genug. Sie weisen den Weg in den RAUM, Hohlkopp!»

«Nenn mich nicht Hohlkopp!»

«Dann red nicht wie ein Hohlkopp.»

«Hohlkopf.»

«Ah, also du bist ...»

«Auch kein Hohlkopf! Und kein Bleichkopf, kein Doofkopp, kein Eulenkopp ...»

«Oh, Eulen sind gerade sehr klug. Aber sie zeigen es nicht. Wie die Uhren; sie haben keine Zeiger, aber sie ticken, das hast du doch sicher gehört. Und du musst auch mal genau aufpassen, wie sie gucken, unsere Uhren. Weißt du, wie wir gehen müssen, Otto? Rechts oder links, geradeaus oder zurück? Nein! Ich ja. Komm, Reisender.»

Das Galgenkind lief weiter. Otto fragte sich, ob sie inzwischen ernsthaft nach dem ABC-Buch gesucht hatten – seiner Meinung nach nicht. Aber selbst dieser dicke Schinken war in diesem Gebäude so etwas wie eine Nadel im Heuhaufen. Und sein eigenes kleines Buch konnte er erst recht vergessen, auch wenn ihm der Verlust immer im Kopf herumging.

Plötzlich roch er etwas, einen vagen, aber mordsmäßig leckeren Duft. Zugleich mit Christian blieb er stehen – beide gierig schnuppernd.

«Da ist die Küche», zeigte Christian. «Wir gehen jetzt noch nicht dahin.» Einen Augenblick später hielt er wieder an. «Ssst ... Ich hör was.»

Jemand spielte Klavier.

Sie lauschten, ohne sich zu rühren, oben an der zehnten oder zwölften oder zwanzigsten Treppe.

Es dauerte etwas, bis Otto die Musik erkannte. Die Melodie kam langsam und stockend herauf, mit Fehlern, Neuanfangen.

Für Elise.

Otto schob Christian beiseite, um selbst vorauszugehen. Das Galgenkind packte ihn so grob, dass Otto seine Büchertasche fallen ließ – die donnerte ein paar Stufen die Treppe hinunter.

Die Klaviermusik hinter der geschlossenen Tür am Fuß der Treppe hörte auf.

«Blödmann», zischte Christian.

«Deine Schuld», flüsterte Otto.

«Gar nicht wahr. Warum musstest du deine Aktentasche mitnehmen, du Trot –»

«Ssst.»

Sie waren beide still. Hinter der Tür blieb es auch still.

«Deine Tasche, deine Schuld», sagte Christian dann laut.

Otto sah ihn verächtlich an, hob seine Tasche auf und lief weiter nach unten. Unten an der Treppe legte Christian eine kalte Hand auf die seine. «Dreimal raten, Otto, wo du jetzt beinahe bist.»

«Das brauch ich nicht zu raten», sagte Otto kurz. Er öffnete die Tür.

«Der Raum der Mitte, von dem alles ausgeht», sagte das Galgenkind feierlich. «Man sagt, dass alle Reisenden dort einmal landen, ob sie wollen oder nicht. Genau uns gegenüber ist die Tür, die in die Tiefen führt. Weißt du noch?»

Otto gab keine Antwort. Er sah sich im Saal um – funkelndes Licht; das Fenster war offen. Niemand da außer ihm selbst und Christian.

Der verlassene Flügel zeigte all seine Tasten. Otto lief hin, schmiss seine Tasche auf den Klavierhocker und bückte sich nach etwas, das daneben auf dem Parkett lag. Die Büchertasche glitt vom Hocker hinab und landete auch auf dem Boden. Er achtete nicht darauf, starrte die Notenblätter an, die er aufgehoben hatte – *Für Elise*, jawohl.

«Hingeschmissen», sagte Christian. «Wütend-böse, weil es so schlecht gespielt war.»

«Wer», fragte Otto, «spielte? Elise?»

«Bist du bescheuert? Elise würde *Für Elise* sicher nicht so verderben», antwortete das Galgenkind.

«Siehst du wohl, nun sagst du es, gib es zu – es gibt sie, Elise! Wo ist sie?»

«Ssstill. Wir wissen nichts von Elise.» Christian sprach leise, aber nachdrücklich. «Ich kenne sie nicht. Niemand weiß, wo sie ist. Wenn sie hier jemals gewesen ist.»

«Und Claartje? Elises Schwester!»

«Maul halten, Mund zu. SCHWESTERN ... Du glaubst doch nicht alles, was gedruckt ist?» Christian hörte auf zu flüstern. «Ich weiß von nichts», sagte er laut. «Und wer eben gespielt hat? Ein Reisender, der zufällig vorbeigekommen ist. Ein Gespenst vielleicht.»

«Claartje?»

«Clara ist kein Gespenst! Sie ist meine Freundin, hörst du, und merk dir das, Otto, Eulenkopp.»

Otto stellte *Für Elise* auf den Notenständer und sah dort etwas liegen.

«Meine Armbanduhr!»

«Was dachtest du denn», sagte das Galgenkind. «Wir haben sie hier selber hingelegt.»

Otto hatte seine Uhr schon in der Hand. «Die Zeiger sind ab!»

«Was dachtest du denn», sagte das Galgenkind noch einmal. «Darum ging es doch, oder?» Es stieß gegen Ottos Büchertasche, so dass sie aufsprang. Ein paar Bücher rollten heraus.

«Du stinkst mir allmählich.» Otto legte die Uhr auf sein Handgelenk und betrachtete sie.

Christian stellte sich dicht neben ihn und sah auch hin. «Vollfette Präzisionsarbeit, das Glas sitzt wieder sauber drauf, bravo», sagte er. «Nun hast du eine Januarische Armbanduhr und lebst nach unserer Zeit, wenn du hier bist.»

Und bin ich dadurch Ambassadeur?, dachte Otto, während er das Armband befestigte. «Hat Einstein das gemacht?», fragte er.

«Der Professor? Der hat was Besseres zu tun. Ich denke einfach, der Uhrmacher, im Auftrag von ...»

«UHRMACHER?»

«Ja. Wer sonst?»

«Ihr braucht hier doch sicher gar keinen Uhrmacher!»

«Und ob wir hier einen Uhrmacher brauchen! Die Uhren müssen doch gut versorgt werden. Sie haben keine Zeiger, dafür aber ZEIT. Sie ticken, hab ich gesagt.» Christian stieß mit der Schuhspitze gegen eins von Ottos Büchern.

«Lass das», sagte Otto.

«Sie ticken», wiederholte das Galgenkind. «Wenn jemand da IST, selbstverständlich.»

«Wie meinst du?»

«Na, ganz einfach, alle Uhren ... eh, nimm die Uhr da drüben, die Pendeluhr unter der Glocke. Sie tickt leise, horch mal. Weil WIR hier sind, im Raum der Mitte, von dem alles ausgeht. Alle Uhren ticken nur, wenn ein Mensch da ist, um es zu hören. Das wusstest du doch!»

«Das wusste ich nicht! Was für ein Gelaber. Quark. Quatsch», sagte Otto. «Wolltest du etwa behaupten, dass EINE UHR NUR TICKT, WENN JEMAND DA IST?»

«Klar, Doofkopp! Eine Uhr in einem Raum tickt, wenn jemand in diesem Raum ist, und sie tickt nicht, wenn der Raum verlassen worden ist. Beweis mal, dass es anders ist.»

«Solchen idiotischen Unsinn hab ich noch nie gehört!»

«Dann beweis mal, dass eine Uhr im Haus tickt, wenn du nicht zu Hause bist!»

«Ganz ein –» Otto stockte. Er war sich sicher, dass das Galgenkind ihn wieder verklapste, aber das zu BEWEISEN ... Er hielt sich seine Uhr ans Ohr, um sie zu hören – ganz leise, ticketacketick ...

«Wenn sie aufgezogen ist, dann tickt sie, wenn du oder ich hinhorchen. Ziemlich logisch», sagte das Galgenkind.

«Die meisten modernen Armbanduhren ticken überhaupt nicht, genauso wenig wie manche Standuhren», sagte Otto. «Digitale. Mit einem Display, L.C.D.* Keine Zeiger nötig. Solche Uhren habe ich hier nirgendwo gesehen. Ich wünsch mir eine zum Geburtstag, eine Quarzuhr.»

«Bring die nur nicht mit hierher! Solche Uhren werfen wir aus dem Fenster. Knallhart.»

* L.C.D.: Liquid Crystal Display, die Scheibe, auf der weiterrückende Zahlen die Zeit angeben. Siehe auch die Bücherliste des Bibliothekars, Nr. 10. (Sekretär der Januarischen Ambassade)

«Ist das wahr?»

«Ja. Ich darf sie manchmal kaputtschmeißen. Und wenn das nicht so einfach geht: kaputtschlagen. Mit einem Hammer. Ein großer Stein geht auch. Sei also froh, dass du diese Armbanduhr hast. Sie fing sofort an zu ticken, als du sie gesehen hast.»

«Du tickst nicht richtig», sagte Otto.

«Und sie tickte auch, als dieser Pianist …»

«PianistIN.»

«Wer auch immer hier tingelte, tangelte, klimperte. Wenn sie hingehört hat, hat sie deine Armbanduhr ticken hören …»

«SIE! Cla –»

«Stopp! Still.» Christian hockte sich hin und tat ein Buch in Ottos Tasche zurück.

Otto kniete sich ihm gegenüber hin. «In dem Buch, das du mir gegeben hast», flüsterte er, «handelte die erste Geschichte von *Für Elise* von Elise und von Claartje und *Clair de Lune*. Das weißt du ebenso wie ich. Tu jetzt nicht, als ob …»

«Ich tu überhaupt nichts nicht», sagte das Galgenkind. Es flüsterte auch. «Das Buch ist geheim und das Buch ist verschwunden. Durch deine Schuld. Das wirst du noch mal bereuen.»

«Bereuen? Tu ich jetzt schon», sagte Otto.

Christian sah ihn drohend, fast Unheil verkündend an. Plötzlich lächelte er unerwartet. «FÜR Otto muss schnell GEHÖRT OTTO werden, finde ich.»

Otto hob auch ein Buch auf – *Mathematikübungsbuch* –, und er dachte: die schwierigste Geometrieaufgabe ist einfacher als mit ihm vernünftig zu reden. Und doch ist er mein bester Freund. Bei diesem Gedanken wurde ihm so warm vor Glück, dass es ihn für einen Augenblick fror. Er sah, dass das Galgenkind nun wieder dabei war, alle Bücher aus seiner Tasche herauszuholen.

«He, Idiot, was machst du jetzt!»

«Eben mal heimlich nachsehen», flüsterte Christian, «ob unsere Geheimdokumente – du weißt, was ich meine – zufällig oder absichtlich hier reingekommen sind.»

«Doch bestimmt nicht in meine Tasche …» *Vielleicht hat jemand …?* Gespannt sah Otto zu, wie Christian den Inhalt seiner Tasche kontrollierte. Ein Buch hatte das richtige Format, er griff danach und ließ es fallen, enttäuscht. Nur sein Taschenwörterbuch.

Christian begann alles wieder in die Tasche zurückzutun.

«Weißt du», sagte Otto leise, «dass auch eine Geschichte darin steht vom Geheimnis eines …» Uhrmachers, hatte er sagen wollen, aber ein wieherndes Gelächter des Galgenkindes brachte ihn zum Schweigen.

«Bescheuert, total bescheuert!», quietschte Christian. «Das ist stark! Blöd, bekloppt, total abgedreht.» Er hatte Ottos Kalender in die Finger gekriegt. «Ist das dein Kalender? Oder eine Art heimliche Uhr, die die ZEIT doch einsperren will – wenn auch ohne Zeiger?»

«Das ist mein Taschenkalender», sagte Otto. «Nichts für dich, geht dich außerdem auch nichts an.»

«Oh, aber ich kann eine ganze Menge davon lesen», sagte Christian, Ottos zupackender Hand ausweichend. «Von A bis O. Und hier steht also: M. O. MO. Und darunter steht D.I. DI. Lass mich doch mal! Ich kenne alle Zahlen. Weiter als tausend. Acht Punkt dreißig Strich neun Punkt zwanzig. Neun Punkt zwanzig Strich zehn Punkt zehn. 8.30 – 9.20. 9.20 – 10.10. Meinst du, dass ich das nicht versteh? Das sind Stücke von Zeiten! MO und DI: Montag und Dienstag. Danach kommt der Mittwoch, wenn es eine normale, gewöhnliche Woche ist. MI. Stimmt's, oder nicht? Aber ein Tag beginnt doch nicht um 8 Punkt 30?»

«Ein Schultag doch», sagte Otto. «Halb neun, die erste Schulstunde.»

«Stunde? Von halb neun bis neun Uhr zwanzig …»

«Das ist zehn vor halb zehn.»

«Ich kann zählen! Und auch rechnen. Von 8.30 bis 9.20, das sind …. Fünfzig Minuten auf dem Zifferblatt einer Uhr. Aber eine Stunde ist der ganze Kreis einmal rundum: sechzig Minuten.»

«Eine Schulstunde ist fünfzig Minuten.»

«Immer?»

«Bei mir auf der Schule, ja.»

«Und die erste Schulstunde immer um halb neun?»

«Ja. Außer, wenn man frei hat. Und am Samstag und Sonntag ist keine Schule.»

«Was bedeuten diese Kalenderseiten? Wofür sind die?»

«Das ist mein Stundenplan», sagte Otto. «Guck: Montag, erste Stunde, Geschichte.»

«Immer montags um halb neun morgens Geschichte?»

«Ja. Und in der zweiten Stunde Mathematik. Und ...»

«Jeden Montag zur selben Zeitzahl Mathematik? In einer Stunde von fünfzig Minuten? Nie auch mal sechzig Minuten oder hundert Sekunden am Samstag oder achtzig Minuten Sonntagnacht oder ...»

«Sonntag ist frei ...»

«Oder Geschichte am Dienstag und Mathematik am Mittwoch oder Meere von Unterrichtszeit, wenn du mal willst, oder frei an einem Schultag ... Jetzt versteh ich erst richtig, warum du hier Asyl haben wolltest!»

Das Galgenkind blätterte weiter. «Du hast etwas daneben geschrieben, was für ein Geschmiere überall. Scheißbuchstaben. Lies mal vor!» Otto nahm ihm das Büchlein ab. «Ich bin doch nicht verrückt! Zufällig stinkt mir die Schule. Sie können abkratzen da, alle zusammen.» Er steckte schnell den Kalender in seine Tasche und machte sie zu. Er richtete sich auf und sagte, in der einen Hand die Tasche: «Inzwischen würde ich das gern tauschen gegen ... würde ich lieber mein ... unser Geheimnis wiederhaben.»

Das Galgenkind stand auf Händen und Füßen ... und dann nur auf den Händen. Er schwang seine Beine nach oben und nach hinten ... landete, gelenkig wie ein Akrobat, aufrecht auf seinen Füßen. Er sagte – nicht einmal atemlos: «Red nicht so laut. Womöglich hört Claartje es.»

«Vielleicht hat sie es ja.»

«Könnte sein.»

«Ist das dein Ernst? Warum sollte sie es klauen?»

Das Galgenkind zuckte mit den Schultern. «Aus Spaß. Oder Eifersucht. Oder um mich zu nerven.»

«Dich? Und sie war deine Freundin?»

«Sie ist meine Freundin. Dann vielleicht, um dich zu nerven.»

Otto dachte an den Weiher und an den Schwan, aber er wiederholte nur:

«Warum sollte sie es klauen?»

Christian grinste. «Böse, weil du gehört hast, wie schwach sie *Für Elise* spielt.»

«Also hat sie eben gespielt!»

«Hab ich nicht gesagt!»

«Und selbst, wenn sie darüber böse wäre ... falls sie Klavier gespielt hat .... Mein Buch ist schon viel früher verschwunden. Seit ...» Otto runzelte die Stirn.

«Das weißt du nicht, was, Otto? Seit wann?»

«Ich weiß es genau», sagte Otto kurz. «Du hast es mir gegeben ...»

«Sss!»

«Also musst du dafür sorgen, dass es zurückkommt. Heute noch.»

«Heute! Dein Heute oder mein Heute? Oder unser Heute?»

«Das Heute des Ambassadeurs. Es ist mein Eigentum, und ... der Ambassadeur befiehlt, dass ich es wiederhaben soll.»

«Ach!», sagte das Galgenkind. «Befiehlt der Ambassadeur das! Durftest du denn seine Beglaubigungsschreiben lesen? Hat er sie dir gezeigt? Du liest doch so gern, Otto Alphabet? Und kommandieren kannst du auch, sauber. Bärenmäßigvollfett.»

Er drehte sich um und ging weg, auf die große Flügeltür zu.

Otto lief ihm nach. «Wohin gehst du?»

«Suchen, Otto», antwortete Christian. «Du kannst mich aufknüpfen lassen, wenn ich nicht finde, was ich suche.»

KAPITEL SECHS

Drinnen und Draußen
(oder: Draußen und Drinnen*)

I

In der steinernen Halle zwischen zwei Wendeltreppen – eine nach oben, eine nach unten – blieben die Jungen stehen.

«Wo willst du suchen?», fragte Otto. «Der Feind, der es gestohlen hat, kann überall sein.»

«Wer *dein* Buch gestohlen hat, ist dein Feind», sagte Christian leise. «Aber ich finde es – schlag mir den Kopf ab, wenn das nicht stimmt.» Er ging zur aufwärts führenden Treppe, die selbst am Tage so dunkel war, dass es oben Abend zu sein schien. Er blieb auf der untersten Stufe stehen. «Wie blöd! Wir hätten unsere Taschenlampe mitnehmen sollen.»

«Meine Taschenlampe.» Otto bereute sofort dies «meine». Warum hatte er es nicht einfach so gelassen.

«Ach, es geht genauso gut ohne», sagte Christian. «Kerzen genug. Claras Zimmer ist immer abgeschlossen, aber man weiß nie. Einfach probieren.»

«Wohnt sie da?», fragte Otto, «bei einer Kurve, hinter einer kleinen Tür mit einem silbernen Schlüssel?»

«Ja, sie will nur in ein Turmzimmer. Am liebsten hätte sie den Raum ganz oben. Ich wette, dass sie dort sehr bald wohnen wird, hoch und trocken.»

«Das geht nicht! Da wohn ich.»

«In einem anderen Turm, Doofkopp. Und wenn wir in ihr Zimmer wollen, dann heißt es kraxeln. Von außen an der Mauer hoch-

* Der Leser darf später entscheiden, welcher Titel besser ist. Tonke Dragt und ich konnten uns darüber nicht einig werden. (Sekretär der Januarischen Ambassade)

klettern und dann durchs Fenster. Seile, Haken, Leitern», sagte das Galgenkind. «Erst warten, bis sie selbst irgendwo anders ist. Sie lässt nie jemanden herein.»

«Auch ihre Freunde nicht?»

«Niemanden. Das ist ihr, eh … Territorium.»

«Mit 'nem T.»

«Triez mich nicht, Otto mit 'nem O!» Christian lief schnell die Treppe hinauf, er verschwand um eine Kurve.

Otto blieb zurück. Ob da oben noch sein Zimmer war? War seine Schule noch irgendwo? Tickte die Uhr an seinem Handgelenk an der Zeit entlang oder nicht? Wollte er überhaupt, dass das Galgenkind sein Buch finden würde … und damit entdecken, was daran zerstört worden war nach diesem Nachmittag bei Montags? *Oder weiß er es schon?*, dachte er erschreckt. Und hat er es darum wiedergeholt?

Nein! Claartje kann es genauso gut genommen haben. Aber sie hat eine Kerze für mich hingestellt …

Diese Erinnerung wurde auf einmal besonders lebendig, weil er Licht an der Mauerkrümmung aufscheinen sah. Er hörte Flüstern und Schritte.

Und da kam Claartje nach unten, mit einer brennenden Kerze in der Hand und Christian auf den Fersen.

Claartje oder Clara oder Claire … sie hatte sich ganz als Schneewittchen gekleidet, in ein prinzessinnenhaftes langes Kleid. Ihr Gesicht war fast schneeweiß durch das nun wirklich rabenschwarze Haar, das drum herum lag – schwarz wie Ebenholz. Erst als sie vor ihm stand, sah Otto, dass das Schwarz ein Schal war, der ihren Kopf bedeckte und ihr in Falten bis über die Schulter fiel – der schwarze Schal mit den langen Fransen.

«Hi!», sagte sie. «Fein, dich zu sehn, Junge. Auch wenn es sehr hässlich von dir war, dass du im Garten nicht auf mich gewartet hast. Fürchtest du dich vor ein bisschen Regen? Und danach bist du immer nur vor mir weggelaufen.»

«Weggelaufen? Stimmt überhaupt nicht», sagte Christian, während er die letzten Stufen im Sprung nahm. «Wir haben zusammen …»

«Gesucht!», ergänzte Clara. «Ich hab euch wohl gehört. Und

gesehen auch, manchmal, heimlich.» Sie lachte Otto an, lieb, schelmisch. Ihre Lippen hatte sie blutrot angemalt. Aber ihre langen Wimpern waren echt und pechschwarz. (Oder vielleicht angemalt?) Ihre Augen waren auffallend hell, glänzend wie Glas.

«Ich hab ihm das Haus gezeigt», sagte das Galgenkind.

Claartje sah immer noch Otto an. «Und was», fragte sie, «habt ihr gesucht?»

«Wenn du weißt, dass wir etwas suchten, weißt du auch, was wir suchten», antwortete Christian.

«Ich weiß es nicht», sagte Claartje. «Nicht, was, gar nicht wahr. Ich habe nichts gefunden, das euch gehört.»

«Aber ich hab was gefunden», sagte Christian. Er holte Einsteins Brief aus der Tasche. «Gehört das dir, Claartje?»

«Stehler und Hehler, woher hast du das?» Clara grapschte es ihm erbost aus der Hand.

«Nur weil ich nicht wollte, dass er zerreißt, Kätzchen», sagte Christian. «Sonst hättest du keine Chance gehabt, ihn mir abzunehmen. Gehört er wirklich dir?»

Clara blickte ihn mit einem vernichtenden Blick an und schob den Zettel schweigend unter ihr Kleid.

«Es steht nicht ‹Liebe Claartje› darüber.»

«Woher willst du das wissen, Christian? Du kannst nicht lesen.»

«Aber Otto», sagte das Galgenkind.

«Gemeinheit, Schuft, Gemeinheit!», brüllte Claartje ihn an. «Meinen Brief einem andern vorzulesen ...»

«Ich musste wohl, Clair de Lune ...»

«Nie was vom Briefgeheimnis gehört?»

«Ssst! Otto glaubte nicht an Einstein, nur deshalb habe ich ihm den Brief gezeigt, Claartjeschatz.»

«Professor Einstein hat ihn mir geschrieben», sagte Claartje, «und mein Name steht auf dem Briefumschlag. Bestimmt herausgefallen, so dass du ...»

« ...dass ich den Brief finden konnte. Sorry, Pardon, Entschuldigung, danke schön», sagte das Galgenkind.

«Danke schön? Ich wüsste nicht, wofür.» Claartje blies ihre Kerze aus. In der dämmrigen Halle erschienen ihr Gesicht und ihr Kleid noch weißer.

Otto sah, dass sie ein Buch in ihrer anderen Hand hatte. Er

konnte den Titel nicht lesen, aber es war größer als sein Buch und viel kleiner als das ABC-Buch. «Junge», sagte sie zu ihm, «hast du deine Zunge verschluckt?»

«Die Katze ist damit durchgebrannt», sagte Christian.

«Welche Katze?»

«Alle Katzen. Schweigen ist Gold.»

«Und Reden ist Silber», ergänzte Otto.

«Silber ist viel schöner als Gold, finde ich», sagte Claartje. «Es ähnelt dem Mondschein. Gold ist gefährlich. Der goldene Kamm von Schneewittchens böser Stiefschwester ...»

«Stiefmutter», verbesserte das Galgenkind. «Gut, dass ich keine habe. Du erzählst es verkehrt, Clair de Lune.»

«Hast du *Für Elise* gespielt?», fragte Otto und dachte sofort: Das hätte ich nicht fragen sollen.

Claartje kriegte einen roten Kopf; sie schüttelte Christians Arm ab, lief an Otto vorbei und blieb mitten in der Halle stehen. «Nein», sagte sie, unendlich hochmütig, «ich habe keine Taste angerührt.»

Die Jungen waren ihr gefolgt, so dass sie wieder alle beieinander standen.

«Gelogen», flüsterte Christian. Aber Otto sagte nichts, weil er meinte, Tränen in ihren Augen zu sehen.

«Was für ein Gequatsche!», rief das Galgenkind plötzlich. «Wenn wir weiter so schwafeln ...»

Claartje schnaubte, ihre Wimpern bewegten sich heftig, ihre Augen glitzerten. «Ich wusste nicht, dass du schon beim Sch bist, Christian Galgensohn!»

«Ich kenne nur das Sch von Schwan», sagte Christian. «Du darfst raten, warum.»

Claartje ging nicht darauf ein. «Bei welchem Buchstaben», fragte sie, «bist du wirklich stehen geblieben?»

«Das geht dich einen Dreck an», antwortete Christian. «Mit 'nem D.»

«Er ist beim M», sagte Otto.

Das Galgenkind schaute finster. «Halt deinen Mund, Otto mit 'nem O.»

«O? Oder mit 'nem A?», fragte Claartje. Ihre Augen glitzerten noch immer, aber nicht mehr von Tränen. Otto dachte überrascht, beinahe erschreckt: Was meint sie? Das A von … Ambassadeur?

«Zwei O-s und zwei T-s am Galgen, mit 'nem G», sagte das Galgenkind. G wie bei Garten. Wir wollten zu zweit in den Garten. Zwei plus eins ist drei. Drei ist nicht zu viel. Kommst du mit, Clara Mondschein?»

«Bärenmäßigvollfett», nickte Claartje. «Dann können wir unterwegs kurz in die Bibliothek. Ich will dieses Buch tauschen: *Der weiße Hirsch*[4] gegen *Der geheime Garten*[11].»

Sie ging mit den Jungen zur Treppe, die nach unten führte.

«Ich und Otto gehen *nicht* in die Bibliothek», sagte das Galgenkind. «Wir sehen dich dann bei der Sonnenuhr. Gut?»

«Okay, bei der Sonnenuhr», sagte Claartje.

Christian ging voran, die nächste Treppe hinunter, bis zur Diele, in der Otto schon einmal gewesen war, mit dem Ziegelfußboden, den Truhen und dem Garderobenständer neben der großen Tür.

«Erdgeschoss, Südturm», sagte Christian. «Ich zieh meine Stiefel an. Lass deine Büchertasche lieber hier, Otto. Steck nur deinen Kalender ein und nimm ihn nächstes Mal nicht mit. Wenn du keine Scherereien mit dem Ambassadeur kriegen willst.»

«Das geht nicht …», begann Otto und brach ab. Ist ein Kalender hier, fragte er sich, genauso etwas wie eine Uhr mit Zeigern?

Er hängte seine Tasche an den Garderobenständer, nachdem er seinen Kalender herausgenommen hatte. Der hässliche lange lila Schal hing auch immer noch da.

Christian zog seine Stiefel an – malerisches Schuhwerk; robust, geflickt.

Solche Stiefel möchte ich auch haben, dachte Otto. Er zeigte auf eins der beiden Paare, die noch bei der Garderobe standen, auf das kleine Paar mit den roten Spitzen. «Die sind sicher von Claartje?»

«Wie du das wieder blickst, wie unheimlich schlau du doch bist …»

«Quatsch nicht rum, Christian Galgensohn! Und die riesengroßen, die sind von … Von wem?»

«Von Dunkler Marsjan», sagte das Galgenkind. «Das sind Füße, was? Aber er trägt nur Stiefel, wenn hoher Schnee liegt, und sogar dann nicht immer. Otto, hast du Lust auf Schnee?»

Von oben, unsichtbar, rief Claartje plötzlich: «Otto! OTTO!»

«Nichts sagen», flüsterte Christian. «Wir sehen uns bei der Sonnenuhr.»

«Otto, warte, warte noch etwas!», rief Claartje, nun etwas näher. «Du hast Meere von Zeit! Hörst du mich auch, Christian Morgenstern?»

«Ja, wir hören dich, so klar wie eine Glocke!», antwortete das Galgenkind. «Aber wir warten nicht auf dich!»

«Braucht ihr keinen Schlüssel?», erklang Claartjes Stimme. «Dann bring ich ihn aus der Bibliothek mit.»

«Die Tür ist offen!», brüllte Christian.

«Die Tür ist abgeschlossen!», sang Claartje.

«Nicht abgeschlossen! Wetten?»

Christian sprang zur Tür und drückte den eisernen Türgriff herunter. Er tat mühelos, was Otto nicht gelungen war; die schwere Tür ging sofort auf, und jetzt war sehr viel mehr zu sehen als durchs Schlüsselloch: eine Allee zwischen blühenden Bäumen. Plötzlich jedoch drückte das Galgenkind die Tür wieder zu und schloss sie geräuschlos. Es lief zum Fuß der Treppe und rief: «Holla, Clara, die Tür ist geschlossen! Wirfst du mir den Schlüssel zu, bitte?»

Otto hatte verwundert zugesehen und zugehört, aber Christian zog eine wilde Grimasse, so dass er nichts sagte.

«Siehst du wohl, ich wusste es schon», erklang es von oben. «Die Tür ist nämlich abgeschlossen, Galgenkind!»

«Ja, Schätzchen, Claartje, du weißt, welcher Schlüssel es ist, hol ihn für uns und wirf ihn runter!»

Claartje lachte spöttisch.

«Wenn du ihn haben willst, dann komm und hol ihn!»

Christian drehte sich zu Otto. «Bitte du sie», flüsterte er. «Du blickst wohl, weshalb.»

Otto blickte es nicht, aber er tat doch, worum sein Freund ihn bat. «Claartje, liebe Claartje, gib uns den Schlüssel …»

«Einen Schlüssel von Janus», flüsterte Christian.

«Gib uns den Schlüssel von Janus!» Otto wartete einen Augenblick. «Das ist ein Befehl! Befehl vom Ambassadeur.»

«Wirklich, Otto?», hörte er Claartje sagen. «Gut, ich geh und hole ihn. Aber nur, wenn du diese Treppe heraufkommst.»

Christian gab Otto einen Stoß. «Bärenmäßigvollfett gesagt», sagte er leise. «Otto kommt!», rief er. «Ich warte hier auf der Diele auf euch.»

Keine Antwort von oben diesmal.

«Ich will den Schlüssel hierher haben», flüsterte das Galgenkind. «Dann häng ich ihn mir um den Hals und wir kriegen keinen Ärger und keine Scherereien damit, dass sie plötzlich doch abgeschlossen ist. Clara hat bestimmt wieder irgendwas im Sinn, uns ausschließen oder so. Aber sie hat sich schön verraten, total blöd, von Schlüsseln zu reden.»

«Der Schlüssel von … Janus?»

«Ja, der Gott mit den zwei Köppen … Sorry, Pardon, Entschuldigung: zwei Häuptern. Hast du ihn nicht in der Bibliothek gesehen?»

«Otto!», rief Claartje. «Wo bleibst du, kommst du noch?»

«Ja, Prinzesschen, er kommt!», rief Christian. «Sorg du nur dafür, dass wir das bekommen, worum wir bitten. Befehl vom Ambassadeur!»

«Juchhu», war die Antwort von oben. Danach wurde es wieder still.

«Wir brauchen den Schlüssel, der passt für alle Eingangstore, alle Haustüren, Türen zum Garten», flüsterte Christian. «Die dürfen nie abgeschlossen sein. Natürlich.»

«Natürlich. Warum?»

«Blickst du das nicht? Alle Eingangstüren des Schlosses aufgeschlossen, jeder Asylsuchende willkommen. Siehst du die Glocke über der Tür? Draußen hängt eine Kette: Zieh daran, und die Glocke fängt an zu klingeln, so laut, dass du es überall in der Ambassade hörst, bis in den Raum für Reisende. Schnell jetzt. Wir tun nachher so, als wenn die Tür wirklich abgeschlossen wäre. Beeil dich, Doofkopp.»

«Befiehl deinem Hund oder deiner Katze …»

«Schrei nicht so, Otto. Du weißt, dass ich nicht in die Bibliothek kann.»

Otto hielt es für das Beste zu gehorchen, auch wenn es für einen Ambassadeur nicht recht passend war … Falls er das wirklich war; er begann immer öfter daran zu zweifeln.

Die Halle im ersten Stock lag verlassen da. Otto zögerte am Anfang des schmalen Ganges. In dieser großen Bibliothek würde er Clara möglicherweise noch verpassen … Aber da erschien ein Licht: Claartje kam ihm entgegen, mit ihrer Kerze und dem Schlüssel – einem gewaltigen Exemplar aus Metall.

«Hier, trag du ihn», sagte sie leise, als sie ihn erreicht hatte. «Pass auf, er ist schwer, und ich weiß nicht mal, ob ihn jemand nehmen darf. Aber der Bibliothekar las oder döste hinter einem Buch, und Janus ist aus Stein; also konnte ich ihn heimlich wegnehmen.

Otto nahm den Schlüssel. Das Mädchen blies seine Kerze aus, setzte den Leuchter auf den Fußboden und ließ den Schal vom Kopf auf die Schultern gleiten.

«Wie soll ich gehen: als Clara oder als Schneewittchen? Schneit es draußen?»

«Nein, natürlich nicht», sagte Otto erstaunt. Die rote Haarmähne war viel schöner als das Schwarz des Schals. Er ärgerte sich ja noch immer über den Namen Schneewittchen. «Du heißt doch Clara», sagte er. «Den Namen finde ich viel schöner.»

«Dann werde ich Claartje sein», sagte das Mädchen.

Sie gingen wieder die Treppe hinunter. Auf der Diele im Erdgeschoss war niemand – kein Christian.

«Wo steckt das Henkerskind nun schon wieder!», schimpfte Clara.

Otto sauste zur Tür und schaffte es mit einiger Mühe, den Schlüssel ins Schloss zu stecken. – *Und jetzt tun, als wenn ich ihn umdrehen würde!*

«Überhaupt nicht abgeschlossen! Dachtest du, dass du mich anschmieren könntest», sagte Claartje hinter ihm. «Ein richtiger Galgenstreich! Oder habt ihr euch das zusammen ausgedacht?»

«Wir dachten beide, dass sie abgeschlossen wäre», sagte Otto ihr. – *Wo bist du, Christian?* – «Wirklich!»

«Wirklich! Dreckskerle, alle beide», sagte Claartje abschätzig. «Ich ziehe meine Stiefel an. Hol du inzwischen Christian ... Nun, Junge, worauf wartest du?» Sie hatte ihre roten Pantöffelchen von sich geworfen und stand mit einem Stiefel in der Hand da. «Geh ihm nach und bring ihn hierher zurück, deinen Freund. Wir wollten doch *zu dritt* ...»

Otto drückte den Griff herunter, die Tür flog auf, wie von einer Bö gestoßen, so dass er beiseite springen musste, um keinen Stoß zu bekommen. Er strauchelte – lächerlich, ungeschickt – vorwärts! Er landete auf Händen und Knien, rollte die Eingangsstufen hinunter, bekam einen fürchterlichen Schreck und konnte nicht schnell genug wieder hochkommen.

Zu spät. Die Tür fiel mit einem Knall zu. Nicht mehr die Eingangstür des Südturms – die Haustür seines Hauses, die auf die normale, graue Straße führte. Regen, der sich nicht entscheiden konnte, ob er Eisregen oder trüber Nieselregen werden wollte.

II

Ausgesperrt! Wer hat mich reingelegt – Clara, indem sie die Tür hinter mir zuschlug … oder Christian, der mich wegen einem Schlüssel wegschickte, der überhaupt nicht nötig war? Oder war es Zufall, ist die Tür von selbst zugefallen?, fragte sich Otto, während er seinen Haustürschlüssel hervorzog. Etwas fiel zu Boden: sein Kalender, den er in eine Tasche seiner Windjacke gestopft hatte. – *Auch das noch, meine Schultasche ist noch dort.*

Inzwischen hatte er seinen Schlüssel ins Schloss gesteckt, die Tür aufgemacht und zu Gesicht bekommen, was er erwartet und gefürchtet hatte: den Hausflur seines Hauses anstatt einer Diele in der Januarischen Ambassade. Noch ein paar Mal Zu- und Aufmachen, dann zog er seine Haustür mit Gewalt zu. Er hob seinen Kalender auf, schaute auf seine Uhr – *Blödmann, die Zeiger sind weg, das wusstest du doch* – und setzte sich in Bewegung, um sein Fahrrad aus dem Schuppen zu holen. Was sollte er sonst machen?

Wer hat mich reingelegt? Die eine? Der andere? Alle beide?, dachte er immer wieder, während er langsam durch den grauen Regen radelte, mit einem ekelhaften Gefühl irgendwo im Magen. Christian wollte doch mein Freund sein? Aber Claartje ist Christians Freundin. Auch meine Freundin? Das Galgenkind ist ein Lügner … hat er selbst gesagt. Und vielleicht ist Claartje eine Lügnerin.

Otto kam sehr pünktlich in der Schule an: die Zeiger aller Uhren – im Vordergiebel, im Fahrradschuppen, in der Eingangshalle – standen auf weit vor halb neun.

Warum bin ich hier eigentlich, dachte er, einsam im Gedränge auf dem Weg in den Erdkunderaum.

Do. 1. Stunde, 8.30 – 9.20: *Erdkunde*.– Ich hätte irgendwo anders hinfahren sollen, abhauen, weit weg.

Irgendwie war er auch weit weg. Es konnte auch umgekehrt sein: die Schule war schemenhaft, unwichtig.

Erdkunde? Jedes Land auf der Weltkarte war für ihn ebenso wenig vorhanden wie sein Atlas. Er bekam keine Gardinenpredigt gehalten, weil er seine Tasche mit den Büchern angeblich «vergessen» hatte, sondern durfte den Atlas mit seinem Nachbarn Hamza zusammen benutzen. Dass Hamza ihm das Hineinsehen so schwierig wie möglich machte, war ihm völlig schnuppe.

Ich kenne die Ambassade eines Landes, das in keinem einzigen Atlas steht.

Ganz weit entfernt murmelte der Lehrer, ganz nahe flüsterten Klassenkameraden – was sie sagten, hörte Otto nicht. Eine korrigierte Klassenarbeit flatterte auf seinen Tisch. Er schrak kurz auf, als der Lehrer unerwartet näher kam.

«Eine vier? Von dir, Otto! Das gibt es doch nicht, Junge.»

Ich kenne die Ambassade eines Landes, das nicht existiert. Existiert eine Ambassade ohne Land? Und bin ich dort Ambassadeur? Dann können sie mich nicht aussperren, ich komme dorthin zurück, früher oder ...

«Früher oder später? Otto, antworte!» – Wieder schaute Otto verwirrt zu dem Gesicht des Erdkundelehrers auf.

«Hast du meine Frage nicht gehört? Du hast nicht aufgepasst», sagte dieser. «Ich habe über die Tatsache gesprochen, dass deine Armbanduhr, auch wenn sie richtig geht, irgendwo anders durchaus nicht die richtige Zeit anzugeben braucht.»

Ottos Unterkiefer fiel herunter. – *Wie kann er wissen ...?*

«Und daher frage ich also noch einmal», fuhr der Lehrer fort: «Ist es in den Vereinigten Staaten früher oder später als hier?»

Otto machte seinen Mund zu.

Der Lehrer sah ihn stirnrunzelnd an. «Ein Land westlich von uns», half er, «dort ist es ...»

«Westen? Norden, Osten ... Kompass», fing Otto an. «Gekrümmter Raum, Zeit ...»

«Na, sag mal, Junge, ich erwarte nicht, dass du mir die Relativitätstheorie erklärst», unterbrach ihn der Lehrer. «Ist es in Amerika später oder früher?»

Otto hatte keinen blassen Schimmer.

Hinter ihm flüsterte jemand: «Früher.»

Darauf fall ich nicht rein, dachte Otto. «Später», antwortete er.

«Nein, Junge, früher! Was fehlt dir bloß? Was fehlt übrigens dieser ganzen Klasse? Hört mit dem Gekicher auf! Ah ... die Klingel, es ist Zeit aufzuhören, mit dieser Stunde wenigstens. Lest zu Hause noch einmal im Buch nach. Seht euch den Globus an, überlegt, wie die Erde sich dreht ...»

«Dussel», zischte Farida Otto zu, als sie aus dem Erdkunderaum gingen. «Hast du denn nicht gehört, was ich gesagt hab?»

Otto starrte sie verwundert an. Hatte sie ihm helfen wollen, ihm ganz einfach richtig vorgesagt? Faridas Augen waren schwarz, ihre Haare auch – pechschwarz; Claartje könnte neidisch darauf sein. Sie wartete seine Antwort nicht ab (er hätte auch keine gewusst), sondern lief weg, ohne ihn noch einmal anzusehen.

Do. 2. Stunde, 9.20 – 10.10: Algebra. Diesmal bekam Otto doch seine Gardinenpredigt, weil er kein Heft und kein Buch bei sich hatte. Das Gekicher von Hamza und Henkie dem Hartgesottenen berührte ihn überhaupt nicht.

In der Pause, 10.10 – 10.30, versuchten seine Feinde ihn auf die Palme zu bringen. «Denk bloß nicht, dass du von uns ein Buch ausgeliehen kriegst!» Es rauschte an ihm vorbei. «Otto, wie spät ist es?»

Es war inzwischen später geworden, die dritte Stunde, 10.30 – 11.20: *Deutsch.* Der Deutschlehrer war der Langweiligste aus der ganzen Schule. Ordnung halten konnte er aber ausgezeichnet, so dass seine Stunden länger dauerten als alle andern.

Otto erinnerte sich dunkel, dass er wieder eins draufgekriegt hatte – seine Satzanalysen waren nicht gemacht. «Hast du denn keine Entschuldigung von deiner Mutti?», hatte Hamza hinterhältig geflüstert. Und ob er die hatte! Nur steckte die in seiner Büchertasche, und die hing am Garderobenständer in der Erdgeschossdiele – Südturm der Januarischen Ambassade.

Er fühlte eine Hand auf seinem Arm. «Wie spät ist es?»

Weißt du vielleicht, ich weiß es nicht, dachte er schläfrig.

Jemand drehte sein Handgelenk um. «Total abgedreht, du hast ’nen Dachschaden!», zischte Hamza ihm zu. «Deine Armbanduhr ist kaputt.»

«Kein Schwätzen da hinten!», befahl der Lehrer an der Tafel.

Otto war plötzlich hellwach. «Überhaupt nicht kaputt, du hast sie nicht mehr alle, Hohlkopp! Hast du keine Augen im Kopf?»

Er sah in das verblüffte Gesicht seines Nachbarn. Der sagte leise: «Die Zeiger sind ab.»

«Still dahinten, Hamza und Otto», herrschte der Lehrer sie an und laberte weiter über Punkte, Doppelpunkte, Semikolons, Kommas, Ausrufezeichen und andere Zeichen.

«Wenn du wissen willst, wie spät es ist, Hamza», flüsterte Otto, «guck mal ganz genau auf meine fette, allermodernste Superuhr. Geht in der ganzen Welt gleich. Es ist Zeit!»

Und da klingelte es. Er musste über Hamzas dummes Gesicht lachen.

4. Stunde, 11.20 – 12.10: *Englisch*. Der Englischlehrer war krank, aber bevor jemand in Jubel ausbrechen konnte, wurde die Klasse zum Deutschlehrer zurückgeschickt, der ihn vertreten sollte.

«Eine Extrastunde wäre sinnlos, bei euch ist Hopfen und Malz verloren», sagte der. «Geht an eure Hausaufgaben oder an etwas anderes, aber ohne zu schwätzen. Wer sich langweilt, kann eine tüchtige Portion Arbeit von mir bekommen!»

«Ausrufezeichen», flüsterte Otto. Er war noch immer munter, also holte er die Bände A-Be und Co-Ez der Enzyklopädie aus dem Bücherbord und nahm sie mit an seinen Platz.

«He, nicht auf meine Tischseite, Knalltüte.» Hamza schob Co-Ez beiseite.

«Mit 'nem K», sagte Otto mit gedämpfter Stimme.

«Was?»

«Knalltüte. Mit 'nem K, nicht mit 'nem C.»

«Ach, wie schön, Professor.»

«Mit 'nem P.»

«O Mann, wie blöd. P.Q.»

«Quatsch.»

«Käsekopp!»

«Das ist kein Q, sondern ein K. Weißt du noch ein Q? Nee, was, Dussel. Quibus», flüsterte Otto. «Sei du man auf dem Quivive! Q.R.S … R ist Rotznase, S ist …»

«Ruhe jetzt!», sagte der Lehrer. «Arbeitet schweigend, Leute.»

Otto bewegte die Lippen: «Z!». Er merkte, dass Hamza ihn

abwartend ansah, sogar mit etwas wie Anerkennung, ein bisschen Respekt. Er schlug Band I, A-BE der Enzyklopädie auf und vergaß ihn sofort.

> AMBASSADE (frz. ambassade, ital. ambasciata, aus dem Germanischen, verwandt mit Amt): wichtige diplomatische Botschaft, Gesandtschaft, vor allem in früheren Zeiten, als die einzelnen Staaten noch nicht durch feste Gesandtschaften miteinander verbunden waren. Heutzutage: Amtswohnung eines Ambassadeurs.
> AMBASSADEUR (frz. ambassadeur): diplomatischer Vertreter von hohem Rang, heute meist Botschafter oder Gesandter genannt. Er hat besondere Rechte. Er kann z. B. Asyl gewähren und beim Staatsoberhaupt um Audienz ersuchen. Beamter des Auswärtigen Erster Klasse (Exzellenz). Siehe auch Diplomatie.

Otto geriet bei diesen Worten ins Träumen, bis Hamza ihn wieder anstieß: «Quibus, wie spät ist es?»

Als Antwort zeigte Otto ihm das Zifferblatt seiner Armbanduhr. Er grinste spöttisch-selbstsicher: «Noch Ozeane von Zeit.»

Dann begann er im Band CO-EZ. Unter DIPLOMATIE stand eine furchtbar lange Geschichte. – Erst mal ein Stück weiter sehen …

> EINSTEIN, Albert: deutsch/schweiz., später amerikanischer Physiker. (Geb. Ulm, 14. März 1879, gest. Princeton, 18. April 1955.) Studierte in Zürich, wurde 1901 Schweizer Staatsbürger und bekam eine Anstellung beim Berner Patentamt. Nach der Aufsehen erregenden Begründung seiner (speziellen) Relativitätstheorie (1905) wurde er Professor in Zürich (1909, 1912), in Prag (1911) und Berlin (1913 – 1933). Unter dem Naziregime als Jude entlassen, verzichtete er auf alle akademischen Ämter in Deutschland und emigrierte in die

Vereinigten Staaten von Amerika. Dort wurde er Mitglied des Institute for Advanced Studies in Princeton, New Jersey, wo er bis zu seinem Tode blieb. Einstein hat einen wichtigen Einfluss auf die Physik des zwanzigsten Jahrhunderts ausgeübt, und außerdem war er

Bis dahin war Otto gekommen, als es wieder klingelte. Er wollte weiterlesen, aber Hamza hinderte ihn daran.

«Verdammt, liest du etwas über Einstein? Streber! Wie hoch hinaus willst ...»

Der Lehrer brachte ihn mit seiner Aufforderung, den Raum zu verlassen, zum Schweigen. Otto hielt er zurück: «Warte! Keine Lücken in meiner Bibliothek. Stell die beiden Nachschlagewerke ordentlich zurück.»

Bibliothek!, dachte Otto. Diese paar Regale mit Büchern. Kannst dich totlachen. Er sollte mal wissen ...

Als er den Raum verließ, war er schon wieder abwesend, gleichgültig gegen all den Schulkram. Aber in einer der Türöffnungen zur Cafeteria blieb er stocksteif stehen, plötzlich auf dem Quivive.

«Da ist der Professor mit seiner Einstein-Esel-Uhr, neuestes Modell, eigenste Erfindung!», rief Hamza, der wieder zu Ottos Feinden übergelaufen war. Die standen und saßen dicht aneinander gedrängt, warteten darauf, ihn zu triezen und Randale zu machen.

Otto drehte sich um und lief weg. Er konnte sich zwar für den Augenblick verstecken, in einem Klo oder so, aber das war nur eine Galgenfrist.

Nach der Mittagspause (12.10 – 13.00) Latein und dann zwei Stunden Sport. Ihn wählten sie immer als Letzten bei jedem Spiel, und er war schlecht im Bodenturnen, schlecht am Bock, am Reck und vor allem am Seil. – Auch die Strickleiter vom Balkon beim Raum für Reisende traue ich mich nicht runter oder rauf.– Sie würden sich über ihn lustig machen und ihn verspotten, und nach der Schule würden sie ihn vielleicht am Ausgang der Turnhalle oder beim Eingang zum Fahrradschuppen abpassen. Das hatten sie öfter gemacht. Einmal hatten sie ihn sogar johlend bis in die Nähe von Montags Laden verfolgt. Zum Glück hatten sie nicht entdeckt, dass er da mittwochs arbeitete.

Otto ging so ruhig wie er konnte weiter – nicht merken lassen, dass es eine Flucht war.

Ich hol mein Fahrrad, beschloss er. Ich geh weg und komme nicht zurück. Keine Schule heute Nachmittag, ich bin da Persona non grata. Ich hab eine Verabredung an einer Sonnenuhr im Schatten.

Schon bald fuhr er wie ein Rasender nach Hause. Nicht einmal da, wo er zu Montags abbiegen konnte, verlangsamte er sein Tempo. Dahin konnte er immer noch. Außerdem brauchten sie nicht zu wissen, dass er schwänzte. Er wollte und musste eine Tür – einen Durchgang – zum Garten der Ambassade ... oder zur Ambassade selbst finden. Eine Tür seines eigenen Hauses also. Wo er landen würde, an welcher Stelle, zu welcher Zeit, war egal. Wenn er nur dorthin kam.

Wie komme ich dorthin, wann ich will, wie?

Die Tür des Schuppens erlaubte ihm, sein Fahrrad wegzustellen, mehr nicht. Die Haustür seines Hauses brachte ihn in den normalen Hausflur.

III

Zu Hause nahm Otto ein paar Sachen zu essen aus der Küche mit in sein Zimmer, obwohl er nicht viel Appetit hatte. Es war noch nicht einmal zehn vor eins; wenn seine Mutter kam, musste er sich vor ihr versteckt halten bis ungefähr um vier Uhr. Dann würde er angeblich aus der Schule kommen. Nur hoffte er inständig, dass er es vor der Zeit schaffen würde, in die Ambassade zu gelangen und da eine Weile bleiben zu können. «Ohne dass es mich eine Minute kostet», flüsterte er. «Ich werd's euch zeigen, Christian, Claartje. Euch einen Schrecken einjagen bei der Sonnenuhr. Oder die Tür des Südturms vor eurer Nase abschließen. Wenn ich nur wüsste, ob ich wirklich der Ambassadeur bin, mit 'nem A.»

Wenn er es wäre, müsste er seine Dienstwohnung doch bestimmt zu jedem gewünschten Moment erreichen können!

Also setzte er sich unbeweglich auf sein Bett, um den Rat zu befolgen, den Elise gegeben hatte – wenn ich ihre Geschichte doch nur noch einmal nachlesen könnte: *Aufmerksam und durchdringend seine Tür anstarren.*

Er starrte sie an, bis er meinte, er kennte die kleinste Nuance der grünen Farbe, mit der sie gestrichen war; er sah jede kleinste Unebenheit, jeden Kratzer und Fleck. Zur Abwechslung sah er gelegentlich auf seine Armbanduhr, die ohne Zeiger tickte. (Januarische Zeit!) Seinen Wecker hatte er in den Schrank gestellt. Wie schwierig war es, nur an die Tür zu denken, mit dem herrlichen Haus auf der andern Seite. Immer wieder huschten ihm Gedanken durch den Kopf, die nichts damit zu tun hatten; wie von Störsendern.

Er hörte seine Mutter, von ihrer Arbeit zurückgekehrt, im Haus herumlaufen. (Zum Glück kam sie nicht in die Nähe seines Zimmers.) Er hörte die große Uhr unten die halbe Stunde schlagen. (Nicht auf die Zeit von hier hören!) Er hörte ein Auto stoppen, draußen auf der Straße (und wünschte ernstlich, dass es nicht unerwartet sein Vater sei).

Er versuchte lautlos *Für Elise* zu singen, bewegte seine Finger, als wenn er Klavier spielte.

Und auf einmal gab es nur noch die Tür. Sie begann auseinander zu fallen, er sah die bizarren Räume dahinter, und die lösten sich in eine endlose Weite auf, und dann verschwand das alles wie ein Traum beim Aufwachen. Die alltägliche Tür war wieder da – man konnte sich die Nase daran stoßen, ein hartes, solides hölzernes Hindernis … *Nicht wahr, ohne dich komme ich nirgendwohin!*

Otto stand auf.– Jetzt oder nie! Konzentriere dich gut und sprich leise: «Ich gehe in die Januarische Ambassade.»

Er sprach das wie eine Beschwörung aus, und währenddessen ließ er die Tür, mit geschlossenen Augen, ganz langsam aufgehen.

Als er es wagte, die Augen wieder aufzumachen, erstarrte er. Sein Wunsch hatte sich erfüllt, aber vor ihm war das Bild eines Bekannten erschienen, der ihm direkt in die erstaunten Augen blickte. Er sah keine steinerne Halle, ebenso wenig den Speicher mit Koffern oder den Raum für Reisende. Er stand sich selbst gegenüber, auf der Schwelle seines eigenen Zimmers, das, rechts und links vertauscht, ein bisschen januarisch aussah … Ein großer Spiegel erhob sich vor ihm, weniger als einen Meter von seiner Tür entfernt; er konnte nicht sehen, was dahinter war.

Erst als er behutsam aus seinem Zimmer herausging, zeigte sich, dass der Spiegel nur wenig größer als die Türöffnung war. Er spähte vorsichtig um ihn herum und sah, dass er doch an einer Stelle herausgekommen war, wo er schon einmal gewesen war: auf dem riesigen Speicher. Nur waren wer weiß wie viele Truhen und Koffer jetzt aufeinander gestapelt, um den Spiegel an der Rückseite zu stützen und aufrecht zu halten. Es schien Abend oder Nacht zu sein; ein paar Lampen an den Dachbalken verbreiteten kümmerliches Licht im Raum. Es war sehr still und kalt.

Otto zog sich kurz in sein Zimmer zurück, um die Januarische Segeljacke und das Fernglas unter seinem Bett hervorzuholen. Während er die Jacke anzog, fragte er sich, was der Spiegel wohl zu bedeuten hatte. – *Wer hatte ihn da hingestellt und warum?*

Er schaffte es mit einiger Mühe, das Fernglas in eine der Jackentaschen zu stecken. Danach stellte er sich wieder in die Türöffnung. Er beugte sich vor und atmete aufs Spiegelglas, um dann mit dem Finger seinen Namen darauf zu zeichnen. Das Glas fühlte sich wie Eis an, aber sein Atem hatte keinerlei Effekt: es beschlug nicht. Er warf noch einmal einen Blick dahinter, sah noch immer den Kofferspeicher und zog dann erst die Tür seines Zimmers zu.

Ich heiße Otto, und wetten, dass der Spiegel jetzt doch beschlägt!

Jetzt, wo das Licht aus seinem Zimmer verschwunden war, war sein Abbild nicht viel mehr als ein Schemen. Auf das Glas zu atmen hatte also wenig Sinn, wenn er es auch dennoch tat. Er zeichnete nach dem Gefühl die vertrauten Buchstaben – OTTO – und hörte plötzlich leise Schritte auf sich zukommen. Zugleich näherte sich Licht; es strahlte um die Spiegelfläche herum. Schnell bewegte er sich darauf zu und … stand wieder der Gestalt eines Menschenkindes gegenüber. Keine Spiegelung, sondern … Claartje, noch immer in Weiß, mit dem schwarzen Schal um den Kopf und einem kleinen Licht in der Hand. Eine Taschenlampe anstelle einer Kerze.

Sie fing sein Gesicht in dem Lichtkreis ein, sie blendete ihn damit und sagte: «Bleib stehen, Junge. Halt still. Totenstill.»

Otto stand bereits still, aber er protestierte sofort: «He, Claartje, was hast du? Willst du bitte damit aufhören, mir in die Augen zu leuchten? Ich kann so nicht die Bohne sehen.»

«Das brauchst du auch nicht», antwortete Claartjes Stimme. «Du darfst hier nicht vorbei.»

«Bist du nun total ...!» Otto machte einen Schritt, das Licht hielt ihn weiterhin gefangen.

«Du darfst nicht am Spiegel vorbei», sagte Claartje. «Geh zurück. Hast du schon reingeschaut? Spieglein, Spieglein an der Wand, wer ist ...»

«Von wegen Wand», unterbrach Otto sie. «Welcher Idiot hat diesen Spiegel hier hingestellt?»

«Ich!»

«Du lügst!» Otto bewegte sich noch einmal, das lästige Licht ging mit ihm mit. «Du? So ein schweres Ding schleppen?»

«Hast du dich selbst erkannt, Junge?»

«Ja, natürlich.» Otto machte eine drohende Gebärde. «Wenn du nicht damit aufhörst, nehm ich sie dir weg. Wetten, dass es auch noch meine Taschenlampe ist?»

«Nicht!» Sie schien etwas zu erschrecken. «Hör zu, Junge.»

«Ich heiße Otto. O.T.T.O.»

«Du hast mich lächerlich gemacht», sagte Claartje. «Du hast mich sitzen lassen, da unten ...» Der Lichtkreis ließ Otto los und tanzte wie wild hin und her.

«Sitzen lassen? Ich? Du hast die Tür zugeschmissen», sagte Otto, böse und fassungslos zugleich. Er ging auf das Mädchen zu.

Claartje wich zurück. «Du tickst nicht richtig, Otto. Hau ab, Junge ... Du hast mich im Stich gelassen», flüsterte sie. «Unten, in der Diele vom Nord- ... vom Südturm. Du hast ganz einfach die Tür zugeschlagen, und als ich hinter dir her wollte, warst du weg.»

Otto blieb stehen.

«Du warst verschwunden», redete Claartje weiter. «Erst hast du mich mit dem Schlüssel lächerlich gemacht – der steckt noch immer im Schloss – und dann hast du mich allein gelassen, und bei der Sonnenuhr warst du auch nicht. Christian war da, du nicht. Zu zweit bist du in Gesellschaft, drei ist einer zu viel. Dachtest du das vielleicht, Otto? Vergiss deinen Namen nur nicht und geh zurück. ZURÜCK. Zu deiner Tür hinter dem Spiegel, woher du kommst.» Ihre Stimme bebte jetzt, sie verstummte mit einem Schluchzer.

«Claartje, Clara!», sagte Otto, jetzt wirklich außer Fassung. «Das ist alles nicht wahr! Ich will nicht zurück, ich will doch am liebsten hier sein. Denkst du wirklich, dass ich die Scheißtür unten zugeschlagen habe? Ich war wütend, als sie zuging und ich auf der Straße stand …»

Claartje ließ das Licht ihrer Lampe wieder auf sein Gesicht fallen. Nur einen Augenblick.

«So ist es!», sagte sie dann. «Es ist wahr, was du sagst.»

«Ja, sicher.»

«Und du dachtest, dass ich die Tür …»

«Nein.»

«Doch. Du dachtest es wohl!»

«Gut. Ja. Nur einen Augenblick, Claartje. Du warst mir doch böse, weil …»

«Wegen des Schlüssels. Ein Streich von Christian, was? Aber ich hab die Tür nicht zugemacht. Und du auch nicht. Vielleicht war es einfach der Wind. Der Winterwind.»

Claartje ließ die Taschenlampe ausgehen. Im dämmrigen Speicher sahen sie einander an. Ottos Misstrauen verschwand, seine Verwunderung nicht.

«Also muss ich nicht zurück», sagte er. «Es war ein Zufall.»

«Der Winterwind», sagte Claartje noch einmal.

Der kann es nicht gewesen sein, hätte Otto beinahe gesagt, aber plötzlich spürte er, wie kalt es war. Sogar in der warm gefütterten Segeljacke schauderte es ihn. Er sah jetzt, dass Claartje andere Sachen anhatte: dicke weiße Wolle und flaumigen Pelz.

«Winter», sagte sie. «Christian nennt es Jaguar, aber es ist Januar. Der siebte Januar heute.»

«Wie ist das möglich! Vorhin war es noch Mai. Als wir zusammen in den Garten …»

«Ja, zur Sonnenuhr ohne Zeiger, mit dem Z von Zeit. Es ist Januar. Oder Juni.»

«Das ist logischer. Juni kommt nach Mai.»

«Nein, nicht Juni. Es könnte *Juli* sein.» Claartje hatte ihre Augenbrauen zusammengezogen, als wäre sie dabei, eine schwierige Aufgabe auszurechnen. «Ja, Juli. Wenn wir auf der südlichen Erdhalbkugel sind.»

«Aber das sind wir nicht!»

«Vielleicht doch. Ich weiß es nicht mehr sicher. Ich müsste den Bibliothekar danach fragen, den Uhrmacher oder noch besser …»

«Uhrmacher! Tocko?»

«Tocko ist aus einem Märchenbuch, Dussel. Der Uhrmacher, der hier wohnt ... aber wahrscheinlich frage ich am besten den Professor.»

«Meinst du Albert Einstein?»

«Ja. Wen sonst?»

«Hat Professor Einstein hier wirklich Asyl?»

«Nein, Asyl bekam er in Amerika», sagte Claartje, ein bisschen ungeduldig. «Hier ist er Gast. Komm mit. Nur ... Schau zuerst noch einmal in den Spiegel.»

«Ich denke nicht daran!»

«Ach komm. Nur ganz kurz.»

«Schau du lieber hinein, du bist schön. Ja, schau du hinein!»

«Nein! Ich nicht.»

«Dann zusammen.»

«Nein, nein, nein», sagte Claartje. «Wenn du nicht hineinsehen willst, tu ich es auch nicht.»

«Zusammen, habe ich doch gesagt.» Otto packte Claartje am Handgelenk; sie riss sich heftig los. «Stell dich nicht so an, du sagst notabene, dass du Schneewittchen heißt. Spieglein, Spieglein an der ...»

«Das sagte die Stiefschwester.»

«Stiefmutter. Aber Schneewittchen war die Schönste im Land. Nur finde ich, dass Wittchen ... Schneewittchen ein dummer Name ist.»

«Ein dummer Name?», begann Claartje empört.

«Nun, nicht wirklich dumm, aber ...» *Warum* finde ich das?, dachte Otto flüchtig und er redete einfach darüber hinweg: «Ich finde Claartje viel hübscher. Komm, Claartje, dann kannst du mir leuchten, wenn ich meinen Namen auf das Glas schreibe.»

«Ich leuchte dir nicht!»

«Pah, wie hässlich.»

«Eben sagtest du: ‹schön›.»

«Und außerdem ist es meine Taschenlampe.»

«Das bildest du dir wohl ein. Meine Taschenlampe.» Claartje hielt sich den Gegenstand wieder hinter ihren Rücken.

«Lass sie mal sehen! Meine. Bestimmt!»

«Meine Taschenlampe. Von Christian geschenkt bekommen.»

«So, so!», sagte Otto, halb triumphierend, halb böse. «Dann gehört sie also wirklich mir. Von Christian gestohlen!»

Claartje schaute ihn mit böse glitzernden Augen an. «Beweise, dass es deine ist.»

Otto hielt beide Zeigefinger in die Höhe. «Sie ist ungefähr so groß, die Marke ist FLASHLIGHT, ein Kratzer neben dem AN/AUS-Schalter, und darin ist eine Batterie der Marke KATTEKOP … Na, ist sie von mir, ja oder nein?»

Claartje brachte die Taschenlampe langsam zum Vorschein. «Das hat Christian mir nicht gesagt, wirklich nicht, Otto, das wusste ich nicht.»

«Er hat sie aus einer Truhe im Raum für Reisende geklaut.» Otto nahm seine Taschenlampe an sich. «Wie kann er das wagen! Wo ist er?»

«Wer?»

«Christian.»

«Das Galgenkind, der gemeine Dieb?», sagte Claartje. «Das kann dir doch egal sein, oder?»

«Ich will ihm eins aufs Maul geben, den Kürbis durch die Kehle, dass er durch seine Rippen rausgucken kann.»

«Was für eine grobe Sprache!», sagte Claartje. «Lass ihn schmoren. War das dein Ernst?»

«Ja, er kriegt eins drauf. Erst meine Taschenlampe klauen und dann auch noch …»

«Nein, das nicht! Dass ich … schön bin?»

Otto war für einen Augenblick still. «Ja. Wunderschön», sagte er dann.

«Und liebst du mich?»

Otto starrte Claartje an, so überrascht, dass er überhaupt nicht mehr wusste, was er sagen sollte.

«Ebenso sehr wie ich dich liebe?», setzte Claartje hinzu.

Konnte dieses besondere Mädchen ihn lieben? Otto hatte es manchmal gehofft, aber jetzt glaubte er es beinahe nicht. Er stammelte: «J -a, natürlich. W … wirklich s … sehr.» Wie sehr ist das?, fragte er sich selbst.

«Mehr als Christian?»

Und wie sehr liebt sie mich? Otto sagte: «Christian ist ganz einfach mein Freund.»

«*Mein* Freund», sagte Claartje.

«Und du hast ihn einen gemeinen Dieb genannt.»

«Weil er deine Taschenlampe gestohlen hat.»

«Dafür muss er auch büßen», sagte Otto. «Wo ist er?»

«Du würdest ihn doch nicht finden, du findest ihn nicht; er hat sich gegen den Ambassadeur aufgelehnt und ist abgehauen, oder er hat sich versteckt, der Dieb, der Betrüger. Ist er noch immer dein Freund? Du bist bescheuert. Christian ist Persona non grata. Falls er nicht geflohen ist, wird er ausgewiesen», sagte Claartje. Sie schwieg einen Moment, um zu Atem zu kommen, und fügte hinzu: «Weggejagt in den Schnee.»

«Weggejagt? Wirklich? Unmöglich», sagte Otto. «Und es liegt überhaupt kein Schnee.»

«Jawohl, du Trottel, furchtbar viel Schnee sogar», sagte Claartje. «Es hat Tag und Nacht geschneit. Alle Wege sind unpassierbar, außer auf Skiern oder mit dem Schlitten oder für Marsjan auf seinem Motorrad; der kommt überall hin. Es liegt eine riesig dicke Schicht, guck mal nach draußen, wenn du mir nicht glaubst.»

Otto schaute nach oben. Waren die kleinen Fenster über seinem Kopf wirklich mit Schnee bedeckt? Nicht zu erkennen unter dem dämmrigen Dach … Also ging er weiter, durch den Speicher hindurch. «Nach draußen gucken? Das werde ich bestimmt tun.»

Claartje lief neben ihm her. «Der Raum für Reisende ist verboten», sagte sie. «Dahin darfst du nicht. Hörst du mich, Junge?»

Der Junge ging weiter.

Claartje zog ihn am Arm. «Du kannst da nicht rein. Zutritt verboten. Verstehst du mich, Otto?»

Otto blieb stehen. «Was ist mit dir?», fragte er gereizt. «Erst darf ich nicht vorbei, dann darf ich hier nicht hin oder da nicht hin … Eine schöne Freundin bist du!»

«Und du ein netter Freund!»

Wieder standen sie und sahen sich an – forschend, ein bisschen misstrauisch, nicht wirklich böse.

«Der Raum für Reisende», sagte Otto langsam, «ist für *alle* Reisenden, das hat das Galgenkind mir selbst gesagt.»

«Und du glaubst ihm eher als mir?»

«Ich glaube *mir selber*, und ich sage, dass der Raum für Reisende für jeden ist. Ich schicke niemanden als Persona non grata fort in den Schnee. Wenn überhaupt Schnee liegt. Und ich sage ...»

«Du redest, als wenn du der Ambassadeur selbst wärst.»

«BIN ICH AUCH!» Otto bereute seinen Ausruf sofort.

Und noch mehr, als Claartje anfing zu lachen, hell und laut.

«Ambassadeur!? Du? Wo sind denn deine Beglaubigungsschreiben? Lass mal sehen!»

«Ich bin doch nicht verrückt!» Otto schluckte einmal. Beglaubigungsschreiben? Dokumente? ... Mein Buch? dachte er, und er sagte drohend: «Hör auf mit dem albernen Lachen! Ich warne dich, Mädchen. Und denk mal an den Schwan. Und den Weiher.»

Claartje lachte nicht mehr. Dadurch bekam Otto wieder Mut, so dass er weitermachte: «Das Galgenkind weiß, wer ich bin. Ich habe einen ganz besonderen Namen und eine spezielle ... eh, eine Mission, einen Rang. Verstehst du etwas von Diplomatie? ... Nein», sagte er, als Claartje keine Antwort gab. «Ich ja. Ich tu also, was ich will, ich befehle es sogar. Zum Raum für Reisende! Komm mit.»

«Kommandier die Katze», sagte Claartje, «und das kann niemand. Ich habe diplomatische Immunität. Das hättest du nicht gedacht, was? Kein Mensch kann mich kommandieren und mir etwas befehlen. Du gehst mit mir mit. Nach unten, zum Garten. Der ist so schön im Schnee. Die Sonnenuhr steht noch immer da, im Schatten, in der Nacht. Aber der Schnee gibt Licht. Und vielleicht kommt auch noch der Mond. Kommst du, Junge. Otto?»

«Gleich», sagte Otto. «Erst zum ...»

«Mach ruhig, du wirst es bereuen! Ich hoffe, dass du aus einem Bullauge fällst!», schrie Claartje plötzlich. Sie schien selbst darüber zu erschrecken. «Ich warte nicht auf dich», sagte sie leise, aber giftig. «Überheblicher Wunderjunge, eingebildeter Ochse! Mich kriegst du nicht mehr zu sehen, krepier meinetwegen, Blödmann!» Sie wirbelte herum und hatte im Nu den Speicher verlassen. Man hörte nur noch das Klickklack ihrer Hacken, als sie wütend die metallene Wendeltreppe hinunterging.

Otto eilte zur offenen Luke und schaute ihr unsicher nach. Schon bald sah er sie in dem schwach erleuchteten Treppenhaus verschwinden. Dann drehte er sich um, unterdrückte seine Zweifel und ging zu dem Raum, in dem jeder Reisende immer willkommen war.

IV

Otto machte seine Taschenlampe an. Es kam ihm vor, als wenn das Licht sehr schwach wäre – *Ist diese neue Batterie nun auch schon wieder fast leer?* –, also knipste er das Ding aus. Der Eingang zum Raum für Reisende war deutlich am Ende des Durchgangs zu sehen: ein dunkles Rechteck über der Treppe. Als er dorthin ging, zog links eine Tür seine Aufmerksamkeit auf sich. Sie war angelehnt, und durch den Spalt trieben silbrige Nebelschwaden auf ihn zu. Außerdem hörte er Wasser rauschen wie von einem weit entfernten, unsichtbaren Regenschauer.

Neugierig schaute er um die Ecke … und durch das, was er sah, musste er die Tür einfach weiter aufmachen; und dann ging er hinein in den – GREEN BATHROOM! Dies musste Christian gemeint haben, als er über das «zweitschönste Badezimmer des Hauses» sprach.

Das Innere war voller Nebel und Dampf, doch zugleich voller Glitzern und Blinken. Es war nass, warm und verwirrend. Otto sah prächtig glasierte Kacheln und Spiegel und grünes Porzellan. Es glänzten Waschbecken, Bassins und Badewannen. Es funkelten Toilettenbecken in Nischen. Es blitzten Rohre und Wasserhähne aus Messing oder Gold; es glitzerten Deckel und Knöpfe und Kristallfläschchen und Flakons. Wassertropfen perlten herab. Und die Spiegel, die nicht beschlagen waren, ließen noch viel mehr derselben Dinge sehen. Wie weit oben im Hause er auch sein mochte, Otto bekam das Gefühl, als wäre er unter Wasser. Die andauernd sich bewegenden Nebelschleier glichen Strömen von Wasser; Lichtstrahlen zitterten durch sie hindurch … feenhaftes GRÜNES Licht.

Wenn dies das zweitschönste ist, dachte er, wie fantastisch mochte dann das *schönste* Badezimmer sein?* Dieses ist schon super de luxe, wie aus einem Film.

Plötzlich merkte er, dass er kein Wasserrauschen mehr hörte. Danach schien er wirklich in eine Unterseewelt eingetaucht zu

* Über das Badezimmer, das das Galgenkind für das schönste in der Januarischen Ambassade hält, wird etwas in einem winterlichen Kapitel des Buches *Der Weg zur Zelle* zu lesen sein. (Sekretär der Januarischen Ambassade)

sein: eine schlanke Hand an einem nassen Arm schob eine smaragdfarbene Gardine beiseite, und es erschien eine Meerjungfrau – völlig nackt, mit langem, wirrem Haar, und von oben bis unten mit feinen Tröpfchen bedeckt.

Nicht eine wirkliche Meerjungfrau, denn sie hatte Beine, keinen Fischschwanz. Sie war schön und jung, aber viel älter als Claartje. Sie hatte richtige Brüste. Im geheimnisvollen Licht erschienen ihre Haut und ihre Haare grün. Aber ihre Augen waren dunkel, sah Otto, als sie sie auf ihn heftete, diese bildschöne, nackte, grüne Frau.

Er stand stumm da, und er hatte sie bestimmt schon lange angestarrt, als sie anfing zu sprechen.

«Guten Abend», sagte sie. «Ich dachte, ich könnte ungestört ins Bad und unter die Dusche, und nun kommt doch jemand herein ...»

Ihre Stimme war leise und musikalisch. Sie benahm sich, als wäre sie kein bisschen beleidigt oder böse. Sie lächelte. «Meine eigene Schuld! Ich habe bestimmt die Tür nicht richtig zugemacht. Musst du auch hier rein?»

Als Otto keine Antwort gab, kam sie näher, nahm ein seidig glänzendes jadegrünes Laken von irgendwo her und wickelte sich hinein.

«Dann hab einen Augenblick Geduld bitte, ich bin sofort fertig. Oder musst du nötig?»

«N-nein», stotterte Otto. «S-sorry, Pardon, Entschuldigung, ich wusste nicht ...»

Die grüne Frau winkte ihm freundlich mit einer Hand zu. «In Ordnung! Bis ein andermal dann. Tschüs.»

Otto machte, dass er aus dem Badezimmer rauskam. Und wer mochte *sie* wohl sein?, fragte er sich, während er die Tür sorgfältig schloss. (Es war, sah er, kein FREI/BESETZT-Schieber daran.) Ist sie Elise? Nein, Elise ist Claartjes Schwester, und diese war eine richtige Frau, mindestens achtzehn. Übernachtet sie auch im Raum für Reisende? Warum wollte Claartje nicht erlauben, dass ich dorthin ging? Und wie viele Menschen wohnen überhaupt in der Ambassade? Das muss ich doch schnell in Erfahrung bringen ...

Er fror plötzlich, nach diesem feuchtwarmen Badezimmer. Ob Claartje doch die Wahrheit gesagt hatte, war es Winter geworden? Wie viel konnte er von all dem glauben, was sie gesagt hatte? *«Liebst du mich? Genauso sehr, wie ich dich liebe ...»*

Otto ging die Treppe hinauf, aber auf halbem Weg blieb er stehen, klapperte mit seinen feuchten Wimpern. Der Raum vor ihm schien voller Sterne zu sein, als wenn das Dach weggenommen worden wäre. Er rieb sich die Augen, und sofort verschwanden sie; er hatte es sich sicher eingebildet. Er stieg die letzten Stufen hinauf.

Wenn Christian doch nur hier wäre! Er schlich ein paar Schritte hinein, zitterte, zögerte und hielt seine Taschenlampe umklammert.

Der Raum war eine große Finsternis, aber die Bullaugen stachen dagegen wie runde Edelsteine in leuchtendem Blau ab. Das Glas der großen Schiebetür war auch hell, sah aber anders aus, mit verschwommenen Figuren und kleinen glänzenden Punkten bedeckt. War dies das Funkeln richtiger Sterne, draußen? Nach einer Weile konnte er verschiedene Dinge im Dunkeln erkennen: den Tisch, das Steuerrad, die Seile der Hängematte und den leeren Vogelkäfig. Der Ofen brannte mit spärlicher roter Glut.

Hier sollten wir nachts schlafen, das Galgenkind und ich. Wie kann Christian jetzt auf einmal Persona non grata sein? Vielleicht hat Claartje fantasiert, er hat doch Asyl, dachte Otto. Soll ich meine Taschenlampe anmachen, ja oder nein? Noch nicht. Zuerst nachsehen, wie es draußen ist.

Lautlos ging er auf die Glastür zu. – Warum laufe ich so leise, ich habe doch keine Angst in meinem eigenen Haus? Mein eigenes Haus, stimmt das überhaupt? Christian sollte nur wissen, dass ich meine Taschenlampe wiederhabe! Gleich mache ich Licht an, klettere in die Hängematte ... Nur bin ich überhaupt nicht müde.

Nun sah Otto, dass das Glas der Schiebetür nicht mehr überall durchsichtig war: Eisblumen waren darauf gewachsen. Er spähte zwischen ihnen hindurch. Ja, tatsächlich! Das ganze Deck war zugeschneit! Und Schnee auf der Rettungsboje, auf der Reling ...

Otto schob die Tür ein kleines Stück auf; obwohl er es vorsichtig machte, gab es ein lautes schurrendes Geräusch, wodurch die Stille für einen Augenblick verjagt wurde. Er ging auf den Balkon und drehte beinahe einen Sturz; der Schnee war gefroren. Die Taschenlampe rutschte ihm aus der Hand, glitt fort ... langsam ... schnell ... rasant ... blitzartig! und verschwand in der Tiefe. Er hörte sie nicht aufschlagen.

Er bewegte sich zur Balustrade, hielt sich daran fest – *O Mann, wenn ich nur Handschuhe hätte!* – und schaute hinaus, zuerst atemlos, dann durch den flüchtigen Dampf seines Atems hindurch.

Nicht nur Schnee auf den Bergen ... Eine unübersehbare weiße und nachtweiße Winterlandschaft ohne Ende. Blätterlose, bestäubte und leuchtend gefiederte Bäume über ihren grauen Schatten. Darüber ein Ehrfurcht einflößender, mit Sternen besprenkelter Himmel.

Meere von Zeit?? Meere von Schnee! Von Mai plötzlich zum Januar. Kommt das, weil die Ambassade – jetzt überhaupt nicht mehr meine Ambassade – eine *Januarische* Ambassade ist? Warum sind Christian und Claartje nicht hier?

Otto zog das Fernglas aus der Tasche und hielt es sich vor die Augen. Das Bild flackerte und zitterte, und die Sterne wurden zu tanzenden Eiskristallen; er bekam Kopfschmerzen davon. Er schob sich zitternd zurück zur Tür, machte sie weiter auf, ging hinein und – erschrak entsetzlich. Er hörte, wie das Fernglas auf den Fußboden knallte, als vor ihm eine riesenhafte Gestalt auftauchte.

Eine tiefe, heisere Männerstimme sagte erbost: «Was machst du hier, verdammt noch mal.»

V

War er aus dem Nichts aufgetaucht oder einfach aus dem dunklen Raum gekommen?

Er überragte Otto um Etliches. Der Marsmann?

Sein Gesicht war eine undeutliche Maske aus Licht und Schatten, eher geisterhaft bleich als blau, aber mit schwarzen Flecken als Augen, den bösen Strich eines Mundes unter einer großen Nase und dunkles Haar.

Otto spürte, dass er zwischen dieser düsteren Gestalt vor ihm und einem eisigen Lufthauch im Nacken erstarrte.

«Und? Wird's bald ... Schurke?», fragte der Unbekannte, noch immer erbost. Er sprach ein bisschen heiser und räusperte sich.

Tonke

Seine Drohung wirkte dadurch nicht mehr so stark. – Vielleicht doch ein Mensch: ein gewaltiger wütender Mann, keine geisterhafte Erscheinung, kein Marsianischer Weltraumreisender. Er beugte sich ein wenig zu Otto herunter und fragte barsch: «Woher kommst du?»

«Von Deck», brachte Otto hervor.

«Was sagst du da?»

«B-balkon.»

«Von draußen? Das ist stark. Mal sehen …» Der Fremde richtete sich auf, kam noch näher, ein Arm fuhr in die Höhe …

Otto wich zurück bis an die Tür. Er konnte sich glücklicherweise immer noch bewegen. Würde er in einem schnellen Spurt flüchten können, durch den Raum für Reisende hindurch zur vage erleuchteten Türöffnung da hinten, Richtung Kofferspeicher? Dann musste er direkt vor dem Mann entlang.

«Bleib, wo du bist!», befahl der Unbekannte.

Das Geräusch eines Streichholzes, das angestrichen wurde … Eine Flamme flackerte auf und kam in einer Sturmlaterne über ihrem Kopf zur Ruhe.

«Aha. Also noch mal unerwarteter Besuch», sagte der Fremde, auf Otto herabblickend. «Ein unverschämter Junge bist du. Wer hat dich aufgestachelt? Behauptet, von draußen zu kommen!»

Otto schluckte. Im Lampenlicht war der andere etwas geschrumpft – aber nicht genug. Ein großer Mann mit einem Gesicht wie aus Eis gehackt. Unheil verkündende schwarze Augenbrauen über unergründlichen schwarzen Augen … Er war in ein weites, fremdländisches Gewand gehüllt, rot und blau, mit vielen Falten. «Nun?», sagte er. «Wo ist dein Schneid geblieben, Spion, Eindringling?» Er trat einen Schritt zurück und kreuzte die Arme über der Brust.

Otto fasste Mut. Wie unangenehm er auch sein mochte, es war ein Mensch, der vor ihm stand – ein nörgeliger Mann, von großer Gestalt, aber nicht so gewaltig, wie es erst geschienen hatte. Nun wandte er den Kopf ab, als wenn er das Gespräch beenden wollte. Unter seinem beeindruckenden Gewand sah Otto dürre Knöchel und magere bloße Füße mit langen Zehen hervorschauen. – Ihm wird auch nicht gerade warm sein. Und seine Nasenspitze ist rot vor Kälte, siehst du wohl!

«Ich bin kein Eindringling», sagte der Junge entschlossen.

Das harte Gesicht wandte sich ihm wieder zu, unwirsch, von oben herab.

«Und ich komme wirklich von draußen», sagte Otto.

Der Fremde zog ungläubig eine Augenbraue hoch. Unter seinem Blick kühlte sich Ottos Mut ab und erfror sogar fast. Dennoch redete er weiter, provozierend:

«Von draußen. An der Strickleiter.»

«Dann verschwinde auch mal über die Strickleiter», sagte der Unbekannte. «Du hast hier nichts zu suchen.»

«Doch!», sagte Otto. «Ich bin ... ich bin hier eingeladen. Dies ist der Raum für Reisende, und ...»

«Der Raum für Reisende, genau! Unterm Dach, und zwar meinem Ob-Dach, denn ich bin ein Reisender, und du solltest erst mal wissen, von wie weit her, wenn du das nicht schon weißt», sagte der Fremdling. «Ich hab dich nicht hierher eingeladen, und ich wünsche, in Ruhe gelassen und nicht wieder mit läppischen Späßen gestört zu werden. Es gibt auch keine Armbanduhr mehr zu stehlen, nicht mal eine ohne Zeiger. Mach, dass du wegkommst, und zwar ein bisschen schnell!»

«Aber ich ... ich habe Asyl!» Otto konnte bei der beängstigenden Gebärde in Richtung Türöffnung nicht weiter zurückweichen. *Es kann doch nicht sein Ernst sein, dass ich in den Winter hinein muss, an der Strickleiter ...* Er sah sich rettungslos in die fürchterliche Tiefe stürzen, mausetot und steif gefroren auf dem Boden des Abgrunds liegen.

«Asyl? Das scheinen hier noch mehr zu haben», sagte der grausame, herzlose Mann. «Geh jetzt mal schnell zurück dahin, woher du gekommen bist, verstanden? Es ist Raum genug in der Ambassade.»

«Dieser Raum», begann Otto, mit dem Mut der Verzweiflung. «Ich sollte in der Hängematte ...»

«Hängematte! Das ist die Höhe ...» Der Mann schimpfte unverständlich weiter. Dann hob er plötzlich den Kopf und starrte über Otto hinweg nach draußen. «Donnerwetter!», sagte er, oder etwas, das sich so ähnlich anhörte.

Und von draußen bekam er Antwort von einer merkwürdigen, männlich-menschlich und doch nicht vollkommen irdisch klingenden Stimme. Einer Stimme, in der etwas von Lachen oder Spott mitschwang.

«Ang Aaah! Ares und Antares und Aldebaran. Bei Malacandra, was ist nun wieder los?»

Otto drehte sich mit einem Ruck zur Glastür um und schnappte nach Luft.

Rittlings auf der Balustrade des Balkons saß noch ein Mann. Ein wirklich besonders großer Mann in einem eng anliegenden dunkelblauen Anzug. Darüber trug er einen weiten, himmelblauen Mantel, der sich ein bisschen bewegte, als wenn er gerade durch die Luft angeflogen gekommen wäre. Er war barhäuptig, mit sehr kurzem Haar oder gar keinen Haaren. Sein Schädel und sein Gesicht waren dunkel und ohne jeden Zweifel ebenfalls BLAU – indigoblau. Sein Lächeln ließ eiszapfenweiße Zähne sehen; seine Augen glänzten wie Gold im Licht einer kleinen Taschenlampe, die er achtlos zwischen blauen Fingern hielt.

Der Marsmann. Endlich sah er den Mann vom Mars; dies konnte niemand anders sein!

Otto zitterte innerlich; ein bisschen Entsetzen, ein Anflug von Furcht erhöhten seine Freude. Erst als die mächtige Gestalt das andere Bein über die Balustrade schwang, begriff er, dass er vielleicht in der Falle saß: zwischen diesem wunderfremden, unbekannten Marsianer und dem genauso unbekannten Eindringling, diesem übellaunigen Exemplar der irdischen Menschenrasse.

VI

«Aah, noch nicht in der Koje?», sagte der blaue Mann zu dem Fremdling im Raum für Reisende. Er war in zwei Schritten bis direkt an die Türöffnung gekommen, noch immer lächelnd. «Schon wieder gestört, und das als blinder Passagier und Reisender in einer wohlverdienten Ruhe? Oder … aah, wartest du vielleicht auf jemanden?»

«Wenn ich warte … dann bestimmt nicht auf diesen Burschen»,

antwortete der unfreundliche Fremde. «Bei diesen Januarischen Kindern musst du dich wirklich auf alles gefasst machen!» Er sprach, als ob er die andern kennte – was Otto nicht gefiel.

«Recht hast du, Freund, Amice. Aber ... dieses Kind ist nicht Januarisch.» Der blaue Mann heftete den Blick auf Otto, seine goldenen Augen leuchteten einen Augenblick besonders auf. «Falls du nicht erraten hast, wer ich bin, Junge: Dunkler Marsjan ist mein Name. Und du musst der jugendliche Donnerkeil sein, der diese Flashlight-Taschenlampe heruntergeworfen hat. Nur weil ich schnell und beherzt einen Schritt zur Seite getan habe, hat sie mich genau verpasst.» Er strich sich über den Kopf. «Und Glück. Sonst hätte ich einen noch blaueren Fleck, so einen mit einer Beule, auf meinem Kopf.»

«Oh! Ich hab das nicht mit Absicht gemacht», stammelte Otto. «Wirklich! – Sorry ... Herr ...!»

«Marsjan! Ich bin kein Herr, auch wenn ich mich doch als Mann bezeichnen möchte. Vom Mars, dem Planeten. Gehört diese Taschenlampe dir?»

Otto nickte. Er ist es, wirklich vom Mars, dachte er. Nun hat er es selbst gesagt.

«Ich frage mich», sagte der Marsianer, «wie du dies Ding zurückbekommen hast, und woher ...»

«Woher?», unterbrach der unbekannte Mann ihn gereizt. «Vom Balkon, genau wie du. Dieser Knirps hat mir eben gerade erzählt, dass er an einer Strickleiter hier hereingekommen ist. Wenn ich ihm glauben will! Und das, nachdem gestern Nacht ... Nun ja. Ich hab so die Ahnung, dass du alles darüber weißt.»

Die beiden Männer sahen sich an; der irdische noch immer verärgert, der Marsmann liebenswürdig und ruhig. Otto schaute vom einen zum andern und fühlte sich auf einmal sehr klein und jung.

«Ja, die schöne Kinderzeit ist für uns mehr Leid als Freud», sagte Dunkler Marsjan dann. Er sagte es ernst, aber seine Zähne glänzten, ebenso seine Augen. «Das ist eine terranische Redewendung, glaube ich.* Und obwohl ich dem nicht ganz zustimme, will ich doch ...»

* Terranisch: irdisch. (Bibliothekar)

«Verdammt noch mal Marsjan, versteh mich doch! Ich habe jetzt keine Zeit, dir deutlich zu machen –»

Der bleiche Mann schwieg abrupt.

Der blaue Mann sagte: «*Keine Zeit?*» Und er fuhr fort: «Okay, all right, roger, best, bestens, bien, baik …* ich werde mich dieses Kindes annehmen … Komm, mein Junge», sagte er zu Otto, «überlass diesen Einsamen seinem Schicksal. Mit anderen Worten, wir lassen ihn hier allein, in und auf der Höhe, auf dass er nicht einsam bleibe.»

Otto begriff nicht, was er meinte, er schaute ein wenig ängstlich zu ihm auf, fühlte sich nicht ganz wohl dabei.

«Komm hierher und mit mir», befahl Dunkler Marsjan.

Otto wagte es nicht, ihm gegenüber ungehorsam zu sein. Er fühlte, wie seine linke Hand in der gewaltigen blauen rechten Hand des Marsianers verschwand, der sie warm, vorsichtig, aber fest umfasste … und bevor er sich dessen bewusst wurde, stand er ihm auf dem Balkon gegenüber.

Der mürrische Mann im Raum für Reisende beobachtete sie. Plötzlich verkrampfte sich sein Gesicht zu einem unheimlichen Grinsen, er zog die Oberlippe hoch und entblößte seine Zähne …

Otto erschrak. Marsjans rechter Arm kam hervorgeschossen, er schob schnell die Tür zu und sagte mit lauter Stimme: «Nicht wieder erkälten, SVP! Santé! Tabeh ha und Auf Wiedersehen.»

Der andere gab keine Antwort; er war von einem heftigen Niesanfall heimgesucht worden. Von ihm, das sah Otto nun erleichtert und mit Schadenfreude, war im Moment nichts zu befürchten.

Er flüsterte: «Wer ist der Mann? Er ist ein richtiger …»

Dunkler Marsjan fiel ihm ins Wort: «Wenn du nicht weißt, wer er ist, kannst du auch nicht sagen, was er ist.»

«Und Sie sind …»

«Der einzige Marsianer auf der Erde. Jedenfalls, soweit mir bekannt ist», antwortete Marsjan. «Und jetzt mit nach unten.»

Otto versuchte, sich aus den fünf Fingern, die ihn festhielten, zu befreien. «Nach unten? Wie denn?!»

* Alle diese Wörter (Englisch / Amerikanisch / Niederländisch / Deutsch / Französisch / Malaiisch) bedeuten ungefähr dasselbe. (Sekretär der Januarischen Ambassade)

«Über die Strickleiter, was dachtest du sonst? Fliegen ginge nicht.»

«Können Sie das denn nicht, fliegen? Mit diesem Mantel, genau wie Batman[12] … nein, wie Superman[13].»

«Mein Mantel ist SUPERBAT, das ist wahr, gut beobachtet», sprach der Marsmann. «Du musst aber wissen, dass der nur zum Flattern ist. Ich habe keine Fliegekraft, weder physisch noch durch technische Erfindung. Ich bin vom Mars, nicht von Krypton* … Junge, du zitterst!» Er ließ Otto los, machte die Taschenlampe aus, steckte sie sich in den Gürtel und holte etwas anderes zum Vorschein. «Zieh diese Fäustlinge an, sie passen dir sicher, denn sie sind von Christian Morgenstern, der sie wieder mal hat herumliegen lassen.»

«Christian! Kennen Sie … wissen Sie … Sie kennen ihn!», sagte Otto, während er sich ein paar wollene Fäustlinge über seine bibbernden Finger schieben ließ. «Wo ist er?!»

«Da, wohin er gehört, wie ich hoffe», antwortete der Marsianer.

«Doch nicht … Persona non grata?»

«Wie kommst du denn darauf! Was für ein Nonsens», sagte Marsjan. «In der Ambassade ist er gerade *grata*, auch wenn ich ihn mal zusammenstauche. Aber das fordert er von Zeit zu Zeit geradezu.»

Otto schaute kurz einmal zu dem Mann auf der anderen Seite der Glastür, der seine Nase in ein großes schmuddelig-weißes Taschentuch schnäuzte.

«Der da sagte, dass er keine Zeit hätte», flüsterte er. «Und hier sind doch Meere?»

«Ozeane von Zeit sogar. Ach, wer macht nicht manchmal eine unbesonnene Bemerkung. Er weiß es sehr wohl besser. Aber komm, es ist hier für ein Menschenkind etwas kühl, also weiter. Nach unten. Folge mir, ohne Höhenangst, und keine Anstellerei, SVP.»

Dunkler Marsjan war in einem Schwung über der Balustrade. Er wandte sich wieder zu Otto um, nur noch bis zur Taille zu sehen, die Hände auf der Balustrade, die Füße unsichtbar auf einer Sprosse der Strickleiter. «Pass auf», sagte er beruhigend, «ich bin

* Krypton ist der Planet, von dem Superman kommt. Siehe weiterhin die Bücherliste des Bibliothekars. (Sekretär der Januarischen Ambassade)

und bleibe zwischen dir und der Tiefe. So gehen wir zusammen nach unten. Komm!»

Es kostete Otto nicht einmal so viel Mut, zu tun, was der Marsmann ihm sagte. Schon bald begann er hinabzusteigen, langsam, aber ohne Zögern, Sprosse für Sprosse. Die Leiter bewegte sich ein bisschen, aber hinter seinem Rücken stieg Marsjan mit hinunter. Er fühlte dessen Arme sicher um sich herum, sah, wie die dunkelblauen Hände regelmäßig versetzt wurden. Vor sich sah er die Außenwand eines Hauses, manchmal mit dem Glanz eines Fensters oder der Dunkelheit einer Nische.

Dunkler Marsjan sagte über seinem Kopf: «Es geht prima, stimmt's oder stimmt's, Otto?»

«Sie wissen, wie ich heiße», sagte Otto leise.

«Ja, vom Galgenkind gehört. Otto mit zwei O-s.»

«Und zwei T-T-s», sagte Otto. Obwohl er keine Angst mehr hatte, konnte er nicht aufhören zu zittern. Wie hoch waren sie noch? Endlos lang erschien die Leiter; seine Finger starben ab, trotz der Fäustlinge.

«Noch eine ganze Menge Querlatten, viele Sprossen zu gehen», sagte der Marsmann. «Es geht auch anders, viel schneller – wenn ich das Seil nehme, das hier neben uns hängt. Im Gleitflug, eisig atemberaubend ... aber in nur wenigen Sekunden eine sanfte Landung am Fuß des Gebäudes. Machen wir es so?»

«Wenn das g-geht?», sagte Otto zweifelnd.

«Aber sicher.» Marsjan hielt an. «Dreh dich um, das wagst du doch wohl, mit dem Gesicht zu mir. Leg deine Arme um meinen Hals. Fest. Nicht kneifen. Ja!»

Otto wagte nicht, darüber nachzudenken, dass er auch «Nein» sagen könnte. Er folgte Marsjans Anweisungen, und der sagte:

«Halt dich gut fest, lass meine Arme frei. Ich brauche meine Hände, um mit Geschwindigkeit und Geschicklichkeit nach unten zu sausen. Okay? All right? Fertig?»

«Okay», flüsterte Otto.

Die Leiter schwankte leicht, als Marsjan das Seil ergriff.

«Attention», sagte der Marsianer vergnügt. «All systems go.* Start!»

* Ausdruck aus der Raumfahrt: alles arbeitet, fertig zum Starten. (Sekretär der Januarischen Ambassade)

Otto umklammerte seinen Hals und kniff die Augen zu und fühlte, wie sie hinuntersausten. Er hörte das Schlagen des flatternden Mantels … und … dann waren Marsjans Hände plötzlich um seine Handgelenke gelegt, und er stand ihm schnaufend gegenüber – in einer dicken Schneeschicht gelandet. Der Marsmann ließ ihn los, richtete sich auf und blickte auf ihn herunter. Otto kam es vor, als ob er wieder ein Lachen in dem nachtblauen Gesicht erscheinen sah.

«Unversehrt gelandet, Junge?»

Otto lachte auch und nickte. Am Himmel, neben Marsjans Kopf, fiel ihm plötzlich ein sehr heller Stern auf, der rötlich funkelte. Wer weiß, vielleicht war es kein gewöhnlicher Stern, sondern ein Planet. Er zeigte darauf und fragte: «Ist das der Mars?»

Marsjan wandte sich halb zurück und blickte auch hin. «Nein», antwortete er. «Das ist Aldebaran, ein Winterstern vom östlichen Himmel, das rote glänzende Auge von Taurus, dem Stier … Man kann den Mars von hier aus und zu dieser Zeit nicht sehen», fügte er leiser hinzu. Seine Stimme klang sogar ein wenig traurig. Sofort danach fuhr er in sachlichem Ton fort: «Keine Stiefel an, möchte ich wetten!» Er beugte sich zu Otto hinunter. «Und etwa bis zu den Knien im Schnee. Hinein also durch die erste beste Tür – ich wähle den Nordeingang. Ich werde dich auf die Schulter nehmen, denn wir haben keinen Schlitten zur Verfügung, und mein Motorrad steht bei meinen Skiern im Souterrain. Es ist nicht weit. Auf geht's!»

KAPITEL SIEBEN

Draußen und Drinnen*

I

Dies, dachte Otto, war vielleicht das Wunderlichste, was er bisher erlebt hatte: auf einer von Marsjans breiten Schultern sitzend durch den beschneiten Garten, dicht an den Mauern der mächtigen Ambassadegebäude entlang. Nicht viele Fenster waren erleuchtet, und draußen brannte nur hier und da eine Laterne. Dennoch konnte man genug sehen – der Schnee glänzte, und viele Sterne glitzerten und blitzten.

Otto bedauerte es, als der Marsianer ans Ziel gekommen war, ihn mit einem Schwung vor dem Eingang des Nordturms niedersetzte und an der Kette zog, die neben der Tür hing. Drinnen bimmelte gedämpft eine Glocke – wahrscheinlich eine, die, wie das Galgenkind gesagt hatte, in der ganzen Ambassade gehört werden würde.

Wenn Christian doch davon herbeigerufen würde!, dachte Otto sehnsüchtig.

Die Tür wurde schnell aufgemacht, aber es war nicht das Galgenkind, das sie in eine Diele hineinließ, die Otto kannte – die des Südturms, also nicht der Nordeingang ...

«Seid willkommen», sprach die Robotin Xanthippe, «nächtliche Reisende, die ich beide kenne. Seid gegrüßt, Dunkler Marsjan, guten Abend, Otto, Christians Kamerad. Schließt die Tür und zieht feuchte, nasse Kleidungsstücke aus. Es stehen trockene Pantoffeln am Garderobenständer; Eure Schuhgröße ist nicht dabei,

*Wie hat sich der Leser entschieden wegen der Überschrift zum vorigen Kapitel? *Dieses* Kapitel könnte auch «Drinnen und Draußen» heißen. Aber ... können zwei verschiedene Kapitel in einem Buch dieselbe Überschrift haben? (Sekretär der Januarischen Ambassade)

werter Marsjan, aber es ist zweifellos ein Paar dabei, das dir, Otto, passt. Ich nehme an, dass es Zeit für ein stärkendes Essen oder ein warmes Getränk ist.»

«Ein frühes Frühstück?», sagte Marsjan. «Goldrichtig, Xanthippe. Gastfreundlich, freigebig gedacht.»

«Ja, fein», sagte Otto. «Wo ist Christian?»

«Mit Claartje in meiner Küche», antwortete Xanthippe. «Wenigstens war er da, als ich die Küche verließ. Erlaubt mir, dass ich sofort wieder hingehe. Denn die Katze lässt das Mausen nicht, da sollte ich besser aufpassen, und ich spreche dabei nicht nur von den Kindern.»

«Ah, ist die Katze in der Küche», sagte Marsjan. «Sie-oder-er-oder-es lag auf dem Kätzchenkissen in der Bibliothek, als wir das Galgenkind da vergeblich suchten, der Bibliothekar und ich. Oder sprichst du von Tiger?»

«Ich sprach von der ‹Katze-aus-der-Kiste›», sagte die Roboterfrau.

«Du meinst doch nicht, dass die was ausfressen kann, Xanthippe?»

«Die Katzen allgemein oder die Katze im Besonderen – das hängt davon ab, wie die Katze sich zeigt», sagte Xanthippe. «Als Katze oder als Katzen.»

Katze? Katzen? Worüber reden die denn jetzt?, dachte Otto. Noch nie 'ne Katze hier gesehen. Wann werde ich endlich einmal eine zu sehen bekommen?

«Lass dich von uns nicht aufhalten, Xanthippe», sagte Marsjan. «Otto und ich kommen sofort hinterher.»

Xanthippe beschrieb einen Halbkreis, bewegte sich über den Ziegelfußboden zur Wendeltreppe, schwebte nach oben und verschwand.

«Zieh deine Jacke und deine Schuhe aus, Otto», sagte Marsjan. «Wenn du kalte Füße hast, kannst du Pantoffeln anziehen. Lass deine eigenen Sachen nicht hier, nimm sie mit.»

«Diese Jacke gehört mir nicht», sagte Otto, während er die Segeljacke an die Garderobe hängte, neben einen dunkelblauen Mantel und den langen lila Schal. «He, meine Tasche hängt da noch! Meine Tasche mit Schulbüchern. Versehentlich hier im Südturm zurückgeblieben.»

«Nordturm», verbesserte Marsjan. «Schön, nun hast du deine Tasche auch wieder. Und hier habe ich noch etwas, was dir gehört.»

«Christian sagte Südturm», fing Otto an.

«Bitte, dein Flashlight», sagte Marsjan. «Von deinem Freund Christian für eine Weile … eh … ausgeliehen.»

Otto nahm seine Taschenlampe an sich und sagte: «Vielleicht hat Christian sie wirklich … hat er sich geirrt.»

«Worin?», fragte Marsjan.

«In … in … darin, dass dies der Südturm ist», antwortete Otto, obwohl er eigentlich etwas anderes hatte sagen wollen. Er war einigermaßen durcheinander; es war aber auch furchtbar viel passiert, seit er vor jenem Spiegel gestanden hatte …

«Nein, geirrt hat Christian sich nicht», sagte Marsjan. «Außer wegen der Taschenlampe vielleicht. Wer weiß, vielleicht hatte er einen Moment vergessen, dass es dein Flashlight ist … Wie auch immer, das Ding kam gut zupass, musst du bedenken.»

Otto knipste das Licht an und wieder aus und steckte die Taschenlampe in die Tasche. «Gut zupass? Warum?», fragte er.

«Das soll Christian dir lieber selbst erzählen – zu seiner Zeit. Frag ihn, wenn du ihn siehst.»*

Der Marsmann heftete seinen strahlenden Blick auf die Tür. Der große Schlüssel steckte tatsächlich noch im Schloss. «Mit der Taschenlampe trittst du im Dunkeln nicht so schnell daneben», setzte er fort. «Und deine Bücher wirst du auch nicht mehr entbehren müssen, wenn du wieder in deiner anderen Welt bist … Wenn du jetzt sofort diese Tür aufmachen würdest, könnte es sehr gut sein, dass sie in einen Zeitraum führte, der zu deiner eigenen Wohnung gehört … In welchem Monat bist du dort weggegangen? Nicht im Jaguar. Oktopus? Nordpolbär?»

«W-was mein-meinen Sie?», fragte Otto. «Es ist doch Januar? Jetzt? Hier? Siebter Januar, hat Claartje gesagt. Aber davor war es Mai. November, als ich zu Hause war.»

* Zu seiner Zeit! Der Leser kann nicht (wie Otto) das Galgenkind danach fragen. Keine Sorge! Warum das Flashlight so zustatten kam, kann man in einem anderen Buch lesen: *Der Weg zur Zelle.* (Sekretär der Januarischen Ambassade)

«Im Zeichen des Scorpio, Skorpion. Donnerschlag, bei Antares, das ist stark.»* Marsjan löste seinen rot schimmernden Halsverschluss und ließ seinen schönen Mantel langsam von den Schultern gleiten. «Was erwartet einen eigentlich auf der anderen Seite dieser Tür im Nordturm? Eine städtische Straße im November? Ein Zimmer in deinem Haus?»

Otto sagte leise: «Dies ist doch genauso mein Haus?»

Der Marsmann warf seinen Mantel über einen der Garderobenhaken und richtete seine Augen auf Otto; die Iris war wirklich wie Gold (wie von einem Jaguar), auch im normalen Licht der Dielenlampe. Otto sah sich selbst – verkleinert, unscheinbar – in jeder der beiden runden Pupillen.

«Womöglich, möglicherweise, vielleicht», fuhr der Marsmann fort, «wollen wir hoffen, dass es so ist: dein anderes Haus hinter dieser Tür. Denn weißt du, Otto, es herrscht einige Verwirrung hier in der Ambassade. Es ist also nicht verwunderlich, dass du auch ein bisschen durcheinander bist. Wo Meere von Zeit sind, kann heftiger Wellengang entstehen. Außer stillen Wassern mit tiefen Abgründen auch Mahlströme und Strudel. Grundseen. Chronoclasmen, die die normalen Synchronizitäten und Anachronismen stören. Verstehst du mich?»

«Nein», flüsterte Otto. Er war einen Moment still und brüllte dann los: «Ich verstehe nicht die Bohne davon! NICHTS!» Die angenehme Temperatur der Diele schien plötzlich um viele Grade gesunken. Ich muss doch nicht zurück!, dachte er.

«Beruhige dich, bleib ruhig, reg dich nicht auf, behalt einen kühlen Kopf. Du bist hier willkommen, das weißt du genau», sagte Dunkler Marsjan. «Vergib mir, Entschuldigung, nach all dem Schreck und den Überraschungen erst mal ein gutes Frühstück. Auf, zu Xanthippes Küche! Und wenn du wegwillst, gibt es genug Türen, unter denen du wählen kannst.»

«Wenn ich wegwill? Wann ...», begann Otto.

«Den Augenblick bestimmst du, nicht ich. Ich sehe, dass du eine

* Antares, der rote Stern des Südens, wird manchmal zu Unrecht für Mars gehalten. Er ist der hellste (sehr helle) Stern des Sternbilds Scorpio oder Skorpion. In der Astrologie gehört Scorpio zur Periode 22. Oktober – 23. November. Genau wie der Mars übrigens. (Bibliothekar)

Januarische Uhr trägst.» Der Marsmann lächelte Otto zu. «Wirklich, Junge, du bist jederzeit willkommen.»

Otto erwiderte das Lächeln nicht. «Wenn ich wegmuss», sagte er, «dann bin ich nicht jederzeit willkommen.» Er stockte. Was konnte er dem noch hinzufügen? *Ist Marsjan der Ambassadeur?* Dieser Gedanke überfiel ihn wie ein Schlag auf die Wange. *Januarien ist nirgendwo auf der Erde, aber es kann durchaus auf dem Mars existieren …*

«Über JEDERZEIT, Zeit genug und die ZEIT», sprach Dunkler Marsjan, «gibt es viel zu debattieren. Am liebsten sage ich es mit einem eurer Kirchenväter: dass ich die Zeit nur begreife, solange ich sie nicht einem andern erklären muss … Guck nicht so ängstlich, Otto! Bei Phobos und Deimos, du hast nichts zu befürchten.* Ich bin nur ein Marsianer, und ich habe überhaupt nichts über deine Türen zu sagen, offen oder geschlossen.»

«Stimmt das? Sind Sie denn nicht …», begann Otto.

«Was ich nicht bin, ist mir unbekannt», unterbrach ihn der Marsmann. «Was ich bin, ist ein Mann vom Mars, dem Roten Planeten. Den Terranischen Astronomen zufolge befinden sich dort Berge, Abgründe und Wüsten. Felsen. Krater. Dort ist der größte Vulkan unseres Sonnensystems, aber kein einziger Kanal.»

«Dafür aber Januarien?»

«Was?»

«Liegt Januarien … Januar, Winter … Auf dem Mars ist man weiter von der Sonne entfernt, also kalt … Hat das etwas mit Januaria zu tun? Mit der Ambassa … mit dem Mars?» Otto hörte sich selbst brabbeln (was für ein Trampel!) und machte den Mund wieder zu.

«Mars haben die Menschen nach einem griechisch-römischen Gott benannt, ein römischer Name», sagte Marsjan. «Ebenso wie der Monat März. Hat nichts mit Januar zu tun, der ist nach Janus benannt worden. Janus war der Gott, der die Vergangenheit und die Zukunft sehen konnte. Und ob Mars der WAHRE Name des

* Phobos und Deimos sind die beiden Monde des Mars. Ironischerweise bedeuten ihre Namen: «Angst» und «Schrecken». Bedenke jedoch, dass dies ihre *irdischen*, ihnen von den Menschen gegebenen Namen sind. (Bibliothekar)

vierten Sonnenplaneten ist?* Mein Planet hat mehrere Namen. Persönlich finde ich, dass *Malacandra*[2] schöner klingt.»

«Oder *Barsoom*[1]», sagte Otto.

«Aha! Burroughs. Woher kennst du den Namen? Hast du *Die Prinzessin vom Mars* gelesen?»

«*Prinzessin vom* ... Nein.» Otto musste einen Augenblick an Schneewittchen denken, die Prinzessin des Spiegels und des gläsernen Sargs, und dann an die schöne, nackte Frau im grünen Badezimmer. *Barsoom* ... Von wem hab ich den Namen gehört? Er sagte: «Montag! Herr Montag hat davon erzählt.»

«Montag», wiederholte Marsjan leise für sich. «Was ... Wen meinst du damit?»

«Er hat einen Laden, zusammen mit seiner Frau, er verkauft Bücher und noch eine ganze Menge mehr. Spielsachen und alles Mögliche.»

«Uhren?»

«N-nein. Oder ja, doch, manchmal. Gebrauchte. Eigentlich ist es ein Bürogeschäft.»

«Bürogeschäft? Montag?», sagte Marsjan leise. «Nie davon gehört.»

Hat er noch nie von einem Bürogeschäft gehört?, fragte Otto sich. Oder von Montag?

«Xanthippe erwartet uns», fuhr der Marsmann lauter fort. «Kommst du ... oder willst du erst noch pinkeln und dich waschen?»

Er zeigte auf eine kleine Tür unter der Treppe, die Otto (seltsam!) die vorigen Male nicht bemerkt hatte. Dahinter befand sich ein sehr feiner WC-Raum mit einem blau geblümten Waschbecken aus Porzellan und einem ebensolchen WC.

Otto zog sich kurz dahin zurück, aber er ließ die Tür einen breiten Spalt offen – aus Sorge, dass die Januarische Diele verschwinden würde.

Als er wieder herauskam, sah er, dass Marsjan seinen Pullover, seine Stiefel und sogar seine Socken ausgezogen hatte; er trug nur

*Sol ist unsere Sonne. Die Planeten unseres Sonnensystems sind, von der Sonne her gerechnet: 1. Merkur; 2. Venus; 3. Erde (Terra); 4. Mars; 5. Jupiter; 6. Saturn; 7. Uranus; 8. Neptun; 9. Pluto. Zwischen 4 und 5 befinden sich die Planetoiden. (Bibliothekar)

noch seine enge blaue Hose. Sein muskulöser Körper war jetzt noch auffallender – eher von einem dunklen Azur als Indigo.

«Es ist mir hier innerhalb des Hauses ein wenig zu warm», sagte er. «Also lege ich bei Zeit und Weile die meisten Kleider ab. Nur meinen Mantel behalte ich immer bei mir, auf den verzichte ich nicht gern.» Er nahm das prächtige Kleidungsstück von der Garderobe und schlug es sich achtlos über die Schulter. «So. Fertig? Du hast deine Büchertasche und dein Flashlight, trockene Puschen an den Füßen und deine Schuhe in der Hand. Starten wir also. Du kennst den Weg.»

«Nicht zur Küche.»

«Ach nein, junger Mann? Aber ja.» Marsjan ließ Otto vorangehen, die Treppe hinauf. «Wohin zuerst? Rate mal, was meinst du?»

«Zum Raum der Mitte, von dem alles ausgeht?»

«Prima, right, okay, baik! Darin steckt Musik.»

«Professor?»

«Der blaue Mann nannte ihn so. Und der Professor sagte: ‹Diese junge Dame kommt zum ersten Mal hierher. Debussy, wie farbig er auch sein mag, liegt nicht so auf meiner Linie, es passt eher zu dir. Setz du dich ans Klavier und spiele *Clair de Lune* für sie.› Und das tat er, der große blaue Mann.»

So ungefähr hatte es in Elises Geschichte gestanden. – Wann werde ich auch ihr einmal begegnen?, dachte Otto.

«Im Musiksaal die richtige Tür wählen», sagte Marsjan, «und dann ergibt sich der Weg von selbst: immer der Nase nach. Du hast doch keinen Schnupfen? Wenn Xanthippe beim Backen ist … Bekommst du schon Appetit?»

«Und wie!», antwortete Otto. Dennoch dachte er nicht an Rosinenbrötchen oder Spiegeleier oder Pfannkuchen mit Speck; er dachte an Christian, der, wie Marsjan sagte, noch immer Persona grata war, er grübelte über seine Begegnung mit Claartje auf dem Kofferspeicher nach … und über den Fremden, durch den der Raum für Reisende nicht mehr für alle Reisenden war. Aber am meisten beschäftigten sich seine Gedanken mit dem Marsianer, der inzwischen leichtfüßig neben ihm ging.

Er ist derjenige, der dem Galgenkind das Alphabet abfragen soll.

Hat er auch den *Auftrag* dazu gegeben? Xanthippe redete ihn so außerordentlich höflich an. Sogar dieser Scheißkerl im Raum für Reisende schluckte ihm gegenüber seine Wut herunter. Ist die *Januarische* Ambassade eine *Marsianische* Ambassade?

Sehr wahrscheinlich!

Zum Glück, dachte Otto, weiß Marsjan nicht, dass ich mir eingebildet habe, ich könnte es selbst sein, Ambassadeur …

II

Im Raum der Mitte, von dem alles ausgeht, brannten nur in einem vierarmigen Leuchter die Kerzen auf dem Flügel.

Ob Marsjan sich wohl kurz hinsetzen und etwas spielen würde?, fragte Otto sich. Aber nein, der blaue Mann schritt durch den Saal, ohne den Flügel auch nur anzusehen. Danach ging er voran. Otto war müde geworden und lief wie ein Schlafwandler hinter dem Marsmann her. Die Ambassade schien allmählich ein Labyrinth zu sein.

Und plötzlich befanden sie sich in der Küche. Die wurde nur teilweise von Lampen und Feuerflammen erhellt – aber man konnte sofort sehen, dass es dort jederzeit für viele Menschen eine ganze Menge zu essen gab. Von der einen Seite kam ein Strom frischer Luft herein, durch weit geöffnete Fenster mit dem Blick auf Schnee. Von anderen Seiten wirbelte Wärme auf sie zu, mit Düften von leckerstem Backwerk und herrlichem Essen. Otto – jetzt hellwach geworden – sah Xanthippe an einem großen Herd voller Töpfe an der Arbeit, in denen alles Mögliche brutzelte, zischte und köchelte.

Um sie herum auf dem Fußboden – wie herrlich, kätzchenmäßig – wuselten unzählige Katzen.

Otto spürte Feuchtigkeit in seinen blinzelnden Augen und Wasser im Mund und ein Prickeln in der Nase. Er musste niesen – ein-, zwei-, dreimal. Er ließ seine Tasche und seine Schuhe mit den Socken fallen. Für einen Augenblick schien sich alles zu drehen. Ganz nahe erklang Marsjans Stimme:

«Stets ändern sich die Jahreszeiten, aber morgen ist schönes Wetter. Bei Ares* und Aldebaran: Gesundheit, Prost, Santé.»

Otto wischte sich die Nase mit dem Handrücken ab. Er rieb sich die Augen. ALLE KATZEN WAREN VERSCHWUNDEN. Geflüchtet oder in den Essensdämpfen aufgelöst ... Er sah keine Einzige mehr!

Xanthippe war weiterhin mit den Töpfen und Pfannen auf dem Herd zugange, aber sie drehte ihnen eins ihrer Augen zu. «Nehmt Platz», sagte sie. «Die Zeit zuzugreifen fängt an. Wie werden die Eier gewünscht, Fragezeichen. A, gebraten oder B, gekocht. A, einseitig oder doppelt gebraten oder Omelette. B, weich oder hart. Rührei ist auch möglich. Ich habe mir nicht die Mühe gemacht, den Tisch zu decken. Mit andern Worten, ich habe ihn nicht mit einem Laken oder Tischtuch bedeckt. Nur Service, Servietten und Besteck, wie ihr seht. Wenn jeder in der Ambassade – außer mir – mit aller Gewalt will, dass dieser uralte Tisch in der Küche steht ... gut, dann soll man diesen Tisch auch sehen, Ausrufezeichen. Unbedeckt, mit allem, was darauf und da hinein geschrieben steht.»

«Darum ging es auch, meiner Meinung nach», sagte Marsjan. Er setzte sich hin und gab Otto ein Zeichen, dass er dasselbe tun sollte. «Nur steht jetzt sehr viel Zusätzliches auf der Tischplatte! Das wird uns ausgezeichnet schmecken, Xanthippe.»

Otto setzte sich neben ihn auf eine lange Sitzbank und sah mit Überraschung, dass er den Tisch kannte. Er hatte schon einmal daran gesessen – unten, mit dem Galgenkind, als das die Geschichte seines Vaters und seiner Mutter erzählt hatte.

«Wo ist Christian?», fragte er wieder. Dies war bestimmt die gastfreundlichste, gemütlichste, schmackhafteste, wenn nicht geschmackvollste Küche, die es gab ... aber Christian und Claartje waren nirgends zu entdecken. Und die beiden gehörten hierher. Auch wenn sie manchmal unausstehlich waren, er vermisste sie.

«Gebratenes Ei – A – oder gekochtes Ei – B – oder Rührei – C, Fragezeichen», sagte Xanthippe. Sie kam zum Tisch und schenkte zwei Tassen von etwas Duftendem und Heißem ein. Otto sah das

*Ares ist der griechische Name des Gottes Mars. (Sekretär der Januarischen Ambassade)

Wort MALACANDRA eingeritzt. – Irgendwo mir gegenüber, erinnerte er sich, ist mein Name ins Holz eingekerbt.

«Christian Morgenstern hat meine Küche verlassen, zusammen mit dem Mädchen Clara», sagte Xanthippe. «In alltäglicherer Sprache: Sie haben sich davongemacht, haben sich verdrückt. Sofort nachdem sie eine große Menge gegessen hatten, trotz der Tatsache, dass ich ihnen gesagt habe, was jeder Erwachsene jedem Kind gesagt haben würde – ich bin erwachsen geboren, also muss ich es wohl wissen ...»

«Wo sind sie?», fragte Otto voller Ungeduld.

Xanthippe redete unbeirrt weiter: «Ich sagte ihnen, dass es ungesund ist, sich direkt nach der Mahlzeit körperlich zu betätigen. Sie wollten, soweit mir bekannt ist, Schneebälle werfen. Ich habe ihnen davon abgeraten – zum Verbieten bin ich nicht programmiert –, aber sie sind entwischt. Ich hoffe, Otto», sagte sie, stellte einen Korb warmer Brötchen vor ihn hin und schob viele gefüllte Näpfe heran, «dass du nachher vernünftiger sein wirst.»

«Das wird er bestimmt, Xanthippe! Ich werde die beiden Donnerkeile gleich nachher aufstöbern», sagte Marsjan. «Mein Ei nach der Art A, bitte. Spiegelei.»

«Einseitig gebraten also», sprach Xanthippe.

«Gern. Und mit Speck. Was willst du, Otto?»

«Dasselbe», flüsterte Otto, obwohl es ihm auf einmal ziemlich egal war. – Christian und Claartje haben's gut, die sind draußen, und ich ... Muss ich wirklich schnell zurück?

«Zweimal A. Spiegel. Speck», sagte Xanthippe. Sie bewegte sich zum Herd. Kurz danach aßen sie schon. Das Heiße, Duftende war Tee, aber Xanthippe stellte auch Kaffee, Milch, Limonade, Schokolade und Apfelsinensaft auf den Tisch.

Marsjan aß unglaublich schnell – es war wie Zauberei, denn er hatte gute Tischmanieren. Er hatte ohne zu schlingen zwei volle Teller leer gegessen, mit Brot und Spiegeleiern mit Beilage, als Otto seinen ersten Teller erst halb leer gegessen hatte.

«Das nenne ich genießen», sagte der Marsianer. «Meinen Dank, Xanthippe.» Er stand auf. «Sei mir nicht böse, Otto – Sorry, Pardon, Entschuldigung, dass ich jetzt Abschied von dir nehme. Iss genüsslich weiter. Ich hab was anderes zu tun.»

«Darf ich nicht mit?», fragte Otto.

«Du hast es schon gesagt, du darfst nicht mit», antwortete Marsjan. «Ich muss nach draußen, in den Garten, und noch weiter vielleicht, vermutlich. Für mich nicht kalt, nicht einmal kühl, sondern lau. Du kannst dich nachher in aller Ruhe auf den Weg zu deinem Haus machen.»

«Dies ist ebenfalls mein Haus», sagte Otto noch einmal.

«So ist es, sicher», sagte der Marsmann. «Dein Antrag auf Asyl ist doch anerkannt?»

Darauf hatte Otto keine Antwort.

Plötzlich musste er an sein verschwundenes Buch denken. Er sah die erste Seite der dritten Geschichte wieder vor sich. Er hatte erst damit angefangen ... *Der Asylsuchende.* Eine Geschichte voller Schnee ... hätte er sie doch zu Ende gelesen!

«Was sagst du, Xanthippe», fragte Marsjan. «Hat er Asyl, ja oder nein?»

«Als Sekretärin des Ambassadeurs kann ich diese Frage mit ‹Ja› beantworten», sprach die Robotin. «Jedoch wünscht der Sekretär noch einige Informationen auf einem Formular. Mehr darf ich Euch nicht sagen, Ihr verzeiht.»

« ...zeiht», sagte der Marsmann leise, wie ein Echo. «Zeit. Mit H oder ohne H?»

«Ohne», wollte Otto sagen, aber auf einmal wusste er es nicht sicher. Er wusste *nichts* mehr sicher.

«Du kriegst schon noch Bescheid», sagte Xanthippe ihm. «Und wenn du nichts hörst, gehst du einfach hin und fragst.»

«Bei wem?», fragte Otto. «Wo?»

«Bibliothek natürlich», antwortete Xanthippe. «Lass dein Ei nicht kalt werden, Junge.»

Otto nahm einen Bissen und schaute zu Marsjan, der seinen Mantelverschluss schon festgemacht hatte. «Welche Tür?», fragte er mit vollem Mund. Er kaute und schluckte schnell hinunter.

«Jede Tür», sagte Xanthippe.

«Ich kenne den Weg nicht», sagte Otto. «Mit Christian zusammen, dann ja ...»

«Hat das Galgenkind dir nicht gesagt, wie du ein bestimmtes Zimmer JEDERZEIT finden kannst?», sagte Dunkler Marsjan. «Der Raum der Mitte, von dem alles ausgeht. Aber Xanthippe kann dir das auch sagen. Ich werde Christian von dir grüßen, Otto. Wenn ich den Blitzkerl finde, und das werde ich sicherlich, sofort.» Er ging zum Fenster.

Die Küche schien im Erdgeschoss zu liegen, es sei denn, dass der Schnee meterhoch lag. Draußen wartete noch immer eine blauweiße Nacht.

Otto fuhr halb hoch. «Sie sind doch nicht auf ihn böse?», fragte er.

Der Marsmann blieb stehen und wandte sich ihm fragend zu.

«Es ist nicht seine Schuld», sagte Otto.

«Was ist nicht seine Schuld?»

«Das mit dem ABC-Buch. Er hat es mitgenommen, um mir zu helfen.»

«Wieso? ABC-Buch?»

«Aus der Bibliothek.»

«Oh, das. Damit befasse ich mich nicht», sagte Marsjan. «Darüber hat der Bibliothekar zu entscheiden.»

«Aber Sie sollten doch ...» Otto stockte. Er setzte sich wieder hin.

«Was sollte ich?»

«Ihn abfragen!»

«Was ich nicht alles soll und muss!», sagte der Marsmann. «Donnerwetter, erwartet man wirklich so viel von mir? Bei Aldebaran und Orion, was, wenn ich nun einmal wieder meinen Winterschlaf hielte?»

«Spottet nicht damit, Mann vom Mars. Ihr habt Zeit im Überfluss», sagte Xanthippe. «Ihr dürft tun, was Ihr nicht lassen könnt, aber ich sehe Euch lieber mit beiden Augen offen. Für Euch keinen gläsernen Sarg, SVP.»

«Xanthippe, mach dir um mich keine Sorgen. Otto, beunruhige dich nicht.» Dunkler Marsjan lächelte sein Flimmerlächeln. «Vergiss nicht, dass dies eine Besonders Angenehme Ambassade ist: B.A.A.»

«B.A.A.», sagte Xanthippe. «Auf Wiedersehen, Marsjan. Noch eine Frage, bevor Ihr geht: Soll ich dem blinden Passagier oben wieder sein Frühstück bringen?»

Otto fuhr erschreckt auf, aber der Marsmann schien das nicht zu merken. Er saß jetzt auf einer der Fensterbänke. «Nicht mehr nötig; er ist fit und gut zu Fuß», sagte er. «Lass ihn ruhig nach unten kommen. Grüße alle von mir, bis auf die Kinder, die ich jetzt aufstöbern werde. Sag dem Bibliothekar, dass ich bald zurück sein werde, und lass nichts anbrennen.»

«Anbrennen, Fragezeichen. Unmöglich, Ausrufezeichen», sagte die Robotin. «Lebt wohl, und bedenkt, dass Schneeballwerfen ...»

«Das werde ich nicht», fiel Marsjan ihr ins Wort. «Nicht ohne Otto. Ich habe andere Pläne. Au revoir, tabéh, bye-bye, dui-dui.» Er war mit einem Schritt draußen und entfernte sich schnell. Sein Mantel wogte.

«Barfuß beziehungsweise auf bloßen Füßen durch den Schnee», sagte Xanthippe, während sie ihm mit beiden Augen nachblickte. «Er mag wohl winterfest sein, aber man kann es auch übertreiben. Er ist und bleibt aus Fleisch und Blut.»

«Aber doch kein Mensch?», fragte Otto flüsternd. «Ein richtiger Marsianer?»

«Ein Marsianer so echt wie die Valles Marineris* nach Meinung einiger Leute, so echt wie die Kanäle von Schiaparelli nach Meinung anderer[14]», antwortete Xanthippe.

«Aber es gibt keinen einzigen Kanal auf dem Mars, das hat er selbst gesagt», begann Otto.

«Das sagen die meisten Astronomen und einige Astronauten.

*Marsianische («Marskundliche») Namen. Hierüber wird der Leser zu gegebener Zeit mehr erfahren. Man kann sie in einem Astronomiebuch oder in einer Enzyklopädie aufsuchen. Zieh den Katalog des Bibliothekars zu Rate. (Sekretär der Januarischen Ambassade)

Hast du mal Fotos von den Valles Marineris und dem Olympus Mons gesehen, Fragezeichen. Sieh dir den Marsglobus an.»

Xanthippe schwebte zum Fenster und sah der blauen Gestalt nach, bis sie ihrem Blick entschwand. «Dort ging ein Marsianer. Dunkel ist er, mit goldenen Augen, wie es in einer alten Chronik geschrieben steht.»*[15] Sie ging langsam zum Herd zurück.

«Der einzige Marsianer?» Otto zögerte etwas. (Eine Angenehme Ambassade.) Er fragte: «Wissen Sie, wer der Ambassadeur ist?»

«Still», sagte Xanthippe. «Möchtest du noch Brot. Fragezeichen.»

«Nein. Danke. Kennen Sie ihn?»

«Wen. Fragezeichen.»

«Den Ambassadeur.»

«Wenn ich ihn kennte, würde ich es nicht sagen, und wenn ich ihn nicht kennte, würde ich es verbergen. Um es deutlicher auszudrücken, hör gut zu, Doppelpunkt. Wenn ich den Ambassadeur kenne, sage ich es nicht, und wenn ich sie nicht kenne, verberge ich es.» Xanthippe starrte Otto mit ihren beiden Augen direkt an. «Verzeih, Otto. So steht es in meinem Programm.»

«Sie meinen», sagte Otto, «dass Sie keine Antwort geben.»

«Genau. Ich gebe keine Antwort auf Fragen über den Ambassadeur.»

III

Xanthippe nahm Ottos Teller und stellte einen sauberen Teller dafür an den Platz.

Otto warf noch einen sehnsüchtigen Blick aus dem Fenster. Könnte er nur hinter dem Mann vom Mars her! Ich hätte meine Frage über den Ambassadeur anders stellen sollen, dachte er. Nun weiß ich es immer noch nicht mit Sicherheit.

Völlig überrascht – woher kommt die denn?! – sah er eine Katze

*Xanthippe bezieht sich auf die *Mars-Chroniken* von *Ray Bradbury*, ein Buch, das sich natürlich in der Bibliothek befindet. Zieh die Bücherliste des Bibliothekars zu Rate. (Sekretär der Januarischen Ambassade)

auf einem Kissen, auf der Bank, ganz nahe an dem Platz, wo Marsjan gesessen hatte. Das Kissen war schwarz und gold gestreift, und die Katze war weiß. Sie lag zusammengerollt – den Schwanz halb über dem rosa Näschen – und schlief. Otto hielt für einen Moment den Atem an – *Kenne ich die ... Nein!* Er schob sich zur Katze hin und streckte die Hand aus.

«NICHT», sagte Xanthippe durchdringend.

Otto erschrak, weil ihre Finger unvermutet seine Schultern gepackt hatten und leicht hineinkniffen.

«Nicht. Rühre dieses Tier nicht an, Ausrufezeichen. Ich spreche mit Nachdruck. Kein Streichen oder Streicheln. Rücke dahin zurück, wo du gesessen hast, und verhalte dich ruhig», befahl die Robotin. Sie ließ ihn los.

Otto gehorchte, wenn auch unwillig. Erstaunt schaute er zu ihr auf.

«Warum?»

«Dieser Katze, Katzen ist Asyl gewährt», sprach Xanthippe mit gedämpfter Stimme. «Sie-oder-er-oder-es hat Zuflucht und Sicherheit und Ruhe in dieser Angenehmen Ambassade gesucht, genauso wie ich und viele andere. Stör dieses Tier nicht. Ich sage dies mit einem Ausrufezeichen, auch wenn ich meine Stimme gedämpft habe. Rühre die Katze nicht an.»

Sie ist nicht die, die ich dachte, wusste Otto, *auch wenn sie ihr ähnlich sieht.* «Ist sie denn scheu?», flüsterte er. «Dieses Kätzchen ist doch nicht falsch?»

«Nicht direkt scheu und bestimmt nicht falsch», antwortete Xanthippe. Sie sagte: «Dies ist Schrödingers Katze.» So klang es wenigstens. Sie wartete einen Moment und fuhr fort: «Die Katze von, ich buchstabiere, Doppelpunkt S.H.R.O-Umlaut.D.I.N.G.E.R. Schrödingers Katze. Noch nie gehört. Fragezeichen.»

Otto schüttelte den Kopf. – *Siehst du wohl, dieses Kätzchen gehört nicht mir.*

«Schrödinger, Erwin Schrödinger war ein berühmter Gelehrter, theoretischer Physiker.»

«Wie bitte?»

«Ein Physiker.»

«So wie Einstein?»

«Ja. Die beiden kannten sich, selbstverständlich. Irgendwann sperrte Schrödinger die Katze in eine Schachtel. Es kann auch eine Kiste gewesen sein. Ja, eine Kiste. Schrödingers Katze war und ist berühmt, um nicht zu sagen berüchtigt», erzählte Xanthippe. «Die Katze kam in eine Kiste, und die Kiste wurde zugemacht, völlig zugemacht, schalldicht. Für einen Versuch, ein Experiment. Am Ende des Experiments, nach einer bestimmten Zeit, zum Beispiel nach einer Stunde, wurde die Kiste wieder geöffnet. Dann würde die Katze immer noch am Leben sein … oder tot. Oder – und das war der Haken daran – beides.»

«Wie gemein», flüsterte Otto. Er schaute das Kätzchen an, das noch in derselben Haltung lag, friedlich schlafend.

«Oh, aber es war nicht echt», sagte Xanthippe. «Schrödinger dachte sich das Problem nicht aus, um es durchzuführen, sondern um darüber nachzudenken und es anderen vorzulegen. Er legte das Rätsel schriftlich dar. Er war ein freundlicher Mann und würde daher bestimmt keine Katzen quälen, geschweige denn töten. Es war, in Anführungszeichen, Doppelpunkt ‹ein Gedankenexperiment›. Stell dir vor, dass du eine Katze in eine Kiste sperrst, zusammen mit einem Fläschchen gasförmigen Gifts und einem kleinen Hammer. Der Hammer ist mit einer ausgeklügelten Q.M.-Apparatur und einem Detektor verbunden, beispielsweise einem Geigerzähler. Die Apparatur ist so eingerichtet, dass der Hammer einmal ganz leicht ans Glas der Flasche schlagen könnte. Dann würde die Flasche zerbrechen, und das Gift würde die Kiste füllen, und die Katze würde sterben.»

«Und?», flüsterte Otto.

«Aber es könnte auch sein, dass der Hammer nicht schlüge und dass die Flasche heil bliebe, so dass die Katze am Leben bleiben würde.»

«Wie …», begann Otto.

«Schrödingers Apparatur arbeitete nach den Gesetzen der Quantum Mechanica, zu schwierig, es dir zu erklären», sagte Xanthippe, «es sei denn, dass du Abitur hast, mit Mathematik und Physik. Der Versuch führt nämlich zu einem Paradox.»

«Paradox?»

«Etwas, das möglich ist und gleichzeitig nicht möglich ist. Ein Paradox, das sich aus dem Q.M. ergibt.»

«Was ist das, der Q.M.?»

«Das habe ich schon mitgeteilt, vor einigen Sekunden», sagte Xanthippe. «Nun gut, Schrödinger stellte seine Q.M.-Apparate (an denen das Hämmerchen saß) so auf, dass in einer bestimmten, begrenzten Zeit (der Zeit, die die Katze in der Kiste blieb) die Chance auf Leben und Tod seiner Katze fünfzig zu fünfzig war. Fünfzig Prozent Chance auf Leben, fünfzig Prozent Chance auf Tod. Das würde man erst sehen, wenn man die Kiste nach dem Versuch wieder öffnete.»

«Und weiter?», fragte Otto gespannt. «Oh!», sagte er dann. «Die Katze starb nicht, denn dort …»

«Nun sei still. Denke erst nach. Solange die Kiste zu war, konnte niemand wissen, ob die Katze noch am Leben oder ob sie gestorben war.»

«Das nicht, aber …»

«Erst in dem Augenblick, wenn man die Kiste öffnet, weiß man es. Sobald man hinschaut, ist die Katze lebendig oder tot. In der Zeit davor muss der Q.M.-Formel zufolge die Katze beides sein, sowohl tot als auch lebendig, denn …»

«Nein! Man kann nicht zugleich tot und lebendig sein!», fiel Otto Xanthippe ins Wort. Das ist noch komischer, dachte er, als eine Uhr, die nicht tickt, wenn man weg ist. «Man ist entweder lebendig oder man ist gestorben! Ich finde, das ist ein idiotischer, ein dummer Versuch.»

«Es ist ein Gedankenexperiment», sagte Xanthippe. «Es handelt sich nicht um eine echte Kiste und auch nicht um eine echte Katze.»

«Doch echt», sagte Otto. «Da liegt sie doch!»

«Ja, Junge. Aber kannst du mit Sicherheit sagen, ob die Katze da tot oder lebendig ist. Fragezeichen. Das Tier will nicht, dass du ihm zu nahe kommst, denn dann könntest du es atmen sehen oder schnurren hören. Also würdest du wissen, dass es ein lebendiges Tier ist, eingeschlafen und nicht gestorben. Aber möglicherweise würdest du auch merken, dass …»

«Ach was, das ist doch unmöglich!», sagte Otto. «Wenn sie lebt, dann muss man sie streicheln können, und dann muss sie ab und zu wach werden, um zu essen und zu spielen und zu schnurren und aufs Katzenklo zu gehen. Und wenn sie tot ist, müssen wir sie begraben oder verbrennen.»

«Wieder in eine Kiste stecken also. Fragezeichen», sagte Xanthippe. «Solange die Experimentierkiste nicht geöffnet ist, kann man keine Pläne für eine Kremation machen und ebenso wenig dafür, die Katze zu streicheln. Du hast Recht damit, wenn du dies schwierig findest. Hunderte von Gelehrten, eine ganze Reihe von Professoren theoretisierten und stritten über das Problem, das Paradox. Denn nach den klugen, wahren Q.M.-Formeln …»[16]

«Was für Formeln eigentlich? Mathe?», fragte Otto.

«Mathematik, ja. Denn nach den Q.M.-Formeln ist Schrödingers Katze-in-der-verschlossenen-Kiste zugleich lebendig und tot. Schrödinger konnte das beweisen, auch wenn er es selbst nicht glaubte. Man sagt, dass er sich das Experiment ausgedacht hat, um seinen Kollegen und sich selbst Hindernisse aufzubauen. Aber seine Katze, die eingebildete Katze, kriegte irgendwann genug davon.»

«Eingebildet!? Da liegt sie doch», sagte Otto noch einmal.

«Das Bild eines Gedankens», sagte Xanthippe. «Die Katze ist aus der Kiste gesprungen, die Katze ist entwischt. Das lebendige Tier natürlich, das tote Tier blieb zurück – wenn ein totes Tier da war, wenigstens, aber das ist auch gleich, denn gestorbene Tiere können nicht entwischen. Die Katze wollte heraus aus der Kiste und hat sich davongemacht – angeblich nicht nur mit Zustimmung von Schrödinger selbst, sondern auch mit der von Albert Einstein. So landete die Katze in unserer alltäglichen Wirklichkeit, weit entfernt von der Miniaturwelt des Q.M. Sie-er-es miaute um Essen und Asyl in der Januarischen Ambassade. Hier hat das Tier eine sichere Unterkunft gefunden; alle Kisten und Kartons können leicht aufgemacht werden, auf einigen ist nicht einmal ein Deckel. Nirgendwo Fläschchen mit Gift, und überall weiche Kissen mit Streifen.»

Otto sah immer noch zur Katze hinüber – die lag aber wirklich sehr still … Alltägliche Wirklichkeit!, dachte er. Kann man das überhaupt von dieser Ambassade sagen: alltäglich? Er kriegte schreckliche Lust, zur Katze hinzuspringen, sie kräftig anzufassen, zu fühlen, ob …

«Die Katze will es nicht. Ausrufezeichen», sagte Xanthippe.

«Will was nicht?», fragte Otto.

«Dass du sie-ihn-es ungefragt anfasst. Niemand darf mit Sicherheit wissen, ob sie-er-es schläft oder gestorben ist. Dies ist und bleibt nun einmal Schrödingers Katze.»

«Wie traurig», fand Otto.

«Daran ist nichts Trauriges. Wenn wir nicht hinsehen», sagte Xanthippe, «wenn niemand auf sie-ihn-es achtet, dann macht diese Katze alles, wozu sie-er-es Lust hat und wirbelt in der Ambassade herum, voller Unsinn und Sinn.»

Otto runzelte die Stirn: «Sie sagen: Sie oder er oder es. Was ist es eigentlich? Ein Weibchen, ein Kater, oder …»

«Das weiß ich nicht. Du müsstest Schrödinger fragen.»

«Lag die Katze schon da, als Dunkler Marsjan und ich in die Küche kamen?»

«Auch das weiß ich nicht mit Sicherheit.»

«Wenn sie da schon lag, hätte ich sie bestimmt gesehen. Sie war nicht da. Aber es waren eine ganze Menge anderer Katzen da, es QUOLL ÜBER von Katzen!», sagte Otto. «Sie waren plötzlich verschwunden.» Er fragte leise: «Oder habe ich sie nur fantasiert?»

«Nein. Es waren alles Schrödinger-Katzen. Es sind inzwischen eine ganze Menge.»

«Und diese eine? Die …» Otto verstummte abrupt.

Diese eine Katze war verschwunden.

IV

Otto schaute unter den Tisch und unter die Bank. Er fand nur seine Schuhe und seine Büchertasche. Er schaute rundum in der Küche. Schrödingers Katze war weg. *Spurlos verschwunden* … Nein, das vielleicht nicht. Er griff nach dem gestreiften Kissen, um es sich anzusehen, aber Xanthippe kam ihm zuvor. Sie schwebte mit dem Kissen zum Fenster, klopfte es draußen aus und legte es wieder hin.

«Nicht zu viele Katzenhaare in meiner Küche», sagte sie. «Du kannst das Suchen bleiben lassen. Es gibt keine Katze, die sich finden lässt, es sei denn, sie will gefunden werden.»

«Wirklich?», flüsterte Otto. «Das stimmt überhaupt nicht! Wenn es nur wahr wäre …»

«Wenn ich es richtig registriere, siehst du bedripst aus oder traurig. Das ist unnötig», sagte die Robotin. «Die Ambassade-Katzen kommen immer wieder zum Vorschein, sie laufen nie wirklich weg. Fang nicht an zu grübeln. Versuch lieber deinen Namen zu memorieren.»

Sie legte vier Miniaturkuchenstücke auf seinen sauberen Teller. Sie hatten die Form von Buchstaben.

Otto nahm eins von den runden, leckte daran – herrlich süß – und biss ein knuspriges Stückchen davon ab. Dann aß er in einem Happen das erste O auf, nahm ein T und fragte: «Was bedeutet Q.M.?»

«Ich werde es noch einmal wiederholen», antwortete Xanthippe. «Quantum Mechanica. Die Physik des Allerkleinsten. Die Welt im Atom. Protonen, Photonen, Leptonen, Quarks. Bildschöne mathematische Formeln. Mehr brauche ich dir nicht zu erzählen, denn nicht einmal Erwin Schrödingers Name war dir bekannt. Nie gehört von Gelehrten wie Max Planck und Niels Bohr und Dirac, Wolfgang Pauli, Heisenberg und …»[17]

«Albert Einstein?», sagte Otto.

«Auch Einstein hat an der Wiege des Q.M. gestanden, wenngleich er später Einwände dagegen hatte. Er war der Meinung, dass ...»

Xanthippe redete weiter, über Ottos Kopf hinweg. Q.M., dachte er. Nicht das Q von Quatsch, sondern von Quantum. Das M von Möglich. Und von Mispoes.» Er knabberte an dem kurzen Stock vom T. «Professor Einstein hat doch auch eine Katze?»

«Ja, natürlich», antwortete Xanthippe. «Ein Kater. Er heißt Tiger.»

«Früher», sagte Otto, «hatte ich ... hatten wir zu Hause auch ein Kätzchen. Es sah ein bisschen so aus wie die eine von eben, die jetzt weg ist. Ganz und gar weiß. Darum hieß sie Schneewittchen, aber wir nannten sie meistens Wittchen. Ihre Augen waren grün, wunderschön grün. Sie war ein unglaublich liebes Tier. Nur wenn sie im Schnee lief, war sie auf einmal nicht mehr richtig weiß, sondern fast gelb ... das ist oft so mit weißen Tieren, nicht?» Er war einen Augenblick still und sah nach draußen. Da sah er Marsjans Spuren (ganz normal fünf Zehen, wie ein Mensch), aber er konnte nicht sehen, ob auch Katzenpfötchen dort gelaufen waren. Er dachte: *Deshalb* kann ich den Namen Wittchen/Schneewittchen für Claartje nicht leiden. Sie hat schon genug Namen, und Wittchen – «Sie kam an meinem zehnten Geburtstag», erzählte er weiter. «Da war sie noch ein junges Kätzchen. Verspielt! Und ich wohnte noch zusammen mit meinem Vater und meiner Mutter. Mit Wittchen dabei waren wir also zu viert. Aber als meine ... Nun ja. Nach der Scheidung zogen wir um, und Wittchen kam mit mir und meiner Mutter mit, und sie durfte im neuen Haus nicht nach draußen, außer auf den Balkon, denn wir hatten keinen Garten mehr, und auf der Straße ist oft zu viel Verkehr. Gefährlich. Autos und so. Und Wittchen hatte sich schon richtig eingewöhnt, aber mit einem Mal ist sie doch entwischt, und sie ist niemals wiedergekommen. Nie.»

«Habt ihr sie gesucht», sagte Xanthippe. «Fragezeichen.»

«Natürlich! Überall. Aber wir haben sie niemals wieder gefunden. Ich habe jeden nach ihr gefragt, zuerst bei den Nachbarn und dann immer weiter, und Hunderte Briefe mit ihrer Beschreibung in Briefkästen gesteckt. Und immer wieder zum Asyl, das Tierasyl meine ich, um zu fragen, ob sie dahin gebracht worden war, und meine Mutter hat Anzeigen in die Zeitung gesetzt, und …» Otto schnaubte und schluckte. «Das ist schon einige Zeit her, schon fast ein Jahr. Meine Mutter meint, dass Wittchen tot ist, dass sie nicht wiederkommt, und ich … Ich denke es manchmal auch. Und manchmal nicht.» Er schluckte noch einmal. «Das ist Mist, wissen Sie! Wenn ich es nun mit Sicherheit wüsste … Genauso wie Ihre Geschichte, das blöde Experiment mit der Katze in der Kiste, die …»

«Du willst sagen», sagte Xanthippe, «dass deine Katze Wittchen für dich nicht mehr lebendig ist, aber auch nicht tot. Weil du nicht weißt, was mit ihr passiert ist.»

Otto warf ihr einen scheuen Blick zu.

«Wenn sie am Leben ist: Wo ist sie dann, und in welchem Zustand», fuhr Xanthippe fort. «Und wenn sie tot ist: Seit wann und wie und wodurch, und ist es wirklich wahr. Du hast keinen Abschied von ihr nehmen können. Also kannst du nicht wirklich um sie trauern. Du weißt ja nicht mit Sicherheit, ob sie tot ist. Unsicherheit macht unruhig. Um es zusammenzufassen: Sie ist weg, deine Katze, und wenn sie nicht gestorben ist, wo ist sie dann, du weißt es nicht. Und darüber musst du oft traurig sein. Ich bin ein Roboter, und Roboter haben kein Gefühl; ich bin also nie traurig. Dennoch weiß ich, dass Trauern jeden Verlust erträglicher macht. Das steht in meinem Programm.»

«Ja?», sagte Otto leise. Wieder schaute er zu Xanthippe hinauf. Er versuchte nicht zu verbergen, dass er Tränen in den Augen hatte. Er wischte sie offen ab.

«Jemand ohne Gefühl kann nicht trösten», sagte Xanthippe. «Also kann ich dir nur erzählen, dass deine Trauer richtig, berechtigt und normal ist. Ich weiß auch, dass du nicht immer und auch nicht für immer traurig sein kannst. Sein darfst. Ausrufezeichen. Auch wenn du deine Katze Wittchen nie vergessen wirst.»

«Ich danke Ihnen», sagte Otto, und er meinte es ernst. Auch wenn Xanthippe ein Roboter war, ohne Gefühl – irgendwie hatte sie ihn doch getröstet. Er schaute wieder auf seinen Teller und sah etwas erstaunt, dass er, ohne es zu merken, auch das zweite T und O verputzt hatte.

«Jetzt, wo ich meinen Namen aufgegessen habe, vergesse ich ihn bestimmt nicht», sagte er.

«Sei dir dessen nicht allzu sicher», sagte Xanthippe. «Es gibt Dinge und Tiere, an die du dich immer erinnern wirst, darüber haben wir gerade eben noch gesprochen. Aber es ist mit dem menschlichen Gedächtnis manchmal seltsam. Ich habe keine Gefühle, keine Emotionen – sonst wäre ich oft schockiert darüber, was ihr Menschen alles vergessen könnt. Ich vergesse niemals etwas, alles ist unauslöschlich in meinem Gedächtnis gespeichert. Mein Gehirn ist ein Computer. Ich vergesse nichts, kann mir jederzeit alles ins Gedächtnis zurückrufen, wenn ich das möchte. Außer, wenn man mich sehr stark auf den Kopf schlagen würde. Dann würde mein Gedächtnis beschädigt werden können, ich würde es sogar verlieren können, es sei ...»

«Wenn man einen Menschen stark auf den Kopf schlägt ...», fing Otto an.

«Es sei denn, dass man ein Duplikat von meinem Gedächtnis gemacht hat», fuhr Xanthippe fort. «Auf einer Diskette gespeichert ...»

Otto redete auch weiter: «Wenn man einen Menschen auf den Kopf schlägt, kann er bewusstlos werden oder sogar sterben, und ...»

«Und so ein Duplikat», sagte Xanthippe, «ist im Handumdrehen wieder in meinem Schädel montiert.»

Otto hielt seinen Mund und machte große Augen. «Ein Reservegehirn! Ein Gedächtnis auf einer Diskette ... das ist gut!», sagte er dann. «Dann kann man nie ...» Er sah plötzlich, dass Xanthippe genau ihm gegenüber einen großen Teller auf den Tisch gestellt hatte, mit einer sehr ordentlich gefalteten Serviette darauf, Besteck daneben, Glas und Trinkschale zu beiden Seiten. Nun stellte sie noch Salz und Pfeffer und noch einige andere Schälchen dazu. Er fragte: «Kommt noch jemand zum Essen?»

«Es kommen laufend immer wieder Menschen hierher zum Essen, mit Pausen dazwischen oder unmittelbar nacheinander und auch in Gesellschaft», antwortete Xanthippe. «Von den Tieren gar nicht zu sprechen, den Katzen insbesondere. Hier nehmen Diplomaten, Gäste, Asylsuchende, Reisende und Passanten die Mahlzeit ein.»

«Sind viele da? Diplomaten, Asylsuchende, Reisende?»

«Sehr viele», sagte Xanthippe. «Aber über die kann ich dich

nicht genauer informieren. Schutz der Privatsphäre. Wenn du mehr wissen willst, musst du Nachforschungen anstellen. Das ist nicht verboten – im Gegenteil, sogar erwünscht. Nur Spione sind hier nicht willkommen.»

«Kommen denn auch Spione hierher?»

«Ja, natürlich. Aber unerwünscht. Wenn sie erwischt werden: ausgewiesen als Personae non gratae. Möchtest du noch Tee. Fragezeichen. Ich setze frischen Tee auf.»

«Nein ... Für wen ist der neue Teller?»

«Für irgendeinen Wohnungslosen oder für einen blinden Passagier, der vielleicht zum Frühstück kommt. Auch bevor die Sonne aufgegangen ist, kann ein Mensch Hunger bekommen, das hast du wohl gemerkt. Es ist hier dauernd Essenszeit, wenn man möchte. Außer Frühstück unter anderem eine Kaffeetafel und Lunch und Afternoon Tea und Dinner und Souper. Und Hors d'œuvre. Manchmal auch ein Bankett. Gegessen muss werden, auch wenn die Uhren keine ...»

Xanthippe redete weiter, aber Otto hörte nicht mehr zu. – *Irgendein Wohnungsloser ... blinder Passagier ...* Sollte Xanthippe den grimmigen Mann meinen, der ihn aus dem Raum für Reisende weggejagt hatte? Dem würde er nicht gern noch einmal begegnen!

«... ob er kommen und hier bleiben wird, ist noch die Frage», sagte Xanthippe, während sie einen Kessel unter den Wasserhahn hielt.

Wer weiß – vielleicht ist er ein Spion ... Otto schlüpfte aus den Pantoffeln, die er auf der Diele angezogen hatte. «Ich muss weg!» Er suchte nach seinen Schuhen.

«Zu deiner Seite der Tür», sagte Xanthippe.

Otto sah auf. «Diese Seite ist doch auch ... Ich darf doch hierher kommen, wann ich will?»

«Wahrscheinlich wohl, sonst wärest du nie mit heiler Haut hier angekommen.» Xanthippe stellte den Kessel auf eine Flamme und warf Otto etwas zu. «Deine Socken. Aus deinen Schuhen gefallen und von mir am Herd getrocknet. Was deine Frage über diese Seite der Tür betrifft – Asyl bekommt hier jeder, oder besser, beinahe jeder. Frag den Ambassadeur. Wenn du inzwischen dahintergekommen bist, wo du den finden kannst.»

«Wo denn?», fragte Otto. Er begann seine Socken und Schuhe anzuziehen.

«Das finde selber heraus. Punkt. Gleich willst du zurück. Deine Entscheidung. Geh nur.»

«Aber wie?», sagte Otto. Er stand auf, nahm seine Büchertasche und hängte sie sich über die Schulter. «Ich weiß den Weg nicht.»

«Na, und», sagte Xanthippe. «Fragezeichen.» Als Otto keine Antwort gab, fügte sie hinzu. «Hiermit ist bewiesen, wie vergesslich Menschen manchmal sind, Ausrufezeichen. Dunkler Marsjan hat dir hier, an diesem Tisch, mitgeteilt, dass ich, Xanthippe, dir sagen kann, was das Galgenkind offenbar nicht getan hat. Es gibt einen Raum, der immer zu finden ist, was sich sonst in diesem endlosen Haus auch verändert und verschiebt.»

«Der Raum der Mitte, von dem alles ausgeht!», sagte Otto. «Von da aus weiß ich sofort den Weg.» Mein Zimmer oben, dachte er, muss noch da sein. Ich weiß, wie ich heiße.

«Achte auf die Uhren», sagte die Robotin. «Alle Uhren blicken in dieselbe Richtung. Folge ihrem Blick, und du wirst früher oder später ins Zentrum der Ambassade kommen, Mittelpunkt von Haus und Garten zusammen – der Musiksaal.»

«Das war es, was Christian meinte», flüsterte Otto. «*Die Uhren weisen den Weg in den Raum, Hohlkopp!*»

«Du kannst also gehen», sagte Xanthippe. «Eine gute Heimkehr, Otto, und zugleich auf Wiedersehen.» Sie nahm eine Schüssel und einen Schneebesen und heftete beide Augen auf den Herd. Ihr Gesicht leuchtete rosig auf; plötzlich zischte Butter in einer Pfanne.

«Auch auf Wiedersehen», sagte Otto und wartete einen Augenblick.

Xanthippe gab keine Antwort und schaute ihn nicht einmal mit einem Auge an; sie tat, als wäre er schon weg. Also verließ Otto die Küche. – Vielleicht nur gut, denn gleich konnte der übellaunige Fremde hereinspaziert kommen.

V

Christian hat mich ganz schön sitzen lassen, sagte Otto sich, während er ganz allein durch das gewaltige Gebäude ging. Er beobachtete die Uhren genau, sah immer wieder nach, in welche Richtung ein Zifferblatt gerichtet war. Manchmal schien er immer nur geradeaus zu gehen, dann wieder war es, als ob er nur so herumirrte. Einige Räume waren beleuchtet, die meisten waren dunkel. Ein Glück, dachte Otto, dass ich meine Taschenlampe wiederhabe. Und Christian wirft jetzt Schneebälle draußen, mit Claartje … die schon wieder!

Wo waren alle die Reisenden, Gäste, Diplomaten, Übernachtenden?, fragte er sich. Es kam ihm vor, als würde die Ambassade hauptsächlich von Uhren bewohnt – und alle tickten sie, als hätten sie nie etwas anderes getan. Von einigen konnte er sogar das Uhrwerk bewundern – komplizierte Konstruktionen aus Zahnrädern, Federn und Rädchen. Jede neue Uhr erinnerte ihn mehr an ein lebendes Wesen, das mit unergründlichem Gesicht in den Raum starrte – nicht leer, sondern mit Zeichen bemalt. Die meisten Zifferblätter hatten römische Zahlen. Es gab auch welche mit arabischen Zahlen. Einige hatten Striche oder Punkte statt Zahlen. Ein Kreis von zwölf Augen in jedem rätselhaften Gesicht …. Sie leben nicht!, sagte Otto sich. Sie sind einfach überall hingestellt und aufgehängt, um …

Er blieb stehen und sah sich suchend um. Wer weiß, vielleicht schlich der sogenannte Uhrmacher irgendwo herum, um die Uhren aufzuziehen und die Gewichte herunterzuziehen, so dass sie weitertickten, auch wenn niemand da war.

Otto sah keinen Menschen, also ging er leise weiter, bis er wieder anhalten musste: diesmal bei einer großen Großvateruhr mit einem silbernen Mond über dem Zifferblatt.

Der Mond sagt uns doch auch etwas über die Zeit. Der Stand des Mondes. Gezeiten.

Dieser Mond war voll, und ein säuerliches Gesicht war aufs Zifferblatt gemalt. Otto schaute es forschend an. Das schien der Uhr nicht zu gefallen, denn plötzlich – Rutsch! – ging der Mond unter, war im Nu verschwunden. Otto starrte auf ein Himmelsgewölbe mit unbeweglichen Sternen, aber der Mond zeigte sich nicht wieder. Und die Uhr tickte, wie um ihn zu narren: Was denkst du wohl? Was tenkst du wohl? Wattenkstuwohl?

Die Großvateruhr stand in der Nähe einer Kreuzung von Gängen, Türen und Treppen. Plötzlich wusste Otto mit Sicherheit, dass er Schritte hörte; sie kamen von zwei Seiten auf ihn zu – tückisch eine Treppe herunterschleichend und schurrend durch einen Gang. Obwohl niemand zu sehen war, machte er, dass er wegkam – durch die Tür gegenüber der Uhr. Wetten, dass dieser Mond inzwischen wieder aufgegangen ist?, dachte er ein wenig später. Genauso bekloppt wie eine Sonnenuhr im Schatten. Ich begreife nicht, dass Einstein hier wohnen will. Wie kann man denn wissenschaftliche Versuche machen, ohne zu wissen, wie spät es ist?

Die Schritte hatte er sich vielleicht eingebildet ... was er jetzt hörte, war jedoch wirklich!

Klavierspiel.

Die Uhren hatten ihm richtig den Weg gewiesen, er näherte sich dem Musiksaal, denn die Töne kamen allmählich immer näher (oder er kam den Tönen näher). Kein Gepfusche auf den Tasten diesmal. Musikalische Klänge. Rhythmisches Klingen. Fließende Melodien.

Nicht *Für Elise* und auch nicht *Clair de Lune*. Nicht Beethoven oder Debussy, das wusste Otto sicher. Er machte seine Taschenlampe aus, weil er in ein hell erleuchtetes Zimmer gekommen war. Der Flügel musste in der Nähe sein, die Mitte fast erreicht. Er blieb still stehen und lauschte. Klassik ... Mozart? Bach?

Die Möbel im Zimmer schienen mitzulauschen, genau wie die Wände. – Die Wände hier haben Ohren ... Nein, sie haben Augen!

Alle Wände waren voll gehängt mit kleinen Gemälden: Sie hingen auf der Tapete und auf den Holzleisten. Sie waren auf den Boden an die Wand gelehnt, und einige hingen sogar an Seilen einfach von der Decke herab. Und alle sahen sie ihn lauernd aus ihren Rahmen an.

Es gab zwei riesige Fenster, aber nicht mehr als eine Tür: die, durch die er hereingekommen war. Nirgendwo eine Tür, durch die er weiterkonnte. Die Musik klang so deutlich, als spielte jemand im angrenzenden Raum ... Dennoch war dies eine Sackgasse.

Wie ist das möglich, dachte Otto, während er zu den Fenstern ging. Sie blickten auf denselben Garten und schienen auf gleicher Höhe mit dem großen Fenster im Musiksaal zu sein.

Hinter der Wand gegenüber der einzigen Tür wurde das Klavierspiel schneller, heftiger, sprühender. Es tanzte. Es lockte an, lud ein.

Draußen begann es ganz leicht zu schneien; die Flocken tanzten auch, wahrscheinlich hatte der unsichtbare Musikant sie gerufen.

Otto schaute sich noch einmal im Zimmer um.

Zu einem der Fenster raus? Ich bin doch nicht verrückt … und das stimmt auch nicht, sagte er in Gedanken zu einem weiß emaillierten Zifferblatt, das er jetzt erst sah – auf einem marmornen Kaminsims, getragen von einem kleinen Bronzelöwen mit vergoldeter Mähne.

«Du bist die einzige Uhr in diesem Zimmer, wenn ich meine Uhr nicht mitrechne. Und du schaust zu einer Wand. Das Klavier kann gut dahinter sein, aber ich kann nicht hindurch. Warum stehst du hier eigentlich? Wer hat dich so blödsinnig dort hingestellt. Tickst du überhaupt?»

Das Zifferblatt machte ihn kein bisschen klüger, der Löwe grinste schweigend.

«Also, antworte, Uhr!»

Selbst als Otto sich unmittelbar vor den Kaminsims stellte, hörte er kein Ticken – aber das war verständlich, es wurde von Klavierklängen übertönt.

«Soll ich zurück?», fragte Otto. «Und wie dann weiter?»

Der Löwe und das Zifferblatt blickten weiterhin starr auf die Wand.

«Ach, etwas anderes können die auch nicht», flüsterte Otto seinem reflektierten Bild im Spiegel über dem Kaminsims zu. Hinter seinem bestürzten Gesicht sah er die Widerspiegelung der Wand … und auf einmal wurden seine Augen groß. Sah er richtig? Mit einem Ruck drehte er sich um und schaute mit der Uhr zusammen in dieselbe Richtung.

Auf der Tapete und der Täfelung gegenüber sah er zwei vertikale Schattenlinien, verbunden durch einen vagen Querstrich in Türhöhe. Es war doch eine Tür da, ohne Türpfosten und Rahmen, mit derselben Tapete und derselben Täfelung wie die Wand und dadurch unauffällig, so gut wie verborgen.

Der Musikus auf der anderen Seite steigerte sein Spiel zum

Crescendo. Als fühlte er, dass ich beinahe angekommen bin, dachte Otto. *Er?* Es kann genauso gut eine *sie* sein … Elise? Dann spielt sie tadellos. Beeilung, bevor es aufhört.

Er sah sich kurz zur Löwenuhr um. «Du hattest doch Recht. Vielen Dank!»

Die unsichtbare Spielerin – oder der Spieler – ließ einen triumphierenden, lang ausgehaltenen Akkord hören.

Wenn das nur nicht der Schlussakkord ist. Mach bitte weiter!, dachte Otto.

Er versuchte vergebens, seine Finger zwischen Tür und Wand zu stecken.– Keine Türklinke, kein Griff, wie öffne ich dieses getarnte Ding?

In einem ganz kleinen Punkt wurde Licht aufgefangen, das auf der Täfelung glänzte: der Kopf eines Nagels, an dem kein Bild hing. Den fasste er an und zog. Die Tür ging nach innen auf; irgendwas sauste herunter und schepperte ihm direkt vor die Füße auf den Fußboden. Erschrocken hob er ein kleines Gemälde auf; das Glas war, wie er flüchtig sah, zersprungen. Er stellte es an die Wand und zögerte einen Augenblick. Es war völlig still geworden.

Behutsam zog er noch einmal am Nagel. Die Tür war tatsächlich einer der vielen Eingänge zum Raum der Mitte, von dem alles ausgeht.

Keine Musik mehr in dem ausgedehnten, im Licht weniger Kerzen dämmrigen Saal. Der Flügel stand verlassen da, ein außerirdisches, dunkles Monster. Das Elfenbein der Tasten glänzte schwach, gelblich.

In Ottos Kopf vibrierte das Klavierspiel noch nach.– Eben noch war hier jemand gewesen. Hätte ich diese verrückte Tür doch sofort gesehen …

Die Stille war durchdringend. Otto schaute sich vorsichtig um. Hinter dem Glassturz schimmerte die Pendeluhr; falls sie tickte, war dies leiser als das Klopfen seines Herzens. Hinter dem Glas des großen Fensters wirbelten noch immer zarte Schneeflocken. Und Otto war nicht der Einzige, der ihnen zusah.

Dicht bei der aufgezogenen Gardine stand ein Mann mit dem Rücken zu ihm und sah aus dem Fenster. – Wie lange schon? Derjenige, der so schön gespielt hatte? *Nicht* Marsjan …

Und es schneite immer weiter.

Endlich bewegte sich der Mann. Otto sah weißes Haar und ganz flüchtig ein Profil mit Schnurrbart. Der Eindringling von oben war es also nicht. Er war in wenigen Schritten bei der Flügeltür und verschwand geräuschlos.

Albert Einstein?, dachte Otto. Er wagte sich zu rühren und ging langsam zu derselben Tür. Wohin ist er gegangen? Nach unten, zur Bibliothek? Oder die Treppe hinauf, in mein Zimmer? Wenn es Einstein ist, wird er bestimmt nicht in mein Zimmer gehen!

Er hoffte halb und halb, dass er die Halle jetzt gleich verlassen vorfinden würde. Lieber keine neue Begegnung. Das Gewirbele der weißen Pünktchen draußen machte ihn benommen und taumelig.

Auf der Schwelle der Halle machte er erschrocken einen Augenblick Halt. Ein kleines, flockiges Tierchen schoss wie ein Schatten vor ihm weg. Es hatte vier Pfoten und einen Schwanz, sah ähnlich wie eine Katze aus. Es flüchtete zur Treppe, die nach unten führte, und war weg.

Habe ich wirklich etwas gesehen oder es mir nur eingebildet? Otto schüttelte den Kopf, der voller Spinnweben zu hängen schien. Er war allein in der Halle. Er streckte seine Arme zur Seite, reckte sich und gähnte kräftig, schön laut. Dann hängte er sich die schwere Büchertasche über die andere Schulter und knipste seine Taschenlampe wieder an. Von einem Lichtkreis geführt kletterte er träge die gewundene Treppe hinauf.

Er blieb nur einmal stehen: vor Claras geschlossener Tür. Kein Schlüssel im Schloss, keine brennende Kerze auf einer Stufe.

«Nenne mich nie mehr ‹Junge›», flüsterte er. «Ich bin Otto, und wenn ich das vergesse, macht es nichts, denn Xanthippe behält alles.»

Claartje gab keine Antwort. Sie war ja woanders, im Schnee mit dem Galgenkind, vielleicht bei der Sonnenuhr in der Nacht.

«Zwei O-s, zwei T-s», sagte sich Otto, während er weiterging. «Vier Stücke Gebäck. Eins, zwei, drei, vier. Süden, Westen, Norden, Osten. Südturm oder Nordturm?»

Er erreichte die kahle steinerne Halle ganz oben. Dort war seine Tür, bekannt und wirklich seine. Er umfasste den Türgriff und machte sie auf. Er erschauerte, nicht nur vor Kälte.

Sein Zimmer war da.

Unverändert im erlöschenden Licht eines Herbstnachmittags. Kein Schnee draußen. Er war zu Hause. Norden oder Süden, das war jetzt egal. Wie spät es war, konnte ihm auch egal sein. Er machte seine Taschenlampe aus, ging hinein und schloss seine Tür hinter sich. Er ließ die Büchertasche auf den Boden fallen. Er legte sich auf sein Bett und fiel sofort in Schlaf.

In seinem Traum blickten ihn viele eingerahmte Augen an. Und es waren neue Bilder hinzugekommen: von Wittchen und von Schrödingers Katze.*

* Das eingerahmte Bild oben und auch das auf Seite 244 stammt aus einem Artikel von *Bryce De Witt* mit dem Titel «Quantum Mechanics and Reality» der amerikanischen Zeitschrift *Physics Today*, Sept. 1970. Man kann diese Abbildung auch an anderer Stelle finden, in Büchern und Artikeln über das Paradox von Schrödingers Katze. – Siehe weiterhin die Bücherliste des Bibliothekars, unter Nr. 16.

KAPITEL ACHT

Stets ändern sich die Jahreszeiten

I

In welchem Monat bist du von zu Hause weggegangen? Oktopus? Nein. Skorpion? Jaguar? Claartje und Christian toben draußen im Schnee. Im Januar. Ich bin zu Hause im November. Ist dieser blöde Monat noch nicht vorbei? Auf dem Kalender ist es November geblieben und … Bei Barsoom und Antares, Donnerwetter noch mal, es ist der vierzehnte – noch immer Donnerstag. Unglaublich. Ausrufezeichen. Wie lange habe ich geschlafen, und wie kurz?

Otto rieb sich die Augen, die Stirn, fuhr sich durchs Haar. Seine Uhr zeigte auf gar nichts. Wo war der Wecker geblieben, der immer neben seinem Bett stand? – Stimmt, weggestopft in den Schrank. Er stand auf und holte ihn hervor. Gut eine Viertelstunde vor Mitternacht. Hier, außerhalb der Ambassade, jetzt gleich Freitag, der fünfzehnte.

Er nahm seinen Taschenkalender und blätterte darin. Er hatte, sah er, nach Mittwoch keine Eselsohren mehr gemacht. Er faltete die obere Ecke des nächsten Blattes um. Na, bitte, hiermit war der 14. November zu Ende … wenigstens, wenn es zwölf Uhr wurde. Ein Tag, den man nicht vergisst!

In der Ambassade viel mehr als ein Tag: ein Morgen im Mai und eine Nacht im Januar. Und in all der Zeit, die er dort gewesen war, war zu Hause nicht eine Minute verstrichen …. weil die Zeiger von seiner Armbanduhr abgenommen worden waren, das stand fest. Aber jetzt, wo er zurück war, hatte er nur allzu gut gespürt, wie er seine Zeit dort verbracht hatte. Er war gehörig im Gange gewesen – und nicht nur in einem Gang, sondern in vielen!

Etwa vor sechs Stunden (eine halbe Runde für den kleinen

Zeiger seines Weckers) hatte seine Mutter ihn geschüttelt. «Otto, wach auf! Wie kannst du so einfach nachmittags einschlafen?»

Ihr Erstaunen war später zu überflüssig-störender Besorgtheit geworden, als er beim Abendessen kaum einen Bissen hatte herunterkriegen können. – Ich konnte ihr wohl kaum erzählen, dass ich gerade ausführlich gefrühstückt hatte!

Er war früh in sein Zimmer gegangen, um nur schnell ins Bett zu kriechen. Seine Hausaufgaben hatte er nur hingehauen. Und er hatte wunderbar geschlafen, bis seine Träume so lebendig geworden waren, dass er einfach aufwachen musste.

Mit einem Seufzer steckte er seinen Kalender in die Tasche. Morgen zur Schule, bah, sagte er sich. Es war kühl in seinem Zimmer. – Wieder ins Bett? *Nicht* meine Tür ansehen.

Die geschlossene Zimmertür bebte kurz, wie zum Protest. Otto lief hin und machte sie zuerst weit auf (das war ihm zur Gewohnheit geworden), bevor er sie kräftig zumachte.

Der Flur zu Hause, ganz normal, dachte er, mit einer seltsamen Mischung aus Erleichterung und Enttäuschung.

Ein leises Klicken sagte ihm, dass seine Tür jetzt richtig zu war. Gleich darauf sah er ein rechteckiges Stück Papier genau vor seinen Füßen auf dem Boden liegen, ein Eckchen von der Tür versteckt, als wenn jemand es darunter durchgeschoben hätte.

Er hob es auf, und seine Finger zitterten. Ein Blatt aus seinem verschwundenen Buch! Seite sechs mit seinem Namen – zweimal OTTO. Er hielt das kostbare Papier ganz fest zwischen den Fingern einer (nun wieder festen) Hand und riss mit der andern seine Tür auf.

Noch immer der normale Flur, die Notbeleuchtung brannte.

Er schloss und öffnete die Tür noch ein paar Male leise, so dass seine Mutter nicht aufwachen würde. Die Januarische Ambassade war und blieb irgendwo anders …

Und dieses Blatt kann nur von dort drüben kommen! Das Buch selbst ist dort ja auch, dachte er, als er seine Tür (vorläufig zum letzten Mal) zugemacht hatte. Zu komisch, eine Seite herausgerissen … oder geschnitten, scheint mir … Sauber gemacht, aber doch … Keine Art! Dies ist die Seite, um die es, wie Christian meint, geht. Kommt dies von ihm? Hat er das Buch inzwischen gefunden? Das hat er nicht, das weiß ich bestimmt, denn dann hätte er es mir ganz gegeben.

Otto fragte sich, ob das Papier schon lange dort gelegen hatte, bevor er es bemerkte.

– Es ist geschehen, während ich schlief. Kann es von Claartje kommen? Wenn sie und Christian es nicht sind … von wem kommt es dann? Warum jetzt, und so heimlich? Warum nur dieses eine Blatt? Oh, das ganze Buch passt nicht unter der Tür durch, aber dann … Ich kapier das Ganze nicht.

Auch wenn er es nicht verstand, auch wenn er eigentlich böse sein müsste, weil es ein einzelnes Blatt war – er empfand etwas anderes: Freude. Weil ihm jemand die wichtigste Seite zurückgegeben hatte. Es war wie eine Nachricht: *Komm schnell zurück, du gehörst zu uns.* Dass es in der Ambassade auch Drohung geben konnte, ängstigte ihn nicht mehr. Der Zweifel, ob er dort wirklich willkommen war, verschwand.

Er strich liebkosend über Seite sechs, drehte das Blatt um und las noch einmal das INHALTSVERZEICHNIS, das auf der anderen Seite stand, voller Sehnsucht nach den Geschichten, die dazugehörten. Er besah diese Seite – 5 – mit einem ganz neuen Blick.

Einige Überschriften wiesen deutlich auf einen geheimnisvollen Zusammenhang zwischen einer Reihe von Geschichten und der Januarischen Ambassade hin … und wer weiß zwischen den Geschichten und ihm selber.

Wann werde ich sie endlich alle zwölf lesen können? Vor allem: *Der Asylsuchende …*

Kein Wort würde er überschlagen! Auch nicht von den Geschichten, die wenig interessant zu sein schienen, wie *Das Geheimnis des Uhrmachers* – dahinter konnte bei näherer Überlegung durchaus mehr stecken … Sogar die *Makler*, ob nun für unbewegliche oder für bewegende Güter, brauchten nicht langweilig zu sein. Einige Überschriften waren wirklich spannend oder ließen ihn auf Gedanken kommen, wie: Aha! *Blau in der Kälte* könnte sich auf Dunkler Marsjan beziehen, und was soll man sich bei *Nur Ein Stein* oder *… und am Galgen endet's doch* und *Der Deckel der Kiste* vorstellen?

Ottos Augen schweiften hinüber zum Wecker. Sein Gedankenstrom wurde unterbrochen, denn die Zeiger waren weitergeeilt. – Mitternacht! Noch ein einziges Mal probieren …

Schade. Wo auch immer die Ambassade sein mochte – weit entfernt oder nah –, hinter seiner Zimmertür *nicht.*

Otto seufzte noch einmal. Er riss den 14. November von seinem Kalender. Der fünfzehnte hatte angefangen, jedenfalls auf seiner Seite der Tür. Dann suchte er unter seinen Papieren, bis er einen leeren Briefumschlag gefunden hatte. Auch eine Rolle Garn förderte er zutage. Er setzte sich an seinen Schreibtisch und schaffte schnell, was er vorhatte: den Briefumschlag konnte er ab jetzt an einem Band um den Hals, unter seinen Kleidern versteckt, auf der Brust tragen, genau wie Tiuri in dem Buch *Der Brief für den König.*[18]

In den Briefumschlag steckte er das wichtige Blatt, auch wenn er es dazu doppelt falten musste. Auf den Briefumschlag zeichnete er, statt einer Briefmarke, ein Januarisches Zifferblatt. Und auf die Rückseite skizzierte er mit wenigen Strichen Berge, wie er es an einem mit Vorhängeschlössern versehenen weißen Kasten auf dem Kofferspeicher gesehen hatte. Er schrieb die entsprechenden zwei Worte dazu.

Erst nachdem er das getan hatte, ging er wieder ins Bett. Seinen Namen würde er von jetzt an jede Sekunde bei sich haben, gesichert im Briefumschlag, den er für den Rest der Nacht unter sein Kopfkissen legte. – Vielleicht habe ich dieses Blatt als *Reisepass* bekommen! So dass ich immer dorthin kann … Dies war sein letzter Gedanke, bevor er wieder einschlief.

So dass ich immer dorthin kann … Seite sechs mit deinem Namen ein Reisepass? Das bildest du dir nur ein, sagte sich Otto missmutig.

Er hatte sich bitter getäuscht, es war ein Wunsch gewesen, der nicht in Erfüllung gegangen war. – Was hatte Xanthippe doch noch gesagt? Hätte ich zur Bibliothek gehen und den Sekretär um ein Formular bitten sollen? Aber Marsjan hatte nicht gesagt, dass es sein musste …

Keine einzige Tür aus seinem Haus hatte Otto in die Ambassade gelassen – Freitag nicht und Samstag ebenso wenig. Am Samstagmittag hatte ihn sein Vater mit dem Auto abgeholt, so wie es für ein oder ein paarmal jeden Monat verabredet war. Zusammen essen und ins Kino gehen und übernachten. Aber im Haus seines Vaters fand er auch nirgendwo eine Tür zur andern Seite – was er sich hätte denken können.

Sonntagmittag brachte sein Vater ihn zurück.

«Kommst du eben noch mit rein», fragte Otto, als das Auto vor seinem Haus angehalten hatte. Das fragte er immer, und er bekam meistens dieselbe Antwort.

«Nein, Junge, ein anderes Mal», sagte Vater. «Wir haben alle beide noch einiges zu tun. Du hast noch nichts an deinen Schulaufgaben gemacht; das fand ich ganz in Ordnung, aber jetzt …»

«Und du? Du brauchst doch keine Hausaufgaben zu machen!»

«Na, und ob. Korrespondenz. Ich muss noch eine ganze Menge Briefe schreiben.»

«Übrigens, Paps, was sind eigentlich Beglaubigungsschreiben?»

«Die schreibst du auf keinen Fall selbst.»

«Wer denn?»

«Warum willst du das wissen?»

«Och … nur so.»

«Es sind die Dokumente, in denen derjenige, der an der Spitze eines Landes steht – König, Königin, Präsident – einen Ambassadeur oder Gesandten benennt. Der Ambassadeur muss dieses Dokument dem Staatsoberhaupt des Landes, in dem er angestellt ist, überreichen.»

«Und dann?»

«Sobald dieses Schreiben überreicht und akzeptiert ist, tritt der Ambassadeur in Funktion. Seine Ambassade ist ein Stück seines eigenen Territoriums im Ausland.»

«Man kann auch Asyl bekommen in einer Ambassade, nicht?»

«Jawohl», sagte Vater. «Politische Flüchtlinge zum Beispiel. Wir leben in einer gefährlichen Welt … Hier, nimm deine Reisetasche. Du kannst deine Mutter von mir grüßen, wenn du willst. Bis zum nächsten Mal.»

Heute ist es eigentlich auch besser, dass er nicht mit reinwollte, dachte Otto, während er seinen Vater wegfahren sah. Zum Glück hat er vergessen, noch wegen Dienstagabend nachzufragen. Und von jetzt an werden er und Mam nichts merken, wenn ich in die Ambassade gehe. Keiner der beiden hat gesehen, dass meine Uhr keine Zeiger mehr hat …

Aber … dachte er Sonntagabend.

Aber … dachte er Montagmorgen, *was* habe ich von meiner Januarischen Armbanduhr, was soll ich mit Seite sechs meines Buches, wenn die Ambassade für mich unsichtbar bleibt?

Er fing allmählich an, sich wieder Gedanken zu machen. Er versuchte sich genau daran zu erinnern, was Marsjan über Dünung und Stromschnellen in den Meeren von Zeit gesagt hatte. Und über … *Synchronen? Chronotäten? Chronometer?* Seine Mutter sagte, Chronometer seien Zeitmesser, eine Art Uhren also.

Hab ich etwas falsch gemacht?, fragte er sich. Will Marsjan mich doch nicht als Gast haben? Oder als Asylsuchenden? Wenn er der Ambassadeur ist, und das muss er wohl sein. Hat er insgeheim der Königin sein Beglaubigungsschreiben überreicht? Oder liegt die Ambassade nicht wirklich in diesem Land? Eher überall und nirgends! Marsjan hat «Auf Wiedersehen» gesagt, und er wollte Christian von mir grüßen. Und er hat mich vor dem Fremden da oben gerettet. *Der* hat Schuld, das könnte überhaupt sein, dieser Kerl im Raum für Reisende … Ob ich je noch einmal dorthin komme? Na, lieber nicht, wenn er da noch ist. Aber es ist sehr viel Platz in der Ambassade, im Haus, im Garten …

In der Schule ging alles seinen gewohnten Gang, außer dass er keine einzige gute Zensur bekam. Das machte ihm nichts aus. Ab mit Schaden, dachte er; aber die Schadenfreude seiner Klassenkameraden verletzte ihn doch. Nach der Schule versuchte er wieder, seine eigene Tür zu beschwören, oder wie man das nennen sollte: sich mit geistiger Gewalt einen Durchgang zur Besonders Angenehmen Ambassade bahnen … *nicht* angenehm, oder er hatte sich nicht genügend konzentriert.

– Heute ist es nach unserer Zeitrechnung eine Woche her, dass du mir das Buch gegeben hast. *Christian, wo bist du?*

Der Dienstag kam und ging vorüber nach dem Stundenplan von jedem Dienstag. («*Nun verstehe ich, warum du um Asyl gebeten hast.*») Und als Otto nachmittags nach Hause kam, hatte der Postbote einen Brief von der Schule gebracht, in dem etwas von ungenügenden Leistungen und unerlaubten Versäumnissen stand. Das Gespräch mit seiner Mutter war voller Missverständnisse und steigerte sich zu einem heftigen Streit. Zum Schluss wurde er in sein Zimmer geschickt mit dem Auftrag, seine Hausaufgaben zu machen, «wie dein Vater und ich es von dir gewohnt sind. Du gefällst mir nicht, Junge.»

Aber die Januarische Ambassade ist und bleibt mein Geheimnis.

Nach ein paar Stunden an seinem Schreibtisch hielt Otto es nicht länger aus. Unten hatte die Uhr schon viele Male geschlagen; fünf Uhr war vorbei.

Sollte er ins Wohnzimmer gehen, um Klavier zu üben? Dann kann ich wenigstens irgendwo draufschlagen, sagte er sich. Oder noch besser: Ich hau ab. Die Treppe runter, raus aus dem Haus; Mam braucht es nicht zu hören. Einfach mal eben zu Montags, ein bisschen reden … Dort hat es angefangen. Vielleicht haben sie ein Buch für mich über Barsoom oder Mars-a-calandra oder wie es auch heißt. Ich bin ein Gefangener und ich muss entwischen, wie die Katze aus der Kiste.

Es kostete ihn kein bisschen Mühe, unbemerkt in den Hausflur zu kommen. Als er seinen Anorak anzog, hörte er, dass seine Mutter im Wohnzimmer telefonierte. – Tonleitern wären gar nicht möglich, prima, also nichts wie weg! Ich bin noch vor halb sieben zurück. Du wirst es gar nicht merken, Mam.

Otto schloss ihre Wohnungstür so leise er konnte und lief schnell die Treppe hinunter. Unten im Treppenhaus kontrollierte er, ob er wirklich seinen Hausschlüssel in der Tasche hatte, und ging nach draußen.

Wirklich nach draußen. Die Haustür öffnete sich zum Garten der Januarischen Ambassade.

II

Eine sich schlängelnde Allee, blühende Bäume, junges, frisches Frühlingsgrün. Helllichter Tag. Sonnenschein. Otto atmete tief ein, ein klein bisschen zittrig vor Freude. Der Winter war fort – kein Schnee, außer auf den Bergspitzen, ganz hoch und verschwommen in der Ferne – vielleicht keine Berge, sondern Wolken. Es war wahrscheinlich wieder der Monat Mai.

Er machte die Tür zu und sah, dass es die massive Tür des Nordturms war, den Christian den Südturm nannte. Er beugte sich hinunter zum Schlüsselloch, voller Neugierde, ob er nun die wunderschöne Diele sehen würde. Aber er sah nichts, der Schlüssel steckte also noch darin. Er fasste den Türgriff an, nur, um eben einmal kurz um die Ecke zu sehen … und stellte fest, dass die Tür abgeschlossen war. – Ach, was macht es schon, ich will nicht nach drinnen, ich geh in den Garten. Und doch … das Galgenkind hat gesagt, dass die Haustüren *nie* abgeschlossen sein dürfen; jeder ist immer willkommen.

Otto schrak von einem Knirschen und Knarzen auf. Jemand schien seine Gedanken erraten zu haben und drehte drinnen langsam, mühsam den Schlüssel um. Wer ihm wohl jetzt gleich gegenüberstehen würde?

Es wurde still, die Tür blieb zu, kein Geräusch. Wieder fasste Otto den Türgriff an. Diesmal ließ sich die Tür öffnen, überraschend leicht sogar. Auf der gewohnten Diele befand sich kein Mensch. War das eben Xanthippe gewesen? Sie war die Einzige, die man nicht gehen hörte.

An der Garderobe sah Otto einen Schal hängen, den er kannte: den schwarzen mit Fransen. Der lange lila Fetzen hing nicht mehr da. Auf dem Fußboden standen nur noch Marsjans Stiefel. Otto brauchte nur einen großen Schritt zu machen, einen von den beiden zu nehmen und gegen die Tür zu stellen, so dass sie nicht zufallen konnte. (Es konnte wieder mal ein Windstoß kommen.) Es schien ihm auf einmal eine gute Idee zu sein, den Schlüssel aus dem Schloss zu ziehen.

Das erwies sich als nicht einfach, aber nach einigem Rucken, Drehen und Ziehen gelang es ihm doch. Er wog den bleischweren Gegenstand in der Hand und steckte ihn in Marsjans Stiefel. Ein besseres Versteck fiel ihm so schnell nicht ein. Bei diesem Wetter wird er seine Stiefel nicht anziehen, sagte er sich. Wenn der Mann vom Mars überhaupt in der Nähe ist. Er liebt ja den Frühling und Sommer nicht.

Otto zog seinen Anorak aus – viel zu warm jetzt! – und hängte ihn neben Claartjes Schal an die Garderobe. Zum Glück ist sie heute nicht Schneewittchen, dachte er. Er stellte Marsjans Stiefel zurück und verließ fröhlich den Turm des Ambassadegebäudes. Hinter ihm war die Tür geschlossen, aber nicht abgeschlossen, vor ihm lagen neue Abenteuer.

Ist dies derselbe Monat Mai von neulich oder ein neuer, fragte Otto sich. Guck, da sind die Fenster der Bibliothek … Wenn ich hier doch nur nicht allein herumliefe, ich würde gern Claartje sehen oder Christian treffen.

Und sofort war das Galgenkind da, es kam wie gerufen um eine Biegung der Allee, lief ihm entgegen und hielt ihn an.

«Hi, Otto mit zwei T-s», sagte er aufgekratzt. «Zwei sind mehr als eins, und zwei plus eins sind drei, und zweimal zwei sind vier. Vier ist eine tadellose Zahl. Norden, Osten, Süden, Westen, und bei der Sonnenuhr …»

«… hatten wir verabredet», ergänzte Otto. «Ich und du und Claartje. Aber das ist eine ganze Zeit …» Er stockte. Christian stand da mit einem Gesicht, als wenn sie sich gerade eben gesehen hätten, dort in der Diele im Erdgeschoss des Turms. *Ist die Zeit zurückgestellt?*

«Bei der Sonnenuhr», redete das Galgenkind weiter, «kannst du nicht nur Gänseblümchen finden, sondern auch Glücksklee mit vier Blättern. Und es gibt vier …»

«Jahreszeiten!», ergänzte Otto. «Christian, wie kann es jetzt auf einmal wieder Sommer sein?»

«Es ist Frühling, Doofkopp.»

«Dufte, Frühling, wollte ich auch sagen. Aber als ich zuletzt hier war, da war es Winter!»

«Stimmt. Der Frühling kommt nach dem Winter.»

«Stimmt leider nicht! Bei mir zu Hause, ich meine, auf der anderen Seite …»

«Andere Erdhalbkugel?»

«Auf der anderen Seite meiner Tür, Doofkopp! Da ist es Dienstag. Und noch immer November.»

«Nordpolbär.»

«Von wegen Nordpolbär! Nicht Winter, sondern Herbst. Und hier war es Frühling und Winter an einem einzigen Donnerstag!»

«Deinem Donnerstag vielleicht», sagte das Galgenkind. «Wir haben hier eine ganze Menge Tage gehabt, nicht nur Donnerstage. Und aufregende weiße Nächte. Der Winter hat an einem Sonntag angefangen. Alles Mögliche ist passiert: eisige Abenteuer, Gefahren, heulende Wölfe. Mit dem Schlitten unterwegs gewesen, Schneeball geworfen. Alles im Jaguar. Nur Dreikönig* haben wir uns für ein anderes Mal aufgehoben. Ich habe wahnsinnig viel getan, sogar jemandem das Leben gerettet! Wo warst du, Otto? Wo warst du, als es schneite?»

«Als ob du das nicht wüsstest», sagte Otto. «Ich war auch hier, aber du warst nirgends. Schneeballwerfen, ach, wie schön! Wo bist du gewesen, als ich in Gefahr war im Raum für Reisende?»

«Gefahr? Da? Quatsch. Unmöglich.» Christian betrachtete Otto von oben bis unten, mit einem unbestimmten, spöttischen Lachen. «Du hast doch sicher Asyl?», sagte er. «Sag mal ehrlich, Otto, Angeber. Wenn du es nicht hast, dann sorg zum Teufel noch mal dafür, dass du es bekommst.»

«Natürlich habe ich Asyl! Längst.» *Aber stimmt das überhaupt?*, dachte Otto. Ich bin aus dem Raum für Reisende verjagt worden. Ich bin kein Diplomat. Dunkler Marsjan hat mich mehr oder weniger nach Hause geschickt, auch wenn er mich zuerst gerettet hat … Laut sagte er: «Gerettet? Was hast du gesagt? Jemandem das Leben gerettet? Du laberst bloß.»

«Du bist eifersüchtig», sagte das Galgenkind. «Frag Marsjan, wenn du ihn zu sehen kriegst. Wir haben jemanden gerettet, der sich hoffnungslos verirrt hatte. Der in den Schnee gejagt worden war.»

«Ich dachte, dass du selbst in den Schnee gejagt worden wärest. Als Persona non grata.»

«Gelogen! Wer hat dir das vorgequatscht», fing das Galgenkind wütend an.

* *6. Januar.* Vielleicht gibt es darüber mehr zu lesen in *Der Weg zur Zelle.* (Sekretär der Januarischen Ambassade)

«Und du hast meine Taschenlampe geklaut.»

«Schon wieder gelogen, nur ausgeliehen. Du bist doch mein Freund, oder? Also gehört alles, was dir gehört, auch mir.»

«Okay, all right, beruhige dich», sagte Otto. «Ich dachte nicht im Ernst, Christian, dass du non grata bist. War nur ein Scherz.»

«Mieser Scherz. Zum Totlachen.»

«Oh, ja? Wer sagte denn ‹Quatsch›? Und dass ich ein Angeber bin?»

«Jammer nicht rum, das war nicht so gemeint, du Trottel. Schrillduftefett, dass du wieder da bist. Auch wenn du wie ein Mann im Wetterhäuschen bist: immer wieder futsch und dann wieder da und plötzlich wieder weg.»

«Ich bin jetzt doch da? Und du auch? Superfett. Im Frühjahr.»

«Sommer.»

Otto seufzte tief auf. «Von mir aus! Nun auf einmal wieder Sommer, wie du sagst. Mit 'nem S.»

«Ich weiß ein schöneres S, ein riesigfettes S», sagte Christian und beugte sich freundschaftlich-vertraulich zu ihm herunter. »Der Schwan ist zurück!» Seine Augen glänzten.

«Der Schwan? Zurück! Wirklich?» Otto dachte: Was bedeutet das? Etwas Gutes!

«Komm mit zum Weiher, dann kannst du ihn selbst sehen. Aber keine Steinchen werfen, Otto mit zwei O-s. Die Jahreszeiten ändern sich hier schon oft genug, und nun sogar noch besonders. Auf stillem Wasser schwimmt man am besten.»

«Wie ist das eigentlich mit diesem Schwan?», fragte Otto, während er mit seinem Freund mitging.

«Das finde mal selbst heraus! Hab ich dich gewarnt oder nicht? Neulich, beim Alphabet. Das ABC-Buch ist noch immer ...»

«Noch immer weg?», fragte Otto.

«Verschwunden, weg, spurlos verschwunden. Futsch. Du solltest Marsjan hören», antwortete Christian. «Und dein Buch?», flüsterte er dann.

«Das ist was ganz Komisches.» Otto senkte seine Stimme. «Ich hab ein einzelnes Blatt wieder, zwei Seiten. Fand ich unter meiner T-»

«Ssst! Still. Da ist Clara. Nichts sagen.»

III

Claartje wartete im Schatten bei der Sonnenuhr. Als wenn – dachte Otto – die Zeit doch zurückgestellt wäre, so dass ihre Verabredung zu dritt stattfinden konnte.

«Guten Morgen, Otto, da bist du also», sagte sie in singendem Ton. Ihre seltsame Begegnung auf dem Kofferspeicher schien nicht mehr als ein Traum gewesen zu sein. Sie sah lieb und fröhlich aus in ihrer roten Hose und einer Bluse, die mit Rosen bestickt war, so rot wie ihre Lippen, wie die Spitzen ihrer Stiefel und die Schleife, die sich ein klein wenig mit ihrem roten Haar biss. Sie wandte sich ans Galgenkind.

«Christian Morgenstern!», redete sie ihn an. «Was machst du hier? Dunkler Marsjan sucht dich, das weißt du doch wohl.»

«Nein, umgekehrt», sagte Christian. «Ich suche Dunkler Marsjan.»

«Gelogen, Junge! Warum bist du dann nicht in der Bibliothek? Geh also mal schnell nach drinnen, Galgenkind, bevor Marsjan …»

«… nach draußen kommt», ergänzte Christian. «Na, dann muss ich gerade hier bleiben. Stimmt's oder stimmt's, Otto?»

Otto nickte. Dann sagte er langsam, etwas misstrauisch: «Nur … ist es hier im Garten im Sommer oder Frühling nicht zu warm für einen Marsianer?»

«In der Bibliothek ist es kühl», fing Claartje an.

Christian sah ihn mit großen, runden Augen an. «Du kennst ihn, du kennst Marsjan!»

«Und ob!»

«Du kennst ihn nicht», sagte Christian.

«Ich kenn ihn wohl», sagte Otto. «Dunkler Marsjan. Groß. Blau. Auch sein Mantel ist blau, aber seine Augen …»

Claartje ließ ihn nicht ausreden. «Du weißt genau so gut wie ich, Otto, warum Christian sich nicht zur Bibliothek traut. Auch wenn er beim Buchstaben M von Mars ist. Weil der Bibliothekar auch da ist!» Sie sah das Galgenkind an und lächelte allerliebst. «Geh ruhig hin, Christian! Weißt du, *ich* habe nämlich dein Buch zurückgebracht.»

«Das ABC-Buch?», flüsterte Otto.

«Was für eine Gemeinheit», sagte Christian.

Claartjes Lächeln verschwand. «Danke schön, Galgenbrocken! Du hast es einfach im Musiksaal herumflattern lassen. Ich wollte dir nur helfen. Statt dass du froh darüber bist ... oder dankbar, Dummkopf ...»

Christian fletschte die Zähne. «Mit 'nem D.»

«Du kennst noch nicht mal das ganze ABC!»

«Ich kenn es wohl! Deshalb hab ich das Buch vergessen, einfach so», sagte das Galgenkind hochmütig. «Und der Dummkopf, der bist du, Clara mit 'nem C. Und so hinterfotzig wie die Pest.» Es stieß Otto an. «Sieh sie dir an, dieses katzenfreundliche, süße, schleckrige Schnäuzchen! Wecke kein schlafendes Miezekätzchen! Dann wird es zur Kratzbürste: Klara mit 'nem K.»

«Soll ich dich kratzen?», rief Claartje böse.

«Eine echte Ka», lachte das Galgenkind. Er nahm Kampfstellung ein. «Komm her, kleine Kröte. Für jeden Kratzer kriegst du einen Klaps.»

«He! Na!» Otto schaute unsicher vom einen zum andern.

Die beiden standen sich jetzt mit trappelnden Füßen gegenüber, mit blitzenden Augen, geröteten Wangen.

«Du bist doch nicht bange vor einem Spaßkämpfchen, Otto?», sagte Christian. «Attention, Clara. Stand by. Zugleich anfangen, keine Tricks. Dies wird ein Duell.»

Claartje spuckte.

«Daneben, Katze!», rief das Galgenkind und spuckte zurück. Dann spuckte er in die Hände. «Ich schlage dich zu Mus, Muschikatze! Otto, du bist Schiedsrichter.»

«Zwei gegen einen», sagte Claartje, «das ist billig. Gemein.»

«Otto ist unser Schiedsrichter, du Trottel ... Sorry, Pardon, Entschuldigung ... falsche Hexe.»

«Ich ermorde euch alle beide!», rief Claartje und sie sprang auf Christian zu. Der sprang schnell zur Seite, so dass sie ins Leere griff, stolperte und auf dem Gras landete.

«Ich bin noch nicht tot!», stichelte Christian.

Claartje streckte die Hände zu Otto aus, und der half ihr auf.

«Ein superklasse Schiedsrichter», höhnte das Galgenkind.

«Das bin ich. Genau», antwortete Otto. «Der Schiedsrichter muss helfen, zum Beispiel beim Aufstehen, wenn einer fällt. Und, und ... die kämpfen wollen, muss man trennen.»

Claartje lachte triumphierend. «Siehst du wohl, Christian, dass du ein dummer, blöder, doofer Dummkopf bist! Angreifen ist das Einzige, was du kannst. Das ist das A. Aber auch wer alle Buchstaben kennt, kann darum noch lange nicht lesen!»

Christian holte aus und gab ihr eine Ohrfeige, die knallte.

Claartje schlug sofort zurück, dass es klatschte.

Beide hatten eine knallrote linke Wange.

«Schlagen tut nicht weh», fing das Galgenkind an.

«W!», spottete Clara. «Weh. Beh. Bäh!»

Christian schlug noch einmal, landete auf ihrer rechten Wange. «Touché!»

«Galgenaas! Jetzt ich!», kreischte Claartje.

«Stop jetzt!», rief Otto. «Hört auf.»

«Ich bin doch nicht verrückt!» und «Wieso mischst du dich ein!», riefen Christian und Claartje gleichzeitig.

«Ich bin der Schiedsrichter», sagte Otto und packte beide an den Armen. «Seid doch nicht so blöd. Christian, du bist stärker als Claartje.»

«Das bildest du dir wohl ein», sagte Claartje. «Warte man ab.» Sie riss sich los.

Christian tat dasselbe. «Und ob ich stärker bin. Darum kann ich das Mädchen auch wunderschön Mores lehren.»

«Das wagst du nicht, jetzt, wo Otto dabei ist», sagte Claartje. «Schlagen tut nicht weh, aber Schimpfen, wusstest du das? Und weißt du, Otto, dass Christian nicht einmal den *Kalender* kennt?»

«Ich kenne alle Monate in jedem Jahr!», rief das Galgenkind wütend.

«Auf deine Art, unmöglich – armes Schwein, Betteljunge! Hör dir das an: JAGUAR, ZEBRA, NERZ, MANDRILL ...»

«Das ist *mein* Morgenstern-Kalender, von meinem Vater geerbt, frag den Bibliothekar, was er davon hält ...» Christian fing ein bisschen zu stottern an. «G-giftgrünes M-monster. Verreckt, ihr alle beide!» Er drehte sich um und rannte weg.

Otto sah ihm entsetzt nach. Er wollte ihm folgen, aber Claartje hielt ihn zurück.

«Lass ihn laufen! Marsjan wartet auf ihn, drinnen, mit dem Bibliothekar, das weißt du doch. Komm!»

Otto ging ein Stückchen neben ihr und fragte dann zögernd:

«Claartje, warum hast du uns … hast du ihn die ganze Zeit nach dem ABC-Buch suchen lassen?»

«Die ganze Zeit? Welche Zeit? Wir haben hier Meere!»

«Ja, aber … warum hast du nicht gesagt, dass …»

Claartje blieb direkt vor ihm stehen. «Aah! Du bist auch schon gegen mich!», begann sie heftig. Vorwurfsvoll sagte sie: «Das hätte ich wissen können. Du warst von Anfang an ein Schleicher. Feige. Die Tür zuschmeißen, die vom Südturm …»

«Nordturm, blöde Hexe!»

«Es ist Frühling, also Südturm, Hohlkopf! Streitmacher auf dem Kofferspeicher! Schiedsrichter, du! Sollen wir kämpfen? Ich fordere dich heraus!»

«Warum? Ich habe überhaupt keine Türen zugeschmissen oder Streit gemacht. Das hast du getan! Und zum Kämpfen hab ich keine Lust …»

«Oh Mann, dann bist du wirklich ein Trottel!» Claartjes Augen glitzerten böse. «Ein braver Michel, das bist du! Ein Schisshase.»

«Gar nicht wahr, du bist verrückt», sagte Otto. «Ich wollte nur nicht ausgerechnet mit dir kämpfen. Aber wenn du unbedingt willst …»

«Schlagen ist gar nichts. Schimpfen tut ätzend weh!» Claartjes Gesicht strahlte vor Kampflust oder vor lauter Vergnügen. «Langweiliger Hosenscheißer! Schleimer, Schlamper, Schlafmütze, Schlemihl!»

«Schlampe!», rief Otto. «Schlangenzunge! Luder, Schlunze!»

«Ekelpaket! Schlappschwanz, Hallodri, Läusekopp!»

«K-k-ka! Katze!», rief Otto. «Monster! Giftgrünes Monster!»

«Arschgesicht!»

«BEM! KIM!»

Sie fuhren sich in die Haare, aber … nach einem Kratzer und einem Klaps und einem Puff und einem Schlag wurden sie unerwartet von einem gezielten, kalten Regenguss getroffen.

Sie ließen sich los, zwinkerten das Wasser aus den Augen und sahen in das eisige, ungerührte Gesicht eines sehr großen Mannes.

IV

Otto erkannte ihn sofort, obwohl er im Tageslicht weniger gefährlich aussah. Es war der Mann, der ihm in jener beängstigenden und auch wunderbaren Winternacht einen solchen Schreck eingejagt hatte: der Fremde, der ihn aus dem Raum für Reisende verjagt hatte. Nun starrte er von oben her auf ihn und auf Claartje herunter.

«Schimpfen tut weh», sagte er, «aber ihr braucht euch gegenseitig nicht extra zu verletzen.» Er machte eine Bewegung mit einer großen gelben Gießkanne in der Hand. «Genug abgekühlt?»

«Wir haben nur so getan, als ob», sagte Claartje. «Jetzt haben Sie mich ganz nass gemacht!»

«Stell dich nicht an», sagte der große Mann. «Ein bisschen Wasser kann bei diesem unglaublich schönen Sommerwetter nicht schaden.»

Dieses unglaublich schöne Sommerwetter. Logisch, dachte Otto, dass er so redet. In der Nacht im Raum für Reisende war es Winter. Für ihn ebenso wie für mich …

Er zitterte ein wenig, nicht von dem bisschen Wasser, sondern unter den kalten Augen des Fremden.

– Wer ist er? Was macht er hier?

Er hatte nicht erwartet, ihm noch einmal zu begegnen, und gewiss nicht im sonnigen Garten. Dieser Mann gehörte zu Nacht und Winterkälte.

«Ich hab früher manchmal zu hören gekriegt, dass Jungen nicht mit Mädchen kämpfen sollen», fuhr der Fremde fort. Er sah Otto mit einem Blick an, bei dem ein Nordpolbär gefroren hätte. «Oder Mädchen nicht mit Jungen», sagte er zu Claartje – tatsächlich mit einem Lächeln, wie spöttisch es auch sein mochte. «Was hältst du davon, Schneeweißchen?», fragte er, «Auch wenn du nicht mehr sehr weiß bist, du siehst jetzt eher aus wie Rosenrot.»[19]

Kennt er Claartje?, dachte Otto. Kennen sie sich?!

Der Mann gab ihr die Gießkanne. «Los!», sagte er. «Gib den Rosen Wasser.»

«Welchen Rosen?», fragte Claartje.

Es war keine Rose in der Umgebung zu sehen.

«Es sind Rosen genug in diesem Park», sagte der Fremde unfreundlich. «Und wenn die Jungen dich belästigen, dann schließ dich in eine Turmkammer ein. Das hat Rosenrot auch getan.»

«Sie meinen Dornröschen», sagte Claartje.[20] «Und die Rosen blühen noch nicht. Es ist erst Mai.»

«Mai?», wiederholte der Mann. «Mai?»

«Ja. Und die Rosen blühen im Juni», sagte Claartje. «Oder im Juli. Im Sommer.»

Aber der Mann hatte sich von ihr abgewandt. Er lief mit großen Schritten davon, eine richtige Vogelscheuche, mit flatterndem Schal, die Hände in den Taschen seines langen, dunkelblauen Mantels.

«Claartje», flüsterte Otto. «Wer ist das?»

Claartje gab keine Antwort. Sie hatte die Gießkanne auf die Erde gestellt und lief dem Fremden nach. «He! Warten Sie doch eben!»

Otto wollte ihr nachgehen, aber nach einigen Schritten blieb er stehen. Warum sollte er? Claartje oder Clara oder Claire war lange nicht so lieb, wie er immer gedacht und gehofft hatte. Und sich jetzt bei diesem Widerling einschmeicheln! Wenn sie ihn nicht sogar schon gekannt hat … Der Mann nannte sie nicht nur Schneewittchen – oder Schneeweißchen –, sondern auch Rosenrot. Bekloppt! Und *Claartje* sagte, der Raum für Reisende sei verboten. Wusste sie neulich, dass sich dieser Kerl dort versteckt hielt?

Claartje hatte den Mann eingeholt; die beiden gingen nebeneinander weiter. Sie schienen in ein freundschaftliches Gespräch vertieft zu sein.

Otto fühlte sich auf einmal sehr allein. Sollte er zurückgehen zur Bibliothek? Aber Christian war wütend weggelaufen, es war nicht sicher, dass er dort zu finden sein würde. Wen er allerdings treffen würde, das war der Bibliothekar, der so streng auf seine Bücher aufpasste, dass sogar das Galgenkind vor ihm Respekt zu haben schien.– Und Dunkler Marsjan, wer weiß, ob der mich nicht sogar wegschickt. Zu Xanthippe? Ich weiß bestimmt den Weg zur Küche nicht mehr.

Er begann ziellos weiterzulaufen. Claartje und der Fremdling standen sich jetzt dort ganz hinten gegenüber, wie es schien, noch immer ins Gespräch vertieft. – *Worüber?*

Nach einer Weile gingen sie weiter, ziemlich schnell. – Weg von mir! Darf ich nicht dabei sein?, fragte sich Otto. Jeder Reisende willkommen? Stimmt überhaupt nicht! Sie sind alle gemein zu mir. Außer Marsjan und Xanthippe, aber die labern immer von *meiner* Seite der Tür. Und ich durfte nicht einmal die Katze streicheln.

Er schaute wieder das Ambassadegebäude an. – Draußen oder drinnen? Ich will nicht zu meinem Haus ... nicht einmal zu Montags. Was hatte Christian noch gesagt? Dass der Schwan wieder auf dem Weiher ist? Ob die beiden dorthin ...?

Aber der Mann und das Mädchen waren seinem Blick entschwunden.

Otto schaute sich verwirrt um. – Ich kann mich doch nicht verlaufen haben?

Er war auf einem schmalen Pfad zwischen mannshohen Sträuchern und sehr hohen Bäumen gelandet.

Von der Ambassade war nichts mehr zu sehen. Langsam ging er weiter. Das Gelände wurde hügelig, und der Garten glich allmählich immer mehr einem Wald. Alle Seitenpfade führten in eine richtige Wildnis.

Wenn Christian mich nicht im Stich gelassen hätte, dachte er, dann hätten wir jetzt zusammen auf Entdeckungstour gehen können.

Er stieß auf einen Zaun, durch den er nicht hindurch konnte. Durch die Streben sah er auf der anderen Seite noch mehr Wege, die vom Urwald verschluckt wurden. Am Zaun entlang konnte er jedoch weiter, der Pfad machte nach einer Weile eine Kurve und endete überraschend bei einem überschatteten Rasen.

Dort stand keine Sonnenuhr.

An der anderen Seite, weit hinten, erhob sich eine Mauer, die ganz und gar aus Pflanzen zu bestehen schien oder von ihnen überwuchert war. Mitten in der Mauer stand eine Tür – *hier sind sogar draußen Türen* –, weit geöffnet. Dahinter sah er etwas Silbriges im Sonnenlicht glänzen.

Es war alles sehr schön, aber Otto war zu einsam und zu unruhig, um sich sicher zu fühlen. Er hastete weiter, durch die Tür hindurch ... Gleich danach lief er langsamer, erleichtert und beinahe glücklich.

Vor ihm lag der Weiher; er näherte sich ihm jetzt nur aus einer anderen Richtung. Dort stand ein Baum, an den er sich gut erinnerte, noch immer wie aus Stein gehauen – nein, die Blätter zitterten ein bisschen, frische, zartgrüne Blätter … Also wirklich Mai, wie Claartje behauptet hatte. Immer gewesen oder wieder geworden?

Mitten auf dem glitzernden Wasser schwamm der Schwan. Otto kniff die Augen halb zusammen und machte sie wieder auf. Weil er gegen das Licht blickte, sah er es vielleicht falsch. – Ein Schwan – ja, aber doch bestimmt nicht derselbe? Dieser Schwan ist *schwarz*. Oder hat der weiße Schwan seine Farbe verändert?

Er stieg zum Ufer hinunter, das Gelände war voller Steine: von dicken Kieseln bis zu feinem Kies. Die Kieselsteine knirschten unter seinen Füßen: *Krrr-k! Krrr-k!* Er schaute sich um, ob ihn jemand hörte, aber außer dem Schwan war weder Mensch noch Tier zu sehen. Dicht am Rand des Wassers setzte er sich auf einen großen Steinbrocken unter den Baum. Der Schwan war nicht näher gekommen. Er ließ sich vom Wasser tragen; dann und wann bewegte er seinen langen Hals mit dem kleinen Kopf, dunkel und elegant. Auf Otto achtete er nicht, und er hatte, soweit man sah, nichts Böses im Sinn.

Niemand hier außer dir und mir, sagte Otto in Gedanken zu ihm. Ich werde nie wieder mit Steinen nach dir werfen, auch wenn du ein anderer Schwan bist. Christian sagte, du seist zurück. Auch wenn du schwarz geworden bist, du bist schön …

Plötzlich wurde die Ruhe durch Knirschen auf dem Kies gestört. Da kam der riesige Fremde an. Er hatte seinen schlottrigen Wintermantel ausgezogen und trug ihn über dem Arm. In einem normalen Pullover, mit einem langen Schal um den Hals, war er noch magerer und nicht mehr so furchtbar unheimlich. Er kam allein. Wo war Clara?

Otto wäre am liebsten schnell weggelaufen, aber er blieb sitzen, regungslos. – Vielleicht sieht er mich nicht.

Da irrte er sich. Der Mann lief am Ufer entlang ohne Umweg auf ihn zu, stand sehr schnell vor ihm und sah auf ihn hinunter und sagte: «Hallo! Was tust du hier? Hast du dich vom Streit mit deiner Freundin erholt?»

«Claartje ist nicht meine Freundin», sagte Otto kurz. Er erhob sich.

«So! Du weißt also auch, wie Schneeweißchen in Wirklichkeit heißt. Wenn ich mich auch frage, was hier nun wahrhaftig die Wirklichkeit ist.» Der Fremde nahm auf dem Stein Platz, auf dem Otto gesessen hatte. «Bleib hier, Junge! Setz dich hin», sagte er befehlend. «Es ist Platz genug da.» Er wischte sich die Stirn mit seinem Schal ab – dem lilanen, gestrickten.

Das ellenlange lächerliche Ding gehört also ihm, dachte Otto. Er wird doch nicht etwa hier wohnen? Inzwischen blieb er (natürlich) stehen und versuchte, eine gleichgültige Miene aufzusetzen.

«Platz genug. Du hast doch keine Angst vor mir?» Der Mann legte sich den Mantel über die Knie und verzog seine Mundwinkel so lange, bis er lächelte. Er besah Otto von oben bis unten.

«Wir sind uns, wenn ich mich nicht irre, schon einmal begegnet», sagte er vorsichtig. «Ich hoffe, dass ich dir keinen allzu großen Schreck eingejagt habe im Raum für …»

«Wer sind Sie?», fiel Otto ihm ins Wort – erstaunt über sich selbst, denn er hatte hochmütig schweigen wollen.

«Aha, ist es das», sagte der Unbekannte, scheinbar freundlich. «Wir haben uns noch nicht gegenseitig vorgestellt.» Er streckte eine knochige Hand aus. «Mein Name ist A. Angenehm.»

Otto nahm die Hand nicht an. Jetzt will er mich auch noch verklapsen, dachte er wütend. Für einen Augenblick blitzte das Bild von dem A auf der Turmfahne vor ihm auf. Hatte er die Fahne heute überhaupt gesehen? Er hatte nicht darauf geachtet … Ein vages Gefühl von Gefahr befiel ihn. Er schüttelte es von sich ab und fragte tapfer: «Das A von was?»

«Das A von A. Du kennst doch das Alphabet? Herr A.»

Die dunklen Augen von Herrn A – braun, nicht schwarz – schienen Otto auf einmal nicht anzusehen, sondern durch ihn hindurchzublicken … nach etwas oder jemand anderem. Schon wieder ein unangenehmes Gefühl.

Der Mann ließ ein raues, schäbiges Lachen hören. «Das A von Asyl. Was würdest du dazu sagen?»

«Oh», sagte Otto. Er war eine Weile still.

Der Mann, der sich A nannte, schwieg auch; er hob ein Steinchen vom Boden auf, rollte es zwischen seinen langen, knochigen Fingern hin und her und schaute es nachdenklich an.

Otto hielt einen Augenblick den Atem an.

Der Mann sah den Stein forschend an, als ob er etwas Geheimnisvolles damit vorhätte. Dann hob er mit einem Ruck den Kopf und starrte Otto mit seinem durchbohrenden Blick an.

Otto sagte schüchtern. «Ich ... eh ... wusste nicht, dass es diesen Namen gibt.»

Herr A ließ das Steinchen fallen. «Das A von Anonym», sagte er, «ist auch recht. Vielleicht noch besser. Setz dich doch, Junge! Es ist verdammt schön hier. Und überraschenderweise wieder Frühling. Stets ändern sich die Jahreszeiten.» Er legte das Kinn in die Hand, stützte den Ellbogen aufs Knie und sah zum Weiher. «A», sagte er noch einmal, «und da schwimmt der S.»

Wieder hielt Otto den Atem an. Der *Schwan* ...

Leise fragte er: «Haben Sie wirklich Asyl beantragt?»

«Was man wirklich nennt!» Der Mann setzte sich plötzlich kerzengerade hin und schaute Otto wieder direkt ins Gesicht. «Geht es dich was an? Wer bist du eigentlich? Deinen Namen!»

«Otto.»

«Otto! O. Interessant», sagte Herr A. «Weiter.»

Otto ging näher zu ihm heran. «Haben Sie schon mal probiert», sagte er langsam, «mit einem Steinchen ...», er schluckte, «mit einem Steinchen nach dem Schwan zu werfen? Erst war er weiß, nun ist er schwarz, und ... Ein Steinchen nach ihm werfen. Müssen Sie machen!»

Herr A. sah ihn die ganze Zeit an. »Ich glaube», sagte er, genauso langsam, «dass du ein ganz unnützer Knabe bist! Dieser Schwan hält Wache. Seine Frau – ein anderer Schwan – brütet hier ganz in der Nähe auf ihrem Nest, gut verborgen.» Wieder lächelte er jemanden an, aber nicht Otto. «Also werden hier in diesem Weiher in kurzer Zeit hässliche junge Entlein[21] schwimmen ... Falls ich an diesem Ort von ‹kurzer Zeit› reden darf.» Dann runzelte er böse die Augenbrauen und sagte drohend: «Wer das Tier da erschreckt, wird selber mal irgendwann viel schlimmer erschrecken! Schwäne können außerordentlich aggressiv sein. Viele Menschen fürchten den Aasgeier und den Raben; sie wissen nicht, wie gefährlich ein Schwan sein kann und wie stark er ist.»

Otto fühlte, dass er einen roten Kopf bekam. Er konnte kein Glied rühren ... und als ihm das endlich doch wieder gelang, lief er weg, ohne sich zu verabschieden, ungeschickt, manchmal fast stolpernd … um den Weiher herum zur andern Seite, denn er wollte sich nicht noch einmal verlaufen.

– Er ist nicht drauf reingefallen, dieser Scheißkerl! Und er heißt anders, nicht nur A, der Name A ist bestimmt ein Code, wie von einem Geheimagenten, einem Spion. Das A von Aasgeier.

Otto blieb stehen und sah sich um. Jetzt trennte ihn der ganze Weiher von Herrn A. Der saß noch immer da auf dem Stein. Es schien, als würde er mit dem Schwan reden, der bis ganz dicht zu ihm ans Ufer herangeschwommen war.

Ottos Wimpern waren feucht; er schnaubte, drehte dem Weiher den Rücken und lief (so hoffte er) auf dem kürzesten Weg zurück, Richtung Ambassade, über den ansteigenden Pfad, dessen Kies mit Steinplatten gedeckt war. Er kam ohne weiteres zur Sonnenuhr. Dort stand Claartje.

V

«Ha, Otto, schön, dass du da bist», sagte sie aufgekratzt, als ob nichts passiert wäre. «Kommst du mit zur Bibliothek? Vom Sommer zum Frühling, es ist wieder Mai. Schnell nach drinnen, bevor der Winter uns überfällt.»

Um sie herum strahlten Gänseblümchen im Gras, blühten Bäume mit rosa und weißen Blüten.

«Nach drinnen? Winter? Nein», sagte Otto. «Es ist doch unglaublich schönes Wetter, das sagte der Herr A … Anonym. Wer ist er? Und wo …»

«Wo er geblieben ist? Keinen blassen Schimmer», unterbrach ihn Claartje. «Warum bist du schon wieder abgehauen? Wir wollten doch …»

«Abgehauen?! Ich? Du bist abgehauen! Mit diesem Kerl.» Otto wurde böse. «Und was wollten wir? Kämpfen? Okay! Los, komm!»

«Ich denk nicht dran, was hast du bloß! Ich bin nicht das Galgenkind.»

«Und wo ist Christian?»

«Der muss in der Bibliothek sein. Komm jetzt, wir werden sehen, ob er da ist. Wenn du Asyl hast, Otto, darfst du so viele Bücher ausleihen, wie du willst», sagte Claartje. «Der Bibliothekar erwartet dich schon, und ich …»

«He, Clara», fiel Otto ihr ins Wort. «Hast du vielleicht auch mein Buch zurückgebracht?»

Sah sie ihn nun wirklich verwundert an, oder tat sie nur so?

«Dein Buch? Hast du denn auch ein Buch ausgeliehen? Ich dachte, dass du …»

Otto fragte sich, ob er weiterreden sollte. *Mein Buch gehört in die Bibliothek, hat Christian gesagt, aber es ist auch geheim. Wem kann ich vertrauen? Claartje nicht, fürchte ich …* Scheinbar wie nebenher sagte er: «Es ist nur ein kleines Buch, weißt du. Nicht so schön und dick wie das ABC-Buch von Christian.»

«Das ABC-Buch gehört nicht dem Galgenkind, sondern der Bibliothek!» Claartje war rot geworden.

«Das ist es gerade! Mein Buch gehört mir, eh … schon lange, es ist alt. Nicht aus der Bibliothek. Und ich kann es nirgends finden.»

«Wie heißt es?»

«Es lag in meinem Zimmer …»

«Wie heißt es?!»

« … auf meinem Schreibtisch …»

«Auf der anderen Seite der Tür?»

Otto starrte das Mädchen an. *Heißt das Buch selbst auch so?*, dachte er. *Claartje kennt es also! Hat sie Seite sechs und fünf …*

Er sagte: «Es stehen zwölf Geschichten darin. Die erste …»

Claartje ließ ihn nicht ausreden. «Dein Zimmer mit deinem Schreibtisch», sagte sie, «das ist doch auf der anderen Seite der Tür?»

«Mein Zimmer … mein Turmzimmer ist in der Ambassade.»

«Aber auf der ANDEREN Seite der Tür», beharrte Clara, die Augen dunkelblau vor Ernst.

«Ja», gab Otto zu, und er dachte, was für ein Blödmann bin ich, kaum dass er es ausgesprochen hatte. «Von hier aus gedacht, wenigstens.»

«Wie kann ich dann jemals dein Buch gesehen haben? Oder es in die Bibliothek gebracht haben? Ich komme nie auf deine Seite der Tür.»

«Nie? Warum nicht?»

«Ich komme nie dorthin», sagte Claartje. «Ich weiß also nichts von deinen Büchern.»

«Oh ...» Otto erinnerte sich, wie das Galgenkind vor der Tür seines Zimmers gestanden hatte, ohne hereinkommen zu wollen ... oder ... zu können.

«Und ich hab nie *ein Buch von dir* genommen», sagte Claartje. «Ehrenwort.»

Otto musste ihr schon glauben. «Ach, ich hab nur so gefragt», sagte er, gewollt gleichgültig. «Vielleicht ist es von meinem Schreibtisch gefallen. Ich werde noch einmal richtig danach suchen.»

«Gehst du denn wieder weg? Warum ziehst du nicht richtig hierher?», fragte Claartje. «Hier in die Ambassade. Ich meine: immer. Für immer.»

«Geht das denn?»

«Natürlich, das weißt du doch. Das musst du sogar ...» Claartje flüsterte auf einmal: «Wenn du der Ambassadeur bist. Oder hast du nur ein bisschen angegeben?»

Otto wusste nicht, was er hierauf sagen sollte.

Eine Biene summte vorbei, ein Schmetterling flatterte um die Sonnenuhr.

Claartje pflückte ein Gänseblümchen und begann langsam eins nach dem andern die Blättchen herauszuziehen. «Ja nein, ja nein, ja nein ... ja. Siehst du wohl, das dachte ich mir, Junge! Gelogen! Ich hätte dich nach deinem Beglaubigungsschreiben fragen sollen, bevor ich ein Wort zu dir sagte.»

«Hast du mir denn geglaubt? Schön dumm», brach Otto sein Schweigen. «Ich habe das nur zum Spaß gesagt.»

Claartje sah ihn streng an. «Junge, bist du ohne Beglaubigungsschreiben mit deinem Namen hierher gekommen?»

Ottos Verwirrung wuchs; er hoffte, dass Claartje es nicht merken würde. Er legte eine Hand auf die Brust – Seite sechs mit – sogar zweimal – seinem Namen!

«Ja», sagte er laut und wusste in dem Moment nicht, ob er nun «log» oder die Wahrheit sagte.

«Du willst also nicht hier wohnen», sagte Claartje vorwurfsvoll. «Nicht wirklich.»

«Das will ich wohl! Aber nicht wie … so dass …» Otto dachte einen Augenblick nach und sagte dann heftig: «Ich will Boss bleiben über … ich will hin und her, wenn ich Lust dazu habe.» Er gab der Sonnenuhr einen Tritt, die für nichts und wieder nichts hier stand. «Ich finde es hier klasse, mordsmäßig, bärenmäßigvollfett … Aber ich will, verflixt noch mal, meinen Namen nicht vergessen. Und das werde ich auch nicht. Ob ich ein Beglaubigungsschreiben bei mir habe, geht dich … geht niemanden was an. Nur meinen Namen, den vergesse ich nie wieder!»

«Angeber!», flüsterte Claartje. «Pinsel! Du kapierst gar nichts. Mach nur, wozu du Lust hast, bilde dir ein, dass du der Boss sein kannst.»

Und sie rannte weg, ohne sich umzusehen. Ihr flatterndes Haar war plötzlich nicht mehr rötlich, sondern schien fast schwarz in der schnell herabsinkenden Dämmerung.

Wolken vor der Sonne. Und woher kam der heulende Wind plötzlich?

Otto lief wie von selbst ein Stück darin mit, blieb wieder stehen (er musste sich dagegen anstemmen) und zitterte. Es war wahnsinnig abgekühlt. Um ihn herum flatterten weiße Blütenblätter wie wild durcheinander – von den schwankenden Bäumen geweht. Er schaute zum Himmel, der jetzt unheimlich grau wurde. Er musste an den Tag denken, an dem er vor dem Weiher geflüchtet war. *Hat Herr A doch ein Steinchen nach dem Schwan geworfen?* Dann will ich nur hoffen, dass er seinen Namen und alles vergisst und nie wieder hierher kommt … Ach nein, wie dumm, dann bleibt er ohne Namen und wir haben ihn hier am Hals. Außer wenn er absäuft. Ob der Weiher tief ist?

Otto begann in Richtung des Hauses zu laufen. Es schien ihm jetzt das Beste, drinnen zu sein. Also doch zur Bibliothek … Das Gebäude war nicht zu sehen, er konnte fast nichts mehr erkennen. Die losgerissenen Blütenblätter wirbelten nicht nur taumelnd um ihn herum, sie berührten auch immer wieder, kalt und nass, sein Gesicht. Sie stachen, sie klebten auf seinen Augenlidern … kalt. Und … *es sind keine Blütenblätter! Es schneit!*

VI

Otto kämpfte sich weiter. Wieder vermisste er Christian. Das Galgenkind war diese komischen Wetterwechsel gewohnt, sein Gerede von winterlichen Abenteuern, von Blizzards, eisigen Nächten und heulenden Wölfen war nicht nur Bangemacherei gewesen.

Weit entfernt erklang Unheil verkündend ein hohles Rufen: «Huuh! Ha! Huuh, hui!»

Kein Tier, kein Wolf, es war eine menschliche Stimme. «Huhu! Juchu. Hallo? Wer da?»

Der Schneefall dämpfte die Geräusche. Wer rief da? Von woher?

«Holla, he!», hörte er jetzt. «Warte mal!»

Nicht das Galgenkind. Ein Mann. Hinter mir, dachte Otto. Er blieb stehen, um genau zu sehen, ob er jemanden erkennen konnte. Mit dem Wind im Rücken konnte er wenigstens seine Augen besser offen halten.

Verschwommen tauchte eine Gestalt auf, kam näher, und wurde ein Mensch … der Fremde, der sogenannte Herr A! Er ruderte drohend mit seinen langen Armen.

Otto drehte sich um und lief weiter, so schnell er konnte. – Dieser Kerl ist wohl der Letzte, mit dem ich einen Spaziergang machen möchte!

Er hörte den Mann wieder rufen.

«Holla, Otto! Warte mal!»

Otto warf einen Blick über die Schulter – Er folgt mir! – und begann zu rennen, versuchte es wenigstens. Wie lange halte ich das durch?, dachte er. Das Ekelpaket ist noch immer hinter mir her. Er hat natürlich seinen Namen verloren, nun ist er wirklich Anonym, haha …

Wirklich lachen konnte Otto nicht, er kam immer mehr außer Atem. – Ich bin nie gut im Sprinten gewesen, und jetzt wird überhaupt nichts draus, und er hat solche langen Beine … Doch muss ich ihn loswerden können, ich sehe fast nichts in dieser Schneierei, er also auch nicht.

Da wurde gerade überraschend viel sichtbar. Ein greller, gelblicher Schein glühte unerwartet auf. Der wirbelnde Schnee wurde zu weißen und goldenen Sprenkeln vor einem Hintergrund voller Schatten.

Das Licht kam aus einer rechteckigen Säule aus Eis … oder einem großen Brocken aus Glas … Noch verrückter: von einer Lampe in einer Telefonzelle.

Einfach eine normale Telefonzelle, die ihm den Weg versperren wollte.

Otto blieb nicht stehen, um sie sich genauer anzusehen. Er wusste, dass er noch immer verfolgt wurde. Er stieß und trat, er stampfte, kämpfte und rutschte in einer Schleife um die Zelle herum. Sie war leer, die Tür geschlossen.

Er war vorbei, hastete weiter. Durch den bebenden Flockenschleier sah er eine graue Wand auf sich zukommen – die herausragende Rundung eines Turms oder einer Bastion und darin – deutlich – eine geschlossene Tür.

Die Ambassade! Ich glaube wahrhaftig, es ist der Nordeingang! Was für ein Glück. Sie werden mich bestimmt hineinlassen.

Otto schaute sich wieder um und sah noch immer die gläserne Telefonzelle. Darin befand sich jetzt ein Mann. Herr A! Der winkte ihm wie wild zu.

Er verfolgt mich noch immer!

Otto floh weiter. Erst als er das Tor erreicht hatte, wagte er es, sich noch einmal umzublicken.

Herr A war verschwunden. In der Zelle schneite es nur noch … bis gar keine Zelle mehr da war.

Nichts als fallender Schnee.

Otto rüttelte einmal kräftig an der Kette neben der Tür, die ganz bestimmt der Eingang zum Nordturm war. Er dachte an Marsjan. Innen hörte er die Klingel. Zugleich drückte er den Türgriff herunter – zum Glück hab ich dafür gesorgt, dass die Tür nicht abgeschlossen ist! Die Klingel läutete wieder. Er machte einen Sprung hinein, stieß die Tür hinter sich zu, schwankte ein bisschen, schaffte es, aufrecht stehen zu bleiben, starrte verblüfft auf das, was er sah.

Ein Raum, lang wie ein Schlauch, elektrisch erleuchtet … Vollgepfropfte Schränke rechts … Links ein Ladentisch mit allem Möglichen darauf und vollgepackte Vitrinen. Er konnte beinahe nicht glauben, wo er war. Aber die Frau und den Mann hinter dem Ladentisch kannte er wirklich sehr gut. Sie begrüßten ihn freundlich und ein klein wenig erstaunt:

«Otto! Ach was, da haben wir Otto. Tag, Junge!»

Er war in Montags Laden gelandet.

KAPITEL NEUN

Alle Türen ähneln sich. Oder nicht?

I

Otto drehte sich blitzschnell um. Die Eingangstür war durchsichtig geworden, fast ganz in Glas verwandelt, mit Buchstaben beschrieben, die ein Vorübergehender leicht lesen konnte:

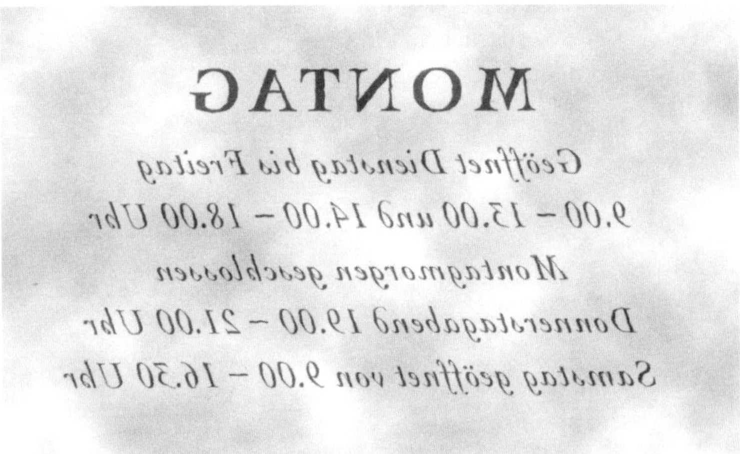

Draußen sah er die bekannte Straße; es war dunkel, und die Pflastersteine glänzten – nass oder glatt – im Licht des Schaufensters und der Autoscheinwerfer. Ein ziemlich nasser Schnee schwebte herab, der schmolz, sowie er den Boden berührte. Er hörte Bremsen knirschen und Autos hupen. Vorsichtig machte er die Tür auf – die Ladenglocke klingelte – und zog sie sofort wieder zu.

Auf der anderen Straßenseite stand Herr A in seinem langen Schlottermantel, direkt neben der Telefonzelle an der Ecke. Gleich würde der Mann die Straße überqueren und …

Otto drehte sich zu dem Ehepaar hinter dem Ladentisch um, lief zu ihnen hin.

«Je später am Mittag ...», sagte Herr Montag, während er seine Brille nach oben auf die Stirn schob.

Frau Montags Brille war, wie so oft, auf ihre Nasenspitze gerutscht. «Junge», sagte sie, «woher kommst du? Und auch noch ohne Mantel, wie ...»

«Darf ich mich hier verstecken?», unterbrach sie Otto. «Schnell, bevor er mich sieht!» Es klang viel ängstlicher, als er gewollt hatte.

«Es sind doch nicht etwa diese gemein– », begann Herr Montag.

«Ja, ja, beruhige dich», sagte seine Frau. Sie kamen beide um den Ladentisch herum und sahen über Ottos Kopf hinweg durch die Glastür nach draußen.

«Ist es dieser lange Lulatsch da, bei der Telefonzelle?», fragte Herr Montag.

«Ja, er ist hinter mir her. Er ...»

«Warte, bis er die Straße überqueren kann», sagte Frau Montag. «Die Ampel für ihn steht auf rot.» Sie nahm ihre Brille ab. «In die Küche, Otto, du kennst den Weg ... Wimmle du ihn ab, wenn er kommt», sagte sie zu ihrem Mann.

Sie folgte Otto durch die Tür hinten im Laden, schloss sie und lief mit ihm durch einen Flur, der schmaler als je war durch Türme von Kartons, Stapel von Büchern und Rollen von Nikolaus-Geschenkpapier.

«Zieh den nassen Pullover aus», sagte sie, sobald sie in der Küche waren. «Du willst dich doch nicht wieder erkälten. Du kannst solange ...»

Die Ladenglocke klingelte.

«Das wird er sein», flüsterte Otto.

«Wer ist er?», fragte Frau Montag mit gedämpfter Stimme.

«Ich weiß nicht, wie er heißt. Er nennt sich selbst A.»

«A?»

«Nur A. Ein, ein ... Scheißkerl.»

«Weshalb? Was hat er getan?»

«Er hat mich weggejagt aus ...» Otto hielt abrupt seinen Mund. Aus der Ambassade verjagt!, dachte er. Nicht nur aus dem Raum für Reisende. Der Schnee, der Wind ... bestimmt seine Schuld.

«Zieh doch deinen Pullover aus», sagte Frau Montag. «Oje, Junge, du siehst aus, als wenn du aus einem schweren Sturm kämest.»

«Das stimmt», flüsterte Otto. «Von der andern Seite. Verirrt in einem Blizzard.»

Frau Montag schaute ihn forschend an. Ihre Augen waren klar, durchscheinend blau. Otto fiel jetzt zum ersten Mal die Farbe auf, er sah sogar die goldenen Pünktchen in der Iris. Ihre Wimpern waren schwarz, obwohl sie alt war und viel Grau im Haar hatte. Sie nahm seinen Pullover und hängte ihn über die Heizung. «Du kannst solange meine Wolljacke anziehen, sie hängt da über dem Stuhl», sagte sie. Setz dich hin und schenk dir selbst eine Tasse Tee ein.» Sie setzte ihre Brille auf und verschwand.

Otto hörte sie durch den Flur gehen, die Tür zum Laden öffnen und schließen. Er hüllte sich in die Wolljacke – sehr bunt und viel zu groß, aber herrlich warm. Er hatte keine Lust zum Teetrinken und noch weniger, sich ruhig hinzusetzen. Im Laden wurde geredet; es klang ziemlich heftig, aber er wurde nicht klug daraus. Er wartete ein bisschen und horchte angestrengt – immer noch nicht zu verstehen. Nach kurzem Zögern ging er aus der Küche und lief leise durch den Flur, bis fast an die Tür. Irgendwer (Herr Montag?) murmelte etwas.

Ein Mann sagte: «Nicht einmal d …» und wurde von Frau Montag unterbrochen.

Sie sprach klar und deutlich: «All dieses Hin- und Hergerede bringt uns nicht weiter, mein Herr! Außerdem ist Ladenschluss.»

«Das ist nicht wahr», entgegnete der Mann. «Sie schließen erst um achtzehn Uhr, außer am Samstag.»

Otto erkannte die dunkle, etwas heisere Stimme von Herrn A. Der wagt es!, dachte er böse und auch ein wenig beunruhigt.

Frau Montag fragte höflich, aber nachdrücklich: «Wissen Sie, welcher Tag heute ist?»

«Jedenfalls nicht Samstag», war die Antwort von Herrn A.

Er lässt sich nicht so leicht abwimmeln!, sagte sich Otto. Welcher Tag ist eigentlich? Dienstag.

Auf der anderen Seite der Tür sagte der Ladenbesitzer ruhig: «Es steht uns frei zu schließen, wann wir wollen. Aber wenn ich Ihnen mit irgendetwas dienen kann …»

Warum sagt er das nun?, dachte Otto. Er konnte nicht verstehen, was Herr Montag noch sagte. Seine Frau war umso besser zu hören:

«Weil Herr A nichts braucht! Er kam hier einfach nur so hereingelaufen … Vielleicht, um sich zu verstecken?»

Otto hörte Tritte näher kommen … und: «Guten Abend, der Herr», von Frau Montag; es folgte einen Moment Stille. Danach, von weitem, wieder Herr Montag, der etwas von «Büchern» und «Schreibmaterial» murmelte.

«SCHREIBMATERIAL», erklang die Stimme von Herrn A, so nahe, dass Otto fast einen Sprung machte. «Geben Sie mir das.»

Herr Montag fragte, was es denn sein dürfe.

Das ist zu verrückt, dachte Otto. Jetzt fangen sie auch noch an zu kaufen und zu verkaufen!

Herr A zählte herausfordernd auf (der Mistkerl): «Federhalter, Bleistift, Buntstifte, Aquarellstifte, Kreidestift, Kreide, Borstenpinsel, Füllfederhalter, Pinsel, Stift, razorpoint, Kuli …»

Aber Herr Montag ließ sich nicht lumpen. Er fragte, übertrieben freundlich: «Brauchen Sie das alles? Sind Sie vielleicht Zeichner, Herr … Anonym? Oder Maler?»

«Was geht Sie das an?», platzte Herr A los.

So sehr, dass die Tür zitterte. Otto ging schnell und leise ein Stück weiter weg.

Herr A quasselte weiter, auf einmal mehr vor sich hin. Von Formularen und von einem Auftrag. Herr und Frau Montag unterbrachen ihn mit einem tadelnden: «Na, na!» und «Warum sind Sie so unhöflich?» Frau Montag fragte vorwurfsvoll: «Sie kaufen doch nicht etwa Dinge, die Sie gar nicht haben wollen?»

Herr A lenkte ein, sagte «Sorry» und «Entschuldigung». Er murmelte Ausreden, wie, dass er «durcheinander» sei, bis Frau Montag ihm klarmachte, dass nun endlich Schluss sein müsse.

Herr A murrte noch etwas dagegen an und fuhr dann, beängstigend nahe, fort: «… bin auf der Suche nach einem Jungen von etwa zwölf Jahren, den ich kenne und den ich hier hineingehen sah.»

Otto starrte zur Tür – nur ein paar Bretter zwischen ihm und Herrn A. Es war ein Riegel dran, aber er wagte nicht, ihn anzufassen; er wagte nicht einmal, sich zu rühren. Zum Glück, sagte er sich, stehen die Montags auf meiner Seite. Er musste kurz grinsen bei diesem verrückten Gedanken.

«Junge? Zwölf Jahre? Nein –», sagte Herr Montag. «Sie täuschen sich. Unmöglich.» Seine Frau stand ihm bei: «Sie müssen sich geirrt haben.»

«Hier ist kein Junge gewesen», sagte Herr Montag entschieden.

Ottos Verfolger war nicht überzeugt. «Ich hab ihn doch selbst gesehen!», protestierte er. Seine Stimme klang grob und dumpf. «Unmittelbar bevor ich hier hereinkam», tönte er weiter. «Er heißt Otto.»

Hätte ich doch nur nicht meinen Namen gesagt, dachte Otto besorgt. Inzwischen hörte er Herrn Montag sagen, dass doch offenkundig niemand anders im Laden sei als …

«Er kann sich versteckt haben!», rief Herr A. Otto sah ihn im Geiste nach der Türklinke greifen; Frau Montag hinderte ihn daran.

«Wenn es so wäre, und es ist nicht so», sprach sie tapfer und ruhig, «dann würde ich es doch sicher wissen, oder? Hier ist kein … Otto, sagten Sie doch? Otto hat sich hier nirgends versteckt.»

Hätte ich das nur getan, dachte Otto. Ich hätte in der Küche bleiben sollen … Sei kein Angsthase! Was kann er denn machen?

Herr Montag wiederholte streng, dass jetzt wirklich fast Ladenschluss sei. Otto schaute auf seine Uhr und vermisste nun seine Zeiger. Ganz flüchtig huschte ihm eine Erinnerung durch den Kopf: *Uhren stehlen* … Davon hatte dieser Kerl etwas gesagt, im Raum für Reisende …

«… dass Sie sich irren, Herr A!» Herrn Montags Geduld schien endlich erschöpft zu sein.

«Irren? Oder irre reden?», sagte Herr A sarkastisch. «Wohl eher Letzteres: irre reden, weil ich mir noch immer dessen sicher bin, dass ich mich nicht getäuscht habe.»

«Sie können sich in dem Laden getäuscht haben», sagte Frau Montag.

«Alle Türen», fügte ihr Mann hinzu, «ähneln sich.»

«Alle Türen ähneln sich nicht!» Zum zweiten Mal brüllte Herr A los; er musste bis auf die Straße zu hören sein. Er schien selbst zu erschrecken, denn als er weitersprach, war es in beherrschtem Ton. Bei dem, was er sagte, hörte Otto besonders genau hin, eine ganze Menge Fragezeichen tauchten in seinem Kopf auf …

«Ich sage Ihnen: Nicht alle Türen sind dasselbe, ich denke, dass Sie das genau wissen. Für was halten Sie mich?», sagte der anonyme, geheimnisvolle Mann. «Ah, ja! Wahrscheinlich bin ich in Ihren Augen ein Kinderverführer, so dass Sie den Jungen unbedingt von mir fern halten müssen. Persona non grata, Ich! Sind Sie sich dessen sicher, dass Sie Recht haben? Ich möchte wetten, dass das Kind mich jetzt hört. Otto. Ein besonderer Name, und vielleicht kein Zufall, dass er sich gerade zu Ihnen hineingeflüchtet hat.»

Herr A schwieg kurze Zeit. Otto meinte einen Seufzer zu hören, einen Schwall unverständlichen Geflüsters.

Der Mann setzte seine Tirade fort: «Ich bin davon überzeugt, dass mir der Junge in diesem Augenblick zuhört. Wir sind beide von demselben Ort davongeirrt. Für ihn war es eben gerade noch, genauso wie für mich, JANUAR. Es ist auch Juni gewesen und Mai. Nicht November, wie es auf Ihrem Kalender steht.»

Es klang so eindringlich und bedeutungsvoll, dass Otto ein bisschen zu zittern anfing. – Wer ist dieser Mann eigentlich? Wohin gehört er? Und was will er von mir?

Jetzt hatten Frau und Herr Montag wieder das Wort. Aber sie wurden plötzlich von den Schlägen einer Uhr übertönt. Otto zählte die Schläge. Sechs Uhr. Zugleich sah er im Geiste verschiedene Uhren vor sich: seinen Wecker, der auf halb sechs gestanden hatte, als er aus seinem Zimmer wegging ... Uhren ohne Zeiger in der Ambassade ... und auch die Uhren im Laden. Herr Montag kaufte und verkaufte sie manchmal, aus zweiter Hand ... antiquarisch. Uhren waren, genau wie alte Schreibmaschinen, seine Liebhaberei. Er versuchte sie auch selbst zu reparieren – durchaus nicht immer mit Erfolg, weil er nun mal kein richtiger Uhrmacher war. Die Uhren hier, sagte sich Otto, haben Zeiger. Und doch hat der Laden etwas mit der Ambassade zu tun, das ist so sicher wie ein Haus. Er hörte noch immer den Wortwechsel auf der anderen Seite der Tür. Herr A schien bleiben zu wollen, wo er war.

«Es ist Dienstag, der 19. November», sagte Herr Montag. «Sechs Uhr ... inzwischen schon später ...»

«Januar!», sagte Herr A.

Herr Montag redete unbeirrt weiter. «Sehen Sie nach draußen ... ein richtiger Novembernachmittag ... Hier ... die Zeitung von heute ... das Datum ...»

Endlich Schritte, die sich entfernten, undeutliches Gemurmel ... «Ja, gehen Sie nur, mein Herr», sagte Frau Montag. Noch etwas

Gemurmel, das Klingeln der Ladenglocke ... Danach erst begannen die anderen Uhren im Laden sechs zu schlagen. Frau Montag öffnete Otto die Tür. «Er ist weg.»

II

Die Rollläden vor der Glastür zur Straße waren heruntergelassen. Herr Montag kontrollierte die Gardine, die den Ladenraum vom Schaufenster trennte.

«So, die ist zu», sagte er. «Der Mann ist weg, und reingucken kann er nicht.» Er drehte sich zu Otto um – seine Brille hatte er wieder auf die Stirn geschoben, darunter blickten seine Augen durchdringend. «Glatteis und Kälte. Der Winter scheint früh zu beginnen in diesem Jahr.»

«Welcher Winter?», war Ottos Frage.

«Der terranische Winter noch immer», antwortete Frau Montag. Ihre Brille glitzerte in der erhobenen Hand, und ihre Augen glitzerten noch mehr.

«Terranisch bedeutet ‹irdisch›, falls du das noch nicht weißt», sagte Herr Montag. «Aber ... *Januar?* Im November? Mai, ja, das wäre noch möglich.»

«Das war es zuerst auch», sagte Otto. «Bevor es zu schneien anfing. Und warum ist Mai möglich?»

Herr Montag gab keine Antwort.

«Mai?», sagte seine Frau. «Morgen? Nacht? Sonnenlicht? Mondenschein?» Sie kam einen Schritt auf Otto zu, groß, und auf einmal fast drohend. «Wie lange hast du an der Tür gehorcht?» Sie wartete nicht, ob Otto etwas zu sagen hatte, sondern fuhr lachend fort: «Wie hübsch siehst du in der bunten Jacke von mir aus, so schlotterig. Du siehst aus wie ... Na, du brauchst bestimmt nicht auf die Straße», unterbrach sie sich selbst. Sie lachte ihn noch immer an – freundlich warm. Otto war sie immer alt vorgekommen, so wie seine Omas; nun erschien sie plötzlich für einen Augenblick viel jünger. Vielleicht durch das Glitzern in ihren Augen und die Grübchen in den Wangen. Ihr Lächeln kam Otto bekannt vor … *Natürlich. Ich kenne sie doch? Nein, ich dachte nur. Ich kenne sie nicht! Und ihn auch nicht. Nicht wirklich.*

Otto schaute unsicher vom einen zum andern. *In ihrem Abstellraum hat es alles angefangen.* Er sagte: «Es ist schon zweimal Winter geworden. Bestimmt deshalb, weil die Ambassade Januarisch ist.»

«Ssst» sagte Herr Montag. «Lass uns nicht über die Jahreszeiten sprechen.» Er ging wieder an seinen Platz hinterm Ladentisch. «Ich muss noch Kasse machen.»

«Und du musst nach Hause, Otto», sagte Frau Montag. «Darf er deinen alten Regenmantel ausleihen, Simon?», fragte sie ihren Mann.

Herr Montag lehnte sich über den Ladentisch. «Auf einem Umweg bei uns hier hereingeschneit? Weiß deine Mutter, dass du hier bist, Otto?»

«Nein … ja … nein», stotterte Otto. «Ich wollte nur kurz zu Ihnen und gleich wieder zurück, aber dann … Die Haustür ging in die Ambassa … Ach je, das verstehen Sie doch sicher!»

«Deine Tür, zu Hause? Du bist NICHT DIREKT hierher gekommen.»

«Wie meinen Sie?»

«Das ist etwas, was du doch bestimmt begreifst. Oder … einfach weißt.»

Herr Montag schob seine Brille auf die Nase, drehte am Griff der altmodischen Kasse und zog die Geldschublade auf.

Frau Montag setzte ihre Brille auf und fügte hinzu: «Wenn du IM HAUS bist, brauchst du nicht immer ZU HAUSE zu sein. Auch das weißt du genau, denke ich mal. Aber nicht jeder ist darüber orientiert. Wie spät esst ihr? So um sieben doch? Oder früher?»

«Oh, ich komme bestimmt nicht zu spät. Ich wollte nur eben mal vorbeikommen und etwas fragen», sagte Otto schnell.

«Still», sagte Herr Montag. Er war beim Geldzählen … oder er tat nur so.

«Und dann», redete Otto weiter, «war ich auf einmal wieder in der Ambassad … Im Garten.»

«Wieder?», fragte Frau Montag. «Bist du schon vorher …»

«O ja, sogar öfter. Es war sehr merkwürdig dieses Mal.»

«Was sagst du?», fragte Herr Montag.

«Dass es sehr merkwürdig war.»

«Merkwürdig. Gut so! Von deinem Verhalten gar nicht zu reden», murmelte Herr Montag. «Und das ist noch gar nichts, verglichen mit dem Verhalten von Herrn Anonym.» Er blickte auf. «In diesem Augenblick, junger Mann, kannst du kaum etwas Besseres tun als nach Hause zu gehen. In dein Haus. Und zwar schnell. Von hier über ...»

«Ich komm bestimmt nicht zu spät», sagte Otto noch einmal. «Ich habe eine Januarische Uhr.»

«Was sagst du da?»

«Es ist keine Zeit vergangen, als ich dort war.»

«Aber hier, in unserem Laden, tickt die Zeit vorbei, Otto. Darum sagte ich: VON HIER ÜBER ...» Herr Montag wandte sich zu seiner Frau. «Meinen Mantel braucht er nicht, Liebe. Er verzieht sich am besten von hier aus durch eine Innentür. Und von dort aus sofort weiter in ein Zimmer in seiner eigenen Wohnung. Wenn es auf dem Hinweg geschehen ist, muss es auch zurück gelingen.»

«Ausgezeichnete Idee!», sagte seine Frau. «Dann braucht er nicht über die Straße ... Du hast natürlich dein Fahrrad nicht bei dir», sagte sie zu Otto.

«Nein», antwortete Otto. «Meinen Sie damit, dass ich von hier aus zurück in die Ambassade komme?»

«Was hör ich da für ein Wort», sagte Herr Montag. «Nicht so laut, bitte.»

«Aber Sie haben ... Sie kennen ... Sie wissen Bescheid!» Otto wusste nicht mehr, wie ihm geschah. «Sie haben einmal erzählt, dass ...»

«Mund zu ...», unterbrach ihn Frau Montag. «Zum Reden ist jetzt keine Zeit.»

«Genauer ausgedrückt: es ist jetzt nicht die richtige Zeit.» Herr Montag schloss die Geldschublade mit einem klingelnden Stoß und kam um dem Ladentisch herum.

«Und was ist mit meinem Buch? ‹Groschenbuch› haben Sie es genannt.»

«Einen Groschen suchen? Wovon redest du?»

«Das Buch, Herr Montag ... über die andere Seite der Tür! Das ist also die Ambassade.»

«Hast du ein Buch über die Ambassade?», fragte Herr Montag.

«Davon weiß ich nichts. Sei nun endlich still, Otto, und hör gut zu. Du gehst jetzt sofort durch eine Tür ...»

«Welche Tür?», fragte seine Frau.

«Nicht die Tür nach draußen. Tja ... Welche?» Der Mann strich sich nachdenklich über seinen Schnurrbart.

«Die Tür zum Abstellraum?», flüsterte Otto.

Herr Montag verstand ihn diesmal sofort; sein Gesicht hellte sich auf. «Prima. Wunderbar. Versuch's mit der. Hoffentlich kommst du dann dort in einen Raum. Auch keine Gefahr, dem merkwürdigen Knaben über den Weg zu laufen.»

«Wem?»

«Aber Otto, du hast ihn uns selbst auf den Hals gehetzt! Den sogenannten Herrn A.»

Frau Montag schaute vorsichtig durch die Gardine, die das Schaufenster begrenzte. «Er ist immer noch nicht richtig weg. Ich glaube, ich sehe ihn, er telefoniert in der Zelle.»

«Kennen Sie ihn?», flüsterte Otto.

«Was sagst du?», fragte Herr Montag.

«Ob Sie ihn kennen.»

«Ich kenne ihn nicht», war die Antwort. «Er ist nicht mein, sondern dein Freund.»

«FEIND.»

«Feind. Verfolger. Belagerer», sagte Herr Montag. «Davon wollen wir bei einem nächsten Mal gern mehr hören, Otto. Aber jetzt gehst du ...»

«Kennen Sie den Ambassadeur?»

«Welchen Ambassadeur?»

«Von der Januarischen Ambassade!»

«Nein», sagte Herr Montag. Seine Frau sagte nichts, schüttelte nur langsam den Kopf.

«Das geht doch nicht! Der Abstellraum ... Ihre Ladentür ...»

« ... ist einfach eine Tür», sagte Herr Montag kurz, «genau wie viele andere Türen.»

«Sie erzählten von Malacan ... Mars ... von Barsoom. Und der Ambassadeur von ...»

«Ich hab schon mal gesagt, dass ich keinen Kontakt zu Ambassaden habe.»

«Das haben Sie nicht gesagt.»

«Nicht zu dir!» Herr Montag stieß einen Seufzer aus und sah plötzlich etwas verlegen aus.

Darum traute sich Otto weiter vor. «Und es ist nicht wahr, Herr Montag, Sie haben sogar Dinge an jemanden von einer Ambassade verkauft! Haben Sie mir vorige Woche selbst erzählt. Schreibmaschinenkram. An eine Ambassade ohne Land …»

«Du hast ein gutes Gedächtnis, Junge!» Herr Montag seufzte wieder, aber unter seinem kleinen Schnurrbart zeigte sich etwas wie ein Lachen.

«Das stimmt auch. Diese bildschöne Sekretärin», sagte Frau Montag. Sie lachte auch ein bisschen.

«Diese Sekretärin, wie bildschön sie auch sein mochte, war ein ROBOTER, Liese – dachtest du etwa, ich hätte das nicht sofort gesehen?», sagte Herr Montag zu seiner Frau.

«Xanthippe!», sagte Otto überrascht.

«Xanthippe? Wie kommen die auf so was? Sie hat sich uns nicht vorgestellt», sagte Herr Montag, «aber meiner Meinung nach ist dieser Roboter …»

«Sie ist eine Frau», unterbrach Otto ihn. «Eine Robotin.»

«Und ein Kunstwerk, zweifellos», sagte der Mann. «Eine Robotin, die also wahrscheinlich unserer Zeit weit voraus ist.»

«Ach ja, daran hätte ich denken müssen», flüsterte Frau Montag. Nun war sie es, die einmal seufzte.

Otto öffnete wieder seinen Mund, er platzte vor Fragen.

«Nein, Otto», sagte Herr Montag. «Die Zeiger unserer Uhren stehen nicht still; du musst los. Und häng nicht an die große Glocke, was du hier gehört hast.»

«Was meinen Sie?», fragte Otto.

«Das weißt du genau, und wenn du es nicht weißt, bist du dümmer als ich dachte, und dumm bist du am allerwenigsten», sagte Herr Montag. Er stellte sich direkt vor Otto hin und putzte seine Brille. «Stell dir einmal vor, dass einfache eh … Bürogeschäftsleute wie ich und meine Frau Lieferanten für eine Ambassade werden könnten. Was für eine Ehre! Die Konkurrenz braucht nichts davon zu wissen …»

Ist das nun eine Ausrede?, fragte sich Otto. Oder ist es wahr?

«Und jetzt zum Abstellraum», sagte Frau Montag. «Durch die Tür hindurch und von dort …»

«Wohin dann?», fragte Otto.

«Wo auch immer du landest ...», fing Frau Montag an.

«In einem Zimmer, einem Saal, einer Zelle, einem Gang, einem Nebenraum, einer Halle», sagte Herr Montag, «oder in einer Bibliothek ...»

«Bibliothek! Sie kennen die Ambassade!»

«Sei jetzt still!»

Herr Montag schaute ernst auf Otto herab. «Ich habe nie einen Fuß dorthin gesetzt, auch wenn ich den Diplomaten von Zeit zu Zeit etwas liefere. Büroartikel, wie du weißt, Papier, Tinte und so weiter. Über Kontaktpersonen. Ich bekomme auch gelegentlich etwas Hübsches von dort – Bücher, die sie doppelt haben oder die kaputt gelesen sind, sich aber noch reparieren lassen. Und ich habe ein paar Mal etwas Interessantes für sie preiswert aufgabeln können ... Genug davon! Wohin auch immer du kommst: nicht zögern. Durch die erste beste Tür weitergehen.»

Die Frau nickte und gab Otto die Hand. «Umsteigen! Wenn es so geht, wie wir erwarten, vergeht praktisch keine Zeit, und du erreichst dein eigenes Haus. Husch, rasch, schnell auf den Weg.»

«Einen Augenblick noch, er muss in seinen eigenen Kleidern nach Hause kommen, meine Liebe», sagte Herr Montag. «Hol schnell noch seinen Pullover.»

Frau Montag lief zur Tür hinten im Laden. «Komm mal mit», sagte sie zu Otto.

«Nicht nötig, bleib hier, Otto» sagte Herr Montag. «Jetzt, wo die Dinge so sind, wie sie sind, kann ich ebenso gut ...» Er ging zu einem Schrank und holte eine Glasflasche heraus; sie schien mit Wasser gefüllt zu sein. «Zerbrechlich, also aufpassen.» Er riss säuberlich ein Stück von der Packpapierrolle ab und wickelte die Flasche hinein. «Spezialbestellung eines unserer Kunden, kannst du gut unterwegs besorgen. Du brauchst es niemandem auszuhändigen; sie finden es da schon. Alle notwendige Information steht auf dem Etikett.»

«Willst du das wirklich machen?», fragte seine Frau, die mit Ottos Pullover ankam.

«Warum nicht?», sagte der Bürowarenhändler. «Die Rechnung werde ich zu gegebener Zeit schicken; je eher sie es haben, desto besser.» Er wartete, bis Otto seinen Pullover anhatte, und übergab ihm das Päckchen. «Vorsichtig damit», warnte er, «und einfach nur irgendwo hinstellen.»

«Auf den Flügel zum Beispiel», murmelte Frau Montag.

«Ein Tisch scheint mir geeigneter, obwohl es egal ist, sie wissen Bescheid», sagte ihr Mann.

«Nächstes Mal», sagte sie etwas lauter, «werde ich dir etwas mitgeben, Otto. Etwas Hübsches oder etwas Leckeres, du darfst raten, für wen.» Ihr Lächeln war merkwürdig, nicht fröhlich, bitter.

«Für ihn selbst und für seine Freunde», sagte Herr Montag. Er betrachtete sie stirnrunzelnd.

«Und vielleicht für eine kleine Freundin», sagte die Frau leise. «Ach nein, Unsinn», fuhr sie fort. «Vergiss es.»

«Ausgezeichnet, Otto, vergiss es nur», sagte Herr Montag. «Worauf warten wir noch?»

Innerhalb einer Minute stand Otto vor der Tür des Abstellraums.

«Mach auf», sagte der Mann.

«Und sofort gut wieder zumachen», sagte die Frau.

Hinter der Tür war es fast völlig dunkel – so wie immer, wenn die Lampe nicht an war. Otto sah vage die Umrisse eines Schrankes, gefüllter Regale und Kartons.

Einfach eine Abstellkammer, dachte er enttäuscht. Oder ... doch nicht? Eine andere Abstellkammer? Eine Rumpelkammer in der Ambassade?

«Stolpere nicht über die Bücherkiste», sagte Herr Montag.

«Vergiss deinen Namen nicht», flüsterte seine Frau.

Otto spürte einen Puff im Rücken und ging hinein. Als er die Tür hinter sich zuzog, meinte er zu fühlen, dass die Montags einen kleinen Stoß dagegen gaben, so dass sie schnell und gut ins Schloss fiel. *Kein Nebenraum!* Und auch nicht so dunkel, wie er zuerst gedacht hatte. Otto entdeckte, dass er sich in einer niedrigen, etwa mannshohen Nische befand. Eine Bücherkiste stand ihm im Weg. Schränke und Regale waren auch da, ebenfalls voller Bücher. Er kletterte über die Kiste – dazu musste er für einen Augenblick Herrn Montags Päckchen loswerden; er legte es hinein. Wenige Augenblicke später schaute er sich zu der Nische um, aus der er gekommen war. *Was für ein Schwindel!* Die Tür war mit einer Tapete beklebt, auf die Bücherregale und Buchrücken gemalt

waren. Wieder eine Geheimtür also. Aber die Bücherregale an den gegenüberliegenden Seiten waren echt, und, wie es schien, mit richtigen Büchern gefüllt: dicken, in Leder gebundenen Folianten und Reihen von Enzyklopädien.

Er brauchte nicht daran zu zweifeln – er war in der Januarischen Bibliothek gelandet. Er erkannte den gewaltigen Raum wieder, obwohl er in diesem Teil noch nicht gewesen war.

Einige Lampen brannten, aber durch bleigefasste Fenster fiel auch Tageslicht herein. Ob es Frühling war oder Sommer oder Winter, das war nicht auszumachen. Es war nicht warm, aber auch nicht kalt, und von da, wo er stand, konnte er draußen nur ein Stück Himmel sehen, – keine Bäume, weder kahl noch in Blüte oder mit Blättern.

Plötzlich sah er direkt vor sich etwas anderes, etwas, worüber er heimlich grinsen musste. An einer Schrankwand hing ein Kärtchen, und darunter war ein Galgen ins Holz geschnitten. Und darüber waren auch noch vier Buchstaben ins Holz eingekerbt.

Wenn Otto ein Messer bei sich gehabt hätte – wer weiß, vielleicht hätte er dann einen Buchstaben verbessert, trotz des Verbots des Bibliothekars. Jetzt sagte er nur leise: M.A.R.S. Mars und Marsjan. Galgen und Christian. Und ich ...» In seinem Kopf erklang, wie ein Echo von früher, die Stimme des Galgenkindes:

«Sie heißen doch Otto? Ich hab etwas für Sie, stellen Sie sich einfach vor, dass es aus dieser Bücherkiste kommt. Hier, greif zu! Niemandem erzählen, dass ich es dir gegeben habe, sonst ...»

Diese Erinnerung brachte Otto auf eine Idee, gab ihm einen ganz logischen Gedanken ein: War es neulich – vor gut einer Woche, an dem Montag bei Montags – anders gewesen, als ich bisher gedacht habe? Stand ich nicht auf der Schwelle zum Abstellraum hinter dem Laden, sondern … *in der Türöffnung zur Ambassade?* Und war Christian einfach *hier*, wo ich jetzt bin, in der Bibliothek? Was sah ich eigentlich im Dunkeln?, dachte er. Einen Schrank, Bücherregale, diese Kiste … Und mein Buch gehört hierher, Christian hat es selbst gesagt. Könnte ich ihn nur fragen!

III

Otto spitzte die Ohren. War Christian noch in die Bibliothek gegangen? Hatten Marsjan und der Bibliothekar ihn das Alphabet abgefragt? Niemand schien hier zu sein, außer ihm selbst. Es war zu still. Nicht einmal die große Standuhr ließ etwas von sich hören. – Aber die ist ein Stück von hier entfernt, irgendwo bei dem großen Tisch. Wie lange bin ich bei den Montags gewesen? Eine halbe Stunde? Kaum länger. Und davor im Schneesturm … und mit Herrn A beim Weiher und … Ach, was hilft es auch, darüber nachzugrübeln, hör auf damit!, sagte sich Otto. Du kommst doch nicht dahinter, wie spät es ist, oder besser: welche Zeit sie hier nun wieder haben. Es kann alles Mögliche passiert sein, auch wenn ich glaube, dass Christian mit seinem Lernen noch nicht beim Z angekommen ist … Und ich muss schnell weiter, zu meinem eigenen Haus. Eigentlich ebenso gut, hier ist nicht viel los, so allein. «Nicht zögern», hat Herr Montag gesagt. Ach, beinahe hätte ich sein Fläschchen vergessen.

Otto fischte das Päckchen aus der Bücherkiste. «Spezialbestellung eines Kunden.» Wer mochte das sein? Und was war wohl in der Flasche?

Vorsichtig wickelte er das Papier von der Flasche. Einen kurzen Blick darauf zu werfen konnte nicht schaden; es war ihm nicht verboten worden und würde sicher kein Geheimnis sein … Er las, was auf dem Etikett stand – das war sehr deutlich, aber auch überraschend und … offenbar doch geheim.

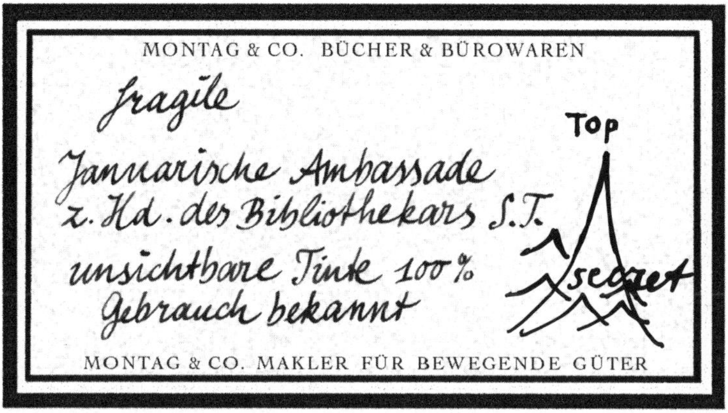

Sie hatten sich also echte unsichtbare Tinte verschafft, denn in diesem Fläschchen war bestimmt kein Zitronensaft – die Flüssigkeit war klar wie Wasser … MONTAG & CO. Nicht einfach Bürofachleute und Ähnliches mehr … *viel* mehr! Geheimlieferanten der Januarischen Ambassade. Und seit wann, fragte sich Otto, kaufen und verkaufen sie *Häuser*? Denn das tun Makler doch?

Wieder tauchte blitzartig eine Erinnerung auf: Eine der zwölf Geschichten in seinem Buch hatte den Titel: *Makler für bewegende Güter*, oder für *unbewegliche?* Braucht nicht langweilig zu sein, hatte er notabene gedacht … aber vielleicht handelte sie von Herrn und Frau Montag! Oh, er könnte vor Wut mit den Füßen aufstampfen, dass er es nicht lesen konnte; das Einzige, was er hatte, war das Blatt im Briefumschlag auf der Brust, und das kannte er auswendig; er brauchte das Inhaltsverzeichnis nicht nachzulesen.*

Und jetzt beeil dich, dachte er, während er das Fläschchen sorgfältig wieder ins Papier einrollte. Sollte ich es nicht am besten auf dem großen Tisch lassen? Es ist für den Bibliothekar, und wo ich doch einmal hier bin … Dann weiß ich mit Sicherheit, dass er es findet. Und dann nach Hause, ich kenn den Weg in mein Zimmer. Mein Turmzimmer … Wo Claartje wohl ist?

* Stimmt das? Was hat der Leser gelesen? (Sekretär der Januarischen Ambassade)

Er bekam sofort Antwort auf seine Frage, auch wenn er sie (seines Wissens) nicht laut ausgesprochen hatte.

«Claartje? Die ist in ihrem Zimmer natürlich, Trottel.»

Otto hielt sein Fläschchen fest umklammert. Um ihn herum: Borde mit Büchern. Weit hinten: Borde mit Büchern. Kein Mensch zu sehen.

«Christian», flüsterte er.

«Sie wollte nicht mehr unter dir wohnen, darum ist sie in eine andere Ecke umgezogen. Ein prachtvoll-prächtiges Turmzimmer – CHAMBRE DE CLAIRE. Hast du das gesehen, Otto? Nein, du nicht!»

Otto sah sich um. «Christian, wo bist du?»

«In dem schönsten Turm mit der Fahne auf dem Dach und der offenen Wendeltreppe mit tausend Stufen und hundert Bogenfenstern ...» Die Stimme des Galgenkindes klang gedämpft, aber deutlich irgendwo über Ottos Kopf. Echos schwebten hinter ihr her, die genauso verschwommen waren wie die Nebel aus Staub zwischen den Bücherregalen.

«Nicht in einem Turm! Du bist hier», flüsterte Otto, «in der Biblio ...»

«Ich rede von Claartje, Quatschkopf. Aber selbst ihr Zimmer unter der Januarischen Fahne hält sie abgeschlossen.»

«Wo bist du?» Otto lief nach links und zurück, nach rechts und ein Stückchen vorwärts und um ein Regal herum. «Wo steckst du, Christian, Narrenkappe? Ich weiß, dass du hier bist.»

«Und ich», erklang es ganz nahe und von Geraschel begleitet, «ich bin der Einzige, der Claartjes neues Zimmer von innen gesehen hat. Ich hab mich vom Dach heruntergelassen, am Fahnenseil ...» Christian lachte leise.

«Du redest irgendwas daher, Angeber, ich hör nicht mehr zu», sagte Otto gereizt. «Unsichtbares Geschwätz, du scheinst ein Gespenst zu sein.»

Das Galgenkind lachte wieder, es krähte fast. Danach sagte es mit Gruselstimme: «Hui! Ha! Gespenst. Bin ich auch. Glatt und platt wie das Grab. Ein gräuliches Gespenst. Fang mich, wenn du kannst.»

Trotz seiner Grabesstimme kam das Geräusch noch immer von oben. Und obgleich Christian sein Freund war, lief Otto ein Schauder über den Rücken. Das machte ihn noch wütender, also schritt er flott aus (soweit das in dem Raum möglich war). – Hin zum großen Tisch, und Christian kann mich mal!

Sein schmaler Fußpfad wurde ihm auf einmal von einem unordentlich hingeworfenen Haufen Bücher versperrt. Otto schaute zum angrenzenden Bücherregal. Dagegen war eine Leiter gelehnt. In dem zweitobersten Brett standen fast keine Bücher. Dort lag das Galgenkind lang ausgestreckt auf zerknitterten Papieren mit einem Buch, dick wie eine Bibel, als Kopfkissen. Er drehte sich auf den Bauch und grinste Otto zu.

«Guten Tag», sagte er, belustigt und hochzufrieden. «Weißt du deinen Namen noch?»

«Na, selbstverständlich», schnaubte Otto. Sollte er böse bleiben? Er wusste es nicht. Aber seinen Namen wusste er ...

«Voll gut gelehrtes Fleckchen, was?», sagte Christian.

Sein Freund starrte ihn an.

«Nun sag schon was», befahl das Galgenkind.

«Na, selbstverständlich weiß ich, wie ich ...» Der Junge auf dem Fußboden fühlte, wie er steif wurde und zu Holz oder Stein erstarrte wie eins der vielen Standbilder um ihn herum. Er dachte an den Briefumschlag unter seinen Kleidern ...

«He, mach den Mund mal auf», sagte Christian.

Otto gehorchte. Oh!, dachte er, und er machte seinen Mund wieder zu, mit einem Geräusch, als wenn er irgendetwas abgebissen hätte. Vier Kekse. Zwei Kreise und zwei T-s ... Er seufzte erleichtert und sagte: «Ich heiße Otto.»

«Na, selbstverständlich ... oder?», sagte das Galgenkind. «Soll ich weiterschlafen, hier in meinem Geheimversteck? Dann musst du die Bücher aufheben und sie in einer Reihe vor mich hinstellen. Dann lieg ich schön versteckt.»

«Ich denk nicht dran!», sagte Otto. «Das mach man selbst.»

«Wieso denn?»

«Dann tust du es eben nicht. Ich dachte, dass du im Raum für Reisende schliefst!» Das ist wieder möglich, dachte Otto. Es wäre erstaunlich, wenn Herr A den Weg zurückfände!

«Das ist nicht so schwierig wie du denkst», sagte Christian. «Und das tu ich auch.» – «Was?»

«Im Raum für Reisende schlafen. In einer Hängematte», sagte das Galgenkind. «Nur ...» Er brach ab.

«Nur was?»

«Geht dich nichts an.» Christian bewegte sich, rollte beinahe vom Bücherbrett herunter, ergriff gerade noch rechtzeitig die Leiter und war mit ein paar Schritten unten. «Hilf mir mal mit diesen Büchern ...»

«Es geht mich wohl was an», begann Otto.

«Hilf mir, die Bücher zurückzustellen.»

«Nein», sagte Otto. «Erzähl mir erst, warum du nicht mehr in der Hängematte schläfst.»

«Und ob ich da schlafe!»

«Nicht im Raum für Reisende. Traust du dich da nicht mehr hin?»

«Natürlich trau ich mich dahin, Doofkopp.»

«Gelogen!»

«Was sagst du, Otto?»

«Jetzt lügst du! Du hast da nicht geschlafen in der letzten Nacht, als ich da war.»

«Na und? Was soll's? Ich schlaf da, wenn ich Lust dazu habe.» Christian grinste geheimnisvoll. «Auch heimlich, wenn es sein muss.»

«Muss es denn manchmal heimlich sein?»

«Natürlich, Otto. Aber das ...» Christian verzog nachdenklich sein Gesicht. «Das ist ein Geheimnis. Top secret.»

«Auch für mich? Geheim? Ich dachte ... ich dachte, wir wären Freunde.»

«Das lässt sich hören! Touché.» Christian lachte, ein bisschen verlegen. «Bist du wirklich mein Freund, Otto, auch bei Gefahr?»

«Ja. Bist du mein Freund in Gefahr, Christian Morgenstern?»

«Das weißt du doch, das weißt du schon seit langer Zeit, vom anfänglichsten Anfang, im Dunkeln, als ich ... Mehr sag ich nicht, Otto mit zwei O-s.»

«Du warst damals hier oder in der Bibliothek, und ich stand auf der Schwelle ...»

«Die Tür offen», flüsterte Christian.

«Und du gabst mir ...»

«Ssst!», fiel das Galgenkind Otto ins Wort. «Ich hab's nur geliehen.» Er beugte sich zu Otto hin. «Es war nicht in der Ausleihe», flüsterte er. «Einige Bücher dürfen niemals ausgeliehen werden, müssen in der Bibliothek bleiben.» Er richtete sich auf. «Kapierst du es jetzt?»

«Ja», sagte Otto leise. «Aber warum hast du das nicht gleich gesagt? Du erzählst auch nicht viel.»

«Ich erzähle alles zu seiner Zeit, das tu ich, das werde ich tun», sagte das Galgenkind. «Ich verspreche es.»

«Okay. Touché. Dann erzähl mir mal zuerst etwas über den blinden Passagier im Raum für Reisende ...»

«Ssst. Brüll nicht so. Am sechsten Jaguar ...»

«Ja*n*uar. Was für ein Monat ist eigentlich heute?»

«Was weiß ich. Ich weiß es wohl, aber wenn du es nicht weißt, schweig ich davon, Doofkopp», sagte das Galgenkind kurz. Er bückte sich und hob ein paar Bücher auf. «Zwischen dem 6. und dem 7. Jaguar hab ich in meiner Hängematte im Reiseraum geschlafen. Aber ich habe nicht wirklich geschlafen. So dass ich sehen konnte, was passierte.»

«Und da?»

«Erzähl ich dir. Ehrenwort. Aber nicht jetzt. Nicht hier.» Christian kletterte mit den Büchern die Leiter hinauf und ließ eins fallen.

«Holla! Pass auf meinen Kopf auf.» Otto war schon zur Seite gesprungen. Das Buch sah aus, als wenn es mindestens zehn Kilo wöge.

«Sorry, Pardon, Entschuldigung.» Das Galgenkind stellte die anderen Bücher auf das Bücherbrett, auf dem es selbst gelegen hatte. «Sie müssen alle wieder an ihren Platz. Wenn du mir die Bücher vom Fußboden zureichst ...»

«Tja, nein. Geht nicht, ich muss weg. Ehrenwort. Ich sollte sofort zurück. ‹Nicht zögern›, hat er gesagt.»

«Hat wer gesagt?»

«Herr Montag. Den kennst du doch bestimmt! Von dem Laden, wo ich arbeite, hinter der Tür, an meiner ...»

«Still davon, Otto. Pack lieber mit an, bevor der Bibliothekar kommt.»

«Gut, dass du es sagst! Ich sollte ihm dies geben. Oder es irgendwo hinstellen.»

«Was ist das?»

«Unsichtbare Tinte.»

Christian rutschte die Leiter herunter. «Ach, endlich! Besser als Xanthippes Zitronensaft. Lass mal sehen, Otto. Gib her!»

«Nein, es ist zerbrechlich. Lass die Finger davon!»

«Aber es ist für mich!»

«Für den Bibliothekar. Es steht drauf.»

«Ja, das kann schon sein, aber es ist für meine Hausaufgaben», sagte das Galgenkind. «Der Bibliothekar soll meine Buchstaben nachsehen. Korrigieren. Mit 'nem K. Alle Buchstaben, die ich für ihn aufschreiben muss, mit normaler Tinte und Feder oder mit Bleistift ...»

«Oder mit einem Messer», murmelte Otto.

Christian tat, als ob er das nicht hörte. «Na, und mit dieser Tinte – lass mich mal sehen, Otto! – streicht er später an, was ich falsch geschrieben habe.»

«Du bist völlig verrückt ...!» Otto ließ sich das eingewickelte Fläschchen aus der Hand reißen.

Christian packte es hastig aus. «Steht das wirklich darauf? Unsichtbare Tinte. Vom Bibliothekar bestellt ...»

«Um deine Fehler damit anzustreichen? Dass ich nicht lache! Davon hast du was, wenn es unsichtbar ist.»

«Natürlich, Dummkopf. Wenn er es nachgesehen hat, darf ich das Papier warm werden lassen. Über einer Kerze. Vorsichtig, so dass es nicht Feuer fängt. Und wenn die Tinte sichtbar wird, sehe ich, was falsch daran ist.»

«Wie schön! Und wenn du die Tinte nicht warm werden lässt, hast du also null Fehler. So kriegst du bequem eine Zehn. Wunderschön!»

Christian sah Otto ärgerlich an. «Was ist denn Schönes an einer Zehn?»

«Das ist die höchste Zahl, Dummkopf.»

«Jetzt bist du aber völlig verrückt geworden. Die höchste Zahl ist ... nicht zählbar. Mehr als eine Million. Milliarde, Billion. Trillion, Hohlkopp!»

«Hohlkopp, ich rede von Schulnoten. Für Arbeiten, Tests. Zeugnisse. Akademiezeugnisse, Universi ...»

«Stop, nun weiß ich's schon! Was hab ich von einer Zehn? Hier ist es die Zwölf.»

«Zwölf?»

«Ja. Hier in der Ambassade ist die Zwölf die höchste Zahl für Hausaufgaben und Arbeiten und Abrakadabra-Arbeiten, und für das Schreiben des Alphabets.» Das Galgenkind sah Otto triumphierend an. «Das wusstest du nicht, was, Otto, mit dem T von Tausend. Oder willst du das T von Trillion?»

«Pack das Fläschchen ein und gibt es mir. Ich soll es abgeben.»

«Denkst du etwa, dass ich es behalten will, Dickkopp? Ich werde es ganz bestimmt dem Bibliothekar geben … oder mach es selbst, okay, auch gut.» Christian wurschtelte das Papier um das Fläschchen herum. «Also los, Freund, du kannst es genauso gut ohne mich.»

«Unsinn! Komm, Christian, wir gehen doch auf jeden Fall zusammen …»

«Wohin?»

«Um dies auf den Tisch des Bibliothekars zu stellen. Und dann muss ich weg.» Otto seufzte. Dazu hatte er jetzt überhaupt keine Lust mehr.

«Schnell gesagt und sofort getan», sagte das Galgenkind zufrieden. «Auf den großen Tisch stellen. Das ABC-Buch liegt auch da, du weißt schon, welches, der Bibliothekar hat darauf ganz besonders ein Auge; am liebsten würde er sich draufsetzen. Und danach verschwinden wir alle beide, futsch. Pleite. Ich bin schon beim P. Nein, weiter, denn das Q wusste ich schon, von …»

«Quatsch», sagte Otto. «Und Quantum Mechanica.»

«Ah!» Christian schaute Otto fragend an. Hat Xanthippe dir von Schrödingers Katze erzählt?»[16]

«Ja.»

«Aber doch nicht von meinem Kalender?»

«Nein. Was …»

«Mein Morgenstern-Kalender. Willst du den sehen? Der Sekretär hat ihn hier in der Bibliothek für mich aufgehängt, alle zwölf Monate.»

Christian drehte sich um und lief schnell weg. Otto folgte ihm; sie liefen im Zickzack zwischen den Regalen hindurch.

«Siehst du das Bild?», sagte Christian und verlangsamte dabei seinen Schritt für einen Augenblick. «Das Porträt von Professor Einstein. Er wollte nicht, dass es aufgehängt wird, aber der Bibliothekar hat es doch getan.»

Am großen Tisch gab er Otto das inzwischen sehr unordentlich aussehende Päckchen.

Otto wickelte das Fläschchen aus dem Papier aus und stellte es neben das ABC-Buch, das beim O und beim P aufgeschlagen war.

Christian schlug eine Seite um. «Siehst du. Bis dahin hat Marsjan mich beim Lesen abgehört. Nächstes Mal lerne ich das R. Das R von Rabe. Wenn ich nur erst beim S wäre und beim Z.»

«Das S kennst du doch? Das S von …»

«Ist auch wahr. Das S von Schwan. Hast du ihn schon gesehn? Schön Schwarz. Wieder ein S. Und am Ende ein Z. Das Z von Zebra, siehst du, so. Schwarz und Weiß und Weiß und Schwarz. Der zweite Monat eines Jahres … Verstehst du, Otto, was ich meine? Nein, was? Komm.»

Christian lief ein Stück weiter, an der großen Standuhr vorbei und blieb wieder vor einem Schrank stehen, der nicht offen war, sondern von Glastüren verschlossen. Darin standen auch wieder Bücher. Die Türen waren zum größten Teil hinter den beiden Papierbögen verborgen, die davor gehängt waren. Darauf war Folgendes zu lesen:

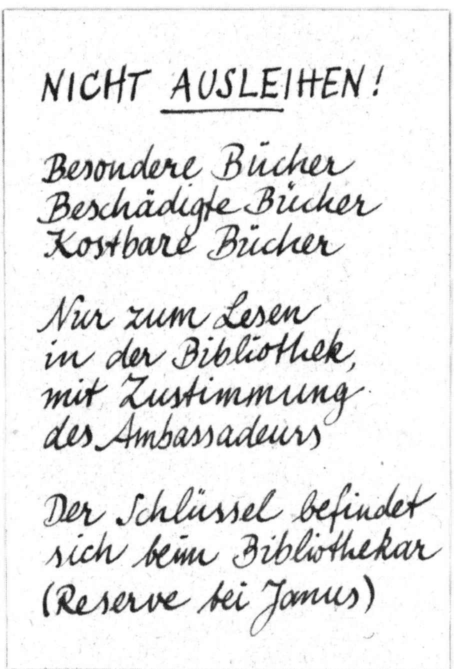
NICHT AUSLEIHEN!

Besondere Bücher
Beschädigte Bücher
Kostbare Bücher

Nur zum Lesen
in der Bibliothek,
mit Zustimmung
des Ambassadeurs

Der Schlüssel befindet
sich beim Bibliothekar
(Reserve bei Janus)

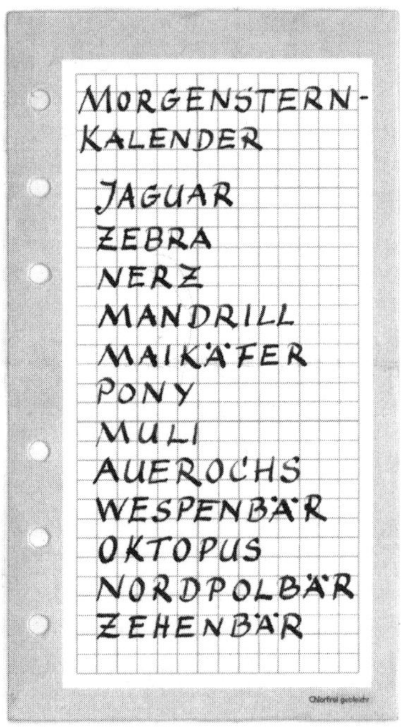
MORGENSTERN-
KALENDER

JAGUAR
ZEBRA
NERZ
MANDRILL
MAIKÄFER
PONY
MULI
AUEROCHS
WESPENBÄR
OKTOPUS
NORDPOLBÄR
ZEHENBÄR

«Oh!», sagte Otto. «Nun begreife ich endlich. Jaguar, Zebr … Zebra … Mai ist Maikäfer … Oktober wird Oktopus, November ist Nordpolbär …»

«Diesen Kalender hat mein Vater gemacht und für meine Mutter in einem Maikäfer-Monat aufgeschrieben», erzählte das Galgenkind, «in der Nacht, bevor er gehängt worden ist. Und meine Mutter hat ihn mich gelehrt, bevor sie starb. Ich war damals drei. Jahre, nicht Monate. *Mein* Kalender. Auf allen Daten der Ambassadebriefe und Missiven stehen die Monate meines Kalenders.»*

«Nordpolbärmäßigvollfett», sagte Otto, und er war eine Weile still. Er dachte an den Vater und an die Mutter von Christian. Er fragte sich flüchtig, was für Missiven, also Rundschreiben es wohl in der Ambassade gab. Er dachte an Claartje, wusste nun, warum sie neidisch auf das Galgenkind war. Er fragte sich, ob sein Buch (*besonders, beschädigt, kostbar*) aus diesem Schrank gekommen war. Ganz bestimmt! Und er brauchte nicht zu raten, wie. – Aber wer hat es jetzt? Claartje? Wer weiß, vielleicht hat sie es hierhin zurückgebracht … Ich muss es Christian noch erzählen, das von Seite sechs und …

Ein unterdrückter Ausruf ließ Otto aufschrecken.

«Was ist das nun schon wieder!» Ein Mann sprach, irgendwo hinter einem Schrank. «Christian, Schwerenöter, Taugenichts, Galgenbrocken, wo bist du … Wirst du bitte ganz schnell diese Bücher aufheben!»

Eine entfernt bekannte Stimme, dachte Otto. Oder bilde ich mir das ein?

«Der Bibliothekar», flüsterte Christian. Er packte Otto beim Arm. «Du brauchst keine Angst zu haben; er bellt viel, aber er beißt nicht.»

Ein grauhaariger, etwas gebeugt gehender Herr kam auf sie zu. Beim großen Tisch blieb er stehen, schob seine Brille auf die Stirn und betrachtete die beiden. Mit einer Hand zog er ein paar Mal an seinem Hängeschnurrbart und fing wieder an zu reden. Otto starrte den Bibliothekar an, so erstaunt, dass er nichts von dem hörte, was der Mann noch zu sagen hatte. – *Bibliothekar?* HERR MONTAG!

*Nach *Galgenlieder* von Christian Morgenstern: Wie sich das Galgenkind die Monatsnamen merkt. Frei adaptiert von Tonke Dragt. Siehe auch S. 147 und die Bücherliste des Bibliothekars, Nr. 7. (Sekretär der Januarischen Ambassade)

historie
klokken
Kromhout
ΟΔΥΣΣΕΙΑΣ
ambassade
De Leeuw van
Ivo de Weerd
Leopold
姓名
住址
MARS
Hieroglyphs
LEOPOLD
JA

Mars
Aarde
Saturnus
Bewick
torenboog
Science-
Clifford D Simak
elke deur
Space
Time
Tijd
Voyager
Dragt
etymologie
Sterrengids
Orion
speelwerk
staande klok
POSTCODE
NIET uitlenen
bibliotheektafel
geheim
ZEEEN VAN TIJD
werkstuk,
deel
een
asielzoekers zijn
telefoon
SVP
POE

IV

Nach einer Weile drang etwas zu ihm durch: «He, Otto!» Christian gab ihm einen Stoß. «Ist die Katze mit deiner Zunge davongelaufen?»

«Junge, was ist los?», fragte der Januarische Bibliothekar, der aussah … oder derselbe war wie …

«Herr Montag!», brachte Otto hervor, der sich immer noch nicht von seinem Erstaunen erholt hatte, obwohl es eigentlich vielleicht gar nicht so sehr erstaunlich war.

Der Bibliothekar schien einen Moment lang erschrocken. Er zog an seinem Schnurrbart, ging zum Tisch, nahm das Fläschchen, schob seine Brille wieder vor die Augen und warf einen Blick aufs Etikett. «Also doch, genau das, was wir brauchen, Christian! Worüber ist dein Freund so verwundert? Guten Tag, Otto, vielen Dank für die Besorgung.»

«Sie sind Herr Montag!», sagte Otto.

«Ich bin … Wer? Was? Herr Montag ist einer unserer Lieferanten, genau wie seine Frau. Sag ihnen auch vielen Dank. Ich bin der Bibliothekar der Ambassade, ich wohne hier, und ich bin zugleich …»

«Herr Montag!»

«Junge, Otto, was meinst du damit?» Der greise Herr nahm am Tisch Platz, das Fläschchen in einer Hand, mit der anderen eine Gebärde machend. «Christian …»

«Er heißt Simak», hörte Otto das Galgenkind sagen, «Herr Simak, nicht nur Bibliothekar, sondern auch …»

«Die Katze hätte lieber mit deiner Zunge davonlaufen sollen; rede nicht vorzeitig, Christian Morgenstern», sagte der Bibliothekar. «Schieb lieber ein paar Stühle heran, für dich und deinen Freund.»

Otto starrte ihn immer noch an und begann ein wenig zu zweifeln. Der Mann ihm gegenüber sah Herrn Montag schrecklich ähnlich, aber war er es *wirklich*? Auf einmal war er sich nicht mehr sicher …

«Setz dich», sagte der Bibliothekar freundlich. «Ich glaube, dass ich etwas klarstellen muss.»

Otto ließ sich auf den Stuhl fallen, den Christian herangeschoben hatte. Das Galgenkind saß schon, auf einer Ecke des Tisches.

Der Bibliothekar stellte das Fläschchen mit unsichtbarer Tinte in ein Fach seiner Schreibgarnitur, nahm seine Brille ab, putzte die Gläser mit der Ecke seines Schlipses und setzte sie wieder auf.

«Willkommen, Otto, in der Januarischen Bibliothek. Ich spreche natürlich zugleich im Namen des Ambassadeurs. Die Formalitäten können noch einen Augenblick warten. Christian, was hältst du von einem Schluck … von einer Tasse Tee?»

Christian nickte, beugte sich zu dem ur-altmodischen Telefon, nahm den Hörer ab und fing sofort an zu sprechen: «Ha, Xanthippe, ich bin's. Wir hätten gern Tee in die Bibliothek, zuerst mal für Herrn Simak, und noch zwei, also für drei … Mit Windbeuteln und Törtchen … Nein?! Dann selbst gebackene Kekse? … Ja! Die mit Rosinen. Herzlichen Dank.» Er legte den Hörer auf. «Sie kommt.»

«Mein Name», sagte der Bibliothekar zu Otto, «ist Simak. Genau wie der berühmte Sciencefiction-Autor. SIMAK.* Nur, dass ich keine Bücher schreibe wie er, ich verwalte nur die Bücher der Ambassade (das sind eine ganze Menge), und ich leihe sie aus. Ich verstehe dein Erstaunen, du hast mich einen Augenblick lang für Herrn Montag gehalten.»

«Ja», flüsterte Otto.

«Montag?», sagte Christian.

«Tu nicht so, als wenn du nie von ihm gehört hättest», sagte Otto.

«Was ich weiß», sagte das Galgenkind, «ist, dass es ein Wochentag ist.»

«Herr Montag liefert uns Schreibmaterial», sagte der Mann, der behauptete, Simak zu heißen, «wie Papier und Tinte, sogar unsichtbare.»

«Oh, der! Den kenne ich sehr gut, das stimmt auch», sage Christian. «Im Laden von Montag kann man alles kaufen.»

«Richtig», nickte der Bibliothekar. «Herr Montag ist außerdem noch Buchhändler …»

«Und Makler», sagte Otto.

Der Bibliothekar zog die Augenbrauen hoch. «Makler? Das

* Über den Autor Clifford D. Simak (nicht Ps. Simak wie ich) gibt es mehr zu lesen in dem Buch *Der Weg zur Zelle*. Er schrieb u. a. sehr schön über die *Zeit*, siehe meine Bücherliste, unter Nr. 22 (Bibliothekar)

wusste ich nicht … Nichts für ihn», murmelte er. Lauter fuhr er fort: «Es ist wahr, Otto, dass er und ich uns täuschend ähnlich sehen.»

«Wie Doppelinge», stimmte das Galgenkind ihm zu.

«Doppelgänger», verbesserte der Bibliothekar.

«Oder Zwillinge», sagte Christian.

«Aber das sind wir nicht!», sagte der Bibliothekar mit Nachdruck. «Sieh mich einmal genau an, Otto, dann wirst du sehen, dass ich jemand anders bin. Nicht einer von zwei Zwillingen. Selbst Doppelgänger sind wir nicht völlig, jedenfalls nicht für den, der uns aufmerksam betrachtet. Ich habe Herrn Montag zwar einmal gesehen, aber er hat mich noch nie gesehen, noch nie.»

«Wie ist das denn möglich», sagte Otto langsam. «Wenn Sie ihn gesehen haben, dann hat er Sie doch sicher ebenso …»

«Ich habe ihn unbemerkt beobachtet», sagte der Bibliothekar.

«Ich auch», sagte das Galgenkind. «In der Türöffnung. Heimlich. Ohne dass er es sah.»

«Ist das wahr, Christian?», fragte der Bibliothekar. «Habe ich dir jemals die Erlaubnis dazu gegeben?»

«Nein, Herr Simak, wie sollten Sie!», sagte das Galgenkind. «Ich habe Sie doch nicht gefragt.»

«Das hättest du lieber tun sollen, mein Junge.»

«Dann hätten Sie vielleicht ‹Nein› gesagt, und was dann? Aber er hat mich nie entdeckt. Es war total fett verrückt», sagte Christian, «weil …»

«Du gehörst auf diese Seite der Tür», unterbrach ihn der Bibliothekar. «Genau wie ich.»

«Welcher Tür?»

«Jeder von unseren Januarischen Türen.» Der Bibliothekar wandte sich wieder Otto zu. «Mein Platz ist in der Ambassade, ich habe hier meine Wohnung. Herr Montag weiß nicht …»

Unerwartet erschien Xanthippe mit einem voll bepackten Tablett am Tisch. Sie war unbemerkt herangeschwebt.

«Danke, schöne Xanthippe», sagte der Bibliothekar. «Christian, leg dieses kostbare ABC-Buch an einen geschützteren Platz, so dass es nicht bekleckert werden kann.» Er schob einen Stapel Papiere beiseite. «Stell nur hin, Xanthippe, und noch mal vielen Dank.»

«Gern geschehen, Herr Simak», sagte die Robotin, und sie verschwand lautlos wie sie gekommen war.

Sie sagt auch Simak, dachte Otto. Aber wie können sich Menschen derartig ähneln, wenn sie nicht einmal Zwillinge sind.

Der Bibliothekar schenkte zwei Tassen voll Tee ein und eine dritte nur halb. «Nehmt ein paar Kekse», sagte er, «es sind genug da.» (Sie waren ganz normal rund, nicht in der Form von Buchstaben.) «Und nehmt Zucker und Milch.» Er selbst nahm die Flasche, die neben der Teekanne stand, und füllte daraus seine Tasse bis zum Rand voll. Auf dem Etikett der Flasche standen drei große Buchstaben. R. U. M. Er nahm einen tüchtigen Schluck und lehnte sich dann in seinen großen Armstuhl zurück.

«Erzähl mir mal, Otto», sagte er. «Ist Herr Montag verheiratet?»

Otto nickte.

«Genau. Mit der lieben Frau Montag. Ich bin unverheiratet. Niemals verheiratet gewesen. Ich bin auch älter als der Mann, den du kennst. Kannst du das nicht sehen? Siehst du keinen Unterschied?»

«N-nein, Herr … eh, Simak», antwortete Otto. «Oder ja, doch vielleicht …» *Aber was?*, dachte er.

«Sieh dir mal meinen Schnurrbart an. Ist der derselbe?»

«Nein», antwortete Otto. «Nein!», sagte er noch einmal, erstaunt, dass er das erst jetzt sah.

«Sieht nicht die Bohne ähnlich aus», sagte Christian. «Kein bisschen.»

Das also war der Unterschied! Der Schnurrbart des Bibliothekars war ziemlich groß, beinahe weiß und hing ihm zu beiden Seiten des Mundes bis unter die Backen herunter.

Herr Montag hatte nicht viel mehr als eine schmale graue Bürste unter der Nase.

«Denkst du, dass ich einen Schnurrbart wie diesen in einem Tag wachsen lassen kann?», fragte der Bibliothekar.

Otto schüttelte den Kopf.

«Wir sehen uns täuschend ähnlich, das leugne ich nicht, ich weiß das schon seit einiger Zeit …»

Zeit – in den Meeren von Zeit, die sie hier haben, überlegte Otto, könnte man aber einen ganzen *Bart* in einem Tag wachsen lassen … Aber er sagte nichts.

Der Bibliothekar sprach weiter. «Herr Montag weiß nicht, dass er einen Doppelgänger hat, er weiß nicht einmal, wie ich heiße. Und ... hör gut zu, Otto, er braucht es auch nicht zu wissen!» Er schenkte noch etwas aus dem Fläschchen in seine Tasse, trank sie leer und nahm einen Keks.

«Warum?», fragte Otto leise.

«Was sagst du?»

«Warum?»

«Es ist besser für ihn, wenn er nicht über meine Existenz orientiert ist. Schwer zu erklären, du musst schon meinem Wort glauben.» Der Bibliothekar setzte sich aufrecht hin. «Siehst du, wir gehören an *verschiedene Seiten* der Tür.»

«Kann er dann nie ...» Otto führte seine Frage nicht zu Ende ... (niemals wie ich in die Ambassade kommen?)

«NIE ist ein großes Wort, so kurz es auch ist – drei Buchstaben, Christian. Aber eine Begegnung zwischen uns Doppelgängern ist unerwünscht. Schau nicht so misstrauisch, Otto, wir sind keine Feinde – im Gegenteil! Er ist Montag, ich bleibe Simak, das ist das Beste für uns alle beide.»

Das Galgenkind tupfte mit seinem Finger den Zucker vom Tassenboden auf und steckte ihn in den Mund. Es begann leise zu singen:

«Ich bin ich und du bist du.
Wer ist der Esel und wer ist die Kuh?»

«Sagtest du etwas, Christian?», fragte der Bibliothekar. «Nichts, Herr Simak», antwortete das Galgenkind. «Ich habe geschwiegen wie das Grab. Mit 'nem G. Das G von Geheim.»

Herr Simak strich sich über den Schnurrbart und schaute Otto nachdenklich an. Er lächelte, sah genauso vertrauenswürdig wie sein Beinah-Ebenbild aus. «Meine Bitte um Diskretion – ich meine Geheimhaltung – ist vor allem im Interesse von Herrn Montag und seiner Frau. Sie wissen, dass die Januarische Ambassade existiert. Mit einem Sekretariat und einer Bibliothek und einem Bibliothekar. Wie der Bibliothekar aussieht? Davon haben sie keine Ahnung. Und das muss so bleiben, Otto. Nichts ist einfacher, denn ich wohne auf dieser Seite der Tür, ich werde die Ambassade nie verlassen ... Im Unterschied zu dir, du kannst auf beide Seiten kommen. Wollt ihr noch Tee?»

«Nein, danke», sagte Otto.

«Ich fische mir nur noch einen extra Keks heraus», sagte das Galgenkind.

«Dann hebe ich die Sitzung auf, jedenfalls was dich betrifft, Otto. Mit Christian habe ich noch ein Wörtchen zu reden.»

«Ich bin schon bis einschließlich Q», sagte das Galgenkind. «Quantum. Quasi, Quatsch. Quivive.»

«Dann sei auf dem Quivive für das R», sagte der Bibliothekar. «Das R von …»

«Rätseln», ergänzte Otto. Damit sprach er viel von dem aus, was er dachte. «Ich glaube, dass ich zu meinem Haus muss.» Er stand langsam von seinem Stuhl auf. «Muss ich das wirklich?»

«Verflixt! Bleib noch ein bisschen», sagte das Galgenkind. «Du hast doch Asyl!»

«Ja», flüsterte Otto. «Ist das wahr?», fragte er den Bibliothekar.

«Seine Armbanduhr ist angepasst», sagte Christian.

«Über Asyl bestimmt der Ambassadeur, niemand anders», sagte der Bibliothekar. «Was mich betrifft, ich finde es in Ordnung, aber um es offiziell zu erhalten, musst du dich bei dem Sekretär oder bei der Sekretärin melden. Ich werde deinen Antrag jetzt gleich an den Sekretär weiterleiten.»

«An die Sekretärin geht auch», sagte Otto. Er wollte lieber mit der Sekretärin etwas zu tun haben, die kannte er wenigstens.

«Weißt du, was das bedeutet, Asyl?» Der Bibliothekar erwartete keine Antwort. «Wie war noch dein Name?», fragte er mit erhobener Stimme.

«Otto.»

«Und dein Spiegelbild ist dir bekannt geblieben, Otto?»

«Ja.»

Der Bibliothekar nahm ein weißes Blatt Papier und kritzelte etwas darauf. «Wunderbar. Du bist als Gast willkommen, und der Rest kommt schon in Ordnung. Nun aber: Los, Junge. Nicht zögern.»

Die letzten Worte ließen Otto wieder zweifeln. – Genau das, was Herr Montag gesagt hat …

Christian stellte sich neben ihn. «Er hat Zeit genug …»

«Genau! Aber ihr wollt keinen Tee mehr», sagte der Bibliothekar. «Also ist die Tee-Zeit um.»

«Touché. Okay», sagte das Galgenkind. «Ich bring dich weg, Otto, bis vor die Tür zu deinem Turmzimmer.»

«Nein, Christian, du bleibst hier», sagte der Bibliothekar. «Erstens, um all die Bücher auf das Brett F von Regal 666 zurückzustellen. Danach das ABC-Buch wieder hier hinzulegen für das R und für das S.»

«Aber kein ‹Sie›!» Das Galgenkind blinzelte Otto zu. «Nun ja, dann für Sie, Herr Simak. Aber zuerst muss ich Otto wegbringen, sonst verläuft er sich.»

«Gut, Christian, aber nicht weiter als bis zum Raum der Mitte, von dem alles ausgeht.»

Der Bibliothekar erhob sich, beugte sich über den Tisch und streckte Otto seine linke Hand hin. «Alles Gute, junger Mann. Behalte außer deinem Namen auch alles andere, was ich gesagt habe. Nächstes Mal liegt hier ein Formular vom Sekretär für dich bereit. Wenn du das Formular ausgefüllt hast, gebe ich dir eine Karte, dann darfst du dir hier ein Buch ausleihen … zwei Bücher, wenn du es möchtest. Und du darfst sie eintauschen sooft du willst. Wenn die Ausleihe geöffnet hat. Lesen darfst du immer, zu jeder Zeit. Auf Wiedersehen.»

V

Wenig später lief Otto mit Christian durch den gewundenen Gang auf eine Halle des Turms zu, in dem, ganz oben, sein Zimmer sein musste.

Das Galgenkind hatte eine brennende Kerze aus der Bibliothek mitgenommen. «Du hättest unsere Taschenlampe mitnehmen sollen, du Quatschkopf!»

«Was hab ich schon davon! Du hast schon wieder eine Batterie verbraucht. Ich hatte übrigens gar nicht vor, hierher zu kommen. Zuerst kam ich zufällig zu Montags …» Otto runzelte die Stirn. «Oder vielleicht absichtlich?»

«Und da solltest du uns unsichtbare Tinte bringen.»

«So ungefähr, ja. Meine Güte!», sagte Otto. «Der Bibliothekar ist ein richtiger …»

«Ein richtiger was? Bibliothekar? Dafür strengt er sich auch sehr an.» Christian kicherte leise. «Ein Bücherwurm ist er bestimmt, und immer zugange mit Inhaltsverzeichnissen und mit Basteln von Karten und Katalogen und Herumhantieren mit Stapeln von Papieren und Formularen. Warte nur ab. Er ist genauso versessen auf Formulare wie ...»

«Formulare?», sagte Otto. «Ich dachte, es sei der Sekretär, der ...»

«Das ist Jacke wie Hose, zwei Hände auf einem Bauch. Der Archivar stellt sich genauso mit seinen Formularen an wie der Archivar mit seinen Schlüsseln.»

«Die Schlüssel sind doch bei Janus? Dem Gott mit den zwei Köppen ...»

«Zwei Häuptern, Doofkopp! Janus ist ein Standbild, der läuft nicht gerade schnell, wenn ein Schlüssel stibitzt wird. Darum hat der Sekretär auch immer ein Auge darauf.»

«Archivar hast du eben gerade gesagt!»

«Gehört alles in einen Topf.»

«Was meinst du damit?»

«Es wimmelt hier von Archiven, Keller voll, Dachboden voll, von A bis Z. Also auch ganz hübsch viele Archivare», sagte Christian. «Auch wenn du meistens nicht mehr als einen siehst: den Sekretär. Und er ist der Bibliothekar.»

Otto begann es irgendwie schwindelig zu werden. «Ist der Bibliothekar derselbe wie der Archivar?»

«Nagel auf den Kopf getroffen! Und der Archivar ist der Sekretär von keinem Geringeren als dem Ambassadeur.»

«Und der Ambassadeur ...?»

«Der Ambassadeur kann wohl hundert Sekretäre bekommen. Arbeit genug hier, wenn du arbeiten willst.» Christian blies die Kerze aus, weil sie sich der Halle näherten, in der dämmriges Licht war. «Es gibt nur eine Ambassade-Sekretär*in*, und die zählt für zwei.»

«Xanthippe.»

«Du sagst es. Vielleicht zählt sie sogar für zehn. Oder für zwölf. Kocht sie nicht unheimlich lecker, bäckt sie nicht mordsmäßig gut?»

«Na! Und wie. Und nun musst du mir alles erzählen, Christian, von den … Wie kommt es, dass hier immer wieder Winter wird? Was ist es jetzt? Es ist wieder ziemlich kalt.»

«Was dachtest du denn, im Jaguar!»

«Jaguar also», murmelte Otto. – Sogar ohne Herrn A, dachte er. Sie waren inzwischen in die Halle gekommen, blieben bei der Treppe nach oben stehen.

«Warum hast du keine Jacke mitgenommen, du Trottel?», sagte Christian.

«Weil … Hab ich wohl! Oder nicht?» Otto musste nachdenken. «Ich hatte meine Windjacke an, als ich von zu Hause wegging … ausgezogen, bevor ich … Angezogen in …»

«Du hast überhaupt keine Windjacke an. *Aus*gezogen also, Otto, du bist ein Wirrkopf.»

«Von diesen idiotischen Jahreszeiten hier könnte sogar der Ambassadeur irre werden!» Und Marsjan, dachte Otto plötzlich, liebt die Kälte und also auch den Januar oder Jaguar …

«Nichts Schlechtes über den Ambassadeur, pass bloß auf! Verflixt, du zitterst wirklich. Ist dir so kalt?»

«Ach, halt den Mund. Ich kann das gut aushalten! Du hättest mich in dem Blizzard sehen sollen», sagte Otto. «Frag den sogenannten Herrn A mal danach! Wenn du ihn jemals wieder siehst. Ein Freund von dir? Dann pass bloß auf! Und erzähl mir nun endlich, was er im Raum für Reisende zu tun gehabt hat.»

«Was er … zu tun gehabt hat? Das ist …»

«Ein Geheimnis, weiß ich, aber du wolltest es mir erzählen. Hast du versprochen. Am sechsten Januar.»

«Jaguar, Junge ohne Jacke.»

«Meine Windjacke ist hier, nun weiß ich es! Sie hängt unten, normal an der Garderobe im Eingang des …» Wieder musste Otto einen Augenblick nachdenken. «Claartje sagte Südturm, und du auch. Aber Dunkler Marsjan sagt, dass dies der Nordturm ist.»

«Und ich sag dasselbe, Doofkopp. Nordturm im Winter. Südturm im Sommer. Das kannst du an den Sternen sehen, wenn es Nacht ist. Komm mit. Es ist nicht nötig, dass du vor Kälte klapperst», sagte Christian. «Zuerst nach unten, deine Jacke holen. Herr Simak sagte zwar ‹nicht zögern›, aber wir haben Eisberge von Zeit. Dann kann er inzwischen schon ein Formular für dich machen. Und seine Stempel darauf drücken. Unsere Asylverwaltung ist tipptopp okay.»

Sie waren die Treppe noch nicht halb hinuntergegangen, als sie unten ein Geräusch hörten. Ein Schurren, Murmeln und danach den Ton einer kräftigen und wohlbekannten Stimme.

«Bei Phöbos und Deimos, Aldebaran. Barsoom! Christian Donnerstein, bist du in der Nähe? Dann komm hierher, bevor ich mich wirklich ärgere.»

Marsjan!

Das Galgenkind fiel geradezu den Rest der Treppe hinunter, so schnell nahm es die Stufen. Otto war etwas weniger schnell.

Mitten auf dem Ziegelboden der schönen Diele stand der Marsianer, prächtig blau, in vollem Ornat ... bis auf einen Stiefel; den hatte er in der einen Hand. In der anderen hielt er einen großen Schlüssel.

«Christian Morgenstern, dieser Gegenstand darf in einem Schloss stecken oder von Janus verwahrt werden, aber niemals ... Ah, Otto, du auch hier! Sei gegrüßt. Du brauchst nicht zu erschrecken, ich sprach zu deinem Freund. Auch mir kann es die Laune verderben, wenn ich mir die Zehen stoße ...» Der Marsmann wandte sich wieder ans Galgenkind. «Ich sehe nicht ein, Christian, worin diese Nettigkeit oder die Bedeutung eines Schlüssels in meinem Stiefel besteht.»

«Oh, Sorry, aber das», begann Otto, «hab ich ...»

«Hi, Dunkler, tausendmal Pardon, Entschuldigung», ratterte Christian mitten dazwischen. «Ich konnte nicht wissen, dass du die Stiefel anziehen ...»

«O nein? Draußen liegt dicker Schnee, und jetzt hat es auch wieder angefangen zu schneien. Kein Wetter für bloße Füße, nicht einmal für meine. Wie auch immer, junger Ganove, benutze meine Stiefel nicht als Abfalleimer.»

«Dieser Schlüssel ist doch kein Abfall!», protestierte Christian.

«Sozusagen», sagte der Marsianer. «Es ist nicht das erste Mal, Otto, dass dieser jugendliche Anstifter ...»

«Entschuldigung, ich war es, ich war der Anstifter, ich habe es getan», unterbrach ihn Otto, schnell und ein kleines bisschen ängstlich. «Christian weiß nichts davon, es tut mir Leid ...»

«Es tut mir auch Leid – für dich, Christian, ich hab zu schnell losgelegt. Ohne nachzudenken», sprach der Marsmann. Er sah Otto an und sagte kopfschüttelnd: «So! Dann muss ich von jetzt an auf zwei ein Auge haben und sie, wenn nötig, andonnern. Du bist mir auch einer: von oben Taschenlampen nach unten werfen und unten Schlüssel in Stiefel fallen lassen.»

Christian packte Otto beim Arm. «Er hat es bestimmt nicht mit Absicht getan.»

«Unsinn. Wer lässt denn versehentlich so ein großes Metallding ...» Dunkler Marsjan redete in strengem Ton, aber seine Zähne glitzerten ein bisschen. «Erzähl, Otto!»

«Ich wollte ihn nur für einen Augenblick verstecken», sagte Otto, «damit niemand die Tür abschließen konnte.»

«Aha», sagte der Marsianer.

«Die Haustüren müssen immer aufgemacht werden können», stand Christian seinem Freund bei. «Asylpolitik ...»

«Oho! Darüber hast du nichts zu sagen, Galgensohn. Du bist nicht der Ambassadeur!»

«Tun dir deine Zehen noch immer weh, Dunkler?»

Marsjan lächelte breit. «Nicht mehr, Christian. Völlig vorbei, Otto. Also, weiter. En route. Ich nach draußen und ihr zurück, woher ihr gekommen seid. Au revoir, bye-bye, tot ziens, auf Wiedersehen, et cetera.»

«Nach draußen? Und noch mehr Schnee? Unheimlich spannend!», sagte das Galgenkind. «Dürfen wir mit?»

«Nein», sagte Marsjan, während er seinen zweiten Stiefel anzog.

«Sei nicht so fad, Dunkler. Ich und Otto wollen gern mit dir in den Schnee ...»

«Nein. Zu riskant», sagte Marsjan. «Außerdem will ich nun einmal allein, in Eile, ungehindert losziehen.» Er richtete sich zu seiner vollen Größe auf. «Diese Aufgabe ist für eine Person.»

«Was für eine Aufgabe?», fragte das Galgenkind.

«Ach, wieder mal ein Asylsuchender verschwunden. Vielleicht verirrt. Aber ebenso gut möglich, dass ich ihn nach vergeblicher Unternehmung in Xanthippes Küche finde, oder wohlbehalten in der Bibliothek.»

«Wer ist es?», fragte Christian. «Soll ich hier im Haus nach ihm suchen?»

«Nein», sagte Marsjan noch einmal. «Und es bleibt ‹Nein›, solange du das ABC nicht kennst. Lern nach dem M auch den Rest der Buchstaben, so dass du nicht nur MEERE, sondern auch ZEIT schreiben kannst. Warte auf mich in der Bibliothek, bis ich komme, um dich abzufragen. Und wehe dir, wenn du wieder durchbrennst! Otto, du darfst diesem Beinahe-Alphabeten helfen – es sei denn, dass du nach Haus musst. Und merkt euch, dass mir nichts an Täuschungsmanövern, Betrug, Vorsagen, Abgucken, Plagiat und anderen Gaunereien liegt. Ich wünsche BUCHSTÄBliche Kenntnis, keinen Rang in Mogeln oder Spionage. Und nun packt euch, alle beide!»

«Otto darf doch sicher noch seine Windjacke holen!»

«All right, aber ein bisschen schnell.»

«Und Marsjan, ich will gern ...»

«Was du gern willst, Christian, interessiert mich nicht – jedenfalls nicht jetzt. Alles zu seiner Zeit.» Der Marsmann ging zur Tür.

Otto ging zur Garderobe, wo tatsächlich seine Windjacke hing, neben einem roten, bunt eingefassten Mäntelchen – Claartjes?

Die Tür schwang auf und ließ eine ganze Menge kalter Luft in die Diele strömen. Draußen sah er graue Dämmerung und wild wirbelnden Schnee, der einen gebahnten Pfad bedeckte, welcher nirgendwohin zu führen schien.

«Ich stelle die Schippe eben hinein», sagte Marsjan und ließ dem Wort die Tat folgen. «Nach oben mit euch. Nicht zögern. Bis bald.»

Die Tür schloss sich hinter ihm.

«Verdammt, was für ein gemeiner Streich, allein abzuhauen», murmelte das Galgenkind. «Da hätten wir ein grausigfettes Mordsabenteuer erleben können. Vielleicht auf dem Motorrad oder auf Skiern. Noch mal jemanden retten und ...» Er war schon an der Tür und langte nach dem Türgriff. «Was denkt der sich denn!» Er drückte den Türgriff herunter, er rüttelte, ruckte, zog. «Verdammt! Er hat uns reingelegt. Abgeschlossen!» Er lief zur Treppe. «Komm, Otto, dann lass uns mal gehorsam sein.»

«Bist du jemals gehorsam?», fragte Otto.

«Das siehst du doch, Trottel. Aber nur, wenn ich Lust dazu habe. Und auf eine Tracht Prügel habe ich keine Lust.»

«Schlägt Marsjan dich denn manchmal?»

«Na, und ob. Auf die bloßen Backen. Mit 'nem B. Bunt und blau», antwortete Christian vergnügt.

«Das ist nicht wahr», sagte Otto, während sie die Treppe hinaufgingen.

«Du hast doch sicher seine großen Hände gesehen!» Das Galgenkind grinste. «Schneeschieber und Teppichklopfer sind nichts dagegen. Klatsch-klatsch!»

Gehörte sich das für einen Ambassadeur? Und doch muss es Marsjan sein, dachte Otto. Sogar Christian tut, was er befiehlt. Und er fing an, leise zu fragen: «Ist er der ...»

Aber Christian hörte nicht zu. «Total knorke und nobel von dir, Otto», sagte er, «edelmütigfett, dass du es zugegeben hast.»

«Zugegeben? Was?»

«Dass du den Schlüssel in Marsjans Stiefel gesteckt hast. Wir sind Kumpel und lassen den andern nicht im Stich. Das war's doch, was du dachtest, was?»

Otto gab keine Antwort, aber es kam nicht nur durch seine Windjacke, dass er sich herrlich warm fühlte.

«Bleibst du bei mir, kommst du mit zurück zur Bibliothek?», fragte Christian etwas später.

Otto schüttelte den Kopf, ‹nein›, wenn auch widerstrebend. «Ich muss weiter, zu meiner eigenen Tür. Marsjan war der Dritte, der ‹Nicht zögern› zu mir sagte. Wenn Herr Montag und der Bibliothekar wirklich zwei sind, zumindest – Doppelgänger.»

«Das sind sie: total gleich und doch nicht dieselben. Ich hab es mit meinen eigenen Augen gesehen», sagte Christian. «Ist dein Herr Montag auch noch der Sekretär eines Ambassadeurs? Nein! Und Archivar? Auch nicht ... Und ...» Er hielt auf einmal seinen Mund.

Einer der Doppelgänger war plötzlich zum Vorschein gekommen. Herr Simak stand mit einer Kerzenlaterne in der Hand in der gewölbten Öffnung des schmalen Gangs, der zur Bibliothek führte.

VI

«Junge Leute», sagte der Bibliothekar, «wie viele Male seid ihr hin und her und auf und ab gewesen zwischen dieser Halle und dem Raum der Mitte, von dem alles ausgeht?» Er versuchte streng zu blicken. «Drei-, vier-, fünfmal?»

«Noch kein einziges Mal, Herr Simak», antwortete das Galgenkind. «Otto musste seine Windjacke holen, unten in der Diele, und da sind wir Marsjan begegnet. Ich bring ihn jetzt dahin, wo er hingehört …»

«Von hier aus ist es nur eine Treppe bis zum Musiksaal», sagte der Bibliothekar. «Du kannst es sehr gut allein finden, nicht wahr, Otto?»

«Ja», gab Otto halbherzig zu.

«Wenn du wiederkommst, in weniger als keiner Zeit, um es einmal so auszudrücken … dann ist dein Freund Christian hoffentlich ein richtiger Alphabet, so wie der Ambassadeur es wünscht …»

«Okay, Herr Simak, touché», sagte das Galgenkind mit einem tiefen Seufzer. «Ich komme mit Ihnen.»

Der Bibliothekar schaute Otto an. «Ich meinte, ich hätte Claartje gehört», sagte er leise. «Oben. Wenn du ihr begegnen solltest, willst du ihr bitte sagen, dass die Ausleihe geöffnet hat? *Der geheime Garten* liegt für sie auf meinem Tisch bereit.»

Christian schob Otto seinen Leuchter in die Hand. «Für die oberste Treppe. Nun noch ein Feuerchen, um die Kerze …»

«Anzustecken?» Der Bibliothekar kramte in der Tasche seines langen, togaartigen Mantels. Er gab Otto eine Schachtel Streichhölzer. «Bitte. Und nun …»

«Zieh los, bei Antares und Ares und Barsoom», sagte Christian. «Allerdings bist du mich nicht los, Otto mit zwei O-s. Wenn du zu lange wegbleibst, komme ich dich holen.»

Er verschwand hinter dem Bibliothekar im Dämmer des Ganges.

«Ich meinte, ich hätte Claartje gehört. Oben», hatte der Bibliothekar gesagt. – Meinte er *Musik*?, dachte Otto überrascht.

Er blieb starr und steif auf einer Treppenstufe stehen und lauschte andächtig.

Schon wieder Klavierspiel.

Derjenige, der spielte, musste jung sein, oder er hatte erst seit kurzem Unterricht. Einfache Fingerübungen. Tonleitern. Es klang sorgfältig, klar, freundlich.

Der geheime Garten für Claartje, überlegte Otto. Welches ist ihr eigenes Geheimnis?

Vorsichtig stieg er weiter nach oben. – Christian ist mein Freund, aber was ist mit Claartje? Wenn sie mein Buch hat, dann habe ich das eine Blatt von *ihr* bekommen. Warum und warum? Ich werde sie fragen, direkt ins Gesicht. Wenn *sie* es ist, die da spielt, werde ich sie unerwartet ...

Oben an der Treppe blieb er wieder stehen. Im Musiksaal war es ein paar Takte still. Danach setzte derjenige, der da spielte, mit etwas anderem ein ... eine allzu bekannte Melodie, sauber, ohne Fehler gespielt.

Für Elise.

Auch von Elise?

Otto hielt den Leuchter fest umklammert in der einen Hand und zerdrückte die Streichholzschachtel in der anderen. Dann lief er unhörbar durch die Halle. Die hohen Türen standen ein bisschen offen; er konnte bequem nach drinnen blicken.

Nicht von Elise.

Am Flügel saß Claartje, in ihr Spiel vertieft. Ihr schwarzer Schal über dem Kopf glitt langsam herab, aber darauf achtete sie nicht.

Plötzlich war es, als würde Ottos – unsichtbare – Gegenwart sie stören. Sie vertat sich einmal, spielte doch weiter, erhöhte ihr Tempo, wie gejagt, zu rasender Fahrt ... wodurch ihre Finger wieder stolperten. Sie zog wütend am Schal, so dass er ganz auf ihre Schultern rutschte, blätterte die Noten zurück und begann von neuem. Die erste Passage ging melodisch, ausgezeichnet, aber dann schlug sie wieder daneben. Sie brach mit einer wüsten Dissonanz ab. Sie beugte sich nach vorn, so dass ihr Kopf auf den Tasten lag, die einen traurigen Ton von sich gaben, der langsam zitternd erstarb.

Sie weint, das muss es sein, Otto war sich sicher, obwohl ihr Gesicht durch das lange Haar verborgen war.

Hatte sie Kummer, weil *Für Elise* danebengegangen war, vielleicht nicht zum ersten Mal? Oder ging es nicht ums Spiel? Sollte sie um Elise selbst trauern? *Wo ist Elise?*, fragte Otto sich zum soundsovielten Mal.

Claartje saß so traurig dort; darum wollte er sie nicht merken lassen, dass er zugehört hatte. Er schlich zur dunklen Wendeltreppe, die zu seinem Zimmer führte. Er hielt den Atem an, als er ein Streichholz anstrich. Die Kerze nahm die Flamme glücklicherweise sofort an. Vorsichtig betrat er die sich windenden Stufen und kletterte in einem Schwung nach oben, sogar ohne an der Tür von Claartjes Turmzimmerchen anzuhalten. Erst als er die höchst gelegene Halle erreicht hatte, erinnerte er sich daran, dass das Mädchen in ein anderes Turmzimmer umgezogen war. – Wie Christian sagte, weil sie nicht unter ihm wohnen wollte. Was hat sie gegen mich? Sie fragte, ob ich sie genauso lieb hätte wie sie mich … Lügen! Sie hat mein Buch weggenommen, ich weiß es sicher, und mich als ich weiß nicht was alles beschimpft.

«Schimpfen tut weh», sagte Otto. Er erschrak vor seiner Stimme, die dumpf in der leeren, kalten halbdunklen Halle ertönte.

«Du bist einfach ein Biest von einem Mädchen», sagte er bei sich. «Eine Ka …» Und doch sah er Claartje ganz anders vor sich. Im Geiste sah er sie noch immer mit dem Kopf auf den Tasten, klein und ganz allein und weinend in dem großen Musiksaal.

Wenn du noch etwas länger übst, spielst du *Für Elise* bestimmt nicht schlecht, sagte er in Gedanken zu ihr, während er eine Hand nach seiner Tür ausstreckte. Wie strahlte sie geheimnisvoll im Kerzenlicht! Wenn es nur wirklich seine Tür war, mit seinem Zimmer dahinter …

Es war so. Er fand es wunderbar, das Schloss hinter sich klicken zu hören und alle Lampen anzumachen, bevor er die Kerze ausblies, die Christian ihm mitgegeben hatte. Eine Januarische Kerze.

Otto zog seine Windjacke aus – die muss ich nachher noch unbemerkt unten an die Garderobe hängen – und schaute sich um. Nach seinem Wecker war er ungefähr eine halbe Stunde weg gewesen (die Zeit in Montags Laden). Es schien wieder viel länger. Als ob er nach den großen Ferien oder von einer weiten Reise nach Hause käme.

Seine Mutter rief unten an der Treppe: «Otto, kommst du zum Essen?»

Mist, diese Scherereien mit ihr, überlegte er, die hätte ich beinahe vergessen, das war in einer vergangenen Zeit … Ich muss dafür sorgen, dass Ma es auch vergisst, nahm er sich vor. Ohne mein Geheimnis zu verraten.

Er machte seine Tür weit auf und rief: «Juchhu, bärenmäßigvollfett, dufte, Ma! Ich komme!»

KAPITEL ZEHN

Die Zeit wird es lehren

I

Am Mittwoch war nur morgens Schule. Dennoch ein ganzer Vormittag, den man hinter sich bringen musste, bevor es zu Montags ging, dachte Otto. Nachdem drei Schulstunden vorbeigekrochen waren, brachte die vierte Stunde (11.20 – 12.10) eine kleine Überraschung. Es war eine Stunde für eigenes Arbeiten, die entweder für Extraaufgaben oder für bislang Versäumtes genutzt werden sollte. Otto sollte ein Kapitel aus seinem Erdkundebuch zusammenfassen. So kam er dahinter, worauf sich die Bemerkung bezog, die ihn in der vorangegangenen Woche so durcheinander gebracht hatte: *Deine Armbanduhr braucht, auch wenn sie richtig geht, nicht die richtige Zeit anzugeben…* Der Lehrer hatte bestimmt nicht seine «angepasste Armbanduhr» bemerkt!

Die Erde (Terra, würde Marsjan sagen) drehte sich um ihre eigene Achse; eine Drehung waren vierundzwanzig Stunden, die Sonne schien auf- und unter- und wieder aufzugehen – dadurch bekam man Tag und Nacht. Den Osten konnte man «Morgenland» nennen; weil die Sonne da früher aufgegangen war, zeigten die Uhren dort einen späteren Zeitpunkt an. Im Westen war es früher: der Zeitunterschied zu England betrug eine Stunde und zu New York sogar sechs Stunden. Und weiter nach Westen noch mehr Stunden. Wenn man einen Freund anrufen wollte, der in Los Angeles wohnte, sollte man das besser nicht um neun Uhr morgens tun. Man würde ihn aus dem Schlaf holen, denn dort war es dann noch mitten in der Nacht …

Otto bedauerte, dass er nicht in den Erdkunderaum gehen konnte, um dort mit dem großen Globus zu spielen (streng wissenschaftlich natürlich). Wenn man wissen will, ob eine Uhr richtig geht, muss man auch wissen, an welchem Ort man sich befindet … Und wo, dachte er, ist die Januarische Ambassade? Ist die denn immer an derselben Stelle!? In der Ambassadebibliothek habe ich mehrere Globen gesehen … die muss ich mir mal genau betrachten. Warum bringen sie dort Norden und Süden durcheinander? Weiter muss ich herausfinden, was es nun mit den Jahreszeiten auf sich hat. Die Erde dreht sich innerhalb eines Jahres um die Sonne, und –

Die Glocke riss Otto aus seinen Grübeleien; der Schultag war nun doch überraschend zu Ende. Hastig tat er seine Sachen in die Tasche, aber er musste seine Arbeit noch kontrollieren lassen, und dadurch war er der Letzte, der aus der Klasse ging.

Ob sie wohl in der Ambassade auch Mars-Globen haben? Ganz bestimmt, dachte er. Aber jetzt erst zu Montags, hurra … Er aß sein Butterbrot mittwochs immer dort, gemütlich zu dritt, mit Tee, Suppe oder Schokoladenmilch dazu. Und er hatte diesmal eine ganze Menge zu besprechen … auch wenn er kein Wort verlieren durfte über das Äußere des Herrn Simak, Bibliothekar, Sekretär und Archivar.

Der Schulhof lag verlassen da – herrlich ruhig –, aber im Fahrradschuppen verflog Ottos gute Laune auf einen Schlag: Sein Hinterrad war platt. Nicht zum ersten Mal, nicht «einfach so», dessen war er sich so gut wie sicher. – Sie haben mal wieder die Luft rausgelassen, Henkie, Frederik oder wer noch alles, diese Ekel.

Niemand außer ihm war in dem großen Schuppen, aber die Täter konnten durchaus irgendwo auf der Lauer liegen, bereit, johlend hervorzuspringen. Eine Fahrradpumpe beim Hausmeister leihen, würde Zeit kosten. Lieber sofort abhauen, jetzt, wo die Lage sicher zu sein schien. Zu Fuß. Und einen anderen Weg als gewöhnlich nehmen.

Otto ging los, niedergeschlagen und auf der Hut. Ab und zu stieg er aufs Fahrrad, aber das Fahren ging nicht allzu gut. Es war außerdem Gift für seinen Reifen. – Hätte ich ihn doch erst aufpumpen sollen, bin ich wirklich ein Angsthase, ein Schisshase?

Er bog in eine schmale Straße ein, wo das Fahren mit jeglichem Fahrzeug verboten war. – Jetzt laufe ich, weil ich laufen muss, und mache mich nicht lächerlich …

Dieser Gedanke wurde sofort durch einen wahnsinnigen Radau

zerstört. Er brach hinter ihm los und wurde von den hohen Mauern der Gasse zurückgeworfen.

«RATE-MAL, WER KOMMT DENN DA?»

«Wanderer? Trödelfritze!»

«OTTOTOTOTOTO!»

«Ach, ist dein Reifen platt, Professor?»

«Soll'n wir dich mitnehmen, Ottochen?»

Otto blieb stehen, schaute sich um und sah sie auf sich zukommen, wackelnd und schwankend, aber doch auf ihren Fahrrädern – sehr viele Jungen und auch Mädchen aus seiner Klasse. Henkie der Hartgesottene fuhr voran, er ließ angeberisch seinen Lenker los, um in die Hände zu klatschen.

KLATSCH! SCHLAG! «Schleimscheißer! Schneckenläufer!»

Otto war wie erstarrt und rührte sich deshalb nicht vom Fleck, aber das konnte, so hoffte er, auch gerade tapfer wirken. Tief atmend suchte er echten Mut zu schöpfen. Er probierte seine Stimme aus … er rief, so laut er konnte, über seine Angst hinweg: «Einfahrt verboten, Aasvögel! Absteigen, Dummköpfe!»

Zu seiner Verwunderung taten sie das sogar, aber danach rückten sie weiter vor. Ihre Fahrräder führten sie mit, wie sperrige, staksige gemeine Raubtiere. Aus ihrem höhnischen Gejohle lösten sich eine Reihe gemeiner Worte.

Otto konnte sich wieder bewegen, vor dieser Armee musste er wohl weichen. – *Nicht rennen!* Er ging, als wenn er an einem Wettkampf für Schnellgehen teilnähme.

Fensterlose Mauern an beiden Seiten, nirgendwo eine Tür, um zu entwischen. Nach dem Lärm zu schließen, holten seine Verfolger ihn ein. Aber das Ende des engen Sträßchens war fast erreicht. Sofort nach links, sagte er zu sich. Nicht direkt zu Montags. Ein Jammer, so in der Nähe …

Gleich nachdem er um die Ecke war – in scharfer Kurve in die breite Querstraße –, stieß er beinahe gegen eine dunkle Gestalt, die, wie aus dem Nichts hervorgezaubert, in Ottos Augen, der gegen das Licht sah, riesenhaft schien.

Es war ein großer Mann in flatterndem Mantel, der mit Otto zugleich stehen geblieben war. «Holla! Pass doch auf …», rief er. Was er noch weiter sagte, wurde übertönt vom Gejohle des Trupps, der nun auch um die Ecke kam.

Otto sah, wem er gegenüberstand – es hätte nicht schlimmer sein können: Herrn A!

Er wollte vor dem Mann entlangsausen, aber der hatte schon seinen Fahrradlenker gepackt und schnitt ihm den Weg ab.

«Was für Zustände sind das hier?», rief er grob, über Ottos Kopf hinweg. «STOPP! SCHLUSS MIT DEM RADAU! HALT! UND MAUL HALTEN.»

Der Lärm verstummte. Otto drehte sich wieder zu seinen Verfolgern um. Sie hatten gehorcht und standen tölpelhaft da. Nur Henkie der Hartgesottene versuchte es noch einmal.

«Gottogott, nur ein Scherz, wieso mischen …»

«Dieses MEMMENGEHEULE?», stopfte Herr A ihm den Mund. Er war mit einem Schritt neben Otto und drückte ihm den Fahrradlenker in die Hand, ohne den Blick von seinen Peinigern abzuwenden. «Ein SCHERZ? Ja! Um sich totzulachen … wenigstens für so eine Bande elender Dummköpfe wie ihr mir zu sein scheint.» Er betrachtete sie einen nach dem andern und redete weiter, langsam, schleppend: «Bulldozer? Habt ihr euch wohl eingebildet! Ein armseliges Häufchen. Eine Bande Angeber. Aufgeblasene Luftballons: stich hinein und die Luft geht raus. Na, wo ist eure dumme Kraft?»

Er machte noch einen Schritt auf Ottos Feinde zu. Er lachte sarkastisch, als sie rückwärts gingen. Ein Fahrrad fiel um. «Stümper», sagte Herr A verächtlich. «Aber ich will nicht noch mehr Worte an euch verschwenden. Eine Tracht Prügel scheint mir nützlicher.»

Die Gruppe schob sich etwas hin und her, Füße schurrten. Hendrik grinste blöde, Hamza fing an, sein Fahrrad aufzuheben, Frederik stöhnte: «Huch! Verdammt.»

«Eine Tracht Prügel. Wer aus der Horde erspart mir die Mühe?», fragte Herr A. «Hört zu. Wer jetzt abhaut, dem komme ich nicht hinterher. Wer stehen bleibt, der kann sich gratulieren.» Er wartete einen Moment. «Rechts umkehrt … packt euch. Marsch!»

Die Horde kehrte um und flüchtete, verschwand in dem Sträßchen.

Otto war so fassungslos, dass er gerade noch sein Fahrrad festhalten konnte. Er starrte verblüfft zu Herrn A hinauf.

Der lächelte und sagte beruhigend: «Das ist ein glücklicher

Zufall .. oder, wer weiß, gar kein Zufall. Otto, tatsächlich!» Er beugte sich vor, sein Lächeln kam näher – grausam vor Triumph, hassvoll herzlich. «Schau nicht so ängstlich, Junge, ich werd dich bestimmt nicht auffressen.»

«Ich b-bin nicht ä-ängstlich», stotterte Otto.

«Ist ja logisch, tüchtiger Kerl.» Wieder packte Herr A Ottos Fahrradlenker. «Nun komm, du willst doch nicht wieder durchbrennen? Ich darf sicher froh sein, dass es nicht schneit … Hör zu», sagte er mit gedämpfter Stimme. «Du erinnerst dich doch sicher noch daran, wo wir uns das letzte Mal gesehen haben …?»

Otto hielt seinen Lenker auch fest, er umklammerte die Griffe und presste die Lippen zusammen.

«Bei einem Weiher», sagte Herr A.

Ja, dachte Otto, aber das war nicht das erste Mal!

«Mit einem Schwan», fuhr Herr A fort. «Ich muss da wieder hin. Nur weiß ich …» Er schwieg einen Augenblick, keine Spur von Lachen mehr auf dem Gesicht. «Ich weiß nur den Weg nicht genau. Daher freut es mich so, dich zu sehen; du kannst mir den Weg zeigen.»

«Nein», flüsterte Otto. Wissen Sie den Weg nicht?, sagte er im Stillen. Dann sind wir Sie da wirklich los, ich werde nicht erzählen, wie man dahin kommt … Laut sagte er: «Nein. Ich wüsste nicht, wie.»

«Nein?», wiederholte Herr A. «Das ist eine Lü … das ist gelogen. Ich bin dir dort begegnet, im Winter, im Frühling und … Ich wette, dass du öfter da gewesen bist! Und ich … ich bin da eingeladen.»

Eingeladen?, dachte Otto. *Er?* Ob das wahr ist? Blinder Passagier im Raum für … «Ich erzähl nichts», sagte er entschlossen. «Es ist ein Geheimnis.»

«Ist das dein Ernst? Willst du es mir nicht sagen? Und das, wo ich dich …» Herr A sprach nicht weiter.

… gerettet habe, ergänzte Otto schweigend. Er findet bestimmt, dass ich ein Feigling, ein Angsthase bin. Plötzlich reichte ihm das Ganze.

«Wie auch immer», fing Herr A wieder an, «du wirst mich nicht los, du wirst es mir erzählen, jetzt sofort, oder gleich, ich hab Zeit genug. Nein, hab ich nicht, hier nicht. Zeig mir …»

«Finden Sie es mal selber heraus!», fiel ihm Otto ins Wort. «Ich weiß von nichts. Fragen Sie den Ambassadeur.»

«Ambassadeur! Du weißt also alles darüber!» Herr A wurde auch böse, richtig zornig. «Du wirst es mir sagen, Mistkerl, brutaler Rotzbengel du!»

Er hat meinen Lenker losgelassen!, sah Otto. *Abhauen!* Rasend schnell rammte er Herrn A mit seinem Fahrrad, so dass der überrascht ein bisschen zur Seite trat. Er drehte sein Vorderrad wieder gerade, stieg auf und strampelte leicht schaukelnd fort.

Schon bald musste er absteigen, um zu verhindern, dass er fiel. Er blickte über die Schulter, um zu sehen, ob er verfolgt würde.

Nein. Herr A schaute ihm unbeweglich nach.

Otto ging jetzt wieder zu Fuß weiter, so schnell er konnte. Nach einer Weile blickte er sich noch einmal um. Es waren viele Menschen auf der Straße. Herr A war nicht dabei, er war nirgends mehr zu sehen.

Herr Anonym weiß den Weg zur Ambassade nicht, sagte Otto für sich. Für ihn keine Tür. Gut so.

Dennoch bohrte irgendwo in seinem Hinterkopf eine unangenehme Frage weiter. Hätte ich es ihm doch erzählen müssen? Jeder Asylsuchende ist willkommen … Quatsch. Er hat selbst gesagt, dass sich nicht alle Türen ähneln.

«Kein Platter, meiner Meinung nach», sagte Herr Montag. «Das geht ja noch. Dass du etwas zu spät bist, macht gar nichts. Zeit genug.»

Aber keine Zeit, noch etwas über die Ambassade zu sagen oder zu fragen, dachte Otto.

Er stand mit dem Doppelgänger des Januarischen Bibliothekars in dem von Mauern umschlossenen Gärtchen hinter dem Haus, in dem sich der Laden befand. Zwischen ihnen das Fahrrad, das Hinterrad aufgepumpt.

«Luft rausgelassen … Haben deine Plagegeister das getan?», fragte Herr Montag leise.

Otto fühlte, dass er rot wurde. Er hatte niemals jemandem … niemandem erzählt, wie er von anderen Kindern geärgert wurde. Er schämte sich dessen. Aber Herrn Montag gegenüber wagte er es nicht abzustreiten – jetzt schon gar nicht mehr. «Vielleicht», sagte er murmelnd. «Könnte sein.»

Herr Montag sah aus, als wenn er das Gemurmel verstanden hätte. Er runzelte kurz die Stirn und strich sich einmal über seinen kleinen Schnurrbart, aber er blieb glücklicherweise nicht bei dem Thema.

«Kopf hoch, Junge. Stell dein Fahrrad in den Unterstand und komm mit rein. Es ist kalt hier. Du musst noch dein Brot aufessen und danach gehen wir ran an die Arbeit. Samstag kommt Sankt Nikolaus im Land an. Also muss unser Schaufenster passend gestaltet werden, das hast du doch nicht vergessen? Mit bischöflichen Farben – Rot und Violett und Gold.»

Montags Laden war der einzige in der Straße, der noch kein Nikolaus-Schaufenster hatte.

«Nikolaus im Oktober, Weihnachtskugeln noch vor dem 5. Dezember, Ostereier im Januar … sie scheinen heutzutage verrückt geworden zu sein. Wir machen dabei nicht mit, nicht wahr, Simon?», hatte Frau Montag vor ungefähr einer Woche gesagt.

Herr Montag war zutiefst mit ihr einig. «Alles zu seiner Zeit!»

«Wir haben schon das eine und andere bereitgelegt», sagte Frau Montag jetzt. Sie wartete auf Otto in der kleinen Küche, mit einer Tasse Erbsensuppe, die sie für ihn aufgewärmt hatte. Sie hatte wieder ihre bunte Wolljacke an und sah fröhlich aus. «Das eigentliche Einrichten haben wir extra für heute aufgehoben. Nicht nur, weil wir deine Hilfe brauchen; wir rechnen auch mit deinen guten Ideen.»

«Und du kannst als Schiedsrichter fungieren, wenn meine liebe … wenn meine Frau und ich uns nicht einig sind», fügte Herr Montag hinzu. «Es muss die allerschönste, interessanteste Auslage der Straße werden. Beeilung also. Wir können noch über eine halbe Stunde lang kramen, bevor der Laden wieder öffnet.»

«Iss aber deine Suppe in Ruhe auf», sagte seine Frau. «Du hast bestimmt schon eine ganze Menge Ideen, stimmt's?»

«O ja», antwortete Otto, obwohl er in der vergangenen Woche kein einziges Mal ans Nikolaus-Schaufenster gedacht hatte.

Er merkte schon bald, dass tatsächlich nicht über die Ambassade gesprochen werden würde. Er hatte sogar das Gefühl, dass Frau und Herr Montag es *nicht wollten*. Als zwei Uhr vorbei war, musste ein Kunde nach dem andern bedient werden, und immer zwischendurch das Gebastel am Schaufenster. Es wurde ein betriebsamer, hektischer Nachmittag.

Otto dachte überhaupt nicht mehr an die Schule und an seine feindlichen Klassenkameraden. Am Schaufenster bekam er je länger desto mehr Spaß, er vergaß dadurch auch die Existenz eines gewissen Herrn A … bis zu dem Augenblick, als drei der vier Uhren im Laden den Schlag von halb sechs hören ließen. (Die andere Uhr hatte es schon eher getan.)

Er war viele Male nach draußen gegangen, um das Schaufenster kritisch anzusehen, als wenn es ein Gemälde wäre. Endlich war es so, wie er es sich vorstellte, bis auf eine Kleinigkeit. Von innen her verschob er also ein glitzerndes Miniatur-UFO so lange, bis es in dem Tal eines zu welliger Landschaft drapierten Stückes Stoff gelandet war. Er beugte sich vor, um ein knallrotes Spielzeugtelefon herauszunehmen, das nach Ansicht von Frau Montag besser auf dem Ladentisch stehen sollte. Als er sich aufrichtete, sah er auf der andern Seite der Glasscheibe ein paar kleine Kinder, die die Auslage bewunderten und sie sehnsüchtig betrachteten … und plötzlich, hinter ihnen, Herrn A.

Otto wich zurück und schob mit einem Ruck die Gardine zwischen dem Schaufenster und dem Laden zu. – Hat er mich auch gesehen? Er stellte das kleine Telefon auf den Ladentisch.

«Puzzlespiele? Oh, wir haben noch eine ganze Menge mehr», sagte er dankbar zu einem Kunden. «Ich werde noch ein paar holen, um sie Ihnen zu zeigen.»

Die Tür zum Abstellraum führte ganz normal in den Abstellraum. Er hatte die Puzzleschachteln schneller gefunden als ihm lieb war und ging damit zurück in den Ladenraum – er musste wohl. Zu seiner Erleichterung sah er, dass Herr A nicht hereingekommen war.

Die Zeit, die zuerst wie im Fluge vergangen war, verging jetzt quälend langsam. Otto schaute immer wieder heimlich nach draußen. Der anonyme Asylsucher war weggegangen. Oder täuschte er sich? Wer war die lange, reglose Gestalt auf der anderen Straßenseite, undeutlich im Dunkeln, nicht weit entfernt von der Telefonzelle?

Um sieben vor sechs wurde es auf einmal still im Laden. Die

MA
ptt telecom

Uhr, die vorging, schlug fünf Mal, ließ ihr Uhrwerk schnarren und ließ noch einen Schlag hören.

«Ist was, Junge?»

Otto sah in Frau Montags fragendes Gesicht.

«Nichts .. Nur ... *Er* ist wieder da gewesen, Herr A», sagte er leise. «Er stand wieder vor dem Schaufenster. Ich weiß nicht, ob er mich gesehen hat. Er will, dass ich ...» Flüsternd ließ er folgen: « ... dass ich ihm den Weg zur Ambassade zeige.»

«Was will er?», fragte Herr Montag.

«Sss! Darüber reden wir gleich», sagte seine Frau. «Es ist beinahe sechs Uhr, Otto, und es könnte vielleicht neblig werden ...»

«Es ist doch gerade sehr klares Wetter», sagte Herr Montag. «Gleich nachher können wir den Mond aufgehen sehen. Morgen ist er voll.»

«Wenn es friert, wird es vielleicht glatt», fuhr seine Frau fort. «Was ich sagen will, Otto, ist, dass du jetzt sofort nach Hause musst.»

«Ob die Tür zum Abstellraum ...?», sagte Otto fragend.

«Normal auf deinem Fahrrad», unterbrach ihn Frau Montag. «Unbemerkt durch die kleine Pforte hinten im Garten. Und wenn dieser Herr A sich hier wieder zeigen sollte ...»

«Aha, sieht es so aus», sagte ihr Gemahl. «Er wird dir nicht nachkommen, dafür sorgen wir schon, Otto. Und du ... würdest du einmal zusätzlich kommen wollen, morgen? Donnerstagabend – Einkaufsabend.»

«Frag deine Mutter, ob es ihr recht ist», sagte Frau Montag. «Wenn du mit der Tram kommst ...»

« ... dann bringt einer von uns dich mit dem Auto nach Hause», ergänzte Herr Montag. «Lass uns nur kurz wissen, ob du kommst. Wir würden es sehr begrüßen.»

Wie ähnlich er doch dem Bibliothekar ist, dachte Otto. Ob Herr Montag wirklich nicht weiß, dass er einen Doppelgänger hat?

«Ich komm wahnsinnig gern», sagte er, «bis Donnerstag also.»

II

Donnerstagabend war Otto zu Hause, wütend saß er an seinem Schreibtisch. Seine Mutter hatte ihm keine Erlaubnis gegeben, bei Montags zu helfen – «Hausaufgaben und rechtzeitig ins Bett.» Nicht einmal die Neun heute für eine Erdkundearbeit hatte geholfen. Und Frau Montag schien ihr am Telefon überraschenderweise auch noch Recht zu geben! Er konnte Samstag hingehen, aber dann war der Laden immer voll. Wieder keine Möglichkeit zu einem Gespräch über die Ambassade!

Er hatte sich daher nach dem Abendessen murrend in sein Zimmer zurückgezogen. Draußen war es kalt und sehr dunkel, kein Stern zu sehen, geschweige denn der Vollmond. Einen Augenblick lang war er freudig durch ein leises Kratzen an der Tür aufgeschreckt … Nichts als Einbildung, Verlangen … und danach Enttäuschung. Kein Zeichen von der Ambassade auf der anderen Seite.

Christian, wann kommst du nur?, dachte er immer wieder, während er an seinen Hausaufgaben saß. Du hast versprochen, dass du mich holen würdest! Das Galgenkind hatte die Zeit, hatte ihn selbst vielleicht vergessen, erlebte ohne ihn Abenteuer, mit Marsjan im Schnee …

Otto ließ seinen Kopf vornübersinken, bis er auf seinen Büchern und Heften lag. Er hörte unten seine Mutter rufen, aber er gab keine Antwort. Er brauchte keinen Tee, und «Zeit, ins Bett zu gehen» konnte ihm gestohlen bleiben.

Wieder wurde an seiner Tür gekratzt, geatmet, gestreichelt. Otto bewegte sich nicht. Es war doch nicht echt, er hatte das Geräusch selbst gemacht, zufällig, mit seiner Nase auf den Büchern, seinen Fingern auf der Schreibtischplatte.

– Aber nun hör ich es wieder, und nicht an meiner Tür. Weiter weg. Als ob jemand mit den Nägeln auf einer Mauer kratzte … Otto horchte. – Ich weiß, was es ist! Das Geräusch von einem Stück Kreide, das auf der Schultafel knirscht. *Nein.* Es ist jemand auf dem Flur gleich hier nebenan, und eine Tafel ist da auch nicht, und … Welcher Lehrer schreibt da? Erdkunde? Mathematik? Quan-tum me-cha-ni-ca? He, was ist das? TIK TIK TIK, RRR RRR. Er hat seine Kreide fallen lassen, sie rollt über den Holzfußboden.

Keine Kreide! Ein Knopf, der Knopf meiner Pyjamajacke. Den vermiss ich schon lange. Der Raum in …

Otto setzte sich mit einem Ruck auf und rieb sich die Augen.

«Verstehst du mich, Otto?», rief seine Mutter unten an der Treppe.

Otto gähnte und rappelte sich mühsam auf, um die Tür zu seinem eigenen Haus zu öffnen.

«Ja, Mam!», rief er. «Ich bin beinahe fertig. Nur noch meine Mathematik.» Das war gelogen, denn er war inzwischen mit seinen Hausaufgaben fertig – jedenfalls mehr oder weniger.

«Wenn du Tee möchtest, dann komm und hol ihn!», rief Mutter. «Und um halb zehn ins Bett, denk dran!»

Otto gähnte noch einmal. «Okay, Mam!»

Plötzlich war er hellwach. Der Abend war noch nicht vorbei, es konnte noch alles Mögliche passieren. Und dann würde er sich gut ausgerüstet auf den Weg machen. Er nahm seine Taschenlampe, die er schon vorher bereitgelegt hatte, neben dem Januarischen Leuchter-mit-Kerze. Er knipste die Birne einmal an und aus; er hatte eine neue Batterie gekauft, auf dem Weg von der Schule nach Hause. Der Schultag war einigermaßen ungewöhnlich gewesen. Niemand hatte ihn während der Sportstunde oder hinterher geärgert, und er war auch nicht verfolgt worden. Hatte er das Herrn A zu danken? Aber dieser Gedanke störte ihn. – Nun noch schnell meine Windjacke von hier holen, denn es kann sofort-oder-gleich sehr gut wieder *Jaguar* sein …

Zu spät, etwas von außerhalb seines Zimmers zu holen! Wie so oft passierte es, als er nicht damit rechnete … Diesmal brachte ihn seine Tür in einen unbekannten, ziemlich kahlen und schlichten Raum. Das Erste, was ihm auffiel, war eine große, schwarze Schultafel, ganz und gar voll geschrieben und gezeichnet mit … *Kreide!* Habe ich also gerade eben doch etwas gehört? Das bildest du dir ein, das ist unmöglich, sagte sich Otto. Er war schon aus seinem Zimmer und zog die Tür hinter sich zu. Dumm! Das begriff er erst, als er das Klicken des Schlosses hörte. – Nun ja, ich hab in jedem Fall meine Taschenlampe … unsere Taschenlampe, würde Christian sagen. Den Leuchter werde ich später mal …

Otto schaute sich um – keine Sterbensseele. Inzwischen steckte er sich das Flashlight in die Hosentasche: Es war Tag, kein Licht nötig. Er entdeckte jetzt, dass er das Zimmer doch kannte: Das Galgenkind hatte ihm hier seine Lebensgeschichte erzählt. Nur der lange Holztisch war nicht mehr da. Er stand in Xanthippes Küche, ohne Tischtuch, so dass jeder sehen konnte, was alles da eingekerbt war – Buchstaben, Namen, Ausrufe, Galgerei. Die schwarze Tafel (voriges Mal unbeschrieben) war genauso intensiv gebraucht, aber auf eine ganz andere Weise.

Otto lief hin, um die Buchstaben und Zahlen, Streifen und Haken besser sehen zu können. Er begriff nichts davon. Sehr gelehrte Formeln. Höhere Mathematik. Das hat der Professor gemacht!, dachte er.*

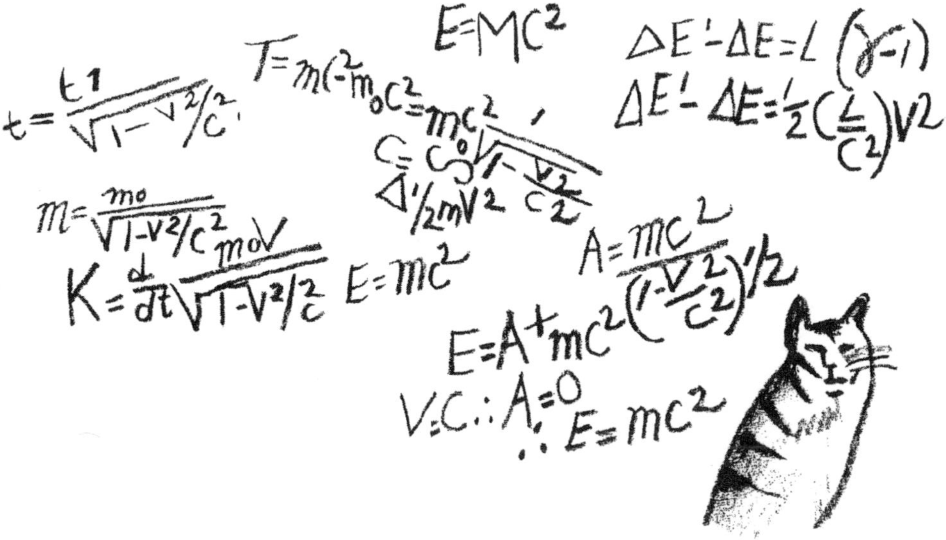

Wieder schaute Otto um sich her. Konnte er nun wirklich Albert Einstein zu sehen bekommen?

In der Wand gegenüber seiner eigenen Tür war noch eine geschlossene Tür zwischen Fenstern, die geöffnet waren. Draußen sah er einen regnerischen Tag und Zweige von kahlen Bäumen. Es war etwas frisch, nicht winterkalt.

* In der Tat! Die Tafel ist inzwischen wieder sauber gewischt, aber dies muss ungefähr darauf gestanden haben. (Sekretär der Januarischen Ambassade)

Ein sehr bekanntes Geräusch versetzte ihm kurz einen Schock. Rrr Rrr Ah! Nichts zum Angstkriegen; es rollte etwas über den Dielenfußboden, genauso, wie er es geträumt oder fantasiert hatte. Es war ein Stück Kreide, das aus dem Schatten unter einem Stuhl auf ihn zugerollt kam und … dahinter erschien eine Katze. So lebendig wie nur was … nicht Schrödingers Kätzchen. Dies war ein kräftiges, gestreiftes Tier, es stieß verspielt an das Stück Kreide, bis dieses von Ottos Schuhen aufgehalten wurde.

Die Katze blieb stehen – vier steife Pfoten, Schwanz hoch –, schaute zu Otto auf, entspannte sich und setzte sich hin. Einen Augenblick später tauchte sie unter einer Hand hindurch, die sie nur allzu gern streicheln wollte. Sie sauste bis direkt vor die Tür bei den Fenstern und miaute.

«Ah, willst du da rein?», flüsterte Otto. «Du musst Tiger sein, Einsteins Katze. Stimmt das? Wo ist dein Herrchen?»

«Mewrr, Mjaauwrr», antwortete die Katze. Sie ließ sich jetzt doch streicheln, vom Kopf bis beinah zum Schwanz.

«Voriges Mal kam ich durch diese Tür, ohne dass ich es wollte, in mein Zimmer zurück», sagte Otto. «Obwohl Christian sagte, dass sie zur Bibliothek führt. Ich geh also nicht …» Er stockte und drehte sich zu seiner eigenen Tür um.

Die sah anders aus, als sie eigentlich sollte: nicht grün sondern braun, genau wie die Tür, an die die Katze jetzt ihre Vorderpfoten gelegt hatte. «Aber die *Innenseite* meiner Tür ist doch sicher dieselbe geblieben», sagte Otto halblaut. «Das will ich jetzt mal wissen! Mein Zimmer kann doch nicht hinter zwei Türen zugleich sein?»

Die Tür, durch die er hereingekommen war, ließ beim Öffnen eine lange gerade Treppe sehen, die steil nach unten führte. Hier bin ich mit dem Galgenkind vom Souterrain nach oben geklettert!, erinnerte er sich. In seinem Kopf erklang ein Echo von Christians Stimme:

da lag im Rot
der Rabe tot
will will still still
ju ju

Oder war es: *du du?* Wie heiße ich?

Er zog die Tür heftig zu und dachte: Wo ist mein Zimmer geblieben? Und mein Name? Von weitem miaute die Katze.

half sich allein
am –

bei einem Galgen. In den Tisch gekratzt, vier Buchstaben … Aber der Tisch ist nicht hier, und … Warte, ich habe meinen Namen bei mir!

Er fühlte unter seinem Pullover, und während er an dem Band um seinen Hals zog, wusste er es; er brauchte den Briefumschlag nicht mehr.

OTTO

Schon das Vorhandensein dieses eines Blattes war offenbar genug. Mit einem Seufzer der Erleichterung öffnete Otto die Tür noch einmal und sah *dieselbe Treppe.* Ja, wie sonst konnte jemand (Einstein zum Beispiel) vom Souterrain (wohin der geheime Kompass gestellt worden war) diesen Ort erreichen? Ein bisschen gruselig war es schon. – Mein Zimmer muss also in der Ambassade sein, hinter der anderen Tür also …

Die Katze hatte sich wieder hingesetzt, ließ ein dringendes Miau hören.

«Suchst du dein Herrchen, Tiger? Ich bin Otto, und wenn du hier reingehst, kommst du in mein Haus. Ich finde das sehr schön, aber …»

Als Otto den Türgriff anfasste, spürte er, dass jemand daran drehte; also ließ er ihn sofort los. Einen Augenblick später stand er dem Galgenkind gegenüber. Die Tür führte diesmal doch in die Bibliothek.

III

«Denk ich, dass ich nur die Katze hereinlasse! Und wen seh ich …», begann Christian.

Die Katze schoss zwischen seinen Beinen hindurch und verschwand.

«Willkommen bei den Büchern», redete das Galgenkind weiter. «Total gut, dass du wieder da bist, Otto ...»

«Ja, Otto!», sagte Otto. «So heiße ich.» Er streckte einen Arm aus und zeigte: «Ich komme von da, und nun ist mein Zimmer weg!»

«Unmöglich.»

«Doch! Spurlos verschwunden. Und ich weiß, wie ich heiße, hörst du!»

«Ich hör dich, guten Tag auch, schön, dich zu sehen ...»

«Entschuldige, guten Tag, grüß dich, Christian, ich finde es natürlich auch schön. Nur ... wenn ich zurückwill, WO ist dann mein ...»

«Willst du zurück?», unterbrach ihn das Galgenkind. «Kann sofort geschehen, Blödmann! Raum der Mitte, von dem alles ausgeht, Halle, Wendeltreppe, Turmzimmer.»

«Denkst du?»

«Ich weiß es. Soll ich dir etwa den Weg zeigen, Doofkopp? Wenn dein Name da ist, ist dein Zimmer auch da. Ich hatte vor, dich zu holen, aber wenn du jetzt schon zurückwillst, all right, okay, bestens, dann werde ...»

«Bist du verrückt, ich will überhaupt nicht zurück, mächtig schön, hier wieder zu sein.» Otto war beruhigt. «Es ist aber auch komisch, mit all diesen Türen hier überall.» Er ging mit Christian in die Bibliothek, guckte, wo die Katze geblieben war. «Die Katze eben, war das Tiger?»

«Ja. Einsteins Kater», antwortete Christian. «Tiermäßigfettes Jagdgelände hier für Katzen. Nützlich. Sonst würden zu viele Mäuse an unseren Büchern knabbern und von den Papieren fressen. Aber ich denke, dass Tiger jetzt hinter dem Professor her ist.»

«EINSTEIN! Wo ist er?»

«Gerade eben noch in der Bibliothek. Weggegangen mit einem Stapel Büchern.»

«Ach! Schade. Ich wäre ihm gern ...»

«Der Professor ist hier sozusagen Kind im Haus; du wirst ihm bestimmt einmal begegnen.»

«Und Schrödingers Katze?», fragte Otto.

«Psst! Wenn du den Mund hältst und schleichst, werde ich dir was zeigen», sagte das Galgenkind geheimnisvoll. «Lauf diesen

Globus nicht über'n Haufen … Beeil dich, vielleicht ist sie noch nicht abgehauen.»

Otto folgte seinem Freund bis nahe an eine der Ruheinseln innerhalb der gewaltigen Bibliothek: ein großer Ledersessel unter einer Leselampe. In dem Sessel ein gold und schwarz gestreiftes Kissen. Auf dem Kissen lag ein weißes Kätzchen …

Otto wollte zu ihr hinschleichen, aber Christian hielt ihn zurück. «Schrödingers Katze darf nicht gestört werden», sagte er Otto ins Ohr, «und wer es doch tut, ist ein Hundsfott. Liegt er-oder-sie-oder-es da nicht kätzchenmäßiggut?»

Sie waren beide eine Weile still und schauten auf das unbewegliche Tier, das bestimmt schlief oder …

Nicht ganz weiß, sah Otto, es ist etwas Schwarz an der Spitze eines Ohrs …

«Wird er … wird er-oder-sie-oder-es jemals wach?», flüsterte er.

«Nicht oft, wenn jemand dabei ist, obwohl es manchmal schon passiert ist. Wenigstens, wenn er-oder-sie-oder-es wirklich schläft.»

Das Galgenkind gab Otto einen Schubs. «Weitergehen!» Er lachte leise. «Es kann sogar passieren, sagt man, dass er-oder-sie-oder-es zu dir kommt, um gestreichelt zu werden.»

«Wirklich wahr?»

«Ja. Aber nie, wenn du darauf wartest.»

«Wann denn?»

«Ssst. Das weiß nur die Zeit.»

«Ach du, mit deiner Zeit …» Otto schaute wieder zur Katze … Nein! Er schaute auf ein gold und schwarzes Kissen. «Sie ist nicht mehr da!»

«Nagel auf den Kopf getroffen. Spurlos verschwunden. Zu laut geredet oder zu leise geflüstert», sagte Christian. «Zuerst lag sie auf der Bank beim Bibliothekstisch, aber wir haben zu viel Lärm gemacht. Das hat Herr Simak wenigstens gesagt. Stimmt überhaupt nicht, denn in der Küche bleibt er-sie-es oft in dem schrecklichsten Radau ruhig liegen. Schrödingers Katze darf tun, was sie will …»

Und also einfach weg, Scheißkatze, sagte Otto zu sich, auch wenn er es nicht wirklich dachte. Und sie-oder-er-oder-es ist nicht Wittchen. Wittchen ist wirklich weg … Daran zu denken, tat ganz innen immer noch weh.

«He, Doofkopp, du hörst nicht, komm mit», sagte Christian. «Die Ausleihe ist geöffnet, also ist natürlich der Sekretär da, mit einem Formular für dich. Er muss einfach da sein, weil der Bibliothekar auch da ist, das verstehst du.»

«Kannst du das Alphabet?», fragte Otto, als sie weiter durch den Irrgarten von Bücherregalen gingen.

«Durch und durch, von oben bis unten», antwortete Christian. «Ich weiß nur nicht, ob ich es gut kann; Marsjan muss mich noch abhören. Merk dir, dass du dabei sein musst, Otto! Der Bibliothekar bringt mir das Buchstabieren bei, und der Sekretär unterrichtet mich im Schreiben. Und der Schwan schwimmt noch immer auf unserem Weiher ... Sss», unterbrach er sich selbst. «Clara ist auch hier. Nicht vom Weiher reden, wenn sie dabei ist.»

«Und wovon außerdem nicht?», fragte Otto flüsternd. «Von Elise? Und wie ist es mit unserem Geheimnis? Mann, darüber muss ich dir noch was erzählen ...»

«Haben wir ein GEHEIMNIS?», sagte das Galgenkind mit Betonung. «Hier ist Otto!», rief er, dass es durch die Bibliothek schallte. «Hab ich es nicht gesagt, Herr Simak, dass er unterwegs sei?»

Der Bibliothekar saß an seinem Tisch, der unter einem Haufen Papieren nahezu verschwunden war. Claartje stand mit einer ganzen Menge Büchern bei ihm.

Otto wurde aufs Freundlichste begrüßt, auch von Claartje. Schwer, sich vorzustellen, dass das Mädchen böse gewesen war und Streit angefangen ... und geweint hatte.

«Ein schöner Tag», sagte der Bibliothekar. «Herbstlich draußen, Blätter fallen ...»

«Welcher Tag?», fragte Otto.

«Auf dem Kalender hier: ein Donnerstag», antwortete der Bibliothekar. «Der einundzwanzigste Nordpolbär.»

«Ah! Bei mir auch», sagte Otto. «Nur ist es da schon Abend. Und wir nennen es November.»

«November», wiederholte Claartje. Sie nickte Otto beifällig zu.

«Wer sind *wir*?», sagte das Galgenkind. «Hier haben wir den elften Monat meines Kalenders. Und einen donnerfetten Tag der Woche.»

«Auch einen MONDtag», sagte Claartje. «Es ist Vollmond heute Abend, Christian.»

«Das siehst du nur, wenn die Wolken sich verziehen, Clara Mondschein.»

«Es ist noch nicht Abend, und wie auch immer, ein schöner Tag zum Lesen», sprach der Bibliothekar. «Um Bücher auszuleihen also.»

Das Galgenkind setzte sich auf den Tisch. «An einem Tag wie heute, sagte mein Opa, weinen die Mädchen und sitzen die Jungen mit den Händen im Haar.»

«Red nicht so dumm», sagte Claartje. «Komm lieber vom Tisch runter, bevor du ...»

« ... etwas umwirfst», sagte der Bibliothekar.

Das Galgenkind blieb sitzen, wo es saß. «Nordpolbär unter dem Zeichen Skorpion. An einem Tag wie heute benehmen sich die Jungen tierischtoll und die Mädchen ziehen dir das Blut unter den Nägeln heraus. Wartet nur.»

«Sei doch still, Christian», sagte der Bibliothekar. «Lass mich erst mit deinem Freund reden. Ich habe ein Formular für dich, Otto. Vom Sekretär des Ambassadeurs vorbereitet.»

Das Galgenkind grinste Otto verschwörerisch an. «Herr Simak», sagte er dann, «der Sekretär ... Pardon, Entschuldigung, Sorry, der *Bibliothekar* sollte mir ein Buch aussuchen.»

«Hier liegt ein Stapel Comics.» Claartje ging zu Christian. «Ist nicht eins nach deinem Geschmack dabei?»

«Ich hab alle Bilder angeguckt ...»

«Einen Augenblick Geduld, Christian. Bitte, Otto, hier ist es», sprach der Bibliothekar. «Lies es und setz deine Unterschrift darunter. Dann bekommst du von mir eine Leihkarte.»

Otto nahm das Formular und sah es erstaunt an. Die Buchstaben waren scharf und deutlich gedruckt, aber ... unleserlich.

«Und was kriege ich?», fragte das Galgenkind. «Eine Leihkarte habe ich längst, und ich will … Du guckst so komisch, Otto. Du kannst doch bestimmt alles lesen?»

«Ja, natürlich», sagte Otto.

«Dann lies mal vor, Alphabet!»

Claartje kicherte. «Schwierig, was?»

Plötzlich sah Otto es. «Nicht schwierig. Einfach Spiegelschrift. Weiter nichts.»

«Weiter nichts, Junge? Es sind keine Spiegel in der Bibliothek.»

«Und darüber lachst du, Clara Mondschein. Natürlich», sagte das Galgenkind. «Wie nett und lieb du doch bist! Lies vor, Otto.»

«Es fängt mit, eh, warte, von rechts nach links lesen», sagte Otto. «Ein H, dann ein I … (Es sind Gott sei Dank große Buchstaben.) Und ein E, ein R … M … HIERMIT!»

«Gut so! Du hast unsere Schläue durchschaut», sagte Herr Simak. «Du brauchst nicht weiterzulesen. Setz deinen Namen drunter.»

«Entschuldigung, Pardon, nein», sagte Otto. «Nein.»

«Einfach auf diese punktierte Linie …»

«Nein», sagte Otto noch einmal. «Das geht nicht. Erst muss ich lesen, was da steht.»

«Was für ein Aufwand», begann Claartje.

«Ssst! Warum, Otto?», fragte der Bibliothekar.

«Man darf nie seine Unterschrift unter etwas setzen, was man nicht gelesen hat.»

Claartje schnaubte verächtlich, aber der Bibliothekar sagte: «Ausgezeichnet. Vernünftig. Wer hat dich das gelehrt? Dein Vater?»

«Meine Mutter.»

«Behalte das Dokument nur bei dir», sagte Herr Simak, «und gib es dem Sekretär oder der Sekretärin, wenn du es gelesen – und, falls gewünscht – mit deinem Namen bestätigt hast.»

Otto stopfte das Papier unter seinen Pullover. Nachher werde ich es in meinen Briefumschlag tun, nahm er sich vor.

«Es hat keine Eile», fügte der Bibliothekar hinzu. «Und eine Leihkarte bekommst du trotzdem, jetzt gleich. Bücher jede Menge.»

«Und ich?», sagte Christian. «Ich war zuerst hier, und jetzt hab ich immer noch kein Buch.»

«Du hast sehr wohl eins, sogar eins unserer schönsten Exemplare», sprach der Bibliothekar.

«Oh, das! Aber das darf ich nicht mit nach Haus nehmen.»

Das ABC-Buch!, dachte Otto. «Nach Hause?», sagte er. «Du wohnst doch hier!»

«Nicht nur in der Bibliothek!» Christian schaute den Bibliothekar vorwurfsvoll an. «Das ABC-Buch muss hier bleiben …»

«In der Tat, so wünscht es der Ambassadeur. Auch wenn du es doch ..»

«Nur ganz kurz, das wissen Sie, Herr Simak», fiel Christian dem Bibliothekar ins Wort. «Weil, weil …»

Claartje redete schnell mitten hinein: «Wir dürfen doch so viele Bücher ausleihen, wie wir wollen.»

«*Lesen* so viel ihr wollt, nicht ausleihen», sagte der Bibliothekar. «Einige Bücher sollten besser nicht ausgeliehen werden.»

«Und die sollten besser in einen Extraschrank», sagte Claartje. «Abgeschlossen. Und so, dass niemand sie sehen kann.»

«Sie stehen ja in einem Extraschrank, Prinzesschen», sprach der Bibliothekar. «Und abgeschlossen? Ja! Aber ach, die Schlüssel hier haben die Neigung zu verschwinden, sogar wenn ich sie Janus zur Aufbewahrung gebe.»

Claartje errötete flüchtig. «Die Türen in den Eingängen müssen immer aufgemacht werden können. Ich habe nur ein einziges Mal den großen Schlüssel ausgeliehen. Und danach hat jemand anders ihn mitgehen lassen.»

«Nicht mitgehen lassen, ausgeliehen, genau wie du!», sagte Christian giftig. «Marsjan brauchte ihn. Kann er etwas dafür, dass er verloren gegangen ist?»

Verloren?, dachte Otto. Der Schlüssel, den ich in Marsjans Stiefel …

«Und ich», redete das Galgenkind weiter, «will ein Buch ausleihen, um es mitzunehmen, wohin ich will.»

Claartje sagte mit einem Lächeln in Ottos Richtung: «Ein Buch, um es mitzunehmen. Sicher nicht, um es zu lesen!»

Christian sah sie wütend an. «Auch um es zu lesen, hinterhältiger Turmkäfer.»

Claartje wich gerade noch dem Tritt seines schlenkernden Fußes aus.

«He, Clara, Christian, lasst das …», begann Otto.

Er brach ab, denn aus einer dunklen Ecke der Bibliothek sprach langsam und laut eine Stimme – unerwartet und widerwärtig bekannt:

«Ich dachte, dass hier irgendwo ein Schild: STILLE SVP hinge!»

IV

Aus einem der gewaltigen Ledersessel mit hohen Rückenlehnen hatte sich jemand erhoben. Da stand er: lang, mager, bleich, aber noch immer beeindruckend. Herr A. Otto verstummte und starrte ihn an. – Er hat den Weg doch gefunden, wie kommt er hierher? Wie?

Er versuchte, seinen Schreck und seine Überraschung zu verbergen, denn die anderen schienen nicht im Geringsten überrascht zu sein.

«Aha! Entschuldigung, dass ich Sie nicht eher bemerkt habe», sagte der Bibliothekar liebenswürdig. «Es ist mir ein Vergnügen, Sie wieder zu sehen.»

Sie kennen einander schon länger, dachte Otto. Ist Herr A auch Mitglied in dieser Bibliothek? Dann muss er gesehen haben, dass der Bibliothekar das Ebenbild von Herrn Montag ist … oder umgekehrt. Hätte ich neulich hinterm Laden doch sofort an der Tür gehorcht …

«Kinder», sagte der Bibliothekar, «wo hängt dieses Schild doch gleich?»

«Da», zeigte Claartje. «Neben der Uhr.»

Sie warf dem Eindringling ein liebes Lächeln zu, bevor sie dorthin lief. Christian und der Bibliothekar folgten ihr.

Was sieht sie bloß in dem Kerl?, dachte Otto böse.

«BELIEBEN», las Herr Simak, als er sich nach dem altmodischen, kaum noch lesbaren Schild herabbeugte. «Wo ist meine Brille …»

«ST-IL-LE ZU W-WAH-RE-N», fügte das Galgenkind langsam buchstabierend hinzu. Auch er schien es selbstverständlich zu finden, dass Herr A hier war.

Der blinde Passagier im Raum für Reisende. Christian sollte mir von ihm erzählen, dachte Otto. Aber ich weiß immer noch nichts.

«Nicht SVP», sagte das Galgenkind, «sondern ‹Belieben, Stille zu wahren›. Was bedeutet das?»

«Weißt du das nicht?», sagte Otto. «Das ist eine alte Form und heißt …»

«Es könnte auch SVP dort stehen, mein junger Donnerstein. Das bedeutet nämlich genau dasselbe.» Er schenkte dem Galgenkind ein warmes Lächeln, das offensichtlich ehrlich gemeint war.

Die beiden kennen sich nicht nur … sie scheinen auch befreundet zu sein!, dachte Otto beunruhigt. «SVP ist französisch», sagte er laut, «und steht für S'il Vous Plaît.»

Herr A heftete seinen Blick auf ihn, mit einem Ausdruck, als hätten sie sich noch nie gesehen. – Der Heuchler.

«Du bist wohl ein besonders schlauer Schüler», sagte er. Sein Lächeln war nicht mehr freundlich, sondern höhnisch.

«Ob es nun deutsch ist oder holländisch oder französisch oder türkisch oder spanisch», sprach der Bibliothekar. «Oder lateinisch oder griechisch oder marsianisch …»

«Oder Januarisch», sagte Claartje.

«Es steht dort ‹BELIEBEN STILLE ZU WAHREN›», fuhr Herr Simak fort. «Ich bitte zu beachten: Vous Plaît, BELIEBEN.»

«Mit 'nem B», sagte das Galgenkind. «Das B von Bibliothekar.»

«Aha, so», sagte Herr A. «Und das S? Steht das für Stille oder für Simak? Für beide, nehme ich an.» Er schwieg einen Augenblick. «Dann will ich mal Stille wahren.»

«Ein solches Schild hängt offenbar in jeder Bibliothek», sagte der Bibliothekar. «Darum fanden wir, dass sich hier auch eins befinden sollte. … Aber es braucht nur still zu sein, wenn es mir oder Ihnen BELIEBT. Und manchmal beliebt es uns nicht.»

Der ist gut!, dachte Otto. Nun zieh mal Leine, Herr Anonym.

Herr A blieb ungerührt stehen.

«Oh, gut gut, so steht es also», sagte er. Er tippte mit dem Stift, den er in der Hand hielt, gegen seine Zähne. «Von mir aus. Bestens, mit 'nem B. Nur … wie werden Sie den Menschen gerecht, die hierher kommen, um … nennen wir es mal … um zu studieren?»

«Das geht auch, junger Mann», sagte der Bibliothekar vergnügt. «Zu manchen Zeiten wird hier durchaus die Stille respektiert.»

«Aha!», sagte Herr A grinsend. «Zweifellos zu festen Zeiten, Herr Bibliothekar?»

«Alle Zeiten, die Sie sich nur wünschen können», sagte Herr Simak unbeirrt.

«Ich danke Ihnen», sagte Herr A. Er machte eine Gebärde zur Uhr ohne Zeiger. «Sehr erhellend. STILLE S.V.P. Die Zeit wird mich lehren, wann.»

Er machte eine leichte Verbeugung – «Guten Abend zusammen» –, drehte sich um und schritt davon.

Den sind wir glücklich los, dachte Otto.

Er merkte, dass der Bibliothekar ihn anblickte, halb fragend, halb begreifend, genau wie Herr Montag manchmal blicken konnte.

«*Die Zeit wird es lehren!* Das erinnert mich an etwas», sagte der Bibliothekar plötzlich. «Christian, ich hab hier ein sehr schönes Buch für dich. Ein dünnes Büchlein zwar, aber doch …»

«Ich halte nichts von dicken Büchern», sagte das Galgenkind. Er schaute Otto von der Seite an und blinzelte unerwartet. «Wenigstens von *allen* dicken Büchern nicht. Finden Sie es nicht entzückenddufte, Herr Simak, dass Clara das ABC-Buch für mich zurückgebracht hat?»

Claartje streckte ihm die Zunge raus, hinter dem Rücken des Bibliothekars, der ein dünnes Buch aus dem Schrank neben der Standuhr nahm. Es schien eher ein Heft als ein Buch zu sein, grau, mit weißem Etikett.

Herr Simak schob sich die Brille vor die Augen und las, was darauf stand: «*Das Geheimnis des Uhrmachers. Oder: Die Zeit wird es lehren.*»

Otto erschrak.

«Welcher Uhrmacher?», fragte das Galgenkind.

«Das steht nicht dabei», antwortete der Bibliothekar.

«Das Geheimnis des Uhrmachers?», sagte Otto. «Ich kenn die Geschichte! Wie heißt das Buch? *Auf der anderen Seite der Tür?*»

«Nein, Schafskopf! Herr Simak hat doch gerade gesagt, wie es heißt», sagte Claartje schnippisch.

«Ich hab … ich hatte ein Buch», sagte Otto leicht atemlos, «mit *Das Geheimnis des Uhrmachers* darin, aber es sind Seiten herausgerissen und der Titel ist weg.»

Er stockte einen Augenblick, weil Christian sich plötzlich ganz dicht neben ihn gestellt hatte.

«Ein altes Buch», fuhr er dann fort. «Ich hab es schon ewig. Selbst gekauft. Es standen zwölf Geschichten darin. Dies war die zweite.»

«Hierin steht nur eine Geschichte», sagte der Bibliothekar. «Eine kleine Geschichte, richtig betrachtet zu kurz für zwei Titel. Und eigentlich ist es kein Buch, sondern ein Manuskript.»

«Manuskript?», wiederholte das Galgenkind.

«Das ist eine Handschrift», sagte Otto.

«Red doch nicht immer, bevor du dran bist», sagte Claartje. «Christian hat dich nichts gefragt.»

«Tu nicht so lehrerhaft, Ka!», sagte Otto empört. «Wir sind hier nicht in der Schule. Kennst du die Geschichte etwa schon?»

«Still, S.V.P.», sagte der Bibliothekar. Er ging zu seinem Tisch zurück, setzte sich hin und legte das Heft vor sich auf den Tisch. Otto und Christian waren im Handumdrehen neben seinem Stuhl. Claartje folgte ihnen langsamer.

«Darf ich … dürfen wir es ansehen?», flüsterte Otto gespannt.

Christian kniff ihn leicht in den Arm. «Erst ich. Ich leih es aus.»

Das Geheimnis des Uhrmachers
oder:
Die Zeit wird es lehren

«Alle auf einmal ist auch möglich», sagte der Bibliothekar. Er schlug das Heft langsam auf.

Noch einmal die beiden Titel, kein Autorenname. Dann die erste Seite der Geschichte selbst.

Die Zeit ist ein wunderliches Ding, sagte der Uhrmacher. Man kann sie durch große und kleine Zeiger anzeigen lassen – Stunden, Minuten und Sekunden. Heutzutage

Otto schnappte nun wirklich einen Augenblick nach Luft. «Dasselbe. Es fängt genauso an wie die Geschichte in meinem Buch!»

«Hör doch mal auf von deinem Buch», sagte Claartje. «Wir sehen uns jetzt dieses an.»

«Nagel auf den Kopf getroffen, Clara-Schätzchen», sagte das Galgenkind. «Was für Scheißbuchstaben.»

«Schreibschrift», sagte Otto. «Die kannst du doch nicht lesen.»

«Ich kann wohl lesen!» Christian kniff Otto wieder, diesmal gemein und bösartig. «Sag das nie wieder, Galgenaas.»

«Still, S.V.P», befahl der Bibliothekar. «Bei näherem Nachdenken leihe ich dies Manuskript nicht aus. Weil es ein Heft ist und kein Buch.»

«Hab ich's mir doch gedacht.» Claartje lachte leise. «Prima.»

«Still», sagte der Bibliothekar noch einmal. «Aber ich will es vorlesen.»

«Bitte», flüsterte Otto.

«Aber du, Otto», sagte der Bibliothekar. «Du kennst es doch schon?»

«Ja ... eh, ich glaub es wenigstens. Deshalb gerade.»

«Fandest du es denn so spannend?», fragte der Bibliothekar.

Otto überlegte, welche Antwort von ihm erwartet wurde – Na ja, das nicht gerade –, aber der Bibliothekar sprach schon weiter.

«Ich hab es selbst geschrieben, weißt du!»

Er heißt Simak, huschte es Otto durch den Kopf. Das ist der Name eines Autors, hat er erzählt. Herr Montag schreibt keine Geschichten. ... Er sagte: «Es fing sehr spannend an, aber ...»

«Sag es ehrlich, Junge!»

«Das Ende ist ... es war anders», antwortete Otto. «Ganz anders, als ich erwartet hatte.»

«Das Ende konnte nicht anders sein, als es ist. Diese Geschichte ist wirklich passiert.»

«Wirklich wahr?», fragte Claartje.

«Wirklich passiert?», fragte Otto. *Genau wie die Geschichte von Elise.* «Wissen Sie denn auch etwas von ...» Er brach ab und wurde rot, als ihn ein drohend warnender Blick von Christian traf.

«Diese Geschichte ist tatsächlich einmal publiziert worden», sagte der Bibliothekar.

«Wie das?», fragte das Galgenkind.

«Ich meine gedruckt, Christian. In einem richtigen Buch, mit einigen anderen Geschichten von verschiedenen Autoren.»

«Auch Autorinnen?», fragte Claartje.

Otto dachte wieder an Elise. «Wie hieß das richtige Buch, Herr Simak? Ich meine, als es gedruckt war?»

«Wie es hieß? Das weiß ich nicht», antwortete der Bibliothekar. «Ich weiß es wirklich nicht mehr. Soll ich euch diese Geschichte nun vorlesen, ja oder nein?»

«Ja, natürlich. Gern», sagten Otto und das Galgenkind.

Claartje schien zu zögern; sie nickte nur nachdenklich.

Herr Simak blinzelte Otto zu, als ob er sagen wollte: Wir sprechen uns gelegentlich noch mal. Laut sagte er: «Dreht dann bitte jemand das Schild mit STILLE S.V.P. um?»

Er setzte seine Brille auf und begann zu lesen: «Kapitel eins.»

«Es hat doch keine Kapitel?», sagte Otto. «In meinem Buch ...»

«Sei doch still, Trottel!», unterbrach ihn das Galgenkind böse.

«In meinem Manuskript ja», sagte der Bibliothekar. «Das macht es übersichtlicher. Hört zu.»*

DAS GEHEIMNIS DES UHRMACHERS

«Die Zeit ist ein wunderliches Ding», sagte der Uhrmacher. «Man kann sie durch große und kleine Zeiger anzeigen lassen – Stunden, Minuten und Sekunden. Heutzutage auch ohne Zeiger, digital, was vielleicht einmal ungeahnte, unerwartete und vielleicht auch unangenehme Folgen haben könnte. O ja.» Er schwieg einen Augenblick. Er war ein altmodischer Uhrmacher, der noch dazu fähig war, uralte Wecker, von Urgroßvätern geerbte Taschenuhren und antike Uhrwerke zu reparieren. «Räderwerk oder Quarz», sagte er. «Analog oder digital ... die Zeit selbst fängst du nicht ein. Die bleibt nicht stehen, wie diese Uhr, an der ich gerade arbeite. Die Zeit geht, wie man sagt, vorbei. Zukunft wird Gegenwart, Gegenwart wird Vergangenheit ...»

Der Student nickte. Auch er dachte, genau wie der Uhrmacher, oft über die Zeit nach, besonders über die Zeit, die vorbei ist: die Vergangenheit. Er studierte an der Universität Geschichte. Im Haus des Uhrmachers hatte er ein Zimmer gemietet, und er kam gern zu ihm in die Werkstatt. Dort plauderten sie, oder sie wälzten tiefsinnig Probleme, umgeben von verschiedenerlei Uhren.

Friesische Wanduhren, Stühlchenuhren und Kuckucksuhren schauten von den Wänden auf sie herab. Pendeluhren, Wecker und Westminsteruhren tickten ihnen von den Tischen aus zu, und Armbanduhren schielten aus den Vitrinen zu ihnen herüber. Nur die merkwürdige, hypermoderne Uhr in einer Ecke der Werkstatt hielt sich ganz zurück. Sie hatte kein Zifferblatt oder Display und machte keinerlei Geräusch. Der Student hatte diese Uhr zuerst für einen großen *Eisschrank* gehalten. Der Uhrmacher hatte ihm jedoch erzählt, dass es durchaus eine Uhr war – eine Uhr, die er selbst entworfen hatte, nicht mehr und nicht weniger als die *Ende-und-Ziel-Aller-Uhren*-Uhr.

«Jeden Tag bin ich kürzer oder länger damit beschäftigt», sagte er. «Vielleicht wird sie nie fertig; ich bastle sie zu meinem Vergnügen, zum Zeitvertreib ... Verrückter Ausdruck», fuhr er fort. «Zeitvertreib! Die Zeit braucht nicht vertrieben zu werden, die geht von selbst vorbei. Aber gut, lass es mich so ausdrücken, dass ich diese eine Uhr mache, um meine freie Zeit angenehm zu verbringen. Ich muss natürlich auch Zeit darauf verwenden, mein Brot zu verdienen.»

«Nutze die Zeit, solange es Tag ist», murmelte der Student.

«Alles zu seiner Zeit», sagte der Uhrmacher. Er zog den Wecker auf, den er repariert hatte, und ließ ihn ablaufen. «In Ordnung», sprach er. «Mein Tagwerk ist getan.»

«Und ich muss wieder an die Arbeit», sagte der Student seufzend. «Die Diplomarbeit fertig schreiben, die ich diese Woche abliefern muss. Und noch eine ganze Menge mehr. In vierzehn Tagen habe ich eine Zwischenprüfung.»

«Du trinkst aber doch noch eine Tasse Kaffee mit mir?», sagte der Uhrmacher. «Warum guckst du so finster. Ist die Zwischenprüfung so schwierig?»

«Sie ist wichtig», sagte der Student. «Sehr umfassend. Schrecklich ...» Er verstummte, weil alle Uhren, die schlagen konnten, die Sechs-Uhr-Zeit schlugen. «Ich wollte», sagte er, «dass keine Tests und keine Examen erfunden worden wären. Eine Tasse Kaffee? Gern.»

«Warum studiert man eigentlich Geschichte?», fragte der Uhrmacher, als er den Kaffee eingeschenkt hatte.

«Darauf sind viele Antworten möglich. Von dem, was in der Vergangenheit geschehen ist, kann man in der Gegenwart lernen ...», begann der Student.

«Und die Zukunft?», sagte der Uhrmacher. «Von dem, was in der Zukunft geschehen wird, kann man auch etwas in der Gegenwart lernen. Oder nicht?»

Der Student lachte. «Die Zukunft ist ein Buch mit sieben Siegeln.»

«Wer behauptet das?», fragte der Uhrmacher, und er warf einen Blick auf den Schrank in einer Ecke seiner Werkstatt – den Schrank ohne Zeiger oder andere Zeitangaben, der dennoch eine Uhr war. «Ich glaube, dass es nützlicher ist, die Zukunft zu studieren als die Vergangenheit. Ich will euch Historiker nicht kritisieren, aber was in den Geschichtsbüchern steht, ist vergangen und jedem bekannt.»

«Bei weitem nicht bekannt!», erwiderte der Student. «Wer Geschichte studiert, versucht zu erfahren, was hinter den Schleiern der Zeit verborgen liegt.»

Der Uhrmacher erhob sich. «Richtig!», sagte er. «Die Schleier der Zeit! Die verbergen Vergangenheit und Zukunft. Ich will die Schleier der Zeit lüften und sehen, was dahinter ist ... was das betrifft, sind Vergangenheit und Zukunft dasselbe.» Er schaute sich um. «Vielleicht kommt es durch all diese Uhren», fuhr er fort, «dass ich meine Zeit am liebsten damit verbringe, die Zeit zu studieren. Auf wissenschaftliche, mathematische Weise. Begreifst du, was ich meine?»

«Einstein und so? Die Relativität der Zeit? Schwierig», murmelte der Student.

«Auf einer normalen Uhr kannst du nur sehen, wie spät es ist», sagte der Uhrmacher. «Die einzig wahre Uhr, das Ende und Ziel aller Uhren, ist die Uhr, die die Zeit selbst gefangen hält. Mit einer solchen Uhr würdest du an jeden Zeitpunkt gelangen können, wo du sein willst, ob er nun in der Zukunft oder in der Vergangenheit liegt.»

Der Student starrte ihn an. «Wie bitte?», fragte er.

«Ich spreche von einer Uhr, mit der man durch die Zeit reisen kann», sagte der Uhrmacher. «Findest du das wieder so merkwürdig? Man ist zum Mond gereist und zurückgekommen. Wir haben Raumsonden losgeschickt, die uns Jupiter, Saturn und Uranus gezeigt haben und die sogar unser Sonnensystem verlassen werden. Über Reisepläne zum Planeten Mars wundert sich heutzutage niemand mehr. Warum sollte man dann nicht etwas erschaffen können, womit man durch die Zeit reist?»

«Eine Zeitmaschine!», sagte der Student. «Ich habe schon mehr als einmal darüber gelesen. Aber nur in Sciencefiction-Büchern. Lauter Fantasie.»

«Keineswegs», sagte der Uhrmacher. «Wirklichkeit. Möglichkeit. Ich arbeite daran, und mein Objekt steht dort.» Er zeigte auf das weiße Ungetüm in einer Ecke seiner Werkstatt.

«Das kann doch nicht wahr sein!», rief der Student, während er aufsprang. «Ist das eine *Zeitmaschine*? Und funktioniert sie wirklich?»

«Ich nenne sie eine *Uhr*», sagte der Uhrmacher. «Und ob sie funktioniert … die Zeit wird es lehren.»

Der Student ging zu der Uhr und betrachtete sie mit zweifelndem Gesicht. «Sie sieht aus wie ein großer Schrank, mehr nicht», sagte er.

«Du darfst sie gern genauer ansehen», sagte der Uhrmacher. Er machte die Tür des Schranks auf, und da blieb der Student staunend stehen.

Das Innere des Schranks war durchaus nicht weiß und kahl. Die Wände waren voll glitzernder Zifferblätter, mit silberglänzenden Stunden-, Minuten- und Sekundenzeigern und noch mehr Zeigern, mit kleinen Bildschirmen und Display-Paneelen, mit schwarzen, weißen, grünen und roten Knöpfen und ebensolchen Tasten, mit Zahnrädern und Rädchen, mit dünnen Metalldrähten, Spiralfedern und Lämpchen. An der Innenseite der Tür war eine große Tastatur angebracht, mit Zahlen und Buchstaben, und unten auf dem Boden des Schranks stand eine niedrige Sitzbank.

«Nun, was sagst du dazu?», sagte der Uhrmacher stolz.

«Es sieht hinreißend aus», sprach der Student.

«Ich werde dir nicht erklären, wie es alles funktioniert», sagte der Uhrmacher. «Es ist zum größten Teil höhere Mathematik, du würdest es doch nicht verstehen. Wenn die Uhr fertig ist, kannst du dich auf diese Bank setzen; du musst dann die Tür zumachen und auf der Tastatur den Zeitpunkt bestimmen, zu dem du reisen möchtest …»

«Zum Beispiel den 1. Januar des Jahres 1000?», sagte der Student. «Oder 1492 oder 1789 oder 1905 oder den 6. August 1945?»[23]

V

«Das sind ein paar bedeutende Jahreszahlen», unterbrach der Bibliothekar seine Geschichte. «Wer weiß, was 1492 geschehen ist?»

«Das kann uns doch egal sein», sagte Christian. «Jetzt ist Vorlesezeit. Machen Sie weiter ...»

«1492. Kolumbus entdeckt Amerika», sagte Otto. «Logisch, dass ein Geschichtsstudent das weiß.»

«Und du auch, ein kluges Köpfchen hast du doch! Aber weißt du, wann der Mars entdeckt wurde?», fragte das Galgenkind. «Oder umgekehrt: Wann hat Marsjan die Erde entdeckt? Und wann ist ihm hier Asyl gewährt worden?»

Otto starrte ihn an. «Asyl? Hat Marsjan hier ASYL?»

«Das muss um 1965 herum gewesen sein», überlegte Herr Simak. «Terranisch-Westliche Zeitrechnung natürlich. Es gibt verschiedene Zeitrechnungen hier auf der Erde; die Japaner zum Beispiel ...»

Otto ließ ihn nicht ausreden. «Hat Marsjan hier Asyl?», wiederholte er.

«Ist doch klar», antwortete Claartje.

«Was dachtest du denn?», sagte Christian. «Lesen Sie weiter, Herr Simak, S.V.P.»

Otto konnte es noch immer nicht glauben. Wenn Marsjan hier Asyl hat, kann er dann auch der Ambassadeur sein? Geht doch nicht, oder?

«Wo war ich gleich geblieben», sagte der Bibliothekar. «Ach ja, 1492, Kolumbus. Gut bemerkt, Otto. Und 1789?»

«Weiß ich! Französische Revolution», antwortete Christian. Er sah Otto herablassend an. «Freiheit und Gleichheit und Brüderlichkeit, und dann haben sie sich gegenseitig die Köpfe abgehackt. Lass mir mal meinen Galgen, dann bleibst du wenigstens ganz.»

«Davon hast du auch was, wenn du tot bist», sagte Claartje.

«Wenn eine Atombombe fällt», sagte Otto, «dann bleibt überhaupt nichts von einem übrig.»

«Aha, diese beängstigende Jahreszahl steht hier auch», sprach der Bibliothekar. «1945, die erste Atombombe ...»

«Schon so lange her?», fragte Otto.

«So kurz», sagte der Bibliothekar. «Aber lange genug, Otto, um unsere Welt ...»

«Lesen Sie lieber weiter!», rief Christian. «Wir sind hier nicht in der Schule ... hast du eben auch gesagt, Otto, Trottel.»

«Noch eine letzte Jahreszahl, hier steht es, Kinder: 1905.» Der Bibliothekar schaute abwartend in die Runde. «Du, Christian, weißt es bestimmt. Wer noch?»

Otto hatte keine Ahnung, und er hoffte, sie würden ihn nicht danach fragen.

«Der junge Albert Einstein ...», begann der Bibliothekar.

«Stellt seine spezielle Relativitätstheorie auf», ergänzte Claartje.

«In der Bären-Stadt», fügte das Galgenkind hinzu.* «Es lebe der Professor!»

Der Bibliothekar beugte sich über das Heft und begann wieder zu lesen, laut und zügig.

> «Ich würde lieber 2992 als Beispiel nehmen», sagte der Uhrmacher, «oder irgendeinen Tag im Jahr 2000 oder 2001 oder 2010. Wenn die Uhr einmal arbeitet, brauchst du nur zu warten, bis die Tür von selbst wieder aufgeht ... und dann steigst du heraus in eine andere Zeit.»
>
> «Tut diese Uhr das wirklich?», fragte der Student beeindruckt, aber auch ein bisschen ungläubig. «Ich meine, wenn sie fertig ist?»
>
> «Ja sicher», antwortete der Uhrmacher. «Die Maschinerien funktionieren schon. Aber ich habe sie noch nicht genug getestet.»
>
> Er fingerte an ein paar Drähtchen, drehte an einem Schalter und drückte eine Taste. Das Innere der Uhr fing an zu summen, die großen und kleinen Räder fingen an sich zu bewegen, und danach ertönte ein Ticken, das allmählich immer lauter wurde. Es schien, als wären eine ganze Menge Uhren in Gang gesetzt worden. Lämpchen flammten auf, Bildschirme glänzten auf, und einige Zeiger drehten sich langsam im Kreis.
>
> «O nein», flüsterte der Student. «Das ist fantastisch!»

* Bären-Stadt: Bern, Schweiz (Sekretär der Januarischen Ambassade)

«Hach», seufzte das Galgenkind. «Endlich wird es spannend.»

«Ich hoffe es», sagte der Bibliothekar. «Jetzt beginnt ein neues Kapitel. Zwei.» Er schlug eine Seite um.

Otto hörte nur halb zu, und nicht nur, weil er die Geschichte schon kannte. – Marsjan nicht der Ambassadeur! Warum mochte er Asyl haben?, fragte er sich. Ob Einstein noch in der Nähe ist? Vielleicht ist er heimlich in der Bibliothek geblieben …

Plötzlich merkte er, dass Claartje ihn beobachtete. Wahrscheinlich hatte sie das schon eine Weile getan – ernst, forschend. Als sie merkte, dass er zurückblickte, wandte sie sofort ihr Gesicht ab.

Sie hört nicht zu!, dachte Otto. Sie *kennt* die Geschichte, genau wie ich, siehst du wohl. Er folgte ihrem Blick, hin zu dem Bibliothekar an seinem großen Tisch. – Was würde der Uhrmacher mit seinem langatmigen Geschwafel über die Zeit wohl von den Uhren hier halten? Wie ist *seine* Geschichte in *mein* Buch gekommen, wo ist es, wo hat Claartje es versteckt?

Inzwischen las Herr Simak weiter, seine Stimme wurde leiser, sein Vortrag immer besser.

«Wann werden Sie Ihre Uhr ausprobieren», fragte der Student eine Woche später. Er war jeden Tag in der Werkstatt gewesen, und er hatte noch viel mehr über die Zeituhr gehört. Er war der Einzige, der davon wusste; der Uhrmacher wollte seine Erfindung vorläufig noch geheim halten.

«Bei dir habe ich es gewagt, doch davon zu erzählen», hatte er gesagt. «Du interessierst dich auch für die Aufeinanderfolge der Stunden, Monate, Jahre, wenn auch in der Vergangenheit und nicht in der Zukunft.» Jetzt antwortete er auf die Frage des Studenten: «Zuerst muss ich mir dessen sicher sein, dass meine Uhr zuverlässig ist. Zeitreisen sind nicht ungefährlich!»

Der Student stand vor der offenen Tür des Schranks und sah nachdenklich auf die Zeiger, die Lampen, die Schalter, die Räder. Er war beinahe ebenso aufgeregt über die Erfindung wie der Uhrmacher selbst. Er hatte sein Studium vernachlässigt, einfach nur, weil er immer wieder daran dachte. Ab und zu bekam er etwas Magenschmerzen, wenn er an die näher rückende Zwischenprüfung dachte. Er hasste alle Examen, fürchtete sie sogar, obwohl er gewiss nicht dumm war. Aber die Zeituhr war wichtiger als alle Zwischenprüfungen und Examen ... Die Zeituhr konnte sogar von sehr großer Bedeutung sein ...

«Wenn ich einmal in die Vergangenheit reisen könnte», sagte er. «Ins antike Griechenland, ins alte Rom ... In einem einzigen Tag würde ich dann mehr erfahren als all meine Professoren in einem Jahr! Sie müssen dafür sorgen, dass Ihre Uhr auch auf die Vergangenheit eingestellt wird. Das ist von immenser Bedeutung für die Wissenschaft.»

Der Uhrmacher schüttelte den Kopf.

«Warum nur in die Zukunft?», fuhr der Student fort. «Warum so abgeneigt der Vergangenheit gegenüber? Auch das JETZT wird Vergangenheit, sobald man in der Zukunft ist ... Stellen Sie sich vor, Sie würden die Entdeckung Amerikas mitmachen können. An Bord bei Kolumbus selbst! Stellen Sie sich das einmal vor, man würde, Sie würden ...»

«Denk mal nach», fiel der Uhrmacher ihm ins Wort. «Weder du noch ich gehören aufs Schiff des Kolumbus, weil ...»

«Natürlich müssten wir uns gut vorbereiten, Spanisch und Italienisch lernen», sagte der Student. «Und wir würden Kolumbus nicht verraten, dass er einen Kontinent entdeckt hat, der einmal Amerika heißen würde, dass er Indien niemals erreicht hat. Aber doch, welch ein Abenteuer! Stellen Sie sich vor, Sie würden ...»

Der Uhrmacher unterbrach ihn. «Ja, stell dir einmal vor, du würdest mitreisen auf Kolumbus' Schiff und würdest über Bord fallen, weil du an diese schaukelnden Segelschiffe nicht gewöhnt bist. Stell dir vor, Kolumbus selbst würde dir nachspringen und dabei ertrinken. Seine Schiffe wären dann ihren Kapitän los, und so würde Amerika nie entdeckt werden.»

«Was für eine lächerliche Vorstellung», begann der Student.

«Ach ja? Dennoch könnte sehr wohl etwas Derartiges

passieren», sagte der Uhrmacher. «Durch irgendeine törichte Handlung, eine kleine Unachtsamkeit würdest du auf so einem Ausflug in die Vergangenheit unabsichtlich die ganze Geschichte verändern können. Mein Gott, könntest du dir vorstellen, dass Amerika nicht entdeckt worden wäre?»

«Es wäre immer entdeckt worden», sprach der Student. «Wenn Kolumbus es 1492 nicht getan hätte, hätte ein anderer es 1493 getan oder 1494. Die Zeit war reif dafür. Das denke ich wenigstens.»

«Aber dann wäre doch die Geschichte ein wenig verändert worden und würde danach einen anderen Verlauf genommen haben», sagte der Uhrmacher. «Kleine Ursachen können große Folgen haben. Du, studiosus historiae notabene, würdest es doch nicht auf deinem Gewissen haben wollen, dass alle Geschichtsbücher verändert werden müssten? Herrgott noch mal, was nicht alles geschehen könnte! Du selbst würdest in der Vergangenheit vielleicht mal eine Banane essen ... Lass mich ausreden! Du würdest dann die Bananenschale fallen lassen; auf dieser Schale würde dein Großvater ausrutschen, stolpern und sich das Genick brechen. Dann hätte er nie deine Großmutter geheiratet, und einer deiner Eltern wäre nie geboren worden. Also würdest du selbst auch nicht da sein!» Er sah den Studenten streng an.

Der junge Mann war einen Augenblick still und sagte dann: «Was für eine Spitzfindigkeit! Wenn man selbst, in eigener Person, auf Zeitreise geht, bleibt man doch man selbst? Man nimmt sich selbst mit, auch in die Vergangenheit. Wie kann man dann auf einmal verschwinden? Ihre Logik erscheint mir unlogisch.»

«Kein Mensch weiß, was geschehen kann, wenn man die Zeit zurückdreht», sprach der Uhrmacher. «Die meisten Gelehrten denken, dass die Zeit nur in eine Richtung geht, dass sie unumkehrbar ist. Ich glaube das nicht, aber von der Vergangenheit lass ich lieber die Finger. Um die Gegenwart nicht in Gefahr zu bringen. Ich halte mich an die Zukunft, und damit Schluss.»

«Und wenn man in die Zukunft reist», fragte der Student, «kann man dann, wenn man wieder in seiner eigenen Zeit ist, wahrsagen und vorhersagen?»

«Ich denke schon», antwortete der Uhrmacher.

«Nehmen wir einmal an, dass man in der Zukunft eine Katastrophe erlebt», fuhr der Student fort. «Kann man die dann, wenn man zurückgekehrt ist, abwenden und verhindern?»

«Das ist eins der Dinge, die ich herausbekommen will», sagte der Uhrmacher.

«Wenn man in der Vergangenheit etwas verändern kann, muss man das in der Zukunft auch tun können ...», sagte der Student. «Aber was in der Zukunft ist, ist noch nicht geschehen! Wie kann man dann etwas daran verändern, geschweige denn dorthin reisen?» Er ging zu einem Stuhl und setzte sich hin. «Je mehr ich darüber nachdenke, desto unergründlicher wird es», sagte er seufzend.

«Kommt Zeit, kommt Rat», sagte der Uhrmacher.

Der Bibliothekar schaute auf und sagte: «Zeitreisen sind gefährlich. Merkt euch das.»

«Ja, Herr Simak», sagte das Galgenkind. «Machen Sie weiter. Ist der Uhrmacher jemals noch in diesen Zeitkasten gestiegen?»

Der Bibliothekar gab keine Anwort. Er las weiter: «Kapitel Drei.»

Morgen, dachte der Student, morgen Nachmittag, Mittwoch, um vier Uhr. Zwischenprüfung. Und ich weiß nichts. Nichts.

Er saß in seinem Zimmer, mit seinem Kollegheft und Stapeln von Büchern um sich herum. Nervös blätterte er einmal hierin, dann wieder darin. Hätte ich doch nur härter gearbeitet, dachte er. Aber getane – in diesem Fall ungetane – Sachen nehmen keine andere Wendung. Obwohl ... der Uhrmacher behauptet, dass man die Vergangenheit doch verändern kann. Der Uhrmacher und seine Zeituhr. Die sind schuld, wenn ich durchfalle ... Gar nicht wahr, es ist meine eigene Schuld. Ich hätte an meinen Studien arbeiten müssen, meine Referate noch einmal lesen, mich ernsthaft in historische Probleme vertiefen müssen … anstatt meine Arbeit immer wieder aufzuschieben, um die Maschine-für-die-Zukünftige-Zeit anzusehen. Zeit. Hätte ich nur mehr Zeit! Ein paar Tage zusätzlich …

Er schob seine Bücher von sich, stand auf und verließ sein Zimmer. Als er die Treppe hinunterging, hörte er die Haustür zuschlagen. Der Mantel des Uhrmachers hing nicht an der Garderobe im Flur; offenbar war er zu seinem Abendspaziergang ausgegangen.

Der Student ging in die Werkstatt. Der Uhrmacher hatte die meisten Lampen brennen lassen, und die Zeituhr stand offen. Ihr Inneres war dunkel und still; die anderen Uhren tickten. Der Student überlegte, ob er warten sollte, bis der Uhrmacher zurückkäme. Natürlich sollte er lieber wieder in sein Zimmer gehen, um sich noch so viel wie möglich in den Kopf hineinzupressen.

Das gelingt mir doch nicht, dachte er düster. Vielleicht ist es besser, wie der Uhrmacher ein Stück zu laufen, meinen Kopf abzukühlen. Die verlorene Zeit hole ich nicht mehr ein. Ich fall bestimmt durch! Noch eine Nacht und einen Morgen, und dann …

Er lief zu der geheimnisvollen Uhr in einer Ecke der Werkstatt. «Mittwoch», sagte er zu sich. «Morgen um fünf Uhr hab ich es hinter mir. Dann bin ich durchgefallen, oder ich habe bestanden.»

Die stille Uhr würde es ihm nun schon erzählen können, in dieser Uhr war die Zeit eingefangen, auch die seiner Zwischenprüfung …

Die Maschinerien sind fertig, wusste der Student. Wenn ich diesen Knopf hineindrücke, diese Taste anschlage, fängt sie an zu arbeiten. Bis zu hundert Jahren in der Zukunft ist sie schon eingestellt; das hat mir der Uhrmacher gestern gezeigt.

Aber der Uhrmacher hatte dazugesagt, dass er seine Erfindung noch nicht zu testen wagte. Dennoch würde er es einmal wagen müssen. Wie konnte er sonst erfahren, ob seine *Ende-und-Ziel-Aller-Uhren*-Uhr eine echte Zeitmaschine war?

Ich könnte sie ausprobieren, dachte der Student. Eine Reise machen nach fünf Uhr oder eine Minute nach fünf morgen Nachmittag. Dann werde ich wissen, ob ich bestanden habe oder durchgefallen bin ... Eine kurze Reise nur, ein kleiner Ausflug.

Der Uhrmacher würde das bestimmt nicht gut finden, aber er war nicht da, und er würde sicher noch eine halbe Stunde wegbleiben.

«Wenn ich es tu», sagte der Student zu sich, «kann ich sofort den Beweis liefern, dass die Erfindung funktioniert. Ich will es mal als einen Versuch im Interesse der Wissenschaft betrachten ...

Er erschrak, weil alle anderen Uhren zu schlagen begannen. Neun Uhr. Er warf einen Blick auf seine Armbanduhr. Neun Uhr; sie ging genau. Dann sah er wieder zur Zeituhr.

«Nicht länger als eine Viertelstunde», sagte er, während die Schläge nachhallten. «Fünfzehn Minuten in die Zukunft blicken. Von fünf Uhr bis ... Warte, ich muss ein bisschen Spielraum haben. Von Viertel vor fünf morgen Nachmittag bis ...»

Das Hallen der Schläge erstarb.

... Nur um zu wissen, dachte er, wie es mit meiner Zwischenprüfung abgelaufen ist – nein, um zu sehen, ob die Uhr wahrhaftig arbeitet.

Der Student beugte sich vor, drehte einen Schalter um und berührte eine Taste ... die Lämpchen glühten auf und das Ticken begann. Er stieg in den Zeitschrank und setzte sich auf das Bänkchen. Er wusste genau, was er tun musste; der Uhrmacher hatte es ihm mehr als einmal gezeigt. Die Tasten, um hinzugehen, den Schalter, um nachher die Rückkehr in seine eigene Zeit zu bestimmen.

Wenn ich es tun will, dann sofort, dachte er. Bevor der Uhrmacher nach Hause kommt, muss ich wieder hier, im JETZT sein. Also auf ins Morgen, bevor ich es unheimlich finde und mich nicht mehr traue.

Er streckte einen Arm aus und zog die Tür zu. Er holte tief Luft, schaute auf die Tastatur und sprach laut: «Ein großer Augenblick ist angebrochen. Der erste Zeitreisende beginnt eine Entdeckungsreise in die Zukunft.»

Er tippte langsam und präzise auf die Tasten: – das Jahr; der Monat, der Tag, die Stunde … Minuten, Sekunden … Mittwoch Nachmittag, Viertel vor fünf, MI, 16.45. Er zog ein Gewicht nach unten; das war das Gewicht der Zeit.

Die Uhr begann zu zittern. Das Ticken wurde lauter, die großen und kleineren Räder drehten sich schneller. Die Zeiger begannen zu kreisen, als wären sie irre geworden. Die Lampen flammten auf und erloschen, an und aus, an und aus …

Der Student hielt sich am Sitz der Bank fest, um nicht zu fallen. Es kam ihm vor, als würde die Uhr in die Höhe schießen und dann mit einer ziellosen Fahrt beginnen – durch ein unendliches NICHTS. Ihm wurde schlecht. Man konnte seekrank werden, und Weltraumkrankheit kam ebenfalls vor. Ob es auch eine *Zeit*krankheit gab?

Er schaute sich um. All diese sich drehenden Dinge machten ihn schwindelig. Er biss die Zähne zusammen und heftete die Augen auf die Tastatur. Es konnte nicht lange dauern. «Reisen durch die Zeit kostet keine Zeit», hatte der Uhrmacher gesagt.

In jedem Fall tat die Uhr etwas. Aber was, wenn sie es nicht richtig machte? Was, wenn er zu einem falschen Zeitpunkt in der Zukunft ankam? Und wo würde er ankommen? An dem Ort, von dem er weggegangen war: in der Werkstatt. Nur ungefähr einen Tag, an die zwanzig Stunden später. Zumindest, wenn die Zeituhr genau arbeitete.

Stell dir vor, dass sie das nicht tut, dachte der Student. Wie lange sitz ich hier schon? Hätte ich nicht sofort an meinem Ziel sein müssen? Ich habe keine blasse Vorstellung mehr von der Zeit … Aber diese Reise kostet keine Zeit … Ja, doch. Eine ganze Nacht und ein halber Tag fliegen vorbei in … wie lange? *Wie lange?*

Um ihn herum drehte es sich, tickte es. Die Zifferblätter blendeten ihn fast. Blaue Funken sprühten von den Metalldrähten.

Ich halt es nicht aus, dachte er und kniff die Augen zu. Ich werd krank, ich werd ohnmächtig …

Das Ticken wurde langsamer, wurde leiser … Plötzlich ertönte ein Knall, von dem die Uhr erschüttert wurde.

Stille.

VI

In der Bibliothek war es auch still. – Nicht sehr lange.

Dann sagte Otto: «He! Die Zeitmaschine …»

«Zeituhr», verbesserte der Bibliothekar.

«Die Zeituhr war eine Tür in die Zukunft. Wenigstens wenn …»

«Ach wie schlau, sss», zischte das Galgenkind. «Was passierte mit dem Studenten?»

«Hört zu», sagte der Bibliothekar, «Kapitel Vier.»

Der Student öffnete die Augen. Die Lampen waren erloschen. Er bemerkte einen merkwürdigen, brenzligen Geruch. Es war stockdunkel.

Die Uhr stand still.

Völlig in Panik stand er auf, stieß gegen die Tastatur … und sofort flog die Tür auf.

Er tat schwankend einen Schritt nach draußen. Er rieb sich die Augen. Aber das half nichts, es blieb dunkel. Er war in einer pechschwarzen Dunkelheit gelandet.

Und doch musste er in der Werkstatt sein; er hörte viele Uhren ticken. Er war ohne Zweifel in einer anderen Zeit angekommen – eben noch, Dienstag Abend, um neun Uhr oder eine Minute nach neun war Licht von Lampen da gewesen. Es war jetzt Nacht. Bestimmt nicht Viertel vor fünf, an welchem Nachmittag auch immer!

Welche Nacht ist es?, fragte er sich. Welche Stunde? Welches *Jahr?*

Kalter Schweiß brach ihm aus. Etwas war schief gegangen.

Hatte er seine Zwischenprüfung hinter sich? Wenn er

bestanden hätte, würde er sich freuen; wenn er durchgefallen war, das Gegenteil. Aber er spürte nichts, außer Angst.

Vielleicht war viel mehr Zeit verstrichen. Vielleicht war er so weit in der Zukunft, dass die ganze Prüfung längst vergessen war. Diese Zwischenprüfung war völlig unwichtig geworden.

Der Student tastete in der Dunkelheit umher. Er fühlte die Tür der Uhr hinter sich, ein Schrank, dem er nicht mehr vertrauen konnte. Und doch musste er in seine eigene Zeit zurück.

Wenn ich nicht zurückkann, dachte er, muss ich für immer in einer anderen Zeit leben als die Menschen, die ich kenne. Sogar, wenn es nur ein paar Stunden später sein sollte – ich habe dann ein Stück meines eigenen Lebens verloren. Ich habe dann, wie auch immer, einen Teil meiner eigenen Zeit verloren. Was hätte in dieser Zeit alles geschehen können? Unangenehme Dinge, aber auch etwas Schönes. Ich hätte dem liebsten Mädchen der Welt begegnen können ... Nur werde ich das jetzt niemals wissen. JETZT. Was ist: JETZT? Dieser Augenblick ist JETZT für mich, für andere ist es Zukunft.

Er stand bewegungslos im Dunkeln und hörte die Uhren ticken.

«Ich muss Licht machen», sagte er zu sich. «Dann werde ich wenigstens wissen, wie spät es ist.»

Wie unangenehm klang das Geticke in seinen Ohren! Seine Augen begannen jedoch, sich ein wenig an die Dunkelheit zu gewöhnen. Vage sah er die Umrisse einer Vitrine, ein schwach glänzendes Zifferblatt.

Dann erstarrte er. Irgendwo ging eine Tür auf, Schritte kamen näher ...

Jemand kam in die Werkstatt und schimpfte: «Was ist das denn! Überall das Licht kaputt.»

Der Student erkannte die Stimme des Uhrmachers.

Welcher Uhrmacher? War dieser eine Stunde, einen Tag, einen Monat oder Jahre älter als der Uhrmacher von Dienstag?

«Herr …», sagte er.

«Holla, du hier?», rief der Uhrmacher, erstaunt und erschreckt. «Was ist los?»

Der Student trat ein paar Schritte vor und lief gegen einen Stuhl. «Ich … eh … bitte», sagte er flehend, «sagen Sie mir, wie spät es ist …»

«Wie, was?», sagte der Uhrmacher. «Schnell eine neue Sicherung einschrauben», unterbrach er sich selbst.

Der Student umklammerte die Lehne des Stuhls mit beiden Händen. Ich glaub, dass ich noch immer zeitkrank bin, dachte er.

Plötzlich gingen die Lampen an. In einem Augenblick sah er die Werkstatt, die genauso aussah wie immer. Danach wurde es wieder dunkel. Einen Augenblick später wurde es wieder hell; er saß jetzt auf dem Stuhl, und der Uhrmacher beugte sich über ihn.

«Du klappst doch nicht zusammen?», sagte er besorgt. «Hier, nimm einen Schluck.»

Der Student trank; seine Zähne schlugen gegen das Glas.

«Bleib mal eben ruhig sitzen», sagte der Uhrmacher, und er lief in die Ecke der Werkstatt, wo seine Zeitmaschine stand.

Der Student sah zu den Zifferblättern, die ihn anstarrten. Alle Uhren zeigten fünf Minuten nach neun.

Erst fünf Minuten nach neun? Er wollte fragen, welches Datum es war, aber sein Blick fiel auf den Kalender an der Wand, und da war es nicht mehr nötig. Dienstag.

Derselbe Abend. Seine Armbanduhr sagte es ihm auch: derselbe Tag. Vor nicht einmal fünf Minuten … vier Minuten hatte er die Schranktür hinter sich zugezogen!

«Die U-uhr funktioniert nicht», stammelte er.

«Na, und ob die funktioniert!», erklang die Stimme des Uhrmachers. «Die Zeit scheint ihr jedoch schwer zu fallen, denn alle Sicherungen sind durchgebrannt.» Er kam zu dem Studenten. «Was hast du angestellt?»

Der Student stand auf. Er fühlte, dass er rot wurde.

«Du brauchst es mir nicht mehr zu erzählen», sagte der Uhrmacher. «Du hast sie ausprobiert!»

«Es … t-tut mir Leid», stotterte der Student.

«Das sieht man dir an!», sagte der Uhrmacher. «Ich denke, dass du es nicht noch einmal wagen wirst. Und du behauptest, dass meine Erfindung nicht funktioniert?»

«Ja, so ist es», antwortete der Student. «Es ist erst fünf …. fünf und eine halbe Minute her, seit ich die Tür zugemacht habe. Auch wenn es mir vorkommt wie Stunden.» Ein Schauder überlief ihn.

«Ja, die Zeit ist ein wunderliches Ding», sprach der Uhrmacher. «Manchmal wird sie dir lang, manchmal fliegt sie vorbei.» Er war einen Augenblick still und sagte dann: «Meine Erfindung hat durchaus funktioniert. Eine Minute nach neun hast du den Start zu einer Reise in die Zukunft gemacht. Und, siehst du, nun ist es beinahe sechs Minuten später!»

«Ja, aber das ist normal», begann der Student, dann schwieg er. Es ist wahr, dachte er, die Zeit ist etwas Wunderliches.

Der Uhrmacher nahm seine Erfindung nachdenklich in Augenschein, er fingerte an den Drähten, stieß gegen ein Rädchen, drehte an einem Knopf. «Deine waghalsige Unternehmung hat mich in jedem Fall eines gelehrt», murmelte er. «Es müssen mehr Sicherungen eingebaut werden.»

«Ist sie … ist sie nicht kaputt?», fragte der Student.

«Doch», sagte der Uhrmacher. «Aber sie lässt sich sehr wohl reparieren.»

Der Student wusste nicht, ob er erleichtert oder enttäuscht sein sollte. «Machen Sie weiter damit?», fragte er.

«Natürlich, Junge!», sagte der Uhrmacher. «Ich würde es nicht lassen können. Es wird vielleicht noch lange dauern, bis meine *Ende-und-Ziel-Aller-Uhren*-Uhr wirklich brauchbar ist. Wer die Zeit einfangen will, darf nicht auf die Zeit sehen.»

Was mich betrifft, ist es nicht nötig, dachte der Student. Ich verbringe meine Zeit lieber normal, notfalls mit einer einzigen Zwischenprüfung.

Und er fragte: «Denken Sie, dass es Ihnen gelingen

wird? Und wenn es Ihnen gelingt, was dann? Was machen Sie dann mit Ihrer Erfindung?»

«Die Zeit wird es lehren», sagte der Uhrmacher.

«Ist das nun alles?», fragte Christian. «Es ist doch nicht zu Ende?»

Der Bibliothekar schlug sein Heft zu.

«Haben Sie nie eine Fortsetzung dazu geschrieben?», fragte Otto.

«Nein. Wie sollte ich?», sagte der Bibliothekar, während er seine Brille abnahm. «Ich habe doch gesagt, dass es eine wirklich passierte Geschichte ist. So hat sie mir der Uhrmacher selbst erzählt.»

«Selbst erzählt? Quatsch», sagte das Galgenkind. «Wie kann der Uhrmacher sie Ihnen ...»

«Halt den Mund, Christian», unterbrach ihn der Bibliothekar. «Es gibt viele Uhrmacher. Diese Geschichte ist mir von einem Uhrmacher erzählt worden.»

Eine bekannte Stimme sprach – wieder einmal unerwartet – aus einer dunklen Ecke der Bibliothek: «Dann hat er Ihnen nicht die Wahrheit erzählt!»

KAPITEL ELF

Das A von ... was?

I

Zum zweiten Mal tauchte Herrn A's hohe Gestalt aus dem großen Ledersessel auf. – Offenbar war er doch nicht weggegangen, oder er war unbemerkt zurückgekommen.

«Dann hat er Ihnen nicht die Wahrheit erzählt», sagte er noch einmal. Er kam langsam zum großen Tisch, die Augen unter düster gerunzelten Augenbrauen auf den Bibliothekar gerichtet.

Der alte Herr blickte weiter auf sein Heft hinunter. Erst als Herr A ihm gegenüberstand, hob er den Kopf und begann: «Dies war das Geheimnis ...»

« ... des Uhrmachers», ergänzte ihn Herr A. «War? Oder ist? Der Uhrmacher wollte seine Erfindung verborgen halten. So ist es doch, nicht wahr?»

Der Bibliothekar zog vorsichtig an einer Spitze seines Schnurrbarts. «Ja sicher.»

«Sie haben den Uhrmacher gut gekannt», fuhr Herr A fort.

«Besser als jeder andere», nickte der Bibliothekar.

«Das glaub ich sofort! Sie kennen ihn noch immer sehr gut, bis auf den heutigen Tag, möchte ich wetten. Offenbar ist diese Erfindung, die Zeituhr, noch immer geheim! Sonst begreife ich nicht, warum Sie behaupten, dass Ihre Geschichte wahr sein soll.» Herr A sprach beherrscht, aber in seinen Augen war ein böses Flackern zu sehen.

«Ich habe nichts behauptet», sagte der Bibliothekar gelassen. «Ich habe nur meine Geschichte vorgelesen, wie sie hier geschrieben steht. Glaubt mir, Kinder.»

«Genau, wie es geschrieben steht», flüsterte Claartje.

Herr A blickte immer noch den Bibliothekar an. «Hörte ich nicht etwas wie ‹wirklich passiert›? Wenn ich sie erzählen würde», sagte er langsam, «und das kann ich, sogar aus dem Kopf, dann würde sie ganz anders enden. Nicht wie eine Nachtkerze ausgehen, o nein! Das letzte Kapitel ist noch lange nicht erreicht. Es könnte noch eine ganze Menge folgen.»

«Könnte folgen?», sagte der Bibliothekar leise. «Ist gefolgt? Hätte folgen müssen?»

Otto schaute, ebenso wie Christian und Claartje, gespannt vom einen zum andern. Der Bibliothekar blieb ruhig an seinem Platz hinter dem Tisch, freundlich abwartend. Herr A hatte noch immer etwas Herausforderndes an sich. Er sagte: «Ihnen zufolge funktionierte die Zeit … eh … Maschine …»

«Zeituhr», verbesserte der Bibliothekar.

«Aha, Sie wissen es», sagte Herr A mit einem kurzen Lachen. «Zeituhr, richtig, Herr … Simak.»

Das Galgenkind ließ plötzlich seine Stimme hören. «Logo, dass er es weiß …»

«Still, Christian», befahl der Bibliothekar, ohne seine Augen von Herrn A zu wenden.

«DIE ZEITUHR FUNKTIONIERTE SEHR WOHL», sagte Herr A. «UND WIE!»

«Und wie», wiederholte der Bibliothekar. «Wie wollen Sie das wissen, Herr A?»

«Warum eigentlich ‹Sie› und ‹Herr›?» Herr A sprach plötzlich in einem ganz anderen Ton. «Sagen Sie ruhig ‹du› und ‹Jan› zu mir. Das hat der Uhrmacher auch getan.»

Ein langer Moment tiefsten Schweigens.

«Wissen Sie», sagte Herr A dann – er schien zu zögern, schaute kurz zu den Kindern –: «ich bin, oder war, der Student.»

Otto schaute ihn erstaunt und ungläubig an. War dieser unnahbare, selbstsichere Mann wirklich einst der Student mit Examensangst gewesen?

Der Bibliothekar sprach: «Sind Sie … warst du der Student von *Die Zeit wird es lehren?*»

«Der Student, der das Geheimnis des Uhrmachers kannte. Ja, mein Herr, so ist es. Und ich könnte es außerdem auch beweisen», antwortete Herr A. «Kein Wunder, dass Otto einen anderen Schluss erwartete.» Er lächelte Otto wie in stillem Einverständnis zu. «Ihre Geschichte in dem Heft da hat überhaupt kein Ende.»

«Welches war denn das Ende?», fuhr es Otto heraus, der sich immer noch nicht von seinem Staunen erholt hatte. «Wie ging es weiter?»

«Ja, erzähl uns, wie es weiterging», sagte der Bibliothekar. «Wir sind außerordentlich gespannt.»

«Ich denk nicht dran», sagte Herr A. «Das würde zu viel Zeit kosten.»

«Ach, komm, junger Mann, wir haben hier *Meere*, das weißt du genau! Und ich als Autor», sagte der Bibliothekar, «habe doch sicher ein Recht darauf, auch deine Version zu hören. Auf das Gedächtnis eines Menschen allein kann man nicht allzu sehr vertrauen, nicht einmal, wenn er Uhrmacher ist.»

«Und was für ein Uhrmacher», murmelte das Galgenkind verschmitzt.

Herr A drehte sich mit einem Ruck zu ihm um. «Wieso, Christian?»

«Wieso? Nichts», sagte der Bibliothekar.

«Total nichts, Jan A», nickte das Galgenkind.

«Bitte, erzähl!», sagte der Bibliothekar laut, zum ersten Mal mit einem Anflug von Ungeduld.

Claartje und Christian unterstützten ihn.

«Nein», sagte Herr A bestimmt. «Das wäre ... zur Unzeit.» Aber sein Gesichtsausdruck widersprach seinen Worten.

«Dann schreib es auf», schlug der Bibliothekar vor. «Du kannst es mir notfalls diktieren.»

«Ja, bitte», drängte Otto.

«Bitte», sagte Christian. «S.V.P.»

«Nur für uns», schmeichelte Claartje. (Wie sie sich wieder ziert, dachte Otto.) «SVP ... PES: Please, Erzähl, Student.»

«Exstudent», verbesserte Herr A. Er strich sich durchs Haar, bis es ganz durcheinander war. «Was soll ich hierauf antworten?»

Otto betrachtete ihn jetzt mit anderen Augen. Zu seiner Überraschung sah er, dass der lange Kerl wohl doch der Student gewesen sein konnte. Er schien auf einmal nicht so alt, wie er zuerst gedacht hatte – viel jünger als der Bibliothekar, vielleicht noch nicht einmal im Alter seines Vaters ... Sein letzter Rest Furcht vor Herrn A verschwand, wenn er auch nicht vorhatte, Freundschaft mit ihm zu schließen – was Claartje und Christian offenbar sehr wohl getan hatten. Doch die Antwort des Exstudenten war ihm willkommen:

«Gut, ich werde meine Geschichte aufschreiben, aber ...» Herr A wandte sich wieder an den Bibliothekar. «Darf ich dann doch Ihr Heft aus dieser Bibliothek ausleihen? Die ersten drei Kapitel sind okay. So kann ich mit Kapitel Vier von der *wahren* Geschichte beginnen, und das spart mir Arbeit und also auch Zeit.»

Der Bibliothekar fing glücklicherweise nicht wieder von den Meeren von Zeit an, die in der Ambassade vorhanden waren. Er übergab Herrn A sein Heft und sagte: «Für dies eine Mal werde ich das kleine Werk ausleihen. Dreht das STILLE-Schild wieder um, junge Leute. Dann kann er ungestört an die Arbeit gehen.»

Herr A blätterte mit einem Finger das Heft durch, ohne überhaupt hinzusehen. «Jetzt sofort?», sagte er stirnrunzelnd.

«Ja, warum nicht?» Der Bibliothekar sortierte mit flinken Fingern die Papiere auf seinem Tisch und machte zwei Stapel daraus. Einen davon schob er beiseite und legte ein Buch darauf. Den Rest tat er in eine Mappe, die er in der Hand hielt, während er aufstand. «Siehst du, hier habe ich eine Ecke freigemacht, setz dich ruhig an meinen Platz. Unbeschriebenes Papier liegt dort, gebrauche so viel wie du willst. Schreibgerät ist auch genug vorhanden.»

«Ja, aber ...», begann Herr A etwas verblüfft. Otto hatte seinen Spaß daran, den Mann endlich einmal außer Fassung zu sehen.

«Oder willst du lieber tippen?», fragte der Bibliothekar.

«Das Schild ist umgedreht!», rief Claartje. «Stille SVP.»

«Stille, wenn's beliebt», sagte Christian. «Schrei nicht so, Clara-Schätzchen.»

Clara *Schätzchen*?, sagte Otto insgeheim. Er ärgerte sich mehr und mehr über die beiden – dicht nebeneinander, beide fröhlich, freundlich dem früheren Studenten zulachend.

Herrn A blieb kaum etwas anderes übrig, als sich in den Armstuhl des Bibliothekars zu setzen. Er schaute mit einer unwilligen Grimasse zum alten Mann auf. «Wer ist hier eigentlich der Boss?», fragte er. «Haben die Kinder zu sagen oder der Ambassadeur?»

«Der Ambassadeur», sagte das Galgenkind. «Weißt du etwa nicht mehr, was der von dir will, Jan A?»

«Damit hast du nichts zu tun», sagte der junge Mann, «Christian Donnerstein».

«Ich heiße Christian Morgenstern.»

«Schöner Name! Aber der Boss bist du hier nicht.»

«Ich habe Asyl für alle Zeiten und alle Zeiten. Stimmt's oder stimmt's, Otto?»

«Stimmt's oder nicht. Du kriegst erst Asyl», sagte Otto stur, «wenn du ein richtiger Alphabet bist …»

«Ssst!», zischte das Galgenkind und sah ihn plötzlich wütend an.

«Ruhig, Kinder. Wir werden diesen Autor jetzt ein Weilchen allein lassen», begann der Bibliothekar.

«So viel Zeit wie du nur willst», sagte Christian, «um eine lange, dufte und mysteriöse Geschichte für uns zu machen. Beginn jetzt mal, mit 'nem B, Herr A. Mit dem A von …»

«Sei doch endlich mal still, Christian mit 'nem C», sagte der Bibliothekar. «Claartje, vergiss nicht, dein Buch mitzunehmen. Die Ausleihe ist geschlossen.»

Claartje stand inzwischen neben dem großen Stuhl am Bibliothekstisch. Sie schaute begierig auf das graue Heft, das Herr A vor sich hingelegt hatte.

Womöglich stiehlt sie das auch noch, dachte Otto.

«Wenn du etwas benötigst, brauchst du nur das Telefon zu nehmen und darum zu bitten», sagte der Bibliothekar zu Herrn A. «Außerdem kommt jetzt gleich der Sekretär hierher. Er wird dir auch gern hilfreich zur Seite stehen.»

Herr A zog die Augenbrauen hoch. «Das ist eine Überraschung, Herr Simak. Im Voraus meinen Dank.»

Christian grinste.

Der Bibliothekar setzte sich in Bewegung. «Kommt, Kinder! Du auch, Clara.»

Das Mädchen lief zu ihm hin und fragte leise: «Welche Geheimnisse dürfen aufgeschrieben werden und welche nicht?»

Der Bibliothekar gab keine Antwort; er seufzte nur sehr tief. Otto hätte gern dasselbe getan, aber er hielt sich zurück und folgte hinter Claartje und Christian dem Mann, der so sehr Herrn Montag glich. Die Stimme von Herrn A hielt ihn zurück, er erschrak nicht einmal darüber. Eigentlich hatte er es ein bisschen erwartet.

«Otto! Mit dir will ich noch ein Wörtchen reden.»

Auch die andern blieben stehen und blickten sich um.

II

Herr A saß an dem großen Tisch, als wenn er dorthin gehörte, einen Stift zwischen den Fingern einer Hand. Otto hatte plötzlich wieder Mühe, jenen etwas tölpelhaften Studenten in ihm zu sehen … Nicht, dass der finstere Fremdling zurückgekehrt wäre, aber doch der strenge Mann, der seine Peiniger in die Flucht gejagt hatte.

«Ein Wörtchen mit diesem Jungen», fuhr Herr A fort. «Unter vier Augen, Clara Rosenrot, Christian Morgenstern. Von einem Asylsuchenden zum andern. Bleibst du noch einen Augenblick hier, Otto?»

«Mit 'nem O», murmelte das Galgenkind. «Ein O und ein A, klingt dufte.» Er blinzelte Otto zu. «Ich warte auf dich, Freund. In Xanthippes Küche.»

«Ich auch. Im Raum der Mitte, von dem alles ausgeht», flüsterte Claartje.

Otto nickte Christian lachend zu, schnitt Claartje ein Gesicht: Dich krieg ich schon noch! und ging zum Tisch zurück.

«Ich will dir etwas erzählen», sagte Herr A. «Hat der Ambassadeur dir eigentlich schon Asyl gewährt», unterbrach er sich selbst, «genau wie … wie meinem Namensvetter Marsjan?»

«N-namensvetter?», stotterte Otto. «Hat Marsjan hier denn wirklich nur Asyl? Ist er nicht …» Er schwieg.

«Nicht was?», fragte Herr A.

«Oh, nichts», murmelte Otto.

«Das ist nicht viel», sagte Herr A. «Setz dich, Junge, da steht ein Stuhl.»

Otto schüttelte den Kopf. Er wurde immer noch nicht klug aus diesem Mann, und er wollte sich von ihm nicht einwickeln lassen.

«Na, sag schon was», sagte Herr A. «Etwas Sinnvolles bitte.»

«Ich wüsste nicht, was», sagte Otto verwirrt. «Es ist alles ja gerade so unsinnig!»

«Besonders *scharf*sinnig bemerkt», sprach Herr A. «Und was noch?»

«Marsjan …», begann Otto. Er versuchte doch, eine sinnvolle Frage zu stellen. «Ist Dunkler Marsjan Ihr Namensvetter?»

«Ja, er heißt Jan, genau wie ich. Ich bin Jan A, er ist Mars-Jan, weil er von dem Roten Planeten kommt.»

«Und er hat hier Asyl?», fragte Otto, noch immer ungläubig. «Ist er ein Flüchtling? Entflohen?»

«Was meinst du mit ‹entflohen›? Doch nicht aus einem Gefängnis oder so?»

«Marsjan … entflohen aus dem Gefängnis?»

«Nicht aus einem Gefängnis entflohen.»

«Nein, natürlich», verbesserte Otto sich schnell. «Wer aus dem Gefängnis entflieht, bekommt kein Asyl.»

«Oh doch, der kann auch Asyl bekommen.»

«Aber Schurken … Verbrecher doch bestimmt nicht?»

«Auch die. Wenn diese Ambassade eine wirkliche Freistatt ist, muss jeder, der hier hereinkommt, Asyl bekommen können», sagte Herr A. «Allerdings muss man dann schon das eine oder andere dafür tun, einen Auftrag ausführen oder … Ach, was weiß ich.»

«Und Marsjan …»

«… ist ein Schurke, im Gegenteil! Er ist ein Wohnungsloser, ein Heimatloser», sagte Herr A. «Ein Verbannter, der nicht mehr an seinen eigenen Platz zurückkann.»

«Warum nicht?»

«Weil Fotos vom Mars gemacht worden sind – zuerst von den amerikanischen ‹Mariners› und dann von den ‹Vikings› und auch, 1989, von den beiden ‹Phobos› der Russen. Dadurch ist deutlich geworden, dass es auf dem Planeten keine Kanäle gibt. Es ist dort dürr und trocken, man kann da nicht leben. Also musste Marsjan irgendwo anders Zuflucht suchen.»

Ein Wohnungsloser, der Zuflucht sucht, statt eines mächtigen Ambassadeurs? Otto fand es schwer, das zu verarbeiten. «Aber», sagte er, mit seinen Gedanken ringend, «wie ist das möglich? Wenn keine Kanäle dort waren, als die Mariners darüber hinwegflogen … Wann war das doch gleich?»

«Die ersten Fotos datieren aus dem Jahr 1963», antwortete der ehemalige Geschichtsstudent.[14]

«Dann waren sie vorher doch bestimmt auch nicht da! Wie konnte Marsjan dann damals dort doch leben? Vor 1964?»

«Du bist wirklich ein schlaues Bürschchen», sagte Herr A. Otto schaute ihn misstrauisch an, aber es schien keine Ironie zu sein. «Das kann dir Marsjan selbst am besten erzählen. Ich wollte übrigens über etwas anderes sprechen. Du warst einigermaßen überrascht, mich hier wiederzusehen, was?»

«Eh … Nja», sagte Otto.

«Unangenehm überrascht. Stimmt's oder stimmt's, Otto?», redete Herr A weiter. «Aber deine Freunde haben dich nicht verraten, das will ich dir noch schnell sagen. Sie haben mir nicht erzählt, wie ich den Weg hierhin finden könnte.»

«Wer … wie … was …?», begann Otto.

«Herr und Frau Montag haben sich geweigert, mir Informationen über dich zu geben», sagte Herr A. «Keiner von beiden hat auch nur das Geringste verraten über dich und deine Weise des Kommens und Gehens zwischen hier und … dort. Du begreifst doch sicher, wovon ich spreche! Ich bin durch einen unsinnigen, aber logischen Einfall, den ich selbst hatte, und durch rechtzeitige Hilfe einiger Einwohner von hier wieder zurück in der Ambassade.»

«Oh», sagte Otto. Mehr wusste er nicht zu sagen, obwohl in seinem Kopf ein Wirbelsturm an Fragen wütete.

«Sehr entgegenkommend bist du nicht», bemerkte Herr A. «Hast du mir die eine Nacht immer noch nicht vergeben?»

«Die eine Nacht?», wiederholte Otto.

«Im Raum für Reisende. Du hast doch nicht wirklich geglaubt, dass ich dich vom Balkon hinunter in die Kälte schicken wollte … mit oder ohne Strickleiter?» Herr A schaute Otto immer noch an, etwas wie ein Lächeln schwebte um seine Lippen. «Nun ja», sagte er, als Otto keine Antwort gab, «mehr als ‹Sorry, Pardon, Entschuldigung› kann ich dir nicht sagen. Und ich wette, dass Marsjan es großzügig wieder gutgemacht hat. Oder etwa nicht?»

Otto nickte.

«Ohne Groll also?», sagte Herr A, während er seinen Stift hinlegte.

Otto begriff nicht, was er meinte, also murmelte er irgendwas.

Herr A trommelte mit den Fingern auf den Tisch. «Wenn du weiter beleidigt sein willst, musst du es selbst wissen, Otto! Dennoch hoffe ich, dass du so freundlich sein wirst, mein ‹Sorry› und ‹Pardon› deinen Freunden zu übermitteln, sobald du sie siehst. Biete ihnen einstweilen meine Entschuldigung an.»

«Wem?», flüsterte Otto.

«Diesen Spielzeug- und Bürowarenhändlern Montag. Angehörige von dir?»

«Nein … Entschuldigungen?», sagte Otto. «Wofür?»

«Für den Schaden. Sag, dass ich ihn vergüten werde, sobald ich in die Gegend komme.»

Schaden? Was war das nun wieder?, dachte Otto. Auf einmal fiel ihm etwas ein, eine schlaue Idee … «Von *wem* soll ich ihnen das sagen?»

«Von mir», sagte Herr A kühl. «Von wem sonst?»

«Ja, aber … Welcher Name?»

«Tu nicht, als ob du das vergessen hättest, Otto! A.»

Otto ließ sich von Herrn A' s plötzlich missmutig zusammengezogenen Augenbrauen und seinem verärgerten Blick nicht abschrecken. «Dem A von was?», fragte er.

«Wenn du denkst, dass ich es dir noch einmal erzählen werde, ausführlich und laut, dann täuschst du dich schwer, junger Mann», sagte Herr A scharf. Er nahm wieder einen Stift und tippte damit auf das graue Heft. «Ach, gib dir keine Mühe. Wenn du es nicht zustande bringst, werd ich Herrn und Frau Montag schon selbst …»

«Oh, so hab ich es nicht gemeint!», sagte Otto. «Ich werde es ihnen sagen, bestimmt.» Er wagte nicht mehr zu fragen, um was für einen Schaden es sich handelte.

«Sorry, Junge, ich sollte lieber meinen Mund halten», sagte Herr A. «Und anstelle nutzlosen Geredes diese Geschichte überarbeiten und sie vollenden, so, wie es wirklich geschehen ist. Der Uhrmacher hat mich schön reingelegt mit seiner Aufforderung, es aufzuschreiben … Auch er also kein Angehöriger von dir …»

«Wer? Der Uhrmacher? Den kenne ich nicht mal …»

«Ich meine: der Bibliothekar», sagte Herr A. «Der Mann, der deinem Herrn Montag so täuschend ähnlich sieht.»

«Haben Sie das auch gesehen?», fragte Otto, seine Steifheit vergessend.

Herr A lächelte ihm unerwartet wieder wie in stillem Einverständnis zu. «Ich wäre ja auf den Kopf gefallen, Otto, wenn ich das nicht gesehen hätte! Herr Simak, ja, ja. P. S. Simak, Uhrmacher.»

«Uhrmacher?», sagte Otto erstaunt. «Er ist der Bibliothekar.»

«Genau.»

«Kein Uhrmacher! Er ist der Sekretär des …»

«Ambassadeurs», ergänzte Herr A. «Ein Archivar außerdem.»

«Woher wissen Sie das?»

«Das weiß jeder hier in der Ambassade. Weiterhin ist er … Uhrmacher, wie ich schon sagte.»

«Ist er auch der *Uhrmacher*?»

«Redest du von Herrn Simak oder von Herrn Montag?»

«Herr Montag ist kein Uhrmacher», sagte Otto. «Er ist … na, das wissen Sie doch. Er verkauft alles, sogar gelegentlich eine Uhr. Aber ein Uhrmacher …»

«… ist er nicht. Weißt du das sicher?», fragte Herr A.

«Ja, natürlich.»

«Der Januarische Bibliothekar», sagte Herr A, «ist das sehr wohl. Allerdings sollte ich vielleicht besser sagen, dass der Herr Simak Uhrmacher war … gewesen ist. Das ist eine ganze Zeit her, keine Meere, aber lange genug, um es vergessen zu haben.»

Otto begriff es nicht ganz. «Woher wissen Sie es dann?»

«Junge, ich hab doch bei ihm zur Untermiete gewohnt, als ich noch studierte. Was denkst du, woher der Bibliothekar seine Geschichte hat?»

«Ich dachte», sagte Otto zögernd, «dass er es einfach vom Uhrmacher gehört hat.»

Herr A schaute ihn forschend an. «Vielleicht täusche ich mich. Es ist zu verrückt, was, eigentlich nicht wahrscheinlich, unmöglich sogar … Was hat ein Uhrmacher in einer Ambassade zu suchen, in der alle Uhren ihrer Zeiger beraubt sind?»

«Aber sie *ticken*», sagte Otto. «Haben Sie das nicht gehört?»

Herr A sagte nichts, er nickte nur, mit nachdenklichem, ernstem Gesicht. Sie lauschten beide dem recht majestätischen Ton der großen Standuhr.

«Sie weisen den Weg in den Raum», flüsterte Otto. «Das Galgenkind hat gesagt, dass …» Er unterbrach sich abrupt.

«Was?», fragte Herr A.

Otto zog die Schultern hoch. Er dachte an das Galgenkind und all seine Heimlichkeiten. Durfte er Herrn A erzählen, dass hier in der Ambassade tatsächlich ein Uhrmacher wohnte und arbeitete? Vielleicht hatte er schon zu viel gesagt.

Herr A schien seine Gedanken zu erraten. «Geheimnisse», sagte er. «Mysterien! Herren, die sich ähneln, als wären sie ein einziger Mensch, der sich in zwei gespalten hat.»

«Sie sind Doppelgänger», unterbrach ihn Otto. «Keine Zwillinge.»

«Bist du dir dessen sicher?»

«Ja.» Es klang unsicher, merkte Otto selbst. Sollte er Herrn A warnen, ihm erzählen, dass Herr Montag den Bibliothekar nicht kannte, nicht kennen *durfte*? Und ob der Bibliothekar wohl wirklich der Uhrmacher war? Wäre das nicht etwas zuviel des Guten?

«Doppelgänger», überlegte Herr A weiter. «Und einer der beiden Herren wartet mit einer Geschichte auf, liest eine Fabel vor, in der ich mir selbst begegne. Eine unwahre Erzählung noch dazu, das wird die Zeit uns lehren. Warte nur, bis ich meine Version aufgeschrieben habe.» Er zog einen Stapel leerer Blätter zu sich heran. «An die Arbeit also!» Sein Lächeln war jetzt süßsauer. «Wir sprechen uns noch einmal näher, junger Mann. Ich hab auch etwas gehört von irgendeinem Buch von dir, in dem … WIE VIELE TÜREN HAT DIESE BIBLIOTHEK?», fragte er auf einmal so laut, dass Otto einen Schritt rückwärts ging.

Aber Herr A hatte nicht ihn gemeint. Er schaute umher und fragte … niemanden oder jemanden, der unsichtbar war: «Hinter welchem Schlüsselloch lauert ein Ohr?»

Dann schaute er Otto ganz kurz an und legte einen Finger an die Lippen. Er ließ noch einmal seinen Blick durch die Bibliothek schweifen.

«Ist hier jemand?»

Die zeigerlose Uhr tickte herausfordernd: «Ich! Ich!»

«Kein anderer da, Otto, nur wir beide», sagte Herr A leise. «Das scheint nur so, weißt du! ‹Das A von was?›, hast du mich gefragt …» Er hob wieder seine Stimme. «In jedem Fall nicht das A von Abhören und ebenso wenig das B von Belauschen!»

Keine Antwort, außer dem Ticken der Uhr.

«Worauf wartest du noch, Otto?», sagte Herr A. «Geh nur schnell zu ihnen. Deine Freunde sind hier in der Nähe.»

III

Otto blieb am Tisch stehen, verlagerte sein Gewicht vom einen Bein aufs andre. Herr A hatte sich über ein weißes Blatt Papier gebeugt. Er tat, als schriebe er, aber Otto hatte ihn im Verdacht, dass er nur Häkchen und Kringel malte oder Strichmännchen zeichnete. Er konnte nicht sehen, ob es wirklich so war, also sagte er leise: «Tschüs», drehte sich um und lief fort, raus aus der Bibliothek.

Ehe er sich's versah, war er in einem unbeleuchteten, gewundenen Gang gelandet. Seine Taschenlampe fiel ihm ein, er wollte sie herausholen, suchte in allen Taschen. Weg! Wie war das nun möglich ...

Ein paar Schritte weiter hielt ihn jemand an. «Hi! Renn mich nicht um», flüsterte das Galgenkind im Dunkeln.

«Renn du mich nicht ... Wie kommst du ...»

«Ssst. Geheimnis. Er hat dich ganz hübsch im Schnack aufgehalten, der Herr A. Worum ging es denn?»

«Sag ich nicht», flüsterte Otto. «Du weißt es doch längst.»

«Nagel auf den Kopf getroffen, aber viel Neues hab ich nicht gehört», sagte das Galgenkind. «Halte meine Hand fest, ich kann im Dunkeln sehen wie eine Eule, lauf mit mir mit.» Er kicherte unterdrückt. «Das A von Abhören, das war gut. Clara hat so einen Schreck gekriegt, dass sie abgehauen ist, die hockt jetzt bestimmt in der Küche und trinkt Tee und isst Zuckerkuchen mit Xanthippe und dem Bibliothekar.»

«Uhrmacher!», sagte Otto. «Ist der Bibliothekar es wirklich? Der Uhrmacher aus seiner Geschichte und aus meinem ...»

«Ssst! Er ist der Uhrmacher der Ambassade, ja ... aber das hält er vor jedem ge-»

«Geheim?»

«Sei doch still. Fall nicht auf die Nase, hier ist eine Stufe. Ob er der Uhrmacher aus dem grauen Heft ist, das weiß ich nicht», sagte Christian leise. «Ich denke schon. Nur musst du nicht so laut über dein Buch herumschreien, du Trottel, und schon gar nicht in der Bibliothek. Das war dumm von dir.»

«Oh, aber Claartje ...», begann Otto.

«Ssst», sagte Christian wieder. «Vielleicht sitzt sie gar nicht in der Küche bei Tee und Zuckerkuchen. Mit dem Z von Zeit, und die wird es lehren. Und Herr Simak kann hier auch noch was lernen. Wenn er der Uhrmacher aus seiner eigenen Geschichte ist, nun, dann ...»

«Was dann?», fragte Otto. «Lauf nicht so schnell.»

«Kann er eine Zeitmaschine bauen, die tatsächlich funktioniert, Zeit genug hier.» Das Galgenkind blieb stehen. Nach einem kleinen Knipsgeräusch strahlte ein Bündel Licht aus der Taschenlampe in seiner Hand.

«Meine Taschenlampe!», sagte Otto.

«Unsere Taschenlampe.»

«Unsere Taschenlampe, okay. Nur ... wie hast du die nun schon wieder in die Finger ...»

«Fiel aus deiner Tasche, in der Bibliothek. Ich hab sie sofort aufgehoben ... Aufgefangen. Sonst wäre sie vielleicht kaputt, aber jetzt ist sie heil geblieben und brennt vollerhellendfett», sage Christian zufrieden, während er Fußboden, Wände und Decke anleuchtete.

Sie standen, sah Otto, in einem Gang, in dem er bisher noch nicht gewesen war. Ganz am Ende war eine Tür, darüber flaschengrüne Lämpchen, nahe bei ihnen hing eine schimmernde Uhr mit Ketten und Gewichten an der Wand. Christian schien sie auch anzublicken, denn er sagte:

«Nicht viel dabei, könnte man denken, Uhrmacher zu sein, wenn man alle Zeiger aus den Uhrgesichtern holen muss. Aber es ist gerade umgekehrt: Für einen Bibliothekar sogar spannend wie nur was ... Da kann er sie als Lesezeichen gebrauchen.»

«Tut er das?»

«Deshalb wollte er hier Bibliothekar werden, Doofkopp! Ein arg guter Bibliothekar ist er noch nicht, aber er gibt sich Mühe. Und, Otto, dass seine Zeituhrmaschine nicht funktioniert haben soll ... Glaubst du das? Das wäre doch mordsdumm gewesen.»

«Nach Ansicht von Herrn A funktionierte sie aber!»

«Ja. Ich hoffe, dass der eine bessere Geschichte schreibt, mit vielen A-s von Abenteuern darin. Weitergehen, Schneckenläufer, wir gehen zum Raum für Reisende.»

«Nicht in die Küche?»

«Das können wir immer noch. Zuerst nachsehen und kontrollieren, ob ein Fenster oder eine Tür offen steht im Raum für Reisende. Rabe ist dort, und der muss nach draußen können, wenn er will.»

«Rabe?»

«Rabe. Das ist ein Vogel, Trottel. Der Rabe vom Galgenberg, mein gefiederter Freund.»

«Und der Rabe war tot!»

«Das bildest du dir wohl ein, er ist nicht der Rabe Ralf», sagte Christian. «Dieser Rabe ist quicklebendig, jetzt gleich kannst du ihn sehen, so schwarz wie Ebenholz, so wild wie ein Blizzard und so zahm wie ein Lamm.» Er machte die Taschenlampe aus und öffnete die Tür am Ende des Ganges. Er ließ Otto in einen kleinen viereckigen Raum vorangehen, ohne Fenster, kümmerlich erleuchtet und vollkommen kahl.

Hier ist wirklich nur eine einzige Tür, sah Otto … ein bisschen zu spät, denn Christian hatte sie schon zugemacht; er drehte einige Male am Griff (einem runden, aus glänzendem Metall) und zählte leise dabei.

«Was machst du da?», sagte Otto. Plötzlich wurde das Zimmer eine Gefängniszelle, in der sie eingeschlossen waren. «So kommen wir auch nicht weit!»

«Nicht weit, aber hoch.» Christian ließ den Knopf los. «Vielleicht noch höher als der Galgenberg. Ob Rabe es wohl weiß? Mein Opa gibt keine Antwort, wenn ich ihn frage, glaub ich, so tief unter dem grünen Rasen.»

«Sag was Sinnvolles, bitte …» Otto bekam ein komisches Gefühl im Magen. Es knackte in seinen Ohren, sein Körper war wie aus Blei. Das mickrige Lämpchen in der Zelle flackerte.

«Wenn du dies nicht sinnvoll findest, bist du ein Hohlkopf», sagte das Galgenkind herzlos. «Total albern. Zehn, zwanzig … achtzig … Wir sind da. Raus!»

Otto folgte ihm erleichtert, schaute sich verwundert in einem wohlbekannten Durchgang um: vor ihm die Tür, hinter der das grüne Badezimmer sein musste, links die Öffnung zum Kofferspeicher, rechts die kleine Treppe zum … *Raum für Reisende*!

«Das wusste ich nicht», flüsterte er. Er schaute sich nach dem kleinen Zimmer um, aus dem sie gekommen waren, aber das war nicht mehr zu sehen, die Tür war zu. «Dass ihr hier einen Fahrstuhl habt!»

«Wir haben hier Alles, mit 'nem A», sagte Christian, «also auch einen Fahrstuhl. Und zwar mehr als einen.»

«Und warum mussten wir dann voriges Mal all die Treppen raufklettern?»

«Hinabsteigen, Doofkopp.»

«Entschuldige, das mein' ich auch. Warum …?»

«Die Fahrstühle sind eigentlich für Professor Einstein. Um seine Theorien damit zu beweisen und sie zu erklären.»

«Seine Relativitätstheorien?», fragte Otto ungläubig.

«Genau. Die spezielle und die allgemeine.» Das Galgenkind lief die Holzstufen hinauf. «Manchmal benutzt er auch Züge. Wir schenken ihm zu seinen Geburtstagen (am vierzehnten Nerz) wahnsinnig schöne Eisenbahnen, mit Lorentz-Scheinwerfern und einem doppelten Satz Automotiven.»

«*Loko*motiven. Eisenbahnen?»

«Mit Kartons voller Schienen.»

«Spielzeug?»

«Ja, was dachtest du denn?»

Otto schwieg; dies wurde ihm allzu unsinnig. Ein gelehrter Professor, mit Eisenbahnen spielend …*

Im Raum für Reisende wurden sie von einem Windzug und einem klappernden Geräusch begrüßt. Weite schwarze Flügel erschreckten Otto einen Moment und nahmen ihm die Sicht. Einen Augenblick später stand er Auge in Auge einem dunklen Vogel gegenüber, der sich auf der einen Schulter des Galgenkindes niedergelassen hatte.

«Dies ist Rabe», sagte Christian stolz. «Und sieh mal! Was hat er mitgebracht?»

Der Vogel hielt den Kopf schief und schaute Otto mit einem seiner runden, schlauen Glitzeraugen von der Seite an. In seinem kräftigen Schnabel baumelte ein Schlüssel.

«Aber das ist …», begann Otto.

«Der Schlüssel unserer Türen, die nach außen führen, Norden, Osten, Süden, Westen. Knorke gemacht, du kluges Flügeltier»,

* Otto täuschte sich! Einstein benutzte gern Fahrstühle und Eisenbahnen, um seine Relativitätstheorien zu erklären. Siehe meine Bücherliste, unter Nr. 9. (Bibliothekar)

sagte das Galgenkind. Er wollte den Gegenstand packen, aber der Rabe schüttelte den Kopf und hielt den Schlüssel weiterhin fest in seinem starken Schnabel.

«Hast du ihn vielleicht geklaut, Galgentier, rabenschwarzes Raubtier?», fragte Christian. «Gib her, oder du kriegst es sofort mit Dunkler Marsjan zu tun, du brutales KIM … Brav!», ließ er hierauf folgen.

Otto sprang zur Seite, aber der Schlüssel war schon – BOING! – auf dem Fußboden gelandet.

«Verdammt … beinah auf meine Zehen!»

«Natürlich nicht, so dumm ist Rabe nicht.» Das Galgenkind bückte sich und hob den Schlüssel auf. Der Rabe hüpfte flügelschlagend von seiner Schulter auf seinen Kopf und wieder zurück.

«Mann», flüsterte Otto. «Wie ist der groß und schwarz … und, eh … schön.»

«Hörst du, Rabe, du bist schön, und das behauptet nicht jeder», sagte Christian. «Aber Otto musst du glauben. Er ist mein Freund, sag mal ‹Angenehm›. Und vielen Dank für den Schüssel.»

«Rok krok krak», sprach der Rabe.

«Oh, hatte Marsjan ihn fallen lassen», sagte das Galgenkind zu ihm. «Im Schnee?»

«Kra», antwortete der Rabe.

«Aha, wohl stibitzt, aber nicht geraubt. Den Schlüssel aus dem Schnee gerettet und aufbewahrt.»

«Krakra krok», krächzte der Rabe zustimmend.

«Das wird Marsjan freuen», sagte Christian. «Ich werde Janus das Ding geben, sobald ich kann. Wenn der nicht aus Stein wäre, hätte er es uns erzählen können. Dann hätte Herr Simak gewusst, dass der Schlüssel in die Ambassade zurückkommen würde.»

«Was meinst du damit?», fragte Otto.

«Janus' einer Kopf schaut in die Zukunft, er wusste also im Voraus, dass Rabe den Schlüssel zurückbringen würde. Du darfst ihn ruhig streicheln, Otto. Oder ihm das Köpfchen kraulen.»

Otto hatte noch nie einen Raben gesehen, folglich auch noch keinen gestreichelt. Dennoch tat er, was Christian ihm sagte – vorsichtig, denn er hatte mehr Angst vor dem Vogel als der Vogel vor ihm. «Wann ist der Schlüssel verloren gegangen?», fragte er.

«An dem Abend, als Marsjan in den Schneesturm ging, um einen

Asylsuchenden zu suchen und uns die Tür vor der Nase abschloss?»

«Genau!», sagte das Galgenkind. «In der Nacht.»

«Kraa!», rief der Rabe. Er breitete die Flügel aus und flog eine Runde durch den Raum, mit Kapriolen und Kurven rund um die Sturmlaternen. Er hüpfte in den leeren Vogelkäfig hinein und wieder heraus – «Steht immer offen», sagte Christian – und vollführte die tollsten Kapriolen. Zum Schluss landete er auf dem Tisch, unter der Hängematte.

Christian lief zum Schrank und suchte darin herum. «Es ist ruhig hier. Sicher sind alle Reisenden losgezogen, und das ist uns gerade recht. Nur haben sie beinah alles Brot mitgenommen.» Er gab Rabe ein Stückchen Wurst. «Hast du auch Appetit auf etwas, Otto?»

Otto fing das Rosinenbrötchen auf, das ihm zugeworfen wurde, und biss hinein. «Hat Marsjan den verlorenen …»

«Nicht mit vollem Mund reden», sagte das Galgenkind. Er zeigte zur Luke in der Decke. «Dadurch sind sie zurückgekommen, auf Skiern, übers Dach, als es dick zugeschneit war. Marsjan und Jan A.»

Das kam Otto unwahrscheinlich vor, jedenfalls für … «HERR A?»

«Zum Glück haben Marsjan und Rabe ihn rechtzeitig gefunden, sonst hätten wir ihn hier vielleicht nie wieder gesehen. Er war spazieren gegangen und hatte sich verirrt, der Dummkopf.» Christian hatte sich auch ein Rosinenbrötchen genommen und biss hinein.

«Sprichst du von Herrn A?»

«Von wem sonst», sagte Christian mit vollem Mund. «Warum bist du so vor ihm erschrocken in der Bibliothek?»

«Ich bin überhaupt nicht erschrocken.» Otto machte beinahe wieder einen Sprung, weil Rabe plötzlich mit den Flügeln schlug und krächzte.

Christian lachte auf. «Du kriegst noch ein Stückchen», sagte er zu dem Vogel. «Hier, komm, du Gierschlund. Wenn du dann noch Hunger hast, musst du eben auf die Jagd gehen. Hör nicht auf die Nebelfrau. Geh nur, du kannst nach draußen und wieder herein, wann du willst. Die Tür nicht weit offen lassen, denk dran, nur einen Spalt. Auch nicht zu, denn alle Reisenden müssen hereinkönnen.» Er ging mit dem Raben auf der Schulter zur Glastür, die angelehnt war, und schob sie weiter auf. Es wehte etwas, es tropfte ein wenig. Der Himmel war graubewölkt, hier und da brach gelbliches Licht durch. Otto schauerte es.

«Richtiges Nordpolbärwetter», sagte das Galgenkind. «Hörst du den Wasserfall in der Ferne? Was werden wir in dieser Herbstnacht bekommen: Nebel oder Mond?»

Das ist überhaupt wahr, überlegte Otto. Nordpolbär ist November … kein Winter also.

Der Rabe flatterte nach draußen, setzte sich einen Augenblick auf die Balustrade und flog dann mit ruhigen, kräftigen Flügelschlägen fort.

«Macht einen Rundflug durch das Tal
hinter Nebel und Wasserfall
über die Berge ganz allein
zu dem Galgen und Rabenstein»,

sagte Christian mit gedämpfter Stimme.

«Und der Schwan?», fragte Otto.

«Der schwimmt auf dem Weiher, hab ich doch gesagt.»

Otto dachte: Dann hat Herr A also kein Steinchen …

Der Rabe entschwand ihren Augen.

Christian sagte. «Er kommt immer wieder hierher, vor allem im Winter und Herbst. Um meinetwillen. Zu allen Zeiten willkommen.»

«Genauso willkommen wie Herr A», sagte Otto ein klein wenig abfällig. «Wie kam es», fragte er, «dass er sich verirrt hatte, so dass Marsjan …»

«Musst du Herrn A fragen», sagte Christian. «Es ist eine lange Geschichte, darum erzähl ich sie nicht, ein anderes Mal vielleicht. Willst du noch was essen?»

Otto hatte keinen Appetit mehr. «Herr A hat mir selbst gesagt, dass … Aber du weißt das natürlich.»

Christian machte die Schiebetür zu, bis auf einen schmalen Spalt. «Was? Ich weiß von nichts.»

«Er hat mir erzählt, dass auch Schurken hier Asyl bekommen können. Verbrecher, die aus dem Gefängnis entflohen sind.»

«Das lässt sich hören», sagte Christian. Er ging wieder zum Schrank und holte ein Stück Tau heraus. «Sonst würde der Ambassadeur mir nie Asyl gewähren. Ich werde sowieso an Galgen und Rad enden.»

«Du bist doch kein Schurke!»

«Jetzt noch nicht, ich werde es erst, wenn ich erwachsen bin. Ich bin das Galgenkind, Sohn der Henkerstochter und des Gehenkten.» Christian zog das Tau durch die Öse des großen Schlüssels, so dass er ihn sich um den Hals hängen konnte. «Jeder, der es schafft, die Ambassade zu finden, ist willkommen, vergiss das nie, Otto. Also Jan A auch. Er ist von weither gekommen und hat Gefahren getrotzt.»

«Und darum durfte er sicher diesen ganzen Raum für Reisende für sich allein haben!»

«Das ist nicht wahr ... nun ja, ein einziges Mal vielleicht. Und wenn schon; Zimmer genug ... Und nun», sagte Christian in vertraulichem Ton, «werde ich dir von dem einen Mal erzählen, das hab ich dir doch versprochen. Herr Jan A wird uns nicht stören oder belauschen, denn der sitzt unten in der Bibliothek und schreibt sich die Finger blau. Und der Bibliothekar und der Sekretär und der Archivar werden schon dafür sorgen, dass er nicht weggeht, bevor seine Geschichte fertig ist.»

IV

Gleich darauf saßen sie zusammen in der Hängematte – total fantastisch, dachte Otto –, mit einem guten Überblick über den schiffsartigen Raum. Es war nicht kalt, obwohl die Tür ein bisschen offen stand: Drinnen brannte ein kleines Feuer im Ofen. Wenn sie still waren, hörten sie es draußen rauschen.

«Ganz sanft schaukeln», flüsterte das Galgenkind. «Es regnet Zeit, horch mal. Maikäfer ... Nordpolbär ... Jaguar. Du warst nicht hier, am sechsten ...»

«Ich war am siebten hier», sagte Otto, ebenfalls flüsternd. «Wenigstens sagte Claartje, dass es der siebte Januar sei ...»

«Jaguar.»

«Sorry, Pardon, sie sagte, es sei der siebte des ersten Monats. Und sie sagte auch, der Raum für Reisende sei verboten.»

«Du glaubst doch nicht alles, was sie sagt?»

Otto gab keine Antwort. Nein, dachte er, jetzt nicht mehr.

«Du darfst uns nie alles glauben, du Trottel», sagte das Galgenkind. «Wer würde denn jemals etwas sagen, ohne zu lügen?»

«Wenn du nur ohne zu lügen über Herrn A erzählst», sagte Otto. «Er hat mich hier weggejagt, einfach so. Er wollte mich sogar vom Balkon werfen.»

Christian ließ die Hängematte schneller schaukeln. «Balkon?»

«Vom Deck, wenn du das besser begreifst. In den Abgrund.»

«Mit ’nem A.»

«Kein Ge-A-he, bitte!»

«Und Herr A? Wollte er dich wirklich vom Deck runterwerfen?»

«Frag Marsjan, wenn du mir nicht glaubst!» Otto schluckte. Eigentlich, begriff er plötzlich, wollte er lieber nicht, dass Christian Marsjan danach fragen würde … «Er, Herr A, drohte mir mit allem Möglichen», fuhr er fort. «Einfach nur, weil ich übernachten wollte. Das hatten wir doch miteinander verabredet? Aber du warst nicht da.»

«Pardon, ich wusste nicht, wann du wieder hier sein würdest.» Christian grinste entschuldigend. «Und, weißt du, Jan A ist in der Nacht davor wütend-böse auf mich gewesen, er hat mich bunt und blau geflucht, hat mich als Schuft und Schurken beschimpft.»

«Wirklich?» Otto erinnerte sich an etwas. «Warum?», fragte er. «Wolltest du ihm etwas stehlen?»

«Du sagst es! Sieh mich nicht so dummdusselig an, Otto, ich darf so viel stehlen und stibitzen wie ich will, sonst werde ich nicht an Galgen und Rad enden. Und das weiß der genauso gut!»

«Wer?»

«Herr A. Ich hab seine Armbanduhr geklaut – so ein hinterhältiges Biest, das ohne Zeiger dennoch die fallenden Tropfen Zeit verrät. Jede Sekunde springen neue Zahlen darauf, von 0.00 bis 23.59 … und dann wieder von vorn. Eine Schande. Nicht so eine Uhr, wie du sie am Handgelenk hast, sondern eine Armbanduhr, durch die du sofort non grata wirst in der Ambassade. Na, und Herr A war in diesen Raum für Reisende gekommen, um da drüben in der unteren Koje zu schlafen. Seine Armbanduhr war zwar angehalten worden (heimlich, vom Uhrmacher), aber er hatte sie noch um, seine ... wie heißt so eine Uhr doch noch gleich ...»

«Digital?»

«Digital», nickte das Galgenkind. «Eine Quarzuhr mit einem G.V.D.»

«L.C.D.», verbesserte Otto.

«G.V.D., gottverdammt, sag ich. Jan A nahm das Ding ab und legte es unter sein Kopfkissen. Und ich schlich zu ihm hin und klaute sie ... Ssst! Ich hab sie wegstibitzt, um sie zerstören zu können. Ich musste das tun, Otto, sonst würde er nie Asyl bekommen. Das war in der Nacht vom 6. auf den 7. Jaguar. Wir werden den vorigen Tag noch mal wiederholen, um Dreikönig zu feiern. Hast du das schon mal gemacht? Xanthippe bäckt das allerleckerste Dreikönigsbrot, und vielleicht kriegt einer von uns beiden ja die Bohne ...»

«Erzähl jetzt weiter», sagte Otto ungeduldig. «Und da hat Herr A dich sicher erwischt?»

«Bist du verrückt, er hat nichts gemerkt. Aber als ich seine Armbanduhr genommen hatte, hörte ich jemanden ankommen, so leise wie eine Katze, die eine Beute anschleicht. Also bin ich schnell in diese Hängematte geklettert, um zu spionieren, wer es war: Freund oder Feind.»

«Und?»

«Freund. Oder besser: Freundin. Du kennst sie noch nicht, aber sie ist Persona super grata, so lieb, dass niemand eifersüchtig ist, auch wenn sie vielleicht die Schönste in jedem Land ist. Wir nennen sie die Grüne Frau», sagte Christian, sich dicht zu Otto beugend. «Sie ist, sie ist ...»

«So schön wie eine Meerjungfrau-Prinzessin.»

«Woher weißt du das?»

«Ich hab sie gesehen», flüsterte Otto. «Im Badezimmer ... Green Bathroom.»

«O ja? Na, dann brauch ich dir nichts mehr zu erzählen. Ich hätte weggehen können, aber sie sah mich nicht, also bin ich geblieben und hab mich mäuschenstill verhalten. Und er wurde durch sie wach – falls er überhaupt geschlafen hatte. Er sah mich auch nicht ... ist ja klar: Sobald er ihr Gesicht gesehen hatte, sah er niemanden andern mehr. Und ich lag hier ausgezeichnet», sagte Christian. «Der Raum für Reisende ist für jeden, und wollte doch gern mal sehen, wie sie es machten.»

«Was machten?»

«Liebe machten, Mondgesicht.»

«Du meinst ... Liebe machen ... bumsen?»

«Geraten, schlauer Vogel. Ja, ich hatte das nie richtig sehen können.» Das Galgenkind schwieg einen Moment. «Ich hätte gern gesehen, wie mein Vater und meine Mutter es machten, das wäre erst dufte gewesen, aber die sind tot. Für dich ist das anders. Du hast sie noch beide ... Stimmt doch?»

«Ja», sagte Otto. «Aber ...» Er schwieg.

«Hast du etwa nie zugeguckt? Auch nicht heimlich?»

«Nein» sagte Otto. «Das ... eh ... das tust du doch nicht!»

«Warum nicht?»

Es dauerte etwas, bevor Otto eine Antwort fand: «Ich könnte es nicht einmal! Nicht einmal heimlich. Mein Vater und meine Mutter sind geschieden.»

«Was? Wie?»

«Tu nicht so dumm», sagte Otto kurz. «Voneinander geschieden ... Nie davon gehört?»

«Haben sie sich denn nicht ewige Treue geschworen?», fragte Christian. «Wer hat sie geschieden?»

«Sie sich selbst, Blödmann. Ewige Treue ... sehr leicht, du, kein Kunststück, wenn man aufgehängt wird wie dein ... Nun ja, Sorry, Entschuldige, sie sind nicht mehr verheiratet.»

«Meine Mutter und mein Vater waren auch nicht verheiratet.»

«Meine zuerst schon, aber jetzt nicht mehr. Sie sind auseinander, sie wohnen getrennt.»

«Und du? Wo wohnst du?»

«Bei meiner Mutter. Mein Vater kommt manchmal zu Besuch, und ich gehe jeden Monat zu ihm, manchmal auch öfter.»

«Das ist wieder was anderes», flüsterte das Galgenkind. «Ich wünschte manchmal», sagte er dann, «ich hätte meine Mutter und meinen Vater noch. Und so wie bei deinen, kommt es mir sogar irgendwie aufregend vor. Eine Waise zu sein, ist auch nicht das Wahre ... Aber das darfst du nicht weitersagen, oder ich schlag dir den Kopf in deinen ... Pardon. Kapierst du?»

Otto nickte ernst, nachdenklich. So hatte er es noch nicht betrachtet. Christian wartete seine Antwort nicht ab, er erzählte weiter, noch immer mit gedämpfter Stimme: «Also lag ich in dieser Hängematte, um nach den beiden in der unteren Koje zu schielen. Sie hatten das letzte Licht ausgemacht, und ich konnte unsere Taschenlampe natürlich nicht benutzen. Ich hatte die übrigens Claartje ausgeliehen. Ich kann im Dunkeln sehen wie Schrödingers lebende Katzen, aber ich sah nicht viel. Ich hörte so das eine und andere, aber ich sah fast nichts, denn sie blieben unter der Decke, wie warm ihnen auch werden mochte ...»

«Und dann?», flüsterte Otto. Er versuchte es sich so lebendig wie möglich vorzustellen: Herr A, der mit dieser schönen, nackten, grünen Frau Liebe machte.

«Dann haben sie spitzgekriegt, dass ich da war ... Blöd, was? Er sah, dass ich hier in meiner Hängematte war, verflixt, wie war der wütend, er verfluchte mich wie ... Rasend war er. Eigentlich wollte er mich vermöbeln, und das hätte er auch getan, wenn sie nicht da gewesen wäre.»

«Und sie?», fragte Otto.

«Sie saß da und lachte, nackt und fröhlich – die Decke war weggerutscht –, und sie sagte, dass ich bin, was ich bin: das Galgenkind, brutal wie der Henker. Und dann haben sie mich weggeschickt, und das war's.» Christian lachte und seufzte zugleich. «Außer dir (und den beiden natürlich) weiß nur Xanthippe davon. Weil ich es ihr erzählt hab. Sie sagte, es sei eine Schande.»

«Was, zu bumsen?», fragte Otto.

«Nein, Doofkopp, zuzusehen. Xanthippe sagte, verliebte Menschen wären sehr auf ihre Privatsphäre bedacht, oder wie das heißt. Nun ja, ich hab seine Armbanduhr, oder ich hatte sie, denn die ist inzwischen vernichtet.»

«Wirklich?», fragte Otto.

«Was?»

«Vernichtet.»

«Zu Scherben. Damit hat doch alles angefangen! Er hätte ja eine mit Zeigern mitbringen können. Und du ... du hast also die nächste Nacht die volle Ladung abgekriegt.»

«Er tobte.»

«Dachte vielleicht, dass sie wieder da war und ...»

«Wer ist sie eigentlich?»

«Sie? Sie hat zwölf Namen, für jeden Monat einen. Ich nenne sie: ‹Regen-auf-den-Bergen›. In der Nacht, in der du hierher kamst, dachte Herr A sicher, dass sie wieder da wäre, und statt dessen bekam er deine Visage zu sehen … Pardon, Entschuldigung, es kann auch sein, dass er dich im Moment für mich gehalten hat …»

«Lach nicht, Christian! So angenehm war es wirklich nicht. Er war furchtbar gemein ..» Otto brach ab. War Herr A wirklich so gemein?

«Du hättest damit rechnen müssen, du Trottel! Clara hatte dich doch gewarnt …»

«Clara? Ja, auf ihre Weise!» Otto wurde böse. «Sie sagte alles Mögliche, aber in dem, was sie sagte, war überhaupt kein roter Faden.»

«Der Faden war lang und dick genug, um dich dran aufzuhängen», sagte das Galgenkind munter, «aber du bist noch heil und ganz, stimmt's oder stimmt's! Asylsuchender A durfte mit Erlaubnis des Ambassadeurs eine Nacht lang diesen Raum haben, nicht für sich allein, sondern zusammen mit Regen-auf-den-Bergen, wenn sie es beide wollten … Nun guck doch mal etwas fröhlich-und-freier, das war im Jaguar und nicht jetzt. Darum gibt es die Zeit: die sorgt dafür, dass nicht alles zugleich zu geschehen braucht.»

«Was du dir alles ausdenkst!»

«Ich denk mir nichts aus, es ist die Wahrheit, ungläubiger Thomas.»

«Ich heiße Otto.»

«Die Zeit ist erfunden worden, um zu verhindern, dass alles jetzt sofort und zugleich geschieht. Das kannst du sogar gedruckt finden in einem schwierigen Buch mit Ö von Ö-ko-no-mit oder Ökonomie. Frag den Bibliothekar …»*

«Lass uns lieber über mein Buch sprechen!», sagte Otto. «Hör zu, Christian, ich weiß, wer es hat.»

«Aha! Weißt du es?» Das Galgenkind sprang unerwartet aus der Hängematte auf den Tisch und vom Tisch auf den Fußboden.

* Das kann der Ökonom Keynes gewesen sein oder einer seiner Schüler. (Bibliothekar)

«Wer denn?»

Otto hielt sich kräftig an einem Seil seines sich nun heftig bewegenden Sitzplatzes fest. «Rate! Wer von den dreien: Claartje oder Clara oder Claire?»

Christian schaute zu ihm hinauf. Sehr verwundert schien er nicht zu sein. «Bist du dir dessen nun wirklich völlig sicher?»

Otto sprang auch aus der Hängematte. «Ja», sagte er, als er dem Galgenkind gegenüberstand. «Endlich! Wie lange weißt du es schon, Christian Morgenstern?»

«Wie lange? Wie kurz? Ich schweige wie das Grab. Wie bist du dahinter gekommen, Freund?»

«Die erste Geschichte handelt von ihr und ihrer Schwester.»

«Na, und wenn schon?»

«Und es ist wirklich passiert, das ist schon mal sicher.» Otto dachte an Claartje, wie sie im Musiksaal *Für Elise* spielte und dabei weinte. Aber das sagte er nicht. Er fragte: «Hat der Bibliothekar die Geschichte nur dir vorgelesen?»

«Die von der anderen Seite der Tür? Ja.»

«War Claartje nicht dabei?»

Christian schaute Otto gerade in die Augen. «Nein.»

«Und du weißt nicht, wo Elise ist?»

«Das weiß niemand, Otto. Niemand.»

«Nicht mal Claartje?»

«Sie sagt, dass es Elise nicht gibt. Dass die ganze Geschichte ausgedacht ist. Fantasie.»

Otto schauderte. Der große Raum schien auf einmal kalt und feucht zu sein. «Dann kennt sie die Geschichte also, auch ohne Vorlesen», sagte er. «Sonst würde sie das nicht behaupten können.»

«Wie klug du doch bist, Otto, bravo. Hast du das Claartje alles gesagt?»

«Nein. Ich hatte vermutet, dass sie mein Buch gestohlen hat, sicher war ich nicht. Jetzt wohl! Sie kannte die Geschichte vom Uhrmacher auch, ich habe sie genau beobachtet. Warum sagst du nichts, Christian?»

Das Galgenkind bewegte seine Finger über dem Schlüssel auf seiner Brust. «Was soll ich sagen? Du redest doch schon, und du weißt es genau.»

«Ist das dein Ernst? Was denkst du?»

«Hab ich dir schon lange gesagt, Doofkopp. Sie spioniert gern, meine Freundin Clara Mondschein.» Etwas wie Ärger zog über Christians Gesicht. «Ich dachte, dass ich schlau genug gewesen wäre, das Buch *un*beobachtet …»

«… aus der Bibliothek zu stibitzen.»

«Zu leihen!»

«Ich werde dir etwas zeigen», sagte Otto. «Seite sechs! Darum ging es doch?»

«Das ist zu verrückt, das geht zu weit, das würde ich nie tun», sagte das Galgenkind kurz darauf. Es saß neben Otto auf dem Rand einer der unteren Kojen. «Eine Seite herausgerissen!»

«Herausgeschnitten. Hat Claartje ein Messer, so wie du?»

Das Galgenkind schaute Otto drohend an: «Du verdächtigst mich doch nicht wieder, Freund?»

«Nein, nein. Natürlich nicht!»

«Ich schneide nur Kerben in Türen und Mauern und Möbel und Fußböden. Ich mache nie die Sachen anderer Leute kaputt.»

Außer Digitaluhren, dachte Otto, aber er wagte es nicht laut zu sagen.

«Und es ist dein Buch, Otto, Bibliothek oder keine Bibliothek. Es gehört dir, so wie es wem auch immer gehören könnte, denn du bist hierher gekommen, auf diese Seite der Tür. Am meisten deines, weil dein Name darinsteht, gedruckt, FÜR OTTO. So war es, und so ist es.»

Die Freunde schauten sich an, wieder völlig einer Meinung.

Otto faltete das Blatt wieder zusammen und schob es in den Briefumschlag zurück. «Vielleicht», sagte er zögernd, «hat sie mir dies als … liebevolle Aufmerksamkeit gegeben.»

«Mit 'nem A.»

«Zum Beweis, dass ich Asyl habe.»

«Schon wieder mit 'nem A! Um Asyl zu bekommen, musst du zum Ambassadeur gehen. Clara hat kein Jota darüber zu bestimmen, dieser Mistkäfer.»

«Ich dachte, sie wäre deine Freundin.» Otto suchte und fand das Formular von Herrn Simak und tat es auch in den Umschlag, zu Seite fünf und sechs.

«Sie ist auch meine Freundin. Aber darum kann sie trotzdem ein Misttrine sein, eine Ka, ein Nagel zu meinem Sarg.» Christian grinste.

«Und ich weiß indessen immer noch nicht, wer der Ambassadeur ist.»

«Mit 'nem A.»

«Hör auf damit. Wer ist es, Christian?»

«Hast du mir nicht erzählt, dass du es wüsstest?»

Otto seufzte. «Das dachte ich zuerst auch, ich dachte, es wäre Marsjan.»

Christian schüttelte mitleidig den Kopf. «Wie konntest du dir so was ausdenken, Schlaumeier.»

«War das so verrückt? Marsjan ist ein mächtiger Marsianer. Und auf der Erde gibt es nirgendwo ein Land Januarien.»

«Auf dem Mars ebenso wenig, du Trottel. Es gibt überhaupt kein Januarien. Es gibt nur eine Januarische Ambassade. Und wer der Ambassadeur ist – dahinter musst du selbst kommen, für dich allein, genau wie jeder. Völlig Allein.»

«Mit 'nem A.» Otto konnte es nicht lassen, es auch zu sagen, obwohl es ihm allmählich zu albern wurde.

Christian stand auf. «Wir gehen nach unten», sagte er. «Ich, um den Schlüssel zurückzubringen, und du, um zu Clara zu gehen.»

«Warum?»

«Wer A sagt, muss auch B sagen, du Alphabet! Und C und noch weiter. Du musst dein Buch von Clara zurückverlangen, Doofkopp.»

V

Das A von ... Wie heißt Herr Jan Anonym vollständig? Das, dachte Otto, muss ich Christian auch fragen, ich wette, dass er es weiß ... Aber das Galgenkind war schon aus dem Raum für Reisende gerannt. Erst auf dem Speicher mit den Koffern holte Otto ihn ein.

«He, warum nehmen wir nicht den Fahrstuhl?»

Christian hatte schon einen Fuß auf der gusseisernen Treppe. «Der Fahrstuhl ist schon längst woanders. Sei nicht so faul, Otto, es geht nur nach unten und ...»

«Ich will noch kurz zum Green Bathroom.»

«Was willst du da denn?»

«Normal. Pinkeln.» Das war die Wahrheit, auch wenn es nicht dringend nötig war. Und wer weiß … dachte Otto.

«Oho!», sagte Christian. «Ich durchschau dich! Es wäre aber dusseliges Glück, wenn du sie da wieder treffen würdest, Grasgrünmarie, Regen-auf-den-Bergen … Okay, ich komm mit.»

Keine grüne Frau, auch keine Nebel und Wasserdampf in dem noch immer geheimnisvollen, luxuriösen Baderaum … Sie blieben nicht lange da und stiegen bald nach unten, über bekannte und unbekannte Treppen, durch Gänge und Zimmer auf dem Weg zu …

«Es wird Zeit zu überlegen, wohin wir zuerst …» Christian blieb stehen. «Küche? Raum der Mitte, von dem alles ausgeht? Bibliothek?»

«Nicht zur Bibliothek.»

«Ich muss Janus den Schlüssel zurückgeben.»

«Und Herrn A stören? Dann geh, los!»

Päng!

Pintang Pingting Päng Päng Klangping

Bung Bung Bung Bung Bung Bung Bung

Nicht weit von ihnen entfernt schlug jemand plötzlich eine ganze Menge Klaviertasten an, zugleich und kurz hintereinander, als ob viele flinke Füßchen darüberhin hüpften.

Kling.

«Katzenpfötchen! Katzengespringe!», rief Christian. «Zum Raum der Mitte. Schnell!»

Tanzend und springend lief er vor Otto her.

Die wirren Klänge gingen in richtiges Klavierspiel über – rasch, rau und mitreißend. Im Geiste sah Otto deutlich eine Katze, ja, sogar zwei, jazzend über die weißen und schwarzen Tasten …

Schrödingers Katze?
Einsteins Tiger?
Mitspielen!
Zupacken!
Schmusen!

Kitten on the Keys.

Keine wirklichen Katzenpfötchen. Hände. Finger. Wessen? Albert Einstein ist es sicher nicht. Elise auch nicht, dachte Otto. Dizzy, Jazzy. ZEZ.

Inzwischen hatte er Christian eingeholt, sie blieben nebeneinander in dem Zimmer mit den vielen kleinen Gemälden stehen. Das Galgenkind schlug mit einem Fuß den Rhythmus auf den Fußboden. Es sagte: «Ich weiß, welches Stück das ist. Ohrenbetäubend-schwindeligmachend-fett und … nicht für die Katz. Ich meine …»

Die spielenden Hände schienen plötzlich zu stolpern. Ob sich dabei einige Finger verwirrten, konnten sie nicht sehen, aber danach wurde es still.

«Schwierig für den Pianisten», sagte das Galgenkind. «Sie repetieren», flüsterte er. «Repetieren für heute Abend.»

Wieder ein Schwall von Klängen. Und Stille.

«Repetieren?»

«Musikabend. Immer bei Vollmond und auch öfter.» Christian lachte leise. «Der Professor sollte dies lieber nicht hören! Er soll ruhig nach der Pause kommen, mit Mozart und Bach. Du kommst doch auch?»

«O ja, ja», flüsterte Otto, überglücklich über diese unerwartete Einladung.

«Drück den Daumen, dass die Wolken sich verziehen», sagte Christian, «so dass der Mond voll hereinscheinen kann. Du kannst vielleicht auch etwas spielen», fügte er hinzu.

«Ohne mich!», sagte Otto.

«Es braucht nicht *Für Elise* zu sein.»

«Nein, du, ich hör lieber zu. Und für den Mond könnt ihr doch sicher sorgen!»

«Wie das?»

«Dass er scheint. Ihr habt Meere von Zeit, dann müsst ihr also auch …»

«Wir lassen die Wolken frei», fiel das Galgenkind Otto ins Wort. «Genauso wie den Mond. Stell dir vor, wir brauchen uns nicht in alles einzumischen!»

«Warum nicht?», fragte Otto. «Es ist hier doch von Mai zum Januar und vom November zum Mai …»

«Nordpolbär, Maikäfer, Doofkopp. Wir machen nur das, wozu wir Lust haben, Meere von Zeit oder nicht, und den Mond lassen wir …»

Die kittige-katzige Klaviermusik fing noch einmal an, kräftiger und straffer als zuvor.

«Komm!» Christian steppte zur Geheimtür. Otto folgte ihm, probierte genau wie sein Freund, nach dem Takt zu laufen.

Im Musiksaal erwartete sie eine hinreißende Szene.

Am Flügel saß Xanthippe, ihre langen, weißen, geschmeidigen Finger flogen über die Tasten, ohne ein einziges Mal daneben zu schlagen. Keine Note ging verloren. Dicht neben ihr saß Marsjan, die Arme über der breiten Brust gekreuzt.

«Er bedient die Pedale», flüsterte Christian Otto zu.

Und auf dem Flügel lag eine weiße Katze – ein Pünktchen Schwarz an einem Ohr, die Augen halb offen, glitzer-gold-grün …

Wach!

Aber als die Jungen den Flügel erreicht hatten, war die Katze nirgends mehr zu sehen. Xanthippe nahm die Finger von den Tasten, und Marsjan stand auf.

«Ach, macht noch ein bisschen weiter!», bettelte das Galgenkind.

«Ich habe dieses bekannteste Katzenklavierstück aller Zeiten memoriert und also auch in meinem Fingergedächtnis», sprach Xanthippe. Sie schlug das Notenheft zu. «Einmal repetieren ist für mich genug.»

«Verflixt noch mal! Und ich kann es nach ich weiß nicht wievielmal Üben immer noch nicht so spielen wie ich will», sagte Marsjan. «Guten Nachmittag, Jungens … Abend fast. Bei Malacandra, Stella Polaris!* Der Schlüssel ist wieder da, sehe ich, Christian, das freut mich sehr.»

«Rabe hat ihn gebracht», sagte das Galgenkind.

«Nachdem er das Ding zuerst weggenommen hatte, nehme ich an.»

Xanthippe war auch aufgestanden.

«Ach los, spielt noch etwas für uns», sagte Christian. «Zusammen. Q.M.»

«Doch nicht Quantum Mechanica?», fragte Otto verwundert.

«Quatre-Mains»,** sagte Marsjan. «Ein anderes Mal, mir ist warm geworden. Ich werde für heute Abend etwas abkühlende Musik heraussuchen. Xanthippe spielt *Kitten on the Keys*, als … wie nennt ihr Terranen es doch gleich wieder … nicht Gorilla …»

«Als Rausschmeißer», sagte Xanthippe. «Vor der Pause.»

«So ist der Plan! Und später am Abend will der Professor vielleicht erscheinen, mit seiner Geige», ergänzte der Marsianer. «Warum willst du ihn nicht begleiten, Xanthippe? Du spielst besser als ich.»

«Meine Technik ist ausgezeichnet», sagte die Robotin, «aber du, Dunkler Marsjan, spielst mit all dem Gefühl, das ich entbehre. Eine Improvisation auf der Barsoomharfe werden wir auch zu würdigen wissen. Nach der Pause, wenn der Professor dabei ist.»

Otto fragte: «Kommt der Ambassadeur auch?»

«Das», antwortete Xanthippe, «weiß niemand im Voraus.»

«Er liebt bestimmt Musik, oder?», sagte Otto.

«Er», sagte Xanthippe. «Er.»

«Aber sicher liebt der Ambassadeur sie», begann Marsjan. «Darum sind ja …»

* Stella Polaris ist der lateinische Name des Polarsterns. (Bibliothekar)

** Quatre-Mains (französisch): vierhändig; Klavierstück zu vier Händen. «Q.M.» spielt man also zu zweit. (Sekretär der Januarischen Ambassade)

Xanthippe wiederholte das Wort noch einmal, lauter: «Er. Fragezeichen.»

«Er, Xanthippe? Was meinst du damit? Er? Wer?», fragte der Marsmann.

«Otto konstatierte vor einer Viertelminute, dass der Ambassadeur wahrscheinlich Musik liebt.» Xanthippe wandte sich zu Otto und fragte: «Korrekt, Junge, Fragezeichen.»

«Ja», sagte Otto. «Das ist doch …»

« … das Gegenteil von korrekt, was den Inhalt deiner Bemerkung betrifft. Ausrufezeichen», sagte Xanthippe. «Du weißt nicht, wer der Ambassadeur ist. Daher gehört es sich für dich nicht, ER zu sagen. Der Ambassadeur könnte genauso gut SIE sein. Solange der Ambassadeur unbekannt ist, ist die Chance, dass sie eine Frau ist, genauso groß wie dass er ein Mann ist.»

Otto hatte hierauf keine Antwort.

«Würde ein weiblicher Ambassadeur nicht Ambassadrice heißen?», fragte Marsjan.

«Oder Ambassadrine», sagte das Galgenkind, «oder Ambassadreuse.»

«Nein», sprach Xanthippe. «Solange der Ambassadeur unbekannt und anonym ist, wird dieser als ‹Ambassadeur› bezeichnet und kann eine Frau oder ein Mann sein, er oder sie … sogar ES wäre möglich. Ich weiß dies als Ambassade-Sekretärin, und der Sekretär kann es bestätigen, ebenso wie alle Archivare.»

«Dank dir, Xanthippe», sagte Marsjan. «Wir werden diesen Fehler nicht mehr machen.»

Weiß er auch nicht, wer der Ambassadeur ist?, dachte Otto.

Dieser unwahrscheinliche Gedanke wurde sofort bestätigt. Marsjan fuhr fort: «Es kann doch nicht sein, Gnädigste, dass *Sie* der Ambassadeur dieser Ambassade sind?»

«Du dürftest es besser wissen, Dunkler Marsjan», antwortete Xanthippe. «Dies ist keine Robotische Ambassade, es ist mein Zuhause, seitdem der Ambassadeur – Frau oder Mann – mir Asyl gewährt hat. Ich besitze nicht einmal ein Visum für Meccanien.»

Mit diesen letzten Worten konnte Otto überhaupt nichts anfangen. Dennoch klangen sie ärgerlich bekannt. – Mein Buch! *Kein Visum für Meccanien.* Kapitel 8, nein 9 des Inhaltsverzeichnisses. Aber die Geschichte selbst ist …

Als hätte er sie mit seinen Gedanken hervorgezaubert, sah er … Claartje; vielleicht war sie schon im Saal gewesen, bevor er hereingekommen war. Sie saß auf dem Fußboden, bequem an eine Wand gelehnt. Sie sah, dass er sie anblickte, wenn sie auch versuchte, das zu verbergen … auch als sie aufstand und zum Flügel schlenderte.

«Der Professor», sagte sie, «hat wieder mal Recht, Xanthippe.»

«Wieso», sagte die Robotin. «Fragezeichen.»

«Es ist nicht schlimm, ein Mädchen zu sein!»

«Nicht schlimm; es ist eine Ehre, Ausrufezeichen», sprach Xanthippe.

«Ich kann auch Ambassadeur werden», sagte Claartje. «Oder … SEIN.» Nun sah sie Otto sehr wohl an, kurz, aber intensiv. Sie stellte sich vor Marsjan hin und fragte: «Spielst du *Clair de Lune* für mich heute Abend, Dunkler?»

Otto schaute stumm von ihr zum blauen Mann. – Genau wie in der Geschichte von Elise …

«Vielleicht», sagte der Marsianer. «Wenn der Mond sich zeigt …»

«Es darf auch auf der Barsoomharfe sein.» Claartje setzte sich auf den Klavierhocker und blätterte in einem dicken Packen Noten auf dem Ständer.

«Einverstanden, okay, nach Sonnenuntergang sehen wir uns hier wieder», sagte Marsjan. «Erlaube mir, dass ich mich jetzt woandershin begebe. Und du, Christian, kommst am besten mit. Als allererst …»

«Mit 'nem A», fiel das Galgenkind ihm ins Wort, «den Schlüssel in die Bibliothek zurückbringen.»

«Genau! Und wenn wir da einmal sind, dann werde ich …»

«Mich abhören? Geht nicht, Marsjan! Frag Otto und Claartje. Jan A sitzt da. Er muss eine Geschichte schreiben über …»

«Sich selbst und einen Uhrmacher. Ich hab etwas davon verlauten hören», sagte der Marsmann.

«Wir dürfen ihn also nicht stören, Dunkler! Stille SVP.»

Xanthippe hatte inzwischen hier und da Kerzen angesteckt. Sie sagte: «Hast du die Schreibmaschine schon gehört, die ich Herrn A gebracht habe, Fragezeichen. Rede mir nicht von Stille in der Bibliothek. Grüß euch alle. Bis heute Abend.» Sie schwebte davon.

«Komm also ruhig mit, junger Gauner», sagte Marsjan zu Christian. Du hast doch keine Angst vor dem Alphabet?»

«Nicht einmal vor dem S, und auch nicht vor dem Z», antwortete das Galgenkind und lief neben Marsjan zur Flügeltür. Otto folgte ihnen; denn er hatte ja versprochen dabei zu sein, wenn …

«Nein, ist nicht nötig», sagte Christian plötzlich, sehr leise. «Ich kenne das A und das B und das C. Du hast etwas Besseres zu tun, Otto mit 'nem O.»

Sie gaben einander einen freundschaftlichen Puff. Danach drehte Otto sich um und ging zum Flügel zurück. Claartje saß noch da.

VI

Claartje schaute nicht auf, nicht einmal, als Otto ganz dicht neben ihr stand. Sie hatte ein Album vor die anderen Notenhefte auf den Klavierständer gestellt. «Siehst du. Wenn der Mond aufgegangen ist, Otto, kannst du endlich *mein* Musikstück hören.»

«Nicht *Clair de Lune?*», begann er. «Debussy: *Suite Bergamesque* …»

«*Clair de Lune* ist ein Teil daraus, Blödmann», sagte Claartje. «Hast du noch nie von dem Komponisten Debussy gehört?»

«Natürlich hab ich das.» Otto beschloss, direkt zum Angriff überzugehen. «Wie findest du Beethoven? *Für Elise* ist ein interessantes Stück. Weil es eine richtige Elise gibt, genau wie eine richtige Claire oder Clara … Claartje, warum hast du mein Buch weggenommen, mit der Geschichte *Auf der anderen Seite der Tür?* Und wo hast du es versteckt?»

Claartje hatte ihre eigenen Noten gefunden, sie strich sorgfältig die Blätter glatt. «Es ist nicht dein Buch», sagte sie ruhig. «Vielleicht nicht einmal mehr meins. Und schon gar nicht Christians. Es ist … es gehörte …»

«Elise?», flüsterte Otto.

Claartje schlug ein paar Töne an, heftig, klar und hart. Sie blickte ihn immer noch nicht an. «Es stand hinter Glas in dem verschlossenen Schrank der Bibliothek …» Ihre Hände glitten fort von den Tasten und umklammerten sich in ihrem Schoß. «Es gab nur ein einziges Exemplar. Beschädigt.» Jetzt erst wandte sie ihr

Gesicht Otto zu. «Das Exemplar durfte nicht ausgeliehen werden. Niemals.»

«Warum nicht?»

«Als ob du das nicht wüsstest, Aasvogel. Es gab nur ein einziges Buch, und das war eigentlich meins, weil ...»

«Elise es geschrieben hat. Deine Schwester.»

«Nein nein nein, nicht deshalb!», sagte Claartje heftig. «Elise hat übrigens längst nicht alle Geschichten geschrieben.»

«Nur die erste?»

«Und noch eine, ich sag dir nicht, welche. Und sie hat sich ausgedacht, dass sie FÜR OTTO vorne ins Buch schreiben wollte. Nur weil es ein Name ist, der sich spiegelt. Aus Spaß. Angeblich. Eine Erfindung, denn es gab überhaupt keinen Otto.

«Es gibt wohl einen», sagte Otto, ein bisschen empört.

«Du kamst erst später. Der Otto von FÜR OTTO existiert nicht.»

«Ich existiere wohl!»

«Als ein *extra* Otto, ein anderer Otto. Und du warst so brutal, deinen Namen dazuzuschreiben, auf Seite sechs!» Claartjes Augen glitzerten wie blaue Eiskristalle.

«Durfte ich! Weil das Buch meins geworden war, ehrlich, das dachte ich ...» Otto brach ab, er hätte sonst Christian verraten.

Claartje schaute ihn immer noch an. «Du wusstest sehr genau, dass das Galgenkind es aus der Bibliothek gestohlen hatte.»

«Nicht gestohlen, ausgeliehen.»

«Gestohlen», sagte Claartje. «Er hat es nie zurückgebracht, sondern dir gegeben. Um dich hierher zu locken. Der Bibliothekar hat ihm daraus vorgelesen, ohne mich erst zu fragen!» Ihre Hände lösten sich voneinander und die eine klimperte rechts auf den Tasten. Von unzusammenhängenden hohen Tönen begleitet fügte sie hinzu: «Ich hatte gedacht, dass es unser Geheimnis bleiben würde, ein Geheimnis der Januarischen Ambassade – Top secret. Das Geheimnis zwischen Elise und mir.»

«Wie meinst du das? Welches Geheimnis? Sie existiert also, Elise, nun höre ich es endlich! Sie existiert genauso wie du ...»

Claartje hörte auf zu klimpern. «Elise», fiel sie Otto ins Wort, «existiert nicht so wie ich! Elise hat unser Geheimnis verraten, es gehörte nur uns beiden, von Anfang an, auf deiner Seite der Tür. Aber sie ... Sie hat es *aufgeschrieben*!»

«Ja. Und?»

«Die Geschichte unserer Türen, nicht deiner Tür, Dummkopf! Du hast – schändlich! – die wichtigsten Seiten herausgerissen …»

«Nein, das hab ich nicht! Nicht ich …»

Claartje redete ununterbrochen weiter: «Das kannst du deiner Großmutter erzählen. Du weißt genau, was wir einander versprochen haben: ich Elise und Elise mir. Es steht auf Seite 30, aber die hast du weggenommen. Bestimmt deshalb, was?» Sie schaute ihn unter gerunzelten Brauen hervor an, ihre Augen hatten wieder diesen hellen Glanz bekommen – vor Wut oder vor Tränen.

«Nicht weggenommen, Claartje! Weggeweht», begann Otto, ziemlich angeschlagen. (Seite 30? Eine der verschwundenen Seiten!)

«Du kannst schon genauso gut lügen wie das Galgenkind», sagte Claartje. «Ich und Elise hatten ein Geheimnis, und das hieß: *Auf der anderen Seite der Tür.* Wir versprachen einander, niemandem etwas davon zu erzählen. Die Ambassade war *Terra Incognita*,* außer für uns.

«Und was ist mit Christian?», rief Otto. «Und Marsjan? Und der Professor? Und …»

«Schrei nicht so! Die hatten keine Tür nötig», sagte Claartje. «Christian brauchte nur durch eine Schlinge zu steigen, um hier zu sein. Sie fanden selbst den Weg …»

«Nun, ich doch auch! Als ich …»

«Halt den Mund. Elise hat es aufgeschrieben, sie hat eine Geschichte daraus gemacht, nicht für uns beide, nein, sie hat es in ein Buch geschrieben.» Claartje saß jetzt ganz aufrecht auf ihrem Klavierhocker, sie ließ kein Auge von Otto. «Das Buch ist sogar gedruckt worden; jeder konnte es lesen. Und so hat sie unser Gelöbnis gebrochen, und danach hab ich mit ihr gebrochen. Ich habe sie nie wieder gesehen. Sie existiert nicht. Ich habe keine Schwester!» Ihre Worte waren kalt und böse, aber eine Träne lief ihr die Wange hinunter.

Otto konnte keine Worte finden. Er starrte auf *Clair de Lune* hinter Claartje auf dem Flügel. Er hörte irgendwo ein Ticken, aber

* Terra Incognita: (Latein) Unerforschtes Gebiet, unbekanntes Gelände. (Bibliothekar)

er wagte nicht, sich zu bewegen, um zu sehen, was es war. Ein Metronom? Lächerlicher Gedanke! Die Pendeluhr unter dem Glassturz …

Claartje holte ein Taschentuch hervor, wischte ihre Augen ab und putzte sich die Nase. Sie kämmte sich mit den Fingern ihre langen Haare und fragte dann in völlig anderem Ton: «Wie sehe ich aus? Ich will mich nicht lächerlich machen … Nun, Junge, sag mal was.»

«Ich heiße Otto.»

«Musst du mir unbedingt noch mal erzählen, Dummkopf, ich weiß nun wirklich, dass du existierst. Bitte, sei so lieb und sag mir ehrlich, wie ich aussehe … Nun, Otto?»

«Tjee!» Otto schwenkte die Arme – das gab ihm sofort ein angenehmes Gefühl der Erleichterung: «Guck doch selbst. Es sind Spiegel genug hier!»

Claartje schaute immer noch zu ihm hinauf. Sie rührte sich nicht.

«Du siehst immer noch mordsmäßig aus», sagte Otto etwas widerstrebend. «Schön wie Milch und Blut. Das weißt du natürlich längst.»

«Ich weiß es nicht», sagte Claartje leise, aber nachdrücklich.

«Gelogen! Und erzähl mir jetzt mal, Mädchen, warum es unbedingt geheim bleiben musste – das von der Ambassade, den Türen und, und … alles.»

«Es waren unsere Türen, meine und Elises.»

«Elises zuerst.»

«Aber ich hab zuerst dieses Klavier gehört.»

«Na, und?»

«Lies Seite dreißig noch einmal, aber das kannst du nicht, die hast du verschwinden lassen. Wir wollten es keinem Menschen erzählen, ich und Elise.»

«Wie gemein von euch! Hab ich nicht auch eine Tür?», sagte Otto.

«Außer wenn jemand es *von sich aus* entdecken würde», unterbrach ihn Claartje. «Wie … Marsjan beispielsweise. Und du, Otto, was denkst du, wärest du ohne mein Buch jemals in die Ambassade gekommen? Ja, es ist mein Buch, das ich der Bibliothek geschenkt habe und das nicht in die Ausleihe durfte. Christian hat es gestohlen, weil er wollte, dass du es liest, und ich hab es dir weggenommen. Ich durfte es zurückholen, ich musste es zurückholen, denn eigentlich gehört es immer noch mir. Und die erste Geschichte ging dich nichts an, keine einzige Geschichte, kleiner Junge!»

«OTTO.»

Claartje seufzte, zog ein Knie an, faltete ihre Hände darum und wiegte sich leise hin und her. «Okay, schon gut: Otto. Und als du deinen Namen vergessen hattest und ihn dann wieder wusstest – zwei O-s und zwei T-s …» Sie fuhr plötzlich hoch und saß wieder aufrecht. «Was hab ich da gemacht?»

Otto wusste nicht, was er sagen sollte, und so sagte er nichts.

«Mein Buch hab ich sehr gut versteckt», sagte Claartje. «Niemand kriegt es mehr zu sehen. Aber dir hab ich doch ein Blatt gegeben, als Beglaubigungsbrief, weil du wirklich existierst. – Das hätte Elise sich auch nicht gedacht! Du hast Seite sechs und fünf von mir bekommen. Mit deinem Namen und auch noch dem ganzen Inhaltsverzeichnis. Ist das nicht genug? Glaubst du jetzt, dass ich deine Freundin bin? Noch immer? Zu allen Zeiten gewesen!»

Otto war jetzt vollkommen sprachlos. Er sah die Grübchen wieder in Claartjes Wangen erscheinen. Aber ihre Stimme klang noch immer ernst, als sie sagte: «Du brauchst also nie wieder deinen Namen zu vergessen. Du kannst auf deine Seite der Tür, wann immer du willst. Nur … warum willst du das eigentlich so gern?» Sie wartete die Antwort nicht ab. «Wenn du hier wohntest, in der Ambassade, für immer, dürftest du dir vielleicht doch mein Buch ausleihen. Und sag ehrlich, es ist doch hier viel besser und schöner als da, woher du kommst.»

«Das ist so», sagte Otto langsam. «Aber … warum ist Elise dann nicht hier?»

Claartje wurde rot. «Elise!»

Während sie weitersprach, verschwand die Röte, sie wurde sogar blass. «Elise ist eine Verräterin, das hab ich dir doch gesagt. Sie hat mich im Stich gelassen. Sie war genau wie du, sie wollte auf beiden Seiten der Boss sein …»

«Ich will überhaupt nicht der Boss …»

«Und ich will nichts mehr von ihr hören. Elise kommt nicht mehr hierher. Sie hat mich vergessen, und ich habe sie vergessen

… nun ja, beinahe. Wo sie ist, weiß ich nicht, ihre Welt und deine Welt können mir egal sein, ich gehe nie wieder dorthin. Hier kann ich tun, was ich will, ich bin frei, ich habe eine ganze Menge Pri … Pri …»

«Privilegien?»

«Fall mir nicht ins Wort», sagte Claartje zornig. «Privilegien, ja. Ich bin Clara und Claire und Schneewittchen, wenn ich es wünsche, und auch Schneeweißchen, die Schwester von Rosenrot. Aber davon kapierst du doch nichts.»

Von Rosenrots Schwester kapierte Otto wirklich nichts. Eine Frage in seinem Kopf war immer dringlicher geworden, und endlich begann er sie auszusprechen:

«Wenn deine Welt dann abhanden gekommen … weggekommen ist …»

«Nicht weggekommen! Weg*gemacht*!»

«Wie ist es möglich, dass du dann deinen Namen noch weißt? Elise warnte davor …»

«Nenne Elise nicht wieder!» Claartje schaute Otto an. Ihre Augen glühten in dem bleichen Gesicht.

«Hast du denn nie deinen Namen vergessen?»

«Das war früher», sagte Claartje. «Es passierte manchmal, dauerte aber nie lange. Es war immer …» Sie schluckte. «Es war immer die eine von uns, die ihn sich merkte. Und die Musik, die Musik half am meisten. Wir brauchten nur unser eigenes Stück zu singen oder zu spielen, um ihn zu wissen.» Sie drehte sich zum Flügel um – «Hör zu!» – und schlug eine Taste an. «Das C! Ich habe drei Namen mit einem C, du behältst immer einen von ihnen.»

«Und du hast dein Spiegelbild also immer erkannt.»

Claartje wandte sich wieder zu Otto um und erhob sich. »Sieh mich weiter an, dann werde ich dir mein größtes Geheimnis verraten», sage sie leise. «Du kannst dein Spiegelbild wegschicken, dann vergisst du nie deinen Namen … Das steht nirgendwo geschrieben, und doch ist es wahr. Du kannst für immer zu Hause sein in der Januarischen Ambassade, kannst werden, was du nur willst, Persona grata, sogar Ambassadeur kannst du vielleicht einmal sein, mit einem, zwei, drei oder zehn Namen … Sieh dich nun einmal um.»

Otto starrte sie noch immer verständnislos an.

«Na, sieh dich einmal um! Du hast bestimmt zuerst auch gedacht, hier seien zwei Flügel. Oder sogar mehr, das hängt davon ab, wo du stehst …»

Claartje ging ein paar Schritte von Otto weg und beschrieb zierlich eine halbe Drehung auf dem Absatz eines ihrer Schuhe. «Eins, zwei … drei Konzertflügel. Eins, zwei, drei, vier … Wie viele Ottos – *nicht existierende* Ottos – siehst du in den Spiegeln hier? Nun sieh doch! Und wo bin ich?»

Ottos Augen ließen sie los. Er sah, was sie sah, und war bestürzt über das, was er nicht sah.

Er vermisste Claras Spiegelbild!

«Schau nicht so ängstlich», sagte das Mädchen. Sie ergriff sein Handgelenk mit freundlichen, warmen, lebendigen Fingerchen und führte ihn in schwingenden Kurven mit sich durch den Saal. An Otto glitten Splitter des Klaviers und der anderen Musikinstrumente vorbei, er sah Kerzenflammen, Türen, Gemälde und das große Fenster, alles zurückgeworfen von den vielen Spiegeln … und immer wieder sah er sich selbst, mit einem merkwürdig ausgestreckten Arm. Kein anderes Händchen in seiner Hand, obwohl er es fühlte. Er kniff kräftig hinein, trotz widerstrebender Finger, die sich in den seinen bewegten.

Vor dem größten Spiegel brachte Claartje sie beide zum Stehen. Otto blickte sich selbst ins entgeisterte, erschütterte Gesicht – kein anderer Mensch neben ihm. Mit einem Ruck wandte er sich zu Claartje um, die ihm triumphierend, zufrieden, herausfordernd zulachte.

«Gut gesehen, Junge. Ich habe kein Spiegelbild.»

Otto stammelte: «Wie ist das möglich?»

«Frag diesen Saal, den Raum der Mitte, von dem alles ausgeht, frag die Ambassade, frag dieses Haus, in dem ich wohne, hinter Nebel und Wasserfall. Das Haus hat mein Spiegelbild genommen und es irgendwo andershin geschickt. Mir macht es nichts aus, dass es weg ist, denn dadurch kann ich für immer hier bleiben, mit Meeren von Zeit.» Claartje ließ Otto plötzlich ihre Nägel spüren.

Sie ließen sich los.

«Du hast doch keine Angst vor mir?», sagte das Mädchen. «Es gibt mich tatsächlich, du, ich bin wirklich da, genauso wie du.»

Otto war verstummt.

«Das einzig Bedauerliche ist», fuhr Claartje fort – und sie sah plötzlich wirklich traurig aus –, «dass ich nie genau weiß, wie ich aussehe … außer in den Augen anderer. Spieglein, Spieglein an der Wand … Wie siehst du mich, Otto?»

«Schön», stieß Otto hervor. «Das hab ich doch gesagt: schön.»

«Ehrenwort?»

«Ehrenwort.»

Claartje schenkte ihm ein strahlendes Lächeln und lief zum Flügel zurück.

«Erzähl mir …», sagte Otto, als sie wieder vor den Tasten standen.

«Jeder hier verliert etwas», sagte Clara leichthin, «oder gibt es fort im Tausch für Asyl und Gastfreundschaft: Namen, oder Spiegelbild oder etwas anderes. Den Schlüssel einer Tür oder den Brief eines Freundes oder eine Erinnerung, einen Schatten, die Zeiger einer Uhr …»

Sie hob lauschend den Kopf. «Ich brauche keine Zeiger. Es ist Zeit!»

«Wofür?»

«Musikabend, das weißt du doch, Otto, du bist sogar eingeladen. Sie werden jetzt gleich hier sein: Spieler, Musikmacher, Freunde, Gäste. Mit oder ohne ihre Widerspiegelungen, das werden wir sehen. Möglicherweise ist der Ambassadeur dabei. Oder sollen wir so tun, als wären wir Ambassadeure?»

Otto begriff jetzt deutlich, dass er Angst hatte. Nicht vor Claartje – *nein nein, nicht vor Claartje!* Er hatte Angst vor den Dingen, die verschwunden waren oder fehlten, wie Claras Spiegelbild und die Zeiger seiner Uhr. Angst davor, dass sein eigenes Spiegelbild jetzt auch gleich verschwinden würde (wer weiß, mit Hilfe der Musik), zugleich mit den Erinnerungen an alles von *seiner* Seite der Tür. Pläne und Erwartungen, nicht nur Erinnerungen: schöne und hässliche, frohe und traurige … alles, was – gut oder schlecht – zu ihm gehörte. Würde er ohne all das überhaupt noch er selbst, Otto, sein?

«Kommt Christian auch», fragte er. Sogar seine eigene Stimme klang merkwürdig.

«Christian? Wenn er Lust hat.»

«O ja ja! Er kommt!»

«Das kannst du nie mit Sicherheit wissen, sogar ich weiß es nicht», sagte Claartje. «Er ist das Galgenkind. Erst muss er mehr vom Alphabet kennen als nur das A.»

Das A von Alles, dachte Otto. Er bewegte sich langsam zur Flügeltür. Im Saal war es dämmrig geworden, aber hinter dem Glas des großen Fensters sah er einen klaren, wolkenlosen Abendhimmel von Tiefblau bis Azur und silbrig über den fernen Bergen. – Der Mond würde sehr bald da sein. Das A von Anonym ist: ohne Namen. Das A von Asyl ist: ohne Haus. Was soll ich mit diesen A-s?

«Angsthase! Wohin gehst du?» Claartje lief ihm nach. «Du bleibst doch, Otto?»

«Der Mond ist noch nicht aufgegangen, ich muss noch schnell in mein Zimmer», sagte er gehetzt. (Zum Glück nur eine Treppe von hier, dachte er.)

Claartje hatte ihn eingeholt; sie hielt ihn zurück. «Du hast hier so viele Zimmer, wie du willst, und den ganzen Raum für Reisende.»

«Ah!» Ottos Angst wurde zu Ärger. «Dahin durfte ich nicht, hast du gesagt. Und dein Turmzimmer hab ich auch noch nie gesehen.»

«Das war in einer anderen Zeit, nicht jetzt, nun bist du erst richtig nach Hause gekommen. Du kannst hier bleiben, mit Musik und allem, was du nur willst, mit Januar und Mai und mit mir und dem Galgenkind, für alle und alle Zeiten.»

Das A von Alle Zeiten?

«Findest du es vielleicht unheimlich ohne Spiegelbild? Es kommt dir nicht wirklich abhanden, es ist nur irgendwo anders in der Zeit. Frag den Professor danach.» Claartje hielt ihn fest. «Geh nicht weg, Otto, lass mich nicht allein.»

Das A von Allein.

«Ich komm wieder», sagte Otto. «Bestimmt.» Und das meinte er ernst. *Ich kann die Ambassade nicht entbehren.* Vorsichtig machte er sich von Claartje los, und in wenigen Schritten hatte er die Flügeltür erreicht. Bei dem, was Claartje dann sagte, musste er fast stolpern, so schnell blieb er stehen:

«Gleich bist du in deinem eigenen Zimmer. Weißt du bestimmt, dass deine Tür dich nachher wieder in einen Januarischen Turm mit einer Treppe hierher bringen wird? Wie oft führen deine Türen zur Ambassade? Immer wenn du willst? Doch nicht, was?»

«Nein», gab Otto zu.

«Du musst dich entscheiden», sagte Claartje. «Wo willst du lieber sein, für alle und alle ...»

«STOPP!», rief Otto wütend. «Ich will alle beide.»

Alle beide? Mit 'nem A, würde das Galgenkind sagen.

«Das geht nicht», sagte Claartje.

«Doch. Ich will beide. Das A und das B und ... Ach, geh zum Teufel ...»

Otto ergriff die Flucht – wahrhaftig.

Das A von Ambassade. Nun weiß ich es. Das ist Anders.

KAPITEL ZWÖLF

Spiegelbilder Ebenbilder
Spiegelbilder Ebenbilder

I

Er ergriff die Flucht, feige vielleicht, aber das war ihm gleich. Was er nachher auch beschließen mochte – zuerst in sein eigenes Zimmer.

Es war Otto, als wenn er aus einem tiefen, dunklen, trocknen Brunnen nach oben klettern müsste. Christian hat das Flashlight, wie dumm jetzt. Schon wieder! Und … ich höre etwas, dachte er, als er mit der Treppe steigend und sich drehend in völlige Finsternis geraten war. Ich werde anscheinend verfolgt!

«Erschrick nicht», sagte das Galgenkind. «Anscheinend mit 'nem A. Ich bin's.»

Das Strahlenbündel der Taschenlampe verwandelte den Brunnen in das Turminnere mit den ausgetretenen, aber kräftigen Stufen der steinernen Wendeltreppe.

Otto war stehen geblieben, froh über das Licht. Das Galgenkind stand ein paar Stufen tiefer an die Mauer gelehnt.

«Marsjan ist mit A-Jan ins Gespräch gekommen, ich also nichts wie weg, logo. Bitte, Otto, hier ist unsere Taschenlampe, ich brauche sie nicht mehr. Nur, warum willst du wieder abhauen? Die Sonne ist untergegangen, die Wolken sind weg, und du bist zur Musik eingeladen.»

«Weiß ich, und vielen Dank», sagte Otto, während er die Taschenlampe annahm. «Aber der Mond ist noch nicht aufgegangen, es ist Zeit genug.»

«Aha, also du kommst doch, bravo.» Christian ließ sich heruntersacken, bis er ganz gemütlich saß, die Beine auf einer der Stufen ausgestreckt. «Ich dachte schon fast an Scherereien mit Clara», sagte er. «Steh nicht da wie ein Ölgötze, setz dich neben mich.» Er zog die Knie an. «Dann kannst du mich besser hören.» Er flüsterte etwas Unverständliches, und fuhr fort: «Nun, Otto, kommt noch was, du Schnecke in deinem Haus!

Soll i aus meim Hause raus?
Soll i aus meim Hause nit raus?
Einen Schritt raus?
Lieber nit raus?
Hausenitraus –
Hauseraus
Hauseritraus
Hausenaus
Rauserauserauserause…»

«Quassel nicht so viel»,* sagte Otto. «Ich hab noch ein Raus … ein Haus in diesem Haus. Oben.»

«Nagel auf den Kopf getroffen. Setz dich und erzähl.» Christians Stimme senkte sich wieder, wurde ganz leise: «Hast du das Buch?»

«Nein», antwortete Otto. Clara sagt, dass es ihr gehört …»

«Oho, sagt sie das! Und du glaubst es auch noch. Also fangen wir wieder von vorne an. Schon wieder gereimt», sagte das Galgenkind. «Aber was du behauptest, reimt sich total nicht, darauf kann man sich keinen Reim machen, das ergibt keinen Sinn. Ich spreche von einem geheimen Bibliotheksbuch, nicht von einem Buch, das Clara gehört, das weißt du genau, du Trot …»

«Blödhammel!», fiel ihm Otto ins Wort. «Du magst doch so gern B-s?», fügte er schnell hinzu, als Antwort auf Christians vorwurfsvolles Gesicht. «Lass mich los!», sagte er dann, denn das Galgenkind hatte sich aufrecht hingesetzt und ihn an einem Knöchel gepackt. «Bist du verrückt, lass mich gehn. Und hör auf zu zetern …»

«Mit ’nem … Kannst du dir selbst überlegen.» Christian ließ Otto los und grinste hinterhältig. «Hast du *Clair de Lune* etwa auch noch das eine Blatt zurückgegeben, Schafskopf? Seite sechs,

* Hat das Galgenkind diese Worte schon mal gehört? Es scheinen Zeilen aus einem Gedicht von Christian Morgenstern zu sein: *Gespräch einer Hausschnecke mit sich selbst.* (Bibliothekar)

mit deinem Namen, deinem dufte fetten Namen in großen Buchstaben, Angsthase? Und hast du ihr auch dein Geheimnis verraten, mein Geheimnis, unser Geheimnis?»

«Blödhammel», sagte Otto wieder. «Warum hast du mir nicht erzählt, dass sie ... dass Claartje ... Clara, dass deine Freundin kein Spiegelbild hat?»

Das Galgenkind stand blitzschnell auf und stieg ein, zwei, drei, vier Stufen weiter, so dass es auf Otto herabblicken... ihm vielleicht den Weg versperren konnte. «Keine Widerspiegelung, okay, touché. Na und?», sagte er drohend und doch mit gedämpfter Stimme. «Dämlack, kommst du jetzt erst dahinter? Stell dir vor, meine Freundinnen brauchen keine Spiegelbilder zu haben. Meine Freunde ebenso wenig. ...» Er bewegte die Hände und zauberte mit seinen Fingern kleine Silhouetten an die Wand: einen Raben, einen Schwan, einen Wolf, einen Hasen, eine Hand mit sieben Fingern. «Von mir aus haben sie nicht einmal einen Schatten.» Sein böser Tonfall ertrank in Gelächter. «Aber wir! Sieh mal. Kannst du das auch?»

Otto stieg eine Stufe näher zu ihm hinauf und verdarb die Schattenbilder durch Bewegungen mit seiner Taschenlampe. «Lass mich durch.»

«Ah, nun seh ich endlich Licht!», redete das Galgenkind weiter. «Ich lass mich hängen, wenn ich es nicht weiß. Du hast Angst vor: *ohne Spiegelbild*. Warum? Zu gruselig? Zu grausig?»

«Und nun stinkt's mir!», sagte Otto wütend. «Wer glaubst du wohl, der du bist? Ein Galgenkind bist du, mehr nicht. Sicher auch ohne Spiegelbild, Schattenangeber. Logisch, dass du dann ...»

«Häng dich nicht so weit aus dem Fenster. Ich habe wohl ein Spiegelbild!», fiel Christian ihm ins Wort, genauso böse. «Und das könntest du wissen, Freund! Hundert, tausend Spiegelungen, in jedem Spiegel sovielmal zurückgeworfen, wie ich es machen kann. Und ich kann eine ganze Menge ...»

«Vor allem lügen.»

«Und wenn du, verdammt, meine Spiegelungen nicht kennst, dann brauchst du auch mich nicht zu kennen», redete das Galgenkind erbost weiter. «Nennt sich mein Freund! Wenn ich könnte, würde ich deine Spiegelungen wegholen und vernichten. Wer weiß, vielleicht mache ich das auch noch, warte nur.»

«Lass mich vorbei!»

«Nur, wenn du dich für deine Taschenlampe bedankst.»

«Unsere Taschenlampe.» Otto taten seine gemeinen Worte Leid. Christian war und blieb sein Freund, auf jeden Fall, mit oder ohne Spiegelbild ... Plötzlich erinnerte er sich daran, dass sie zusammen vor einem Spiegel gestanden hatten. Irgendwann, irgendwo ... Wo? «Pardon, Entschuldigung, du hast eins, ein Spiegelbild, das weiß ich. Und wirklich furchtbar vielen Dank, Christian», sagte er hastig. «Lass mich nach oben gehen, ich bin gleich wieder zurück.»

«Im Raum der Mitte, von dem alles ausgeht, oder in deinem Schneckenhaus? Komm lieber mit mir», sagte das Galgenkind. «Dann sind wir rechtzeitig zur Musik da.»

«Rechtzeitig? Wir haben hier Meere ...»

«Auf dieser Seite der Tür, nicht auf deiner. Weißt du deinen Namen noch?»

«Ja, und auch eine Widerspiegelung habe ich noch immer.»

«Kann ja nicht wahr sein. Gehört Otto, für Otto, an Otto.» Christian trat etwas zur Seite. «LOS, Otto, nach oben, Hasenfuß, Schisshase.»

«Und du bist ein dussliger Dieb», sagte Otto, wieder böse, während er weiterkletterte ... weiterflüchtete.

«Ein Meisterdieb! Warte nur ab, edler Otto», schwebte die Stimme des Galgenkindes ihm nach. «Wenn du nicht aufpasst, färbe ich alle Spiegel schwarz, da hast du was zu lachen!»

Otto gab keine Antwort – das hätte ihn wahrscheinlich auch Mühe gekostet. Er kletterte so schnell, dass er seinen ganzen Atem brauchte.

Unten in der Tiefe redete Christian noch eine Weile weiter, aber mehr als seinen eigenen Namen konnte Otto nicht verstehen. Da war die Halle mit seiner eigenen Tür. Erst nachdem er diese – sicher geborgen in seinem Zimmer – hinter sich geschlossen hatte, begann er zu zweifeln, ob er gut daran getan hatte. – Hätte ich doch auf Christian hören sollen?

Sein Haus war da, aber konnte er wieder zur Ambassade, sobald er es wünschte?

«Stell dir vor, dass du den Musikabend verpasst», flüsterte er sich selbst im Badezimmerspiegel zu. Er hatte inzwischen schon seinen Pyjama an. «Früh ins Bett», hatte seine Mutter ja befohlen – gestern, heute Abend, vor langer, langer Zeit. «Nun muss ich mich gleich wieder anziehen. Bist du verrückt. Claartje ist da, ohne Spiegelbild, und nachher klauen sie meins auch. Der Raum der Mitte, von dem alles ausgeht, und *Clair de Lune* können mir gestohlen bleiben.»

Etwas später, im Bett, öffnete er den Briefumschlag, den er vom Hals genommen hatte, und besah noch einmal die beiden Papiere. – Hat Claartje dieses Blatt herausgerissen, weil sie böse über meinen Namen auf Seite sechs war? Nein, sie hat es herausgeschnitten … also doch als eine Art Geschenk? Gehört das Buch nun ihr oder der Bibliothek?

Für das Formular von Herrn Simak musste er aus seinem Bett, um es vor einen Spiegel zu halten; glücklicherweise hing einer an der Innenseite des Schranks.

– Niemals deinen Namen unter ein Dokument setzen, bevor du es gelesen hast, auch die kleinen Buchstaben …

HIERMIT BITTE ICH, DER UNTERZEICHNETE, UM ASYL

Unterschrift des Antragstellers ....

Unterschrift im Auftrage des Ambassadeurs (Sekretär)

P.S. Simak

(lies auch die kleinen Buchstaben)

JANUARISCHE AMBASSADE

WARNUNG DES AMBASSADEURS:

Pass auf, dass deine eigene Welt nicht abhanden kommt! Sorge dafür, dass deine eigene Welt nicht verschwindet.

Die kleinen Buchstaben waren so klein, dass er sein Vergrößerungsglas suchen musste.

Siehst du wohl, dachte er, als er sie entziffert hatte. Der Ambassadeur schreibt es auch, genau wie Elise.

Plötzlich bereute Otto das Ganze furchtbar. Es war sehr still außerhalb seines Zimmers, also ging er – es brauchte noch nicht zu spät zu sein! – zur Tür, voll ängstlicher Erwartung. Keine Ambassade. Seine Enttäuschung war viel größer als seine Erleichterung. – Jetzt hält Christian mich bestimmt für einen noch größeren Angsthasen. Und Claartje wird wirklich genug von mir haben. Selber Schuld zu haben, das ist das Schlimmste.

Er tat die Papiere in den Umschlag zurück. – Meinen Namen unter das Formular setzen? Noch nicht.

Er ging wieder ins Bett, zog die Decke über sich und heulte ein bisschen, bevor er einschlief.

Mit einem Ruck fuhr Otto hoch. Seine Bettlampe brannte. – Hab ich etwas gehört, oder habe ich nur geträumt?

Er stand auf und lief zur Tür, hinter der die kahle, steinerne Halle ihn erwartete, dunkel wie immer. Er hatte Christians Taschenlampe schon in der Hand. Christian selbst war nicht da, der wird sich hüten. Langsam begann Otto die Tür zu schließen; im letzten Augenblick überlegte er es sich anders, stieß sie weit auf und stellte einen Stiefel dagegen. – Zuerst die Lage peilen, in den einen oder anderen Spiegel schauen.

Beim Licht der Taschenlampe ging er barfuß beinahe schwebend die samtweichen Stufen hinunter. Die folgende Halle war nicht dunkel – ein flackernder Schein fiel durch die offen stehende Flügeltür herein. Kein Ton zu hören, der Musiksaal schien verlassen zu sein.

Klar, dachte er. Ich habe ja meine Tür nicht zugemacht.

Im Raum der Mitte, von dem alles ausgeht, waren furchtbar viele Kerzen angesteckt; einige Flammen zitterten, andere qualmten. Die Konzertflügel waren tiefschwarz, mit gewaltig breiten Tastaturen.

Er ging daran vorbei, direkt auf den golden gerahmten Spiegel zu, der über der Uhr unter dem Glassturz hing. Die Pendeluhr tickte wie eine Zeitbombe, aber er ließ sich dadurch nicht abschrecken. Im

Spiegelglas sah er die Uhr noch einmal (die Rückseite natürlich). Sich selber sah er nicht, der Spiegel hing zu hoch. Als er sich auf die Zehen stellte, konnte er sein eigenes Gesicht immer noch nicht finden. Wohl sah er – deutlich – eine Widerspiegelung seiner eigenen Zimmertür. Sein Erstaunen wurde Entsetzen, als es zu ihm durchdrang, dass die vertraute grüne Tür sich *verdoppelt* hatte. Er drehte sich um. – *Ah! Betrug.* Keine der beiden Türen am Ende des Saals glich seiner. Er vergaß das sofort, denn vor dem großen Fenster schwebte der Mond, orange glühend, ganz nah. Die riesige Scheibe sah pockennarbig und gefährlich aus.

Ist es der Mond? Oder ist es der Mars?

Otto geriet davon so durcheinander, dass er den großen Saal verließ und nach oben zurückging. Nach der ersten Kurve der Wendeltreppe entdeckte er, dass er das Flashlight nicht mehr hatte. Er wagte nicht, danach auf die Suche zu gehen, und das war auch nicht nötig. Es begann in dem sonst so dunklen Treppenschacht zu dämmern. Nach einigen weiteren Kurven konnte er sogar durch die Steine hindurchsehen. Der Mond stand noch immer am Himmel. Das machte ihn unruhig, und er beeilte sich, sehnte sich nach seiner eigenen, vertrauten Tür. Aber als er sie erreicht hatte, stand er vor dem Schemen einer Tür. Schatten auf der Mauer. Die Treppe war noch nicht zu Ende. Schaudernd kletterte er weiter. Obwohl seine Füße kein Geräusch machten, hatte er Angst, dass er durch die nebligen Stufen hindurchsacken würde. Immer wieder erwies sich das Ziel als etwas, das eine Tür zu sein schien, es aber nicht war.

Zum Glück kam er schließlich doch in die steinerne Halle. Die war so undurchsichtig wie ein Sarg, mit einem krassen Unterschied: hell erleuchtet. Seine Tür hatte sich auch hier verdoppelt. *Bild und Spiegelbild?* Nein, eine echte! Hinter einer Tür (es ließ sich nicht ausmachen, welche) begann jemand einen Singsang; einmal im Falsett, dann wieder mit Grabesstimme:

Pfeift der Sturm?
Keift ein Wurm?
Heulen
Eulen
hoch vom Turm?

Nein!

Es ist des Galgenstrickes
dickes
Ende, welches ächzte,
gleich als ob
im Galopp
eine müdgehetzte Mähre
nach dem nächsten Brunnen lechzte
(der vielleicht noch ferne wäre).*

Bist du das etwa, Christian? Du bist doch mein Freund?

Otto wählte die erste beste Tür … *die falsche*, wusste er sofort, denn sie öffnet sich nicht von mir weg, sondern zu mir hin… Sein Schreck wich Verwunderung: ungläubig ließ er seinen Blick zwischen zwei sonnerleuchteten Wendeltreppen auf- und abgleiten. Die eine stieg, und die andere führte hinunter, an Außenwänden entlang, die kaum mehr Mauern glichen, mit Bogenfenstern, durch die er hellblauen Himmel sah.

– Dies ist Claartjes Turm, mit ihrem Zimmer ganz oben, bestimmt! Und *mein* Zimmer? Ich heiße doch Otto?

Er schloss die Tür – es war die linke – und schaute ängstlich zur zweiten. – Der Türgriff sitzt am richtigen Platz, doch mal versuchen …

Die rechte Tür führte zu einer bekannten steinernen Halle, ihm gegenüber war eine Tür, seine eigene Tür, er stand schon davor und betrachtete die Farbe misstrauisch – ein giftig, schweißig glänzendes, gemeines Grün. Aber die Form und die Größe stimmten, also öffnete er sie mit einem Ruck und …

ging in eine Halle aus kahlem Stein und ihm genau gegenüber war seine eigene bekannte schön-sanftgrüne Zimmertür. Nun aber wagte er es nicht mehr weiterzugehen. Ihn überfielen Visionen von Millionen, Billionen, Trillionen grüner Türen hintereinander, die ihn von einer gleichartigen Halle zur nächsten zwingen würden. Er sah Treppen, die in seinen Gedanken bis in alle Ewigkeit nach

* Meiner Meinung nach ist dies Christian Morgensterns Galgenlied «Nein!». Siehe in meiner Liste unter Nr. 7 (Bibliothekar)

oben zur Sonne kreisten und sich für immer nach unten drehten, zum Mond, zum Mars und weiter. Oder umgekehrt. Oben wurde unten, und unten wurde oben …

«Dies kann nicht meine Tür sein», hörte er sich selbst sagen. «Die hab ich offen gelassen, mit Marsjans Stiefel dagegen.»

Ach was! Ich hab überhaupt keinen Stiefel von Marsjan!

Otto sperrte seine Augen in der Dunkelheit auf. Er tastete zitternd nach dem Schalter seiner Bettlampe, machte Licht und wandte sich zur Tür: Normal, nichts Besonderes zu sehen.

Mann, was für ein Scheißtraum!

Unten schlug langsam die Uhr seiner Mutter, die vorging, zwölfmal. Sollte er es um Mitternacht noch einmal versuchen? Wie beim allerersten Mal, dachte er. Ja, genau so, ich schließe die Tür nicht, denn der Alptraum von eben war vielleicht ein *Warn*traum.

Du machst dich gleich lächerlich, sagte er sich, als er aufgestanden war, seine Pantoffeln angezogen und das Flashlight genommen hatte. Die Halle oder was auch immer von der Ambassade brauchte gar nicht da zu sein.

Die Halle war da. Dennoch musste sich Otto erstmal deutlich sagen, dass er jetzt nicht träumte. Er lehnte seine Schultasche an die Tür und begann abwärts zu steigen. Als er die Halle mit dem Eingang zum Musiksaal betrat, klopfte sein Herz hastiger und stärker als irgendeine Uhr, die er jemals gehört hatte.

Zwischen den beiden großen Türen sah er nur einen schmalen Streifen Licht … Was konnte er dahinter erwarten? Den Musiksaal, ja, aber musiziert wurde dort nicht. Möglicherweise waren sie doch da: Claartje ohne Spiegelbild, Xanthippe am Flügel, Marsjan mit der Barsoomharfe und der Professor am Fenster, den Schnee oder den Mond betrachtend … alle stumm und steif wie Puppen, aufgestellt wie Schwäne aus Papier. Ein merkwürdiger, grausamer, unheimlicher Gedanke. Aber das Galgenkind konnte er sich so nicht vorstellen …

Otto wünschte zutiefst, ihn sagen zu hören: «Denkst du, dass ich mich von Türen unterkriegen lasse, ob sie nun offen oder zu sind?»

Genau wie in seinem Traum ging Otto ängstlich nach oben zurück, diesmal hatte er es nicht einmal gewagt, den Musiksaal zu betreten. Auf der Treppe erschrak er immer wieder vor seinem eigenen Schatten. Endlich rannte er erleichtert in sein Zimmer. Er stieß die Tasche beiseite und hatte die Kühle der Halle ausgesperrt, bevor er begriff, was für eine Dummheit er damit begangen hatte.

Er konnte seine vertraute Tür auf- und zuschwingen lassen, sooft er nur wollte: Er war und blieb in seinem eigenen Haus. Es war nur wenige Sekunden nach zwölf Uhr, eine dunkle, bewölkte Nacht, kein Mond zu sehen.

Als er wieder schlief, kamen neue Träume. In dem klarsten erzählte Christian ihm, dass der Musikabend in der Ambassade nachtigallenschön gewesen war – mit *Kitten on the Keys* und *Clair de Lune* auf dem Flügel und Wassertropfenmusik auf der Barsoomharfe. Auch der Bibliothekar war dabei gewesen, sogar Jan A und die Grüne Frau. Der Professor war später gekommen und hatte, noch immer bei Mondlicht, begleitet von Marsjan auf seiner Geige gespielt. Das Galgenkind selbst hatte mit Rabe auf der Schulter (Otto sah es vor sich!) auf dem Flügel gesessen. Und niemand hatte es schlimm gefunden, dass Claartje kein Spiegelbild hatte.

Nur geträumt, dachte Otto traurig, am nächsten Morgen. Ich war nicht dabei.

II

«Wie viele Stunden hängst du hier nun schon herum?», fragte Ottos Mutter. «Ich dachte, du wolltest so gern zu Montags.»

Es war Samstag, der 23. November, ein nasskalter, trüber Nachmittag.

«Das wollte ich auch», sagte Otto, «aber der Sankt-Nikolaus-Umzug kam gerade vorbei, als ich in ihre Straße einbog …»

«Wie schön, den hätte ich auch gern gesehen.»

«War weiter nichts. Ein Haufen Leute, man konnte fast nicht durchkommen, darum bin ich wieder umgekehrt. Danach wird es im Laden sowieso brechend voll gewesen sein.»

«Du bist mir einer! Du wolltest ihnen doch helfen …»

Otto hob die Schultern. Ich hatte mit ihnen *reden* wollen, dachte er.

«Was fehlt dir in der letzten Zeit, Junge?», sagte Mutter. «Bedrückt dich etwas? Ja, nicht wahr? Sag es doch.» Sie sprach so unerwartet liebevoll, dass Otto hätte heulen mögen. Im selben Augenblick hätte er aufsässig losplatzen mögen oder schimpfen oder sich beschweren.

Er tat nichts von alledem. «Ich geh jetzt doch mal», sagte er. «Dann kann ich auch gleich ein Geschenk kaufen. Für ein Mädchen in meiner Klasse. Wir haben gestern die Lose für die Nikolausfeier gezogen.»

«Ah, das feiert ihr also in der Schule. Welches Mädchen?»

«Farida.» Sehr gut, dachte Otto, dass ich sie habe, auch wenn sie es nicht wissen darf. Aber wer mich wohl hat? Ihm stand das Nikolausfest bevor; er würde bestimmt ein Geschenk bekommen, mit dem ihn jemand ärgern wollte, mit einem gehässigen Gedicht dazu …

Seine Mutter schien einen Seufzer zu unterdrücken. «Lohnt es sich eigentlich noch, Otto? Du kommst bestimmt zu spät. Es ist schon bald fünf, sie werden gleich schließen.»

«Oh, das macht nichts», sagte Otto. «Mich lassen sie schon noch rein. Und es gibt immer etwas zu tun. Ich bin vor halb sieben zu Hause, Mam. Okay?»

«Gut so. Sei vorsichtig unterwegs, Junge, und bis nachher.»

Nachdem Otto sein Fahrrad hinter Montags Laden abgestellt hatte, lief er auf die Straße, um das Schaufenster noch einmal von vorn anzusehen. – Wirklich schön, voll gut gemacht, das würde ich Christian gern einmal zeigen. Ah, das kleine UFO ist weg, verkauft natürlich, dafür muss etwas anderes dorthin. Ob *sie* etwas von Marsjan wissen? Und was hat sich Herr A dabei gedacht, als er …

Vor der Tür blieb Otto wieder stehen und blickte die Tür mit dem Gefühl an: Träum ich jetzt?

Die Tür war verändert. Eigentlich müssten dort Schildchen und Zettel angeklebt sein, mit Ankündigungen, Mitteilungen und Werbung und – manchmal – Beschreibungen von Tieren, die verloren gegangen waren. Jetzt sah er nichts von all dem. Aber was am meisten auffiel, war das Fehlen der Worte MONTAG & CO. In deutlichen Buchstaben mitten aufs Glas gemalt, mit den Öffnungszeiten darunter.

Es war nichts weiter als eine Glasfläche, kahl bis auf einige verwischte Streifen, und …

Otto bekam einen Schreck. Drinnen sah er einen Bekannten, der dort nicht hingehörte – *Herr Simak* kam auf ihn zu, Bibliothekar, Sekretär und Uhrmacher der …

Ach nein! Wie konnte er sich so täuschen. Ein grauweißer Streifen auf der Scheibe hatte ihn einen Moment denken lassen, dass der Mann, der dort näher kam, einen langen Hängeschnurrbart hatte …

«Komm rein, Otto! Fein, dich doch noch zu sehen.» Herr Montag hielt die Tür auf. «Wir haben geschlossen, aber unser Arbeitstag ist noch nicht ganz vorbei. Wenn du Lust zum Aufräumen und Sortieren hast …»

«Lust oder keine Lust», sagte Frau Montag hinter dem unordentlichen Ladentisch, «er wird uns helfen. Warum kommt er sonst um zehn nach fünf zu uns? Oder hast du einen besseren Grund, Otto? Simon, wenn du nicht schnell die Tür zumachst, kommt gleich noch jemand herein.»

«Und will das Buch kaufen, das ich den ganzen Nachmittag so schlau zurückgehalten habe», sagte Herr Montag. «Aha, Otto, du hast es schon gesehen», fuhr er fort, während er die Tür zumachte. «Kahl, was? Wir hatten noch keine Zeit, unseren Namen auf die neue Scheibe malen zu lassen.»

«Neues Glas!», sagte Otto. «Ist das alte zerbrochen? Doch nicht …»

«Keine Einbrecher.» Herr Montag gab Otto das schwere Buch in die Hand; er verriegelte die Tür und ließ die Rolläden herunter. «Das hat dein exzentrischer Freund auf dem Gewissen.»

«Ein Freund von mir?»

«Dein Feind.» Herr Montag nahm das dicke Buch zurück. «Der Herr A und wie er weiter auch heißen mag.»

Frau Montag sagte: «Ich glaube nicht, dass er es mit Absicht getan hat.»

«Da bin ich mir nicht so sicher. Man muss eine Tür schon sehr kräftig zuschlagen, Liese, bevor man eine Scheibe zerbricht!»

«Ah!», sagte Otto. «Das war also der Schaden! Er … Herr A sagte, dass … Ich sollte seine Entschuldigung übermitteln.»

«Was sagst du da?»

«Er bat mich, in seinem Namen ‹Sorry› und ‹Pardon› zu sagen. Er bittet Sie um Entschuldigung und wird so schnell er kann den Schaden vergüten.»

«Da staune ich aber», sagte Herr Montag. «Du bist ihm also wieder begegnet …»

«Und nicht als Feind. Wann?», fragte seine Frau. «Wo?»

«In der Ambassade. Sie wissen, welche ich meine», antwortete Otto leise. «Und … und er …. ist gar nicht so übel. Nicht wirklich nett, aber … kein Schuft. Er ist ein Asylsuchender.»

«Ah!», sagte Frau Montag. «Er hat die Ambassade also doch wieder gefunden.»

Otto nickte. «Doch! Woher …»

«Er kam hier in den Laden, Mittwoch, gleich nachdem du nach Hause gegangen warst», sagte sie. «Er fragte uns nach dem Weg.»

«Und den haben wir ihm nicht verraten», fügte Herr Montag hinzu.

«Das hat er mir auch gesagt! Und dann?», fragte Otto.

«Jetzt, wo er um Entschuldigung gebeten hat, ist das eine Angelegenheit zwischen ihm und uns», antwortete Herr Montag. «Darüber reden wir nicht mehr.»

«Aber über die Ambassade wollen wir doch wohl sprechen?», sagte Otto. «Sie wissen nicht, was da alles passiert ist. Oder vielleicht wissen Sie es doch. Ihre Türen und … nun, überhaupt alles. Es hat hier angefangen. Und Sie sind Immobilien-Lieferant und -Makler, also für unbewegliche Güter.»

«Bewegen*de* Güter», verbesserte Herr Montag. «Etwas Umfangreicheres als ein Puppenhaus haben wir niemals verkauft.»

«Wenn du wegen der Ambassade hierher gekommen bist», begann seine Frau, «dann, Otto …»

Von weitem hörte man das lang anhaltende Pfeifen eines Wasserkessels.

«Rasch Kaffee kochen», fuhr sie fort, «den können wir jetzt brauchen. Du bleibst also, nicht wahr, Otto? Denn gesprochen wird bestimmt, dieses Mal. Ich bin gespannt auf deine Abenteuer.»

«Gesprochen wird bestimmt», sprach Herr Montag, als seine Frau aus dem Ladenraum verschwunden war. «Wenn es deiner Meinung nach bei uns angefangen hat, können wir uns dem nicht entziehen. Aber ob es viel Sinn hat? Und ob meine Liebe Neigung dazu hat?» Er schien ebenso sehr zu sich selbst zu sprechen wie zu Otto. Inzwischen hatte er das dicke Buch auf den Ladentisch gelegt. «Komm hilf mir mal, hier weiter Platz zu schaffen. Nimm das Staubtuch. Das große Aufräumen heben wir uns für morgen auf. Am Samstag nach Ladenschluss lassen wir es langsam angehen; wir kochen nicht einmal. Wir gehen essen oder wir holen etwas vom Chinesen … Guck nicht so sorgenvoll, du bist wirklich von Herzen willkommen. Wir hatten dich heute ja auch erwartet … Aber zuerst zeige ich meiner Frau dieses Buch.»

«Welches Buch?», fragte Frau Montag, die plötzlich wieder da war. «Der Kaffee wird gleich fertig sein, und für Otto hab ich Tee aufgegossen.»

«Ein Märchenbuch, was sonst!», sagte ihr Mann mit einer Gebärde zum Ladentisch. «Sofort zurückgehalten aus dem Haufen Bücher, der gestern ankam. Unverkäuflich, finde ich. Für dich! Sieh einmal hinein, Liese. Du auch, Otto.»

Frau Montag stand schon neben Otto hinter dem Ladentisch, auf dem nur noch das Buch lag. «Ah! Diese Prachtausgabe!», sagte sie froh überrascht. «*Die Märchen der Brüder Grimm.*»

Das Buch war dick und alt, schmuddelig und grau, die Goldprägung auf dem Einband war stumpf. Aber als Frau Montag es aufschlug und anfing, es zu betrachten, blühten zwischen den trockenen, vergilbten Blättern vielfarbige Bilder auf. Bunte Darstellungen und magische Szenen sprangen hervor und glänzten vorüber.

«Und, erkennst du sie?», sagte der Händler für antiquarische Bücher (Makler für bewegende Güter) zufrieden. «Rotkäppchen und der Wolf. Der kleine Däumling. Der große Wald. Paläste. Schlösser …

Über sieben Hügeln in einem Tal
hinter Nebel und Wasserfall …»

Otto flüsterte: «Und wie weiter?»

Herr Montag sagte etwas anderes, als er erwartet hatte – nicht etwas von einem Haus aus Stein und Holz …

«in der Hütte bei den sieben Zwergen,
die das schönste Mädchen im Lande verbergen …»

«*Schneewittchen*», sagte Frau Montag. «Der Zauberspiegel, der immer die Wahrheit zeigte.»

«Spieglein, Spieglein an der Wand ...» Herrn Montags Stimme schien plötzlich von weither zu kommen, brach abrupt ab.

Das Bild in dem Buch war ganz nahe. Otto sah nur den Rücken der bösen Königin. Ihr Gesicht im Spiegel war so verschwommen gemalt, dass man sich nur mit Fantasie vorstellen konnte, wie sie genau aussah. Ein vages Antlitz, das sich jeden Augenblick im Glanz des Glases auflösen konnte.

Otto ging in Gedanken wieder neben Claartje im Raum der Mitte, von dem alles ausgeht, an den Spiegeln entlang. Frau Montags deutender Finger und ihre ruhige Stimme brachten ihn in den Laden zurück.

«Der große Wald, in dem man herumirren und sich verirren konnte, viele Meilen mit einem Schritt. Dorthin brachte der Jäger sie, dort flüchtete sie, die Schönste im Land ... Früher spielten wir oft Schneewittchen», erzählte sie. «Meine kleine Schwester und ich. Wir spielten auch andere Geschichten, dachten uns eine ganze Menge selbst aus, mit Schlössern und Palästen, und für jeden von uns ein eigenes Turmzimmer. Dieses Märchen kehrte immer wieder. Auch wenn wir dadurch oft Streit bekamen, weil wir beide am liebsten Schneewittchen sein wollten ... das zarte, aber unverzagte Mädchen ...» Langsam blätterte sie weiter. «Meine Schwester war rothaarig, ich war blond; also musste Mutters schönster Schal – schwarz mit Fransen – Schneewittchens lange Haare vorstellen.»

«Wie Ebenholz», sagte Herr Montag.

Otto hätte kein Wort hervorbringen können. Er stand regungslos an den Ladentisch gelehnt und starrte die Frau an, die schon alt war, mit vielen grauen Strähnen im Haar. Er lauschte, als wenn er verzaubert wäre.

«Es war auch schön, die falsche Hexe zu sein», fuhr sie fort, träumerisch, als spräche sie laut mit sich selbst. «Der Jäger war manchmal ein Schuft, der Schneewittchen wirklich töten wollte; manchmal war er ein edler Mann und rettete Schneewittchen das Leben. Manchmal war er derselbe wie der Prinz. Den spielten wir auch, wir waren alle Personen. Ah, der wehende Mantel, den wir uns für den Prinzen ausdachten! Ein wunderbares Blau. Der bestand zuerst lediglich in unserer Fantasie, aber später ...» Frau

Montag schwieg eine Weile. Ihr Lächeln war sehr traurig. «Steht das andere Märchen auch darin?», fragte sie die Seiten des Buches. «*Schneeweißchen und Rosenrot.*[19] Das spielten wir längst nicht so oft. Weil ich dann natürlich Schneeweißchen sein musste, die war ja die ältere der beiden Schwestern, genau wie ich. Meine kleine Schwester wollte meistens nicht Rosenrot sein ...» Frau Montags Stimme erstarb, sie machte das Buch zu.

«He, Liebe, was sagtest du?», fragte ihr Mann.

Und was sagte er!?, dachte Otto. *He, Liebe? He, Liese?* Elise. Liese. Hat er sie nicht sehr oft *Lise* genannt, auch wenn ich *Liebe* verstanden habe? He, Liebe – Elise?

Er suchte nach seiner Stimme, fand sie nach einmal Husten und einmal Räuspern. «Schwestern», flüsterte er. «*Zwei Schwestern?*», fragte er. «Waren Sie zwei Schwestern?»

Frau Montag sah nicht vom Buch auf. Ihre Finger strichen über einen der Brillenbügel in ihrer Hand.

«Spielen Sie Klavier?», fragte Otto. «Zum Beispiel *Für* ...», er stockte.

«Ja sicher. Hast du das nie gehört?», sagte Herr Montag, als seine Frau keine Antwort gab. «Meistens Klassik. Chopin, Debussy ...»

«Und Beethoven?», fragte Otto. «*Für Elise?*»

Die Frau setzte sich auf den Hocker hinter dem Ladentisch und sah ihn endlich an. «Nicht mehr oft, schon lange nicht mehr», sagte sie. «Früher, ja. Es war eine Zeit lang mein Lieblingsstück.»

«Das ist doch unmöglich», sagte Otto ungläubig für sich. Aber ihre Augen sind genau die von Claartje. «Heißen Sie ... heißen Sie selbst auch Elise?», fragte er.

Die Frau sah ihn weiterhin schweigend an. Nicht erstaunt oder fragend, wohl aber abwartend. Nicht streng, wohl aber durchdringend.

«Liese. Vollständig: Elise. Das hast du oft genug hören können», sagte Herr Montag – auf einmal wieder von weither, obwohl er noch am selben Platz stand, beim Bücherschrank.

«Was weißt du, Otto? Was denkst du?», fragte Frau Montag. «Und was willst du wissen?»

«War ... ist Claartje Ihre kleine Schwester? Hieß Ihre kleine Schwester Clara?»

«Und *Clair de Lune* in der Januarischen Ambassade. Ja», sagte Frau Montag. «Claartje ist meine kleine Schwester. Ich bin Elise.»

«Aber Claartje ist … zehn oder elf, ein Kind, ein Mädchen! Und Sie sind …»

«ALT», sagte Frau Montag.

«Nun, nun, das auch wieder nicht», sagte ihr Mann. Er kam näher. «Zehn Jahre jünger als ich, im Herzen immer jung …»

«Elise war dreizehn», sagte Frau Montag zu Otto, «und Claartje zehn, als sie die Welt auf der anderen Seite der Tür entdeckten. Ihrer beider Tür.»

«Und Sie haben es aufgeschrieben als …»

«Als Geschichte», nickte Frau Montag. «Als Bericht von der Januarischen Ambassade», sprach sie leise weiter. «Aber das hab ich erst später getan. Und du … du hast die Geschichte also gelesen.»

Otto flüsterte: «In dem Buch, das ich hier … aber wie ist das möglich?»

«Was?»

«Claartje wohnt dort. Und Sie …»

«Auch Elise war da willkommen, sie ist es noch immer. Und wenn du mir nicht glaubst», sagte Frau Montag, «dann kann ich es auch nicht ändern. Ich finde es selbst manchmal schwierig, daran zu glauben, beispielsweise, wenn ich in einen Spiegel schaue, dass ich und sie wirklich …»

«Claartje hat kein Spiegelbild!», fiel Otto ihr ins Wort.

«Ah … ja», seufzte sie.

«Aber das», sagte ihr Mann, «bedeutet nicht, dass ihr Spiegelbild WEG ist!»

Frau Montag sagte: «Ein Spiegelbild, deines zum Beispiel, existiert, weil du existierst, ohne dich kann es nicht da sein. Einige seltene Male kann es geschehen, dass es vorausläuft oder dass es zurückbleibt.»

«Kommt selten vor», fügte ihr Mann hinzu.

«Das hoffen wir wenigstens», sagte seine Frau scharf. Sie wandte sich wieder Otto zu. «Meine Schwester und ich waren beide feste Besucher der Ambassade, wir sind dort oft gewesen. Aber Claartje hat Asyl beantragt für alle Zeiten.»

Für alle und alle und alle Zeiten, tönte Claartjes Stimme als Echo in Ottos Kopf.

«Meine Welt und deine Welt und Simons Welt», sagte Frau Elise

Montag und nickte zu ihrem Mann hinüber, «die Welt auf dieser Seite der Tür, gefiel Clara nicht. Sie fand es jedes Mal wieder schrecklich, hierher zurückzukommen, sie sehnte sich mehr und mehr nach der Ambassade. Und eines Tages hat sie gefragt, ob sie für immer dort bleiben dürfte. Ihr ist – denke ich – das besondere Asyl gewährt worden. Und da in der Januarischen Ambassade Meere von Zeit sind, ist sie nicht oder nur sehr wenig älter geworden.»

«Und Sie», fragte Otto, «gehen Sie noch manchmal auf die andere Seite?»

«Jawohl! Auch wenn es weniger oft ist als früher, nur noch ganz selten. Und ich gehe so dorthin, wie ich JETZT bin; Claartje treffe ich nicht. Wenn wir uns begegnen würden, würde Claartje mich nicht erkennen. Für sie bin ich noch immer die Elise von vor vielen Jahren. An die dreizehnjährige Elise denkt sie vielleicht in Freundschaft zurück, die achtzehnjährige oder zwanzigjährige Elise hat sie lieber nicht gesehen als gesehen ...» Frau Montag sah Otto fragend an. «Darüber weißt du doch etwas?»

«Claartje ist böse auf ... Elise», sagte Otto, «weil ...»

«Mach weiter!»

«Weil Elise das Geheimnis der beiden verraten hat.»

«Dir beispielsweise. So ist es.» Die Frau runzelte nachdenklich die Stirn. «Aber in der Ambassade ist Platz für sehr viele Reisende. Und auch, wenn ich niemals etwas darüber in einer Geschichte erzählt hätte ...»

«... hättest du den Weg dorthin früher oder später doch gefunden», sagte Herr Montag. Er lehnte mit den Ellbogen auf dem Ladentisch und sah sie abwechselnd an, das Ebenbild des Januarischen Herrn Simak. «Es gibt unzählige Türen.»

«Und andere Zugangswege», flüsterte seine Frau.

«Aber Claartje und Elise, also auch Sie», sagte Otto, «hatten einander versprochen, niemals jemandem etwas davon zu erzählen.»

«Einige Versprechen», sagte Frau Montag ernst, «kann man nicht halten. Oder nur halten, indem man sie bricht.» Sie seufzte. «Ich weiß nicht sicher, ob ich Recht habe. Es kam von selbst. Die Ambassade gehörte – und gehört – nicht mir, nicht Claartje oder dir.»

«Dem Ambassadeur?»

«Auch nicht dem Ambassadeur. Der wird ernannt.»

«Wissen Sie, wer er … oder sie ist?»

Frau Montag sagte nichts, schüttelte nur den Kopf.

«Schade! Sonst …» *Sonst was?*, dachte Otto verwirrt. Würde der Ambassadeur dafür sorgen können, dass es wieder gut wird zwischen Claartje und Elise? Und wie? Was ist gut? Elise kann doch nicht wieder dreizehn werden, sie ist Frau Montag, verheiratet. Und Claartje? Sie kann und will doch nicht plötzlich beinahe so alt werden wie ihre Schwester?

Frau Montag war aufgestanden. Sie nahm das Märchenbuch und hielt Otto die Hand hin. «Komm mit uns, in der Küche können wir uns ruhig hinsetzen und Geheimnisse austauschen. Auch wenn einige Geheimnisse Geheimnisse bleiben werden.»

III

«Und daher», sagte Herr Montag eine Weile später, bei Kaffee und Tee in der Küche, «hab ich dir das seltsame Werk für ein paar Groschen verkauft, ohne zu vermuten, was es war und woher es kam.»

«Zufall? Ach nein», murmelte seine Frau. Sie schob ihre leere Tasse beiseite und zog eine rote Schachtel zu sich heran, die auf dem Tisch stand.

«Ich wusste es auch erst später», sagte Otto. Von wem ist das Buch nun wirklich, dachte er. Also, wenn es gedruckt ist, müssen mehrere vorhanden sein, und dann vollständig … Er fragte: «Frau, eh … (*Wie soll ich sie nun nennen?*) Frau Elise, wie heißt es?» Er schaute sie voller Spannung an. Und wie kommt es, huschte es ihm inzwischen durch den Kopf, dass dieses eine Exemplar so beschädigt ist? «Wie ist der Titel?»

«*Auf der anderen Seite der Tür. Und elf weitere Geschichten.* Nach der ersten Geschichte also», antwortete sie. «Du verstehst bestimmt, warum.»

Otto verstand es nicht. Aber ja, er hatte auch nicht (noch nicht) erzählt, dass er wenig daraus hatte lesen können …

Frau Montag hatte die Schachtel aufgemacht. Sie holte etwas heraus und sagte: «Wir dachten zuerst, dass wir diese Dinge erst nach dem 5. Dezember zum Verkauf anbieten sollten. Weil sie gut in die Weihnachtszeit passen. Aber dies ist auch ein hübsches Nikolausgeschenk. Was meinst du, Otto?»

«Der Weihnachtsmann heißt Santa Claus», sagte Herr Montag. «Ist er verwandt mit Sankt Nikolaus? Oder sind die beiden ein und derselbe?»

Wollen sie jetzt plötzlich über etwas anderes reden?, dachte Otto.

Er nahm den Gegenstand an, den Frau Montag ihm gab. Es war eine kleine Kugel aus durchsichtigem Glas, größer als eine Murmel. Darin war ein kleiner schwarzer Schwan, der auf einem Kreis glitzernden Wassers schwamm. Otto betrachtete es überrascht und hielt die Kugel gegen das Licht der Lampe über dem Tisch.

«Denken Sie auch an den Weiher?», fragte er die Frau leise.

«Mit dem Schwan. Ja, natürlich, Otto», sagte sie. «Und dreh es nun einmal um und wieder zurück.»

Otto tat es, und sofort begann in der Kugel Schnee herabzurieseln, ganz feiner Schnee.

«Altmodisches Spielzeug», sagte Herr Montag. «Wohl hundert Jahre alt. Solche Dinge werden jetzt zwar auch noch gemacht, aber nicht mehr so schön.»

«Stets ändern sich die Jahreszeiten», sagte Otto vor sich hin.

«Was sagst du da?»

«Was Herr A sagte, als wir zusammen am Weiher waren. Bevor es anfing zu schneien. Vom Maikäfer zum Jaguar.»

«Maikäfer? Jaguar?», wiederholte Herr Montag. «Herr A?»

«Er steht auch in dem Buch, wussten Sie das nicht? Er ist der Student des Uhrmachers.»

«Uhrmacher …», sagte Herr Montag stirnrunzelnd. «Und wer mag wohl noch darinstehen?»

«Makler für bewegende Güter.» Frau Montag tippte gegen die Kugel in Ottos Hand. «Darf ich … darf ich dies einpacken und dir mitgeben? Als Geschenk für Claartje. Ich weiß bestimmt, dass sie sich darüber freuen wird.»

«O ja, bestimmt. Schön … Nur», sagte Otto zweifelnd, «komme ich jemals wieder dorthin?»

«Warum solltest du nicht?»

«Heute Nacht», sagte Otto langsam, «hab ich meine Tür offen gelassen. Ich wagte nicht, sie zuzumachen, weil ...»

«Sag es, Junge.»

«Ich hatte Angst, dass ich ... Mein Spiegelbild soll nicht wegkommen!»

«Wegkommen – das wird meiner Meinung nach kaum möglich sein», sprach Herr Montag unerwartet laut. «Weg*machen*, ja, aber das ist etwas anderes. Sie haben da in der Ambassade bestimmt nicht die Absicht, dir etwas wegzunehmen. Was sagst du, Liese?»

Frau Montag sagte nichts. Sie wickelte die Kugel sorgfältig in zartes, farbiges Seidenpapier.

«Clara hat ihr Spiegelbild weggegeben», fuhr Herr Montag fort. «Oder weggeschickt. Wer kann es wissen?»

«Kann es jemals zurückkommen?», fragte Otto flüsternd.

«Wer kann es wissen», sagte Herr Montag noch einmal. Er schaute seine Frau an und runzelte wieder die Stirn.

Frau Montag hatte das Päckchen fertig, sie gab es Otto. «Wir haben noch mehr von diesen Glassachen, mit Häusern oder Bäumen oder Tieren darin; dies ist eins der schönsten. Sieh dir den Rest noch einmal an, wer weiß, vielleicht willst du auch jemandem eins davon schenken.»

Hübsch für Farida, für Mam ... Otto dachte nur flüchtig daran. Er fragte: «Darf ich Claartje sagen, dass es von Ihnen ... von Elise ist?»

«Nein», sagte Frau Montag nach kurzem Zögern. «Nein Otto. Lass es.»

«Aber dann ... Sie darf nicht denken, dass es von mir ist», begann Otto.

«Findest du das schlimm?»

«Nicht schlimm. Und doch ...» Frau Montags Augen ähnelten noch immer denen von Claartje, etwas dunkler blau vielleicht. «Lieber nicht», sagte Otto. Nun sieht sie wieder betrübt aus, dachte er. *Ich* kann doch nichts dafür, dass ...

«Gib es ihr vom Nikolaus», sagte Herr Montag. «Dann ist es selbstverständlich, dass du nicht verrätst, von wem es kommt.»

«Okay, das mach ich», sagt Otto erleichtert. «Soll noch ein Gedicht dazu?»

«Das überlass ich dir.» Frau Montag sah zum Glück wieder fröhlich aus. «Erstmal schon vielen Dank. Wenn sie es hinstellen will, kann sie einen alten Gardinenring als Ständer benutzten. Den kann das Galgenkind ihr sicher besorgen.»

Und dann weiß ich fast sicher, wie!, dachte Otto. Ob Christian auch das Gedicht machen könnte?

Er steckte das kleine Paket in eine Hosentasche. «Tief unten rein», sagte er, «so geht es mir nicht verloren. Und ich denke», ließ er hierauf folgen, «dass Claartje *nicht immer* böse auf ihre Schwester ist. Ich habe sie im Musiksaal einmal *Für Elise* spielen hören ...»

«Sie? *Für Elise* spielen? Das wollte sie nie», sagte Frau Montag. «Sie hatte etwas gegen das Stück, von Anfang an, und erst recht, nachdem ... Nun ja! Eine Erinnerung an mich ...»

Herr Montag unterbrach die unbehagliche Stille.

«Komisch, wenn man überlegt, dass dieses Klavierstück vielleicht überhaupt nicht für Elise komponiert worden ist; nicht für Beethovens Elise, nicht für meine Elise, für keine einzige Elise.»

«Wie meinen Sie das?»

«Beethovens Handschrift war sehr nachlässig, fast nicht zu entziffern», sagte Frau Montag. «Manche Leute denken, dass etwas anderes auf dieser Komposition gestanden hat. ‹Für Therese› zum Beispiel. Nicht, dass es viel ausmachen würde.»[24]

«Ich habe beschlossen, das nicht zu glauben», sagte ihr Mann. «Ich finde es schön, mir weiterhin vorzustellen, dass *Für Elise* für Elise, also auch für meine Lise ist. Clara braucht nicht neidisch darauf zu sein; sie hat *Clair de Lune*. Und du, Otto, kannst ruhig denken, dass *Auf der anderen Seite der Tür* dir persönlich gewidmet ist.»

Frau Montag nickte und lachte dabei zustimmend.

Otto sagte: «Als Claartje *Für Elise* spielte, versuchte sie das sehr schön zu machen. Ich hab es selbst gehört. Und gesehen. Und als sie einen Fehler machte, fing sie an zu weinen. Vielleicht trauerte sie um ... um die wirkliche Elise.»

Wieder war es still in der Küche.

«Wie spät ist es inzwischen?», sagte Frau Montag plötzlich. «Beinahe sechs Uhr! Otto, musst du nicht nach Hause ...? Ich weiß etwas! Willst du bei uns zum Essen bleiben oder mit uns zum Essen gehen? Magst du chinesisch essen?»

«O ja», sagte Otto, «bärenmäßigvollfett.»

«Dann frag schnell deine Mutter, ob es ihr recht ist …»

«Bestimmt, es ist Samstag.»

«Wir bringen dich rechtzeitig nach Hause», sagte Herr Montag. «Dein Fahrrad kann hinten in den Wagen. Worauf wartest du noch, Junge, du weißt, wo das Telefon steht. In den Laden! Ich komme auch gleich noch einmal wegen der Kasse.»

Otto stand auf, ging aus der Küche und lief durch den Flur zur Tür, die in den Ladenraum führte.

Von wegen Laden! Die Tür öffnete sich zu einem ganz anderen Raum: zur Januarischen Bibliothek!

Das hatte er nicht erwartet! Was nun? Hineingehen? Frau und Herrn Montag hierher rufen? Otto hörte Herrn Montag in der Küche reden, verstand nur Gesprächsfetzen … «er weiß es nun einmal, und …» Danach wurde ein Stuhl gerückt. – Gleich kommt er hierher und … das stimmt auch! *Er darf Herrn Simak nicht begegnen.*

Otto ging schnell in die Bibliothek und machte die Tür ganz leise zu. Was werden sie denken, wenn sie merken, dass ich verschwunden bin? Aber das merken sie *nicht!* Solange ich hier bin, vergeht dort keine Zeit. Ich will nur hoffen, dass ich nachher, wann auch immer (nicht zu schnell bitte), wieder in ihren Laden komme und nicht in mein eigenes Haus.

Er schaute noch einmal zur Tür; es hing ein Kärtchen daran:

nicht
stören!

Das hab ich noch nie gesehen! Wer da wohl nicht gestört werden sollte? Vorsichtig öffnete er die Tür so weit, dass er durch einen kleinen Spalt lugen konnte. Der Flur bei Montags hatte einem Zimmer Platz gemacht, das er an der Schultafel erkannte; wieder standen eine Menge Formeln darauf. Viel mehr sah er nicht. Neblige Schwaden trieben vorbei, mit einem Geruch, als rauchte jemand Pfeife. *Einstein?* Er wagte nicht nachzusehen, ob das stimmte.

Otto schloss die Tür wieder, schaute sich um und wurde auf

einmal schrecklich froh. Fein, wieder zurück zu sein, und dann auch noch an *diesem* Fleck. Darauf, begriff er jetzt, hatte er fast nicht zu hoffen gewagt.

Hier war es keinesfalls ein Novemberabend; eher Frühling oder Sommer, mitten am Tag. Durch die bleigefassten Fenster fiel Sonnenlicht herein, in Bündeln kleiner, zarter, fröhlicher Staubteilchen.

Er setzte sich in Bewegung, begann eine Irrfahrt zwischen Bücherreihen. – Hier muss ich, hier will ich, sagte er für sich, Christian wiedersehen. Mit oder ohne ABC. Christian, mein Freund.

Und als hätte er diesen Wunsch aufgefangen – *Wer weiß, vielleicht hat er das auch!* –, kam Christian eine Holztreppe herabgelaufen, ganz nahe bei Einsteins Porträt.

«Hehe», sagte das Galgenkind, während es auf der untersten Stufe Otto gegenüber stehen blieb. «Bist du da! Otto! Schneckenläufer! Guten Morgen. Ich wollte gerade abhauen, viel zu schön draußen, um drinnen zu bleiben, du Bücherwurm. Aber nun warte ich einen kleinen Augenblick, nur um dich in der Januarischen Ambassade willkommen zu heißen. Denn da bist du jetzt, falls du es etwa vergessen haben solltest.»

«Natürlich hab ich das nicht vergessen, Idiot», sagte Otto. «Irre gut ...»

Christian sah ihn streng an. «Warum bist du so lange auf deiner Seite der Tür geblieben, Otto, du Trottel? Ist dein Turmzimmer soviel besser als unser Raum für Reisende? Von Donnerstag, 21. Nordpolbär, bis Samstag, den dreiundzwanzigsten ...»

«Das sind nur zwei Tage!»

«Sss! Samstag, 23. Maikäfer, und der Maikäfermonat kommt lange nach Nordpolbär.»

«Unmöglich!»

«Sieh nach draußen oder auf unseren Kalender, wenn du mir nicht glaubst!»

«Was hab ich von eurem Kalender! Ich meine nicht die Namen der Monate, Christian, sondern die Zeit, *eure* Zeit. So vom Herbst zum Frühling und ...»

«Zeit, in den Garten zu gehen.» Christian war die Treppe heruntergegangen; Otto hielt ihn auf.

«He, warte mal, lass mich mit ... Mann, Christian, für mich

waren es wirklich nur zwei Tage … Was sag ich … Ein Tag und eine Nacht. Scheißtag und -nacht außerdem …»

«Okay, all right, aber du musstest ja unbedingt in deine Höhle, stimmt's oder stimmt's?» Der Ernst verschwand aus Christians Gesicht. «Hast du gedacht, dass ich es besonders spannend fand ohne dich, Doofkopp?»

«Sorry, Entschuldigung. Und der Musikabend», wagte Otto jetzt zu fragen, «hat der noch stattgefunden?»

«Welcher? Der letzte war am Donnerstag, dem sechzehnten von diesem Maikäfer. Und Vollmond.»

«Ah», seufzte Otto.

«Guck nicht so trübsinnig und miesepetrig.» Das Galgenkind gab ihm einen freundschaftlichen Puff. «Der Mond ist oft genug wieder rund und wir machen ebenso oft ohne Mond Musik. Wenn du etwas verpasst hast, ist es nicht unsre Schuld. Die neuen Kapitel über den Studenten A und die Zeitmaschine sind inzwischen fertig geworden. Zufällig auch an einem Donnerstag.»

«Hat Herr A seine Geschichte also aufgeschrieben?»

«Und getippt. Was dachtest du denn! Ein, zwei, drei, vier, fünf … sechs Kapitel dazu.»

«Und ist er immer noch hier?»

«Jan A? Ja. Wenn er nicht weg ist, ist er hier. Und er bleibt hier.» Das Galgenkind nahm eine herausfordernde Haltung an, die Hände in den Hosentaschen. «Mit dem kannst du noch mal was erleben: Ex-Student, Reisender, rollender Stein, Ex-Asylsuchender, Ex-von-allem-Möglichen. Zeitreisender. Wir haben noch auf dich gewartet, hier in der Bibliothek, aber du bist nicht gekommen. Oben habe ich für nichts und wieder nichts bei dir an die Tür geklopft. Und dann hat der Bibliothekar Jan A's Geschichte doch vorgelesen. Clara und mir. Endlich.»

Otto steckte auch die Hände in die Taschen und spürte das Geschenk für Claartje. – Wie soll ich es ihr nun geben? Hier ist Nikolaus längst vorbei.

«Endlich?», sagte er scharf. «Wie kannst du das sagen, hier, mit Meeren von …»

«Haben wir, haben wir!», unterbrach ihn Christian. «Aber darum macht es noch lange keinen Spaß zu warten! Jans Geschichte war zu Ende. Fertig. Also wollten wir sie hören. Basta.» Plötzlich grinste er, ein bisschen verlegen, er wippte auf den Füßen hin und her. «Der Bibliothekar glaubt nicht, dass es wirklich passiert ist, das sagt er wenigstens, logisch, wenn er auch der Uhrmacher der Erfindung ist. Claartje glaubt alle neuen Kapitel. Und ich … nun, eh … etwas mehr als die Hälfte.»

«Wovon?» – «Von der Geschichte des Studenten, Trottel.»

Otto schluckte. – *Sie wollten nicht auf mich warten.* – Er fragte: «Funktionierte die Zeitmaschine?»

«Zeituhr. Natürlich funktionierte die, sonst hätte es keine neue Geschichte gegeben.»

«Und wie war das?»

«Musst du Jan fragen.»

«Du nennst ihn *Jan*, den Herrn A.»

«Ich nenn ihn Jan, ja», sagte das Galgenkind. «Einen Freund nennst du doch bei seinem Vornamen?»

Otto war es, als wenn ihm jemand Unsichtbares ganz gemein in seine Seele kneifen würde. «Ist er dein *Freund?* Er? Er war rasend vor Wut auf dich. Und er … Er ist schon alt.»

«Na und wenn schon? Wir haben hier auch Meere von Lebensaltern. Jan A ist außerdem nicht so alt, wie du denkst, und ich bin nicht so jung, wie du denkst, Freund Otto.»

«Freund? Er ist dein Freund. Ich offenbar nicht mehr.» Otto wandte sich halb von Christian ab, reckte seine Nase in die Luft. «Ich bin auch kein Reisender und Ex-von-allem-Möglichen. Nur ein Ex-Freund. Macht nichts, du, ich geh schon.»

Christian packte ihn am Arm. «Bist du nun völlig, tu nicht so abgedreht! Ich darf doch wohl mehr Freunde haben als einen? Ich hab eine ganze Menge: Marsjan und A-Jan, die Galgenbrüder, Clara und Otto, mit dem O von OO … O wie dumm.»

«Quatsch nicht so blöd, Christian Morgenstern.» Otto holte tief Luft. «Ich bin also immer noch dein Freund?»

«Blitzmerker, Junge! Ich doch auch deiner?»

«Logo … Und wer», fragte Otto nach einem spannungsgeladenen Zaudern, «ist dein bester Freund?»

«Mein bester Freund», sagte das Galgenkind langsam, «ist genauso alt wie ich. Wie alt bist du, Otto?»

Otto musste wieder schlucken, bevor er Antwort auf die Frage gab, die er lieber selbst gestellt hätte. «Dreizehn.»

Christian stellte sich direkt vor ihn hin, versetzte ihm einen Schlag auf die Brust und schenkte ihm ein strahlendes Lächeln. «Dreizehn, Donnerwetter, das ist Jaguar-fett. Das bin ich auch. Also bist du mein bester Freund ... Aber das wusstest du doch längst!» Leise fragte er: «Und ich wirklich deiner, was?»

«Blödmann», sagte Otto, wieder völlig vergnügt. «Das wusstest du doch längst!»

Christian nickte. «Und nun ab mit uns, zusammen in den Garten und dann weiter. Ob der Schwan heute wohl weiß oder schwarz ist? Ui, warte, komm mit, vielleicht hat der Bibliothekar die Geschichte von Jan A noch nicht weggeschlossen ... und sie liegt auf seinem Tisch. Dann kannst du sie schnell lesen, oder noch besser, wir lassen sie mitgehen, und dann liest du sie mir noch einmal vor.»

«Wie geht es mit dem Alphabet?», fragte Otto.

«Bärenmäßigfett. Nur bei dem P und dem R haben Marsjan und ich immer Probleme und Reibereien. Ich will die mit der Kurve nach links schreiben. (Christian zeichnete mit einer Hand in die Luft.) Weil das B schon zwei Kurven nach rechts hat ...»

«Wo ist Marsjan?»

«Jetzt, wo es hier so warm ist? Irgendwo, wo es Nordpolbärenmäßiges Wetter ist, denke ich, an einem Pol, um Eisbären anzusehen. Rate mal, ob das Norden oder Süden ist.»

IV

Der Tisch des Bibliothekars sah viel ordentlicher aus als beim vorigen Mal; alle Papiere säuberlich in Stapeln. Herr Simak war nicht da, also konnte Christian alles gemächlich betrachten.

«A4-Papiere, aber viel mehr als vier Bögen. Such du mal, Otto. Der Titel steht auf dem obersten Blatt und ...»

«Das Typoskript von Jan A», sagte Claartje plötzlich, «liegt wohlverwahrt hinter Schloss und Riegel.»

Sie kam zu ihnen, irgendwo- oder nirgendwoher, so unerwartet wie eine Fee oder eine kleine Hexe. Sie sah aus wie keine von beiden: einfach ein hübsches Mädchen von zehn oder elf Jahren. Otto, der völlig erstarrt war, dachte, nun könne sie wohl Rosenrot heißen, wie Schneeweißchens Schwester, obwohl er das Märchen nicht kannte.

«Wolltest du wieder etwas stibitzen, Galgenjunge?», sagte sie. «Sei froh, dass Herr Simak das nicht weiß, sonst würde er dich's lehren. Und *Die Zeit wird es dich lehren*, ich meine die Geschichte von Jan A, ist nicht in der Ausleihe.»

«Damit hast du nichts zu tun, Prinzesschen», sagte Christian. «Warum sollte Otto es nicht lesen dürfen?»

«Hi, Otto!» Claartje tat, als wenn sie ihn jetzt erst sähe. «Fein, dass du wieder da bist.» Ihr Lächeln war freundlich, selbstverständlich, lieb. Für sie war offenbar niemals etwas Besonderes zwischen ihnen vorgefallen.

Sie kann es doch nicht vergessen haben?, dachte Otto so verlegen, wie er sich noch nie gefühlt hatte. Er steckte wieder seine Hand in die Tasche und umklammerte das Geschenk von – doch zu verrückt, dass Frau Montag Elise ist.

«Du willst sicher ein Buch ausleihen», redete Claartje weiter. «Herr Simak kommt bestimmt gleich wieder. Soll ich ihn fragen, ob du Jans Geschichte zur Ansicht haben darfst?»

«Streng dich nicht weiter an, Clara», sagte das Galgenkind. «Wir sind auf dem Weg in den Garten. Otto, ich hab's satt, Dinge zu tun, die noch mal so duftefett gewesen wären, wenn wir sie gemeinsam getan hätten. Komm also schnell.»

Er hat mich wirklich vermisst!, dachte Otto. Und sie? Sie auch?

Claartje lief zur Bank unter dem Fenster, schob und stapelte Bücher und Kissen herum. «Ihr zu zweit allerlei Dinge tun? Das ist noch schlimmer als doppelter Unfug von Christian allein.»

«Nicht schlimmer als zweimal Katzenspinnerei», sagte das Galgenkind, «und die kannst du nur hören, wenn du den Mund hältst.»

Claartje setzte sich hin. «Und wenn du deinen Mund hältst, kann ich wenigstens Otto verstehen.» Sie strich über ein gold und schwarz gestreiftes Kissen neben sich. Es lag keine Katze darauf. «Was hast du gesagt, Otto?» Sie schaute zu ihm auf, geheimnisvoll, den Kopf ein wenig schräg.

«Eh … Auch schön, dich wiederzusehen», sagte Otto, der sich noch immer nicht wohl in seiner Haut fühlte.

«Bist du nicht neugierig auf die Abenteuer von Jan A als Student? Du hättest hier sein sollen, als der Bibliothekar seine Geschichte vorlas. Warum warst du nicht da?»

«Weil ... weil niemand mir gesagt hat, *wann* der Bibliothekar vorlesen würde», antwortete Otto kurz.

«Du musst nachher nicht glauben, was Herr Simak sagt», sagte Claartje. «Jan A ist wirklich in die Zukunft gereist. Von einem Dienstag zu einem Mittwoch in der Zeitmaschine des Uhrmachers, und dann wieder zurück zum Dienstag. Irre merkwürdig und gefährlich für jemanden, der nicht auf dieser Seite der Tür wohnt.»

«Ach, es geht», sagte das Galgenkind. «Vom Dienstag zum Mittwoch, und so kam er von selbst zum Donnerstag. Nach einem Haufen Scherereien, das ist wahr. Aber jetzt ist Samstag.»

«Auf meiner Seite auch», sagte Otto, «aber da ist es nicht Maikäfer ...»

«Was interessiert es uns, wie es bei dir ist?», fiel Claartje ihm auf einmal giftig ins Wort. «Du wolltest sicher erzählen, dass bei dir die Sonne nicht scheint wie hier. Bist du vor Hagel, Wind und Regen da getürmt und hierhin geflohen? Oder schneit es da vielleicht?»

Otto dachte wieder an die kleine Glaskugel. «Getürmt? Wie kommst du darauf? Ich flüchte nicht», sagte er. «Nie.»

Claartje setzte sich aufrecht hin. «O nein? Erinnerst du dich noch an den Schwan, tapferer Stier? Und wie du vor dem Gebrumm von Marsjans Motorrad erschrocken bist? Und vor den Spiegeln im Musiksaal? Du warst sofort und auf der Stelle abgezogen, Angsthase! Sogar bange vor Klavierspiel.»

«Wenn du mal wieder eine Portion Ärger machen willst, bitte», sagte Otto gekränkt. «Schimpfen tut nicht weh.»

Claartje schmiss ihm ein Kissen an den Kopf. «Willst du schimpfen? Schäm dich, Halunke. Gaunerfreund! Lump! Schurke!»

«Schaf!», rief Otto. «Armes, bildschönes Schaf!» He, das erleichterte. «Du bist ein Monster von Mädchen! Eine eingebildete Schlunze ohne Spie-»

«Aaach!», rief Claartje. Sie war aufgestanden; ihre Augen glitzerten und Röte flammte über ihr Gesicht. «Sag das noch mal, wenn du dich traust. Nein, Otto, nein nein nein!» Sie kreischte so laut, dass Otto wohl oder übel für einen Moment seinen Mund halten musste. «Aaach! AAA!» Sie schwenkte eine Hand, als wenn sie jemandem zuwinkte, der hinter Ottos Rücken ankam.

«Eingebildete Schlunze oh-», begann Otto noch einmal und hielt mitten im Wort inne, weil er eine große Hand auf seiner Schulter fühlte.

Es war wirklich jemand gekommen.

Herr A.

Otto tauchte unter der Hand weg und ging einen Schritt zur Seite.

Claartje war auch still geworden, sie schnappte nach Luft und fing an zu kichern – geziert ... oder verlegen, verwirrt.

«Ist das euer bevorzugter Zeitvertreib?», sagte Herr A kopfschüttelnd. «Ich kann euch nicht verbieten, das zu tun, was euch Spaß macht. Nur ... hier hängt noch immer irgendwo das Schild mit STILLE SVP.» Er hob das Kissen vom Fußboden auf und warf es auf die Bank. «Sollen wir vielleicht noch froh sein, dass nicht mit Büchern geschmissen wird?»

«Das machen wir nie, stell dir vor», sagte Claartje. «Mit Büchern in der Bibliothek werfen!» Sie schaute den Ex-Studenten (und auch Zeitreisenden) vorwurfsvoll an.

Das Galgenkind stellte sich zwischen sie und Otto. «Du bist zu früh gekommen, Jan», sagte er grinsend.

«Zu früh, Christian? Hier? Mit Meeren von ...»

«Zeit um zu kämpfen. Hättest du das nicht sehen wollen, Jan A, eine Schlägerei und Kratzerei der beiden? Auf wen würdest du wetten, auf meinen Freund oder auf meine Freundin?»

Jan A setzte sich auf eine Ecke des Tisches. «Auf keinen von beiden, Christian Donnerstein. Sie sollen es lieber mit Küssen abmachen.» Er sah Claartje und Otto abwechselnd an, mit dem Lächeln, das Otto so unsicher machen konnte. Spott? Verachtung? Oder keins von beiden, meinte er es nur gut?

«Touché, gut so, okay, einverstanden», sagte das Galgenkind. «Aber dann will ich auch einen Kuss. Als Belohnung. Befehl des Ambassadeurs.»

«Wofür verdienst du eine Belohnung, Christian Rabenfreund?», sagte Claartje. «Wir waren uns nicht wirklich böse. Wir haben grad mal ein bisschen geredet, es war nur ein Spiel.»

«Ein Spiel», nickte Christian. «Völlig abgedreht, diese beiden, Jan. Und das, wo der Ambassadeur zu Hause ist!»

«Woher weißt du das?», fragte Herr A.

«Die Fahne ist gehisst», antwortete Christian.

«Auf dem höchsten Turm», sagte Claartje. «Dass du es wagst, Otto! Wenn der Ambassadeur dich gehört hätte, würde …» Sie schwieg abrupt.

Unwillkürlich blickte Otto kurz über die Schulter, aber es war niemand hereingekommen – soweit er sehen konnte wenigstens. «Dann würde … was?», fragte er.

«Dann würdest du fürchterlich was auf den Kopf kriegen.»

«Ach ja? Und was hat der Ambassadeur von dir gehört?», sagte Otto. «Gekreische. Wie fürchterlich würdest du dann wohl was …»

«Wohl? Was?», unterbrach ihn Claartje. «Was? Wohl?»

«Kinder!» Herr A stand auf. «Beruhigt euch ein bisschen.»

«Ich hab keine Angst», sagte Claartje. Sie stand kerzengerade und sah sich herausfordernd um. «Ich bin Januarisch. Ich habe Asyl vom Ambassadeur persönlich. Mir kann kein Mensch was anhaben. Stimmt's oder nicht, Jan … A?»

Wie oft hatte Otto das gehört? **A** Ein Blitzstrahl sprang hervor und brannte ein schwarzes A in die weiße Fahne, die er in Gedanken vor sich sah. Auf der anderen Seite des Fahnentuchs ein J. JA. Nein, erst das J, und dann …

Otto hatte die Augen zusammengekniffen, als ob er wirklich für einen Augenblick geblendet worden wäre. Er öffnete sie vorsichtig einen Spalt und schaute zwischen den Wimpern hindurch zu Herrn A. Ein klein bisschen verschwommen, dennoch bedrohlich, diese hohe Schattengestalt vor einer sonnigen Fensteröffnung. Genauso erschreckend wie beim allerersten Mal.

JAN. A.
Nicht Jan, sondern – JANuarisch
und das A ist von – Ambassadeur

Und *ich* habe ihn gestört in der Nacht, und wie oft bin ich grob gewesen, und ich hab ihm gesagt, dass er den Schwan verjagen sollte, und ich wollte ihm den Weg nicht verraten, obwohl er den natürlich genau kannte. «*Manchmal ist er ganz in der Nähe, der Ambassadeur, ohne dass man es weiß.*» Hat Christian das nicht gesagt?

Jetzt sagte Christian wieder etwas: «He, Otto … OTTO! Stopp! Wohin gehst du?»

Otto merkte, dass er dabei war, wegzulaufen – weg aus der Bibliothek, schon wieder auf der Flucht, diesmal vor Herrn A. Der Weg durchs Fenster war vom Januarischen Ambassadeur versperrt, aber er fand den gewundenen Gang und rannte – wunderbarerweise ohne im Dunkeln zu stolpern – hindurch … und dann ging es nur noch eine Treppe hinunter zur Diele im Parterre. Die schwere Tür nach draußen (Süd- oder Nordturm?) stand offen. Er rannte den Gartenweg, der mit Lichtflecken gesprenkelt war, ein Stück weit hinab. Sein Tempo verringerte sich immer mehr, und schließlich blieb er beschämt stehen.

Was sollen die nur von mir denken, Christian, Claartje und vor allem Herr A. Der muss einfach der Ambassadeur sein: Nicht Anonym, kein Asylsuchender. *Die Zeit wird* dich *lehren*, so heißt seine Geschichte. Nur, gemein, warum tat er so, als ob … Als ob, mit 'nem A.

Ein sanfter, warmer Windstoß ließ weiße Teilchen aus den Bäumen auf ihn herabwirbeln. Blütenblätter, kein Schnee, Ottos Schreck war verflogen, auch seine Angst begann zu schwinden. Er wusste nicht genau wodurch, vielleicht durch die Ruhe und den Duft und die Farbe des sonnigen Gartens. Und, begriff er dankbar, ich bin nicht nach oben geflüchtet, in mein Turmzimmer. Ich bin in der Ambassade geblieben. Und ich kann Sorry und Pardon und Entschuldigung sagen, das hat Herr A auch getan.

Er kehrte sich zum Haus um, und er war nicht erstaunt, als aus dem offenen Tor das Galgenkind zum Vorschein kam. Es winkte und kam auf ihn zugerannt.

«Was hast du nun schon wieder gemacht, Doofkopp, du Donnerschlag bei klarem Himmel?», sagte Christian. «Wir wollten doch *gemeinsam* in den Garten! Du hast doch nicht wieder vor Jan A einen Schreck bekommen? Er wird sich schon daran gewöhnen, dass du immer Streit mit Clara anfängst.»

«Ich will überhaupt keinen Streit mit Clara anfangen!», begann Otto.

«Okay, ihr schimpft zum Spaß», stimmte das Galgenkind ihm fröhlich zu. «Beeil dich, lauf noch ein Stück weiter, so dass sie uns vom Haus aus nicht sehen können. Ich hab einen neuen Plan.»

Christian, mein bester Freund, findet nicht, dass ich ein Angsthase bin, dachte Otto, während er dicht neben dem Galgenkind weiterlief. Er sagte: «Was würdest du dazu sagen, wenn ich dir erzählte, dass ich weiß, wer der Ambassadeur ist?»

«Das hast du mir schon mal erzählt.» Christian war nicht beeindruckt. «Und da hattest du dich getäuscht.»

«Aber wenn ich es jetzt wirklich weiß?»

Christian warf ihm von der Seite einen Blick zu. «Wenn du es weißt, erzählst du es nicht, logisch. So ist es immer.»

Logisch? Was hat das damit zu tun?, dachte Otto, aber er sagte nichts. Vielleicht war es tatsächlich besser, vorläufig darüber zu schweigen.

Das Galgenkind zog ihn mit sich, bis sie im dichten Gesträuch versteckt waren. «Und nun», sagte es verschwörerisch, «schleichen wir uns leise, unsichtbar zum Haus zurück.»

«Warum?», fragte Otto erstaunt.

«Wir gehen zur Bibliothek.»

«Daher kommen wir gerade!»

«Niemand darf merken, dass wir da sind ...»

«Was haben wir denn davon, du bist bescheuert.» Herr A ist da, dachte Otto. Ohne mich!

«Ssst, hör zu, Otto. Gleich kommt Herr Simak in die Bibliothek, nicht zur Ausleihe, sondern wegen einer ernsten ... wie sagte er doch noch ... Eine ernste Unterredung mit Jan A.»

«Na und?»

«Sie sind jetzt damit zugange, Schilder und Kärtchen an die Türen zu hängen, der Sekretär und Xanthippe. Aber ich, na prima, ich kann die doch nicht lesen.»

«Ich dachte, dass du das ganze Alphabet ...»

«Nicht das Federgekritzel von Herrn Simak und das Gekritzel von Claartje. Sie haben das alles geschrieben: NICHT STÖREN SVP! Und der Bibliothekar hat es mir auch gesagt, aber von Jan hab ich nichts davon gehört, heimtückisch. Ist das etwa keine Schande?»

«Was?»

«Dass wir nicht in die Bibliothek dürfen oder sie nicht betreten, bevor die fertig geredet haben.»

«Ja, komisch», sagte Otto. «Eine Bibliothek gehört doch jedem.»

«Nagel auf den Kopf getroffen, Freund. Also was machen wir?»

«Du willst sie doch nicht belauschen, Christian?»

«Und ob ich das will, Doofkopp. Wir gehen nämlich doch zur Bibliothek. Heimlich. Ich will gern mal wissen, warum wir nicht stören dürfen. Komm mit, keine der Türen ist abgeschlossen. Die meisten Schlüssel sind seit Ewigkeiten durcheinander geraten, nicht einmal Janus wird mehr schlau daraus. Und wenn man sich in einer Bibliothek nicht verstecken kann ... Na, hast du etwa Wurzeln geschlagen», sagte das Galgenkind. «Wir müssen uns versteckt haben, bevor die ernste Unterredung anfängt. Herr Simak läuft noch herum, um Kärtchen aufzuhängen, und Jan kann nicht an zwei Orten gleichzeitig sein, auch wenn er früher Zeitreisender gewesen ist.»

Otto ließ sich an die Hand nehmen und ein paar Schritte mitziehen, aber dann widersetzte er sich. Eine Unterredung zwischen dem Ambassadeur und seinem Bibliothekar (oder Sekretär)! Er war durchaus neugierig darauf. Aber ... *belauschen?*

«Beeil dich, Schneckenläufer», sagte das Galgenkind. «Keine Zeit mehr zu vertrödeln.»

«Wie kannst du das nun behaupten, Idiot. Wir haben hier ...»

«Meere! Touché, aber darum dürfen wir doch noch *rechtzeitig* sein! Ernstes Gespräch. Geheime Unterredung. Jan A. Der Uhrmacher vielleicht. Willst du das etwa versäumen?»

«Langweilige diplomatische Geheimnisse», sagte Otto. «Von mir aus nicht nötig. Und Xanthippe hat gesagt, dass Spione hier non grata sind, sie werden ausgewiesen, wenn man sie erwischt.»

«Spione, die gegen die Ambassade spionieren. Feinde. Ich wohne hier, ich gehör zur Ambassade.» Christian sah Otto beinahe flehend an. «Und ich werde sowieso mal ein Schurke, auch wenn sie mir Sachen sagen wie: Tu das nicht und lass das, du weißt ja ... am Galgen endet 's doch!»

«Kennst du die Geschichte?», fragte Otto schnell. «Sie ist in meinem ... in dem Buch, in dem für Otto steht, das Clara jetzt ...»

«Red nicht davon, du Trottel», unterbrach ihn das Galgenkind. «Und Clara hat sich unter Garantie längst in der Bibliothek versteckt, am sichersten Platz, denn sie belauscht alles. Also», sagte er gehetzt, «muss ich wohl gehen, Otto! Kommst du nun mit, ja oder nein?»

«Nja … ja … NEIN.»

«Denk noch mal drüber nach. Aber», flüsterte Christian freundschaftlich, «es macht nichts, Otto, ich erzähl dir, was sie einander gesagt haben … sagen werden. Ich seh dich gleich, mein Freund, oder nachher. Beim Weiher. Okay?» Ohne eine Antwort abzuwarten, verschwand er zwischen den Sträuchern.

V

Zum Weiher? Und da auf das Galgenkind warten? Otto ging jetzt langsam, in Gedanken vertieft. Seine Finger spielten mit der eingepackten Kugel in der Tasche. Er hörte damit auf und versuchte, nicht an Claartje zu denken, die so falsch war und doch so lieb. – Ob der Schwan auf dem Weiher heute wohl auch schwarz war? Schwarz oder weiß, er hatte eine Widerspiegelung.

Otto kam zur Sonnenuhr und betrachtete sie eine Weile.

Im Schatten, *auf Befehl des Ambassadeurs.* Zeiger von den Uhren genommen. Spiegel ohne Spiegelbild. Stimmt nicht, *mich* haben sie zurückgeworfen, genau wie … Bist du dir dessen sicher? Hast du in einen Spiegel geblickt, seitdem du hier bist? Nein. Stell dir vor, dass du nachher mit Christian zum Weiher kommst und …

Otto ging weiter und wählte einen Pfad, auf dem er bisher noch nicht gegangen war. Er brauchte nicht sofort zum Weiher. Erstmal einfach umherwandern – eigentlich ziemlich langweilig ohne Christian – und dafür sorgen, dass er sich nicht verirrte.

Nach kurzer oder langer Zeit merkte er, dass er (zufällig? absichtlich?) auf einen bekannten Pfad gestoßen war. Er ging dicht an einer Mauer entlang: Steinplatten und Kies. Er blieb wieder stehen und schaute zu den Fenstern der Bibliothek hinauf. Eines von ihnen stand offen, genau wie die anderen Male in einem Mai- oder Maikäfermonat. Kein Kunststück, da …

– Nein, tu ich nicht.

Aber das war auch nicht nötig! Er konnte sich einfach an die Mauer unter dem Fenster lehnen. So könnte er, ohne das Verbot zu übertreten, alles hören, was da drinnen gesagt werden würde. Denn das Geräusch von Stimmen schwebte nach draußen, und so …

Dann hätten sie das Fenster zumachen sollen! Nur einen Augenblick horchen. Um dahinter zu kommen, ob Herr A der Ambassadeur ist.

«Das C von China», erklang die Stimme des Bibliothekars. «Ich dachte plötzlich an etwas, das du lesen solltest …»

China. Das kann nicht sehr geheim sein, dachte Otto. Wir wollten chinesisch essen gehen. Aber Frau und Herr Montag sind weit weg, in einer anderen Welt …

«Vielleicht steht es bei W. WU», sagte Herr Simak in der Bibliothek.

Herr A murmelt etwas. – Unverständlich.

Danach hörte Otto wieder den Bibliothekar, aber es war nicht mehr als Gemurmel, das genauso verständlich war wie Wassergeplätscher. Wahrscheinlich gingen die beiden Männer jetzt zwischen den Bücherregalen umher. Gerade als es Otto zu langweilen begann – *Ich geh mal wieder* –, kamen sie näher.

Der Bibliothekar hatte am meisten zu erzählen, Herr A brummte nur etwas dazwischen. Sehr interessant schien es immer noch nicht zu sein.

Herr Simak sprach von «Kopien» und «Kopien von Kopien von Kopien», danach sank seine Stimme zu «Murmel-murmel-murmel» herab und klang in einem deutlich ausgesprochenen «Shangri La» wieder auf.

Herr A antwortete darauf mit (wenn er es richtig verstand): «Utopie» und «Ledom» und «Erewhon», sowie «Narnia» und «Babina» und «Oz».

Na, das ist wirklich chinesisch für mich, ich kapiere überhaupt nichts, sagte Otto zu sich. Lass sie reden, wegen so etwas bleib ich nicht hier. Während er sich vom Fenster entfernte, leise, Schritt vor Schritt, hörte er noch ein paar Gesprächsfetzen:

«Entfernte Länder … Erzählungen, die überall wieder auftauchen … Ich wusste es! Hübsch, gerade hieraus … darf nicht ausgeliehen …»

«Warum nicht?»

Und dann, wie eine spezielle Nachricht an ihn, sagte Herr Simak klar und durchdringend:

«Dieses Buch ist stark beschädigt, sieh mal –»

Otto blieb stehen, ohne sich zu rühren, spitzte die Ohren.

«Kein Umschlag», sagte der Bibliothekar, «und es fehlen mehrere Blätter.»

Otto schlich schnell zum Fenster zurück, horchte angespannt.

«Keine Titelseite ...»

Sie sprechen über das Buch Für Otto, *Ottos, Elises und Claartjes, gestohlen, versteckt.*

Otto griff nach den zähen Zweigen der Kletterpflanze, die an der Mauer wuchs, und zog sich hoch. Er kraxelte vorsichtig zum offenen Fenster. Um sicher zu sein, musste er das Buch mit eigenen Augen sehen. Nicht einmal der strenge Ambassadeur konnte ihn daran hindern. Auch einer, der sich Jan A nannte, musste das begreifen.

Schon sehr bald saß Otto mucksmäuschenstill auf der Fensterbank. Jan A und der Bibliothekar standen am großen Tisch. Sie hatten ihre ganze Aufmerksamkeit nur auf sich und das, was Letzterer in der Hand hielt, gerichtet: ein Buch, das furchtbar dem Buch glich, das, wie Frau Elise Montag gesagt hatte, genauso hieß wie die erste Geschichte: *Auf der anderen Seite der Tür.*

«Wenn dies in der Ausleihe wäre», sagte der Bibliothekar zu Herrn A, «dann würdest du darin von den Abenteuern zweier Schwestern lesen, hier in der Ambassade. Und von einem Asylsuchenden und von blinden Passagieren und Reisenden in Zeit und Raum ...» Der Bibliothekar nickte Herrn A zu. «Ja, auch von einem Studenten und einem Uhrmacher.»

Es ist also wieder hier, dachte Otto. Claartje hat es zurückgebracht.

Der Bibliothekar fuhr fort: «Ich kann also nur daraus vorlesen. Und für dich suche ich ein Stück aus der letzten Geschichte heraus.»

Der letzten, dachte Otto, wie hieß die doch noch? Er erschrak. Zufall? Nein, stimmt nicht, nicht Spiegelbilder hielt er sich vor. *Ebenbilder.* Das muss ich auch hören. Zuerst versuchen, unbemerkt nach unten, nach draußen zu kommen? Bevor sie mich sehen ...

Die beiden Männer hatten sich an den großen Tisch gesetzt. Otto fragte sich, ob Christian sich darunter versteckt hatte. Könnte er sich nur auch verstecken! Er wagte es noch immer nicht, sich zu bewegen, aus Furcht, dass sie ihn hören würden.

Herr A saß mit dem Rücken zu ihm, aber der Bibliothekar brauchte nur kurz zur Seite zu schauen, um ihn in den Blick zu bekommen. Zum Glück tat er das nicht; er hatte das Buch aufgeschlagen vor sich hingelegt, blätterte darin, hüstelte einmal und begann langsam vorzulesen.

> Der Prinz schaute ehrfurchtsvoll im Atelier umher; «Meister Wu Tau Tse», sagte er, «Sie sind der beste Maler im Reich des Himmlischen Friedens. Der Glückliche, der sein von Ihnen gemaltes Porträt betrachtet, glaubt, vor einem Spiegel zu stehen …»
>
> Wu Tau Tse strich sich über den grauen Bart. «Wirklich?», sagte er. «Ist Ihrer Meinung nach ein Spiegelbild ein Ebenbild? Ein Ebenbild einem Spiegelbild gleich? Was wünschen Sie von mir?»
>
> Der Prinz holte tief Atem. «Dass Sie mein Porträt malen!»

Plötzlich schwand Ottos Aufmerksamkeit. Prinz und Maler verschwammen im Gemurmel, als er sah, wie sich etwas bewegte.

Eine prächtige Katze schlich wie ein heller Schatten über den dunklen Fußboden. Dann und wann machte sie einen Sprung zur Seite nach einer unsichtbaren Beute. Und sie kam näher. Auf Umwegen näherte sie sich der Bank unterm Fenster … und saß plötzlich auf dem gold und schwarz gestreiften Kissen.

Schrödingers Katze schenkte ihm ein Katzenlächeln, rollte sich fast zu einer Kugel zusammen und fiel in Schlaf. Oder tut nur so, dachte Otto, gleichermaßen wild und still vor Freude. Er bewegte eine Hand … und hielt sich zurück. Trotz der jetzt lauten Stimme des Bibliothekars meinte er ein *Schnurren* zu hören. Ganz vorsichtig beugte er sich vor … und erstarrte wieder, wie festgeklebt auf seinem Platz.

Schrödingers Katze wachte auf. Sie reckte sich, setzte sich hin und gähnte einmal abgrundtief – ein weit geöffnetes rosa Katzenschnäuzchen, eine eingerollte kleine Zunge und schöne, spitze Zähnchen. Sie sah Otto an – mit grünen Augen voller Vertrauen: *Quicklebendig bin ich. Streichle mich. Spiel mit mir.*

«Und nun», sagte er streng, «ist meine Geduld zu Ende.»

Als Otto erschrocken hochfuhr, spürte er etwas Kleines und Kräftiges mit weichem Fell an seiner Hand entlangstreichen. Herr Montag, nein, der Bibliothekar, starrte ihn an, er war es, der so laut gesprochen hatte. Und die Katze ... Otto sah mit einem kurzen Blick, dass die fort war. – *Geflohen.* Aber mit mir hat sie geschmust. Und nun ...

Otto hielt sich mit einer heftigen Bewegung besser am Fensterrahmen fest ... beinahe wäre er nach draußen, nach unten getaumelt. Er spähte in den Garten. Keine Katze zu sehen. Die Blätter einiger Pflanzen bewegten sich ...

«Was tust du hier?», ertönte die Stimme von Herrn Simak.

Otto drehte sich wieder nach drinnen um und sah, dass der Bibliothekar nicht mehr der Einzige war, der ihn anstarrte. Auch Herr A hatte sich ihm wieder zugewandt.

«S-sorry, Entsch-schuldigung», begann Otto. «Ich wollte nur ...» Er sprach nicht weiter. Was wollte ich? Horchen.

«Diese Geschichte hören?», fragte Herr A.

«Die Katze!», sagte Otto. «Schrödingers Katze war hier. Wahrscheinlich ist sie im Garten, und dann ...»

«... musst du nicht hinter ihr hergehen, TU ES NICHT», sagte Christian das Galgenkind. Er tauchte unter dem Tisch hervor. «Du würdest es verderben, Otto, hörst du mich, du Trottel?»

«Vielleicht verläuft sie sich!»

«Schrödingers Katze? Die verläuft sich nicht.» Christian war schon auf den Füßen. «Er-oder-sie-oder-es kam von sich aus, stimmt's oder stimmt's, kommt also sicher zurück, um sich von dir zähmen zu lassen.»

«Katzen können nicht gezähmt werden», sagte Claartje. Sie kam aus dem Schatten zwischen zwei Bücherregalen zum Vorschein. «Keine Katze, keine einzige Mieze, Dummkopf. Niemals.»

«Das ist ja reizend», sagte der Bibliothekar. Er schob seine Brille hoch, bis auf die Stirn. «Nicht stören! Wer hat sich hier noch alles versteckt?»

«Nur Christian und ich!», antwortete Claartje.

«Sei da nicht so sicher, Liebchen», sagte das Galgenkind. «Sah ich da nicht die Katze? Die ist bestimmt wieder drinnen. KIM. Und du bist ein ganz Heimlicher, Otto, du wolltest doch überhaupt nicht mithorchen? Bravo!»

Otto saß immer noch in der Fensteröffnung, er blickte vom einen zum andern und setzte ein verlegenes Grinsen auf.

«Was meinen Sie, Herr Bibliothekar», sagte Herr A. «War dies wirklich als Gespräch unter vier Augen gemeint?» Er blinzelte dem alten Mann fast unmerklich zu und betrachtete danach die Kinder mit ungerührter Miene.

«So war es gemeint, ja», antwortete der Bibliothekar, während er ein leises Lächeln unter seinem langen Schnurrbart verbarg. «Entschuldige, dass wir nun ...»

« ... offenbar in einer ganzen Runde sind. Ist Ihre Geschichte auch für Kinder geeignet?», sagte Herr A. «Dann können Sie sie lieber uns allen vorlesen.»

«Ich kenne es schon», sagte Claartje. «Und Herr Simak durfte es nur dir vorlesen, Jan A.»

«Und ich und Otto?», sagte das Galgenkind. «In dieser Bibliothek darfst du doch sicher jedes Buch anhören, wenn jemand daraus *vorliest*? Die Bibliothek gehörte allen. Zu allen Zeiten. Fragt den Ambassadeur.»

Christian traut sich wieder am meisten, dachte Otto. Vielleicht gehört das Buch auch ihm, weil er das Galgenkind ist und stehlen darf. Ob das Kätzchen wirklich zu mir zurückkommt?

«Fragt den Ambassadeur», sagte Christian noch einmal. «Nun, wer fragt?»

Niemand gab Antwort.

«Okay, all right, kommst du auch rein, Otto?», sagte das Galgenkind. «Lesen Sie weiter, Herr Simak.»

«Befiehl der Katze!», sagte Claartje. «Tu nicht so, als wenn du der Ambassadeur wärst, brutales Henkerskind. Herr Simak hat *Jan* etwas vorgelesen.»

«Und dir, Spioniererin!»

«Und dir, Auskundschafter!»

«Christian Donnerstein und Clara Rosenrot», begann Herr A. «Wollt ihr bitte alle beide ...»

«... still sein», sagte der Bibliothekar ruhig. «Was hältst du davon, mein Freund», fragte er Jan A, «sollen wir sie wegschicken oder hier bleiben lassen?»

Otto fühlte sich je länger desto weniger wohl in seiner Haut. – *Fragt den Ambassadeur*. Herr Simak durfte es also Herrn Jan A vorlesen. Natürlich, wenn er es wirklich ist …

«Wegschicken? Bleiben?», sagte Herr A. «Christian hat Recht, danach sollten wir den Ambassadeur fragen. Aber wo wir hier doch alle beisammen sind …» Er brach ab und wandte sich an Otto. «Wie lange hast du vor, da sitzen zu bleiben? Komm lieber herein, Junge!»

Otto versuchte, seine Furcht zu verbergen. Er wich Herrn A' s fragendem, stirnrunzelndem Blick aus und schaute zu den drei anderen. – *Sie wohnen hier. Ich nicht.* Die Brille auf Herrn Simaks Stirn funkelte – zwei runde kleine Spiegel. Er sah kleine Figuren darin zurückgeworfen. Keine Claartje.

Das Mädchen selbst sprach ihn plötzlich an: «Otto, hast du das verstanden, komm her. Dann darfst du mit zuhören.»

In seiner Tasche hatte er etwas für sie …

«Entschuldigt die Störung», hörte Otto sich selbst sagen, leise und schnell. «Ich bin schon weg.»

Hastig schwang er auch sein anderes Bein nach draußen, sprang hinunter, fiel hin, sobald er den Boden berührt hatte, krabbelte wieder hoch und sauste davon. Zum zweiten Mal an diesem Maikäfertag. Er hörte jemanden rufen: «He, Otto! Otto, komm zurück! Otto, warte!»

Er dachte, es sei Christian, aber nicht einmal das brachte ihn zum Stehen. Erst nach vielen Wegbiegungen fing er an, normal zu gehen. Er schaute sich nicht um.

Als er den Weiher liegen sah, blieb er in sicherem Abstand stehen.

Sicherer Abstand! Warum gehe ich nicht weiter?

VI

Prachtvoll war der Weiher in der Sonne, die Bäume, die sich in ihm spiegelten, die dunstige Wildnis dahinter, der blaue Himmel darüber. Der Schwan war da, beinahe in der Mitte, *weiß* dieses Mal. Dennoch musste Otto einen Augenblick an den schwarzen kleinen Schwan in der gläsernen Kugel denken.

Er hörte hinter sich Schritte näher kommen. Nicht erschrecken, sagte er sich. Ich darf hier sein, ich kann hierher kommen, durch meine Tür und auch durch Montags Türen. Christian ist mein Freund, und Claartje … ich muss ihr das Geschenk geben. Ich habe ein Formular des Sekretärs … aber was meint der Ambassadeur?

Inzwischen schaute er, wer da ankam: Herr A, wie er es erwartet und gefürchtet, nicht Christian, wie er gehofft hatte.

Der große Mann hatte ihn mit wenigen Schritten erreicht, blieb stehen und sah auf ihn herunter. «Warum läufst du immer wieder fort?», fragte er nicht unfreundlich. «Herr eh … der Bibliothekar will gern den Rest der Geschichte vorlesen, aber dann musst du auch dabei sein. Vielleicht sollte er lieber von vorne anfangen, wenn du nur ein Stück davon gehört hast. Oder kennst du es schon? Es steht ja doch in einem Buch, das, wie ich verstanden habe, dir gehört hat.»

«Nicht mir», sagte Otto. «Das hab ich gedacht, aber … Ich hab es eine Weile ausgeliehen. Und die Geschichte kenne ich nicht. Auch wenn ich weiß, wie sie heißt.»

«*Ebenbilder*», sagte Herr A. Er schwieg einen Moment und fragte unerwartet: «Wovor hast du Angst?»

Otto unterließ es, irgendwas zu sagen wie: Das hab ich gar nicht. Es fiel ihm auch keine Ausrede ein. «Ebenbilder», sagte er. «Spiegelbilder. Ich habe Angst vor meinem Spiegelbild.»

«Angst vor deinem Spiegelbild?», sagte Herr A erstaunt.

«Nein, nicht vor, sondern … dass es mir *abhanden kommt*, so wie …» Otto hielt seinen Mund. Das war Claartjes Geheimnis, auch wenn Herr A es vermutlich wusste.

«Angst, dein Spiegelbild zu verlieren», sagte Herr A. Dass etwas Derartiges passieren konnte, schien er nicht merkwürdig zu finden. «Und warum? Es erscheint mir nicht einfach, dass einem etwas abhanden kommt, das so ganz und gar von einem selbst ist. Es sei denn, alle Spiegel würden verschwinden … Unsinn!», unterbrach er sich selbst. «Die Möglichkeit für Spiegelungen verschwindet damit nicht. Dafür ist ja kein Glas nötig.» Er zeigte zum Weiher. «Wenn das kein schöner Spiegel ist! Ich denke, dass du nichts zu fürchten hast, Junge. Otto. Du hast einen richtigen Spiegelnamen, weißt du das?»

«Ja», sagte Otto überrascht. «Aber dass Sie das wissen!»

«Ist doch selbstverständlich. A ist auch ein richtiger Spiegelname.»

Spiegel*buchstabe* … Otto schaute an Herrn A vorbei, ob er die Ambassadefahne sehen würde. Aber es war nichts mehr zu sehen von dem großen Haus, also auch nicht von dem Fahnenturm. Er holte einmal tief Luft und sagte zu dem Mann ihm gegenüber: «Jan A. JANuarische Ambassade. Sind Sie … Sie …»

«Kein Sie. Du. Mach es wie Christian», sagte Herr A. «‹Du› und ‹Dir› lassen sich vielleicht bequemer aussprechen. Und JAN klingt netter als A.» Er lächelte flüchtig, rätselhaft und doch beruhigend.

Langsam stellte Otto seine Frage: «Bist du … bist du … Sind Sie der Ambassadeur?»

«ICH? Was sagst du da!» Ein völlig verwundertes Gesicht, eine ungläubige Stimme. Herr A tat nicht so als ob, dessen war sich Otto sicher. «Ich? Ambassadeur? Aber nein! Wie kommst du darauf, Junge?»

«Durch Ihren Namen», antwortete Otto. «Sie heißen doch Jan und A. JAN von JANuarisch und A von …»

«Das A von A! Nicht von Ambassade. Kein Ambassadeur, ich, nicht einmal anonym. Jan A heiße ich», sagte der junge Mann. «J.A. also. JA. Auch wenn du dir das Hübscheste ausgedacht hast, was ich jemals über meinen wirklich arg kurzen Namen gehört habe. Früher wurde ich damit in der Schule geärgert. Weil ich JA hieß und nicht NEIN.» Er lächelte wieder, ein bisschen verlegen schien es.

Versucht er mir etwas weiszumachen?, dachte Otto, aber er lachte auch. Und dann mussten sie beide auf einmal laut lachen.

«Aber», fragte Otto danach, «wer ist er dann und wo ist er, der Ambassadeur?»

«Kannst mich totschlagen, ich hab keine Ahnung», antwortete Jan A. «Ich bin nur ein armer Hergelaufener, habe um Asyl gebeten. Du auch, was?»

Otto nickte. Soll ich doch meinen Namen unter das Formular setzen?, dachte er. Ich frage ihn danach …

«Hast du einen Auftrag?», fragte Jan A.

«Ich glaube, ja», antwortete Otto. «Nur weiß ich nicht, welchen. Manchmal ist es, als ob hier jeder mehr davon wüsste als ich, und deshalb …»

«… traust du dich nicht, rundheraus danach zu fragen», sagte

Jan A. «Na du, ich weiß es auch nicht. Deinen Auftrag ebenso wenig wie meinen. Vor einer Weile dachte ich – nicht zum ersten Mal –, ich wüsste meinen Auftrag. Also schrieb ich meine Geschichte über die Zeituhrmaschine auf – gestern oder vorgestern oder welcher Tag es hier auch immer war. Der Bibliothekar hat sie vorgelesen. Wir haben dich dabei vermisst.»

«Christian sagte … Darf ich …», begann Otto.

«Sie lesen? Natürlich», sagte Jan A. «Eine lehrreiche Geschichte,[24] auch wenn ich es selbst sage. Aber zuerst hören wir uns eine andere Geschichte an: *Ebenbilder*. Du hast von deinem Spiegelbild gesprochen, das ist auch ein Ebenbild …» Er setzte sich in Bewegung, eine Hand um Ottos Schulter gelegt, so dass dieser wohl oder übel mitlaufen musste – nicht zum Haus zurück, sondern zum Weiher. «Ich denke», fuhr er fort, «dass du und ich denselben Auftrag haben.»

«Und welchen?», fragte Otto.

«Wir müssen dahinter kommen, wer der Ambassadeur ist.»

Das könnte durchaus wahr sein! Otto war nicht nur erleichtert, sondern auch freudig überrascht, dass Herr A nun als ein Freund neben ihm ging. Er selbst bremste seinen Schritt.

«Warum willst du nicht weiter?», fragte Jan A, als sie zusammen stehen geblieben waren. Er ließ Otto los. «Ist was?»

«Sie wollten … Du wolltest doch den Rest der Geschichte hören?»

«Ja sicher. Nur eben zum Weiher und dann zurück zur Bibliothek.»

«Von hier aus hat man eine schönere Aussicht», sagte Otto. – Das mochte zwar wahr sein, aber es war eine Ausrede, das wusste er sehr gut. «Den Schwan ansehen.» Er spielte mit der Glaskugel in seiner Tasche, von Elise für Claartje. «Ach, stimmt auch», sprach er weiter. «Ich hab Frau und Herrn Montag Ihre Entschuldigung ausgerichtet.»

«Fein. Dank dir.» Herr A sagte nichts darüber, wie es gekommen war, mit dieser zerbrochenen Scheibe, also sagte Otto: «Sie haben neues Glas eingesetzt. Nur ihr Name muss noch draufgemalt werden.»

«Das will ich schon machen, sobald ich wieder da bin, wann das auch sein mag. Sag ihnen das mal, falls du eher dorthin kommen solltest.»

«Ja, Herr … Jan», sagte Otto.

«Glaubst du nicht, dass ich das kann, einen Namen auf eine Scheibe setzen?» Herr A blickte ihn fragend an. «Ich mach es bestimmt, du, und fein säuberlich noch dazu.»

«Oh, sehr gut, ich werde es ihnen ausrichten», sagte Otto. – Wo mag er wohnen auf der anderen Seite? In einem normalen Haus, genau wie ich? Oder ist er wirklich ein Reisender aus weiter Ferne?

Jan A sah ihn immer noch an, ziemlich durchdringend. Otto wandte vor diesem Blick seine Augen ab.

«Der Schwan ist weiß heute», sagte er. «Ist es nun ein …» *Nein!*, überlegte er auf einmal, aber währenddessen redete er weiter, beendete seine Frage: «oder sind es zwei Schwäne?»

Die Antwort, die er bekam, verblüffte ihn: «Auch das weiß ich nicht, Otto.» Herr A hat doch selbst gesagt, dass da zwei sind!, dachte er. Jetzt sitzt der schwarze auf ihrem Nest.

«Nun, einmal weiß, dann wieder schwarz? Weiß und schwarz?», fuhr Herr A fort. «Ein einziger Schwan? Ein Ehepaar? Wie bekommen wir das nun wieder heraus? Wir müssen wohl unsere Januarischen Freunde danach fragen. Claartje oder das Galgenkind.»

«Claartje kommt nie zum Weiher», sagte Otto.

«Dann Christian.»

Als hätte er auf das Aussprechen seines Namens gewartet, rief plötzlich das Galgenkind: «Holla. Ho! Hallo!» Und da kam er an; er lief sehr schnell und hatte sie bald erreicht.

«Sieh mal, was ich hier hab», flüsterte er, ehe er noch aufgehört hatte zu japsen. «Eigentlich geheim, außer für Otto, Jan A.»

«Jan! Lass das A jetzt mal weg», sagte der junge Mann. «Also, ich werde weggeschickt. Dann also zur Bibliothek, wo Herr P.S. Simak darauf wartet, dass er die chinesische Geschichte weiter vorlesen kann.»

Christian grinste, halb verlegen, halb herausfordernd. «Das kann er nicht, nicht jetzt.» Er holte etwas unter seinem Wams hervor. «Er hatte das Buch auf den Tisch gelegt, und da hab ich es unauffällig …»

«Geklaut?», flüsterte Otto.

«Gegrapscht?», sagte Herr A.

«Geliehen», verbesserte Christian. «Um es dir zu zeigen, Otto.»

«Und es dann wie der Blitz wieder zurückzubringen!», sagte

Jan A. «Der Bibliothekar hat mir gesagt, dass es nicht ausgeliehen werden darf.»

«Darf es doch. Hat Clara selbst gesagt.»

«Claartje?», sagte Otto.

Christian legte ihm das Buch vorsichtig in die Hände. «Darf es wohl», wiederholte er. «Aber nur in der Ambassade, nicht draußen.»

«Wir sind draußen!», sagte Jan A.

«Der Garten ist auch die Ambassade», sagte Christian. «Dies ist es, Otto, nun kannst du es wieder sehen. Endlich.»

Ottos Finger zitterten ein bisschen, als er vorsichtig begann, ein paar Seiten umzuschlagen.

«Du stehst auch darin, Jan, das weißt du doch, vielleicht sogar mehr als einmal. Und ich auch, bei *…und am Galgen endet's doch.* Das musst du mir vorlesen, Otto. Und du, du …»

«War es nicht *sein* Buch?», fragte Jan A.

«Es gehört der Bibliothek. Aber Otto ist es gewidmet», antwortete Christian. «Claartje sagt, dass wir die weggekommenen Seiten suchen sollen, um sie hineinzutun.»

Das wird ganz schön schwierig werden! Aber diese … Otto wühlte im Ausschnitt seines Pullovers und zog an einem Band.

«Deshalb muss es also in der Bibliothek bleiben», sagte Jan A. «Weil es nicht noch mehr beschädigt werden darf.»

«Weil es etwas ganz *Besonderes* ist», sagte das Galgenkind. «Wir stehen alle darin. Auch Claartje.»

«Und Elise», flüsterte Otto. Er hatte den Briefumschlag hervorgeholt und gab Christian das Buch. «Halt dies mal eben fest.»

«Und Marsjan», redete Christian weiter.

«Und ein Asylsuchender im Schnee, Geschichte drei», sagte Otto. «Wer könnte das sein? Und Xanthippe, steht die auch darin?»

«Alle», sagte Christian. «Sogar der Ambassadeur, glaube ich. Muss ich deswegen lesen lernen?»

«Und hier», flüsterte Otto, «ist mein Blatt. «Fünf und …»

«Seite sechs», sagte das Galgenkind. «Siehst du es, Jan? Hier steht es.»

Otto hatte das Blatt auseinander gefaltet, es so gut wie möglich glatt gestrichen und an den richtigen Platz gelegt: neben *Auf der anderen Seite der Tür* auf Seite sieben.

«Zweimal sogar», sagte Jan A.

«Darf ich meinen eigenen Namen stehen lassen?», flüsterte Otto. «Ja?» *Bitte*, dachte er.

«Natürlich», antwortete Christian. «Ich finde, so muss es sein, und Claartje findet es in Ordnung und der Bibliothekar findet es richtig gut.» Er machte das Buch beinahe feierlich, sehr vorsichtig zu. «Nun ist es ein bisschen vollständiger als eben noch.»

«Ich habe irgendwie den Eindruck, dass außer den Geschichten, die darinstehen, auch noch eine extra Geschichte dranhängt», sagte Jan A. «Ich hoffe, dass ihr mir die irgendwann erzählt. Aber zuerst muss dieses besondere Buch heil und sicher wieder in die Bibliothek zurück. Und der Maler Wu Tau Tse darf nicht vergessen werden. Wollt ihr nicht hören, wie die letzte Geschichte ...»

«Die zwölfte», sagte Otto. Mein Name auf dem Formular, dachte er, ist nun vielleicht gar nicht mehr nötig.

«Ich will gern wissen, wie die Geschichte endet und warum der Bibliothekar gerade diese ...» Jan A brach abrupt ab. «Also, Christian», sagte er dann, «musst du dieses Buch – schade, dass wir nicht wissen, wie es heißt ...»

«Ich weiß es», flüsterte Otto.

«Was sagst du?», fragte Christian, auch flüsternd. «Und wie ... Ach du lieber Himmel, ich glaube, dass ich Clara schreien höre, sie hat es entdeckt. Lasst uns gehen. Und Otto, du Superschlauer, erzähl mal ...»

«Ab mit dir, im Laufschritt», sagte Jan A. «Otto und ich bleiben noch eine kleine Minute hier. Erzähl du Herrn Simak schon mal, dass wir neugierig auf diese *Ebenbilder* sind. Ab mit dir!»

«Ich geh schon! So schnell wie ein Sprung durch den Strang. Versuch nur, mich einzuholen.»

Christian rannte fort.

«Noch eine Frage an dich, Otto», sagte Herr A. «Grübelst du noch immer über dein Spiegelbild nach?»

«Jetzt nicht mehr.»

«Dann geh ein paar Schritte in diese Richtung, so kannst du es sehen», sagte Jan A. «Der Weiher ist fantastisch still und klar. Sieh dir den Schwan und den Baum auf der anderen Seite an, sie haben beide ihren Zwilling. Los! Ich will mein eigenes Spiegelbild auch mal kontrollieren.»

Otto lief mit ihm mit – knirsch! knirsch! – über die Steinchen, bis an den Rand des Wassers. Unwillkürlich hielt er seinen Atem an, bevor er schaute.

Da wurden ihre Gestalten reflektiert, wie Antipoden – vertraut und doch neu.

Ins Wasser schauend nickten sie einander zu, traten zurück und winkten zum Schwan hinüber, der sich anschickte, zu ihnen herzuschwimmen.

«Schade, dass wir kein Brot …», begann Otto.

«Unsere Spiegelbilder sind noch da,» sagte Jan A. «Eine richtige Erleichterung, stimmt's oder nicht?» Er sprach halb lachend, halb ernst. «Dies ist eine angenehme, aber auch merkwürdige Ambassade. Wenn du dir also wieder einmal Sorgen machst, Otto, dann weiß ich Rat. Ich kenne jemanden, der eine Art Reservespiegelbild für dich machen will, ein Bildnis von dir und für dich. Wenn es gelingt, sogar ein *ent*spiegeltes Spiegelbild, nicht rechts und links vertauscht, wie du dich selbst eben noch gesehen hast. Kannst du raten, was ich meine?»

«Nein …», sagte Otto zögernd.

«Hast du denn nicht bei der zwölften Geschichte zugehört? Die hat mich auf die Idee gebracht. Darum will ich so gern wissen, wie sie ausgeht. Wir müssen dafür sorgen, dass hier in die Ambassade ein *Porträt* von dir kommt, gezeichnet oder gemalt. Wie findest du das?»

«Mann … fett!», sagte Otto. «Wohnt dieser Maler Wu Tau Tse denn auch in der Ambassade?»

«Er hat in China gewohnt, während der Han-Dynastie, wenn ich mich recht erinnere – chinesische Geschichte war nicht mein Fachgebiet. Aber auch wenn er nicht hier wohnt und nur noch in einer Geschichte lebt, finden wir sicher einen anderen. Nicht so berühmt, aber na ja, du bist auch kein Prinz. Und du müsstest natürlich bereit sein zu posieren.»

«Zu komisch, nein … Ja. Wirklich ein bärenmäßigvollfetter Plan», sagte Otto. «Das könnte vielleicht auch etwas für Claartje sein …»

«Lass den Porträtzeichner sich erstmal an dir üben», sagte Jan A.

«Weil Claartje so schön ist», sagte Otto voller Verständnis. «Das ist bestimmt viel schwieriger, oder?»

Der Schwan war inzwischen ein tüchtiges Stück näher gekommen. Er schaute sie an.

«Tatsächlich schade, dass wir kein Brot bei uns haben. Dann eben ein anderes Mal», sagte Jan A. «Und nun schnell zur Ambassade. Der Bibliothekar wartet sicher schon voller Ungeduld … Pardon, er wartet geduldig, mit Meeren von Zeit.»

Otto starrte immer noch zum Weiher. «Nun begreife ich es», murmelte er.

«Was begreifst du?», fragte Jan A.

Während Otto antwortete, bekam er das wunderliche Gefühl, dass er es schon einmal gesagt … oder gelesen hatte: «Warum man keine Steinchen nach dem Schwan werfen darf. Denn dann kräuselt sich das Wasser. Und … sich kräuselndes Wasser zerstört das Spiegelbild.»

Hier endet das Buch AUF DER ANDEREN SEITE DER TÜR, aber die große Geschichte MEERE VON ZEIT ist noch lange nicht zu Ende. Die richtigen Bücherwürmer werden schon wissen, dass sie fortgesetzt wird in DER WEG ZUR ZELLE. In dem Buch wird der interessierte Leser mehr über Jan A, über Christian das Galgenkind, Otto, Claartje und viele andere vernehmen.* Auch über mich, was ich auch sein mag – Sekretär? Archivar? Uhrmacher? – Bibliothekar bin und bleibe ich in jedem Fall.

P S Simak

*Und über den Schwan OTTO

P.S. SIMAK

UND RABE

auf den folgenden Seiten stehen Titel und Autoren vieler interessanter Bücher.

Bücherliste des Bibliothekars

Dies ist nur eine kleine Auswahl aus den 1000 Catalogi (Katalogen) in der Januarischen Bibliothek. Über einige Menschen, wie Einstein, oder über Planeten, wie etwa den Mars, sind natürlich viel mehr Bücher vorhanden. Von den fremdsprachigen Werken habe ich vor allem die ausgewählt, von denen deutsche Übersetzungen existieren. Falls sie vergriffen sind, so sind sie doch in jeder guten Bibliothek zu finden (bestimmt in unserer!).

Bibliothekar der Januarischen Ambassade.

1 Burroughs, Edgar Rice: *Die Prinzessin vom Mars.* Leipzig: Kranichborn Verlag, 1996. – In diesem Buch wird der Mars Barsoom genannt.

2 Lewis, Clive St.: *Jenseits des schweigenden Sterns ...* Weitbrecht Verlag, 1992. – In diesem Buch wird der Mars Malacandra genannt.

3 Dragt, Tonke: *Das Geheimnis des siebten Weges.* Weinheim: Beltz Verlag, 1984.

4 Thurber, James: *Das weiße Reh.* Reinbek: Rowohlt Verlag, 1977.

5 Märchen der Brüder Grimm, *Schneewittchen.*

6 *Kitten on the Keys,* Solostück für Klavier. Zez Confrey. Jack Mills Inc. New York, 1921.

7 Morgenstern, Christian: *Galgenlieder.* Serie Piper. München: Piper Verlag, 1991.

8 Asimov, Isaac: *Ich, der Robot.* Heynes Science Fiction. München: Heyne Verlag, 1993.

9 Einstein, Albert: *Briefe.* Aus dem Nachlaß herausgegeben von Helen Dukas und Banesh Hoffmann. Diogenes Taschenbuch 20303. 7. Auflage. Zürich: Diogenes Verlag, 1997. – *Albert Einstein. The human side.* New glimpses from his archives selected and edited by Helen Dukas & Banesh Hoffmann, Princeton University Press, 1979. – Chotjewitz, David: *Das Abenteuer des Denkens. Roman über Albert Einstein.* Frankfurt am Main: Fischer Verlag, 1996.

10 Ernst, Bruno: 25 eeuwen tijdmeting (25 Jahrhunderte Zeitmessung). Mit Fotos und Zeichnungen. Amsterdam: Aramith, 1988. Eine deutsche Ausgabe liegt nicht vor.

11 Burnett, Frances Hodgson: *Der geheime Garten.* Hildesheim: Gerstenberg Verlag, 1996. – Das ist das Lieblingsbuch von Elise und Claartje.

12 Nach der Figur von Bob Kane, *Batman.* (Verschiedene Titel) Hamburg: Carlsen Verlag.

13 Superman, eine Comic-Figur, wurde 1938 von Joseph Schuster (Text) und Jerome Siegel (Zeichnungen) «erfunden». Danach haben viele andere Autoren und Zeichner zu den Comic-Serien beigetragen, bis auf den heutigen Tag. Auch sind Trickfilme, Fernsehserien und Kinofilme von seinen Abenteuern gedreht worden. In Deutschland werden diese Comics im Carlsen-Verlag, Hamburg, herausgegeben; © by PC Comics Inc., New York.

14 Sagan, Carl: *Unser Kosmos. Eine Reise durch die Welt.* Knaur Taschenbücher. München: Droemer-Knaur, 1991. – Heather Couper u. Nigel Henbest (Hrsg.), Luciano Corbella (Illustr.): *Bildatlas des Weltalls. Entdecken, vergleichen, Wissen erweitern.* München: ars edition, 1993. – Jürgen Blunck (Hrsg.): *Der rote Planet im Kartenbild.* 200 Jahre Marskartographie von Herschel, Beer und Mädler bis zur CD. Ausstellungskatalog. Gotha: Perthes Verlag, 1993. – Hans-Ulrich Keller (Hrsg.): *Das Kosmos-Himmelsjahr. Sonne, Mond und Sterne im Jahreslauf.* Stuttgart: Franck-Kosmos, 1998.

15 Bradbury, Ray: *Die Mars-Chroniken. Roman in Erzählungen.* Zürich: Diogenes Verlag, 1981.

16 Gribbin, John: *Auf der Suche nach Schrödingers Katze.* München: Piper Verlag, 1996. – *Einsicht ins Ich. Fantasien und Reflexionen über Selbst und Seele.* Hrsg. u. ausgew. v. Douglas R. Hofstadter und Daniel C. Dennett. Stuttgart: Klett-Cotta, 1991.

17 Zukav, Gary: *Die tanzenden Wu-Li Meister. Der östliche Pfad zum Verständnis der modernen Physik: Vom Quantensprung zum Schwarzen Loch.* Reinbek: Rowohlt Verlag, 1985.

18 Tonke Dragt, *Der Brief für den König.* Weinheim: Beltz Verlag, 1998.

19 Märchen der Brüder Grimm, *Schneeweißchen und Rosenrot.*

20 Märchen der Brüder Grimm, *Dornröschen.*

21 Andersen, Hans Christian: Das hässliche Entenküken; in *Andersens Märchen.* Hanau: Dausien Verlag, 1995.

22 Die Werke von Clifford D. Simak *(Way Station; Time is the simplest thing; Ring around the sun)* sind zur Zeit auf Deutsch nicht erhältlich.

23 Dragt, Tonke: *Das Geheimnis des Uhrmachers.* Aus dem Niederländischen von Liesel Linn. Stuttgart: Verlag Freies Geistesleben, 1992.

24 *Gewidmet – Für Elise* von Paul Luttikhuis, ein Artikel in der niederländischen Zeitung NRC Handelsblad, 27. Sept. 1991.

Wu Tau Tse strich sich über den grauen Bart. «Wirklich?», sagte er. «Ist Ihrer Meinung nach ein Spiegelbild ein Ebenbild? Ein Ebenbild einem Spiegelbild gleich? Was wünschen Sie von mir?»

Der Prinz holte tief Atem. «Dass Sie mein Porträt malen!»

In beinahe ängstlicher Spannung wartete er auf die Antwort des Malers. Er wusste nur allzu gut, dass dieser nahezu keine Aufträge mehr annahm, nicht einmal von Mitgliedern der kaiserlichen Familie.

«Ich stelle fest», sagte Wu Tau Tse langsam, «dass Sie jeden Spiegel klar und nicht beschlagen sehen wollen. Aber Sie bitten mich, Ihr Porträt zu malen, und das ist nicht einfach ein Zurückwerfen.» Er schwieg eine Weile und betrachtete den Prinzen forschend.

Der junge Mann merkte, dass es ihn Mühe kostete, die Augen nicht niederzuschlagen, obwohl er nichts zu verbergen hatte und sich keineswegs seines Äußeren zu schämen brauchte.

«Gut, ich will Sie malen», sagte Wu Tau Tse dann. «Aber ich stelle zwei Bedingungen», fügte er hinzu, bevor der froh überraschte Prinz etwas sagen konnte.

«Sagen Sie mir, was Sie wünschen», sagte der Prinz voller Freude, «und ich werde es Ihnen schenken. Seien Sie nicht bescheiden, Meister.»

«Erstens müssen Sie bereit sein, jeden Tag für mich zu posieren – eine Stunde oder eine Viertelstunde, manchmal reichen wenige Minuten.»

«Das ist selbstverständlich», sagte der Prinz. «Sie können von mir aus sofort anfangen.»

«Warten Sie noch einen Augenblick, Hoheit, hören Sie meine zweite Bedingung: Sie dürfen Ihr Bildnis erst sehen, wenn es vollendet ist, nachdem ich den letzten Pinselstrich gemalt habe. Sind Sie damit einverstanden?»

«Es ist ein wenig ungebräuchlich», sprach der Prinz, «aber ich habe volles Vertrauen zu Ihnen, und daher willige ich in die Bedingung ein.»

«Versprechen Sie, keinen Blick auf Ihr Porträt zu werfen, bevor …»

«Ich habe noch nie mein Wort gebrochen», sagte der Prinz.

Dann sah er zu, wie Wu Tau Tse Blätter Papier zum Vorschein brachte und ein Stück Seide aufspannte, seine verschiedenen Tinten rieb und